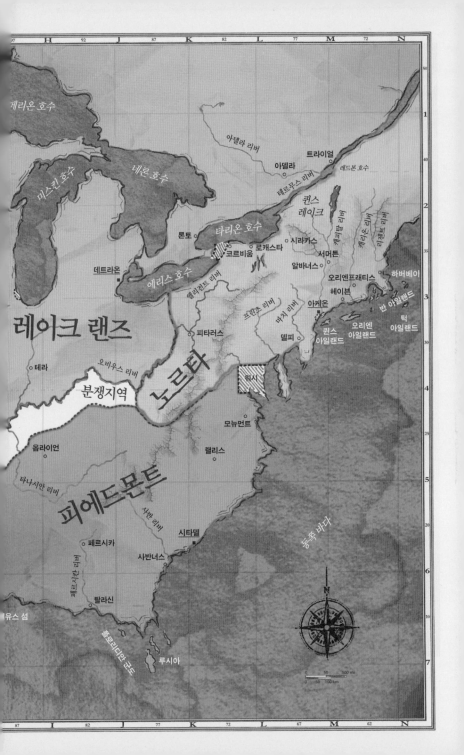

레드퀸·전쟁폭풍 II

레드 퀸 : 전쟁 폭풍 Ⅱ

빅토리아 애비야드 | 김은숙 옮김

WAR
STORM

황금가지

차례

제19장

에반젤린

난 결코 *하버베이*를 좋아해 본 적이 없다. 은혈 구역에서조차 생선과 소금물 냄새가 코를 찌르는 곳이다. 곧 피 냄새만 나게 되겠지만.

리프트에서 보낸 2주간의 휴식은 매 순간이 점점 더 빠르게 지나며 순식간에 흘러가 버렸다. 내 고향에서, 일레인의 따뜻한 품에 안긴 채 작별의 말을 속삭였던 것이 고작 어젯밤이다. 그때까진 두렵지 않았다. 아버지께서 자신의 후계자들을 진정 위험한 곳으로 보내지는 않으실 거라고 믿었다. 프톨레무스 오빠와 나는 안전할 것이며, 대기하며 작전을 지켜보다가 싸움이 사그라질 때에야 전장에 뛰어들 줄 알았다.

내 생각이 틀렸다.

아버지의 갈증은 내 생각보다 훨씬 더 깊다.

아버지께서는 즉각 우리를 최전선으로 보내신다.

우리의 배들은 흐릿한 푸릇빛 파도를 따라 바다를 질주한다. 하얀색 포말이 뱃전에서 부서진다. 물보라가 튀어 고글을 썼는데도 눈을 가늘게 떠야 한다. 축축하고 차가운 바닷물을 담은 바람이 내 머리카락을 잡아 뜯는다. 발아래의 강철 갑판에 신발을 녹여 붙이지 않았다면 쓰러지고도 남았을 것이다. 물을 스치며 펄떡대는 배에 내 능력이 낮게 고동치며 흐른다.

우리는 안개에 숨은 채 나아가고 있다. 몬트포트의 스톰 군인들은 재능이 넘치고 강력하다. 우리 배에 배정된 이를 곁눈질로 바라본다. 방탄복을 녹색 군복 위로 조여 입고 있는, 키가 크고 호리호리한 여자다. 헬멧도 쓰고 있다. 손만을 드러낸 채로 양옆으로 손가락을 벌리고 안개를 끌고 있다. 작업복이나 훈련복 차림은 이제 없다. 이것이 현실이다.

사모스 하우스는 금속 선박들을 빠른 속도로 밀면서, 물에서부터의 공격을 이끌고 있다. 아버지께서는 승리를 위해 기꺼이 가문을 걸었다. 선두의 날카로운 쐐기 부분을 맡은 사촌 3명의 배들이 앞에서 미끄러져 나간다. 내 배를 탄 프톨레무스 오빠가 뒤에 단단히 서 있다. 거울 같은 갑옷과 무기들을 걸친 오빠의 몸이 배를 누르는 것이 느껴진다. 엉덩이에 찬 권총 벨트가 내게 꼭 맞는다. 총알을 직접 던지는 쪽을 선호하기는 해도 만약을 대비해 권총을 챙겼다. 사모스 하우스의 사촌들도 다양한 무기를 챙겼다. 폭발용 파편뿐만 아니라 라이플도 매고 있다. 파도를 맞으며 우뚝 서 있는, 패트리어트 요새의 방파제를 그려 본다. 우리를 막는 첫 번째 장해물이다. 그것이 가까워지자 나는 이곳과 우리의 목표로 초점을 분명하게 좁힌다.

도시를 차지한다.

살아남는다.

집으로 돌아간다.

저들은 우리가 오는 모습을 볼 것이다. 적어도 물 위로 밀려오는 안개는 알아차릴 것이다. 이른 아침이지만, 회색 공기가 여전히 무거울 때이다. 안개가 부자연스러워 보이진 않을 것이다. 우리에게 유리한 점이다. 칼이 육지에서부터 공격을 가하고, 라리스 하우스가 하늘에서부터 공격을 퍼부으면, 도시의 보안 요원들과 패트리어트 수비대는 어느 쪽에 맞서야 할지 모를 것이다.

모든 것이 잘 구성되어 있다. 더 거대한 작전은 물론이고, 각각의 배들도 말이다. 우리 쪽 사람들의 편성도 괜찮다. 배마다 마그네트론 둘, 스톰 하나, 그래비트론 하나씩은 배치되었고, 훈련받은 적혈군인들이나 몬트포트의 신혈들이 그에 추가되었다. 힐러 몇 명도 간간이 섞여 있다.

모두에게 각자의 임무가 있다. 우리가 살아남기 위해서는 모두가 자신이 맡은 바를 잘 해내야 할 것이다.

안개가 전진하자 어둡게 그림자를 드리운 패트리어트 요새의 모습이 희미하게 드러난다. 돌진하며 부서지는 하얀 물결 사이로 방파제가 솟아 있다. 아래로 땅이 없다. 발 디딜 곳도 없다. 상관없다.

화가 나지만 한편으로는 아버지께서 여기 계셨으면 좋겠다. 아버지의 옆보다 안전한 장소는 어디에도 없다.

오빠에게로 관심을 돌리는 바람에 집중력이 한순간 깨진다. 내 뒤에 서 있는 오빠를 느낄 수 있다. 오빠가 입은 갑옷의 모습을 추적하는 것 역시 가뿐하다. 우리는 작지만 속이 꽉 찬 원반 형태의 구리를 벨트에 달았다. 공격용은 아니다. 쉽게 구별하고 느낄 수 있다. 추적하기도 쉽다. 오빠의 것과 내 것이 주는 감각을 붙들고 외워 본다. 일이 잘못된다면, 최대한 빠르게 톨리 오빠를 찾을 수 있기를 바란다.

방파제는 빠르게 가까워진다. 우리를 앞지른 안개가 그 근처에서 머무른다. 내 안에서 시계가 똑딱거리는 듯한 소리가 점점 커진다. 때가 됐다.

몸을 떨면서 돌아서서 톨리 오빠를 감싸 안는다. 그 포옹은 빠르고, 날카롭고, 전혀 부드럽지 않다. 우리의 갑옷이 부딪히면서 금속이 쨍그랑거리는 소리가 나지만 이내 파도의 고함과 시끄럽게 뛰는 심장 소리에 삼켜진다.

"살아남아."

오빠가 속삭인다. 다시 몸을 돌리며 나는 고개만 끄덕일 뿐이다.

방파제에서는 어떤 움직임도 없다. 파도뿐이다. 안개가 잘 통하는 것 같다.

"준비됐나?"

나는 가슴이 떡 벌어진 몬트포트의 그래비트론에게 소음 너머로 들릴 수 있을 정도의 크기로 말한다.

그가 긍정하듯 턱을 아래로 기울이고는 배에 손을 얹고 쭈그리고 앉는다. 그래비트론이 손바닥을 편다. 들어 올릴 준비를 하는 것이다.

다른 배들의 그래비트론들도 똑같은 행동을 한다.

내 뒤의 군인들이 무릎을 꿇는다. 스톰, 우리 배에 탄 2명의 르롤란 오블리비언, 그리고 프톨레무스 오빠가 도약에 대비한다. 내 배에는 어떤 적혈도 없다. 나는 살아남고 싶다. 그리고 적혈 군인들이 얼마나 훈련을 받았든 그 과정에서 약한 붉은 피에게 기댈 일이 없으면 좋겠다.

다른 이들처럼 나도 아래로 몸을 숙이고 근육을 긴장시킨다. 저 그래비트론의 실력이 부족하다면 어떡하지. 두렵다. 이 속도라면, 나도 배가 방파제에 부딪히는 것을 막지 못할 수도 있다.

강철 같은 회색의 파도가 벽 아래를 따라서 부서진다. 파도가 아까보다 더 높다. 벽에는 바닷물 때문에 닳은 흔적이 있는데, 파도는 그보다 더 높은 곳에 부딪힌다. 그동안의 어떤 조수보다도 높다.

심장이 덜컥 멈춘다.

"님프다!"

엄청나게 높은 파도가 뒤에서 덮쳐오는 것과 동시에 내가 외친다.

그렇게 전투가 시작된다.

갑작스럽고 맹렬한 물의 벽이 선두의 배들을 장난감처럼 이리저리 던지자 리프트와 몬트포트의 군인들이 날뛰는 바닷속으로 떨어진다. 그래비트론들만 높이 뛰어올라 물의 손아귀에서 벗어나는 데 성공한다. 갑옷을 활용해서 물에 뜨거나 파도를 스치듯 달려 보려고 하는 사모스 사촌들도 눈에 들어오지만, 그들은 너무 무거우며 위험에서 빠져나올 수 있을 정도로 강하지 않다. 나머지에 대해서는 아예 모르겠다.

우리에게도 님프들이 있다. 몬트포트에서 태어난 은혈들이다. 하지만 패트리어트의 벽 위에 있을 누군가에 비하면 그들은 너무 적고 약하다. 끓어오르는 파도를 잠재우려고 시도하지만 부족하다.

벽의 반 정도 되는 높이의 파도가 일어나 회색 불빛을 가로막으며 우리 배들 위로 그림자를 드리운다. 그 파도는 우리를 때려눕히고 익사시켜 해저에 가라앉힐 것이다.

"밀고 나간다!"

나는 뱃머리를 꽉 붙들며 명령을 내린다. 선체에 능력을 쏟아붓는다. 그래비트론이 내 목소리를 들었기만을 바란다. 프톨레무스 오빠가 들었다는 것은 알겠다.

우리의 손길 아래에서 배가 진동하면서 좁아진다. 세로로 홈이 생겨나며 뱃머리가 칼날처럼 날카로워진다. 속도가 붙는다. 나는 몸을 최대한 낮게 붙인다. 우리는 승객을 태운 총알처럼 파도를 겨냥한다.

차가운 물이 뱃전을 철썩 쳐대지만, 내가 할 수 있는 거라고는 물이 쏟아지는 사이 입을 다무는 것뿐이다. 우리는 파도를 뚫고 쏜살같이 달려, 반대쪽 공중으로 튀어 나간다. 방파제를 목표로.

"대비해!"

프톨레무스 오빠가 고함을 치는 동시에 엄청난 속도로 돌을 향해서 돌진한다.

나는 이를 악물고 손가락을 선체에 박아 넣는다. 당기고, 민다. 추락하거나 부딪히지 않기를 바라면서.

그래비트론이 제때에 힘을 거들어 우리를 공중에 띄운다. 방파제에 선체가 세게 부딪히더니 중력에 거스르며 미끄러져 올라간다.

다른 배들이 우리를 따라서 엉망진창으로 얽힌 대형으로 달려든다.

우리 쪽 공격 대부분이 성공했다.

파도가 비처럼 퍼부으며 더 커지지만, 금속은 파도를 성공적으로 제치고 돌을 따라 오르며 울부짖는다. 나는 바닷물을 뱉어 내고는 고글이 있다는 사실에 감사하며 눈을 깜빡인다.

성벽에 늘어선 님프들은 구름 같은 회색이나 검은색 군복과 대비되는 푸른색 줄무늬 옷을 입어 알아보기 쉽다. 훈련받은 은혈 군인들과 보안 요원들. 패트리어트 요새의 수비대가 레이크랜즈 군대로 강화되었다.

우리는 전혀 우아하지 않은 동작으로 배에서 쏟아져 나와, 벽의 꼭대기를 덮고 있는 통로로 미끄러진다. 고꾸라지지 않으려고 내가 갑옷을 움직이는 사이 프톨레무스 오빠는 배를 아무렇게나 채 썰어 면도날처럼 만들어 사방으로 회전시켜 날린다. 그래비트론들은 적군들을 바다로 던져 넣는다. 안개가 벽을 기어서 요새로 다가가 우리 군인들을 가린다. 어디에선가 우리 스톰 몇 명이 부대에서 떨어져 나간다. 그들의 임무는 천둥을 부르고 번개를 일구는 것이다. 수비대를 놀래켜 그들이 달아나게 하기 위해서. 배로우가 여기 있다고 생각하도록.

불과 연기가 곳곳에 피어난다. 오블리비언들이 누비는 곳에 불에 탄 시체들이 남는다. 그중 하나가 기습을 당해 비명을 지르더니 벽 뒤, 성난 물속으로 떨어진다.

패트리어트 요새에는 적군의 스트롱암들이 가득하다. 램보스 하우스거나 그들의 사촌인 그레코 혹은 카로스 가문이다. 산처럼 거대한 근육질 여성이 눈앞에서 몬트포트의 스톤 하나를 잡아 살과 뼈가 종이라도 되는 것처럼 찢어 낸다.

나는 침착함을 유지한다. 더 나쁜 것들도 본 적이 있다. *그렇게 생*

13

각한다.

총성이 흩뿌려진다. 총알과 능력은 치명적인 조합이다.

나는 팔을 들고 주먹을 꽉 쥔 채 스스로를 방어한다. 총알들이 능력의 영향을 받아 납작해지거나 경로를 바꾸며 튕겨 나간다. 몇 개를 안개 속으로 되돌려 보내며 포탑의 번뜩이는 불꽃을 추적한다.

문을 열어야만 해. 요새를 차지해야지.

우리의 목표, 우리의 임무는 복잡하지는 않지만 간단하지도 않다. 이 도시의 유명한 항구들은 패트리어트 요새를 기준으로 민간인 구역인 아쿠아리언 포트와 군 구역인 워 포트로 나뉜다. 지금 내가 신경 쓰는 것은 그중 한쪽뿐이다.

전함에서나 볼 수 있을 중화기에서 나는 낮은 소리가 북처럼 울린다. 나는 미사일들의 탄도를 따라가고 판독하며 그들을 추적한다. 너무 멀지만, 추측은 할 수 있다. 나는 은혈이다. 우리가 어떻게 사고하는지 알 수 있다.

"방패를 형성하라!"

배와 무기에서 금속을 끌어모으며 사모스 마그네트론들에게 외친다.

오빠가 내 지시에 따라서 가능한 빠르게 금속 벽을 엮는다. 대포 소리가 가까워지자 나는 눈을 찡그리고 안개 사이를 올려다본다. 머리 위로 연기가 호를 그리고 있다. 자세히 보기 위해서 고글을 벗는다.

첫 번째 미사일이 50미터쯤 앞에서 방파제를 박살 내며 폭발해, 피아를 가리지 않고 사람들을 회색 혹은 분홍색의 박무로 만들어 버린다. 오블리비언들만이 살아남을 뿐이다. 갑옷과 군복은 재로 변해 맨살이 드러난다. 우리는 강철 뒤에서 몸을 숙인 채 폭발의 충격파를 견딘다.

뼛가루와 함께 산성에 오염된 연기 냄새가 코를 찌른다.

저런 직격에서는 우리도 살아남을 수는 없을 것이다. 지금 가진 것들로만 가지고는 절대 안 된다. 최선을 다해서 방향을 바꿔 볼 수는 있겠지만 미사일이 우리를 때리는 것은 시간문제일 뿐이다.

"벽에서 물러난다. 요새로."

나는 피 맛을 느끼면서 소리친다.

계획대로다.

저들의 전함이 성벽에 발포하도록 유도한다. 도시나 항공대가 아니라 요새가 집중포화를 받도록 한다.

칼의 예상이 맞다. 저 바보들은 그렇게 하고 있다.

또 다른 공격이 가해진다. 우리는 악전고투를 하며 방파제에서 내려가 패트리어트로 스며든다. 돌에 금이 가기 시작한다. 우리 쪽 공격 인원이었던 75명 중 60명 정도가 성공한 듯하다. 치명적인 은혈들과 총으로 무장하고 전투에 단련된 적혈들로 구성된 75명.

적혈들은 은혈에게만 사격한다. 패트리어트 수비대로 징병된 녹이 슨 듯한 붉은 군복을 입고 있는 군인들은 신경도 쓰지 않는다. 우리가 돌진하는 사이, 적혈 일부가 장교들의 지시에 따라서 싸우러 달려 나온다. 예상보다는 적다. 팔리 장군은 연락책을 통해 도시의 적혈들에게 경고를 전달했다고 장담했다. *공격이 가해지면 돌아서라. 달아나라. 아니면 최대한 우리와 함께 싸워라.*

많은 이들이 그렇게 죽음의 기차에 합류한다.

적란운이 하늘을 검게 물들인다. 저 번개들은 예측할 수 없으며 메어의 것보다는 덜 강력하다. 하지만 상징적이다.

우리가 다가가자 적군의 은혈들이 번개 소녀의 작품으로 보이는 하늘을 올려 본다.

걘 여기 없어, 이 바보들아. 머릿속으로 조롱을 날린다. *저런 거나 두려워하는 겁쟁이들 같으니.*

안쪽 요새는 혼돈의 실험장이다. 지금쯤이면 칼이 공격을 시작해, 하버베이에 지어진 터널 밖으로 진군하는 중일 것이다. 하버베이는 오래된 도시로 지난 세월 잘 보존되었으며 깊고 꼬인 뿌리를 가졌다. 진홍의 군대는 그 모든 것들을 잘 알고 있다.

우리는 요새의 중앙 샛길을 따라 빠르게 움직이며 전함의 발포를 유도한다. 우리 뒤를 파괴하도록 만드는 것이다. 그렇게 가장 최악의 무기가 도시로 향하지 못하게 막는다. 칼은 죄 없는 이들을 보호하는 것에 지나치게 집착한다. 아마도 메어에게 자기도 그렇게 할수 있다는 걸 보여 주려는 심산일 테다. *그 과정에서 나는 이렇게 버려진 채 구르는 것이다.*

나는 전투 부대를 맞닥뜨린다. 총알과 칼날을 조합하여 그들을 쓰러뜨려 길을 낸다. 그들의 얼굴이 내게 잔혹한 그림자를 드리운다. 가치 없는 기억이다. 이 일을 제대로 해내기 위해서는 이렇게 하는 수밖에 없다.

대포가 끽끽대는 소리와 쿵쿵대는 소리에 점점 익숙해진다. 최대한 쉽게 싸우고 내 자신을 보호하기 위해서 몸을 숙이고 소리에 맞춰 움직인다. 시야가 연기와 재와 안개에 휘감긴다. 패트리어트의 수비대는 절망을 느끼며 방황한다. 이런 공격에 대한 대비책이 없는 것이다. 그러나 우리는 다르다.

사촌들과 함께 만든 원형 방어막 안에 프톨레무스 오빠가 없다는 사실을 알아챈 순간 나는 공포에 사로잡힌다. 사람들을 살피며 창백한 피부와 은색 머리카락을 지닌 익숙한 얼굴을 찾는다. 오빠가 여기 없다.

"오빠!"

또 다른 미사일이 가까운 곳에서 터진다. 동시에 나는 고함을 지른다.

나는 몸을 뒤흔드는 충격이 사라지기를 기다리며 웅크린다. 돌무더기가 갑옷에 직격하며 내 왼쪽이 먼지로 뒤덮인다. 눈을 깜빡인 뒤 다른 이들보다 먼저 일어나 몸을 돌려 주변을 수색한다. 공포가 척추를 할퀴며 얼음처럼 차갑고 벌어진 상처들을 남긴다.

"프톨레무스!"

그전까지 유지하던 집중력이 흐트러지며 모든 것이 쪼개진다. 세상이 빙빙 돈다. *오빠는 어디에 있지. 어디에 있는 거야. 우리가 오빠를 뒤에 남기고 이동했나. 계속 전진 중일까. 오빠가 다쳤나. 죽어 가는 중일까, 이미 죽었을……*

총성이 지나치게 가까운 곳에 팍 소리를 내며 터진다. 음산한 암시다. 우리를 향해서 달려오는 군인 한 무리에게 휘말린다. 그중 하나가 나에게 몸을 던진다. 어깨끼리 부딪히는 바람에 나는 비틀거린다. 숨을 들이쉬며 분별력을 잃고 능력을 펼친다. 구리 원반을 찾으려 시도해 본다. 그 창백한 주황색 금속의 작은 부분, 다른 무게와,

17

다른 느낌을 가진 그것. 아무 느낌도 건지지 못한다. 아무것도.

나는 오빠에게 우리는 안전할 것이라고, 최전방에서도 그럴 것이라고 말했다. 아버지가 우리를 낭비하시지 않을 거라고. 아버지가 자신의 유산을 위태롭게 만들 곳에 우리를 보내시지 않을 거라고. 재가 여름에 내리는 눈처럼 떨어지는 동안, 나는 계속해서 주변의 사람들을 살피며 독성 가득한 공기를 들이마신다. 재가 색을 아랑곳하지 않고 군복을 덮는다. 우리는 모두 똑같이 보이기 시작한다.

아버지께서 부모가 마땅히 그래야 할 방식으로 우릴 사랑하지는 않는다 할지라도, 아버지에게 우리는 여전히 가치가 있어. 우리 목숨을 이런 식으로 거래하진 않으실 거야. 왕관을 위해서 우리를 저버리지는 않으실 거야.

하지만 우리는 여기 있지.

눈물이 눈을 찌른다. *재 때문이야. 연기가 매워서 그래.*

갑자기 인식할 수 있는 사정거리의 끝에서 구리가 울린다. 너무 작아서 놓칠 뻔한다. 오빠를 찾아서 돌아서며 목이 꺾인다. 앞뒤 생각도 않고 가는 길에 있는 군인들을 떠밀고, 전투 중인 사람들을 뛰어넘는다. 다가오는 스트롱암의 팔 아래로 몸을 숙여 지나가며 동시에 그에게로 총알을 날린다. 총알이 그의 목을 깨끗하게 관통하는 것이 느껴진다. 그는 찢어진 경정맥을 움켜쥐며 뒤로 쓰러진다.

걸어갈수록 집중력이 돋아난다. 길을 찾기 쉽도록 패트리어트 요새의 거리는 꼼꼼한 격자로 이루어졌다. 뼈를 찾아 킁킁거리는 사냥개처럼 나는 가장 가까운 오른쪽으로 꺾는다.

다양한 건물들을 연결한 통로가 위에 있다. 녹슨 붉은색 군복을 입은 군인들이 발포 자세를 취하고 앞뒤로 달려온다. 나는 팔을 들어 올리며 다가올 일제 사격에 방어막을 준비한다. 적혈 군인들은 안전거리에서 공격을 가한다. 나는 총알들을 떨어뜨리고, 납작하게 우그러뜨려 무용하게 만든다. 저들을 죽이려고 굳이 내 힘을 낭비할 것도 없다.

감사하게도 온전한 모습으로 프톨레무스 오빠가 모퉁이에서 달려오는 모습이 시야에 들어온다. 안도감에 쓰러질 것 같다. 더 많은 대포들이 공격하고 있는지 오빠의 뒤로 연기가 소용돌이친다. 미사일이 다시 머리 위로 날카로운 파공음을 남기며 날아가 우르릉 소리를 내며 폭발한다.

"뭐 하던 거야, 이 멍청아!"

속도를 줄이기 위해 미끄러지면서 나는 소리를 지른다.

"멈추지 마, 달려!"

오빠가 고함을 지르면서 내 팔을 붙들고는 발이 꼬일 정도로 세게 끌어당긴다.

그렇게 공포에 질려 있는 오빠와 다툴 정도로 어리석지는 않다. 나는 내 발로 똑바로 서서 방향을 바꾼 다음 오빠의 옆에서 속도를 맞춰서 최대한 빠르게 달린다.

"방파제가……."

오빠가 숨을 몰아쉬며 말한다.

그게 무슨 뜻인지 짐작하는 것은 어렵지 않다.

뒤를 돌아보는 끔찍한 실수를 저지르고 만다. 연기와 안개와 내려치는 천둥 사이로 점점 퍼지는 벽의 금. 무너지는 돌조각들. 벽처럼 보이는 물이 벽을 넘어 안으로 들어온다.

발코니에 서서 그 모든 것을 지켜보며 장악하고 있는 사람이 있다. 팔을 넓게 벌리고, 검은색에 가까운 짙푸른 색의 갑옷을 입고 있다.

아이리스 시그넛이 우리가 도망치는 모습을 지켜보고 있다.

공포가 쇄도해 그 자리에 거의 굳어 버리다시피 한 나를, 톨리 오빠가 아플 정도로 세게 붙들어 당긴다. 우리는 중심가로 돌아가 부대원을 뒤쫓는다. 그러다 요새의 저지대가 비워졌다는 사실을 깨닫는다. 우리 군인들은 앞으로 진격한다. 적군들은…… 그들은 *위*로 간다. 건물로 올라가고, 지붕에 올라서고, 무기를 장착한 채 고지대를 고수한다. 우리도 높은 곳을 확보하려고 애써도 아무 소용이 없다. 이제는 *나가*는 일뿐이다.

우리는 사방에서 날아오는, 길 잃은 총성 사이로 돌진한다. 대부분은 간단히 방향을 바꿔 버릴 수 있다. 그중 몇 개는 능력을 써서 그대로 돌려보내지만 채 조준하지는 못한다.

칼을, 데이비슨을 탓한다. 팔리를, 우리 아버지를, 심지어는 나 자신을 탓하며 이를 악물고 저주를 퍼붓는다. 계획을 짤 때 님프가 있을 수도 있다는 점이 고려되기는 했지만, 아이리스처럼 강력한 누군가는 아니었다. 아주 강력한 님프 귀족들 몇몇이라면 요새에 바다를 풀어놓을 수는 있다. 그러나 그들 중 누구도 저토록 기꺼이 패트리어트를 파괴하지는 못할 것이다. 하지만 아이리스, 다른 나라의 공주이자 노르타에 전혀 충성심 따위 없는 여인이라면? 이곳을 갈가리 찢고도 아무 느낌도 없을 것이다. 그러고도 그것을 승리라고 부르겠지.

방파제에서 나는 굉음이 먼 거리에서까지 들릴 정도로 커다랗게 메아리친다. 파도가 부풀어 오르며 사방에 부딪치느라 나는 고함 같은 소리가 뒤따르더니, 물이 거리로 쏟아져 들어와 건물과 패트리어트 요새의 벽들을 감싸며 거품을 일으킨다. 그 장면을 머릿속으로 그려 본다. 푸른 불꽃 같은 벽이 지나는 길에 있는 모든 것을 집어삼킨다.

계속 달려서 부대를 따라잡는다. 프톨레무스가 달리라고 고함을 치자 모두 그 말에 따른다. 몬트포트 신혈들도 마찬가지다. 가식을 떨 시간 같은 건 없다.

패트리어트 요새의 안쪽 문들은 도시가 아니라, 항구를 가로질러 요새가 있는 인공 섬과 본토를 연결하는 긴 다리로 이어진다. 바다가 부풀어 오르는 중이라는 점은 차치하고라도, 뒤로 적군 님프들이 쫓아오는 와중에 우리가 물 위로 나 있는 다리 위로 거의 반 킬로미터 정도를 달려야 한다는 뜻이다. *익사하지 않는다*는 목표를 달성하기 쉬운 환경은 아니다.

우리 쪽 오블리비언들이 첫 번째 문들에 빠르게 힘을 가해 다리로 향하는 거대한 문들을 날려 버린다. 철로 된 보강물들이 허공을 빠르게 날아서, 물속으로 첨벙 떨어진다. 홍수가 다가오는 소리가 너무 커서 그 소리는 거의 들리지도 않을 지경이다. 아이리스는 분명 승리감에 찬 채, 우리가 힘겹게 앞다투며 폭풍우에 갇힌 쥐들같이 움직이는 모습을 미소를 띠고 굽어보고 있을 것이다.

첫 번째 너울이 닥치는 순간 서둘러서 문을 통과한다. 너울은 잔해의 소용돌이와 함께 달려든다. 쪼개진 나무, 떠다니는 차량, 총, 시체. 나는 다리가 허락하는 한 빠른 속도로 달리며, 우리 모두를 이 위험에서 구할 수 있을 만큼 내가 강하기를 바란다. 우리 중 누구도 마그네트론 능력으로 비행정을 만들 수 있을 정도로 숙달되지 못했다. 아버지만이 짧게나마 그 일을 해내실 수 있다.

그래비트론들이 뒤를 지키며 자기들 능력으로 파도에 대항한다. 그들이 우리에게 시간을 벌어 준다. 하지만 이 너울은 작다. 문의 아치보다 조금 더 높은 정도다.

다음 순간 두 번째 파도가, 진정한 파도가, 말 그대로 벽을 넘어서 요새를 지켜 주던 돌과 콘크리트 사이로 쏟아진다. 그래비트론들은 그런 힘에는 아무 쓸모가 없다. 그저 자신들의 몸만 간신히 빼낼 수 있을 뿐이다. 그래비트론들이 파도 위로 몸을 띄우지만 그중 하나가 물살에 잡혀서 소용돌이에 휘말린다. 그는 결코 다시 떠오르지 못한다.

그에 대해 더 생각할 여유가 없다. 그럴 수가 없다.

다리는 패트리어트를 향한 육로 공격을 막기 위해 길쭉한 모양으로 설계되었다. 그 좁은 공간을 따라 자물쇠와 문들이 줄줄 이어진다. 속도를 늦추는 요인이다. 오블리비언들은 자신들이 할 수 있는 일을 한다. 우리는 규칙적인 폭발음을 따라서 장해물을 차례대로 통과한다. 프톨레무스 오빠와 나는 절망을 느끼면서도 경첩과 보강물들을 쪼개며 강철을 잡아 뜯는다.

절반을 통과하자 하버베이가 눈앞에 모습을 드러낸다. 가깝지만 결코 닿을 수 없을 정도로 먼 것만 같다. 나는 양옆의 고요하고 잔잔한 물이 일어나고 있다는 사실을 한눈에 알아차리고 만다. 솟아오른다. 밀려온다. 멈추지 않는 폭풍의 힘으로 우리 뒤를 쫓아오고 있는 무시무시한 파도처럼 점점 자라난다. 짭짤한 물줄기가 앞으로 쏟아지며 얼굴을 흠뻑 적시고 눈을 찌른다. 순간적으로 눈이 안 보여 나는 톨리 오빠의 목깃에 매달린다. 절망에 찬 고함을 지르며, 나는 능력을 이용해서 우리 두 사람을 끌어올려 다음 문 너머로 날아오른다. 우리 부대는 망했다. 그들도 할 수 있다면 우리를 따라올 것이다. 그럴 수 없다면, 뒤에 남을 수밖에 없다.

이 갑옷의 무게가 얼마나 될까? 하등 쓸모없는 목소리가 머릿속에서 속삭인다. *갑옷을 벗어 버리기 전에 가라앉으려나? 하버베이 밑바닥에서 끝장나는 건가?*

프톨레무스 오빠가 파도 사이로 사라져 다시는 돌아오지 않는 모습을 지켜봐야 할 수도 있을까?

물이 발목께에서 찰랑인다. 부츠가 다리의 포장도로에서 미끄러지는 바람에 발을 헛디딘다. 프톨레무스 오빠가 내 허리를 바짝 붙들고 있어 저 역겨운 물속으로 거꾸러지지 않고 버틴다. 물에 빠져 죽는다면, 우리는 함께 죽을 것이다.

뒤를 쫓는 아이리스의 파도에서 그녀의 갈증을 느낄 수 있다. 아이리스는 우리를 죽이는 것 외의 다른 일에는 관심이 없을 테다. 그녀의 국민들에게 또 하나의 적일 뿐인 리프트를 끔찍하게 파멸시키는 것. 우리 군대가 그녀의 아버지를 죽였던 대로 우리를 죽이는 것.

이런 식으로 죽을 수는 없다.

하지만 아무 계획도 없다. 나 혼자 그녀를 공격할 수도 없다. 파도를 조종하는 님프들은 얼굴 한 번 보여 주지 않고도 우리를 죽일 것이다. 우리가 어떻게든 그들을 먼저 죽이지 않는 한.

그래비트론이 필요하다.

신혈이 필요하다.

메어와, 이 개자식들을 지져 버릴 그녀의 폭풍이 필요하다.

천둥이 다시 우르릉 소리를 내며 번개가 마구잡이로 번뜩인다. 저걸로는 충분하지 않다.

우리는 달아나며 누군가 구해 주기를 기다리기만 할 뿐이다.

이렇게 아무것도 할 수 없다니 토할 것만 같다.

또 다른 파도가 오른쪽에서 닥친다. 뒤쪽에서 다가오는 파도보다는 작지만, 그럼에도 강력하다. 그 파도에 오빠의 손이 떨어지는 바람에 우리 둘은 서로 찢어진다. 손으로 얇은 공기를 움켜쥔다. 다음순간 물이 눈을 아프게 찌른다. 나는 물속으로 머리부터 떨어진다.

불길이 수면에서 타오르며 폭발한다. 오블리비언이나 대포일 테지만, 어느 쪽인지 정확히는 모르겠다. 나는 가라앉기 전에 바쁘게 갑옷부터 벗어 던진다. 살아남으려고 고군분투를 하며, 계속 움직이는 프톨레무스 오빠의 구리를 놓치지 않으려고 애를 쓴다. 오빠도 물에 빠지는 중이다.

나는 수면으로 떠오르기 위해 발버둥을 친다. 그러나 또 다른 파도가 머리를 때리는 바람에 숨 한 번 들이마시지도 못한 채로 다시깊은 물속으로 빙글빙글 돌며 빠진다.

소금물에 눈이 아프고 폐는 불타는 것 같다. 나는 수영을 하려고, 수면 위의 님프들보다 더 빨리 움직이려고 노력한다. 아래에 오래 있을수록 내가 죽은 것처럼 보일 테다. 더 멀리 달아날 수 있을 것이다.

이번에는 톨리 오빠가 나를 찾는다.

오빠가 목덜미를 잡아 당긴다. 어두컴컴한 물 사이로, 내 옆에 있는 오빠의 형체가 보인다. 반대편 손으로 어떤 금속을 꽉 잡고 있다. 커다란 총알 모양의 강철이다. 매끄럽다. 톨리 오빠는 능력으로 그것을 밀며 움직인다. 모터 같다.

이를 꽉 물며 나도 단단히 붙든다. 한계까지 버티던 폐가 안도감에 비명을 지르며 공기 방울 한 무리를 흘려보낸다. 그 바람에 물을 들이켜고 만다. 숨이 막힌다.

힘차게 발을 차며 힘을 폭발시킨다. 톨리 오빠가 우리 몸을 수면 쪽으로 끌어올린다. 시야가 점멸하며 어두워진다. 오빠는 나를 그늘이 드리워진 젖은 모래사장에 내던진다.

아무 생각도 떠오르지 않는다. 그럼에도 균형 감각을 찾으려고 애를 쓰며 주변을 돌아본다. 아주 잠깐 경계를 늦춰도 죽을 수 있다.

아쿠아리언 포트의 부두 중 하나다. 물이 15센티미터 정도 차올랐다. 보트가 양쪽에서 시야를 가려 준다. 썩어 가는 해초, 버려진 밧줄, 따개비 따위가 우리를 둘러싸고 있다. 프톨레무스 오빠가 부두 너머를 바라본다. 틈이 약간 있어 다리와 패트리어트 요새를 볼 수 있다. 저절로 오르내리며 서로 결투를 벌이는 파도들에 난타당한 패트리어트 요새는 솟아오른 가마솥처럼 보인다. 파도들이 해변을 향해서 밀려오며 물이 빠르게 목까지 차오른다. 나는 식식거리면서 머리 위의 썩은 나무를 붙든다. 땅 위에 다 와서 물에 빠져 죽을 수도 있겠다는 생각이 든다. 하지만 물은 다시 낮아진다. 부자연스럽게 당겨지며 뒤로 물러난다.

우리는 물러나는 파도를 따라 움직여, 부두의 끝에 있는 지지대를 잡고 기어오른다. 이제 내게 남은 것은 칼과 총알뿐이다. 갑옷은 항구의 바닥 어딘가에 버려져 있다. 신경 쓰이진 않는다. 원한다면 땅 위의 어디서든 금속을 구할 수 있다.

파도가 다리를 연거푸 공격하며 군인들을 위로 던진다. 우리 부대는 붕괴되었다. 궤멸 수준일 테다. 사모스 하우스는 언젠가 오늘 흐른 피의 대가를 물을 것이다. 바다로부터의 공격은 실패했다.

제트기 하나가 적란운 사이를 헤치며 요란한 소리를 내더니 요새 너머로 사라진다. 그 뒤를 다른 비행기 두 대가 추격한다. 날개가 라리스의 노란색으로 칠해져 있다. 사냥당하던 비행기 쪽에서 불꽃이 폭발하더니, 부서지면서 먼 파도 속으로 떨어진다. 다른 라리스 비행기들이 하늘에 점점이 나타나며 도시 너머로 낮게 날자 사나운 바람이 항구를 찢어 놓는다. 비행기 소음이 머리를 뜯어낼 듯 위협한다. 할 수만 있다면 그들에게 응원의 환호성을 보냈을 것이다. 항공대가 우리의 진짜 강점이다.

특히 지금처럼 패트리어트의 반이 물에 잠겼다면.

요새의 대부분이 물에 잠겼다. 활주로도 마찬가지다. 해군의 배들만이 작전이 가능한 상태로 살아남았다. 전함들은 총화기를 라리스 비행기들에 겨누고는 쏘아 댄다. 비행기 하나가 날개가 날아간 채 떨어지고, 두 대가 더 뒤를 따른다.

"전함들을 무력화시켜야 해."

그 생각에 벌써부터 기력이 다 빠진 채로 나는 단조롭게 중얼거린다.

톨리 오빠는 나를 미친 사람 보듯이 쳐다본다.

어쩌면 정말 그런지도 모르겠다.

* * *

한창 싸움 중인 전장을 넘어 항구의 끝까지 최대한 빠르게 달려 간다. 칼의 육군은 공격대 중에서 가장 큰 규모다. 진홍의 군대의 조직원들과 이미 도시 안에 있는 그들의 연락책들은 말할 것도 없고, 연합 정부의 군인 수백 명으로 이루어져 있다. 훈련받은 군인들이 배수로와 골목에서 도둑과 범죄자들과 나란히 게릴라 전투를 벌이고 있다. 전투가 하버베이를 집어삼킨다. 하얀색 돌과 푸른색 지붕으로 이루어졌던 도시가 검은색과 붉은색, 연기와 불로 뒤덮인다. *캘로어 색이네.* 나는 씁쓸하게 생각한다. *하지만 어느 쪽 형제이지?*

노르타의 은혈들과 징병된 적혈 군사들은 대열을 유지하는 훈련을 받았다. 그들은 거리에 갇혀서 꼼짝 못 하고 있다. 병목 현상이 저들이 가진 수적 우세를 무효화했지만 위험한 건 매한가지다. 톨리 오빠와 나는 목숨을 걸고 달리면서 아무거나 잡아 갑옷을 다시 만든다. 녹슨 것들도 예외는 아니다. 시간만 됐다면 내가 만든 끔찍한 이 갑옷에 혐오감을 느꼈을 것이다.

1킬로미터쯤 떨어진 바다의 상공에서는 라리스의 제트기들이 노르타와 피에드몬트 비행기들과 조우한다. 칼의 명령대로다. 저들과 우리가 가진 무기 중 최악인 것은 도시에 오지 못하게 해라. 이 거리에서도 맹렬한 속도로 춤을 추는 비행기들의 포효가 들린다. 구름과 수평선 사이로 공중전이 벌어지며 불꽃과 연기가 퍼져 나간다. 라리

27

스 윈드위버와 겨루어야만 하는 조종사들이라니. 비행기를 모는 것만으로도 어려울 텐데 바람 그 자체랑 겨루어야 하다니.

거대한 강철 선체가 네 척 다가오는데, 그 주변의 물은 고요하고 매끄럽다. 아이리스가 워 포트 근처에 머무르며 거친 파도에서 전함들을 보호하고 있을 것이다. 군함을 차지하려는 시도를 저지하느라 바다의 나머지 부분은 끓어오르며 흔들린다. 곧 레이크랜즈의 공주는 비행기들을 바다에서 도시로 돌려, 요새를 부순 것처럼 하버베이를 파괴할 것이다. 캘로어 형제 중 누구에게도 쓸모가 없도록. 폐허 외에는 아무것도 남기지 않을 것이다.

밝은 붉은색이 내 시야를 가로지르며 골목에서 뛰어나온다. 무장한 진홍의 군대를 발견하고 이토록 안도하는 날이 올 거라고는 결코 생각지 못했는데. 특히 팔리 장군이 이끄는 부대를 발견하고 말이다.

팔리 장군이 이끄는 범죄자 무리는 총을 치켜든 채 우리를 둘러싼다. 내키지는 않지만 나는 재빨리 양손을 들고 그녀와 눈을 마주친다.

"우리뿐이야."

나는 헐떡이면서 오빠에게도 똑같이 하라고 몸짓을 한다.

팔리 장군의 눈이 똑딱거리는 추처럼 우리 사이를 왕복한다. 균형을 맞추려는 저울 같다. 그녀가 정확히 무엇을 두고 저울질 중인지를 깨닫는 동시에 즉시 안도감이 사라진다.

오빠의 목숨.

그녀는 바로 여기에서, 그를 죽이려고, 우리를 죽이려고 시도할 수 있다. 성공한다 한들 아무도 모를 것이다. 우리는 그저 전쟁의 사상자 중 하나로 파악될 것이다. 그녀는 복수를 할 수도 있다.

누군가가 내게서 톨리 오빠를 빼앗는다면, 나 역시 그렇게 할 것이다.

팔리는 엉덩이 쪽의 권총을 찾아 손으로 더듬는다. 탄약 벨트가 반쯤 빈 것으로 보아 매우 바빴던 모양이다. 나는 떨리는 그녀의 푸른 시선을 놓치지 않은 채, 아무 말도 하지 않는다. 감히 숨도 쉬지 못한다. 그녀를 잘못된 방향으로 밀지 않으려 애를 쓴다.

나는 흥분으로 이를 악문다. 이미 고갈된 힘을 최대한 그러모은다. 팔리의 총, 총알들, 그리고 그녀가 전신에 숨기고 있는 칼들을 잡아채야 한다. 그녀가 공격을 감행한다면 그것을 멈추기 위해서.

"칼은 이쪽에 있어. 우린 저 배들을 없애 버려야 해."

마침내 팔리가 긴장을 풀며 말한다.

"당연하지."

프톨레무스 오빠의 얼굴을 거의 주먹으로 칠 뻔한다.

조용히 해. 그렇게 속삭이고 싶다.

대신 나는 앞으로 살짝 나서며, 팔리의 분노로부터 오빠를 방어한다. 팔리는 주저하는 듯 아주 잠깐 오빠를 맹렬하게 쳐다본다.

"병사들, 정렬해."

등을 돌리며 팔리가 비웃음조로 명령한다.

병사. 저하가 아니라. 우리의 지위가 아니라.

저게 팔리가 할 수 있는 최악이라면, 기쁘게 받아들일 것이다.

우리는 명령받은 대로 나머지와 함께 대형을 만들어 선다. 그들 중 아는 사람은 아무도 없다. 진홍의 군대는 팔이나 허리, 손목 등에 붉은 천을 감아 서로를 구별한다. 진홍의 군대는 급조된 오합지졸 같다. 옷은 평범하다. 하인일 수도, 노동자나 항만 근로자, 지위가 낮은 상인, 요리사, 운전사일 수도 있다. 하지만 그들은 팔리처럼 강철 같은 성격과 결단력을 지녔다. 그리고 완전히 무장했다. 얼마나 많은 은혈들이 집 안에 저런 늑대를 키우고 있을는지 궁금하다.

우리 집에도 얼마나 많은 진홍의 군대들이 있을지도 궁금하다.

우리 연합 정부 쪽은 항구 둘레를 따라 구부러진 모양으로 펼쳐진 포트 로드에 자리를 잡고 있다. 워 포트를 완전히 가로막은 전함들을 마주하는 곳이다. 병영을 비롯한 군 건물 상당수는 이미 급습당한 모습이다. 상당수의 아군이 창문과 문간에서 고개를 내밀고 방어 자세를 취하고 있고, 나머지 이들은 명령을 기다리며 항구 한켠에서 대형을 이루고 있다.

우리가 도시를 차지한 것인가?

칼이 부관들과 경호원들에게 둘러싸인 채 성큼성큼 걸어온다. 지금까지 본 모습 중에 가장 단정치 못한 차림새다. 머리는 땀으로 번들거리고 몸에는 피와 재로 줄무늬가 나 있다. 온통 더러워진 옷에서 희미하게 빛나는 어두운 붉은색을 간신히 알아차린다. 그는 어찌할 바를 모르고 절망에 빠진 얼굴로, 물에서 거리를 두고는 서성거린다. 치솟는 파도가 닿지 않는 곳에 머물도록 주의를 기울이는 것이다.

캘로어 왕자들은 물을 사랑하지 않는다. 물은 그들을 불편하게 만든다.

지금 이 순간, 칼은 몹시 초조해 보인다.

그의 할머니가 걷는 칼을 지켜본다. 아나벨은 비단과 드레스를 버리고, 계급을 알려 주는 휘장도 없는 간단한 군복을 입고 있다. 심지어 가문의 색조차 없다. 엉뚱한 사람들 틈에서 방황하는 나이 든 여자 정도로만 보일 뿐이지만, 식견이 있는 사람에게는 다르게 보일 것이다. 아나벨 르롤란을 과소평가할 수는 없다. 그녀의 옆에는, 입술을 다물고 시선을 군함에 고정한 줄리언 제이코스가 침묵을 지키며 자신이 활약할 순간을 기다리고 있다.

오빠와 나는 칼의 일행 앞으로 나아간다. 우리를 본 칼의 눈썹이 치솟는다. 나처럼 안도한 다음, 그 감정에 놀란 것 같다.

우리 둘 모두에게 고개를 끄덕여 보이며 칼이 말한다.

"무사한 걸 보니 좋네. 부대는 어찌 되었지?"

나는 양손을 허리에 얹는다.

"모르겠어. 군대가 다리를 건너는 사이에 아이리스가 우리 둘을 항구로 집어 던졌거든. 수영해서 빠져나왔지."

그는 날카로운 표정으로 나를 집중력 있게 관찰한다. 고발하는 듯한 기세다. 다른 이들은 죽었는데 나만 살아남았다는 사실을 부끄러워해야 한다는 것처럼. 나는 무시하고 계속한다.

"도시까지 도착한 사람이 있어?"

"말하긴 어렵군. 여기서 부대를 재편성할 거라고 말을 전해 두기는 했어. 누가 그 메시지를 받고 돌아올 수 있을지 보자고."

그는 손을 보며 얼굴을 찌푸리더니 전함으로 시선을 돌린다. 전함들은 뱃머리를 돌리지는 않았지만 느릿하게, 부두에서부터 멀어진다. 우리 쪽에 시야를 고정한 채로.

"그대들이 우리에게 지금 있는 유일한 마그네트론들이야."

남아 있는 사모스가 없다. 우리를 제외하면 아무도.

프톨레무스 오빠가 얼굴을 찌푸린다.

"미사일 문제에는 최선을 다할게."

칼이 오빠를 휙 돌아보자 그의 어두운 머리카락이 휘날린다.

"미사일을 잡는 일 따위에 그대들을 낭비하진 않을 거야. 몬트포트 바머들이 충분히 있으니까."

그가 항구를 가리켜 보인다.

"그대들이 저 배들에 올랐으면 해."

우리가 전함들을 멈춰야 한다는 것은 알지만, 배에 올랐으면 한다니? 불길 때문에 열기와 재와 땀이 느껴지지만, 그럼에도 뺨에 얼음 같은 추위가 퍼진다. 나는 창백해진다.

"나는 자살하고 싶지는 않은데, 캘로어."

나는 비웃으며 쏘아붙인다. 안전하게 물에 떠 있는 전함 쪽으로 턱을 기울인다.

"가까이 가기도 전에 아이리스가 우리를 돌처럼 가라앉힐 거라고. 그래비트론들마저……."

칼은 좌절한 얼굴로 낮게 혼잣말을 중얼거린다.

"우리가 도시를 점령하면, 신혈들의 능력에 대해 은혈 장교들에게 특강을 진행하라고 내게 상기시켜 줘. 아레조."

그가 이상한 말을 소리 지른다.

대답하듯 한 여자가 앞으로 밀치고 나온다. 그녀는 몬트포트의 어두운 녹색 군복을 입고 있으며, 외국의 휘장을 달고 있다.

"예."

그녀가 턱을 기울이며 대답한다.

"텔레포터들을 준비시켜."

칼이 명령한다. 내가 화가 나서 들끓는 모습을 보는 게 즐겁다는 듯한 태도다. 그리고 정확히 어떤 군대와 함께 작전을 진행 중인지 잊고 있던 나 자신에게도 화가 난다. *이 이상한 신혈들에 대한 건 언제 끝이 나는 거야?*

"저 배들로 건너갈 준비를 하게."

"네, 저하."

그녀가 무뚝뚝하게 대답한다. 한 손을 흔들자 다른 몬트포트 군인들이 앞으로 나선다. 저들이 텔레포터인가 보다.

나는 오빠를 흘깃 바라보며 그의 반응을 가늠해 본다. 톨리 오빠는 적혈 장군에 마음이 쏠린 것처럼 보인다. 오빠의 시선은 그녀에게 고정되어 있다. 경계를 늦추는 순간, 팔리가 오빠를 죽일 수도 있다는 것처럼. 아주 비이성적인 공포는 아니다.

나는 앞으로 한 발 나서 내 형편없는 약혼자와 정면으로 맞선다.

"그럼 언제 승선해? 군함을 분해하려면 마그네트론이 2명보다는 더 많이 필요해. 시간도 꽤 걸리고. 우린 뛰어나지만 그 정도로 뛰어나진 않아."

칼이 홱 움직여 유달리 강한 파도로부터 물러나며 발을 젖지 않게 유지한다. 그는 마른침을 삼키며 눈을 빠르게 깜빡인다.

"굳이 저걸 분해할 필요는 없어. 난 저 배들을 원할 뿐이야. 난 저 배들이 필요하거든. 아이리스가 이곳에 있기 때문에 더 그렇지."

칼은 가볍게 입술을 핥는다. 그의 눈에 공포가 가볍게 번뜩인다.

"아이리스의 어머니는 그녀가 말라 죽게 두지 않을 테니까."

웩. 지금 칼이 이렇게나 끔찍한 말장난을 친 건가?

"항구를 보호할 수 있는 대포를 확보하기 전에 레이크랜즈 비행대가 도착하면, 우린 끝장이야."

칼이 물을 바라보며 덧붙인다.

홍수로 범람한 요새 너머, 비행기들이 춤추듯 움직이며 연기를 뿜는다. 나는 한 손을 들어 희부옇게 보이는 바다를 가리켜 보인다.

"지금 배 네 척으로 레이크랜즈 함대를 저지할 수 있을 거라 생각하는 건가?"

"그래야만 할 거야."

"글쎄, 불가능할 텐데. 너도 알잖아."

그가 턱에 힘을 주자 뺨이 떨린다. *너도 손을 더럽힐 수밖에 없을 거야, 캘로어. 이미 더러워진 그 이상으로 말이야.*

그가 나를 분명하게 볼 수 있도록 움직인다.

"방금도 네가 직접 말했지. 레이크랜즈의 여왕이 자기 딸을 버려두진 않을 거라고. 그러니 그녀를 가지고 거래를 해."

칼이 충격을 받는다. 그의 안색이 나처럼 창백해진다.

"도시를 위해서."

나는 밀어붙인다. 칼은 이해해야만 한다.

"프톨레무스 오빠와 난 총을 제어해서 아이리스에게 쏠 수 있어. 아이리스를 붙들어 궁지에 몰 수가 있다는 거지. 불의 왕이라면 아이리스를 진압하기 어렵지 않겠지, 그렇지 않아?"

아무 대답도 없다. 칼은 눈도 깜빡이지 않으며 완고한 차분함을 유지한다. *겁쟁이 같으니.* 나는 머릿속으로 경멸을 뱉는다. *칼은 아이리스랑 마주하기도 싫은 거야. 북쪽의 화염께서는 조금의 비도 두려운 거지.*

"우리가 아이리스를 잡으면 협상을 해. 그녀의 목숨과 하버베이를 교환하자고."

그 말에 칼의 자제력이 반쯤 깨진다.

"그렇게는 안 돼."

칼이 거칠게 내뱉는다. 나도 모르게 그의 갑작스러운 분노에 위축되어 한 발 물러서고 만다.

"나는 *그가* 아니야, 에반젤린."

비웃지 않을 수가 없다.

"뭐, *그가* 이기고 있어."

"나는 그렇게는 하지 않을 거야."

다시 말하는 칼의 목소리는 분노로 흔들린다. 왕자들이란 했던 말을 다시 하는 일에 익숙하지 않은 법이다.

"나는 인질을 잡지 않을 거야."

메이븐에게 명분을 주지 않겠다, 이 말이잖아. 머릿속 쓸쓸한 메아리가 내게 속삭인다. *그녀를 도로 데려갈 명분을 말이야. 한 사람한테 정말로 헌신하네.*

그는 극도로 분개해서 내 얼굴에 손가락을 겨눈다.

"배와 총을 확보해. 그리고 아이리스를 하버베이에서 쫓아내. 명령이야."

"나는 당신 병사가 아니야. 아직은 당신 아내도 아니지, 캘로어. 당신은 나에게 명령할 수 없어. 당신이 아이리스를 놓아준다면, 그녀의 어머니가 이 도시와 우리를 익사시킬 수도 있어."

나는 그를 뜯어먹을 것처럼 으르렁거린다.

칼은 맹렬하게 나를 응시한다. 그의 손이 떨리고 있다. 파도가 발목을 때리는 것도 알아차리지 못할 정도로 화가 났다. 칼이 뛰어오르며 욕설을 뱉는다. 그의 그 우스꽝스러운 얼굴에 대고 웃음을 터뜨리고 싶다.

"아이리스의 어머니는 이 도시를 그대로 둘 겁니다. 자기 딸이 탈출할 수 있기만 하다면요."

뒤쪽에서 큰 목소리가 끼어든다. *할머니가 구하러 나선 거야, 캘로어?*

왕자는 얼굴을 찡그린다. 이마에 혼란스런 주름이 진다.

"할머님의 말이 맞습니다."

칼의 삼촌이 아나벨보다 훨씬 더 부드러운 목소리로 말한다.

칼의 눈썹이 머리카락 속으로 사라질 지경이다.

"삼촌?"

그가 거의 들리지도 않는 목소리로 묻는다.

제이코스는 어깨만 으쓱하며 얄팍한 가슴 앞으로 양손을 맞잡는다.

"나는 전투에는 거의 재능이 없어요. 하지만 그게 무능하다는 말은 아니지요. 좋은 전략입니다, 칼. 아이리스를 바다에서 몰아내는 것 말이에요."

다음 순간 줄리언이 내게 시선을 돌린다.

"배에 오르세요, 에반젤린."

느릿하게 말하는 줄리언의 목소리에 능력의 흔적은 전혀 없다.

그래도 저게 협박임을 알겠다. 이 일에 있어 내게는 아무 선택권이 없다. 장전된 총처럼 싱어가 나를 똑바로 바라보고 있는 상황에서는. 나는 이 일을 나 자신의 의지로 해내든가, 아니면 줄리언의 의지대로 해내야 한다.

"좋아."

* * *

칼에게는 단점이 많다. 지나칠 정도로 고결한 것도 그 단점 중 하나다. 평소에는 그 점 때문에 그를 더 미워하곤 했는데, 그래도 지금은 아니다. 몬트포트에서 칼이 약속했던 것처럼, 그는 누구도 자신을 대신해서 싸우도록 하지 않는다. 그는 자신이 하고 싶어 하지 않는 무언가를 다른 사람이 대신 하게 하지 않는다. 텔레포터들이 팔을 넓게 펼치고 모인다. 내 옆에는 무장한 채 전함을 휘저을 준비를 한 칼이 자리한다.

"처음에는 기분이 안 좋을지도 모릅니다."

그렇게 말하는 내 텔레포터의 얼굴은 우울하고 나이로 인해 주름이 져 있다. 수많은 전투를 겪은 베테랑이다.

난 그저 이를 악물며 그의 손을 잡는다.

골수까지 쥐어짜이고, 모든 장기가 비틀리고, 균형 감각이 사라지는 기분이다. 머리부터 뒤집어지는 것 같다. 나는 숨이 턱 막힌 채 깨닫는다. 내가 숨을 쉴 수 없다는 것, 볼 수 없다는 것, 생각할 수도, 존재할 수도 없다는 것을……. 왔던 만큼이나 빠르게 그 감각이 사라진다. 텔레포터가 나를 내려다보고 있다. 나는 공기를 들이마시며 철판이 깔린 전함의 갑판에 무릎을 꿇는다. 텔레포터는 내 입을 덮으려고 팔을 뻗는다. 나는 손을 뿌리치며 그를 죽일 듯이 노려본다.

우리는 포탑 뒤에 숨어, 차가운 강철과 매끄러운 총열 옆에 쪼그리고 앉아 있다. 요새에 포격을 가한 뒤인지라 총열은 붉게 달아오른 채 연기를 뿜는 중이다. 그것들은 이제 도시로 방향을 돌리고 있다. 총에 능력을 뻗자 리벳 못부터 볼트에 이르기까지 모든 것이 느껴진다. 총들을 뛰어넘으며 거의 차 있는 화약고와, 발사 준비 중인 포탄 수 어 개를 감지한다. 길쭉한 선체의 이물과 고물에 하나씩 점처럼 박힌, 다른 회전 포탑 두 개 역시 마찬가지 상태일 테다.

"하버베이를 재로 만들 수도 있을 것 같네."

나는 혼잣말로 중얼거린다.

텔레포터는 화난 듯한 시선으로 대답을 대신한다. 그는 아버지를 연상시킨다. 이글대는 눈빛과 집중한 얼굴.

나는 해야만 하는 일을 한다. 얼굴을 찡그리고 양손을 대포에 댄 채 끌어당긴다.

이미 잠긴 채 다른 곳을 향하고 있던 터라 회전 포탑은 내 힘에 저항한다. 하지만 내가 포탄의 경로를 움직이는 장비를 잡자 쉽게 내 손길에 따라 움직인다. 그것은 돌아서, 다른 목표물을 향한다.

아이리스의 전함.

그녀는 가장 먼 바다에 있는 배의 갑판에서 서성이고 있다. 어두운 푸른색 그림자. 레이크랜즈 사람들이 그녀 옆에 서 있다. 그들 군복 역시 알아보기 쉽다. 배 훨씬 아래 이물 쪽에서, 붉은 형체 하나가 깜빡이며 드러난다. 텔레포터 하나와 등 뒤를 지킬 군인들도.

"거의 다 됐어."

나는 회전 포탑을 정해진 장소로 미끄러뜨리며 낮게 중얼거린다. 총은 이제 아이리스의 전함 측면을 겨냥하고 있다. 주먹을 쥔 뒤 강철 플레이트를 녹여서 포탑을 그 자리에 고정한다. 마그네트론이나 소형 화염 방사기를 들고 있는 사람이 아니라면 아무도 이 회전 포탑을 돌릴 수 없을 것이다.

"다음."

또 한 번 토할 것 같은 이동 후에, 우리는 두 번째 포탑 옆에 안착한다. 나는 아까와 같이 총을 움직인다. 이번에는 적혈 군인 한 쌍이 우리를 발견한다. 그들이 나에게 달려들지만, 텔레포터가 그들 두 사람을 붙들더니 사라져 버린다. 그가 내 시야 바깥에서 번쩍하더니, 물 위에서 모습을 드러낸다. 두 적혈은 바다 속으로 떨어져 내린다. 텔레포터는 첨벙 소리가 들리기도 전에 돌아온다.

세 번째 회전 포탑은 상황이 훨씬 안 좋다. 그것은 내 능력에 저항하며 움직이기를 거부한다. 나는 땀에 젖은 채 신음한다.

"저들이 우리를 알아차렸어. 포병이 대포의 자리를 지키려고 애를 쓰고 있어."

"당신 마그네트론이 맞긴 맞습니까?"

텔레포터가 나를 비웃는다.

프톨레무스 오빠에게는 이보다는 조용한 인간이 배정되었어야

할 텐데. 나는 찡그린 채로 생각한다. 힘을 폭발시켜서, 나는 회전 포탑을 돌리고는 필요 이상의 열정으로 그것을 정해진 자리로 밀어 넣는다. 포탑의 맨 아래가 안쪽으로 구겨지며 궤도에 낀다.

"다했어. 신호 보내."

이 총기를 작동시키는 건 예상보다 훨씬 간단하다. 거대한 방아쇠를 당기는 것과 비슷하다.

대포알이 내는 요란한 소리에 옆으로 몸을 돌리며 귀를 막는다. 잇따라 모든 것이 울리더니 둔탁해진다. 똑바로 서려고 노력하면서, 대포 한 방 한 방이 아이리스이 탄 전함의 급소를 찌르며 갑판에서 폭발하는 모습을 지켜본다.

불길이 분노를 뿜으며 똬리를 튼 사나운 뱀처럼 긴 선체를 타고 질주한다. 포탄 한 개에서 나온 불길이라고 하기에는 크다. 군인 몇 명이 그 분노에서 탈출하려고 바다로 뛰어든다.

칼의 분노에서.

레이크랜즈 사람들은 쉽게 단념하지 않는다. 그들은 물을 끌어올려 배에 뿌린다. 그것이 철썩 내려앉으며 불길을 잡는다.

또 다른 포탄 하나가 정확하게 직격한다. 맞은편에 있는 프톨레무스 오빠의 배에서다. 환호성을 지르고 싶은 마음에 미소를 참을 수가 없다.

다시 칼이 전함에 불길을 일으킨다. 더 많은 이들이 달아나며 바다로 뛰어든다. 파도. 포탄. 화염. 그 박자가 계속 이어진다.

텔레포터가 우리를 회전 포탑 사이로 이동시킨다. 매번 더 많은 병사들과 맞닥뜨리게 된다. 대부분은 적혈이다. 은혈들은 거의 배에서 일하지 않는다. 오직 장교들뿐이다. 나와 몬트포트인의 능력이면 그들을 피하는 건 간단하다.

칼에게로 옮겨 달라고 하고 싶다. 칼에게는 아이리스를 죽일 배짱이 없지만, 나는 있다. 레이크랜즈는 자기들 왕이 죽은 이후 이미 우리에게 맹렬히 분노하는 중이다. 아이리스가 죽는다고 한들 무슨 상관이랴. 사모스와 캘로어의 힘에 대적하는 걸 다시 생각하게 만들어 그들이 호수와 농장으로 물러가도록 만들 수 있을지도 모른다.

하지만 내 임무는 총들을 조종하고, 배를 붙들어 두는 것이다.

칼이 아이리스와 전투를 벌이자 그녀의 관심이 도시에서 멀어진다. 우리 쪽 군인들이 건너오기 시작한다. 세 번째 팀이 배를 장악한다. 더 많은 텔레포터들이 갑판으로 이동한다. 군인들이 6명씩 함께 넘어온다. 배에 도착하는 군인들이 많아질수록 속도가 빨라진다.

나는 다음 구역에 도착하는 동시에 눈을 가늘게 뜨고 멀리 있는 전함을 바라본다. 이번 포탄은 제대로 맞았는지, 수면에서 몇 미터 위의 선체에 난 구멍에서 연기가 모락모락 나고 있다. 갑판 위의 광경은 무시무시하다. 구름은 어두워지고 두꺼워지며 번개가 친다. 불과 물이 전함 위에서 충돌하며 화염과 파도가 부딪힌다. 은혈 왕족이 벌이는 전투에서 나오는 힘에 배가 기울어진다. 공평하지 못한 상황에서 전사들이 동등하게 맞붙는 것이다.

난생처음, 티베리아스 캘로어가 죽는다면 어떤 일이 벌어질 것인지 진심으로 궁금해진다.

내 생각에는 아이리스가 그를 죽일 것 같다.

제20장

메어

그렇게 멀지도 않은데, 영원히 이 길이 끝나지 않는 것만 같다. 차가 포트 로드로 들어서는 순간 문손잡이를 꼭 붙든다. 바퀴가 마구 회전하는 바람에 튕겨 나갈 것 같기 때문이다. 차에는 나와 일렉트리콘들, 그리고 운전사뿐이다. 엘라마저 입을 다물고 창문 너머 어두워지는 하늘을 바라보고 있다. 하버베이로 가까워지며 뉴 타운의 연기는 산성을 머금은 검은 구름으로 바뀐다. 처음에는 누구에게도 말을 할 필요가 없다는 사실이 그저 감사할 따름이었지만 시간이 흐를수록 두꺼운 침묵에 무겁게 짓눌리는 기분이다. 앞에 있는 도시와 그곳에서 급속하게 번지는 전투 외에는 아무것도 생각할 수 없다. 지평선이 불타는 것처럼 보인다.

우리가 어떤 장면을 보게 될 것인지 아무런 예상도 되지 않는 통에, 머리가 빙글빙글 돈다. 점점 더 최악의 시나리오만 생각하게 된다. 항복. 패배. 팔리의 죽음. 창백하게 피를 흘리는 티베리아스와 그의 은색 피가 퍼지는 모습.

지난번 하버베이에 방문했을 때, 나는 터널과 골목 사이로 돌아다녔다. 고관대작이나 귀족들처럼 호위를 받으면서 군용 차량에 탑승해서 거리로 돌진하지는 않았다. 나는 거의 그 장소를 인식하지도 못했다.

도시로 가면 다른 광경을 보게 될 줄 알았으나, 전선은 내 생각보다 깊은 곳에 형성되어 있다. 거리는 텅 비어 있다. 군인들 외에는 아무것도 없다. 대부분 우리 쪽 군인들로, 초소로 향하거나 순찰을 돌고 있다. 한두 번쯤은 포로들을 둘러싸고 지나가는 연합 정부의 군대를 보기도 한다. 철로 된 수갑을 찬 은혈들이, 어디인지는 모르겠지만 우리가 그들을 가둬 둘 곳으로 끌려간다. 데이비슨의 명령이 아닐까 추측해 본다. 포로들을 이용하는 방법은 데이비슨이 가장 잘 알 테니까.

차가 항구를 향해서 부드럽게 내려간다.

"연합은 부둣가에 대형을 이루는 중이랍니다. 적들이 요새 쪽으로 다시 밀고 들어오기 전에 방어를 강화하기 위해서입니다."

운전사가 우리를 돌아보며 외친다. 콘솔 박스에 있는 라디오에서 요란하게 울리는 소리는 대부분 잡음이지만, 뒤죽박죽된 말 몇 마디가 귀에 들어온다. 그는 최선을 다해 내용을 중계한다.

"항공기 편대와 노르타 비행기 사이의 전투가 바다 쪽에서 계속되고 있고, 아군은 항구에서 전함들을 물리치기 위해서 노력하는 중이라는군요. 그렇지만 수평선에 레이크랜즈 배들이 떴다고 합니다."

맞은편에서 레이프가 낮은 목소리로 욕설을 뱉는다.

"사정거리 밖인데."

"그건 내가 판단할게요."

여전히 창밖을 바라보며 엘라가 엄격한 목소리로 대꾸한다.

타이튼은 입술을 꼭 다문 채 뒤로 기대더니 말한다.

"그러니까 우리가 도시를 차지하긴 했네요, 지금까지는."

"그래 보이네요."

경계의 끈을 놓지 않으며 내가 대꾸한다.

차는 더 커다란 건물들과 더 중요해 보이는 장소들을 지나간다. 나선형의 전선처럼 몸을 긴장으로 단단히 굳힌다. 이 고요가 덫에 불과하다면 바로 반응할 수 있도록. 티베리아스와 다른 이들을 방심시키기 위해 미끼를 던지는 것일 수도 있다. 나는 이를 갈며 번개를 끌어올린다. 다른 일렉트리콘들도 각자 싸울 준비를 한다.

급히 걸어가는 한 무리의 군인들 너머, 거리의 끝 부근을 보자 항구에서 휘몰아치는 물결이 번뜩인다. 태풍이 막 쓸고 지나간 것처럼 모두 젖어 있다. 어두운 회색 구름이 흩어지고 맹렬한 돌풍이 불고 있다. 구부러진 해안선을 따라 파도가 부서지자 끓어오르는 냄비 표면처럼 하얀색 포말이 남는다. 항구에서 보면 패트리어트 요새의 반은 물에 잠기고 반은 불에 타서 완전히 폐허 같다. 요새로 향하는 다리는 말 그대로 흔적도 없이 사라져, 부분부분 바다에 잠겨 있다.

좀 더 잘 보기 위해서 몸을 빼고 이마를 창문에 붙인다. 아군들은 잔해를 치우고, 임시로 가벽을 세우거나 기관총을 설치하느라 바쁘다. 계급을 살펴보며 익숙한 얼굴을 찾는 사이 차는 부둣가를 따라 만든 광장으로 달린다. 군인들은 서로 다른 군복을 입고 있음에도 모두가 똑같아 보인다. 더러운 얼굴에 두 가지 색의 피를 흘리는 중이다. 그들은 너무 지쳐서 곧장 쓰러질 것 같다. 하지만 살아 있다.

부둣가 한가운데, 요새 다리로 향하는 문은 부서져 있다. 그곳을 향해 물가를 돌아가자 차가 지나도록 사람들이 갈라진다. 엘라와 나는 목을 빼고 오른쪽 창문에 붙는다. 맞은편에서 레이프도 똑같이 한다. 타이톤은 더러운 자기 신발을 쏘아보며 침착하게 앉아 있다.

"배들이 서로 대포를 쏘고 있네요. 봐요, 3 대 1로요."

엘라가 항구에 있는 전함들을 가리키며 속삭인다.

나는 잠시 혼란스러움에 빠진 채 입술을 깨문다. 먼 거리에서 회색 선체가 위아래로 흔들린다. 배에 실린 총화기의 무게 때문이다. 그 배 중 세 척이 네 번째 배를 향해서 발포하는 것처럼 보인다. 어느 쪽이 우위를 차지하고 있는지 궁금하다. 우리 쪽인지…… 아니면 메이븐 쪽인지. 작은 배들이 위험을 무릅쓰고 일렁이는 파도 속으로 뛰어든다. 군인을 싣고 전함으로 가는 것이다.

차가 멈춘다. 신발을 젖은 포장도로에 딛는데, 바닥이 미끄러워 조심히 걸어야 한다. 군인들을 밀치면서도 균형을 잡는다. 다른 일렉트리콘들이 뒤를 따라온다. 항구를 가로지르는 배들을 살피면서, 부둣가 근처에 뭉쳐 있는 장교들을 향하여 걸어간다. 저 멀리에서 파도를 타는 네 척의 전함들이 포격의 반동 때문에 앞뒤로 기울어진다. 군인들 사이로 익숙한 얼굴을 찾으며, 그 장면을 훑어본다.

어슴푸레하게 전투 풍경이 보인다. 금발을 번뜩이며 움직이는 팔리가 먼저 눈에 들어온다. 잠시 잊어버린 듯한 쌍안경이 목에 매달려 달랑거린다. 팔리는 일정한 박자로 명령을 부르짖으며 부하 장교들에게 손짓한다. 사람들이 상자를 주변에 쌓으며 자신들의 장군을 보호하기 위해 빈약한 벽이나마 만드는 중이라는 사실을 알아차리지 못한 듯하다. 긴장이 조금 풀린다. 숨 쉬는 것이 조금 편해진다.

다행스럽게도 줄리언도 이곳에 있다. 그는 아나벨 왕비와 가까이 서 있는데, 두 사람 모두 전함들을 보며 얼어붙어 있다. 시선은 한곳에 고정된 채다. 줄리언의 팔을 붙든 아나벨의 주먹이 하얗게 질려 있다.

마음이 불안해진다. 왜인지는 설명할 수가 없다.

"어디를 도우면 될까?"

나는 최대한 조용하게 그 무리로 들어서며 끼어든다.

팔리가 툴툴거리며 나를 꾸짖는다. 나는 기꺼이 비난을 받아들일 준비를 한다.

"대체 네가 왜 여기에 있어? 뉴 타운에 뭐라도 문제가 생긴……."

"뉴 타운 쪽은 이겼어요."

엘라가 팔짱을 끼며 나선다.

레이프도 고개를 끄덕인다.

"여기서 해야 할 임무를 줘요, 장군."

"아이리스 시그넛이 저기 있어요."

팔리가 전함을 가리켜 보이며 으르렁댄다. 다음 순간, 그녀는 뭔가 불편한 표정으로 말을 망설인다. 나는 더 불안해진다.

나는 한 손을 그녀의 팔에 올린다. 메이븐의 왕비가 어마어마하기는 해도, 무적은 아니다.

"난 아이리스가 겁나지 않아. 팔리, 우리가 도울게……."

바깥쪽에서 붉은 화염이 네 번째 배를 따라서 길고 빠르게 자라난다. 기이한 움직임. 거대하고 부자연스러운 파도가 불길을 제압하기 위해서 일어나더니, 갑판을 따라 부서진다. 또 다른 불길이 공중을 휘감아 오르며 폭발하자 물로 만들어진 혀 같은 것이 구부러지더니 사방으로 뿌려진다. 불과 물은 함께 움직이며 광포한 춤을 춘다. 바로 그 두 사람의 작업일 수밖에 없다.

심장이 공포로 얼어붙으며 뚝 떨어진다. 동시에 분노가 치민다.

하늘이 검은색으로 물든다. 순식간에 구름이 다시 생겨난다. 그 안에서 보라색 빛이 내 심장 박동에 맞춰 번뜩인다.

"대체 티베리아스는 뭘 *하는* 중이야?"

나는 물 쪽으로 한 발을 딛으며 혼잣말을 으르렁거린다. 내 안에서 뭔가가 부러진다. 내가 가졌던 모든 목표, 도시에 대한 모든 생각이 즉시 사라진다.

"진정해요, 메어."

엘라가 내 팔을 붙들면서 말하는 걸 들었지만, 나는 그녀를 떼어낸다. *저 배로 가야 해. 그를 멈춰야 해.*

"그를 도우려고 해도, 여기서는 조준할 수 없어요!"

엘라의 목소리가 멀어진다. 사람들이 많은 곳에서 나는 다른 사람들이 따라오지 못할 정도로 잽싸고 빠르다.

나는 물가로 향한다. 절망이 나를 전부 삼키는 것 같다. 칼이 님프와, 그것도 강력한 님프와 싸우는 중이다. 그의 가장 큰 약점과 말이다. 그 사실에 끔찍하게 겁이 난다.

배들이 항구를 가로지르며 오간다. 좀 더 많은 군인을 실어 보내기 위한 빈 배들. 나는 부서질 정도로 이를 악문 채로 그 모습을 바라본다. *너무 느리다.*

"텔레포터!"

나는 절망 속에서 헛되이 외친다. 내 목소리는 총소리에 묻힌다.

"텔레포터!"

나는 다시 고함을 친다. 아무도 달려오지 않는다.

배들은 느리겠지만, 그것이 내게 남은 최선이다. 배에 한 발을 막 올리려고 할 때 나를 따라잡은 팔리가 어깨를 세게 붙잡고 뒤로 잡아 끈다. 얕은 웅덩이를 밟는 바람에 물방울이 사방으로 튀긴다.

아주 오래전, 스틸츠의 골목에서 배운 대로 몸을 비틀어서 팔리를 떨쳐 버린다. 그녀는 발을 헛딛지만 곧장 몸을 바로 하고 양손을 뻗는다. 팔리의 얼굴이 온통 붉게 달아올라 있다.

"저 배를 탈 거야, 팔리. 나는 네 허락을 구하려는 게 아니야."

내 목소리가 분노로 덜덜 떨린다. 터져 버릴 것 같은 기분이다.

"알았어. 알겠다고⋯⋯."

팔리는 마지못해 허락한다. 그녀의 눈은 공포로 차 있다.

저쪽에서 섬광이 터진다. 우리 두 사람 모두 입을 다문다. 팔리가 하려던 말도 입안에서 사라진다. 아이리스의 배에서 연거푸 폭발이 발생하며 선체를 뒤흔든다. 우리는 경직된 침묵 속에서 그 광경을 바라본다. 파도가 불길을 잠재우기 위해 일어나지만, 폭발은 붉게 분노하며 퍼져 나간다. 화염이 하늘까지 치솟는다. 또 다른 파도가 배를 덮자 검고 악취가 나는 연기가 자욱하게 피어난다. 군인들이 갑판에서 떨어져 물에 빠진다. 이 거리에서는 군복을 구별할 수가 없다. 붉은색인지 녹색인지, 아니면 푸른색인지, 전혀 모르겠다.

하지만 그의 갑옷이 불길을 반사하며 밝게 번뜩이는 것만큼은 놓칠 수가 없다.

나는 즉각적으로 팔리의 목에서 쌍안경을 낚아채어 눈에 대고 누른다.

목격한 장면에 얼어붙는다. 그 자리에 뿌리라도 내린 듯 움직일 수가 없다.

아이리스가 물처럼 몸을 숙였다 다시 치솟으며 불로 만든 공을 피한다. 티베리아스보다 훨씬 빠르다. 그녀는 티베리아스가 닿지 못하는 곳에서 춤을 추듯 빙글빙글 돈다. 배가 망망대해로 향하고 있음에도 불구하고 용맹하고 멍청한 캘로어는 물러나지 않는다.

아이리스 시그닛의 힘이 가득 실린 파도가 티베리아스의 머리를 치며 푸른색과 흰색으로 부서진다. 그가 배에 부딪혀 내가 보는 앞에서 죽어 갈 수도 있다는 생각이 든다. 심장이 덜컥 멈춘다.

그는 쓰러진다. 전투를 벌이느라 갑옷은 부서지고 갈라졌고 선홍색 망토는 조각조각 찢어졌다. 그토록 거대한 남자인데도, 티베리아스의 몸 아래에서는 작은 물보라만 일 뿐이다.

시야가 흐릿해진다. 머리에 과부하가 걸릴 정도로 온갖 감정이 치미는 탓이다. 시야가 좁아지고 가장자리는 검게 물든다. 주변을 둘러싼 사람들의 소리가 기어이 들리지 않게 된다. 팔리의 목소리도 희미해진다. 그녀가 명령을 외치는 소리도 사라진다. 비명을 지르고 싶다. 그러나 이가 용접된 것처럼 딱 붙어 있다. 움직이고 말을 하면,

자제력을 잃게 될 것이다. 번개가 자비 없이 내리칠 것이다. 그저 여기 서서 지켜보며 누구든 내게 귀를 기울여 주는 존재가 있기를 바라며 기도하는 것밖에는 할 수 없다.

일렉트리콘들이 나를 안아 준다. 내가 자제력을 잃는다면 즉각 대응할 수 있을 정도로 가까운 거리다. 푸른색, 녹색, 하얀색. 엘라, 레이프, 타이톤.

칼, 칼, 칼.

살아남아.

저 물이 문제다. 전투 때문에 파도에 거품이 인다. 배에서 떨어진 군인들 대부분은 살아남아 물의 움직임을 따라 위아래로 흔들린다. *하지만 저 사람들은 갑옷을 입고 있지 않잖아. 저 사람들은 물을 두려워하지 않잖아. 아이리스 시그넛과 싸우다가, 그녀에게 패배하지는 않았잖아.* 이글거리는 태양 탓에 제대로 보이지는 않지만, 눈을 가늘게 떠 가며 견딜 수 없을 때까지 바라본다. 더는 눈을 뜰 수 없을 때까지. 쌍안경이 손에서 떨어지며 세게 부딪친다.

물가에서 일어난 혼란이 점점 커진다. 모든 군인이 줄을 선 채로, 숨도 제대로 못 쉬며 캘로어 왕자의 운명을 지켜본다. 그들이 모두 숨을 들이켠다. 나는 억지로 눈을 뜨고 몸을 돌린다. 타이톤의 손가락이 내 목을 단단하게 옥죈다. 필요하다면 그는 나를 때려눕힐 것이다. 내 슬픔에서 다른 사람들을 보호하기 위해서.

누가 티베리아스를 물 밖으로 끌어냈는지, 아니면 어떤 텔레포터가 그를 해변으로 데려왔는지까지는 모르겠다. 힐러가 겁에 질린 채 몸을 숙여, 그의 목숨을 구하려고 하는 모습도 눈에 안 들어온다. 먼 바다로 도망치는 아이리스도 신경 쓰이지 않는다. 그저 내 눈에는 그의 모습만이 들어온다. 결코 이런 모습의 티베리아스를 보길 원한 적 없건만. 매 순간이 붕괴된다. 총에 쏘여 본 적도 있다. 칼에 찔려 본 적도 있다. 누가 내 속을 움푹 도려낸 적도 있다. 이건 그 모든 것보다 천 배는 더 나쁘다.

은혈의 피부는 우리보다 더 창백하다. 온기가 사라진 것처럼 말이다. 하지만 지금의 칼 같은 은혈은 결코 본 적이 없다. 그의 입술은 파랗고, 뺨은 달빛처럼 빛난다. 전신은 흠뻑 젖어 피를 흘리고 있다. 눈은 감고 있다. 숨을 쉬지 않는다. 티베리아스는 시체처럼 보인다. 그는 시체일 수도 있다.

시간이 늘어지는 것만 같다. 나는 이 저주받은 시간 속에 갇힌 채로, 거의 남지 않은 티베리아스의 생명이 서서히 사그라지는 모습을 지켜보아야 한다. 뉴 타운에서 킬런은 살아남았다. 하버베이에서 티베리아스를 잃게 되는 걸까?

그의 가슴에 손바닥을 대고 있는 힐러의 눈썹에 구슬 같은 땀이 맺힌다.

어떤 신에게라도 기도를 올릴 것이다. 내 기도를 들을지도 모르는 누구에게든.

나는 간청한다.

그가 격렬하게 기침을 하며 눈을 번쩍 뜬다. 물이 입에서 쏟아져 나온다. 일렉트리콘들이 갑작스럽게 무너지는 나를 붙들어 준다. 숨을 헐떡이면서, 소리를 억누르려 한 손을 입에 올린다. 눈물이 흐르는 것이 느껴진다.

사람들이 티베리아스를 둘러싸고, 아나벨이 옆에 무릎을 꿇는다. 줄리언도 그곳에 있다. 그들은 티베리아스의 머리를 매만지며, 힐러가 계속 일할 수 있게 누워 있으라고 부드럽게 말한다.

티베리아스는 자신이 어떤 상황에 놓였는지 이해하려고 애를 쓰며, 약하게 고개를 끄덕인다.

그가 나를 보기 전에 몸을 돌린다. 어쩌나 그곳에 남고 싶은지.

* * *

오션 힐은 내가 전혀 알지 못하는, 죽은 코리앤 왕비가 가장 좋아하는 곳이었다고 한다. 그의 아들도 역시 그곳을 가장 좋아한다.

푸른 돔에 불꽃 모양으로 은을 씌우고, 세련된 하얀 돌로 만들어진 궁전은 연기가 날리고 재가 떨어지는 중에도 장엄한 모습을 자랑한다. 보통 때라면 궁전 앞 광장에는 교통 체증이 심했을 것이다. 우리는 그 광장을 따라 돈다. 움직임이 있는 곳이라곤 근처에 있는 보안 센터밖에 없다. 그곳에는 현재 연합 군인들이 가득하다. 사람들은 메이븐 캘로어의 그림과 함께 매달려 있던 붉은색, 검은색, 그리고 은색 깃발을 뜯어낸다. 그러고는 그의 상징에 하나씩 하나씩 불을 붙인다. 나는 메이븐의 얼굴이 불타는 것을 본다. 붉은 불꽃이 탐욕스럽게 혀를 움직이는 동안, 푸른 눈이 나를 뒤쫓는 듯하다.

거리는 텅 비었다. 크리스털로 된 돔 아래에 있는 매우 아름다웠던 분수 역시 내 기억과는 달리 말랐다. 전쟁이 하버베이의 돌 위를 걸어간다.

궁전의 문들은 나와 팔리를 향해서 하품을 하듯 열려 있다. 예전에도 이곳에 와 본 적이 있지만, 그때 우린 침입자였다. 도망자였다. 오늘은 아니다.

차가 속도를 늦추자 팔리는 재빨리 나가더니 따라오라고 나에게 몸짓을 한다. 하지만 아침의 사건들에 시달리는 나는 망설인다. 티베리아스가 죽을 뻔한 모습을 본 것이 고작 몇 시간 전에 불과하다. 그 모습을 머릿속에서 지울 수가 없다.

"메어."

팔리가 낮은 목소리로 재촉한다. 나를 움직이기 충분하다.

짙은 청색의 문들이 조용히 열리자, 문 뒤에서 감시 중인 진홍의 군대 2명이 보인다. 그들이 매고 있는 찢어진 손수건은 밝은 루비색이다. 끔찍하리만치 이 장소에 어울리지가 않는 색이다. 날카롭고 절대 오해할 수 없는 신호.

오션 힐은 사용되지 않고 버려진 곳이다. 왕이 된 이래 메이븐이 이곳에 한 발자국이라도 디뎠을지 의심스럽다. 코리앤 왕비의 금색이 바랜 채로 벽과 천장에 걸려 있다. 이곳은 잊힌 왕비를 위한 무덤이다. 아무것도 없이 텅 비어 있다. 그녀의 기억만 남아 있을 뿐이다. 어쩌면 그녀의 유령도.

걸어가는 동안 주변의 얼굴들을 관찰한다. 이상한 반전이 눈에 들어온다. 몇몇 진홍의 군대 적혈들은 무기를 가리지 않고 착용한 채로 당직을 서고 있지만, 대부분은 아무 목적이 없는 것처럼 보인다. 전투로부터 회복하며, 호화로운 기둥에 기대어 졸고 있거나 중앙 회당에서 뻗어 나간 수많은 연회장과 침실들을 느긋하게 구경한다. 반면 은혈들은 좀 더 하찮은 일을 하면서 바쁘게 돌아다닌다. 아나벨의 지시를 받은 것 같다. 그들은 티베리아스의 새로운 자리와 그의 궁전을 준비하고, 그를 적법한 지배자이자 왕으로 알려야만 한다. 은혈들은 창문을 열고, 가구에서 덮개를 끌어 내리고, 문틀과 조각상에서 먼지까지 턴다. 나는 그 광경에 압도되어 눈을 깜빡인다. *은혈들이 집안일을 하네. 무슨 일이야!* 적혈 하인들은 틀림없이 달아났을 테고, 이곳에 있는 적혈들은 그들을 위해 이 일을 하고 싶지 않을 테니까.

지나가는 사람 중에서 아는 사람이 아무도 없다. 줄리언도 없다. 충성스러운 군인들이 궁전을 준비하는 동안 그를 감독하는 아나벨도 없다. 걱정이 된다. 그들이 있을 법한 장소가 딱 한 군데밖에 없기 때문이다. 그리고 분명히 그들은 그곳에 있을 터다.

에반젤린이 모퉁이를 돌아 튀어나오는 모습을 본 순간 달려갈 뻔한다. 갑옷은 더 가벼운 옷으로 바뀌었다. 이 전투가 그녀에게도 힘들었겠지만 그런 티가 거의 나지 않는다. 다른 사람들은 모두 더럽거나 피투성이인 반면, 에반젤린 사모스는 차가운 물로 씻고 나오기라도 한 듯 산뜻하다.

"내 앞에서 비켜."

그게 내가 그녀 옆으로 스쳐 가며 할 수 있는 말의 전부다. 팔리가 이글거리는 눈으로 쏘아보며 급히 멈춘다.

"걔 놔 줘, 사모스."

팔리가 으르렁거린다.

에반젤린은 그녀를 무시하고는 내 어깨를 와락 붙들고, 억지로 자기 눈을 마주 보게 만든다. 나는 에반젤린을 때려눕히고 싶은 익숙한 충동을 억누른다. 놀랍게도, 에반젤린은 내 상처와 멍을 살핀다.

"먼저 힐러부터 보러 갔어야지. 잔뜩 있는데. 너 진짜 엉망이다."

"에반젤린……."

에반젤린이 분명하게 말한다.

"그는 괜찮아. 보증할 수 있어."

그녀와 눈을 맞추고 나는 쉰 소리로 낮게 대꾸한다.

"나도 그건 알아, 내 두 눈으로 직접 봤어."

그렇게 말했지만, 나는 그 기억에 이를 꽉 문다. 기억은 너무나 생생하고 아직도 고통스럽다.

그는 살아 있어. 그녀로부터, 님프 공주로부터 살아남았어. 스스로에게 상기시킨다. *동생의 위험한 왕비로부터. 바다 한가운데에서* 님프에게 도전하다니, 그런 일을 저지른 티베리아스의 목을 비틀어 버리고 싶다. 티베리아스는 시냇물을 건너려고 수영하는 것도 꺼린다. 그는 물을 싫어한다. 다른 것에 비교할 수 없을 정도로 두려워한다. 그에게 가장 최악이고 가장 쉬운 죽음의 방법인 것이다.

에반젤린이 나를 바라보며 입술을 깨문다. 내게서 본 무언가가 마음에 든 모양이다. 다시 말을 꺼낼 때, 그녀의 목소리는 좀 더 부드럽게 바뀌어 있다. 깃털처럼 가벼운 속삭임으로.

"잊을 수가 없어. 그가 돌처럼 가라앉던 모습을 말이야. 갑옷과 그 모든 게. 힐러들이 그를 다시 숨 쉬게 만들 때까지 얼마나 걸렸지?"

그녀는 속삭일 수 있을 정도로 가까이 다가와 말한다. 귓가를 맴도는 말에 닭살이 돋는다.

나는 기억해 내지 않으려고 노력하면서 눈을 꼭 감는다. *네가 무슨 일을 하려는 건지 알아, 에반젤린. 그리고 그건 먹히고 있어.* 창백하게 죽어 가던 티베리아스. 온통 젖어 있던 그의 몸. 입은 벌어지고, 눈은 뜨고 있지만 초점이 없다. 아무것도 보지 않는다. 쉐이드 오빠의 몸 역시 똑같았다. 그 모습은 여전히 나를 사로잡는다. 다시 눈을 떠도 티베리아스의 시신이 여전히 거기 있다. 내 마음속을 떠돈다. 그 장면을 털어 낼 수가 없다.

"그만하면 충분해."

팔리가 우리 둘 사이로 밀고 들어오며 말한다. 에반젤린이 히죽대는 사이, 팔리는 나를 밀어낸다.

그녀는 우리 뒤로 보조를 맞추며 걷는다. 내가 목초지로 향하는 소라도 되는 것처럼, 나를 오른쪽으로 밀기까지 한다. 도살장일지도 모르지.

오션 힐은 내가 모르는 곳이다. 하지만 어디로 가야 할지는 알 수 있다. 궁전이라면 충분히 겪은 덕이다. 우리는 구불구불한 계단참을 올라서 거주 구역으로 가, 왕실의 방과 침실이 점점이 자리한 층에 도착한다. 다른 사람들에게 내보이는 곳과는 거리가 조금 있다. 먼지가 심각하다. 카펫에서 먼지가 구름처럼 피어오른다. 코리앤 왕비의 색이 사방에 있다. 금색과 노란색, 흐릿하고 닳았다. 그녀는 다른 모든 곳에서 잊혔으나 이곳에서만큼은 아니다. 그녀의 아들이 이 점을 고통스러워할지 궁금하다. 죽어서 그녀와 재회할 뻔한 그녀의 아들 말이다.

왕의 침실은 어마어마한 크기다. 르롤란 군인들이 줄을 서서 입구를 경호하고 있는데, 문은 열려 있다. 아나벨의 색이 그들에게서도 보인다. 검은 머리카락과 황동색 눈동자. 티베리아스의 눈 색이기도 하다. 문을 통과해 주변보다 조금 낮은 곳에 위치한 방으로 들어간 다. 현재는 응접실로 쓰이는 듯 하다. 아무도 우리를 막지 않는다. 그 방은 이미 매우 붐비고 있다.

제일 먼저 줄리언이 보인다. 그는 등을 아치형 창문에 기댄 채 반짝거리는 하버베이를 바라보고 있다. 도시는 오후의 햇살 속에서 푸르게 빛난다. 줄리언은 얼굴을 내게로 돌리는데, 그의 표정을 무어라 이름해야 할지 모르겠다. 옆에 서 있는 사라 스코노스는 양손을 맞잡고 몸을 과하게 펴고 있다. 손은 깨끗하지만, 그녀가 입고 있는 단순한 군복 소매는 팔꿈치까지 붉은색과 은색 피로 딱딱하게 굳어 있다. 나는 그 모습에 몸을 떤다. 사라는 처음에는 나를 알아차리지 못한다. 방 한가운데에 있는 산처럼 커다란 남자에게 집중하고 있는 탓이다. 그는 무릎을 꿇는다.

팔리는 곡예라도 하듯 움직여서 진홍의 군대 부관들 한 쌍 사이에 조용하게 자리를 차지한다. 그녀는 내게 옆으로 오라고 몸짓을 하지만, 나는 그대로 있다. 이 사람들 가장자리 정도가 딱 좋다.

한 번도 공식적으로 램보스 가문의 가주를 만나 본 적은 없지만, 그 거대한 몸, 심지어 무릎까지 꿇고 있는 모습을 몰라볼 수는 없다. 그의 망토도 착각할 수 없을 정도로 몹시 화려하다. 보석들로 테두리를 장식했으며, 짙은 초콜릿색과 선홍색이다. 그는 지휘관이자, 이 도시와 지역의 통수권자이다. 머리카락은 회색으로 변해 가는 지저분한 금발이다. 원래는 복잡한 모양으로 땋았던 것 같지만 지금은 풀어진 상태이다. 전투 때문일 테고, 절망 속에서 머리를 쥐어뜯었기 때문일 수도 있다. 둘 다일 거라는 생각도 든다.

은혈들은 항복하는 일에 익숙해지는 법이 없으니까.

나는 숨을 내쉬고, 램보스를 내려다보며 서 있는 진정한 왕에게로 시선을 옮긴다. 그는 검을 쥐고 있다. 그를 보는 순간 마음속의 시체가 사라진다.

티베리아스의 손가락은 굳건하고 흔들림이 없다. 그는 의식용 검의 자루 장식을 단단하게 쥐고 있다. 저걸 어디서 가져왔는지는 모르겠다. 엘라라가 그에게 자기 아버지를 죽이도록 시켰을 때의 그검은 아니지만 비슷하게 생겼다. 또 다른 남자가 목숨을 구걸하는 모습을 굽어보는 지금, 티베리아스가 그 장면을 떠올리고 있음이 확실하다. 다른 누군가에게 이런 일을 하는 것이, 티베리아스로서는 틀림없이 고통스러울 것이다. 심지어 이번에는 누군가 시킨 것이 아니라 그의 의지에 따른 것이다.

티베리아스는 평소보다 창백하다. 뺨에 색이 없다. 하지만 그것이 부끄러움에서인지 공포에서인지, 나로서는 판단할 수가 없다. 어쩌면 탈진해서 그럴 것이다. 고통 때문일 수도 있다. 그럼에도 불구하고, 그는 모든 면에서 왕답다. 갑옷은 깨끗하고, 머리에는 왕관을 썼다. 턱과 뺨의 선들은 좀 더 날카롭게 보인다. 갑자기 지게 된 짐이 그를 깎아 냈다. 다른 손은 텅 비었으며 손가락에는 아무 불꽃이 일지 않는다. 불꽃은 그저 그의 눈에서만 타오르고 있다.

"이 도시는 당신의 것입니다."

램보스가 머리를 숙이고 양손을 든 채 말한다.

아나벨 왕비가 손가락을 맹금류의 발톱처럼 구부린 채, 손자에게 다가간다. 그녀는 화려한 옷과 보석 없이도 왕족처럼 보일 수 있는 유일한 사람 같다.

"램보스 경, 경은 이분을 올바르게 불러야 할 것이오."

그는 재빨리 그 의견에 따르며 카페트 깔린 바닥 위로 입을 맞출 듯한 자세로 몸을 숙인다.

"전하, 티베리아스 왕이시여."

램보스 가주가 망설이지 않고 뱉으며 신뢰를 드러내듯 팔을 넓게 벌린다.

"하버베이가, 그리고 비콘 지역 전체가 마땅히 전하의 것이옵니다. 노르타의 진정한 왕에게로 돌아갔습니다."

티베리아스는 검을 돌리며 상대를 내려다본다. 검날이 빛을 반사한다. 램보스는 움찔하며 그 갑작스러운 환한 빛에 눈을 찡그린다.

"그리고 램보스 가문은 어떻지?"

내 옆에서 에반젤린이 손으로 얼굴을 가리고 코웃음을 친다.

"연기하고는."

"저희도 전하의 것입니다. 원하시는 대로 쓰소서."

낙담한 목소리로 램보스 가주가 웅얼거린다. 티베리아스는 그의 가족 전부를 처형할 수 있다. 그들을 뿌리째 뽑아낼 수도 있다. 이 세상에서 그들의 이름과 핏줄을 지워 버릴 수도 있다. 더 적은 것이 걸려 있을 때도 은혈 왕들은 더 심한 짓을 해 왔다.

"저희의 군인, 저희의 돈, 저희의 자원은 전하께 달렸습니다."

그가 자기 가문이 제공할 수 있는 모든 것들을 읊으며 덧붙인다.

그의 *살아 있는* 가문이 제공할 수 있는 모든 것을.

침묵이 잡아당겨진 줄처럼 팽팽하게 늘어지며 고동친다. 금방이라도 툭 끊어질 것처럼 위협스럽다. 티베리아스는 눈도 깜빡이지 않고, 아무것도 읽히지 않는 무표정으로 램보스 가주를 관찰한다. 다음 순간 그가 웃음을 머금는다. 온기와 이해심이 흐르는 미소다. 진심에서 나온 것인지는 모르겠다.

"그렇다니 고맙군."

티베리아스가 머리를 약간 숙이며 말한다. 그 아래에서, 램보스 가주는 안도감에 몸을 떤다.

"그대 가문의 구성원들이 그대를 따라서 내게 충성을 맹세한다면 더욱 고맙겠군. 내 아버지의 왕좌에 앉은 거짓 왕을 버리고 말이지."

아나벨이 활짝 웃는다. 그녀가 티베리아스를 지도했다면, 매우 잘한 듯하다.

"네, 네…… 물론입니다."

추락한 램보스 가주는 심하게 더듬거리며 안간힘을 다해서 동의를 표시한다. 나는 그가 자기 발에 키스하려고 할까 봐, 티베리아스가 발을 슬쩍 물리는 것을 알아차린다.

"가능한 빠르게 자리를 마련하겠습니다. 저희의 힘은 전하의 것이옵니다."

티베리아스의 얼굴이 굳는다.

"내일까지, 경."

항의를 남길 여지가 없는 목소리다.

"내일까지, 알겠습니다, 전하."

램보스가 머리를 끄덕이며 대답한다. 무릎을 꿇고 두툼한 양손을 주먹 쥔 채다.

"티베리아스 7세, 노르타의 왕이시며 진정한 북쪽의 화염이여, 만세."

점점 더 커지는 목소리로 그가 외친다.

은혈과 적혈이 골고루 있는, 티베리아스의 고문과 군인들은 그 불쾌한 지위를 함께 제창하며 응수한다. 티베리아스의 뺨에 약간 색이 돌아온다. 누가 자신의 이름을 외치고 누가 외치지 않는지 살피느라 그의 눈이 빠르게 움직인다. 그의 눈이 내게로, 움직이지 않는 내 입술로 내려앉는다. 나는 티베리아스의 시선을 마주한 채로, 내가 결연히 입을 다물고 있다는 사실에 흥분을 느낀다.

팔리도 눈앞에 펼쳐지는 화려한 행사를 감상하는 대신 자기 손톱이나 살핀다.

아나벨은 그 모든 것을 만끽한다. 한 손을 손자의 어깨에 올렸는데 그녀의 왼손에 있는, 검은색 보석이 장식된 오래된 결혼반지를 전시하기 위함이다.

"만세."

아나벨은 중얼거리며 반짝거리는 눈으로 티베리아스를 올려다본다. 그의 얼굴에 스친 어떤 것에, 아나벨은 즉시 행동에 착수한다. 앞으로 나아가 여전히 반지를 드러내며 자신의 치명적인 양손을 맞잡는다.

"왕께서는 그대의 충성에 감사하는 바요. 나 역시 그렇소. 앞으로 몇 시간 동안은 의논할 것이 아주 많겠구려."

사람을 물리치는 대사로서는 적격이다. 티베리아스는 몸을 돌리고 방에 등을 보인다. 그것이 무엇에 대한 신인지 깨달음이 온다. 그는 피곤한 것이다. 부상당했다. 몸은 멀쩡할지 몰라도, 어딘가 깊고, 누구도 볼 수 없는 곳이 다쳤다. 그의 단단한 어깨선과 익숙한 자세가 루비처럼 붉은 갑옷의 견갑 아래로 무너진다. 무게를 덜어놓으려는 듯하다. 아니면 그 무게에 굴복하려는 중이거나.

그의 시체에 대한 생각이 물밀듯이 돌아온다. 공포가 나를 잠식한다. 나를 채우고 끌어내리겠다며 위협한다.

나는 그 자리에 남기 위해 앞으로 발을 딛지만, 군중이 반대로 움직인다. 에반젤린마저 그렇다. 에반젤린이 내 팔을 붙든다. 그녀가 손에 씌우고 있는 장식적인 갈고리 손톱이 부드러운 살을 파고든다. 법석을 떨며 남들 보기 좋을 장면을 연출하고 싶지 않은 마음에, 나는 이를 악물고 그녀가 나를 방에서 끌고 나가게 내버려 둔다. 우리가 이토록 가깝게 붙어 있는 모습에 놀란 줄리언이 한쪽 눈썹을 올린 채 옆을 지나친다. 나는 눈으로 줄리언에게 말을 전달하려고 애를 쓴다. 도움이나 충고를 좀 달라는 뜻을 담아서. 하지만 줄리언은 내가 원하는 게 뭔지 알아차리기도 전에 몸을 돌려 사라진다. 아니면 그저 내게 그런 것을 주기 싫었을 수도 있겠다.

우리는 호위들을 지난다. 붉은색과 주황색을 입고 있으니 르롤란 호위들이 꼭 감시병들처럼 보인다. 어쩌면 그 망토들이 저기서 처음 생겨난 것일지도 모르겠다. 나는 은혈 군주들과 적혈 장교들 너머를 본다. 팔리의 금발이 어디선가 반짝거린다. 프톨레무스 사모스가 그녀로부터 적당히 거리를 유지하고 있다. 매처럼 주변을 지켜보고 있

는 아나벨도 보인다. 그녀는 티베리아스의 침실 문 앞에 우뚝 서 있
다. 티베리아스는 뒤쪽으로 시선 한 번 주지 않고 그 문 뒤로 미끄러
지듯 시야에서 사라진다.

"싸우지 말자."

에반젤린이 낮게 속삭인다.

본능적으로, 나는 입을 벌리고 다툼을 시작하려고 한다. 하지만
에반젤린이 나를 옆으로 당겨서 군중을 빠져나와 복도로 향한다. 나
는 바로 행동을 멈춘다.

상황이 허락하는 만큼은 안전하겠지만, 심장이 들쑥날쑥 뛴다.

"네가 네 입으로 말했잖아, 우릴 한 옷장에 넣고 가둔다고 해도 안
먹힐 거라고."

내 말에 그녀가 마주 속삭인다.

"난 누구도 어디에다 가두지 않아. 그냥 너한테 어떤 문을 좀 보여
주려는 것뿐이야."

우리는 돌고 돈다. 너무 느리기도 하고 너무 빠르기도 한 속도로
계단을 타고 하인들의 복도를 지난다. 내 안의 나침반이 빙글빙글
돈다. 둘이 같이 가려면 억지로 비집고 들어가야 할 정도로 좁고, 불
도 희미한 복도에서 에반젤린이 갑자기 멈춘다. 내 생각에는 우리가
거의 시작 지점으로 온 게 아닌가 싶다.

불편한 감정이 잔물결처럼 퍼진다. 나는 귀걸이를 생각한다, 내가
차지 않은 귀걸이를. 몬트포트의 상자 안에 처박아 두고 세상으로부
터 숨긴, 피처럼 붉은 돌.

오른쪽에서 에반젤린이 사용하지 않아서 녹이 슨 오래된 문에 손

바닥을 올린다. 경첩과 자물쇠는 어두운 붉은색으로, 말라붙은 피처럼 굳어 있다. 그녀가 손가락을 까닥이자, 금속이 회전하더니 물방울처럼 녹을 떨어뜨린다.

"이 길로 가면 넌……."

"나도 이 길이 어디로 향하는지는 알아."

나는 너무 빠르게 대꾸한다. 갑자기 1킬로미터 정도를 달린 기분이다.

에반젤린의 환한 미소에 나는 안절부절못하다가 거의 몸을 돌릴 뻔 한다. 거의 그랬다.

"잘 알았어."

에반젤린이 뒤로 한 걸음 물러나며 말한다. 그녀는 손으로 부드럽게 허공을 쓸며, 대단히 귀중한 선물이라도 되는 것처럼 문을 가리켜 보인다. 이게 빤히 다 드러나 보이는 술책이 아니라는 듯하다.

"네가 원하는 일을 해, 번개 소녀. 원하는 곳으로 가라고. 아무도 너를 멈추지 않을 거니까."

나는 어떤 영리한 대꾸도 하지 못한다. 나한테서 얼른 멀어지고 싶은 마음에 슬금슬금 사라지는 에반젤린의 모습을 바라볼 뿐이다. 일레인이 틀림없이 이 승리를 축하하기 위해서 도시로 오고 있을 것이다. 그들을 질투하는 내가 있다. 적어도 그들은 한편이다. 아무리 앞길에 불가능이 켜켜이 쌓여 있을지라도 그들은 서로를 지지한다. 양쪽 다 은혈이고, 귀족으로 자랐다. 그들은 티베리아스와 나는 결코 할 수 없을 방식으로 서로를 잘 알고 있다. 그들은 같다. 동등하다. 그와 나는 아니다.

돌아서야만 할 것이다.

하지만 나는 문을 통과해서, 버려지고 어두운 복도를 지나간다. 손가락을 차가운 벽에 스치듯 문질러 본다. 예상보다 더 가까운 곳에서 불빛이 번지고 있다. 또 다른 문의 윤곽선이 보인다.

돌아서.

독특하게 휘고 매끄럽게 잘린 나무에 양손을 댄다. 나는 못 견디고 한순간 문을 더듬어 본다. 이 길이 어디로 이르는지, 그 끝에 누가 기다리고 있는지 알고 있다. 방 안에서 발소리가 들려 순간 펄쩍 뛴다. 다음 순간 무거운 무게에 의자가 내려앉는 소리가 난다. 부츠가 두 번 부딪힌다. 지금 그가 발을 책상이나 테이블 위로 올렸음을 알 수 있다. 그러고 나서 길게 이어지는 한숨 소리. 만족스러운 종류는 아니다. 절망으로 가득 차 있다. 고통이 가득하다.

돌아서.

제 의지라도 있는 것처럼 손잡이가 움직인다. 나는 오후의 부드러운 빛 속으로 발을 딛으며 눈을 깜빡인다. 티베리아스의 침실은 커다랗고 바람이 잘 통한다. 아치형 천장에는 구름처럼 보이는 그림이 푸른색과 흰색으로 그려져 있다. 창문은 하버베이를 향해 나 있고, 날씨는 필요 이상으로 화창하다. 바다에서 불어오는 미풍이 마지막 연기마저 날려 보낸다.

평소에도 그렇게 엉망진창이더니, 이곳을 차지한 지 몇 시간밖에 되지 않았음에도 왕은 이 장소 역시 최선을 다해 어질러 놓은 모양이다. 그는 방 한가운데에 되는대로 끌어다 놓은 듯한 책상에 앉아 있다. 책상은 침대에서 비스듬한 각도로 떨어져 있다. 나는 침대 쪽으로는 눈길도 주지 않기로 한다. 서류와 책이 주변에 산더미처럼 쌓여 있다. 펼쳐져 있는 책 하나에 빽빽하게 구불구불 휘갈겨 쓴 손 글씨가 가득하다.

내가 마침내 그를 쳐다볼 용기를 내었을 때, 티베리아스는 이미 일어서 한 주먹을 들고 있다. 불꽃이 온몸을 뱀처럼 휘감고 당장이 라도 튀어 오를 준비를 하고 있다.

그의 눈이 내 위를 방황한다. 내가 그를 전혀 위협하지 않고 있음 에도 티베리아스의 손은 여전히 불길에 휩싸여 있다. 한참이 흐른 뒤 그가 손을 털어 내자 불이 깜빡이다 사라진다.

"급하게도 왔네."

거의 숨도 쉬지 못한 채로, 티베리아스가 불쑥 말한다.

그 말에 우리 둘 다 경계를 푼다. 그는 천천히 원래의 의자로 돌아 가며 먼 곳을 바라본다. 내게 등을 돌리더니, 재빨리 한 손으로 책을 덮는다. 책에서 먼지가 풀썩 피어오른다. 책 표지는 낡았으며 빛이 바랜 금색이다. 그 위에는 어떤 글씨도 쓰여 있지 않다. 책등도 망가 졌다. 티베리아스는 서랍을 열어 아무렇게나 책을 쑤셔 넣는다.

다음 순간 그는 갑자기 보고서를 보면서 바쁜 척을 한다. 너무 빤 할 정도로 눈을 찡그리며 그 위로 몸을 구부리기까지 한다. 나는 혼 자 피식 웃으면서 그를 향해서 한 발짝을 더 딛는다.

돌아서.

방 안으로, 또 한 발. 공기가 진동하는 것 같다.

"아까 그……."

나는 더듬거린다. 도무지 말로 하기가 쉽지가 않다.

"그, 직접 봐야겠어서."

나는 그의 입꼬리가 움직이는 것을 관찰하며 대꾸한다. 종이에 구멍이라도 낼 기세인 그의 눈동자는 움직이지 않는다.

"그래서?"

어깨를 으쓱하며, 나는 양손을 허리에 올린다.

"멀쩡하네. 신경 쓰지 말았어야 했는데."

그가 날카롭지만 진짜인 웃음을 터뜨린다. 티베리아스가 뒤로 기대며 한 팔을 의자에 올리고는, 몸을 비틀어 나를 온전히 바라본다. 낮의 햇빛 속에서, 그의 구리색 눈동자가 녹은 금속처럼 빛을 발한다. 그 눈은 나를 훑으며 드러난 상처와 멍을 잡아챈다. 그의 시선은 손가락 같다.

"넌 어때?"

티베리아스가 낮은 목소리로 묻는다.

나는 조금 망설인다. 그가 겪었던 일이나 킬런이 자기 피에 질식할 뻔했던 일에 비하자니 내 부상은 너무 작게만 보인다.

"고치지 못할 곳은 없어."

티베리아스가 입술을 꼭 다문다.

"그걸 물어본 게 아니잖아."

"너와 비교할 만한 일은 없었다는 뜻이야. 오늘 거의 죽을 뻔했다고 모두가 말할 수 있는 건 아니지."

나는 책상 앞을 돌면서 말한다. 티베리아스의 시선이 사냥꾼처럼 뒤를 따른다. 춤이나 추적과 비슷한 느낌이다.

"아, 그거."

티베리아스가 머리를 한 손으로 쓸면서 말한다. 짧은 머리카락 타래가 뒤집히며 왕다웠던 외모가 흐트러진다.

"모든 것이 계획대로였어."

나는 얼굴을 찌푸리고 이를 드러낸다.

"웃기네. 바다 한가운데에서 님프 살인마랑 싸우는 일이 우리 *계획*의 일부였다고? 내 기억이랑은 다른데."

티베리아스가 의자에서 불편한 듯 몸을 움직인다. 그가 느릿하게 갑옷을 벗으면서 얇고 꼭 맞는 셔츠와 그 아래 잘 다듬어진 몸을 드러낸다. 그것은 도전이다. 나는 한 걸음도 물러나지 않는다. 각각의 갑옷들이 달그락 소리를 울리며 바닥을 때린다.

"우리에겐 배가 필요했어. 항구도."

나는 계속 원을 그리며 돌고, 티베리아스는 계속 갑옷을 던져 버린다. 그는 결코 내게서 눈을 떼지 않은 채로, 장갑의 끈을 이로 느슨하게 푼다.

"그리고 네가 그녀와 정면 대결을 하는 것도 꼭 필요했고? 거기서 누가 *유리*한데, 티베리아스?"

왕은 붉은 강철에 대고 피식 웃는다.

"어쨌든 살아 있잖아."

"그거 전혀 안 웃기거든."

뭔가가 가슴속에서 조여든다. 나는 손가락 하나를 책상의 테두리 장식에 문지르며, 먼지투성이 표면을 쓸어 본다. 온기가 사라지듯 내 피부는 금방 횟빛으로 변한다. 내가 온갖 화장으로 색칠당하고 고통받으며 계속 살아 보겠다고 은혈로 가장해야 했던 그때처럼 말이다.

"오늘 킬런을 잃을 뻔했어."

티베리아스의 웃음이 씻은 듯이 지워진다. 그는 잠시 자기가 갑옷을 벗던 중이란 것도 잊어버린다. 눈에 어둠이 구름처럼 드리우며 빛을 흐린다.

"뉴 타운은 쉽게 손에 들어왔다고 생각했어. 거긴 공격을 예상하지 못했을……."

그가 이를 꽉 물고 말을 멈춘다. 티베리아스의 시선이 나에게 꽂히자 나는 다른 곳을 본다. 티베리아스가 나를 동정하는 걸 보고 싶지 않다.

"무슨 일이 있었어?"

목구멍에서 숨이 갈기갈기 찢어지는 기분이다. 그 기억을 되살리기엔 너무 가까운 일 같다. 위험은 아직도 근처에 존재한다.

나는 중얼거리며 말을 잇는다.

"은혈 경비들이, 텔키 하나가 걜 계단 아래로 던졌어. 킬런의 내장이 다 찢어졌어."

그 말에 끌어올려진 기억이 나를 지배한다. 내 가장 오랜 친구의 피부가 창백해진다. 킬런은 매 순간 빠르게 죽음에 다가갔다. 턱에, 가슴에, 옷에 붉은 피가 잔뜩 묻었다. 내 양손에도 잔뜩.

왕은 잠자코 아무 말도 하지 않는다. 나는 상당한 의지를 끌어모아, 티베리아스의 얼굴을 마주 바라본다. 눈을 크게 뜨고 입술은 침울하게 다문 채로 그가 나를 응시하고 있다. 찌푸린 눈썹과 힘을 꽉 준 턱에서 나를 향한 염려가 분명하게 읽힌다.

나는 억지로 다시 몸을 움직여서, 뒤쪽으로 돌아간다. 티베리아스의 의자에 더 가까이. 익숙한 열기의 반경 안으로.

"제때 힐러에게 킬런을 데려갈 수 있었어."

나는 걸으면서 계속 말한다.

"킬런은 괜찮을 거야, 너처럼 말이야."

그의 뒤를 지나치며 어깨를 만지고 싶은 충동을 억지로 삼킨다. 한 손을 그의 목에 올리고 앞으로 기대, 그에게 안기고 싶다. 그가 나를 붙들 수 있게. 그 어느 때보다 더 심하다. 그만 놓아 버리고 쉬자. 다른 사람에게 나의 짐을 맡겨 버리자. 그런 욕구가 저항할 수 없이 커진다.

"하지만 넌 여기 나랑 같이 있잖아."

티베리아스가 너무 낮게 속삭이는 바람에 거의 듣지 못할 뻔했다. 그 말은 계속 남아 우리 사이에 연기를 피워 올린다.

해 줄 대답이 없다. 기꺼이 인정할 만한 것은 아무것도 없다. 부끄러움은 내게 낯선 일이 아니다. 나는 지금 이 순간 분명 부끄러움을 느끼고 있다. 몇 킬로미터 떨어진 곳에서 킬런이 치료받고 있는데, 나는 티베리아스의 침실에 서 있다. 킬런. 나 때문이 아니었다면, 이곳에 있지도 않았을 킬런.

"네 잘못이 아니야."

티베리아스가 계속 말한다. 그는 내 생각을 추측할 만큼 충분히 나를 잘 알고 있다.

"킬런에게 일어난 일은 네 책임이 아니야. 킬런은 스스로 선택을 한 거야. 그리고 네가 아니었다면, 네가 그를 위해 한 일이 아니었다면……."

그의 목소리가 잦아든다.

"너도 킬런이 어디로 가야 했는지 알잖아."

징병. 참호나 병영으로 예정되었던 운명. 어쩌면 킬런은 레이크랜즈와의 전쟁이 남긴 최후의 숨결 속에서 죽었을 수도 있다. 그저 목록의 이름으로만 남았을 수도 있다. 은혈의 탐욕에 죽은 또 하나의 적혈로. 잊혀진 사람 중 하나. *너 같은 사람들 때문에.* 억지로 심호흡을 하면서 생각한다. 열린 창을 통해서 들어오는 신선한 공기로 인해, 침실에서는 갯바람 냄새가 난다.

티베리아스의 말에서 위안을 찾으려고 해 본다. 하지만 그럴 수가 없다. 그것은 내가 저지른 일이나 킬런이 나 때문에 어떻게 되어야 했는지에 대한 변명은 되지 않는다.

작년 이후, 우리 모두가 변한 것 같다. 킬런의 스승이 죽고 킬런이 우리 집 아래 어둠 속에 선 채 순식간에 빼앗겨 버린 자신의 삶을 애도하지 않으려 애를 썼던 바로 그날 이래로. 그때 내가 했던 말을 기억하면서 힘겹게 침을 삼킨다. *모든 건 나에게 맡겨.*

우리가 이렇게 변하는 게 원래부터 예정되어 있었던 것인지, 아니면 그때의 그 사람들은 영원히 사라진 것인지 궁금하다. 존이라면 답을 알겠지만, 그는 아주 멀리, 닿지 않을 곳으로 가 버렸다.

목을 가다듬고, 나는 약간 요령을 부려 주제를 바꾼다.

"레이크랜즈의 항공대가 수평선에 나타났다고 들었어."

나는 손님 접대용 응접실로 이어지는 바깥쪽 문을 향해 몸을 돌려, 티베리아스에게 등을 보인다. 원하면 지금 당장이라도 밖으로 걸어나갈 수 있다. 티베리아스는 나를 막지 않을 것이다.

숨을 쉬는 매 순간, 나를 멈추는 건 그저 나 자신뿐이다.

"나도 들었어."

티베리아스가 대꾸한다. 다음 순간 그의 목소리가 낮아지고 깊어진다. 목소리가 두려움으로 흔들린다.

"어둠이 기억나. 공허함도. 아무것도 없었어."

마지못해서 나는 뒤를 바라본다. 티베리아스는 선 채로 갑옷의 마지막 부분을 떨어뜨린다. 내 시선을 피하고 있다. 여전히 키가 크고 어깨가 넓지만 전투에 닳은 강철이 사라지니 조금은 작아 보인다. 딱 20살 나이로, 아니, 더 어리게 보인다. 성인의 경계로 기울어졌지만, 그의 일부는 여전히 어린 시절에 매달려 있다. 나머지 사람들과 마찬가지로, 이제 사라지는 무언가를 붙들고 있다.

"물속으로 빠졌는데 올라갈 수가 없었어."

티베리아스가 바닥의 강철 더미를 발로 찬다.

"수영도 못 하겠고, 숨도 안 쉬어지고, 아무 생각도 할 수 없었지."

나 역시 숨이 쉬어지지 않는 것만 같다.

내가 바라보는 사이 티베리아스가 몸을 떤다. 떨림은 손가락에서 시작된다. 그의 두려움은 무시무시하다. 다음 순간 티베리아스가 억지로 나를 본다. 발에 단단히 힘을 주고 양손은 단호하게 허리에 올린 채, 그는 뿌리박힌 듯 서 있다. 내가 움직이지 않는 한 왕은 움직이지 않을 것이다. 그는 먼저 내 항복을 받아 낼 것이다. 훌륭한 군인이라면 그래야 하는 법이다. 그저 내가 선택하도록 하는 것인지도 모르겠다. 내가 우리 둘을 위해서 결정할 수 있도록. 아마도 티베리아스는 그쪽이 고결하다고 생각할 것이다.

"끝이 오기 전에 너를 생각했어. 물속에서 네 얼굴을 보았지."

티베리아스의 시체가 다시 보인다. 마구 휘도는 바다의 흔들리는 빛에 얼룩진 채 내 앞에 움직임 없이 떠 있는 그. 이국의 물결에 휘둘리는 모습.

우리 중 아무도 움직이지 않는다.

"난 못 해."

티베리아스의 얼굴을 바라보지 못한 채 내가 뱉는다.

그는 빠르고 힘있게 대꾸한다.

"나도 그래."

"하지만 난 동시에……."

멀어질 수가 없어. 이걸 계속하지도 못하겠어. 언제나 불쑥 드리워지는 죽음 앞에서 우리 자신을 부정하는 것 말이야.

티베리아스가 숨을 뱉는다.

"나도 그래."

서로 동시에 앞으로 발을 딛는 순간, 우리 두 사람 모두 소리 내어 웃는다. 주문이 깨지는 순간이나 다름없다. 하지만 우리는 계속 걷는다. 둘의 움직임과 의도가 모두 같다. 느리고 꼼꼼하게 재어 본다. 티베리아스는 나를 지켜보고, 나는 그를 지켜보며 우리 사이의 거리가 가까워진다. 내가 먼저 그를 만진다. 천둥처럼 울리는 그의 심장 위로 손바닥을 올린다. 티베리아스가 천천히 숨을 들이마시자 그의 가슴이 부풀어 오른다. 따뜻한 손 하나가 내 등으로 미끄러진다. 그는 허리에 손가락을 넓게 펴 얹는다. 오래된 흉터들이, 우리 둘 모두에게 익숙한 우둘투둘한 피부가 셔츠 위로 느껴질 것이다. 나는 다른 손을 그의 목 뒤에 감고, 검은 머리카락 속으로 부드럽게 손가락을 밀어 넣는 것으로 대답을 대신한다.

"이래도 어떤 것도 바뀌지 않아."

나는 그의 쇄골에 뺨을 대고, 그 단단한 선을 느끼며 말한다.

그의 대답이 흉곽에서 느껴진다.

"그래."

"우리 다른 결정을 내리는 게 아니야."

나를 안고 있는 그의 팔에 힘이 들어간다.

"아니지."

"그럼 이건 뭐야, 칼?"

그 이름이 우리 두 사람 모두에게 영향을 미친다. 그는 몸을 떨고, 나는 그에게 더 가까이 붙는다. 우리 둘 모두에게, 그건 마치 항복하는 느낌이다. 우리에게 더 이상 항복할 것이 아무것도 남지 않았음에도 불구하고.

"우리는 선택하지 않기로 선택하는 중인 거지."

"그 말은 전혀 현실적으로 들리지 않는데."

"어쩌면 현실이 아닐지도 몰라."

하지만 틀렸다. 칼이 주는 느낌보다 현실적인 것을 나는 어떤 것도 생각해 낼 수가 없다. 열기, 냄새, 맛. 내 세계에서 유일한 현실이다.

"이번이 마지막이야."

칼의 입을 내 입으로 덮기 직전 나는 속삭인다.

몇 시간 후, 내가 그 말을 얼마나 많이 했는지 셀 수조차 없다.

제21장

메이븐

나는 파도가 싫다. 불쾌하다.

푸른색이 들썩거리며 선체에 부딪힐 때마다 위장이 뒤집어지는 것 같다. 침착하고, 고요한, 내가 응당 그래야만 하는 태도를 유지하는 것이 대단히 어렵다. 아마도 아이리스와 그녀의 어머니가 일부러 바다를 휘젓는 것일 테다. 하버베이에서 아이리스의 목숨을 위험하게 만든 것에 대한 보복으로 말이다. *아이리스가 쉽게 살아남아 탈출했는데도 말이다. 살아남아서 탈출하고, 도시를 내 완벽한 형님에게 넘겨 주었는데도.* 저 레이크랜즈 여왕이면 그렇게 하고도 남는다. 그녀는 자기 딸보다 강하다. 주변 바다의 오르내림을 제어할 수 있을 것이다. 앞서가는 그녀의 배 여섯 척을 찾아본다. 작지만 만만 찮은 전함들. 예상했던 것보다 적다.

나는 입술을 삐죽이며 홀로 이죽거린다. *시키는 대로 하는 사람*

이 아무도 없나? 자기 딸이 도시를 방어하지 못해 미래가 불확실한 상태인데도 센라 여왕은 전력을 대동하지 않았다. 열기가 서서히 내 안을 흐른다. 분노의 불길로 만든 혀가 척추를 따라 핥고 지나가는 듯하다. 재빨리 그것을 억누른다.

배가 끊임없이 흔들리는 탓에 갑판의 난간을 붙들고 있기가 더욱 어렵다. 집중력이 떨어진다. 내가 집중력을 잃으면, 내 머리는 덜…… 조용해진다.

하버베이가 넘어갔다.

칼에게 또 하나를 잃었구나. 익숙한 목소리가 속삭인다. *또 실패했어, 메이브.*

시간이 지나면서 어머니의 목소리는 희미해졌지만, 결코 완전히 사라지지는 않는다. 때때로 어머니가 내 안에 씨앗을 심고, 그것이 자신이 죽은 뒤에 꽃피우도록 한 것이 아닌지 궁금해진다. 아무리 위스퍼라고 해도 그런 일을 할 수 있을지는 모르겠다. 하지만 그게 내 두개골 속에서 달각거리고 있는 웅얼거림이나 중얼거림에 대한 간단한 설명이기는 하다.

때때로는 어머니의 목소리가 반갑다. 무덤에서 들려오는 어머니의 안내. 충고는 언제나 작다. 어머니가 돌아가시기 전에 종종 하시던 말씀일 때도 있고 그저 기억일 때도 있다. 하지만 어머니의 말들이 귓가에 울리는 바람에 나는 뒤숭숭한 잠에서 너무 자주 깨어난다. 어머니의 목소리는 그저 내 마음이 만들어 낸 것이다. 내가 원하든 원하지 않든, 어머니는 여전히 내 곁에 있다. 나는 그걸 위안이라고 부른다. 심지어 전혀 그렇지 못할 때조차.

중요한 것은 왕좌란다. 어머니가 다시 속삭인다, 지난 몇 년 동안 그랬던 것처럼. 어머니의 목소리는 바다의 너울 속으로 사라지는 것만 같다. 내 안의 일부는 그 목소리를 들으려 안간힘을 쓰고, 다른 일부는 귀를 기울이지 않으려고 애를 쓴다. *그리고 그걸 얻기 위해서 네가 무엇을 내주었니.*

오늘 반복되는 불평은 저것이다. 태양이 낮게 걸리며 저 먼 해안선을 붉게 물들이고, 기함이 대기 중인 함대를 향해서 파도를 가르며 항해를 하는 내내 저 말은 반복되고 있다. 나를 놀리기라도 하듯 수평선에서 여전히 연기가 피어오르는 하버베이가 보인다.

적어도 오늘은 목소리가 부드럽다. 내가 머뭇거릴 때나 속도를 늦출 때면 목소리는 날카로워진다. 금속끼리 부딪히는 듯이 신경을 날카롭게 만드는, 갈라지는 비명이 된다. 화염의 열기에 깨지는 유리 같다. 어찌나 끔찍한지 때때로 눈과 귀에서 피가 나는 건 아닌지 확인할 때도 있다. 진짜로 피가 나는 법은 결코 없다. 어머니의 말들은 내 머리라는 감옥 밖에서는 존재하지 않는다.

물마루에서 흰 거품을 만드는 파도를 바라보며, 펼쳐진 길들을 생각한다. 앞에 놓인 길이 아니라 내가 지나온 길을. 어쩌다가 이마를 가로지르는 왕관을 쓰고, 피부에 흩뿌려지는 바닷물을 말려 가면서 이렇게 뱃머리에 서 있게 된 것인지. 여기 서기까지 내가 무엇을 내주어야 했는지. 기꺼이 그랬든 아니든, 내가 뒤에 남겨 두어야 했던 사람들에 대해서도. 죽은 자나 버려진 자, 아니면 배신당한 자. 내가 직접 저질렀거나 내 이름으로 행해진 끔찍한 일들. 실패한다면 얼마나 많은 것이 허사가 될 것인가. 이제 나는 레이크랜즈의 함대를 향해 달려가고 있다. 나는 신중히 책략을 세워 적을 동맹으로 만들었다.

다른 사람들처럼 나 또한 레이크랜즈를 미워하고, 그들의 탐욕을 저주하라는 말을 들어 왔다. 아마도 그 누구보다도 내가 가장 많이 레이크랜즈를 경멸하라는 가르침을 받았을 것이다. 내 아버지와 그 아버지의 아버지는 북쪽 국경에서 행해지는, 교착 상태의 전쟁에 붙들려 평생을 살았다. 수천 명의 목숨이 푸른 군복에 대항하다 낭비되었다. 호수에 빠져 죽거나 지뢰, 미사일에 터져 죽었다. 당연하지만 그들은 전쟁이 정말로 무엇을 위한 것인지 알았다. 불쌍하고 단순한, 힘만 쓸 줄 아는 형이 이렇게 간단한 사실을 추론해 답을 낸 적이 있을는지는 모르겠다. 적어도 나는 확실히 그랬다.

레이크랜즈의 전쟁에는 목적이 있었다. 적혈들은 수적으로 우세하다. 우리를 타도할 수 있을 정도다. 하지만 우리보다 더 많이 죽는다면 그럴 수가 없다. 또 자기들을 내려다보는 은혈보다 다른 무언가를 더 두려워하게 된다면 그럴 수가 없다. 그 무엇인가는 전쟁에서 죽는 것이 될 수도, 레이크랜즈 사람들일 수도 있다. 적절한 환경만 주어진다면 누구든 자기만의 관심사가 생긴다. 그것으로 사람들을 조종할 수 있다. 내 조상들은 그 점을 가슴 깊이 깨닫고 있었다. 권력을 유지하기 위해서 거짓말을 하고 다른 이들을 교묘하게 조종하며 피를 쏟았다. 꼭 자기들 피만은 아니었다. 그들은 목숨을 희생시켰으나, 가장 가까운 이들의 목숨은 아니었다.

똑같다고 말할 수는 없다.

어머니는 결코 멀어지는 법이 없다. 꼭 어머니의 목소리가 내 정신을 타고 돌아다니기 때문만은 아니다. 그저 내가 어머니를 그리워하기 때문이다. 이 통증이 평생 가는 것이 아닐까 생각한다. 둔한 고통이 발걸음을 쫓아온다. 손가락 하나를 잃거나 숨이 모자란 것처럼. 어머니의 죽음 이후로 모든 것이 같지가 않다. 한 적혈 소녀의 손에서 잔인하게 훼손된 시신의 모습을 나는 기억한다. 배를 한 대후려 맞은 듯 하다.

아버지와는 같지 않다. 아버지의 시신도 보았지만 아무 느낌도 없었다. 분노도 슬픔도 없었다. 그저 공허했다. 아버지를 사랑한 적이 있었다 한들 아무 기억이 없다. 그런 기억을 찾으려고 할 때마다 두통만 일 뿐이다. 당연하지만 어머니는 내게서 그 기억을 제거했다. 경쟁자의 아들인 형을 사랑하는 만큼은 나를 사랑하지 않는 남자에게서 나를 보호하기 위해서라고 말했다. 모든 것이 완벽한 그 소년.

형에게 가졌던 사랑 역시 사라졌지만, 때때로 그 흔적을 느낀다. 기이한 때에 어떤 순간들이 되살아난다. 냄새나 소리나 특정한 방식으로 건넸던 말들이 흔적을 끌어낸다. 칼 형은 나를 사랑했다……. 나도 당연히 그걸 안다. 형은 수 년에 걸쳐 그 사실을 여러 번 증명했다. 어머니는 형에 대한 부분에 좀 더 주의를 기울여야 했다. 결국 우리 사이의 마지막 끈을 잘라 버린 사람은 어머니가 아니었다.

메어 배로우였다.

뛰어나지만 바보 같은 형은 모든 것이 자신의 것이고 내 것은 거의 없다는 점을 알지 못했다.

그 두 사람이 여름 궁전 구석의 버려진 방에서 함께 춤을 추던 모습이 찍힌 보안 카메라 영상을 처음으로 지켜보았던 일이 기억난다. 형의 생각이었다. 만남 말이다. 그 두 사람의 춤 수업은. 어머니가 바로 옆에 앉아 있었다. 어머니가 필요할 때를 대비해서 충분히 가깝게. 나는 어머니가 훈련시켰던 대로 반응했다. 아무 느낌이 없는 듯, 눈조차 깜빡이지 않았다. 형은 메어가 다른 사람에게 어떤 의미일지 전혀 모르는 듯이, 혹은 알았어도 신경 쓰지 않는 것처럼 그녀에게 입을 맞췄다.

칼이 이기적이니까 그렇지. 어머니가 그 기억 속에서, 내 마음속에서 조용히 노래한다. 어머니의 목소리는 비단 같기도 하고 면도칼 같기도 하다. 그 말들은 익숙한, 또 다른 오랜 불평이다. *칼은 오직 자기가 어디에서 무엇을 얻을 수 있는지만 본단다. 걘 자기가 세상을 다 가진 줄 알아. 그리고 네가 그러게 둔다면, 걘 언젠가 그렇게 하겠지. 그럼 너에게는 뭐가 남겠니, 메이븐 캘로어? 쓰레기? 찌꺼기? 어쩌면 그것조차 없겠지?*

형과 나에게는 공통점이 있긴 했다. 우리는 둘 다 왕관을 원하고 그걸 가지기 위해서 어떤 것이든 희생할 준비가 되어 있다. 적어도 나는, 최악의 순간에, 비참함이 나를 집어삼키려고 들 때면 어머니 탓을 할 수는 있다.

하지만 형은 대체 누구를 탓할 것인가?

어쨌든 모두가 나를 괴물이라고 부르지.

그 사실이 놀랍지는 않다. 형은 내가 결코 찾을 수 없을 빛 속을 걷는다.

아이리스는 자기들 신을 쉬지 않고 찾아 댄다. 때때로 나는 신들이 정말 존재해야 한다고 믿는다. 형이 여전히 살아 있고, 미소를 짓고, 변함없이 나를 위협한다는 사실을 달리 어떻게 설명할 것인가?

유일한 위안은 형에 관해서라면 내가 옳았다는 것, 그리고 항상 옳을 것이라는 사실을 내가 알고 있다는 것뿐이다. 메어에 관해서도 옳았다. 나는 그녀를 충분히 오염시키고 더럽혔다. 메어가 아무리 형을 사랑한다고 해도 또 다른 왕을 견딜 수 없을 것이다. 형은 그 사실을 직접 알아냈다. 우리 사이의 거리를 뛰어넘어 내가 주는 또 다른 선물이랄까.

메어와 나 사이의 연결 고리가 되어 주는 신기한 신혈을 계속 데리고 있을 방법을 찾아낼 수 있다면 좋겠다. 하지만 위험은 지나치게 크고, 대가는 너무나 작다. 메어와 다시 말을 할 기회를 잡자고 기지를 날려 버려? 그건 어리석은 거래이다. 아무리 메어를 위해서라고 해도 그렇게는 할 수 없었다.

하지만 할 수 있다면 좋았을 텐데.

저 파도 건너, 멀리 진홍빛 해안선에 위치한 도시에 그녀가 있다. 분명히 살아 있다. 그렇지 않았다면 알았을 것이다. 전투가 끝난 후 몇 시간밖에 흐르지 않긴 했지만, 번개 소녀가 죽었다면 오래 비밀로 지킬 수 없다. 형에 대해서도 마찬가지이다. 둘 다 살아남았다. 그 생각에 머리가 지끈거린다.

하버베이는 형의 논리적인 선택이었을 테지만, 적혈 기술자가 있는 빈민가는 분명히 메어의 작품이었을 것이다. 메어는 자신의 이상, 적혈로서의 자부심과 결혼한 것이나 다름없으니 말이다. 메어가 뉴 타운을 노리고 있다는 걸 알아차렸어야 했는데. 메어의 이상이 형이나 그의 냉소적인 할머니, 사모스 반역자들 같은 이들에게 의존하고 있다니. 정말이지 슬프다. 누구도 메어에게 원하는 것을 주지 않을 테다. 이 일은 피범벅으로 끝날 것이다. 아마도 모든 일이 끝나면, 메어 자신의 죽음으로 마무리될 것이다.

그녀를 곁에 둘 수 있다면 좋겠다. 더 괜찮은 경비, 더 단단한 속박. 우리는 지금 어디에 있는 것일까? 어머니가 아버지와 형을 내게서 거세한 것처럼 메어 또한 거세할 수 있었다면 나는 어디에 있었을까? 대답할 수가 없다. 답을 모른다. 궁금해하는 것만으로도 머리가 아프다.

군인들이 배치된 갑판을 내려다본다. 실책을 저지르지 않았다면, 메어는 내 옆에 있을 수도 있었다. 바람에 머리카락을 휘날리며, 그 늘지고 퀭한 눈으로. 내 곁에 두기 위해 채운 족쇄로 망가졌을지라도. 어긋난 장면, 그래도 아름답다.

적어도 메어는 살아 있다. 심장이 여전히 뛰고 있다.

토마스와는 다르다.

생각을 가로지르는 그 이름에 얼굴을 찡그린다. 어머니는 토마스 역시 제거하지 못했다. 토마스를 잃은 바람에 느낀 고통도, 그 애가 주던 애정의 기억도.

그 미래는 사라졌다. 죽었다. 더는 존재하지 않는다.

죽어 버린 미래. 끔찍한 신혈 시어는 그렇게 부르곤 했다. 나는 존을 가두었지만, 존은 그 이상으로 나를 고문했다. 존은 원한다면 언제든 떠날 수 있었을 것이다. 그가 내 왕궁에서 얻어 내려고 했던 것은 이제 영글고 있다. 나는 물을 바라본다. 이번에는 동쪽이다. 희미하고 끝도 없는 바다. 텅 빈 감각이 나를 진정시켜야 하는데. 이르게 떠오른 별 두어 개가 파도 위에 걸려 있다. 밝고 희망찬 불빛, 불쾌

하다.

가까이서 항해하는 중인 터라 센라 여왕의 배를 쉽게 알아볼 수 있다. 그녀가 이끄는 배 옆의 파도는 잔잔하다 못해 고요하며 평평하게 가라앉아 있다. 이토록 땅에서 먼 곳에서도 거의 흔들리지 않는다.

레이크랜즈의 배는 우리 것처럼 매끄럽지 않다. 메어가 파괴하려고 들었던 기술자 빈민가에 크게 감사할 일이다. 우리 나라의 제조업 역량이 레이크랜즈보다 훨씬 낫다.

센라 여왕의 배와 내가 대동한 배를 모두 합쳐도 화기가 거의 없는 상황이다. 도시를 공격하기 위해 무엇을 사용했다고 한들 마그네트론과 신혈들의 저항에 맞닥뜨렸을 것이다. 역겨운 형이 없었어도 말이다. 지금은 아이리스의 것이 된 하버베이의 전함에만 이렇게 먼 거리에서 사용할 수 있는 대포가 실려 있다.

나는 센라의 배에 묶여 있는 강철 배를 쏘아 본다. 레이크랜즈 여왕과 해변 사이에 단단히 자리 잡은 그 배는 길고 들쭉날쭉한 그림자를 드리우고 있다. 나의 교활한 왕비는 그 배를 방패로 사용하고 있다. 매우 비싼 방패다.

그 배에 오르기 위해 발을 조심스럽게 움직여 갑판을 건너가며 홀로 으르렁거린다. 감시병들이 나를 따른다. 불편할 정도로 가깝다. 장갑을 끼지 않은 손을 옆구리에 늘어뜨리며 손가락을 위협적으로 드러낸다.

"이쪽입니다, 전하. 레이크랜즈의 여왕 폐하와 왕비 전하께서 기다리고 계십니다."

레이크랜즈인 하나가 리벳과 휠록 볼트로 고정된 열린 문을 가리켜 보인다.

"두 분께 왕이 갑판에서 기다리겠다고 전하게."

나는 배의 끝부분으로 걸어가며 대답한다.

이 배는 쾌적한 유람선이 아니다. 모임을 가질 장소는커녕 서 있을 곳도 별로 없다. 하지만 저 아래로 내려가 님프 한 쌍과 강철 문 뒤에 갇혀 있느니 차라리 갑판에 머무르겠다. 뱃머리를 조망하는 층계참으로 향하는 계단을 오르는 동안, 감시병들이 조심스럽게 대형을 유지한 채 앞에서 걷는다.

레이크랜즈의 왕족들이 나란히 모습을 드러낼 때까지 그렇게 오래 걸리지는 않는다.

센라는 어두운 푸른색에 은색과 금색으로 무늬를 낸, 미끈하게 떨어지는 재질의 제복을 입고 있다. 검은색 띠를 어깨에서부터 엉덩이 쪽으로 두르고, 값비싼 사파이어로 장식했다. *여전히 상중(喪中)이로군. 내 어머니께서는 상복을 며칠도 입지 않으셨던 것 같다.* 레이크랜즈의 여왕은 남편을 사랑했나 보다. 이상하기도 하지. 그녀는 태풍 같은 눈길로 나를 관찰한다. 일몰에 그녀의 피부는 금색을 씌운 차가운 황동색으로 보인다.

아이리스의 모습을 보면 전투가 어땠는지 읽을 수 있다. 푸른 소매는 팔꿈치까지 까맣게 타 숯이 되었고, 실밥은 두 가지 색깔의 피로 얼룩져 있다. 여전히 젖어 있는 검고 긴 머리카락은 풀어서 한쪽 어깨 뒤로 빗어 넘겼다. 힐러 하나가 걸어오는 아이리스를 쫓으며, 머뭇거리면서도 팔에 남은 화상과 자상을 매끄럽게 없애는 중이다.

아이리스를 멀리한 것은 현명한 결정이었다. 나를 죽이고 싶은 것이 분명한 나의 아내와는 그 어떤 것도 별로 함께하고 싶지 않다. 하지만 적혈들처럼, 나는 그녀를 공포로 통제할 수 있다. 혹은 욕망으로. 아이리스는 공포도, 욕망도 모두 가지고 있다.

센라 여왕 역시 그렇다. 그것이 그녀가 자신의 나라를 기꺼이 떠나온 이유다. 내가 손바닥 안에 자신의 딸을 붙잡고 있다는 것을 여왕도 안다. 센라 여왕이 이 결혼에서 아이리스를 탈출시키고 싶어한다는 데에는 의심의 여지가 없다. 하지만 나만큼이나 센라 여왕에게도 우리의 동맹이 필요하다. 내가 없다면 센라 여왕은 칼과 그가 이끄는 반역자와 범죄자들을 상대해야 한다. 그녀에게 대항하는 연합을. 나는 그녀의 방패이며, 그녀 역시 나의 방패이다.

"오셨군요."

나는 두 사람 모두에게 가볍게 머리를 숙이며 말한다.

아이리스는 공주로 태어나 왕비로 만들어진 사람이라기보다는 군인에 가깝게 보인다.

레이크랜즈의 여왕은 한쪽 다리를 뒤로 빼고 무릎을 구부리며 머리를 숙인다. 그녀의 소맷자락이 갑판에 스친다.

"전하."

나는 얼굴을 수평선으로 돌리며 말한다.

"하버베이가 저들 손에 떨어졌습니다."

"지금으로서는 그렇소."

센라 여왕의 목소리는 거슬릴 정도로 차분하다.

나는 비웃음을 지으며 한쪽 눈썹을 올린다.

"오? 전하께서는 우리가 도시를 되찾을 수 있으리라 생각하십니까? 아마 오늘밤에?"

센라 여왕은 머리를 숙인다.

"제때에 그럴 것이오."

내가 그녀의 말을 받아 마무리한다.

"전하의 나머지 함대가 늦지 않게 도착한다면 말이지요."

센라 여왕은 이를 악물더니, 마지못해 내뱉으며 이를 간다.

"그렇소. 물론이오. 하지만……."

"하지만?"

내가 반문한다. 이를 드러내자 바다 공기가 차갑게 느껴진다.

"우리도 우리의 해안선을 방어해야만 하오."

아이리스는 자기 어머니가 대신 이 전투에 나선 것이 기쁜 듯 의기양양한 표정이다.

"레이크랜즈도 방비를 해 두어야 하오. 특히 몬트포트를 상대로 말이오. 그들은 프레이리를 건너서 우리의 서쪽 국경을 공격할 수 있소. 리프트 왕국이 동쪽에서 공격해 올 수도 있고."

나는 웃음을 터뜨려야 한다. 비웃음을 지으면서, 수평선을 향해서 손을 흔든다. 사모스 반역자들과 몬트포트 찬탈자들은 모두 내 형의 멍청한 지휘 아래에 있질 않나.

"대체 어떤 군대가 전하의 국경을 친답니까? 현재 내 도시를 점령한 저 군대 말입니까?"

센라의 콧구멍이 벌름거린다. 그녀의 얼굴에 열기가 퍼지며 깎은 듯한 광대뼈가 은색으로 물든다.

"사모스는 노르타의 항공 편대를 가졌소. 그건 대륙에서 가장 큰 항공대 중 하나지. 몬트포트가 가진 힘은 언급할 필요도 없겠지, 그게 뭐든 말이오. 전하의 형제는 하늘에서 우위를 점했고 기동성까지 갖췄소. 어디든 공격으로부터 안전하지 않소. 그 점을 간과할 수는 없소이다."

내가 전쟁 중에 손을 잡아야만 하는 아이라도 되는 것처럼, 그녀가 천천히 말한다. 손가락이 얼얼해진다.

끔찍한 암시처럼, 대형을 이룬 에어젯 한 부대가 해안선으로 내달린다. 먼 거리에 있는 비행대의 소음이 둔하고 늘어지는 포효가 되어 우리에게 서서히 닿는다. 나는 불이 붙지 않도록 팔짱을 끼어 손을 가린다.

"브라켄의 항공대가 저들과 맞서 싸울 수 있습니다."

나는 움직이는 비행기에 시선을 고정한 채 중얼거린다. 비행기는 도시를 둥글게 돈다. 방어적인 행동이다.

마침내 목소리를 찾은 아이리스가 입을 연다.

"몬트포트가 브라켄이 지닌 항공기의 부품을 대부분 가져갔어요. 브라켄의 항공기는 결코 상대가 되지 않습니다."

내 말을 정정할 수 있어서 기쁜 모양이다. 나는 화를 내는 대신에 아이리스가 이 작은 위안이나마 즐기도록 내버려 둔다.

권력이 있어 보이는 것 자체가 권력이란다. 어머니는 셀 수도 없이 여러 번 말했다. *차분하고 고요하며 강하게 보여라. 자신을 믿고 승리를 확신하는 것처럼.*

"그래서 우리가 힘이 있는 장소로 돌아가야 하는 것이오. 하늘에서 공격이 떨어지기를 기다리면서, 바다에 머무르는 것은 전혀 좋지 않소. 시그넷 혈통의 님프들도 천하무적은 아니니까."

당연히 너희들은 무적이 아니지, 이 오만한 멍청이야.

나는 센라를 향해 눈을 깜빡이면서, 시선만으로 그녀를 불태워 보려고 애를 쓴다.

"지금 퇴각을 제안하는 겁니까?"

"우린 이미 퇴각했어요."

아이리스가 끼어든다. 아이리스의 분노에 겁에 질린 힐러가 조금 뒤로 물러난다.

"하버베이는 그저 도시 하나에 불과……."

내가 주먹을 쥐자 열기가 폭발하며 공기 중에 파문이 인다.

"내 형이 가져간 것이 하버베이 하나만은 아니죠."

나는 조용하고 느릿하게 말한다. 내 목소리는 귀를 기울여야 들릴 정도로 낮다.

"남쪽, 리프트와 델피가 형의 것이지요. 코르비움도 빼앗겼어요. 이제는 패트리어트 요새도 가졌군요."

왕비께서는 내 억눌린 분노에도 겁을 먹지 않는다.

"꽤 오랫동안 저들은 패트리어트 요새를 사용하지 못할 거예요."

아이리스는 특별한 저녁 식사를 어마어마하게 얻어먹고는 만족감에 젖은 고양이처럼 보인다.

"아하? 왜 그렇죠?"

아이리스는 어머니를 흘깃 바라본다. 두 사람은 나로서는 가늠할 수 없는 표정을 서로 주고받는다.

그녀는 자부심에 차서 차분하게 설명한다.

"티베리아스가 승리하고 도시를 잃을 것이 확실해지자, 전 최대한 커다란 홍수를 일으켰죠. 방파제를 무너뜨렸어요. 도시의 절반은 물에 잠기고, 나머지도 육로는 차단되었습니다. 전함도 가라앉히고 싶었지만 당시로서는 탈출하는 것만으로도 힘든 일이었습니다. 그래도 복구 작업을 하는 동안 진군 속도를 늦출 수는 있겠죠. 전 그들이 필요로 하는 것들을 파괴했습니다."

그리고 나에게서도 말이지. 설혹 지금 도시를 되찾는다고 해도 요새는 파괴되었다. 이 얼마나 낭비란 말인가. 비행기들, 워 포트의 부두, 무기와 화약, 기반 시설.

나는 가면이 조금 미끄러지게 둔 채 아이리스를 가만히 바라본다. 그녀가 지금 무엇을 하는지 내가 깨달았다는 것을 아이리스가 알 수 있도록. 아이리스와 그녀의 어머니는 내가 가진 자원들을 잘라 내어 나를 조금씩 무력하게 만들려고 한다.

님프 왕족들은 교활하다. 그들은 나를 죽이려고 물에 밀어 넣을 필요도 없다.

그 일이 얼마나 걸릴 것인지, 그리고 그들과 내 행동 사이에서 어떻게 균형을 맞출 것인지가 관건이다. 저들은 나와 형이 서로 싸우다 망가지기를, 그래서 저들이 최후의 순간에 상처 입은 승리자와 마주하기를 기대하고 있을 것이다.

아이리스는 천칭처럼 눈을 기울이며 나를 마주 쏘아본다. 아이리스는 차갑고 계산적이다. 역조(逆潮)를 숨기고 있는 고요한 물 같다.

"그러니 아케온으로 돌아가요. 가서 우리의 모든 힘을, 참전할 수 있는 모든 이들을 모으지요. 이 전쟁에 우리의 분노를 모두 부을 수 있도록."

나는 차갑고 무심한 시늉을 하며 난간에 등을 기댄다. 한숨을 쉬고는, 일몰로 붉게 물들어 가는 파도를 힐긋 바라본다.

"내일 움직이도록 하지요."

셴라가 멈칫한다.

"내일? 지금 당장 가야 하오."

나는 송곳니가 보이도록 느릿하게 미소를 짓는다. 사람들을 불안에 빠뜨리는 웃음이다.

"형이 곧 우리에게 메시지를 보낼 거라는 예감이 들어서요."

"대체 무슨 소리를 하는 거요?"

셴라가 중얼거린다.

나는 아무 설명도 없이 동쪽을 바라본다. 어두워지는 수평선 위로, 바다의 분명한 선과 대조를 이루는 얼룩들이 도드라져 보인다.

"섬들이 중립 지역이 될 겁니다."

"중립 지역."

셴라 여왕이 입안으로 그 말들을 굴려 보며 따라 한다.

아이리스는 아무 말도 하지 않지만, 그녀의 눈이 틈처럼 좁아진다.

나는 낮은 숨을 내쉬며 손가락으로 가슴을 두드린다.

"또 얼마나 기쁨이 넘치는 재회가 될는지."

그저 상상해 볼 따름이다. 배신할 준비를 하는 사람들, 그리고 이미 배신한 사람들이 얼굴을 찌푸린 채 알록달록 모여 앉아 맞은편에서 설교를 늘어놓으며 우쭐댈 준비를 하는 모습을. 에반젤린은 갈고리 손톱을 차고 거만하게 굴고 있을 테다. 그녀가 왕국에 저지른 일들에 대해 피로 대가를 치를 운명을 지닌 팔리라는 이름의 적혈 장군도. 침울하고 꼼꼼한 줄리언은 형의 뒤를 잊힌 유령처럼 따라다닐 테다. 나를 사랑해야만 했던, 그러나 결코 사랑한 적이 없는 우리 형제의 친할머니, 아나벨도 함께할 것이다. 여전히 수수께끼의 인물이자 위험인 몬트포트의 지도자도 있다.

당연히 메어도 올 것이다, 폭풍을 감춘 채로.

그리고 형도.

형의 눈을 들여다본 지 너무나 오랜 시간이 지났다. 형의 눈이 그대로일지 궁금하다.

내 것은 분명히 변했다.

우리가 협상하게 될까? 그 점은 무척 의심이 된다. 하지만 그들을, 두 사람 모두를 다시 보고 싶다. 이 전쟁이 끝나기 전에 최소한 한 번은 더. 이 전쟁이 어떻게 끝나게 되더라도 말이다. 두 사람의 죽음, 나의 죽음, 그 어느 쪽이든.

어떤 미래도 두렵지 않다.

지금 내가 지닌 유일한 두려움은 왕좌를, 왕관을, 이 모든 비참함과 고통의 이유를 잃어버리는 것이다. 나 자신을 헛되이 파괴하지는 않을 것이다. 이 모든 것이 아무것도 아니게 만들지는 않을 것이다.

제22장

아이리스

메이븐이 배로 돌아가며, 그가 어머니와 시간을 더 보내고 싶어 하는 내 마음을 아랑곳하지 않고 나를 데려가려고 할까 봐 두렵다. 놀랍게도, 그의 옹졸한 분노와 정치적 간계는 그렇게까지는 나가지 않는다. 우리는 어머니의 기함에서 함께 계책을 검토할 기회를 얻는다. 이야기를 나눌 공간과 앞으로의 계획을 세울 시간도. 메이븐은 우리를 미래의 적으로 보지 않거나 두려워하지 않는다. 후자가 아닐까 조심스럽게 생각해 본다. 지금 당면한 적들이 있기에, 아내에게는 조금의 생각도 할애할 여유가 없는 것이다.

이 전함의 이름은 '스완(Swan)'이다. 전투와 기동성을 위해 건조되었다. 개인실이라고 불릴 만한 방들은 너무 단순한 데다가 딱딱해서 적혈 하인들에게조차도 어울리지 않는다. 그럼에도 어머니는 집에 있는 것처럼 보이신다. 볼트로 고정된 좁은 침대에서도 보석으로 장식한 왕좌에서처럼 똑같이 편안해 보이신다. 어머니께서는 허영심이 있지는 않으셔서, 일반적인 은혈들과는 다르게 결점 가득한 물질주의자들의 자부심 같은 건 전혀 없으시다. 아버지는 그러셨다. 아버지께서는 전장에서조차 화려한 옷과 보석을 선호하셨다. 마지막으로 아버지께서 살아 계시던 모습을 보았던 순간이 떠오른다. 날카로운 고통의 칼날이 나를 관통한다. 사파이어를 박아 넣은 푸른색 강철 갑옷을 입고 회색 머리카락을 뒤로 넘긴 아버지는 늠름한 모습이셨다. 살린 아이릴이 어떤 약점을 발견하고 그것을 잘 이용한 것이 아닌가 생각해 본다.

나는 마음을 가라앉히기 위해서 어머니 앞을 서성이며, 작고 둥근 창 너머를 쏘아볼 때만 잠깐씩 멈춘다. 바다는 피처럼 붉은색으로 물들고 있다. 나쁜 징조다. 익숙한 간질거림을 느끼며 나중에 스완의 작은 사원에 들러서 기도를 올리자고 다짐한다. 기도를 올리면 약간이나마 평화로워질 것이다.

"침착해라. 힘을 아껴 둬."

어머니께서 음악처럼 부드러운 레이크랜즈 억양으로 말씀하신다. 긴 소매의 코트를 옆에 내려놓고 다리를 모은 채로 앉아 계신데, 평소보다 더 작아 보이신다. 그 점이 어머니의 태도에는 거의 영향을 미치지 못한다. 걷는 내내 어머니 시선의 무게를 느낀다.

나 또한 왕비다. 반대되는 생각을 가지고 있으니 어머니의 명령에 따르는 일이 조금 망설여진다. 하지만 어머니의 말씀이 옳다. 결국 그 점을 인정하고 반대편에 놓인 긴 의자에 앉는다. 금속 바닥에 못으로 고정한 후 얇은 패드를 깐 불편한 물건이다. 손가락을 구부려 모서리를 꽉 붙든다. 배 엔진이 울리는 소리에 의자가 낮게 웅웅대며 진동한다. 그 감각에 집중하며 침착함을 조금 되찾는다.

"내게 말할 수 없는 일이 있었다고 전했지. 얼굴을 직접 맞대기 전까지는 말이다."

마음을 단단히 먹으며 어머니를 올려다본다.

"네."

어머니께서 양손을 넓게 펼치신다.

"자, 이제 해 보거라."

내 표정은 바뀌지 않지만, 심장 박동이 긴장으로 빨라진다. 다시 일어나서 창문으로 다가가 선홍색으로 물든 바다를 바라본다. 어머니의 방이 내게 가장 안전한 장소라고 해도, 내가 알고 있는 사실을 입 밖으로 내자니 위험하다는 생각이 든다. 누구든 내 말을 메이븐에게 보고하기 위해서 귀를 기울인 채 숨을 죽이고 있을 수 있다.

어머니께 등을 보이고는 억지로 말을 뱉는다.

"우리는 메이븐이 이길 거라는 가정에서 작전을 벌이고 있지요."

어머니가 뒤에서 비웃으신다.

"네 말은 이 전쟁을 이긴다는 말이겠지. 하지만 다음 전쟁에선 아니야."

이 나라를 상대로 우리가 벌일 전쟁에서는.

"네. 하지만 저는 우리가 지금 지는 쪽과 함께하는 중이라는 생각이 들어요. 그의 형제가 이끄는 연합 정부와, 저 몬트포트 군대……."

어머니의 목소리가 비판의 기색 없이 낮아지신다.

"너는 저들이 겁나는구나."

나는 얼굴을 찌푸린 채 빙글 돈다.

"당연히 저는 저들이 겁나요. 그리고 진홍의 군대도요."

"적혈들이? 그들은 전혀 중요하지 않단다."

어머니가 비웃으시며 눈을 치켜뜨기까지 하신다. 나는 절망스러워 나오는 한숨을 막으려고 이를 악문다.

"그런 생각이 우리를 파멸로 몰 수 있어요, 어머니."

나는 최대한 강경한 목소리로 어머니께 말씀드린다. 하나의 왕비로서 다른 여왕에게. *내 말을 들으라고.*

하지만 어머니는 춤추는 듯한 손짓으로 내 의견을 묵살하신다. 내가 여전히 치마폭에 싸인 아이라도 된다는 것처럼.

"그건 좀 의심스럽구나. 이건 은혈의 전쟁이지, 적혈의 전쟁이 아니야. 그들은 우리를 이길 거라는 희망도 품을 수 없어."

"그렇다 하더라도 그들은 계속 이기고 있어요."

나는 단조롭게 대꾸한다. 하버베이에서 나는 사모스 후계자들과 그들의 부대에 맞서 싸웠다. 은혈과 신혈이 대부분이었지만, 적혈도 있었다. 능숙한 저격수들에 훈련받은 전사들. 등을 돌린 노르타의 적혈 군인들은 물론이다. 메이븐의 가장 큰 힘 중 하나는 국민들의 충성심에 있다. 만약 그것이 기울어진다면? 메이븐의 은혈들은 그를 버리고 달아날 것이다.

어머니는 그저 혀만 차신다. 그 소리에 나는 이를 악문다.

"적혈들은 은혈 동맹 덕에 이기는 거야. 캘로어 형제 중 하나라도 죽는다면 빠르게 무너질 거란다."

몸을 움츠리며, 나는 다른 전략을 시도한다. 우뚝 서 있는 대신에 어머니 앞에 무릎을 꿇고 손을 잡는다. 간청하는 아이처럼. 이 모습은 어머니를 흔들 것이다. 어머니께서 이야기를 들어 주시길 바라며 말한다.

"전 메어 배로우를 알아요, 어머니. 적혈들은 우리 생각보다 훨씬 강해요. 네, 우린 그들이 자신들은 우리보다 못하고, 더 하찮다고 생각하도록 만들었지요. 계속 적혈들을 지배할 수 있게요. 하지만 우리 역시 적혈들을 두려워해야 한다는 것을 잊는다면, 우리는 스스로 만든 덫으로 굴러떨어질 수도 있어요."

어머니는 전혀 내 말을 귀담아듣지 않으신다. 어머니는 한 손을 빼내시더니, 내 머리카락을 매끄럽게 정리해 주신다.

"메어 배로우는 적혈이 아니야, 아이리스."

그녀의 피는 확실히 붉은데요. 나는 속으로만 쏘아붙인다.

어머니께선 내 머리카락을 계속 쓸어 넘기며 손가락으로 빗질해 주신다. 그러고는 아이를 진정시키듯 흥얼거리신다.

"모두 다 잘될 거란다. 다 잘 처리될 거야. 적들을 익사시키고 평화를 되찾고, 고향에서 안전해질 거란다. 레이크랜즈의 영광이 여기 이 해변까지도 밀려올 거란다. 프레이리를 건너 저 지긋지긋한 산들까지도. 시론과 타이랙스의 국경까지도, 그리고 피에드몬트에도. 네 언니가 옆에 너를 두고 제국을 다스릴 거야."

어머니께서 꾸시는 꿈을 상상해 본다. 푸른색으로, 우리 왕조의 힘으로 물든 지도를. 새로운 여명을 배경으로 우뚝 선 채, 황제의 관을 머리에 쓴 티오라 언니를 생각한다. 사파이어와 다이아몬드로 눈부시게 치장하고, 이쪽 해안에서 저쪽 해안에 이르기까지 가장 강력한 사람이 된 언니를. 전 세계가 언니의 발아래 무릎을 꿇는다. 언니를 위해 나 또한 그런 미래를 원한다. 심장이 아플 정도로 저 안식처를 원한다.

하지만 그런 일이 일어날 수 있을까?

"아나벨 르롤란과 줄리언 제이코스가 제게 메시지를 보냈어요."

나는 머리를 어머니에게로 가까이하며 속삭인다. 누군가가 문가에서 귀를 기울이고 있다고 해도 제대로 들을 수 없을 것이다.

"뭐?"

어머니께서 놀라워하시며 숨을 삼키신다. 내 머리를 쓰다듬으시던 손길이 떨어진다. 다른 손이 내 손을 세게 쥔다.

"아케온에서 저를 찾아왔었어요."

"수도에? 어떻게?"

"말씀드렸다시피 저는 메이븐이 이 전쟁에서 질 거라고 생각해요. 생각보다 더 빠르게요. 그들 동맹의 힘은 가공할 만해요. 우리의 동맹보다 강해요. 피에드몬트가 우리 편에 섰다 해도 말이에요."

어머니의 눈이 커다래진다. 마침내 공포가 번뜩인다. 그 사실이 나를 두렵게 하는 만큼이나 기쁘다. 계속 살아남고 싶다면, 우리는 두려워해야만 한다.

"무엇을 원하더냐?"

"거래를 제안했어요."

어머니의 표정이 조금 안 좋아진다. 어머니가 입술을 비트신다.

"연극에 낭비할 시간이 없다, 아이리스. 무슨 일이 일어났는지 바로 말하렴."

"그들이 제 차에서 기다리고 있었어요. 줄리언 제이코스는 매우 뛰어난 싱어더군요. 호위들을 홀렸어요. 그리고 르롤란 왕비는 누구보다도 위험해요."

공포에 어머니의 목소리가 한 옥타브 올라간다.

"누가 아느냐? 메이븐이……."

나는 손을 어머니의 얼굴에 올려 말을 막는다. 단어들이 어머니의 입안에서 죽는다.

"그가 알았다면 저는 죽었겠죠."

어머니의 피부가 느껴진다. 따뜻하고, 부드럽고, 전보다 주름진 것 같다. 어머니께서는 최근 일어난 일들 때문에 나이가 드셨다.

"아나벨과 줄리언은 뛰어나더군요. 그들에게는 살아 있는 제가 필요하고, 들키지 않도록 만전을 기했어요."

어머니께서 내쉬는 안도의 한숨이 얼굴을 쓴다.

"살린 아이럴."

나는 뱉는다. 아버지를 죽인 자의 이름을 말하는 것은 불가능에 가깝게 느껴진다. 그 이름이 단검처럼 우리 두 사람 모두를 긋는다. 어머니께서 혐오로 표정을 일그러뜨리며 몸을 떠신다.

"제게 그를 넘겨주겠대요. 원하는 대로 그를 처리할 수 있도록."

어머니의 눈동자가 공허하고 어두워진다. 잠시 후, 어머니께서 내 손을 부드럽게 밀어내신다.

"아이럴은 몰락했어. 권력을 다 뺏기고 실각했지. 자기가 고른 황무지로 혼자 쫓겨났어."

열광적인 분노가 척추를 따라 흐르며 소리를 지른다. 뺨으로 몰리는 열기가 느껴진다.

"그가 아버지를 죽였어요."

"설명해 줘서 고맙구나. 내가 몰랐네."

어머니께서 차갑게 대꾸하신다. 목소리는 단조롭다. 아버지를 잃은 고통을 숨기기 위한 방패막이다.

"제 말은 그냥……."

"그가 또 다른 왕을 위해서 아버지를 살해했지. 아이럴은 하등 중요하지 않다, 아이리스."

어머니가 천천히 말씀하신다.

"어쩌면요."

팔다리가 떨린다. 나는 억지로 몸을 일으켜 어머니를 굽어본다. 어머니께서는 내 얼굴을 보기 위해서 고개를 드셔야 한다. 이상한 자세, 이상한 감각이다. 어머니를 내려다볼 수 있는 힘을 가지다니. 이게 아무리 별거 아니라고 할지라도, 나는 숨을 들이마신다.

"아나벨이 볼로 사모스도 넘기겠대요."

어머니가 눈을 깜빡이신다. 눈꺼풀이 닫히고 열린다. 매우 다른 눈 한 쌍이 드러난다. 눈에 밝은 불꽃이 튄다.

"이제 좀 흥미롭구나. 아마도 불가능할 것 같은데."

오후의 빛 속에서 황동색 눈동자를 번뜩이며 몸을 앞으로 기울이던 아나벨의 모습이 기억난다. 그녀에게는 어떤 거짓도 없었다. 오직 굶주림뿐이었다. 욕망뿐이었다.

"저는 그렇게 생각 안 해요."

"그들이 그 대가로 무엇을 바라더냐?"

몸을 떨면서, 나는 입을 연다. 어머니께서 결정을 내리시도록. 나로서는 도무지 결정할 수가 없다.

＊ ＊ ＊

"티베리아스 7세, 노르타의 적법한 왕이자 북쪽의 화염, 그리고 그분과 함께하는 몬트포트 자유 공화국, 진홍의 군대, 그리고 독립 국가인 리프트는 하버베이 임시 수도로부터 전언을 보낸다."

감시병이 타이핑된 전언을 읽는다. 보석 박힌 가면에 깨끗한 목소리가 살짝 막힌다. 갑판의 투광 조명등이 감시병에게 눈이 멀 것 같은 붉은색과 주황색을 비춘다. 그의 뒤쪽으로는 오직 어둠뿐이다. 별도, 달도 없다. 세상 전부가 텅 빈 것 같다.

"*임시*라고. 건방지기는."

시커먼 바다 위를 부는 찬 바람을 향해 얼굴을 돌리면서, 어머니께서 비웃으신다. 저 왕실 행사에 짜증이 난 채 우리는 시선을 주고받는다. *북쪽의 화염.* 허튼소리.

"저게 형이죠. 그는 욕망의 노예거든요."

메이븐이 호위들 사이에서 대꾸한다. 메이븐은 저 메시지를 직접 들어 보라고 우리를 자신의 배로 호출했다.

손가락 하나를 들어 올리며 메이븐이 다부진 감시병에게 계속할 것을 지시한다. 나는 그 감시병의 목소리와 마스크 밖으로 드러난 눈을 알아본다. 머리 위를 비추는 날카로운 빛에서 나온 전기로 만들어진 것 같은, 생동감 넘치는 푸른색. *헤이븐. 몬트포트로의 여정*

에 동반했던 그 호위가 기억난다.

"나는 네 뒤의 도시를 장악했다."

나는 화염에 휘감겨 있던 메이븐의 형을 생각한다. 그는 전사였다.

"델피에서부터 우리의 동맹인 리프트에 이르기까지, 남쪽 국경이 나를 따른다. 나는 또한 수백 킬로미터의 해안선도 장악했다. 램보스 총독과 그의 가문이 다스리던 비콘 지역 전체가 진정한 왕에게 충성을 맹세하였다. 나는 이 왕국을 손에 쥐었다. 메이븐, 너 또한 내 손아귀 안에 있다."

램보스에 대한 것도 알고 있었나? 나는 갑판을 가로질러 뒤틀린 내 남편을 본다. 심하게 찡그린 메이븐의 얼굴이 충분한 대답을 준다. 그는 배신 때문에 충격을 받았다. 메이븐은 감시병의 말에 거의 반응을 보이지 않고 숨만 거칠게 뱉을 뿐이다.

"반역자 놈들."

그렇게 중얼거리는 소리를 들은 것 같다.

헤이븐 감시병이 착실히 말을 잇는다.

"메이븐, 네 동맹들은 저 국경 너머에 있고 국경 안에 남은 동맹은 거의 없다. 내 승리가 거듭되면 너를 버리지 않을 이는 없다. 바람이 불기 시작했고, 물은 흐름을 바꾸고 있다. 노르타는 선조들의 치하에 있었던 때와 더 이상 같지 않다. 네가 아버님의 목숨을 희생하며 훔쳐 간 나의 계승권을 되찾을 때까지 나는 결코 쉬지 않을 것이다."

호위들이 아주 조금 바스락거리지만 아무도 입을 열지 않는다. 메이븐은 그의 형을 자기 좋을 대로 묘사했다. 탓에 그들에게 이 전언은 반역자의 터무니없는 고발일 수도 있다. 적혈 괴물에게 유혹당

해, 타락하여 살인까지 저지르도록 조종당한 것이라고. 하지만 진실은 우리 모두가 사실이라고 알고 있는 사항에 조금 더 가까울 것이다. 티베리아스 캘로어는 아버지를 죽이지 않았다. 적어도 기꺼이 그런 것은 아니다. 메이븐이 말했던 것처럼은 아니다.

어머니께서 시선을 메이븐에게 고정하신다. 날카로운 빛을 받은 눈동자가 번뜩인다.

메이븐은 아무 반응도 보이지 않는다. 유리처럼 고요하고 매끄럽다. 검은색 군복 속의 몸은 어둠에 녹아든 것처럼 보인다. 하얀 얼굴과 길쭉한 손가락을 가진 양손을 빼면 전신이 투명해진 것만 같다. 그의 형은 최선을 다했지만, 메이븐은 아주 침착하다. 불같은 성미를 드러내는 게 꺼려지는 듯하다.

"우리는 네 동맹의 모든 구성원에게 협상을 제안하고자 한다."

헤이븐 감시병이 읽고 있는 종이가 바스락거린다.

"레이크랜즈의 센라 여왕 전하와 피에드몬트의 브라켄 왕자 저하에게. 그리고 메이븐 네게도. 네가 찬탈자이자 살인자이기는 해도. 우리 사이 벌어지는 전쟁에 더는 피를 흘릴 필요는 없다. 우리는 이 국가에 봉사하기 위해 태어났다. 그러니 최대한 이 나라를 지키도록 하자."

참으로 매력적인 말이다. 위원회 사람들이 이걸 써 주었는지 궁금하다. 아나벨이 힘을 쓰긴 했을 것이다. 그녀의 지문이 저 연설 곳곳에 묻어 있다.

"네가 선택하는 섬에서 만나도록 하자."

헤이븐 감시병이 목청을 가다듬고 내게로 눈을 깜빡인다. 다음 순

102

간 자신의 왕에게로, 훔친 왕좌에서 빌린 시간을 살고 있는 사람에게로 향한다.

"동틀 무렵에."

메이븐이 선택지의 무게를 재는 동안 우리는 침묵 속에서 지켜보며 기다린다. 그는 이 일이 일어날 것을 알고 있었다. 그렇게 놀랍지는 않을 것이다. 그럼에도 불구하고, 그가 움직인다. 처음에는 느릿하게, 그러더니 더 빨리, 점점 더 빨리. 그가 주먹을 꽉 쥐자 팔에 찬 플레임메이커 팔찌가 가는 손목에서 회전한다. 팔찌에서 불꽃이 튄다. 불이 피어오르더니 점점 자라서 화염 공이 된다. 중앙은 하얗고, 얼음처럼 푸른색이다. 미친 사람처럼 웃어 보인 메이븐이 그것을 물속으로 던진다. 불꽃 공은 혜성처럼 꼬리를 길게 끌다가 일렁이는 파도 속으로 몹시 기분 나쁜 불빛을 비친 후에 바람 빠지는 듯한 소리를 내며 사라진다.

"그럼, 동틀 무렵에."

메이븐이 반복한다.

어깨만 봐도 메이븐에게 아무런 협상의 여지가 없다는 것을 알겠다. 그가 왜 이렇게 움직이는지는 추측만 해 볼 수 있을 따름이다. 아마 그것이 오롯이 은혈 왕자 하나와 적혈 번개 소녀 하나 탓이 아닐까 싶다.

제23장

칼

시간이 느릿하게 흘러간다. *나는 불편함에 몸을 움직인다. 자정이 다가오더니 멀어진다.* 맹렬한 속도로 종이들을 훑어보는 그녀의 눈동자만이 움직이고 있다. 지금쯤 그걸 다 외웠을 것 같다. 메어는 메이븐에게 보내는 전언에 전혀 관여하고 싶지 않아 했다. 나머지 사람들이 공들여 전언을 작성하는 동안 내 방에 남았다. 돌아올 때쯤엔 메어가 가 버렸을 거라고 예상했다. 하지만 그녀는 그대로 있었다.

무슨 일이 일어난 건지 아직도 믿을 수가 없다. 메어가 여기 내 침대에, 한밤중에 앉아 있다는 사실을 말이다. 그 모든 일을 겪고도.

그녀가 그대로 있다.

앞에 놓인 서류에 집중하는 건 포기했다. 대부분은 총계다. 군인, 시민, 사상자, 자원의. 내 머리를 빙빙 돌게 만드는 것들. 이 모든 걸 해독하는 일은 줄리언 외삼촌이 더 잘한다. 외삼촌은 모든 정보 중 중요한 것만 축약해서 내가 큰 그림을 볼 수 있게 돕는다. 책상 서랍 속에 있는 작은 책의 유혹에서 벗어나기 위해, 관심을 돌릴 것이 필요하다. 줄리언 외삼촌에게 저걸 도로 가져가라고 말하고 싶다. 이 전쟁에서 이기고, 외삼촌이 원하는 대로 저것과 직면할 수 있는 여력을 갖게 될 때까지 소위 저 선물이라는 것을 좀 보관해 달라고.

내가 관심을 가져야 하는 쪽은 노르타의 상황이지, 저 책이 아니다. 우리 상황은 심각하다. 하버베이를 차지했지만 이곳의 상태는 좋지 못하다. 도시는 너무 오래되었고, 사방이 취약하다. 패트리어트 요새는 수리 중이니 당분간 새 방어선을 구축해야만 할 것이다. 적어도 도시는 이름만이라도 우리와 함께한다. 램보스가 항복했고, 하버베이의 적혈들은 기꺼이 자기네들 지도자들인 적혈 감시단(Red Watch)을 따른다. 적혈 감시단은 진홍의 군대와 확고한 동맹 관계에 있다. 언제나 늘어나기만 하는 저 끝도 없는 목록을 따라 머릿속으로 각각의 단체들을 짚어 본다. 이 시점에 이르러서는 자면서도 그 이름들을 보는 것 같다.

한숨을 쉬며 정신을 차려 보려고 한다. 메어에게 집중해 본다. 메어는 폭풍에 대항하여 날 붙들어 주는 닻인 동시에 폭풍 그 자체다. 이상하다.

메어는 침대에 다리를 꼬고 앉아 머리를 숙이고 있다. 머리카락이 얼굴 절반을 가린다. 초콜릿 같은 갈색 머리카락 사이로 슬금슬금 타고 오르는 회색 끝부분이 쇄골께에 뿌려져 있다. 메어는 내 잠옷 가운을 단단히 묶어서 입고 있다. 높은 목깃이 그녀의 피부에 남은 낙인을 가린다. 메어에게 새겨진 흔적을 볼 때마다, 그리고 그것이 내 동생이 새겨 넣은 것이라는 사실을 기억할 때마다 몸이 떨린다. 흔들리는 촛불 속에서 메어는 불꽃처럼 보인다. 금색과 붉은색. 그녀의 윤곽을 따라서 검은색 그림자가 춤을 춘다. 나는 발 하나는 바닥에 딛고 다른 발은 책상에 올린 채 메어의 모습을 조용하게 지켜본다. 종아리가 찌르르하다. 전투로 인한 통증이 아직도 남아 있다. 통증을 좀 해결해 보기 위해 발가락을 풀어 준다. 힐러를 너무 일찍 보내 버리지 말았어야 했다. 지금은 누구든 부르기에는 너무 늦은 저녁이다. 아침까지는 움직일 때마다 계속 치미는 작은 통증들을 그저 견뎌야만 할 것이다.

"얼마나 됐어?"

메어가 종이에서 시선을 떼지 않은 채 중얼거린다.

나는 의자에 몸을 조금 기대며 화려하게 장식된 천장에 대고 성을 낸다. 전기로 작동하는 샹들리에가 어두워지더니 불이 나가 버린다. 한 시간 전, 메어가 분주하게 방 안을 돌기 시작한 이후부터 깜빡거리기 시작했다. 그녀가 기분이 안 좋을 때면 제법 살이 떨린다.

"마지막으로 물어본 후로 20분 지났어. 말했잖아, 메이븐은 시간을 끌 거야. 우리를 불안하게 만들려고."

메어는 움직이지 않고 말한다.

"하지만 그렇게 오래 걸리진 않을 거야. 메이븐에게 그런 자제심은 없어. 우리 문제라면 말이야. 우리와 얼굴을 맞대고 만날 기회를 거부하지 못할걸."

"특별히 네 문제라면 그렇지."

나는 거칠게 대꾸한다.

"*네 문제도야.*"

그녀가 똑같은 열정으로 대꾸한다.

"엘라라는 우리 둘 모두에 관해서 메이븐을 망가뜨렸어. 메이븐이 가진 강박을 만들어 냈지. 회담은 무의미할 거야. 낭비라고."

메어가 짜증을 내며 한숨을 쉰다.

나는 느릿하게 눈을 깜빡인다. 내 동생과 그가 어떻게 생각할지 메어가 잘 알고 있는 탓에 불안하다. 그녀가 그러기 위해 얼마나 큰 대가를 치러야 했는지 알기 때문이다. 또한 솔직하게 말하자면, 그 지식이 내가 밝혀내길 원치 않는 감정들에 뿌리내리고 있다는 걸 알기 때문이다. 하지만 메어가 어떤 감정을 느끼든 감히 다른 누가 평가할 수 있을까? 나 또한 여전히 메이븐을 사랑한다. 적어도 내 동생이라고 생각했던 그 사람을 사랑한다.

엉망진창이다, 우리 둘 모두.

다리를 구부리자 무릎이 소리를 내며 삐걱거리는 바람에 조금 움찔한다. 양손을 따뜻하게 만들어서 통증을 풀어 주기 위해 관절을 마사지한다. 열기가 스며들면서 근육을 풀어 준다.

메어가 마침내 고개를 들더니 머리를 뒤로 넘기고는 피식 웃는다.

"너한테서 삐걱대는 문 같은 소리가 나."

나는 고통스러운 웃음소리를 속삭이듯 뱉어 낸다.

"그런 기분이긴 해."

"아침에 힐러를 꼭 불러."

입술이 장난스럽게 휘어져 있긴 하지만 그녀의 목소리에 담긴 염려를 읽을 수 있다. 메어가 눈을 가늘게 뜬다. 눈동자는 희미한 불빛 아래에서 어둡게 보인다.

"아니면 사라더러 오라고 해. 네가 원하기만 하면 지금 당장이라도 올걸. 메이븐이 답을 하기 전까지는 사라나 줄리언이 잘 거 같지도 않고."

나는 고개를 저으며 의자에서 몸을 일으킨다.

"그 둘은 내일 괴롭힐 거야."

침대를 향해서 일정하게 발걸음을 옮기며 말한다. 그녀와 가까워지자, 다른 종류의 고통이 근육을 조이는 기분이다.

내가 팔꿈치에 기대며 옆에 몸을 뉘이자, 메어의 시선이 고양이처럼 나를 좇는다. 부드러운 바닷바람이 창문으로 들어온다. 그 보이지 않는 손길에 금빛 커튼이 부풀어 오른다. 우리는 둘 다 몸을 떤다. 나는 메어의 손에서 느릿하게 종이를 빼내고, 그녀에게서 시선을 떼지 않은 채 그걸 옆으로 치운다.

이 조용한 순간들이 몹시도 두렵다. 메어도 마찬가지일 거란 생각이 든다. 이 침묵은, 이 공허한 기다림의 순간은 우리가 정확히 무얼 하고 있는지 무시할 수 없도록 만든다. 아니, 더 정확히 말하면, 무엇을 하지 않고 있는지를.

그녀의 마음에도 내 마음에도, 그 어느 쪽에도 변화가 생겨나지는 않았다. 어떤 선택도 바뀌지 않았다. 하지만 때가 왔을 때 내가 무엇을 잃게 될 것인지를 생각하면, 시간이 흐를수록 결정을 내리는 것이 점점 더 어려워진다. 지난 몇 주 동안 나는 많은 것을 잃었다. 그녀의 사랑도, 그녀의 목소리도, 그녀의 예리함도. 내 왕관이나 핏줄을 전혀 중요하게 생각하지 않았던 사람과 함께 하는 밀고 당기기도. 나를 있는 그대로 봐 주는 유일한 사람을.

티베리아스가 아니라 칼이라고 나를 부르는 사람.

메어가 한 손을 내 뺨에 올리고, 손가락을 귀 뒤로 뻗는다. 전보다는 더 머뭇거리고 더 냉담한 태도다. 상처를 확인하는 힐러 같다. 그 손에 좀 더 기대며 메어의 피부가 주는 차가운 감촉을 좇는다.

"이것도 마지막이라고 말할 거야?"

메어를 올려다보며 묻는다.

깨끗하게 닦아 내는 것처럼, 그녀의 표정이 조금 허물어진다. 하지만 눈은 흔들리지 않는다.

"또?"

나는 그녀의 손에 대고 고개를 끄덕인다.

"이번이 마지막이야."

메어가 심드렁하게 말한다.

가슴속 깊은 곳이 울린다. 불꽃이 대답하듯 포효하며 자유롭게 놓아 달라고 애걸한다.

"지금 거짓말하는 거지?"

"또?"

메어의 다리를 발목부터 엉덩이까지 쓸어 올리자, 그녀의 입술이 경련한다. 피가 뜨거워지는 걸 느끼며 내가 머리를 끄덕인다. 메어의 손가락이 얼굴에 부드러운 흔적을 그린다.

메어의 대답은 조용하다. 숨이 막히는 듯한 소리에 불과하다.

"거짓말이라면 좋겠다."

내가 다른 말을 하기 전에 그녀가 나를 막는다.

메어의 입맞춤이 나를 집어삼킨다.

어떤 선택도 하지 않았다.

또.

* * *

누군가 나를 깨우려고 침실 문을 두드린다. 메어는 이미 옷을 다 입고 열린 창에 위태롭게 걸터앉아 있다. 메어가 달아나 밤공기 속으로 사라져 버리지 않을까 반쯤은 기대했는데, 대신에 그녀는 안쪽으로 내려선다. 메어가 얼굴을 붉힌 채 내게 잠옷 가운을 던지는 바람에 얼굴에 비단을 얻어맞는다.

나는 가까운 방에 있는 사람이 들을 수 없을 만큼 낮은 목소리로 묻는다.

"계속 있게? 그럴 필요 없어."

메어는 나를 쏘아본다.

"요점이 뭐야? 어차피 모두가 곧 알게 될 텐데."

뭘 알게 돼, 정확히? 그렇게 묻고 싶지만, 나는 입을 다문다. 스트레칭을 하며 침대에서 일어난다. 그 뒤 잠옷을 걸치고 허리에 끈을 묶는다. 움직이는 내내 그녀의 시선이 나를 관찰하며 따라붙는다.

"뭔데?"

나는 반쯤 웃으면서 속삭인다.

대신 메어는 입술을 얇게 다문다.

"흉터 몇 개를 없앴네."

나는 어깨만 으쓱한다. 등과 갈비뼈를 가로지르던 오랜 흉터들을 지우고, 하얗게 울퉁불퉁 돋아난 살들을 제거한 지도 몇 주가 되었다. 왕에게 마땅치 않은 상처들. 그녀가 그걸 알아차릴 정도로 내 몸을 잘 기억하고 있다는 사실이 기분 좋다.

"어떤 것들은 계속 갖고 갈 필요가 없으니까."

메어의 눈이 가늘어진다.

"그리고 어떤 것들은 반대고, 칼."

저 특정한 대화의 벼랑 너머로 그녀를 따라가는 게 내키지 않는다. 나는 침묵으로 동의하며 그저 고개만 끄덕인다. 그 대화는 우리를 생산적인 결론으로 이끌어 주지 않는다.

메어는 문에 몸을 돌린 채 책상에 조금 기댄다. 그녀의 표정이 바뀐다. 눈은 날카로워진다. 다른 부분들도 다른 사람처럼 단단하게 변한다. 그 일부는 메리어나, 그녀가 위장했던 은혈 같다. 또 다른 일부는 번개 소녀, 불꽃과 자비라고는 없이 분노로만 이루어진 존재 같기도 하다. 그 사이 어딘가에 그녀가 있다. 내가 계속 알아 가는 소녀가. 메어가 고개를 끄덕이며 턱을 숙인다.

문을 여는 순간, 메어가 기운을 내듯 숨을 들이마시는 소리가 들린다.

"외삼촌."

나는 줄리언 외삼촌이 들어오도록 비켜선다.

"메이븐의 대답을 받았습니다."

외삼촌은 한 발을 내디디며 바로 이야기를 시작한다. 잠옷 위로 입은 빛바랜 셔츠가 흔들거린다. 외삼촌이 손에 쥔 종이에는 매우 짧은 글이 쓰여 있다.

메어를 본 순간 외삼촌은 정말로 아주 조금 머뭇거린다. 그뿐이다. 아무렇지 않은 것처럼 보이려고 최선을 다하시며, 목을 가다듬고는 억지로 편안한 미소를 지으신다.

"좋은 저녁이군요, 메어."

"좋은 아침이 더 적절하지 않나요, 줄리언."

메어가 머리를 기울여 인사하며 말한다. 그보다 더하거나 덜한 어떤 행동도 보이기가 기껍지 않은 듯하다. 하지만 우리 모습이면 다른 설명이 필요 없다. 헝클어진 머리의 그녀와, 잠옷 가운 외에는 아무것도 걸치지 않고 있는 나. 외삼촌은 책만큼이나 쉽게 우리를 읽어 내신다. 그래도 외삼촌은 그 점을 지적하거나 히죽거리지 않을 정도의 지각은 갖고 계신다.

나는 방 안으로 더 들어가라고 외삼촌을 쿡 찌른다.

"메이븐이 뭐라던가요?"

외삼촌이 정신을 차리고는 대꾸하신다.

"예상했던 대로입니다. 동의했어요. 동틀 무렵에."

그렇게 이른 시각에 만나자고 했던 것에 벌써 욕이 나온다. 하룻밤은 쉰 다음에 이 일을 마주하고 싶다. 하지만 가능한 빨리 끝내 버리는 것이 최선이다.

"어디서요?"

메어의 목소리가 고르지 못하다.

줄리언 외삼촌이 우리 둘을 번갈아 보신다.

"저들은 프로빈스 섬을 골랐어요. 따지자면 중립 지역이 아니지만 그래도 섬에 사는 사람들은 대부분 전쟁 때문에 섬을 떠났습니다."

나는 팔짱을 낀 채 문제의 섬을 그려 본다. 기억이 빠르게 떠오른다. 프로빈스는 반 아일랜드(Bahrn Islands)의 최북단이다. 반 아일랜드는 해안에서 떨어진 곳에 고리 모양으로 흩뿌려진 군도이다. 진홍의 군대의 기지였던 틱 섬과 조금 유사하다. 점점 사라지는 사구와 거머리말들의 고향.

"거긴 램보스의 땅이죠. 그리고 충분히 작고요. 사실 우리에게 유리한 곳입니다."

책상에서 메어가 코웃음을 치며 외삼촌과 내가 어린아이라도 되는 것처럼 우리를 살핀다.

"램보스 가문이 배신하려는 마음을 먹지만 않는다면 말이지."

"그의 가족과 본인의 목숨을 장담할 수 없는 상황이 아니었다면 나도 그 말에 동의하고 싶었을 거야. 램보스의 가주는 가족의 목숨도 자기의 목숨도 위태롭게 만들지 않을 거야. 프로빈스 섬 정도면 급한 대로 쓸 만해."

내 말에 메어는 납득한 것 같지는 않지만 어쨌든 고개를 끄덕인다. 그녀의 눈이 줄리언 외삼촌을 지나 그가 손에 쥐고 계시는 한 장의 종이로 옮겨 간다. 메이븐이 보낸 응답의 복사본.

"그가 다른 요구를 했나요?"

외삼촌이 고개를 저으신다.

"전혀요."

"봐도 될까요?"

메어가 부드럽게 요청하며 손바닥을 내보이며 뻗는다. 외삼촌은

113

기꺼이 응하신다.

아주 잠시 그녀는 망설이더니, 그 종이가 더러운 뭔가라도 되는 듯 엄지와 검지로 잡는다. 우리가 신혈을 모으며 노치에서 작전을 수행하던 시절, 메이븐은 메어에게 편지를 쓰고는 했다. 메이븐은 그 편지를 자신이 먼저 찾아낸 이들의 시체 위에 놓아두고는 했다. 그 모든 유혈 사태를 멈출 거라는 약속을 하며, 그녀가 자신에게 돌아오기를 간청하는 내용이었다. 결국 메이븐은 그 소원을 이뤘다. 메어에게서 저 종이를 빼앗고, 메이븐의 말들이 줄 고통에서 그녀를 보호해 주고 싶지만, 메어는 나의 보호를 필요로 하지 않는다. 그녀는 나 없이 더 나쁜 일들을 겪어 왔다.

마침내, 메어는 눈을 깜빡이고는 메이븐의 답신을 읽을 마음의 준비를 한다. 그녀의 눈이 단어들 위를 훑는 동안 주름이 깊어진다.

나는 외삼촌에게 흘깃 시선을 보낸다.

"나나벨 할머니도 정보를 받았나요?"

"받으셨습니다."

"무슨 생각이 있으시대요?"

"언제 없으셨던 적이 있나요?"

나는 외삼촌을 향해 쓴웃음을 머금는다.

"그렇네요."

외삼촌과 할머니는 서로 마음이 가장 잘 맞는다고는 볼 수 없지만, 적어도 내 일에 대해서만은 확실한 동맹이다. 두 분이 공유하고 있는 역사인 내 어머니 문제 때문이다. 그 생각에 갑작스러운 오한이 든다. 책상 서랍을 보게 된다. 책이 보이지 않게 확실히 닫혀 있다.

하지만 결코 내 마음속에서는 잊히지 않는다.

오션 힐은 어머니가 가장 좋아하시던 궁전이었다. 어디서든 어머니가 보인다. 심지어 내게는 어머니의 얼굴에 대한 기억이 남아 있지 않는데도 그렇다. 나는 어머니의 얼굴을 사진이나 그림에서만 보았다. 내 침실 밖 응접실에라도 어머니 초상화 몇 개를 다시 걸도록 요청한 적도 있다. 어머니의 색은 금색이었다. 지금 외삼촌이 걸치고 있는 노란색보다는 좀 더 생동감 넘치는 색이다. 하이 하우스에서 태어난 왕비에게 걸맞다. 어머니께서는 규범과는 아주 거리가 먼 분이었지만.

어머니는 이 방에서 주무셨다. 어머니가 이 공기를 호흡하셨다. 어머니는 이곳에서 살아 계셨다.

외삼촌의 목소리가 어머니의 기억이라는 유사(流沙)에서 나를 건져 낸다.

"아나벨 왕비님은 전하를 대신할 사람을 보내야 한다고 생각하시더군요."

나는 입꼬리를 들어 올려 반쯤 미소를 짓는다.

"본인이 자원하셨겠군요."

외삼촌이 내 표정을 따라 하신다.

"그러셨습니다."

"할머니의 제안에는 감사하지만 정중하게 사양해야겠네요. 누군가가 메이브를 마주해야 한다면, 그건 제가 되어야지요. 제가 협상의 조건을 설명……."

"메이브는 협상 따위 안 할 거야."

메어가 주먹을 쥐고, 종이의 귀퉁이를 조금 구긴다. 그녀의 시선이 입맞춤처럼 느껴진다. 집어삼키는 듯하다.

"그도 만남에 동의를……."

메어가 외삼촌의 말을 자른다.

"그리고 그게 메이븐이 동의할 것의 전부예요. 이건 조건을 타협하는 자리가 아닙니다. 그는 항복 같은 건 생각 안 할 거예요."

나는 메어의 생생한 눈과 시선을 맞춘 채, 그녀 눈 속의 폭풍을 지켜본다. 머리 위로 천둥소리가 크게 울릴 것만 같다.

"걘 그냥 우리를 보고 싶을 뿐이에요. 그게 메이븐의 방식이에요."

놀랍게도 줄리언 외삼촌이 메어를 향해서 빠르게 걸어가신다. 외삼촌의 얼굴은 색이 빠진 듯 창백하다.

"시도라도 해 봐야 해요."

외삼촌은 몹시 화가 나 주장하신다.

메어는 외삼촌에게 눈만 깜빡일 뿐이다.

"그래서 우리를 고문하자고요? 메이븐에게 만족감을 주면서?"

외삼촌이 대꾸하시기 전에 내가 대답한다.

"당연히 우리는 메이븐과 만날 거야. 그리고 당연히 메이븐은 협상하지 않을 거고."

내 목소리는 지금까지 중에 가장 무겁고 깊다.

"그럼 왜 이걸 해?"

메어가 뱉는다. 라렌티아 바이퍼의 뱀 중 하나가 생각난다.

"왜냐하면."

거칠고 화난 목소리를 내지 않기 위해서 애를 쓰면서 낮게 말한다. 자제력과 품위를 겉으로라도 유지하려고 하면서.

"나도 그 애가 보고 싶으니까. 나도 그 애의 눈을 들여다보고 내 동생이 영원히 사라졌다는 걸 깨닫고 싶으니까."

내가 아는 사람 중 가장 말이 많은 2명이 줄리언 외삼촌과 메어인데, 외삼촌도 메어도 대답하지 않는다. 메어는 자기 발만 바라보면서 눈썹이 하나가 되도록 미간을 찌푸린 채 뺨을 붉게 물들인다. 부끄러움이거나 절망. 그 둘 다일 수도 있다. 외삼촌은 좀 더 창백해진다. 이제 숫제 종이처럼 하얗다. 외삼촌은 내 시선을 피하신다.

"메이븐의 어머니가 그 애에게 무엇을 했든, 그것을 되돌릴 수 없다는 것을 확실히 알아야만 해. 확신을 가질 필요가 있다고."

나는 메어에게로 다가가며 웅얼거린다. 나 자신을 다스릴 수 있다면. 내 기분에 영향을 받아 질릴 것 같은 열기가 방 안에 떠도는 걸 갑자기 알아차린다.

"고마워요, 외삼촌."

나는 할 수 있는 한 부드럽게 외삼촌을 보내려 애쓰며 덧붙인다.

외삼촌은 내 의도를 바로 알아차리신다.

"그래요."

외삼촌은 고개를 숙이며 대꾸하신다. 외삼촌에게 저런 절을 하지 말라고 계속 부탁하는데도 소용이 없다.

"제가 드린⋯⋯."

외삼촌이 질문을 하다 말고 말을 더듬는다.

"⋯⋯내가 준 거 읽어 봤니?"

또 다른 상실에 대한 고통이 가슴속에서 확 타오른다. 내 눈이 책

상 서랍에 꽂힌다. 메어가 내 시선을 좇는다. 그녀는 지금 우리가 무
슨 얘기를 나누고 있는 건지 모른다.

나중에 메어에게 말할 거야. 더 나은 때에.

"약간요."

나는 가까스로 말한다.

줄리언 외삼촌은 실망하신 것처럼 보인다.

"쉽지 않지."

"네, 그래요, 외삼촌."

이 이야기는 그만하고 싶어요.

"그리고 만약 외삼촌이……."

나는 웅얼거리면서 나와 메어 사이를 미미하게 손짓해 보이며 주
제를 바꾸자는 신호를 보낸다.

"아시죠."

메어가 아주 조그맣게 숨죽여 웃지만, 외삼촌은 기꺼이 내게 응하
시며 편안한 미소를 활짝 지으신다.

"도대체 무슨 말을 하는 건지 모르겠는데요."

외삼촌이 응접실로 걸어 나가시는 동안, 멀어져 가는 외삼촌의 모
습을 시선으로 좇는다. 의자에 괴어 놓은 초상화들을 지나는 순간,
외삼촌의 걸음이 느려진다. 외삼촌은 감히 자신의 누이를 바라볼 수
도 없다는 듯이, 액자의 틀을 따라서 손을 쓸어 보신다.

초상화로만 비교한 것이긴 해도 두 사람은 매우 닮았다. 가느다란
밤색 머리카락과 호기심 가득한 눈동자. 어머니는 소박하고 무난한
미인이셨다. 대부분은 그냥 지나칠 만한 미모. 나는 어머니를 그다

지 닮지 않았다.

닮았더라면 좋았을 텐데.

문이 흔들리며 닫힌다. 어머니와 외삼촌의 모습이 시야에서 사라진다.

부드러운 손가락이 느릿하게 내 손을 파고들며 잡는다.

"그 애는 고칠 수 없어."

메어가 속삭이며 내 어깨에 뺨을 기댄다. 제대로 올리지는 못한다. 거기까지는 메어가 닿을 수 없으니. 하지만 지금은 메어를 놀릴 때가 아니다. 나는 그녀가 꽉 잡은 손으로 몸을 좀 기울여서, 우리 둘 모두에게 좀 더 편한 자세를 취한다.

"나 자신을 위해서라도 직접 보아야겠어. 그 애를 포기할 거라면……."

"불가능한 일을 두고는 포기라고 말하지 않아."

메어의 손아귀 힘이 강해진다.

불가능한 일. 내 안의 일부는 그 말을 믿고 싶지 않다. 내 동생은 실패한 것이 아니다. 그럴 수 없다. 내가 허락하지 않을 것이다.

"데이비슨이 시도해 본다고 했잖아."

나는 속삭인다. 다음 말을 크게 말하기가 꺼려진다. 하지만 해야만 한다. 그 말을 현실로 받아들여야만 한다.

"찾아봤는데 신혈 위스퍼는 없대."

내 말에 메어가 길게 끄는 숨을 쉰다.

"잘 된 일일 수도 있어."

그녀는 잠시 후에 덧붙인다.

"세상이라는 큰 틀에서 보면."

저 말이 옳다는 걸 알아 고통스럽다.

꼼꼼한 손길로 그녀가 내 어깨에 양손을 올리더니, 나를 책상에서 먼 곳으로 몰고 간다. 서랍에 들어앉아 있는 것에서 멀어지는 쪽으로.

"넌 잠을 좀 자야 돼. 메이븐은 너보다 더 피곤할 거야."

그녀가 단호하게 말하며 나를 침대로 민다.

메어의 말에 따르고 싶은 마음으로 나는 하품을 참는다. 한숨을 쉬면서 이불 밑으로 미끄러져 들어간다. 머리를 베개에 대자, 바로 잠에 들어 버릴 것 같다.

"같이 있을 거지?"

눈을 간신히 뜨고 메어를 바라보며 웅얼거린다.

메이는 부츠를 벗고는 발로 차더니, 대답 대신 내 옆으로 기어들어 온다. 비단 아래로 메어가 몸을 꿈틀거린다. 실실 웃으며 메어를 지켜보자 그녀가 어깨를 으쓱하더니 말한다.

"어쨌든 모두가 알게 될걸, 뭐."

아무 생각도 하지 않고, 나는 이불 속에서 그녀의 손을 찾아 손가락을 얽는다.

"외삼촌은 비밀을 지킬 거야."

메어는 소리 내어 웃는다.

"에반젤린은 못 하지. 걔 계획에도 없을 거고."

나도 마주 웃으려고 했지만 너무 지쳐서 성의 없는 미소만 나온다.

"에반젤린이 우리를 서로 이어 주려고 애쓸 거라고 대체 누가 생각했겠어?"

그녀는 편안한 자세를 찾아서 몸을 움직이더니 마침내 내 옆에 몸을 웅크리고는 한쪽 발을 자유롭게 찬다.

"메이븐은 바뀔 수 없다고 해도, 다른 사람들은 바뀔 수 있어."

메어가 내 가슴에 대고 웅얼거린다. 그녀가 내는 목소리의 울림에 몸이 떨린다.

방을 온통 밝히며 타오르고 있는 촛불들을 끄기 위해 집중할 필요도 없다. 우리 두 사람은 부드럽고 푸른 어둠 속으로 떨어져 내린다.

"에반젤린이랑 결혼하고는 싶지 않아."

"그걸 걱정한 적은 없어."

"나도 알아."

나는 그녀가 원하는 것을 줄 수 없다. 그것이 내 아버지를, 내 생득권을, 어떤 변화를 만들어 낼 수도 있는 기회를 배반해야 한다는 의미라면 그럴 수 없다. 메어는 동의하지 않을지 모르지만, 나는 왕관이나 왕좌가 없을 때보다는 왕좌에 앉아 왕관을 쓸 때 좀 더 많은 일을 할 수 있다.

나는 망설이면서 나직하게 말한다.

"일이 끝나고, 하버베이가 안전해지고 나면, 그레이 타운을 치려고 해. 전력으로. 또 다른 테크 빈민가를 공격해서 허를 찌르진 않을 거야, 뉴 타운 후에는 아니지."

어둠 속에서 메어의 입술이 부드럽게 내 입술을 쓰는 바람에 나야말로 허를 찔린다. 나는 그 감각에 움찔한다. 메어의 미소가 느껴진다.

아까 자세로 돌아가며 그녀가 속삭인다.

"고마워."

"옳은 일을 하는 거지."

하지만 그 일을 나는 그릇된 이유로 하는 걸까? 그녀를 위한다는? 그게 중요하긴 하고?

"줄리언이 너한테 뭘 준 거야?"

반쯤 잠에 취한 채 메어가 웅얼거린다. 메어는 거의 나만큼, 어쩌면 나보다 더 피곤할 것이다. 하루가 너무 길었다. 너무 피투성이였다.

나는 아무것도 보이지 않는 어둠 속에서 눈을 깜빡인다. 메어가 잠에 빠지면서 호흡이 느리고 고르게 바뀐다.

마침내 내가 대답을 할 때 메어는 이미 잠들어 있다.

"어머니 일기장의 복사본."

제24장

메어

방 건너편에서 발을 끌며 걷는 소리에 깨어났을 때 바깥은 여전히 어둡다. 나는 즉시 몸을 굳히고 싸울 준비를 한다. 아주 잠깐, 같은 방에 있는 칼의 모습에 혼란스럽다. 다음 순간 어제의 사건들이 기억난다. 그가 거의 죽을 뻔한 일과, 그 일이 우리 두 사람 모두를 어떻게 부수었는지도. 그리고 우리가 그전에 했던 결심이 무엇이든 그것 또한 산산조각을 낸 일도.

칼을 벌써 옷을 차려입고 있다. 촛불 몇 개의 부드러운 불빛 속에서 그는 제왕처럼 보인다. 가면이나 방패를 쓰지 않은 그의 모습을 아주 잠깐 그저 바라만 본다. 넓은 어깨와 훌쩍 큰 키에도 불구하고, 옷을 갖춰 입은 그는 나이보다 어려 보인다. 상의는 피처럼 진한 붉은색이고, 검은색으로 테두리를 장식했으며 은 단추들이 소매에 달려 있다. 바지는 상의와 짝을 이루고 매끄러운 가죽 부츠를 신었다.

망토나 왕관은 책상에 내버려 둔 채 아직 걸치지는 않았다. 그는 목까지 천천히 단추를 채우고 있다. 그림자가 눈을 둘러싸고 있다. 그게 가능한 일인지 모르겠지만, 어젯밤보다 더 피곤해 보인다. 잠을 자기는 잔 건지, 메이븐을 다시 만난다는 가능성에 고문당하며 밤을 지새운 건 아닌지 의문스럽다.

내가 깨어났다는 것을 알아차린 칼이 몸을 펴며 어깨를 바로 세운다. 재빠르게 그의 몸에 왕다운 태도가 서린다. 그 변화는 아주 작지만 못 알아차릴 수가 없다. 나와 있는데도 그는 경계심을 품고 가면을 쓴다. 그러지 않았으면 좋겠지만 그래도 나는 그 이유를 이해한다. 나 역시 그렇게 한다.

단추를 마저 채우며 칼이 말한다.

"한 시간 안에 출발할 거야. 응접실에 네 옷을 좀 가져다 뒀어. 좋은 걸로 아무거나 골라. 아니면……."

그는 뭔가 잘못된 말을 하는 것처럼 잠시 더듬거린다.

"아니면 네 옷장에서 원하는 걸 아무거나 골라도 되고."

"내 옷장 같은 걸 전투에 들고 오지도 않았거니와, 네 군복이 나한테 맞을 것 같지도 않은데."

나는 조금 키득거리면서 대꾸한다. 마지못한 신음을 흘리고는 담요 밖으로 빠져나온다. 차가운 공기에 몸이 떨린다. 일어나 앉자 땋은 머리가 헝클어진 채 어깨에 걸쳐지는 게 매우 신경 쓰인다.

"뭐라도 찾아볼게. 내가 어떻게 보여야 하는지 정해진 거라도 있어?"

칼의 뺨이 아주 미세하게 흔들린다.

"원하는 대로 해."

그의 목소리에서 기묘할 정도로 부자연스러운 티가 난다.

"내가 메이븐의 주의를 사로잡아야 한다거나."

나는 꼬인 머리카락을 조심조심 풀어 보려고 애를 쓰면서 묻는다. 그는 내가 아니라 내 손가락을 바라본다.

"네가 뭘 입고 있든 상관없이 그럴걸."

가슴이 따뜻하게 조여든다.

"아첨해 봐야 아무 소용 없어, 칼."

하지만 그의 말은 옳다. 메이븐을 직접 본 것이 벌써 몇 달 전이다. 그때 메이븐은 공포에 질린 군중의 물결에 떠밀려 나로부터 멀어져 갔다. 아이리스가 그와 함께 달아났다. 수도에서 치러진 두 사람의 결혼식에서 벌어진 공격에서부터 자신의 새신랑을 보호하면서. 그것은 구출 작전이었다. 그저 나뿐만이 아니라 그의 교묘한 술책에 농락당한 신혈들을 위한 것이기도 했다.

내가 감자 포대를 뒤집어쓴다고 해도, 메이븐은 나를 집어삼킬 듯 볼 것이다.

하품하면서 조용히 방을 가로질러 화장실로 들어가, 끔찍하게 뜨거운 물로 빠르게 샤워를 한다. 칼과 함께 샤워했으면 싶은 마음도 조금 들지만, 그는 그대로 뒤에 남아 있다. 나는 홀로 남은 상처들의 고통을 씻어 낸다. 그 후에 응접실로 들어가자 어둑어둑한 속에서 무지개가 보인다. 아주 약간 집중한 뒤, 나는 전기등에 생명을 찾아 준다. 온갖 옷들로 가득 찬 방이 밝아진다. 옷을 폭넓게 선택할 수 있다는 사실도 기쁘지만, 응접실이 비어 있다는 점이 더욱 고맙다. 얼굴이나 머리를 손질해 줄 하녀가 대기 중이지도 않고, 기진맥진한 나를 활기 넘치게 만들어 줄 힐러도 없다. 내게 필요한 것과 내가 원하는 것만이 정확히 주어진다.

칼이 모든 일을 이렇게 해 줄 수 있다면 얼마나 좋을까.

오늘 아침 이후에 대해서는 일부러 생각하지 않으려고 한다. 칼은 자기 왕관에 등을 돌리지 않았다. 나 또한 더하면 더했다. 내가 추구하고자 하는 일에 고스란히 헌신하는 상태이다. 내가 하는 모든 일의 목적은 왕좌를 파괴하는 것인데, 왕과 사랑에 빠져 있을 수만은 없다. 왕과 왕비와 그들의 의지대로 휘둘리는 왕국이라는 모든 관념을 파괴해야 한다. 하지만 사랑은 사라지지를 않는다. 욕망 또한 마찬가지다.

누가 이렇게 다양한 옷들을 늘어놓은 것인지 궁금하다. 의자와 소파에 드레스, 양복, 블라우스, 치마, 바지가 여러 벌씩 걸쳐져 있고 최소한 여섯 켤레는 되는 신발들도 그 옆에 놓여 있다. 많은 옷이 금색이다. 때로는 탁한 노란색 무늬가 있거나 칼의 어머니의 색으로 테두리가 장식되어 있다. 드레스의 허리선을 보건대 그녀는 말랐었나 보다. 내 뒤의 방에 있는 남자의 어머니라고 했을 때 내가 상상했던 모습보다 더 작았던 것 같다. 최선을 다해서 그녀의 옷을 피해, 죽은 여인을 연상시키지 않을 무언가를 찾아본다.

깊고 풍부한 남색으로 염색된, 허리에 벨트를 차는 식의 흐르는 듯한 드레스를 고른다. *다른 누군가의 어머니의 색이네.* 벨벳이라서 틀림없이 나중에 땀을 흘리게 될 테다. 그래도 목선이 쇄골 아래로 부드럽게 훅 파여 낙인 전체가 드러난다. 메이븐이 내게 저지른 짓을 그에게 보여 주고 자신이 어떤 괴물인지 잊지 못하게 하자. 그 드레스가 갑옷이라도 되는 것 같다. 그 옷을 입자 더 힘이 나는 기분이다.

에반젤린이 이 회합을 위해서 어떤 우아한 괴물을 창조해 낼지 상상도 안 된다. 아마도 면도날이 달린 드레스가 아닐까. 그렇다면 좋겠다. 에반젤린 사모스는 이러한 일에 아주 탁월하다. 에티켓을 차리거나 책략을 꾸밀 필요가 전혀 없을 때 전 약혼자를 마주하는 상황에 그녀를 풀어놓을 것이 엄청나게 기대된다.

옷을 다 입고, 나는 머리를 빗어서 어깨 위로 늘어뜨린다. 등불 아래에서 머리카락의 회색 끝부분이 빛나며, 갈색과 날카로운 대조를 이룬다. 참 이상하게 보인다. 거울 속의 자신을 관찰하며 나는 생각한다. 은혈의 화려한 의상을 차려입은 적혈 소녀는 언제고 나를 놀라게 만든다. 낮은 조명 아래에서 피부는 금빛으로 빛난다. 지독할 정도로 생명력이 넘치고 지독할 정도로 적혈답다. 생각보다는 덜 초췌하다. 갈색 눈동자는 공포와 결단력 모두를 담고 빛을 발하고 있다.

칼의 어머니가 은혈이기는 했지만, 그분 역시 이런 삶에 잘 맞지 않았다는 사실을 안다는 것이 나름 위안이 된다. 먼 벽 쪽의 화려한 장식이 있는 의자 한 쌍 옆에 기대어진 그녀의 초상화에서 그 점이 분명히 드러난다.

칼이 저 그림을 어디에 걸 것인지 궁금하다. 눈에 보이지 않는 곳에 걸지, 항상 볼 수 있는 곳에 걸지.

저 초상화가 제대로 그린 것이라면, 코리앤 제이코스는 부드러운 푸른색 눈을 가졌다. 새벽이 찾아오기 전의 하늘, 수평선 위로 자리한 푸른 안개 같은 색이다. 깊은 그늘에 잠식되어 거의 색이 없는 느낌이다. 아들보다는 줄리언과 비슷해 보인다. 양쪽 다 똑같은 밤색 머리카락을 가졌다. 머리카락은 예술적으로 말아 한쪽 어깨 너머로 늘어뜨렸고 크림색 진주와 금줄로 장식한 옷을 잘 차려입고 있다. 둘의 얼굴에서도 비슷한 점이 보인다. 핼쑥하고 노숙해 보인다. 하지만 줄리언의 중압감이 항상 끊임없이 수수께끼를 풀어 나가는 학자가 받아들인 기쁜 절망 같은 것으로 보인다면 코리앤의 표정은 좀 더 뼛속 깊다. 그녀는 슬퍼 보이는 여성이었다던데, 초상화에서도 그 점이 보인다.

"엘라라가 어머니를 죽였어."

칼이 침실 문간에서 말한다. 그는 은과 번뜩이는 검은 보석으로 한쪽 어깨에 고정해 놓은 망토를 조정한다. 다른 손으로는 검은색 왕관을 들고 있는데, 나중에 생각난 것처럼 반쯤 가려진 채다. 벨트에는 검이 매달려 있고 검집에는 루비와 흑옥이 장식되어 있다. 아무리 잘 쳐도 꾸미는 용도다. 누구도 전투를 위해서는 저런 검을 고르지 않을 것이다.

"엘라라가 어머니를 더 깊은 슬픔 속으로 빠뜨렸지. 더는 달아날 곳이 없을 때까지 어머니의 머릿속에서 속삭였어. 이제는 그걸 알겠어."

그가 얼굴을 찌푸린다. 입술이 아래로 처지고 눈은 먼 곳을 바라본다. 슬퍼하는 칼에게서 그의 어머니가 조금은 보인다. 내가 유일하게 찾아낸 두 사람의 닮은 점이다.

"나도 네 어머니를 알았더라면 좋았을걸."

"나도 그래."

$$* * *$$

우리는 함께 칼의 방을 나와서, 좀 더 크고 더 공식적인 접견실들이 있는 오션 힐의 아래층으로 함께 걸어간다. 지난밤, 뻔뻔하고 대담하게도 나는 소문에 대한 걱정은 싹 무시했다. 이제야 불편한 기분이 들기 시작한다. 웅성거리는 사람들 속으로 걸어 들어가게 되려나? 은혈은 나를 비웃고, 적혈이나 신혈은 나를 비판할 것이다. 팔리도 팔랑대는 나에게 경멸을 보이려나? 내게 완전히 등을 돌릴까?

그 생각을 견딜 수가 없다.

칼이 내 불편함을 알아차린다. 내 허리의 민감한 부분을 신중하게 피해서, 그가 내 팔 안쪽을 부드럽게 쓸어내린다.

"꼭 함께 들어갈 필요는 없어."

한 줄로 이어진 계단을 함께 내려가며 돌이킬 수 없는 지점으로 점점 더 가까워지는 사이, 그가 중얼거린다.

"지금은 그게 중요하지 않아."

앞쪽에서 호위들이 기다린다. 르롤란 가문의 일원들이다. 칼의 할머니의 핏줄. 그들은 감시병들하고는 다르게 가면도 없이 서 있지만, 충분히 위험하고 고요하다.

아나벨이 그들과 함께 허리에 양손을 올리고 서 있다. 벨트에는 불꽃처럼 보석들이 빛난다. 루비와 황수정(黃水晶)이다. 그녀는 자랑스럽게 적금색 왕관을 쓰고 있다. 딱 맞게 재단된 간단한 줄 형태로 눈썹과 매끄러운 회색 머리카락을 가로지른다. 아나벨의 눈이 제일 먼저 내게 닿는다.

"좋은 아침이구나."

아나벨이 칼을 재빨리 포옹한다. 칼이 마주 안자 그녀는 조그맣게 보인다.

"좋은 아침이에요. 다들 준비됐나요?"

칼의 대꾸에 아나벨이 주름진 손을 흔들며 말한다.

"그래야지. 하지만 저 리프트 공주님이 손에 닿는 모든 금속 조각을 걸치고 오기를 기다려야 하지 않을까 싶구나. 그 애가 문고리를 훔치진 않았는지 확인해 보라고 꼭 말해다오."

온통 신경이 곤두선 칼은 웃지는 않지만, 그래도 한쪽 입꼬리가 움직인다.

"여분이 있을 거예요."

"좋아 보이는군, 배로우 양."

아나벨이 내게로 눈길을 돌리며 덧붙인다.

전혀 그런 기분이 아닌데요. 나는 생각한다.

"이 상황에서 기대할 수 있는 만큼은요."

나는 아나벨을 왕비라고 부르지 않으려 주의를 기울이지만, 그녀가 그 사실을 알아차리거나 신경을 쓰는 것 같지는 않다.

아나벨의 얼굴이 부드럽게 변한다. 내가 제대로 대답한 모양이다. 오늘 아침, 놀랍게도 아나벨은 내게 어떤 적의도 없다. 아나벨은 느릿한 숨을 내쉬고는 돌아서며 중얼거린다.

"준비가 됐든 안 됐든. 우리가 간다, 메이븐."

거대한 계단을 내려가면 나오는 영빈관은 어마어마한 규모로, 다양한 무도회장과 오션 힐의 공식 알현실과 이어진다. 연회장과 화이트파이어에 있던 것보다는 더 작고 덜 공식적인 회의실과도 연결된다. 은혈 궁중에 걸맞는 모습으로 노르타 정부가 이동 중일 때 묵을 수 있도록 지어졌다. 지금은 적혈들이 방마다 흩어져 있다. 하인들처럼 바쁘지만 분명히 하인들은 *아니다*. 하얀 대리석, 바다빛 테두리, 벽과 천장에 걸려 있는 수많은 금색 깃발들과 몬트포트의 녹색 제복이 날카로운 대조를 이룬다. 그 가운데서 빨간색이, 칼의 선홍색 군복이 눈에 띈다. 적법한 왕이자 노르타의 절반을 정복한 사람이라는 그의 지위를 보여 주듯이.

우리가 민중의 회당에서 연설하기 전, 아센딘트에서 그랬던 것처럼, 데이비슨은 어두운 녹색으로 된 질 좋은 정장을 입고 있다. 팔리는 또 예복을 입었는데, 그때처럼 매우 불편한 모양이다. 내가 저런 걸 입을 필요가 없어서 다행이다. 걸을 때도 드레스는 부드럽게 피부에 닿고 질 좋은 푸른색 부츠는 발에 꼭 맞는다.

아나벨이 우리 곁을 떠나서 줄리언 옆에 선다. 팔리는 우리가 다가가는 모습을 지켜본다. 방의 한가운데로 가까이 가는 동안, 그녀는 나와 칼을 번갈아 바라본다. 팔리가 곧 눈썹을 찌푸린다. 나는 그녀가 으르렁거리며 화를 내거나 적어도 노려볼 거란 생각에 마음의 준비를 한다. 대신에 그녀는 생각에 깊이 잠긴 표정으로 눈을 깜빡인다. 기꺼이 받아들이겠다는 쪽에 가깝다.

"캘로어."

팔리가 왕에게 고개를 숙이며 말한다.

고의적으로 격식 없는 인사를 하는 팔리의 태도에 칼은 환한 미소를 보인다.

"팔리 장군. 우리와 함께 간다니 기쁘군."

예의범절의 교과서 같다.

팔리는 딱딱한 목깃을 납작하게 만든다.

"진홍의 군대는 이 연합 정부에서 중요한 역할이다. 메이븐의 항복을 협상할 때에 우리 사령부의 의견도 대변되어야 하지."

칼이 부드럽게 동의를 표하며 고개를 끄덕이는 반면, 나는 한숨을 쉰다.

"난 그렇게 확신하진 않을 거야."

나는 낮은 목소리로 그녀에게 경고한다. 같은 말을 반복하자니 토할 것 같다.

팔리는 그저 코웃음만 친다.

"당연하지. 이 삶에서 어떤 것도 쉬울 리가. 하지만 여자는 꿈을 꿀 수 있는 거라고, 안 그래?"

그녀의 어깨 너머로 시선을 돌려, 그 뒤로 줄줄이 서 있는 여러 장교를 본다. 누구의 얼굴도 익숙하지 않다.

"킬런은 어때?"

척추를 할퀴는 수치심과 함께 얼굴을 찡그리며 묻는다. 손이 경련하는 것을 숨기려 애쓰며 양손을 맞잡는다. 옆에서 칼이 움찔하더니 한 손을 늘어뜨린다. 그 손을 잡을 수 있다면 좋겠지만, 우리 두 사람 모두 애정을 그렇게 드러내는 일은 꺼리고 있다.

팔리가 동정심 어린 얼굴로 나를 바라본다.

"어제 완전히 치료했어. 하지만 시간이 좀 필요할 거야."

내가 그의 곁을 떠나기 전에 보았던 모습처럼 죽음의 문턱까지

간 상태가 아닌, 다치지 않고 건강한 킬런의 모습을 떠올리려 해 본다. 잘되지 않는다.

"보안 본부를 막사로 징발했어. 킬런은 다른 부상자들과 함께 거기 있어."

"다행이네."

그 말을 뱉고 나자 다른 말은 나오지가 않는다. 팔리는 재촉하지 않는다. 그럼에도 내 선택으로 인한 부끄러움이 나를 찌르는 것만 같다. 킬런이 거의 죽을 뻔했다. 칼이 거의 죽을 뻔했다. *너는 칼에게로 달려갔지.*

내 옆의 진짜 왕은 그 암시에 얼굴이 온통 달아오른 채 먼 곳을 바라본다. 우리가 직접 선택하지 않기로 했지만, 그럼에도 때로는 선택이 그저 만들어지기도 한다.

"카메론은?"

그런 생각이 뻗어 나가는 걸 막고 싶은 마음에 나는 덧붙인다.

팔리가 턱을 긁는다.

"뉴 타운을 정리하는 중이야. 그곳에서 개는 개 아버지만큼이나 가치 있는 자산이지. 기술자 동네들은 자기들만의 지하 조직망을 가지고 있어. 말이 퍼질 거야. 메이븐의 은혈들은 더 많은 공격에 대비해야만 할걸. 그러고 있는지는 모르겠지만."

그 말에 자부심과 두려움이 차오른다. 분명 메이븐은 우리가 뉴 타운에서 한 일에 보복하고 똑같은 일이 다시 일어나는 것을 막으려고 시도할 것이다. 하지만 적혈 빈민가가 일어난다면, 기술자 마을들이 일을 중단한다면, 그의 전쟁은 서서히 멈출 수밖에 도리가 없을 것이다. 더는 자원이 없을 테니까, 연료가 없을 테니까. 우리는 효과적으로 그가 항복할 때까지 메이븐을 굶길 수 있을 것이다.

"우리가 또 에반젤린 공주님을 기다리는 중이로군요?"

데이비슨이 우리에게 합류하며 말한다. 그의 고문으로 구성된 대표단은 우리만 남기고 물러난다.

나는 머리를 뒤로 젖히며 한숨을 쉰다.

"이 세계에서 유일하게 영원불변한 법칙이죠."

프리미어가 팔짱을 낀다. 긴장한 상태일지도 모르지만, 그는 절대 그런 티를 내지 않는다.

"공작새에게는 깃털을 손질할 시간이 필요한 법이니까요, 아무리 강철로 된 새라고 해도요."

"우리는 어제 아주 많은 마그네트론을 잃었습니다. 사모스 하우스는 하버베이를 위해 아주 비싼 대가를 치렀죠."

칼의 목소리는 낮고 경직되어 있다. 거의 질책하는 듯한 말투다.

팔리는 턱을 악물고 몸을 굳힌다.

"우리가 그 사실을 잊게 걔들이 놔두기나 할까 의심스러운데. 그 부분에 대해 보상을 받아 내려고 할 테니까."

"그건 꼭 일어날 일이지."

칼이 대꾸한다.

우리 사이에 여러 일이 있긴 했지만, 문득…… 에반젤린을 변호해 주고 싶은 기이한 욕구가 느껴진다.

"꼭 그 일이 일어난다고 해도, 나중에 얘기할 수 있잖아."

저 멀리 에반젤린이 프톨레무스를 옆에 달고 아치형 입구에 막

나타난다. 나는 그를 향해 고개를 끄덕여 보이며 말한다.

그들 남매는 진주 같은 하얀색과 밝은 은색으로 된 옷을 맞춰 입고 있다. 프톨레무스는 몸에 딱 맞고 목까지 단추를 채운 상의와 바지에, 칼의 것과 비슷한 검은색 부츠를 신었고, 어깨에서부터 엉덩이까지 가슴을 가로지르는 회색 띠를 매고 있다. 띠의 무늬는 좀 특이하다. 그가 다가오자 띠에 점점이 박힌 그 검은색 다이아몬드 모양이 무늬 같은 게 아니라 천에 직접 고정된 단검이라는 것을 알 수 있다. 무기다. 그로서는 필요하겠지.

여동생 쪽도 똑같이 입고 있다. 긴 드레스의 옆구리는 쭉 트여 있어서, 그 밑에 입은 질 좋은 하얀 가죽 레깅스가 그대로 보인다. 이 만남이 유혈 사태로 끝나게 된다고 해도 치마 때문에 움직임이 불편할 일이 없을 것이다. 나 또한 그 생각을 했더라면 좋았을 텐데. 에반젤린은 머리카락을 뒤로 단단히 땋아 내렸고, 은색 머리에는 반짝거리는 진주빛 금속 조각들이 곳곳에 박혀 있다. 면도날 같다. 살을 베기 딱 좋은 형태다. 팔은 맨살을 그대로 드러냈고, 움직임을 방해하거나 양손에 있는 보석에 걸릴 만한 소매 부분이 없다. 모든 손가락에 하얀색 돌과 검은색으로 된 반지가 하나씩 반짝거리고, 양 손목에는 꼬인 사슬을 감고 있다. 목을 매달거나 썰어 버릴 교수형 틀이라고나 할까. 심지어 *귀걸이*마저도 치명적인 모양으로, 길쭉하고 기이할 정도로 뾰족하다.

에반젤린이 준비에 그렇게 많은 시간을 썼다는 사실이 다행스럽다. 그녀는 걸어 다니는 무기고다.

"그대의 방에 있는 시계들을 맞춰 드릴까요, 공주?"

줄리언의 옆에 선 아나벨이 깍깍댄다.

에반젤린은 자신의 단검처럼 날카로운 미소로 응답한다.

"제 방 시계들은 정확하게 맞춰져 있습니다, 왕비 전하."

그녀가 우리 쪽으로 다가오며 아나벨의 옆을 지나는 순간, 에반젤린의 치마가 부풀어 오른다. 에반젤린이 그 미소를 내게로 보이는 순간 나는 몸을 떤다.

"좋은 아침, 메어. 푹 쉰 것처럼 보이네."

에반젤린은 여전히 이를 드러낸 채 눈을 칼에게로 돌린다.

"전하는 못 쉬신 모양이네요."

"고마워."

나는 이를 악물고 딱딱하게 대꾸한다. 내가 그녀에게 느꼈던 감정이 바로 후회된다.

에반젤린은 날카로운 내 대꾸를 한껏 즐긴다. 칼의 뺨은 달아오른다. 그녀의 뒤쪽에서는, 프톨레무스가 열중쉬어 자세로 가슴을 펴고 있다. 단검들을 자랑스럽게 내보이는 태도다. 그것들을 하나하나 주의 깊게 바라보는 팔리의 커다래진 눈동자는 분노에 차 있다.

"이 회합이 저녁에 열리지 않아서 유감인걸."

프톨레무스가 중얼거린다. 그의 목소리는 칼의 것보다 더 낮고 확실히 덜 친절하다. 여기서 말을 꺼내다니, 용감하기도 하다. 특히 나와 팔리에게 말이다.

팔리도 나처럼 프톨레무스가 날린 창에 찔린 쉐이드 오빠의 모습을 보곤 하는지 궁금하다. 그의 앞에 서 있는 것조차 배신처럼 느껴진다.

팔리의 자제심이 나보다 낫다. 나는 간신히 입만 다물고 있는 반면, 그녀는 경멸을 담아 고개를 쳐든다.

"그래서 네 여동생에게 얼굴을 칠할 시간을 좀 더 줄 수 있도록 말인가?"

에반젤린을 조각처럼 만들어 주는 복잡한 화장을 가리켜 보이며 팔리가 받아친다.

사모스 공주는 조금 움직여서 오빠와 우리 사이에 몸을 밀어 넣는다. 마지막까지 방어적이다. 그녀가 손짓을 해서 프톨레무스를 사정거리 밖으로 쫓아 보내지 않을까 하는 생각마저 든다.

"그래서 아버님께서 참석하실 수 있도록 말이야. 볼로 왕께서 해질 녘까지는 이곳에 오실 테니까."

그녀가 머리를 자랑스럽게 쳐들며 설명한다.

칼이 눈을 가늘게 뜬다. 그도 나만큼이나 분명하게 말에 내포된 위협을 파악한다.

"추가 병력과 함께인가?"

에반젤린이 비웃는다.

"전하를 위해 죽기로 맹세한 더 많은 사모스들 말입니까? 말도 안되죠. 아버지께서는 메이븐에게 가할 마지막 공격을 감독하시러 오시는 거예요."

감독. 에반젤린의 회색 태풍 같은 눈동자에 아주 잠시 그늘이 지며 어두워진다. 그 행간을 읽는 일이 어렵지 않다.

그는 엉망진창인 우리 상태를 정리하려고 오는 것이다.

몸이 떨린다. 사모스 가의 자녀들은 어마어마하며 난폭하고 위험하지만, 그들도 결국에는 도구에 불과하다. 더 강력한 남자의 손에 휘둘리는 무기들.

"잘됐군. 그를 여기로 부를 시간을 절약했으니. 그대가 볼로 왕을 환대해 드릴 거라고 믿어, 에반젤린."

보석 박힌 검의 자루에 한 손을 올리며 칼이 말한다. 볼로 사모스가 올 가능성을 생각해 두기라도 한 것처럼 그는 가볍게 미소를 보인다.

에반젤린이 그에게 보이는 표정으로 흐르는 강도 오염시킬 수 있을 것 같다.

"이 허튼수작부터 끝내자고."

그녀가 분노에 찬 낮은 목소리로 대꾸한다.

＊＊＊

분홍색과 창백한 푸른색으로 어른거리는 수평선에서부터 여명이 번지며 파도를 따라 줄무늬를 만든다. 드랍젯이 하강하는 것을 지켜보며 내내 차가운 유리에 이마를 기대고 있다. 시간이 흐르는 동안 긴장감이 심해진다. 맥박은 폭발해 버리는 게 아닐까 걱정될 때까지 북을 치듯 빨라진다. 번개가 치지 않도록 능력을 누르며 비행기를 나 자신으로부터 안전하게 보호하는 것에 모든 힘을 쓴다. 맞은편에서 팔리가 언제라도 안전벨트의 버클을 풀 준비를 한 채 나를 응시하고 있다. 내가 혹시라도 자제력을 잃으면 벨트를 풀고 문밖으로 뛰어내리려는 모양이다.

칼은 좀 더 나를 신뢰한다. 그는 내 상태를 태평스럽게 무시하는 척을 하면서, 한 다리는 앞으로 쭉 뻗고 몸을 내게 기대고 있다. 칼에게서 나를 안심시키는 온기가 나온다. 그의 존재를 확고히 되새겨 주듯 칼의 손가락이 몇 초마다 내 손가락을 쓸어내린다.

우리가 가까이 붙어 있는 것이 불만스럽거나 놀라울 텐데, 아나벨은 전혀 그런 감정을 겉으로 드러내지 않는다. 줄리언과 함께 조용하게 앉아 있을 뿐이다. 줄리언의 얼굴은 전례 없이 그늘져 있다.

데이비슨이 우리 비행기의 마지막 동승자다. 감사하게도 에반젤린과 그녀의 오빠는 다른 비행기로 따라오는 중이다. 그들의 조그맣고 윙윙대는 비행기가 흐릿하게 물 위에 그림자를 드리운다. 드랍젯들은 정말 불쾌할 정도로 시끄럽지만, 이번만큼은 그 사실이 다행스럽다. 누구도 지금은 말을 할 수도, 책략을 꾸밀 수도, 비판을 가할 수도 없다. 일정하게 울리는 소리를 들으며 나는 자신을 잊어버리려 애를 쓴다.

프로빈스 섬이 너무 일찍 모습을 드러낸다. 경계선 부근은 연한 모래로 이루어졌고 그 안쪽은 초록색인 원형의 섬이다. 위에서 보니 섬은 마치 줄리언의 지도 중 하나 같다. 간단하게 그려진, 물가의 마을과 몇 안 되는 거리가 작은 격자를 만들고 있다. 항구는 비어 있지만, 해변에서부터 반 킬로미터쯤 떨어진 곳에 전함 한 무리가 닻을 내리고 있다. *메이븐이 원하기만 하면 우리에게 포격을 퍼부을 수도 있겠는걸.* 나는 대포가 불을 뿜으며 먼 거리에서 우르릉 소리를 내는 모습을 상상해 본다.

하지만 우리는 아무 사고 없이 착륙한다. 심장이 내려앉고 가슴이 조여드는 감각이 점점 커지며 참을 수 없을 지경으로 자라난다. 턱이 부서질 것 같을 정도로 이를 갈며, 신선한 공기를 마시고 싶은 마음에 재빨리 비행기에서 뛰어내린다.

바다로 바로 달려 나갈까.

나는 드랍젯의 회전하는 엔진에서 멀어지며, 더 심할 수 없을 정도로 아우성치는 바람에서 머리카락을 지키려고 한 손을 들어 올린다. 팔리가 어깨를 웅크린 채 따라온다.

"너 괜찮냐?"

그녀가 소음 너머로 나만 들을 수 있게 말을 건넨다.

입을 다문 채 나는 가볍게 머리를 흔든다. *아니.*

해변의 모래 언덕을 덮은 키 큰 풀들을 살펴보며, 갑자기 감시병들 한 부대가 뛰쳐나와 우리를 둘러싸지 않을까 생각한다. 항복을 강요하며, 내게 족쇄를 채우려고 할 거라고. 목구멍에서 담즙이 치솟는다. 그 맛에 욕지기가 치민다. 침묵하는 돌의 감각이 보복하듯 히죽대며 돌아온다. *거기로 돌아갈 수는 없어.* 나는 얼굴을 멀리 돌리며 휘날리는 머리카락 속에 숨는다. 숨을 쉬려 애쓰고 안정을 찾으며 귀중한 몇 초를 보낸다.

팔리가 내 어깨를 단단하지만 부드럽게 쥐며 속삭인다.

"극복하라고는 말하지 않을게. 하지만 빠져나오기는 해야 해. 딱 지금만이라도."

빠져나와.

이를 악물고 그녀에게로 몸을 돌린다. 다행스럽게도 내 눈은 깨끗하다.

"딱 지금만이라도."

나는 앵무새처럼 따라 한다. 나중에 다 무너져 내리겠지만, 이 모든 일이 끝난 후의 일이다.

칼이 뒤에서 지켜보고 있지만 끼어들기 망설이며 머뭇대고 있다. 나는 팔리의 어깨 너머로 칼과 눈을 마주치고는 아주 작게 고개를 끄덕여 보인다. 나는 이 일을 할 수 있다. 해야만 한다.

우리는 매우 이상해 보인다. 은혈 왕족들과 적혈 장교 하나에 2명의 신혈로 구성된 대표단과 온갖 색깔로 범벅된 호위들이라니. 우리 중 아무도 메이븐이 전쟁의 규칙을 따를 거라고 믿지는 않지만, 레이크랜즈의 여왕만큼은 그러리라는 것을 안다. 그럼에도 불구하고, 나는 팔리와 그녀가 데리고 온 진홍의 군대 장교 2명에게 바싹 붙는다. 그들의 총과 충성심만큼은 믿을 수 있다.

에반젤린과 프톨레무스가 이 회합이 찝찝하다는 표정으로 비행기에서 내린다. 자기들에게는 좀 더 중요한 할 일이 있다는 듯한 태도다. 당연하지만 그저 연기다. 내가 메이븐을 보고 싶어 하지 않는 만큼이나 에반젤린은 메이븐을 보고 싶어 한다. 그녀로서는 메이븐의 면전에 대고 경멸을 퍼부을 기회를 결코 지나칠 수 없을 것이다. 날카롭게 주변의 풀을 살피는 에반젤린의 머리카락이 드랍젯의 엔진에 휘날린다.

우리는 섬의 내부에서 만나기로 합의했다. 레이크랜즈 님프들이 신뢰를 보일 기회다. 사구를 통과해 휘어지고 단단한 나무들로 이루어진 드문드문한 숲을 향하는, 짧지만 조용한 산책이 이어진다. 파도 사이에 버려진 턱 섬이 생각난다. 쉐이드 오빠가 이제는 아무도 지켜볼 이 없는 그곳에 묻혔다.

한쪽에는 데이비슨을, 다른 쪽에는 팔리를 달고 칼이 앞장선다. 연합 정부의 공동 전선을 대표하기 위함이다. 적혈이 은혈과 동맹이 되었다. 에반젤린과 프톨레무스가 그 뒤를 바싹 따르는데, 놀랍게도 자기들이 두 번째 줄이라는 사실에 별로 개의치 않는 듯하다.

그토록 많은 이들이 내 앞에서 걷는 덕에, 용기를 그러모을 수 있는 시간을 확보할 수 있다는 점이 반갑다. 가장 큰 위안은 나만 아는 번개가 피부 아래에서 거미줄을 치고 있다는 것이다. 자백색의 비쭉비쭉한, 눈이 멀 것 같은 선들을 상상해 본다. 그것은 사라지지 않는다. 아무도 내게서 가져갈 수 없다, 아무리 그라고 할지라도. 시도한다면 그를 죽일 것이다.

몇 달 전에 난 메이븐이 비슷한 모습으로 레이크랜즈와 평화 협상을 하는 것을 지켜보았다. 밝아지는 하늘과 차분한 푸른 바다 사이로, 풀이 자란 섬 대신에 초크의 끝없는 지뢰밭이 있었다. 장면 자체는 어마어마하게 달라졌다고는 해도 느낌은 같다. 우리는 미지의 곳을 향해서, 거대하고 끔찍한 힘을 가진 사람들을 향해서 진군한다. 적어도 오늘은 테이블에서 메이븐의 옆에 앉을 일은 없다. 나는 더 이상 그의 애완동물이 아니니까.

레이크랜즈와의 만남 때처럼, 들판의 한가운데에 단이 세워져 있다. 나무 널빤지가 서로 매끄럽게 연결된 형태다. 그 위로 의자들이 원을 이루며 놓여 있고, 절반이 사람들로 차 있다. 순간 발밑의 풀에 토를 할 뻔한다.

내게 가장 가까이 있던 사람이 내 손을 건드린다. 줄리언이다.

조용히 애걸하며, 나는 그를 슬쩍 바라본다. 무엇을 애걸하는 것인지 나도 모르겠다. 돌아설 수 없다. 도망갈 수도 없다. 내 몸이 하라고 고함을 지르는 모든 일 중 어떤 것도 할 수가 없다. 줄리언은 그저 친절한 얼굴로 이해한다는 듯 고개를 한 번 끄덕여 보일 뿐이다.

빠져나와.

우리가 가는 길에 감시병 2명이 우뚝 서 있다. 가면 뒤 그들의 얼굴은 헤아리기 어렵다. 바닷바람이 그들의 불타는 색의 망토를 휘감으며 노닌다.

"노르타의 왕께 가까이 가기 전에 무기를 버려 주십시오."

팔리와 장교들을 가리켜 보이며 그중 하나가 말한다. 그들 중 아무도 움직이지 않는다. 팔리는 눈도 깜빡하지 않는다.

아나벨 왕비가 그들을 비웃으며 머리를 뒤로 휙 젖힌다. 그녀는 칼을 살핀다. 아나벨은 고작 그의 어깨보다 조금 더 큰 정도다.

"노르타의 왕은 바로 여기에 서 계시네. 그리고 이분은 적혈 무기 따위 두려워하시지 않아."

그 말에 팔리는 감시병들을 향해 경멸을 담아 노골적으로 웃음을 터뜨리며 날카롭게 말한다.

"왜 우리 총을 신경 쓰지? 우리가 가진 어떤 것들보다 이 사람들이 더 위험한데."

그녀는 한 손으로 신혈과 은혈을 손짓해 보인다. 어떤 총보다도 훨씬 더 파괴적인 능력으로 무장한 사람들.

"당신네 어린 왕이 권총을 든 적혈 몇 명을 무서워한다고 말하려는 건 아니겠지?"

팔리의 옆에 선 진홍의 군대 장교 2명이 어떻게든 자기들이 쥐고 있는 자동 기관총에서 관심을 덜어 낼 수 있다는 것처럼 몸을 조금 움직인다.

하지만 칼은 웃음을 터뜨리지도, 미소를 짓지도 않는다. 그는 뭔가 잘못된 것을 감지한다. 그 사실에 소름이 돋는다.

칼은 일부러 천천히 입을 연다.

"우리가 아무래도 침묵하는 돌 안으로 들어가는 중인 듯한데. 그런 것인가, 블로노스 감시병?"

피가 얼어붙는 듯하다. 주변에서 공기가 사라지는 것 같다. *안 돼.*

내가 붙잡을 수 있도록 줄리언이 천천히 팔을 내밀어 준다.

칼이 자신의 가문의 이름을 부른 것에 감시병이 움찔한다. 통제 불능 상태에 빠지는 걸 막기 위해서, 나는 그에게 집중한다. 아무 쓸모가 없다. 심장이 천둥처럼 울리고 목이 멘다. *침묵하는 돌로 만든 원.* 피부를 찢어 내고 싶다. 불편할 정도로 줄리언의 팔을 꽉 쥔 내 손가락이 경련한다. 손등 뼈가 하얗게 도드라진다.

줄리언은 내 공포를 약간이라도 덜어 주려 애를 쓰며, 자신의 손으로 내 손을 덮는다.

앞에 선 칼은 몸을 돌리지는 않지만, 턱을 약간 기울이고는 눈을 번득인다. 나를 보고 싶어 하는 것처럼. 동정심? 불만? 아니면 이해일까?

"그렇습니다. 메이븐 왕께서 더 격한 의견 충돌 없이 회합이 진행될 수 있도록 침묵하는 돌을 제공하셨습니다."

그의 목소리는 가면에 막혀 작게 들린다.

칼이 턱에 힘을 주자 뺨이 꿈틀한다.

"약속에는 없던 일인데."

칼이 이를 갈며 으르렁거린다. 그 소리가 짐승의 경고처럼 공기 중에 진동하는 것 같다. 칼이 손가락을 튕겨서 저 둘을 불태우고, 이 섬도 불태우고, 메이븐과 아이리스와 그녀의 어머니까지 불태워 버렸으면 하는 마음도 든다. 파괴적이고 굶주린 불길로 우리 길에 있는 모든 장해물을 제거해 버렸으면.

블로노스 감시병이 몸을 펴고 망토 아래 양손을 주먹 쥔다. 그는 칼보다 키가 크지만, 당당한 구석이라고는 눈 씻고 찾아봐도 없다. 나머지 감시병이 그와 나란히 어깨를 대고 서서 길을 막는다.

"왕의 바람이십니다. 요청 사항은 아닙니다. 전하."

어색하고 지나치게 격식 있는 말투로 그가 덧붙인다. 저들은 칼의 아버지를 호위했고 지금 메이븐을 호위하는 것처럼, 칼을 호위하는 일에 익숙하다. 예전에 호위했던 사람과 정면으로 맞서는 일이란 저들이 훈련받지 못한 얼마 안 되는 것 중 하나가 아닐까 싶다.

칼이 팔리와 데이비슨을 번갈아 살핀다. 아주 작게 숨을 들이마시며 뼈가 갈릴 정도로 이를 세게 다문다. 내 목을 졸라 죽이려는 침묵하는 돌이 다시금 느껴지는 듯하다. *우리가 거부하지 않으면. 돌아선다면. 메이븐이 굴복하고, 우리에게 고통 없이 지나갈 수 있도록 허락한다면.*

당연히 그는 그러지 않을 것이다. 그가 침묵하는 돌을 가져온 이유는 자기 자신을 보호하기 위해서가 아니다. 전쟁에서 지켜야 할 원칙들이 있으니 그는 충분히 안전하다. 특히나 그의 저 끔찍할 정도로 귀족적인 형이 무리를 이끄는 경우라면 말이다. 메이븐은 그저 우리를 아프게 만들기 위해서 이러는 거다. 나를 아프게 하려고. 메이븐은 자기가 어떤 감옥에 내 인생의 6개월을 가둬 놓았는지 매우 잘 알고 있다. 내가 나의 반쪽에서부터 분리된 채로 매일을 어떻게 낭비하며 흘려보냈는지, 얼마나 느리게 죽어 갔는지. 아무리 열심히 투쟁하더라도 결코 깨지지 않을 유리에 갇힌 채로.

팔리가 마지못해 고개를 끄덕이자 속이 가라앉는다. 적어도 팔리는 저 돌을 느끼지 않을 것이다. 침묵하는 돌은 그녀나 능력이 없는 적혈들에게는 영향을 미치지 않는다.

데이비슨은 확실히 달가워하지 않는 듯하다. 칼을 돌아보는 그의 척추는 꼿꼿하고, 어깨에는 힘이 들어가 있다. 하지만 데이비슨도 이 조건에 동의한다는 뜻을 담아 어색하게 고개를 끄덕여 보인다.

"잘 알겠네."

칼이 그렇게 말하는 소리가 간신히 들린다. 그 소리가 귓속에서 고함을 치는 듯 울린다.

땅이 어지럽게 빙글빙글 돈다. 줄리언의 팔을 붙들고 있는 힘만이 나를 지탱해 준다. 맨 앞에서, 팔리와 장교들이 쇼를 하듯 총칼을 시끄럽게 버린다. 그것들이 하나씩 모래 언덕의 풀 속으로 사라질 때마다 나는 몸을 떤다.

"자."

우리가 움직이자, 줄리언이 나만 들을 수 있게 속삭인다.

그는 억지로 내가 한 발을 딛게 한다. 사지가 떨린다. 금방이라도 힘이 빠질 것 같다. 나는 슬그머니 기대어 줄리언이 나를 이끌 수 있

146

게 몸을 맡긴다.

빠져나와.

할 수 있는 한 최선을 다해 눈을 들고, 떨거나 쓰러지거나 달아나지 않으려고 애를 쓴다.

아이리스가 눈에 들어온다. 드레스처럼 생긴 그녀의 갑옷은 수레국화처럼 빛나는 밝은 푸른색이다. 주변에 펼쳐진 천이 예술적으로 의자를 가리고 있다. 에반젤린에 비하자면 아이리스는 전사와 왕비 사이에서 완벽한 균형을 이룬 모습이다. 그녀는 포식자처럼 가늘게 뜬 회색 눈으로 우리가 그쪽으로 다가가는 모습을 좇는다. 은혈 기준으로 보자면, 그녀는 결코 내게 불친절했던 적이 없다. 그럼에도 불구하고 나는 아이리스가 저지른 일들 때문에 그녀에게 증오심을 느낀다. 침묵하는 돌이 가까워지며 희미하게 모습을 드러낸다. 나는 좀 더 분노해야만 한다. 공포를 차단할 유일한 방법이다.

침묵하는 돌로 된 원 안으로 발을 딛자, 부자연스러운 감각이 커튼처럼 나를 덮친다. 비명을 지르지 않으려고 입술을 꼭 다문다. 오래된 아픔의 무게가 어깨를 무겁게 내리누르는 순간 위장이 다시 뒤틀린다. 걸음은 비틀거리고, 눈꺼풀이 실룩댄다. 내 극렬한 고통이 밖으로 드러나는 유일한 순간이다. 온몸이 비명을 지르고 모든 신경에 불이 붙는 것 같다. 본능이 내게 달아나라고, 이 고통스러운 원 밖으로 벗어나라고 말한다. 억지로 한 걸음, 그리고 다음 걸음을 디디며 다른 사람들과 속도를 맞추려 애쓰는 동안 척추를 따라 서서히 땀이 흐른다. 침묵하는 돌만 아니었다면 나는 부끄럽게도 번개 같은 분노를 터뜨리며 폭발해 버렸을 것이다. *번개에는 자비 따위 없지.*

나 역시 그래.

눈물이 나려는 것을 막으려고 눈을 가늘게 뜬 채 앞을 노려본다.

메이븐을 제외한 모든 사람들을 바라본다. 아이리스의 어머니인 센라 여왕은 딸보다는 작고 더 부드러운 여성으로, 똑같은 피부색이지만 좀 더 평범하게 생겼다. 아이리스처럼, 그녀의 드레스 형식의 갑옷은 깊은 푸른색으로, 눈썹 위의 왕관에 맞춰서 금색 띠를 두르고 있다. 그들은 오직 모녀만이 가질 법한 신뢰 속에서 서로에게 기대어 있다. 저 둘을 떼어 버리고 싶다.

네 번째 왕족은 내가 본 적은 없지만, 정체를 쉽게 추측할 수는 있다. 브라켄 왕자는 자기 의자에 불쑥 솟아 있는데, 그의 피부는 귀중한 보석처럼 빛이 나고 흠결 없는 검푸른 색이다. 보라색 테를 두른 자수정 빛 망토를 순금 흉갑 위에 예술적으로 두르고 있다. 그의 어두운 눈동자는 칼이나 내가 아니라, 데이비슨에게 꽂혀 있다. 왕자는 프리미어를 뒤집어 놓을 수 있기라도 한 것처럼 샅샅이 살핀다. 자기 아이들에 대한 복수를 갈망하는 것이 분명하다.

아이리스와 마찬가지로, 그는 메이븐의 옆에 앉아 있다.

처음에는 메이븐을 보지 않으려 애를 썼지만, 그를 무시하는 것은 불가능하다. 메이븐을 보자 뜨거운 칼로 피부를 저미는 것 같은 기분이 들어도. 그 감각이 너무 날카로워 피가 곧 흐르기 시작할 것 같다는 생각이 든다고 해도.

빠져나와. 분노에 집중해. 메이븐을 흘깃 바라본다. 메이븐이 창백한 입술에 익숙하고 지긋지긋한 웃음을 띄우고는 나를 바라보고 있다는 것을 깨달은 순간 심장이 멈춘다.

자리에 앉는 우리를 향해 메이븐은 머리를 까딱인다. 그의 눈은 다른 사람 따위는 존재하지도 않는다는 듯이 나와 칼을 부드럽게 쓸고 지나간다. 프리미어 데이비슨이 단단한 경계처럼 우리 두 사람 사이에 앉는다. 메이븐은 그 사실을 대단히 즐기는 것처럼 보인다. 그러고는 그의 형과 나 사이에 앉은 완충제를 향해서 환한 미소를 짓는다. 검은 철로 된 끔찍한 왕관 아래에 곱슬거리는 메이븐의 머리카락을 바닷바람이 헝클어뜨린다. 머리가 칼보다 좀 더 길다.

그를 죽이고 싶다.

까마귀처럼 검은 제복은 익숙한 것이다. 언제나 그렇듯 부정하게 얻은 온갖 훈장들이 달려 있다. 그는 칼의 상의가 자신의 색을 반전한 것이라는 사실을 알아차리고 신이 나서 기분 나쁘게 웃는다. 아마도 캘로어의 상징 색을 형이 쓰지 못하도록 쫓아내 기쁜 모양이다. 메이븐은 서늘한 기쁨을 드러내며 이 일을 가능한 고통스럽게 만들고픈 열망에 차서 우리를 바라본다. 잔혹한 왕의 가면이 단단히 자리 잡고 있다.

저 가면을 느슨하게 만들어야 한다.

데이비슨을 향해서 몸을 기울이며, 팔걸이에 팔꿈치를 얹고 쇄골을 앞으로 내민다. 내 피부에 깊이 새겨진 낙인은 모두가 볼 수 있게 선명하다. 메이븐의 M. 괴물(Monster)의 M. 메이븐의 시선이 엉망이 된 내 피부에 닿더니 한순간 흔들린다. 얼음 같은 눈동자가 텅 비어 먼 곳을 헤맨다. 뭔가가 그를 어디론가 떠밀거나 길고 어두운 복도로 내려보내는 것 같다.

곧 그는 정신을 차리고 우리 연합 정부의 나머지 사람들을 향해 눈을 깜빡이지만, 시작이 좋다.

좌석은 이미 배열되어 있다. 모두가 사고 없이 자신의 자리를 찾는다. 놀랍고도 마음이 불편하게도, 팔리의 한쪽에는 칼이 자리하고, 나머지 한쪽에는 다름 아닌 프톨레무스가 자리한다. 나는 얼굴을 찡그린다. 팔리가 단을 가로질러 날아올라 메이븐을 목 졸라 죽이지 않는다면, 대신에 자기 동맹 중 한 사람을 말 그대로 죽이게 될지도 모르겠다.

소년 왕을 내려다보는 팔리의 이글대는 시선은 캘로어 사람들 못지않게 타오른다. 아주 오래전 여름 궁전에서, 메이븐이 우리가 믿고 싶어 했던 아주 간단한 거짓말로 우리 모두를 농락했던 그때, 저들은 만난 적이 있다. 메이븐은 나뿐만 아니라 팔리도 속였다.

"그대가 얼마나 높은 데까지 올라갈 수 있는지 지켜보는 건 정말이지 대단히 흥미로운걸, 팔리 *장군*."

메이븐이 팔리를 제일 먼저 호칭하며 말한다. 무엇을 하려고 하는지 알겠다. 앉기도 전에 우리 사이에 균열을 만들려는 것이다.

"그대에게 1년 전에 물었다면, 그대가 지금 어디에 있을 거라고 생각했을지 궁금하군. 대단한 여정이야."

그의 눈이 팔리와 프톨레무스를 왔다 갔다 한다. 함축된 뜻은 명확하다.

내가 그의 포로였던 시절에, 메이븐은 메란더스 사촌의 도움을 받아서 내 머리를 파헤치고 기억들을 들여다보았다. 그는 쉐이드 오빠가 프톨레무스의 손에 죽는 것도 보았고, 오빠가 팔리에게 어떤 의미였는지도 알고 있다. 오빠가 얼마나 많은 것을 남기고 죽었는지도. 아직 낫지 않은 상처를 찌르고 들쑤시는 것은 그에게는 어려운 일은 아닐 테다.

팔리가 이를 드러낸다. 발톱 같은 것 없이도 포식자처럼 보인다. 그녀가 신랄한 말로 되받아치기 전에 칼이 대꾸한다.

"내 생각에 우리 모두가 예상치 못한 곳에 있다고 느낄 것 같은데. 레이크랜즈의 여왕 옆에 노르타의 왕이 앉는 일이 자주 생기는 건 아니지."

칼의 목소리는 근엄하고 침착하다. 뼛속까지 외교적이다. 이렇게 되기까지 어떤 노력이 필요했을지 상상할 수도 없다.

메이븐은 그저 비웃을 뿐이다. 칼이 얼마나 나아진다고 한들 메이븐이 이런 일에는 훨씬 능숙하다.

"장자로 태어난 아들들이 왕좌가 아닌 곳에 앉는 일도 자주 생기는 건 아니지. 안 그래, 형?"

그가 되받아치자, 칼은 딱 소리가 들릴 정도로 입을 다문다. 메이븐이 이글거리는 단검을 아나벨에게로 향하며 덧붙인다.

"이 모든 일을 어떻게 생각하십니까, 할머님? 당신의 혈육이 서로 전쟁을 벌이고 있지 않습니까?"

그녀는 똑같은 독기로 대꾸한다.

"그대는 내 핏줄이 아닐세, 젊은이. 내 아들을 죽이는 일을 도왔을 때, 그 권리를 잃었지."

메이븐은 아나벨을 동정하기라도 한다는 것처럼 혀를 차며 칼이 허리춤에 찬 검을 향해 턱짓한다.

"칼 형이 그 검을 들었는걸요. 제가 아니라. 다 상상이세요. 나이

든 여자들은 상상에 빠지는 경향이 있죠."

센라 여왕이 매끄러운 눈썹 한쪽을 구부린다. 그녀는 아무 말도 하지 않은 채 메이븐이 거미줄을 치고, 올가미를 묶도록 내버려 둔다.

메이븐이 박수를 친다.

"뭐, 내가 이 회합을 요청한 건 아니었지요. 무엇이든 그쪽에서 조건 같은 걸 제안하고 싶다는 뜻이리라 싶은데. 설마 항복인가?"

칼이 머리를 젓는다.

"그래. 네 쪽의."

메이븐은 기이한 소리를 내며 웃는다. 억지로 터뜨린 무언가. 밀려날 뿐인 공기. 계산해서 만든 소리. 그가 생각하는 웃음소리를 모방한 무언가. 그것이 마음을 괴롭혀서, 칼은 불편해하며 자기 자리에서 몸을 움직인다.

브라켄 또한 웃지 않는다. 그는 입술을 끌어당기며 우리를 쏘아보고는, 둥글게 만 주먹 위로 턱을 올린다. 브라켄의 능력이 무엇인지는 모르겠다. 우리 모두의 숨통을 느릿하게 조이고 있는 침묵하는 돌 때문에 억눌려 있겠지만 그래도 그의 능력은 아주 강력할 것임이 틀림없다. 왕자가 말한다.

"나는 헛소리나 즐기려고 그토록 급하게 이 길을 온 것이 아니라오, 티베리아스 캘로어."

"헛소리가 아닙니다, 저하."

칼이 머리를 가볍게 기울여 보이며 대꾸한다. 존중과 존경을 보이는 것이다.

자기 자리에서 메이븐이 낮고 깊은 비웃음을 흘린다. 그는 하얀 양손을 넓게 펼친다.

"여기 내 동맹을 봐. 모두 다 은혈 왕족들에, 우리 대의를 위해 이들의 온 나라가 힘을 합치고 있지. 나는 수도와 노르타의 가장 부유한 땅들과……."

"당신은 리프트는 차지하지 못했지."

에반젤린이 그의 말을 자르며 끼어든다. 침묵하는 돌에도 불구하고, 그녀의 금속들은 모두 제자리에 있다. 그것들은 그녀의 능력에 붙들린 게 아니라 정말로 그 모양대로 만들어진 것이다. 이런 일을 대비한 것이다. *나도 그랬어야 했는데.*

"당신은 델피도 차지하지 못했어. 어제는 하버베이를 잃었지. 옆에 앉아 있는 사람들이 당신에게 남은 전부가 되고, 그 사람들이 주는 것을 갚을 방법이 없게 될 때까지 점점 더 많은 것을 잃게 될 거야."

그녀가 크게 미소를 지으며 뾰족하게 은을 씌운 이를 드러낸다. 할 수만 있다면 메이븐의 심장을 양껏 퍼먹을 수도 있을 것만 같다.

"머지않아 당신은 왕관이나 왕좌도 없는 왕이 되겠지, 메이븐. 뭔가 협상할 거리라도 남아 있을 때 포기하는 게 나아."

메이븐이 코를 쳐든다. 심통 사나운 아이처럼 보인다.

"나는 어떤 것도 협상하지 않을 것이다."

"네 목숨과도?"

내 목소리는 작지만, 들릴 정도로는 정확하다. 그가 얼음처럼 차가운 시선을 내게로 퍼붓게 둔 채 나는 침묵을 유지한다. *움찔하지도 말고, 눈도 깜빡이지 말고. 빠져나와.*

그는 그저 다시 한번 웃음을 터뜨린다.

"조금도 과장하지 않고 하는 말인데, 그대들 허세는 참 즐거워. 그 대들이 가진 것이 뭔지, 누구를 그대들 편으로 흔들었는지 내가 알 지. 조건이나 읊어, 형. 아니면 하버베이로 돌아가서 우리가 형을 따 르는 사람들 모두를 죽이도록 내버려 둬도 좋지."

"잘 알았다."

칼이 대꾸하며 주먹을 쥔다. 침묵하는 돌이 아니었다면 그에게서 불길이 치솟았을 것이다.

"물러나, 메이븐. 물러나면 난 너를 죽이지 않을 거다."

"이거 참 우스꽝스럽네."

메이븐이 한숨을 쉬더니, 아이리스를 향해 눈을 치켜뜬다. 그녀는 그 몸짓에 반응하지 않는다.

칼은 구애받지 않고 계속한다.

"레이크랜즈와 피에드몬트와의 동맹은 계속될 것이다. 얼어붙은 해변에서부터 남쪽의 섬들에 이르기까지, 우리의 해안선에서 평화 는 이어질 것이다. 이 전쟁으로 파괴된 것들을 재건하고, 재성장할 시간을 가지자. 상처를 치유하고 수백 년간 우리를 괴롭혔던 잘못된 것들을 고치자."

"적혈 평등에 대해 말하는 겁니까?"

아이리스의 목소리는 내 기억대로다. 차분하고 신중하다. 자기 절 제의 산물이다.

"그렇습니다."

칼은 침착하게 대꾸한다.

브라켄이 자기 배 위의 잘 조각된 금에 한 손을 올리고 깊고 긴

웃음소리를 낸다. 이런 상황만 아니었다면, 그 웃음소리가 편안하고 따뜻하다고 생각했을 것 같다. 센라와 아이리스는 자기들 생각을 그렇게 쉽게 드러내는 걸 꺼리는 듯 조용하다.

브라켄은 한 손가락으로 칼을 가리키며 말한다.

"그대는 야심만만하군, 내 그것만은 인정하겠소. 그리고 젊고. 정신이 팔렸고."

요점을 명확하게 하듯 그의 어두운 눈동자가 내 눈과 부딪힌다. 브라켄의 시선을 받으며 나는 몸을 꼼지락거린다.

"그대는 자신이 우리에게 요구하고 있는 것이 무엇인지도 모르오."

팔리는 그렇게 쉽게 주눅이 들지 않는다. 팔리는 의자 팔걸이를 양손으로 꽉 붙들고, 자기 자리에서 솟구치다시피 일어난다. 홍조가 뺨을 물들인다.

"당신이 침을 뱉는 그 사람들이 그렇게나 위협적이라서 단순한 자유마저 허락할 수도 없는 건가?"

그녀는 브라켄에게서 센라와 아이리스에게로 시선을 옮기며 경멸을 표한다.

"권력에 대한 당신네 장악력이라는 게 사실은 얼마나 허약한지 알아?"

레이크랜즈의 여왕이 눈을 크게 뜨자, 흰자가 그녀의 구릿빛 피부와 어두운 갈색 홍채와 생생한 대조를 이룬다. 정말로 놀란 것처럼 보인다. 어떤 적혈이 이런 식으로 여왕에게 연설을 하거나 감정을 표출한 적이 있을지 의문스럽다.

센라 여왕이 불쑥 뱉는다.

"감히 어떻게 그런 식으로 말을⋯⋯."

그녀가 더 극단적인 말을 뱉어 팔리의 화를 돋우기 전에 친애하는 줄리언이 누구보다 빠르게 입을 연다.

"역사는 짓밟히고 억압당하는 사람들을 좋아하지요, 전하."

침묵하는 돌 안에서도 그의 말은 매혹적이고 체계적이며 현명하게 들린다. 여왕은 마지못한 듯 천천히 입을 다물고 귀를 기울인다.

"시간이 오래 걸리지만, 종국에는, 항상, 운명은 변화합니다. 사람들은 일어나지요. 그것이 모든 것의 법칙입니다. 그런 변화를 기꺼이 맞이하고 그 길을 도우며 함께 나아가든가, 아니면 그 힘의 노여움을 맞닥뜨리는 수밖에요. 그 일은 여러분에게 일어나지 않을 수도 있고, 심지어 여러분의 자녀들 세대에도 일어나지 않을 수 있습니다. 하지만 그날은 언젠가 옵니다. 적혈들이 성의 문으로 폭풍처럼 들이닥쳐서 왕관을 부수고, 여러분이 오늘 보여 주지 않으실 자비심을 여러분의 후손들이 구걸하는 동안 그들의 목을 베겠지요."

그의 말은 바람을 타고 춤을 추듯 긴 여운을 남긴다. 레이크랜즈의 왕족들과 브라켄은 그 말에 정신이 번쩍 들은 듯, 서로 불편한 시선을 주고받는다.

메이븐은 조금도 영향받지 않고 눈을 환하게 빛내며 제이코스 경을 음흉하게 바라본다. 그는 항상 줄리언을 경멸하곤 했다.

"그거 미리 연습이라도 했나, 줄리언? 당신이 왜 도서관에서 혼자 그렇게 긴 시간을 보내는지 항상 궁금했었지."

가시 돋친 말을 메이븐의 면전에 되돌려 주는 일은 아주 간단하다.

"어떤 사람도 너만큼 오랫동안 혼자 시간을 보내지는 않을걸."

내가 낙인을 다시 앞으로 내밀면서 말한다.

그 조합에 메이븐은 창백해지며 입을 살짝 벌린다. 드러난 이 사이로 숨이 휙 소리를 내며 흘러나온다. 내게 입을 맞추고 싶거나, 내 목을 뜯어내 버리고 싶은 사람처럼 보인다. 본인이 무엇을 하고 싶은 건지 메이븐 자신이야말로 알기나 하는가 모르겠다.

나는 메이븐의 인내심을 깎아 먹으며 그를 더욱 몰아간다.

"조심해, 메이븐. 네 가면이 흘러내릴지도 몰라."

차가운 공포가 그의 눈에 번뜩인다. 다음 순간 메이븐의 얼굴이 무너진다. 눈썹은 치솟고 입술이 아래로 벌어지며 안으로 말려 이가 더 보인다. 눈 밑과 광대뼈 아래 그늘이 지니, 메이븐은 달빛만큼이나 희게, 마치 해골처럼 보인다.

"난 너를 죽일 수도 있었어, 적혈."

그가 뻔뻔하게 의미 없는 협박을 뱉으며 화를 낸다.

"재밌네. 6개월이나 되는 긴 시간 동안 너한테 기회가 있었는데."

나는 팔과 가슴을 양손으로 두드리며 손가락으로 낙인을 쓸어내린다.

"하지만 난 여기 있잖아."

메이븐이 말을 더 하기 전에 나는 시선을 돌려 그의 동맹들에게 직접 말을 건다.

"아무리 좋게 말해도 메이븐 캘로어는 불안정하죠."

말을 꺼냄과 동시에 그들의 관심이 내게 쏠리는 것이 뚜렷하게 느껴진다. 나를 똑바로 바라보는 왕관 셋의 무게가. 침묵하는 돌의 무게만큼이나 일정하게 나를 쥐어짜는 압박이다. 내 번개를 느낄 수 있다면, 그래서 내 능력으로부터 힘을 약간이나마 얻을 수만 있다면 좋겠다. 지금 내게는 쓸모없는 나 자신밖에 없다. 그리고 그것만으로도 충분해야만 한다.

"당신들 모두는 그걸 알지요. 그가 이 나라를 다스려서 당신들이 무엇을 얻을 수 있건 간에, 그것들이 메이븐이 가지고 있는 위험 요소를 넘어설 정도는 아니라는 것도 알 겁니다. 우리가 직접 해서든, 아니면 그의 나라가 흔들려서든, 메이븐은 타도당할 겁니다. 주변을 좀 둘러봐요. 얼마나 많은 하이 하우스들이 그의 옆에 있습니까? 그들은 다 어디에 있죠?"

나는 감시병들, 저들의 호위들을 가리켜 보인다. 그들 중 누구도 노르타의 사람이 아니다. 웰르도, 오사노스도, 다른 어떤 가문도 아니다. 다 어디 있는지야 모르지만, 그들의 부재는 많은 것을 시사한다.

"당신들이 메이븐의 방패입니다. 그는 당신들이랑 당신들 나라를 이용하고 있어요. 당신들을 떨쳐 낼 힘을 가지면 메이븐은 등을 돌릴 거예요. 메이븐에게 충심이나 사랑 같은 것이 없으니까. 자기 자신을 왕이라고 부르는 저 소년은 껍데기이고, 텅 비었으며, 모두에게 위험합니다."

자리에서 메이븐은 양손을 살피며 상의의 소매를 조정한다. 영향을 받지도, 흔들리지도 않은 것처럼 보이려고 아무 행동이나 하는 것이다. 메이븐처럼 재능이 넘치는 사람치고는 연기가 매우 엉망이다.

나는 고개를 높이 쳐든다.

"어째서 이 미친 짓을 더 즐기고 있어야 합니까? 도대체 무엇 때문에?"

왼쪽에서 팔리가 몸을 움직인다. 그녀의 의자가 바닥에 끌리는 소리를 낸다. 팔리는 캘로어들도 그러모을 수 없을 것 같은 불길을 시선에 담아 쏘아보며 야유한다.

"왜냐하면 저들은 올바르지 않은 색을 지닌 어떤 피와 동등해지느니 차라리 스스로 피를 흘리는 쪽을 원하기 때문이지."

"팔리."

칼이 조용하게 제지한다.

놀랍게도 에반젤린이 저 엉망진창을 떠맡으며 자신에게로 주의를 끈다. 에반젤린은 입술을 꼭 다물고는 눈에 띄는 동작으로 드레스를 정리한다.

"여기서 벌어지고 있는 일이 무엇인지는 대단히 명확하지. 메이븐이 저들을 방패로 이용하고 있다고 했니?"

그녀가 거의 낄낄거리면서 말한다.

"당신 군대는 어디 있습니까, 센라 여왕? 그리고 당신 군대는요, 브라켄 왕자? 이 전쟁에서 정말 피를 흘리는 이가 누구겠어? 만약 여기서 누군가가 방패 역할을 맡고 있다면, 그 사람은 단연 메이븐이야. 저들은 저 작은 꼬마가 자기 형한테 대항하도록 그를 이용하고 있는 거지. 자기들이 남아 있는 것을 파괴할 수 있다고 확신이 들기 전까지 둘을 갖고 놀기 위해서. 그렇지 않아요?"

그들은 그 말을 부인하지 않는데, 그런 주장에는 산소조차 낭비하기 싫은 모양이다. 아이리스는 입을 꼭 다문 채 가벼운 미소를 지으며 사모스 공주를 향해서 몸을 기울이고, 다른 전략을 시도한다.

"난 당신도 같은 경우라고 생각할 수밖에 없는데요, 에반젤린. 아니면 티베리아스 캘로어는 리프트 왕국의 무기가 아닌 겁니까?"

메이븐이 손을 흔들어 그녀를 물리고는 칼에게서 팔리에게로 시선을 옮긴다. 그녀가 여기서 제일 약체다. 적어도 그는 그렇다고 생각하는가 보다. *행운을 빈다.*

"아니, 형이 아니에요."

메이븐이 기분 좋은 목소리로 말한다.

"적혈들이지. 몬트포트 잡종들하고. 볼로와 다른 은혈들이 공공연히 모반을 벌인 걸 압니다. 그들은 필요 이상으로는 적혈을 수용하지는 않을 겁니다. 그렇지요, *아나벨 할머니?*"

그가 자기 할머니에게 미소를 던지며 덧붙인다.

아나벨은 그를 보는 것도 싫은지 다른 곳을 바라본다. 가식적으로 굴고 있음에도 메이븐의 미소가 조금 사라진다.

팔리는 이번만큼은 그 미끼에 달려들지 않고 얌전히 있는다. 데이비슨이 느릿하게 박수를 치면서 머리를 가짜 왕을 향해서 기울인다.

그토록 심한 분노에서 잠시나마 숨을 돌릴 수 있다니. 프리미어의 차분한 무표정이 반갑다.

"박수갈채를 보내 드리고 싶군요, 메이븐. 인정하겠습니다. 당신처럼 어린 누군가가 다른 사람을 이토록 능숙하게 조종할 수 있으리라곤 미처 생각하지 못했었지요. 하지만 당신의 이런 면은 당신 어머니께서 새겨 넣은 것일 거라 생각되는데, 그렇지 않습니까?"

그가 나를 바라보며 마지막 말을 덧붙인다.

그 말은 어떤 말보다도 더 메이븐의 화를 돋운다. 그에 대해서, 그의 어머니가 저지른 일에 대해서 내가 알고 있는 모든 것을 그들에게 털어놓았다는 의미임을 메이븐도 아는 것이다.

"맞아요. 메이븐은 그녀가 만들어 낸 존재이지요. 원래라면 어떤 사람이 될 수 있었을지까지는 모르겠지만 어쨌든 그 사람은 완전히 사라졌어요."

나는 중얼거린다. 메이븐의 내장에 단검을 비틀어 꽂는 것 같은 기분이다.

내 말에 응하는 칼의 목소리가 부드럽게 마지막 일격을 날린다.

"그리고 그는 결코 돌아오지 않겠지."

침묵하는 돌이 아니었다면 메이븐에게 불이 붙었을 것이다. 그는 주먹을 쾅 내리친다. 손가락 관절이 마치 노출된 뼈 같다. 메이븐이 쏘아붙인다.

"이 대화는 무의미하군. 진짜 협상 조건을 갖고 온 게 아니라면, 떠나도록 해. 요새를 정비하고 시체들을 수습한 다음, 진정한 전쟁을 준비하시지."

칼은 움츠러들지 않는다. 칼은 메이븐을 더 이상 두려워하지 않는다. 비극적인 변화가 그에게 닥쳐왔다. 칼은 자신이 가장 잘 하는 역할로 떠밀렸다. 장군, 전사. 패배를 선사해야 하는 적과 대면하는 것. 구하고 싶은 동생이 아니라. 두 사람 사이에는 더 이상 피로 이어진 인연 같은 건 남아 있지 않다. 오직 메이븐이 그에게 흘리게 한 피만이 있을 뿐.

"진짜 전쟁은 여기 있어. 폭풍우가 몰려왔지, 메이븐. 네가 인정하든 안 하든."

칼의 차분한 태도는 메이븐의 급작스러운 분노와 날카롭게 대조

된다.

나도 칼이 한 것처럼 해 보려고 한다. 놓아 주려고 해 본다. 친절하고 사람들이 잘 잊어버리던 소년의 가장무도회는 이미 사라졌다. 그 유령조차 남아 있지 않다. 그저 증오와 집착과 뒤틀린 사랑만 가진 내 앞의 그 사람만이 존재할 따름이다. *빠져나와.* 나는 분노에 차서 생각한다. 메이븐은 괴물이야. 그는 내게 낙인을 찍고, 나를 가두고, 최악의 방식으로 고문했지. 나를 옆에 두려고. 자기 머릿속을 어슬렁거리는 정체 모를 괴물에게 먹이를 주려고. 하지만 애를 쓰면 쓸수록, 나 자신의 일부를 그에게 투영하지 않을 수가 없다. 내가 이미 저지른 일과 앞으로도 계속 저지를 일들에서 자유롭게 탈출할 수도, 빠져나올 수도 없이 폭풍 속에 갇혀 있는 신세.

지금의 세상은 내가 만드는 데 일조한 폭풍이다. 우리 모두가 크고 작은 방법으로 그렇게 했다. 우리가 헤아릴 수 없었던 발걸음으로, 우리가 결코 걸어가리라 생각하지 않았던 길로.

존은 이 모든 것을 보았다. 어떤 순간이 이 일을 촉발시킨 것인지 궁금하다. 어떤 선택이었을까. 내 머릿속을 통해서 진홍의 군대를 공격할 기회를 보았을 엘라라였을까? 나를 퀸스트라이얼의 경기장에 떨어지게 만들었던 에반젤린이었을까? 내가 그저 적혈 도둑이었을 때 내 손을 잡아 준 칼이었을까? 아니면 스승이 죽는 바람에 징병이라는 파멸이 운명의 앞에 드리웠던 킬런? 어쩌면 우리에게서 시작된 일이 아닐 수도 있다. 레이크랜즈의 왕의 손에 익사한 팔리의 어머니와 여동생일 수도 있다. 그들의 죽음이 팔리의 아버지, 대령의 행동에 불을 붙였으니까. 데이비슨이 자기 부대에서 죽음을 피해 몬트포트로 도망가서 새로운 미래를 건설했을 때부터일까? 어쩌면 심지어 훨씬 더 멀리, 한 100년쯤 전이나 아니면 1000년쯤 전의 누군가였을지도 모른다. 멀찍이서 지켜보기만 하는 어떤 신에게 저주를 받거나 선택을 받거나 해서, 이 모든 일이 일어나도록 불행히 운명지어진 축복받은 누군가인지도.

나는 결코 알 수 없을 것이다.

제25장

에반젤린

침묵하는 돌이 신경을 건드린다. 그 지속적인 압력에 피부가 따끔거린다. 내가 받은 어마어마한 훈련에도 불구하고 이 감각을 무시하기는 쉽지 않다. 손톱으로 팔을 찢어 내리고 싶은 타는 듯한 충동과 맞서 싸운다. 그저 이 역겹고 썩어 가는 듯한 압박 대신에 차라리 다른 고통을 겪을 수만 있다면. 어디에 돌을 묻었을지 궁금하다. 회의장 연단 아래에? 의자 아래에? 그 돌 때문에 질식할 것만 같다. 그것들은 매우 가깝게 느껴진다.

우리의 가장 내밀한 부분이 억압되는 부자연스러운 감각에도 다른 사람들은 영향을 받지 않는 것처럼 보인다. 심지어 메어조차 그렇다. 그런 일을 겪었는데. 머리는 높게 들고 몸은 흔들림이 없다. 불편함이나 고통은 전혀 보이지 않는다. 나도 그녀만큼 잘 숨겨야만 한다는 의미다. 웩.

다른 사람들과 마찬가지로 침묵하는 돌이 주는 느낌에 질색하면서, 브라켄이 혐오감으로 입꼬리를 말아올린다. 아마도 덕분에 그가 우리가 이루고자 하는 바를 더 잘 받아들이게 된 것 같기는 하다. 그렇다, 그는 몬트포트를 멸시하는데 그럴 만한 이유가 있다. 하지만 내 생각에 그는 손해 보는 일을 좀 더 싫어할 것 같다. 칼의 엄포가 먹힌다면, 브라켄은 메이븐에 대한 신뢰를 더 유지하기 어려울 것이다.

메이븐은 형에게 필적할 수 있기라도 하다는 듯이 칼을 쏘아본다. 메이븐은 칼의 동정심을 이용하려고 했지만, 자기 자리에서 굳건하게 움직이지 않는 칼의 모습에서 그런 것은 잘 보이지 않는다.

칼은 그의 아버지보다 더 왕답게 말한다.

"그것이 내 협상 조건이다, 메이븐. 항복해, 그럼 살 테니."

머리에 총알 하나를 박아 주거나 배에 칼을 꽂아 주는 정도가 딱 메이븐이 받아 마땅한 대가다. 우리 중 어느 누구도 살아 있는 그를 감당할 수 없을 정도로 메이븐은 위험하다.

메이븐의 대답은 가장 깊은 곳에서부터 나온다.

"내 섬에서 나가."

아무도 놀라지 않는다. 프톨레무스 오빠가 참았던 숨을 낮게 뱉는다. 가슴에 매달린 단검들에 손을 뻗고 싶어 몸이 근질거리는 듯, 손가락을 달싹인다. 감시병들은 우리의 무장을 해제시킬 생각을 하지 않았다. 아니면 신경도 안 썼든가. 마그네트론은 능력이 없으면 무방비하다고 생각했을 것이다. 그들 *생각*은 틀렸다. 상황만 허락된다면, 오빠는 저 칼을 메이븐의 배에 바로 꽂아 넣을 것이다.

내 약혼자가 자리에서 몸을 앞으로 숙이며 느릿하게 일어난다. 그는 고통스럽게 입을 연다.

"매우 잘 알았다. 오늘을 기억해, 메이븐. 네가 홀로 버려졌을 때, 너 자신 외에 아무도 탓할 수 없는 상황이 오면."

메이븐은 아무 대답 없이 한 번 비웃음을 터뜨린다. 위대해지도록 부름받았으나 사면초가에 몰린 소년처럼 보이도록 신중하게. 그는 아주 연기를 잘 한다. 결코 나라를 다스릴 운명이 아니었던 두 번째 아들. 이곳에서는 그런 연기가 아무 쓸모없다. 우리 모두가 그가 어떤 존재인지 안다.

센라 여왕이 앉은 채로 자기 딸을 지나서 몸을 숙이더니 메이븐에게 얼굴을 기울인다.

"우리 쪽 조건은, 전하?"

메이븐은 센라 여왕이 말을 한다는 것조차 알아차리지 못할 정도로 칼이랑 메어에게 너무 신경이 쏠린 나머지 대답하지 않는다. 아이리스가 메이븐을 쿡 찌른다.

"오직 항복뿐이다."

그가 빠르게 말한다.

"사면도 없고, 자비도 없다."

메이븐이 메어의 얼굴로 시선을 옮기며 덧붙인다. 그녀는 그의 관심을 받자 흠칫한다.

"그대들 중 누구에게도."

칼의 저편에서 아나벨이 일어난다. 이 상황과 자신의 오염된 손자에게서 벗어나고 싶다는 듯 양손을 닦아 낸다. 아나벨이 한숨을 쉬며 말한다.

"결론이 난 듯하군, 내 생각에. 우리 모두 동의한 거요."

이상하게도 그녀의 눈길이 아이리스에게 향한다. 메이븐이 아니라. 심지어 센라나 브라켄도 아니라. 거의 아무 말도 하지 않았고 심지어 이 자리에서 가진 권력도 가장 적은 어린 왕비에게 말이다.

머리를 기울이는 아이리스의 회색 눈동자가 의미심장하게 번뜩인다.

"네, 그렇습니다."

그녀가 말한다. 그 옆에서 센라 여왕도 똑같이 한다. 아마도 레이크랜즈의 전통인가 보다. 아무 일도 하지 않는 저들의 신들만큼이나 유치하고 무의미한 일이다.

두 여성이 제일 먼저 메이븐의 옆자리에서 일어나고, 재빨리 브라켄이 뒤를 따른다. 그는 나를 향해 머리를 깊이 숙여 보이고 나도 머리를 마주 숙인다. 하지만 나를 빠르게 지나간 그의 눈길은 데이비슨에게 고정된 채 어두워진다. 내가 아무리 연기를 펼친다 해도 그를 저 신혈을 향한 증오심에서 벗어나게 만들 수는 없을 것이다.

프리미어는 그런 것들을 신경도 쓰지 않는다. 그는 사근사근하게 품위를 갖춘 채, 불가해한 표정을 유지한다.

"조금도 과장하지 않고 말입니다만, 정말 흥미진진했습니다."

프리미어가 공허한 미소를 지으며 중얼거리는 말에 내가 대꾸한다.

"정말로요."

밝은 색깔과 번쩍이는 갑옷의 소용돌이 속에서 나머지도 후다닥 의자에서 일어난다. 오직 메이븐만이 뿌리라도 내린 듯이 자리에 그대로 남아 있다, 노려보면서.

메어는 교묘하게 그의 시선을 피하면서 팔리의 주변을 돌아 칼의 팔을 잡는다. 그 광경에 거짓된 왕은 격분해서 숨을 몰아쉰다. 그에 게서 연기가 피어오르지 않을까 싶을 정도다. 침묵하는 돌만 아니었다면, 정말로 그렇게 되었을 터이다.

"우리가 다시 만날 때까지."

칼이 어깨 너머로 말한다.

그 말의 무언가가 메이븐을 건드린다. 메이븐은 팔걸이를 양손으로 쿵 내리치고 우리 모두에게 등을 돌려 폭풍처럼 사라진다. 잉크처럼 검은 그의 망토가 펄럭인다. 성질을 부리는 어린아이가 생각난다. 매우 위험한 어린아이지만.

레이크랜즈의 왕족들과 피에드몬트의 왕자는 마지못한 태도로 그를 따른다. 칼의 말이 옳다. 저울이 기울어지고 메이븐이 전쟁에서 이길 수 없다는 것이 분명해지면 저들은 그를 저버릴 것이다. 하지만 그렇다고 우리 편으로 움직일까? 나는 그렇게 생각하지 않는다. 저들은 뒤로 물러나 앉아 공격할 때를 기다릴 것이다. 진홍의 군대와 몬트포트가 부러워지려고 한다. 그들의 동맹은 적어도 진정한 충성심과 공통의 목표에 뿌리내린 것처럼 보인다. 은혈들과는 다르게. 우리가 평화를 말할지라도, 우리는 평화를 위해 만들어진 존재들이 아니다. 알현실, 전장, 심지어 가족 식사 자리에서도 우리는 항상 싸운다. 그런 저주를 받았다.

침묵하는 돌 밖으로 벗어나서 신선한 공기를 들이마시고 싶다. 프톨레무스 오빠를 옆으로 세게 잡아당기며 드랍젯으로 향하는 바람 부는 길로 향한다. 오빠 발걸음을 으스스하게 쫓는 팔리 장군이 이토록 가까이에 있으니 오빠와 항상 붙어 있도록 주의를 기울여야 한다. 은색 피를 흘릴 기회를 기다리며 늑대를 스토킹하는 쥐라니.

침묵하는 돌에서 자유로워지자 능력이 주는 차가운 안도감이 물밀듯 돌아온다. 보석, 머리카락, 치아 등 전신에 매달린 금속 조각들이 안달한다. 메이븐이 달고 있던 배지들에 집중하자 그들이 희미해지는 것이 느껴진다. 그는 정말로 떠나고 있다. 우리처럼 이 섬에서 탈출하고 있다.

아무도 아직 승산이 없다. 내 추측이 맞는다면, 양측은 팽팽한 상태다. 완벽하게 균형을 이루고 있다. 이 전쟁은 몇 년쯤 지속될 수도 있다. 나는 그저 공주인 채로, 왕비라는 고삐에서 자유롭게 미혼인 채로 남아 있을 수도 있다. *아버지가 오시면 여길 떠나서, 몇 주 정도는 집에 있을 수도 있어. 아버지께서 이 난장을 정리하시도록 둔 채. 어쩌면 일레인과 함께 조용한 곳으로 달아날 수도 있겠지.* 그걸 생각하자 발가락이 움찔 말린다.

그 생각에 정신이 쏠린 나머지 피가 흐르듯 얕은 땅에서 물이 발 아래로 서서히 스미는 것을 미처 알아차리지 못한다.

내가 인지할 수 있는 사정거리의 끝에서, 메이븐의 배지들이 움직임을 멈춘다.

"톨리 오빠."

나는 오빠의 팔을 움켜쥐려 손을 뻗으며 속삭인다.

물이 차오르는 땅을 살펴보는 오빠의 눈이 커다랗다.

다른 사람들도 서로를 향해서 철벅거리며 이동한다. 팔리와 그녀의 장교들은 재빨리 버려 두었던 총들을 되찾는다. 일부는 이미 물이 뚝뚝 떨어질 정도로 젖었다. 그들은 재빠르게 반응하며 방어 자세를 취하고 나무들 너머와 저 멀리 단 쪽을 조준한다.

메어는 칼의 앞을 막으며 나선다. 칼은 주변에서 느릿하게 솟구치는 물에 순간적으로 몸이 굳은 채 공포에 질려 주위를 돌아본다. 메어의 한 손에서 스파크가 일어난다.

나는 덜 젖은 땅으로 뛰면서 오빠를 내 쪽으로 당기고는 외친다.

"조심해. 네가 우리 모두를 튀기겠어."

메어는 냉담하게 대꾸한다.

"내가 그러고 싶을 때만 그렇지."

총을 한쪽 뺨에 댄 채 조준경을 응시하며 팔리가 으르렁거린다.

"님프들인가? 저들 방향에서 움직임이 보여. 푸른색 드레스랑 감시병들이랑……."

그녀가 말꼬리를 흐린다.

나는 톨리 오빠의 띠에서 단검을 하나 가져와 손안에서 빙글 회전시키며 묻는다.

"그리고?"

"그건 우리랑 아무 상관 없는 문제일세. 자, 비행기로 돌아갈까?"

아나벨은 가볍고 무시하는 목소리로 말한다.

입을 쩍 벌린 채 그녀를 바라보는 사람이 나 하나만은 아니다.

여전히 같은 자세로 팔리가 먼저 입을 연다.

"이 섬 전체가 *가라앉는* 중이든 우리가 공격에 직면한 것이든……."

"허튼소리. 전혀 그런 종류가 아닐세."

아나벨이 콧방귀를 뀐다.

"그럼 이제 뭡니까? 무슨 일을 하신 거죠?"

칼이 이를 갈면서 뱉는다.

왜 그런지 모르겠지만 아나벨이 줄리언 제이코스에게 양보를 한다. 그 나이 든 남자는 희미하고 공허한 미소를 보인다.

"이미 끝냈습니다."

그는 그저 그렇게 말한다.

메어가 제일 먼저 목소리를 낸다.

"뭐⋯⋯."

해변의 반대편에서 나무 너머로 파도가 부서지는 소리 같은 것이 들려온다. 무릎을 꿇고 있던 팔리가 펄쩍 뛰어오르더니 그녀의 장교들이 움찔하는 동안 자기 시야를 다시 확인한다.

나는 좋은 위치를 잡아 더 높은 땅으로 가고 싶은 마음에 모래 언덕을 올라간다.

그러는 동안에도 총성이 퍼지고, 시끄러운 소리가 풀밭을 가로질러 들린다. 아래쪽에서 메어가 움찔한다. 나는 한 손을 주먹 쥐고 내가 느낄 수 있는 영역의 끝에서 춤을 추는 총알들을 헤아려 본다. 총알들은 대응 사격을 하느라 서로 반대쪽으로 돌진한다.

"저들은 뭔가⋯⋯ 싸우는 중인데."

내가 알린다.

칼이 주먹에 불이 붙은 채로 물을 차면서 앞으로 걸어온다.

"메이븐."

그가 분노에 차서 낮게 속삭이는 것도 같다. 메어는 앞을 막은 채로 그를 감전시키거나, 혹은 불에 데이지 않으려고 하면서 칼을 붙잡아 두려 애쓰는 중이다. 그의 할머니는 전혀 움직이지 않는다.

언덕을 오르는 동안에 물은 누군가가 당기기라도 하듯 작은 파도처럼 물러나면서 점차 줄어든다. 울퉁불퉁한 나무들 사이로 색들이 보인다. 푸른색 갑옷, 붉은색 불길, 감시병 호위들의 불꽃 같은 망토. 누군가가 비명을 지르자 울부짖는 메아리가 남는다. 어떤 사람이 세계를 회색 커튼으로 덮는 것처럼 공기가 안개로 바뀐다.

재빨리, 내가 차고 있던 액세서리들을 펼쳐서 양손과 손목을 따라 갑옷을 만들어 어깨를 덮고는 외친다.

"나한테 총 좀 줘, 팔리."

팔리는 나를 쳐다보지도 않고 바닥에 침만 뱉는다.

"내가 훨씬 조준도 잘하고 사격 거리도 길어."

나는 으르렁거린다.

그녀는 장총을 더욱 단단히 쥔다.

"만약 네가 너한테 *어떤 거라*도 줄 거라고 생각한다면……."

"만약 네가 내가 *부탁하*는 중이라고 생각한다면."

나는 손가락을 튕기며 받아친다. 무기가 그녀의 양손에서 튀어 올라서 내 손으로 날아온다.

"정말로, 아가씨들, 이럴 필요가 전혀 없네. 자, 봐. 끝났어."

여전히 이상할 정도로 아무 충격도 받지 않은 아나벨이 말한다. 그녀는 우리 사이에 서서 주름진 손가락으로 나무들을 가리켜 보인다.

물이 들판을 다시 가로지르며 저 먼 거리에서 다가오는 사람을 따라 움직인다. 그 사람은 안개 속에서 거의 그림자처럼 보인다.

시체들이 제일 먼저 눈에 들어온다. 감시병들은 발목 깊이 정도의 물에 잠겨 있다. 망토는 넓게 펼쳐진 채 젖은 채다. 가면이 없어지거나 부서져 그 아래 얼굴이 드러난다. 일부는 내가 아는 이고, 일부는 모르는 이다.

그림자 같은 형체들이 뚜렷해지면서 하나가 손을 흔들어 안개를 쫓아낸다. 안개가 물방울로 뭉치더니 떨어져, 갑작스러운 폭풍처럼 지나가 버리고 센라와 아이리스가 모습을 드러낸다. 그들 뒤에 레이크랜즈 호위들이 펼쳐져 있다. 브라켄이 보라색 망토를 물에 끌며 금으로 만든 흉갑을 번뜩이며 그 뒤를 따른다. 그들은 이상한 자세를 취하고 있는데, 푸른색 군복을 입은 호위들이 시야를 가려 제대로 보이지는 않는다. 다음 순간 그들은 10미터쯤 떨어진 곳에 멈춘다. 솟구친 물이 그들 발치에 모인다.

우리는 펼쳐진 광경에 당혹하고 혼란스러워하며 앞을 응시한다. 심지어 프리미어조차 눈썹을 찌푸리고 있다.

아나벨과 줄리언만이 자연스럽다.

"얌전히 교환을 준비하시게."

아나벨이 줄리언 쪽으로 몸을 돌리며 중얼거린다. 아프기라도 한 것처럼 창백해 보이는 줄리언은 고개를 끄덕이고는 몸을 돌리더니, 2명의 르롤란 호위를 데려간다.

교환. 아나벨은 그렇게 말했다.

나는 메어를 흘깃 바라본다. 시선을 느낀 메어가 나를 마주 본다. 그녀의 눈동자는 혼란과 공포로 커다랗다.

무엇을 교환해? 묻고 싶다.

아니면 누구를?

173

뭔가가 레이크랜즈 호위들이 만든 원 가운데에서 억눌린 채 저항을 한다. 센라와 아이리스 가운데로 난 틈 사이로 자기보다 강한 사람들에게 맞서, 이미 진 싸움을 계속하는 그를 볼 수 있다.

메이븐은 입술에서 피를 흘린다. 헝클어진 검은색 머리카락에 왕관이 삐딱하게 얹혀 있다. 레이크랜즈 호위들에게 팔을 잡힌 채 질질 끌려오는 내내 그는 발길질을 해대지만 아무런 성과를 거두지 못한다. 물이 공격할 준비를 한 채 메이븐을 휘감고 있다. 아이리스가 양손으로 메이븐의 팔찌들을 빙글빙글 돌리면서 휘파람을 분다. *플레임메이커잖아. 메이븐의 능력의 열쇠.* 충격과 함께 깨닫는다. 그가 결코 자비를 보인 적이 없을 이들 곁에서, 메이븐은 무방비 상태이다.

레이크랜즈의 공주는 날카로운 미소를 짓는다. 잘 계산된 가면이 아니라면 참 오싹한 광경이다. 메이븐은 아이리스에게 침을 뱉지만 크게 비껴난다.

그가 발길질을 하면서 으르렁거린다.

"님프 년. 너 오늘 실수한 거야."

센라 여왕은 입술을 뾰족하게 내밀며 무서운 표정을 짓지만, 자기 딸이 알아서 하도록 내버려 둔다.

"내가?"

아이리스가 흐트러짐 없는 태도로 대꾸한다. 그녀는 메이븐에게서 왕관을 느릿하게 벗겨 물속으로 던져 버린다.

"아니면 당신이? 당신은 많은, 많은 실수를 저질렀지. 나를 당신 왕국으로 들여보낸 것이 제일 컸고."

내 눈을 믿을 수가 없다. 메이븐, 배신당한 배신자. 계략에 빠진

174

계략가.

전쟁이.

끝났다.

토할 것 같다.

호흡이 얕아진다. 나는 자기 형을 보는 메이븐으로부터 시선을 돌린다. 칼은 죽은 사람처럼 창백해졌다. 아나벨과 줄리언이 무슨 짓을 했든, 그는 전혀 몰랐던 것이 틀림없다. 그들이 그의 이름으로 성사시키려고 하는 *거래가* 무엇이든 간에.

그들은 대가로 누구를 지불하려는 것인가?

달아나야 해. 톨리 오빠를 붙들어. 바다로 곧장 돌격해.

나는 오빠 옆에 서기 위해서 언덕을 재빨리 기어 내려간다. 가짜 왕이 충분히 시선을 끌어 줄 것이다. *님프들에게 일을 쉽게 만들어 주지 마. 비행기로 가. 집으로 가.*

"아, 자만하지 마, 에반젤린!"

메이븐이 몸을 뒤틀어서 머리를 매끄럽게 넘기며 외친다. 머리카락은 다시 그의 눈 위로 흘러내린다.

"그대에게 나를 대신할 만한 가치는 없어. 그대가 아무리 자기 자신을 높이 친다고 해도 말이야."

그의 외침에 프톨레무스 오빠를 손에 꼭 붙든 채 서서히 멀어지던 나를 다른 이들이 돌아본다. 하나라도 우호적인 얼굴을 찾아보는데, 메어 배로우가 그에 가장 가깝다는 사실을 깨닫는다. 그녀의 시선이 톨리 오빠의 팔을 붙들고 있는 내 손과 나에 꽂힌다. 동정심 같은 뭔가가 그녀의 눈에 차오르는데, 칼로 그걸 도려내 버리고 싶다.

자존심을 갑옷처럼 두르고 나는 턱을 치켜든다.

"그럼 누군데? 너 자신을 다시 거래하는 거야, 배로우?"

메어는 눈을 깜빡인다. 그녀의 동정심은 분노가 되어 사라진다. 차라리 그 편이 낫다.

"아뇨."

줄리언이 호위들과 돌아오며 대답한다. 레이크랜즈 사람들처럼, 그들도 비행기에서 인질을 하나 끌고 온다.

내가 마지막으로 살린 아이럴을 보았을 때, 그는 지위를 몽땅 잃고 본인의 어리석음과 자존심 때문에 아버지의 손에서 목 졸려 죽을 뻔했다. 그는 코르비움의 성벽 밖에서 명령을 어기고 고작 칭찬 조금 더 받겠다고 레이크랜즈의 왕을 죽였다. 그는 그 일이 레이크랜즈와 메이븐 사이의 동맹을 더욱 공고히 하고, 레이크랜즈 여왕과 노르타의 왕비의 뜻을 모을 뿐이라는 것도 보지 못할 정도로 시야가 좁았다. 이제 그는 그 실수에 목숨이라는 대가를 치르게 되었다.

살린은 기묘하게 텅 빈 눈으로 늘어져 있다. 그는 자기 발만 바라본 채, 호위들이 그를 대충 붙들고 있음에도 불구하고 달아날 시도조차 하지 않는다. 줄리언 제이코스가 가까이 서자 그 이유를 알 수 있다. 아마 뛰도록 *허가*를 받지도 못했을 것이다.

"이게 뭡니까. 난 *어떤 것도* 승인한 적 없……."

칼이 할머니에게 그림자를 드리운 채 더듬거린다. 아나벨은 한 손을 부드럽게 칼의 가슴에 대고, 자기 왕을 뒤로 밀어낸다.

"하지만 하실 거지요. 그렇지요, 칼?"

아나벨이 다정하게 말하며, 오직 어머니만이 보일 법한 부드러움으로 얼굴을 감싸기 위해 손을 뻗는다.

"우리는 이 전쟁을 오늘 끝낼 수 있어요. 바로 지금요. 이건 그 대가입니다. 수천 명의 목숨 대신에 단 하나."

어려운 선택은 아니다.

"맞는 말이야, 형. 형은 사람들을 구하려고 이러고 있는 거 아니야, 안 그래? 끝까지 고귀하다니까."

빈정거림이 뚝뚝 떨어지는 목소리로 메이븐이 말한다. 말이 그에게 남은 유일한 무기이다.

칼이 시선을 느릿하게 들어 자기 형제를 바라본다. 심지어 메이븐조차 침묵한 채, 그 순간이 늘어나고 타오르도록 둔다. 눈도 깜빡이지 않은 채로. 흔들리지도 않고. 더 어린 캘로어 쪽은 감히 반응해보라고 도발하며 계속 비웃음을 짓는다. 칼의 얼굴은 결코 바뀌지 않는다. 그는 아무 말도 하지 않는다. 하지만 그는 어깨를 기울이고, 아나벨의 앞에서 비켜나며 자기 뜻을 충분히 드러낸다.

줄리언이 한 손가락으로 살린의 얼굴을 움직여 눈을 마주한다.

"여왕님께로 걸어가."

그의 목소리에서 재능 있는 싱어의 음악 같은 능력을 들을 수 있다. 원하기만 하면 우리 모두를 홀려서 왕좌로 직행할 수도 있는 종류. 우리 모두에게는 다행스럽게도, 줄리언 제이코스는 권력에는 아무 관심이 없다.

정신이 없는 상태이긴 하지만 살린 아이럴은 실크이고, 그의 발걸음은 우아하다. 그는 우리 무리와 메이븐 사이에 있는 짧은 거리를 가로지른다. 레이크랜즈의 왕족들은 식사가 다가오는 것을 바라보는 굶주린 여인들처럼 보인다. 아이리스가 그의 목을 움켜쥐더니 다리 뒤쪽을 차서는 양손이 물에 잠긴 채 무릎을 꿇게 만든다.

"반대편으로 보내."

센라가 조용하게 말하며 한 손을 메이븐을 향해 흔든다.

이 모든 것을 김 서린 유리를 통해서 보는 것만 같다. 전부 잘못된 듯하다. 현실이라기에는 너무 느리다. 하지만 현실이다. 레이크랜즈 호위들은 메이븐을 앞으로 떠민다. 메이븐이 비틀거리며 자기 형에게로 향한다. 메이븐은 피를 튀기면서도 여전히 미소를 짓고 있지만, 눈에서는 눈물이 반짝인다. 그는 자제력을 잃고 있다. 메이븐이 자신을 붙들 때 쓰던 단단한 힘 역시 끝이 다가오고 있다.

그는 이것이 끝이라는 것을 안다. 메이븐 캘로어가 졌다.

호위들은 메이븐이 결코 스스로 균형을 잡을 수 없게 계속 떠민다. 정말 측은한 광경이다. 메이븐은 발작적으로 웃으며, 그 사이사이로 어찌할 바를 모르는 혼잣말을 속삭대기 시작한다.

"말한 대로 했잖아요. 말한 대로 했잖아요."

그는 누구에게도 향하는 것이 아닌 말을 중얼거린다.

메이븐이 자기 형의 발치에 쓰러지기도 전에, 아나벨이 앞으로 나서서 두 사람 사이에 단단히 자리를 잡는다. 호랑이처럼 방어적이다.

"진정한 왕께는 한 발짝도 더 가까이 가지 못한다."

아나벨이 거칠고 낮은 목소리로 말한다. 저 여자는 메이븐에게 아무것도 남지 않은 지금 이 순간조차 그를 믿지 않을 정도로 영리하다.

메이븐은 한쪽 무릎을 꿇고 한 손으로는 헝클어지고 젖어서 구불거리는, 어두운 색의 머리카락을 쓸어 올린다. 그는 자신이 더는 갖고 있지도 않은 불길을 그러모아 자기 형을 노려본다.

"남자애 하나가 무서워, 형? 형은 전사라고 생각했는데."

칼의 옆에서 메어가 긴장하며 한 손을 그의 팔에 올린다. 칼을 멈추려는 건지 부추기려는 건지 모르겠다. 무엇을 할지 생각하며 칼이 침을 삼키자 목이 꿀꺽 움직인다.

고통스러울 정도로 느린 속도로, 살아남은 왕이 한 손을 검 손잡이에 올린다.

"우리 입장이 서로 바뀌었다면, 너는 나를 죽였겠지."

메이븐의 이 사이로 숨이 샌다. 메이븐은 거짓말할 여지를, 혹은 그럴 수 있다는 희망을 남겨 둔 채, 말 그대로 꽤 오래 망설인다. 메이븐 캘로어의 마음을 짐작하거나 그가 다른 사람에게 어떤 얼굴을 보일지를 예측하는 것은 불가능하다.

"그래, 그랬을 거야. 이제 자랑스러워?"

메이븐이 조용하게 대꾸하고는 한 번 더 침을 뱉는다.

칼은 대답하지 않는다.

얼음 같은 푸른 눈이 형의 옆에 있는 소녀에게로 향한다. 메어의 몸이 불에 단련한 철처럼 딱딱해진다. 그녀에게는 그를 두려워할 이유가 수도 없이 많지만, 메어는 그것을 모두 감춘다.

"행복해?"

메이븐의 질문은 속삭임에 가깝다. 누구를 위한 질문인지 모르겠다.

양쪽 다 아무 말도 하지 않는다.

꾸르륵대는 소리가 내 주의를 끈다. 나는 고개를 들어 자기들 먹이를 둘러싸고 있는 레이크랜즈의 왕족들을 본다. 일종의 원 모양으로 움직이고 있다. 춤은 아니고, 의식도 아니다. 어떤 양식도 없다. 차가울 뿐이다. 아주 차분한 격노만이 존재한다. 브라켄조차 그들 때문에 불편한 기색이다. 그는 몇 걸음 뒤로 물러나서 그들이 반드시 해야 하는 일을 할 수 있도록 거리를 벌려 준다. 여전히 무릎을 꿇은 채로 두 사람 사이에서 흔들리는 살린의 입에서 바닷물로 만들어진 거품이 인다.

님프들은 고통스러운 효율성으로 그의 얼굴에 번갈아 물을 퍼붓고 있다. 딱 숨을 붙여 놓을 정도로만. 조금씩 조금씩, 한 방울씩 한 방울씩. 살린의 얼굴이 창백해지고 보라색으로 변하더니, 검은색이된다. 그러고 나서 그는 쓰러져 경련을 일으킨다. 15센티미터 정도밖에 되지 않는 물에 빠진 그는 일어나지를 못한다. 자기 자신을 구할 수도 없다. 그들은 양손을 살린의 어깨에 댄 채 굽어본다. 살린이 죽어 가면서 마지막으로 보는 광경이 확실하게 자신들이 되도록.

이전에도 고문 광경을 본 적이 있다. 그걸 즐기는 사람들의 모습을. 그런 모습은 항상 불편하다. 하지만 이 잔혹함은 이해할 수 있을 정도로 침착하다. 그 점이 무섭다.

아이리스가 내 시선을 알아챈다. 나는 견딜 수 없어 눈을 돌린다.

아이리스가 확실히 옳았다. 그녀를 왕국과 궁전에 들인 것은 메이븐의 실수였다.

"행복해?"

메이븐이 다시 하얀 송곳니를 드러내며 좀 더 절박하고 흉포하게 묻는다.

"조용히 해, 메이븐."

그 꼬마가 강제로 자신을 보도록 한 뒤 줄리언이 능력을 쓴다. 저 비틀린 일생에서 처음으로 메이븐 캘로어가 족제비 같은 입을 다문다.

나만큼이나 창백하게 질린 프톨레무스 오빠를 찾아 뒤를 돌아본다. 세계가 우리 발밑에서 움직이고 있다. 동맹이 깨어지고 다시 생겨난다. 국경은 다시 그려질 것이고 약혼은 이행될 것이다.

침몰하는 듯한 감각 속에서 나는 깨닫는다. 협상에 한 조각이 더 있음을. 그럴 수밖에 없다는 것을.

나는 오빠에게 몸을 기울여 오직 오빠만 들을 수 있는 소리로 속삭인다.

"살린만으로 될 리가 없어."

아이럴은 리프트나 노르타 어느 쪽에서든 지위나 땅이나 권력도 없는 불명예스러운 귀족이다. 자기가 저지른 일 외에는 아무 가치도 없다. 아무리 레이크랜즈의 왕족들이라고 해도 복수를 하겠다고 메이븐을 거래하지는 않았을 것이다. 그들은 별난 존재이지만 바보는 아니다. 아나벨은 이것이 대가라고 했지만 사실일 리가 없다. 분명히 더 있을 것이다. 누군가 다른 사람이.

그 깨달음에 속이 철렁 내려앉는 동안에도 나는 무표정을 유지한다. 누구도 내 고요한 가면 뒤를 들여다볼 수 없다.

그 대가가 우리가 될 거라고 두려워했던 내 생각이, 정답에서 영 먼 것은 아니었다.

하지만 메이븐이 옳았다. 왕자와 공주를 왕 대신에? 어리석기는. 우리는 그만큼 가치가 없다.

우리 아버지는 확실히 그만큼의 가치가 있지.

볼로 사모스, 리프트의 왕. 살린은 아버지를 기쁘게 하고 호감을 얻기 위해 레이크랜즈 왕에게 칼을 꽂았다. 그것은 다른 사람이 아니라 아버지의 잘못이다. 그 모든 것이 아버지의 이름으로 행해졌으니.

그리고 아버지는 칼은 물론이고 레이크랜즈에게도 경쟁자이다.

아나벨은 간단히 아버지를 팔아넘겼을 것이다. 내 아버지의 목숨을 거래하는 것은 논리적인 움직임이다.

손가락이 덜덜 떨리는 것을 숨기기 위해서 단단하게 얽는다. 어떤 감정도 드러내지 않은 채 가능성을 재어 본다.

아버지께서 돌아가시면, 리프트 왕국은 사라질 것이다. 아버지 없이 리프트는 버틸 수 없다. 지금 일이 일어나는 방식대로라면 그럴 수 없다. 나는 더 공주가 아니게 될 것이다. 나는 아버지의 종속물도, 아버지가 직접 키운 애완동물도, 협상할 수 있는 장난감도, 아버지가 기쁘게 쓰시던 검도 아니게 될 것이다.

내가 사랑하지 않는 사람과 결혼할 필요도, 거짓된 삶을 살 필요도 없을 것이다.

하지만 그 모든 것에도 불구하고, 나는 아버지를 사랑한다. 어쩔 수가 없다. 견딜 수가 없다.

무엇을 해야 할지 모르겠다.

제26장

메어

나는 메이븐과 같은 드랍젯을 타는 것을 *거절한다*. 칼도 그렇다. 넋이 나간 상태라고는 해도 우리는 그를 볼 수가 없다. 줄리언, 데이비슨, 아나벨이 우리 대신 그 역을 맡아서 두 번째 비행기로 메이븐을 호송한다.

우리는 서로 아무 말도 하지 않는다. 하버베이로 돌아가는 비행은 경직된 침묵 속에서 흘러간다. 심지어 에반젤린과 프톨레무스조차 충격에 빠진 채 조용하다. 그 거래는 모두의 마음을 어지럽혔다. 여전히 믿을 수가 없다. 줄리언과 아나벨이 레이크랜즈 사람들이랑 비밀리에 연락을 했다고? 우리가 두 눈을 뻔히 뜨고 있는데? 칼의 승인이나 데이비슨의 개입 없이? 말이 되지를 않는다. 그 어마어마한 첩자망을 가진 팔리조차 이 일이 벌어지는 것을 전혀 알아차리지 못했다. 어쨌거나 팔리는 우리 중에서 유일하게 기뻐 보인다. 좌석에서 미소를 짓고 있는데 몹시 흥분하여 몸을 덜덜 떨 정도다.

이런 기분이면 안 될 것이다. 전쟁에서 이겼다. 더 이상 전투도, 죽음도 없다. 메이븐은 프로빈스 섬에서 왕관을 잃었다. 심지어 아무도 그걸 줍지 않아서, 그 차가운 철은 섬에 버려졌다. 아이리스가 메이븐의 팔찌들을 가져갔다. 그는 원했다 한들 우리와 싸울 수도 없었다. 모두 끝났다. 소년 왕은 더 이상 없다. 메이븐은 더는 1초라도 나를 아프게 할 수 없다.

그렇다면 나는 왜 이토록 끔찍한 기분인 걸까? 내 안 깊은 구덩이에 자리한 공포가 돌만큼이나 무거워 무시하기가 정말 너무 어렵다. *이제 어떻게 되는 걸까?*

처음에는 아이리스, 그녀의 모친, 그리고 브라켄을 원망해 보려고 한다. 칼은 동맹을 존중하겠다고 약속했지만, 그들이 그럴 거라는 생각은 들지 않는다. 그들은 너무 많은 것을 잃었다. 그들 중 누구도 고향에 빈손으로 갈 사람으로는 보이지 않았다. 모두가 복수를 하고자 하는 개인적인 이유가 있다. 노르타는 내전으로 인해 심각한 손상을 입은 채 분열된 상태다. 강한 짐승들에게는 손쉬운 먹잇감이다. 우리가 오늘 찾은 평화가 무엇이든 간에 잠시 빌린 시간 위에 존재할 따름이다. 똑딱거리는 시계 소리가 들리는 기분이다.

그게 네가 두려운 이유는 아니잖아, 메어 배로우.

지난밤, 칼과 나는 어떤 선택도 하지 않기로, 이미 했던 결정을 바꾸지도 않기로 동의했다. 전쟁이 어떻게 될지 모르는 한, 어떤 것들은 무시할 수 있었다. 우리에게 좀 더 많은 시간이 있을 거라고 생각했다. 모든 것이 이토록 빠르게 끝나 버릴 수도 있다고는 미처 생각하지 못했다. 우리가 벌써 벼랑 너머로 발을 딛고 있는 것을 알지 못했다.

메이븐을 꺾었으니 칼은 노르타의 진정한 왕이 되었어. 그는 왕관을 쓰고 장자로서의 자기 권리를 찾을 거야. 에반젤린과 결혼하겠지. 그전의 일 같은 건 아무것도 중요하지 않을 거야.

그리고 우리는 다시 적이 되겠지.

몬트포트와 진홍의 군대는 또 다른 왕이 노르타를 지배하는 것을 참을 수 없을 것이다.

나 또한 그렇다. 그가 변화를 가져오겠다는 맹세를 아무리 많이 한들 상관없다. 이런 일은 간단히 반복될 것이다. 자녀들의 세대에서, 손자들의 세대에서, 왕과 왕비의 혈통을 따라서. 칼은 반드시 일어나야 하는 일을 보는 것을 거부한다. 더 나은 세상을 만들기 위해 필요한 희생이 내키지 않는 것이다.

그를 흘깃 훔쳐본다. 칼은 다른 생각에 집중한 채라 내 시선을 알아차리지 못한다. 그는 동생에 대해 생각하고 있다. 메이븐 캘로어 왕자는 자기가 일으킨 유혈 사태와 우리 모두에게 남긴 상처들에 대한 대가를 반드시 치러야만 한다.

코로스 감옥을 습격하기 전, 칼은 메이븐이 우리를 기다리고 있을 수도 있다고 생각했다. 그때 그는 자신이 자제력을 잃을 수도 있겠다고 말했다. 자기가 가진 모든 힘을 써서 메이븐을 추격할 수도 있다고. 자신의 자제력이 그토록 보잘것없다는 사실에 칼은 놀랐었다. 나는 칼에게 그가 할 수 없다면 내가 메이븐을 죽이겠노라고 했다. 그때엔 그런 맹세가 간단하게 여겨졌는데, 정작 기회가 주어졌을 때, 메이븐이 갓 태어난 아이처럼 연약한 상태로 욕조에서 나를 올려다보았을 때, 나는 돌아섰다.

　메이븐이 죽었으면 한다. 그가 나에게 저지른 일들 때문에. 그 모든 고통과 마음의 아픔 때문에. 쉐이드 오빠 때문에. 메이븐의 비틀린 게임 속에서 말처럼 사용된 적혈들 때문에. 그럼에도 불구하고, 내가 그를 직접 죽여 메이븐이라는 고뇌를 없애 버릴 수 있을는지 모르겠다. 그리고 칼 또한 그럴 수 있을지 모르겠다.

　하지만 그는 그럴 것이다. 그래야 할 것이다. 그것이 이 길 끝에 있는 유일한 것이다.

　하버베이로 돌아가는 여정은 전보다 짧게 느껴진다. 아쿠아리언 포트의 끝부분에 착륙할 때쯤 물과 닿아 있는, 한때는 시장 광장이었던 곳을 사람들이 가득 메우고 있다. 연합 정부의 군인들이 포장도로를 둘러싸고 있다. 속이 뒤틀린다. 보는 눈이 너무 많다.

　가두 행진에 끌려 나가는 쪽이 처음으로 내가 아니다. 메이븐이 내게 그런 일을 그토록 많이 시켰음에도 불구하고, 메이븐을 강제로 드랍젯에서 끌어내리는 모습을 지켜봐도 만족감이 느껴지지 않는다. 그는 줄리언의 능력 때문에 팔다리가 무거운지 걸음을 헛디딘다. 지금까지 본 것 중 가장 소년에 가까운 모습이다. 누군가가 그의 양손에 수갑을 채운다. 여전히 말을 할 수 없는 상태라 그는 조용하다.

　팔리가 들이닥치더니 메이븐의 어깨 가까이에 서서 자랑스럽게 미소를 지으며 승리의 의미로 한 손을 들어 올린다. 팔리는 메이븐의 목덜미를 와락 붙들고 외친다.

　"새벽은 적혈처럼 붉게 타오르니, 일어나라!"

　팔리는 아이리스가 그랬던 것처럼 메이븐의 다리를 찬다. 그는 무룔을 꿇는다. 왕은 몰락했다.

"승리를!"

군중이 이게 무슨 의미인지 깨달음과 동시에 광장의 아득한 고요가 빠르게 소멸된다. 폭풍처럼 울부짖는 듯한 야유가 도시 전체에 들릴 정도로 커다랗게 울린다. 기쁨과 원한의 비명이 시끄럽게 메아리친다.

내 옆에서 무표정하게 그 모습을 바라보는 칼에게서 열기가 물결친다. 그는 이 일을 즐기지 않는다.

"그 애를 궁전으로 데려오세요. 가능한 빨리요."

아나벨이 다가오자 칼이 작게 말한다.

아나벨은 짜증스럽게 한숨을 쉬며 칼을 바라본다.

"사람들이 저 모습을 보아야만 합니다, 칼. 저들이 승리를 기뻐하도록 두십시오. 저 일로 전하를 사랑하게요."

"이건 사랑이 아닙니다."

움찔한 칼이 턱으로 군중을 가리켜 보이며 대답한다. 적혈과 신혈은 은혈보다 수가 많다. 그 모두가 경멸을 담아 주먹을 높이 들고 흔들며 메이븐을 보고 있다. 분노가 광장을 지배하고 있다.

"이건 증오예요. 저 앨 궁전으로 데려오세요. 군중에게서 떨어뜨려 두세요."

옳은 선택이다. 그리고 더 쉬운 선택이다. 나는 그를 향해 고개를 끄덕이며 팔을 부드럽게 쥔다. 아직 할 수 있는 동안은 어떤 위로라도 해 주고 싶다. 동맹처럼 우리 역시 빌린 시간 위에 서 있으므로.

아나벨이 날카롭게 말한다.

"우린 그를 행진시킬 수⋯⋯."

"안 됩니다."

칼이 낮고 으르렁거리는 목소리로 딱 자른다. 그가 나와 아나벨을 번갈아 본다. 칼의 시선에 몸이 굳는다.

"저는 메이븐과 같은 실수를 반복하지 않을 겁니다."

"알았습니다."

아나벨이 이를 악물고 뱉는다. 광장의 끝에 우리를 궁전으로 데려가기 위해 대기 중인 차들이 열을 맞춰 서 있다. 칼은 가장 가까운 차량으로 똑바로 걸어가고, 나는 예의 바른 거리를 유지하는 데 주의하며 뒤를 따른다.

걸어가면서 아나벨이 계속한다.

"언론과 방송에 이 사실을 내보내야만 합니다. 노르타의 사람들이 진정한 왕이 돌아왔다는 걸 알 수 있도록. 하이 하우스들을 소집하고 충성 서약을 받아야겠죠. 전하께 맹세하지 않을 이들을 벌하고⋯⋯."

"알아요."

칼이 말을 자른다.

뒤에서 발이 끌리고 비틀거리는 듯한 소리가 들린다. 팔리가 메이븐을 떠밀고 그 뒤를 줄리언이 따른다. 군인들 몇 명이 승리를 축하하는 의미로 팔리의 발치에 붉은 손수건을 던진다. 그들은 환호하는 동시에 비명을 지른다.

나의 사람들에게서 나온 것임에도 그 소리는 끔찍하다. 사슬을 찬 채로 도시를 억지로 걸어야 했던 때로, 그 아케온의 기억으로 나를 데려간다. 포로, 트로피. 메이븐은 세상 앞에 나를 무릎 꿇렸다. 그때도 토하고 싶더니, 지금도 마찬가지다. *그들보다 우리가 나을 수는 없는 건가?*

그렇기는 하지만 똑같은 추악한 굶주림이 내 안에도 있다. 복수와 정의를 향한 열망이 먹이를 구걸한다. 나는 그 마음을 밀어내고, 내 안의 괴물을 무시하려고 애를 써 본다. 내가 남에게 저지른 잘못과 내게 남이 저지른 잘못에서 태어난 괴물이다.

아나벨은 우리가 차에 도착할 때까지 떠들어 대고, 칼은 화난 시선으로 그녀를 내쫓는다. 차에 오르기까지 나는 일부러 뒤를 돌아보지 않는다. 다른 사람의 얼굴에서 내가 아케온에서 겪었던 일의 일부나마라도 보고 싶지는 않다. 아무리 그 사람이 메이븐이라고 해도.

칼이 문을 닫자 조금 어두워진다. 운전석 사이에 가림판이 올려져 있어서, 우리와 운전사를 분리하고 있다. 우리 둘만이 남는다. 연기 같은 건 할 필요 없다. 배기음이 조롱하는 듯 낮게 웅웅거리는 소리를 빼면 사방이 조용하다.

칼은 팔꿈치를 무릎에 대어 몸을 숙이고는 얼굴을 양손에 묻는다. 지금 떠오르는 감정들을 견디기 너무 어렵다. 공포, 후회, 수치, 그리고 지나친 안도감. 앞으로 닥칠 일을 알고 있기에 휘몰아치는 공포에 온통 짓눌린다. 손바닥으로 눈을 누르며 시트에 등을 기댄다.

"끝났네."

그렇게 말하는 내 목소리가 들린다. 거짓말의 맛이 난다. 막 훈련에서 돌아온 것처럼 칼이 힘겹게 숨을 내쉰다.

"안 끝났어. 전혀 아니지."

＊＊＊

오션 힐에서의 내 방은 칼의 방과 아예 반대편이다. 내가 자청해서 그의 방에서 떨어진 곳을 골랐다. 그곳은 설비가 잘 갖춰졌으며 밝고 공기가 잘 통하지만, 욕실은 너무 좁은 데다가 지금 지나치게 붐비고 있다. 나는 비누 거품이 몸에 흐르게 둔 채 따뜻한 물에 몸을 편다. 온도가 적당해서 근육의 고통과 긴장이 풀린다. 팔리는 욕조에 기대고 있고, 데이비슨은 한 나라의 지도자라기에는 충격적일 정도로 격식 없는 모양새로 문간에서 팔리와 똑같이 등을 보이고 있다. 회합 때 잘 차려입었던 양복의 단추를 풀어서 하얀색 속옷 상의와 흔들리는 목이 드러난다. 간신히 지나간 아침의 일 때문에 기력을 소진한 그는 눈을 비비고 하품을 한다.

나는 한 손으로 얼굴을 문지른다. 땀과 때처럼 절망도 쉽게 쓸어 버릴 수 있다면 얼마나 좋을까. *스스로에게 단 1초도 줄 수 없는 걸까.*

"그래서 그가 거절하면요?"

나는 두 사람 모두에게 신음하듯 묻는다. 우리 계획에는, 우리가 다 함께 할 수 있는 마지막 기회에는, 셀 수 없을 정도로 많은 구멍이 있다.

데이비슨이 구부린 한쪽 무릎 위로 양손의 손가락을 얽는다.

"만약 그가 거절한다면……."

"거절할 거예요."

팔리와 나는 음산하게 합창한다.

"그럼 우린 말한 대로 하는 거죠."

190

프리미어는 평이하게 대꾸하며 어깨를 가볍게 으쓱해 보인다. 그의 비스듬한 눈길이 피곤함을 담은 채로 나를 향한다.

"우리가 우리 말대로 해내지 못하면 끝나는 거죠. 내게는 나라를 위해서도 지켜야 할 약속들이 있습니다."

팔리도 동의의 뜻으로 고개를 끄덕인다. 나를 돌아보는 그녀의 얼굴이 고작 십몇 센티미터 떨어진 곳에 있다. 가까운 거리다. 여름이 지나면서 그녀의 코에 퍼진 주근깨도 셀 수 있을 정도다. 주근깨는 흉터가 남은 입가와 대조를 이룬다.

"나도 마찬가지야. 다른 사령부 장군들이 뜻을 분명히 했어."

"저도 그 사람들을 만나고 싶군요."

데이비슨이 한가하게 중얼거린다.

그녀는 씁쓸한 미소를 짓는다.

"일이 생각대로 흘러간다면, 우리가 돌아갈 때 그 사람들이 기다리고 있을 거야."

"좋네요."

손가락을 펼쳐 향기 나는 희부연 수면에 선을 그린다.

"시간이 얼마나 남았죠? 레이크랜즈가 돌아오기 전까지?"

팔리가 다시 몸을 돌리더니 구부린 무릎에 턱을 기대고는 신경질적으로 이를 딱딱거린다. 그녀가 잘 내보이지 않는 감정이다.

"피에드몬트와 레이크랜즈의 첩자들이 요새와 성채에서 움직임이 있다고 보고해 왔어. 군대가 집합 중이래."

팔리의 목소리가 더 무겁게 변한다.

"그리 길지 않을 거야."

"수도를 노리겠지."

나는 단호하게 말한다. 내 말은 질문이 아니다.

데이비슨이 생각에 깊이 잠긴 채 입술을 톡톡 두드리며 말한다.

"아마도요. 최소한 상징적인 승리가 될 테니까요. 일이 잘 풀리면 다른 곳들도 무릎을 꿇을 테니 나라 전체를 빠르게 정복할 수 있겠죠."

그 말에 팔리가 긴장한다.

"칼이 전쟁에서 죽는다면……."

그녀는 말꼬리를 흐린다. 따뜻한 목욕물에 몸을 담그고 있음에도 그 생각에 몸이 차가워진다. 팔리로부터 시선을 떼서 창문을 바라본다. 뭉게뭉게 피어오른 하얀 구름이 게으르게 연한 파란 하늘을 흘러간다. 이런 이야기에 걸맞지 않게 너무 밝고 발랄한 풍경이다.

알고 있을지는 몰라도, 데이비슨은 팔리를 이어받아서 이미 내 배에 꽂혀 있는 칼날을 더 비틀어 버린다.

"더 이상 캘로어 가의 후계자는 없겠죠. 왕도 없고요. 온 나라에 혼돈이 군림할 겁니다."

그게 어떤 선택 중 하나라도 된다는 것처럼 말한다. 나는 물속에서 빠르게 몸을 움직여 그를 쏘아본다. 한 손을 도자기로 된 욕조 테두리에 올리고 위협하듯 손가락 하나에 스파크를 흘린다. 데이비슨은 아주 조금 뒤로 물러난다.

"그렇게 되면 더 많은 적혈들이 피를 흘리게 될 겁니다, 메어. 나는 그런 일에는 전혀 아무 흥미도 없어요. *반드시* 아케온을 그들보다 먼저 차지해야 합니다."

그가 설명한다. 사과처럼 들린다.

고개를 끄덕이면서 팔리가 한 주먹을 쥔다, 단호하게.

"그리고 칼이 퇴진하도록 압력을 가해야 해. 다른 선택권이 없다는 것을 보여 줘야지."

나는 여전히 프리미어를 바라본 채 움직이지 않는다.

"리프트는요?"

데이비슨의 눈이 바늘구멍처럼 좁아진다.

"볼로 사모스는 자기가 다스릴 수 없는 세계를 결코 참을 수 없겠지만, 에반젤린이라면……."

데이비슨은 에반젤린의 이름을 입안에서 굴려 본다.

"그녀라면 설득할 수도 있을 겁니다. 최소한 매수하거나요."

나는 코웃음을 친다. 에반젤린이 칼과의 결혼을 막기 위해서 무엇이든 할 거라는 거야 알지만, 가족을 배신하고 왕관을 벗어 던지는 문제라면? 상상이 안 간다. 차라리 결혼으로 고통받는 쪽을 택할 것이다.

"뭘로요? 에반젤린은 우리 모두를 합친 것보다도 더 부유해요. 그리고 너무 자존심이 강하고요."

데이비슨이 거만하게 턱을 치켜든다. 우리가 모르는 뭔가를 자기는 안다는 것처럼.

"에반젤린 본인의 미래요. 자신의 자유와."

나는 불신하는 마음으로 코를 찡그린다.

"당신이 에반젤린에게 뭘 요구할 수 있을지 잘 모르겠어요. 걔가 자기 아버지를 죽이지는 않을 텐데요."

프리미어가 동의의 뜻으로 고개를 숙인다.

"그렇죠. 안 할 겁니다. 하지만 동맹을 파괴할 수는 있지요. 결혼을 거절해서요. 리프트를 노르타에서 잘라 내는 겁니다. 칼에게 돌아갈 곳을 주지 않는 거지요. 그를 좀 거들어 주는 겁니다. 칼은 동맹 없이는 살아남을 수 없어요."

데이비슨의 말이 틀리진 않지만, 두 번째 계획은 너무 불안정하다. 에반젤린에게 지나치게 의존하는 것이 일례다. 자기 핏줄에 대한 그녀의 충성심은? 가족은? 불가능해 보인다. 에반젤린이 직접 말했다시피, 그녀는 약혼을 거절할 수 없다. 모든 일이 다 끝난 후에도 자기 아버지의 소망을 거스를 수 없을 것이다.

침묵 속에서 수증기가 솟아올라서 허공에 나선으로 휘돈다.

문의 다른 쪽에서 몹시 화난 목소리가 들린다.

"이 일이 실제로 계획대로 될 확률이 얼마인 겁니까?"

킬런이 자기 침실에서 소리친다.

웃음을 터뜨리지 않을 수가 없다.

"그런 적은 있어?"

킬런은 길고 짜증스러운 신음을 뱉는다. 그가 머리를 문에 대고 쾅 치자 문이 떨린다.

＊ ＊ ＊

킬런과 데이비슨은 착하게도 내게 평화롭게 옷을 갈아입을 시간을 주었지만, 팔리는 그대로 남아서 내 침대의 바다색 이불 위에 팔다리를 아무렇게나 펴고 눕는다. 처음에는 팔리를 쫓아 버리고 혼자만의 시간을 조금이라도 갖고 싶었지만, 시간이 조금 흐르자 팔리의 존재가 반갑다. 혼자였다면 나는 모든 것을 잃어버리고 다시는 문을 열지 않았을지도 모른다. 하지만 여기 팔리가 있으니 빨리 준비하는 것 외에는 여지가 없다. 앞으로의 흥미로운 시간 동안 그런 탄력이 계속 붙기를 희망해 본다.

내가 억지로 몸을 진홍의 군대 공식 군복에 밀어 넣는 동안 팔리는 가볍게 낄낄거린다. 깔끔하게 세탁되고 잘 재단된, 딱 나를 위한 옷이다. 내가 진홍의 군대에 충성 서약을 한 것이 1년도 다 된 일이지만, 그것이 결코 공식적으로 느껴진 적이 없다. 칼과 그의 은혈 동맹으로부터 나를 분리하기 위해서 상징적으로 군복을 준 것이겠지만, 어쩌면 팔리가 자기 말고 다른 사람도 이 옷 때문에 고통받기를 원하는 게 아닌가 싶기도 하다. 밝고 피처럼 붉은 겉옷은 딱 맞고 뻣뻣하며, 단추를 다 채우면 목 너무 위쪽까지 올라온다. 목을 조르는 깃을 조금이라도 느슨하게 하려고 애를 쓰느라 나는 야단법석을 떤다.

"재미없지, 응?"

팔리가 빙긋 웃는다. 그녀는 목깃을 열고 접기까지 했다.

옷이 나를 위해 특별히 제작된 것임을 거울을 보고 알아차린다. 헐렁한 상의를 입고, 일자바지는 부츠에 밀어 넣는다. 나는 좀 더 각진 체형으로 보인다. 이 옷이 전혀 파티 드레스가 아니라는 점은 분명하다.

반짝반짝하게 빛나는 단추를 빼면 내 군복에는 장식이 없다. 배지도, 휘장도 없다. 나는 한 손을 가슴의 매끈한 천에 대고 쓸어 본다.

"나도 마침내 계급이라는 걸 받은 건가?"

나는 팔리를 흘긋 바라보며 묻는다. 민중의 회랑에서처럼 팔리는 목깃에 세 개의 정사각형 장군 배지들을 달고 있지만, 가짜 메달과 장식들은 사라졌다. 칼 앞에서 격식을 차리는 건 아무 쓸모 없다. 누가 더 잘 알겠는가.

그녀는 뒤로 누우며 천장을 바라본다. 다리를 꼰 채, 발을 달랑달랑 흔든다.

"이등병이면 괜찮을 거 같네."

나는 한 손을 심장께에 올리고 모욕받은 척한다.

"너랑 1년을 같이 했는데."

"내가 힘을 좀 써 줄 수도 있지. 추천서라도 써 줄까. 상병 정도로 올라갈 수 있도록."

"관대하기도 해라."

"킬런에게 보고 올려."

안에서 신경질적인 공포가 솟아오르는 바람에 나는 큰 소리로 웃음을 터뜨린다.

"뭘 하든 상관 없는데 그 말만큼은 개한테 하지 마."

킬런이 내게 선사할 지옥은 그저 상상만 할 수 있을 따름이다. 장난에 가짜 명령. 난 결코 그걸 당해 내지 못할 것이다.

팔리가 나와 함께 소리 내어 웃자, 짧은 금발이 후광처럼 얼굴 주위로 펼쳐진다. 팔리가 미소를 짓거나 웃음을 터뜨리는 일에 인색한 편은 아니지만, 이 웃음은 다르다. 비웃음도 아니고 날카로움에 물들어 있지도 않다. 진짜 행복이 작게 터져 나온 것이다. 요즘 우리 모두에게 매우 귀한 것이다.

팔리는 느릿하게 행동을 멈춘다. 웃음소리의 메아리는 목구멍 속으로 사라진다. 나는 보면 안 되는 뭔가를 보기라도 한 것처럼 재빨리 시선을 돌린다.

"너 어젯밤에 칼이랑 같이 있었지."

팔리의 목소리가 확신에 차 있다. 다른 사람들이 알 거라고 생각했다. 그리고 팔리도 알고 있다. 팔리의 입꼬리가 아래로 쳐지고 눈이 부드러워지면서 동정이 아닌 슬픔이 얼굴에 서린다. 아마 의심도한 줄기 비치고 있다.

"그 일로 바뀌는 건 아무것도 없어. 우리 둘 다 마찬가지야."

내가 몸을 돌리며 발끈하자 팔리는 재빨리 한 손을 들어 올린다.

"나도 알아."

동물을 진정시키는 듯한 태도다. 입술을 핥으며 단어를 신중하게 고르며 그녀의 목이 꿀꺽 움직인다.

"난 쉐이드가 그리워. 그를 데려올 수 있다면 끔찍한 일들도 저지를 수 있어. 단 하루라도 더 그와 함께할 수 있다면. 클라라가 자기 아버지와 만날 수 있다면."

손을 옆구리께에 동그랗게 만 채로 발을 쳐다본다. 볼이 붉어진 것이 느껴진다. 팔리가 나를 믿지 않기 때문에 오는 수치심. 그리고 우리 모두가 오빠를 잃은 것에서 오는 분노, 깊은 슬픔, 후회도.

"난……."

그녀는 벌떡 일어서더니 성큼성큼 거리를 좁힌다. 팔리는 단단하게 내 어깨를 붙들고 내가 자신의 흉터 진 얼굴을 들여다보게 한다.

"너는 나보다 훨씬 강하다는 말을 하려는 거야, 메어."

팔리는 눈을 빛내며 속삭인다. 그 말들이 안으로 스며들 때까지

긴 시간이 걸린다.

"그에게 관해서라면 말이지. 다른 거 말고."

그녀는 긴장감을 깨뜨리며 재빨리 덧붙인다.

나는 작고 억지스럽게 키득거리며 동의한다.

"다른 거 말고. 뭐, 사람들을 감전사시키는 것도 빼고 말이지."

팔리는 넓은 어깨를 으쓱하기만 한다.

"뭐, 누가 알겠어? 나도 그건 아직 시도도 못 해 봤는데."

$$* * *$$

오션 힐의 알현실은 항구로 향하는 길을 따라 선 푸른색 지붕과 하얀색 벽들을 내려다보고 있다. 커다란 창문들은 왕의 의자 너머로 호를 그리고, 늦은 오후의 금색 햇살이 회의실에 넘실댄다. 마치 이 순간이 현실이 아닌 듯, 꿈결 같은 분위기를 풍긴다. 어쩌면 눈을 떠 보면 아직 프로빈스 섬으로 출발하기 전인 오늘 아침의 어둠 속일 것 같다는 생각도 든다. 이토록 쉽게 전쟁에서 이기기 전으로, 이토록 쉽게 생명이 거래되기 전으로.

그 후 칼은 살린 아이럴에 대해서는 아무 말도 하지 않았지만 그럴 필요도 없었다. 그 기억이 그를 얼마나 짓누를지 이해할 수 있다. 실각했지만 그래도 귀족인 사람이 칼의 형제를 받아 내는 대가로 물에 잠긴 채 죽어 갔다. 칼에게는 쉽게 넘어가기 어려운 일일 것이다. 하지만 티베리아스 7세를 보면, 아무도 그렇게 말할 수 없을 것이다.

그는 다이아몬드유리로 만들어진 자기 아버지의 왕좌에 우뚝 솟은 채로 앉아 있는데, 선홍색과 검은색에 얽혀 불꽃 그 자체처럼 보인다. 창문 때문에 그의 윤곽선이 빛나 보인다. 그의 호위 중 하나가 헤이븐 섀도우라서 권력과 힘의 이미지를 만들어 내기 위해서 빛을 조절하고 있는 건 아닌가 싶을 정도다. 확실히 효과가 있다. 그는 자기 아버지만큼 왕으로 보인다. 메이븐이 결코 그러지 못했던 것과는 다르게.

경멸스러운 광경이다. 번쩍이는 왕좌, 머리에 얹은 간단한 왕관까지. 자신의 할머니 것처럼 적금색이다. 철보다는 훨씬 훌륭하다. 좀 더 우아하다. 덜 폭력적이고. 전쟁이 아니라 평화를 위한 왕관이다.

팔리와 나는 데이비슨과 몬트포트 수행원들과 함께 왕좌의 왼쪽에 나란히 앉는다. 칼의 오른쪽에는 아나벨이, 누구보다도 왕좌에 가까운 자리를 차지하고 앉아 있다. 그녀의 근처에는 사모스 하우스가 또 다른 왕 주변에 몰려 있다.

볼로 사모스가 강철과 진주빛 금속으로 된 자기 왕좌를 얼마나 긴 시간을 들여서 만들었을지 궁금하다. 은색과 하얀색이 복잡하게 얽여 있고, 새카만 돌들이 간간이 번뜩이며 박혀 있다. 저 의자를 만드느라 사모스 왕이 몇 시간씩 낭비하고 있는 모습을 상상하자 입술이 비틀린다. 화려하게 꾸미는 것에 대한 은혈의 집착은 항상 놀랍다.

자기 아버지 옆에 있는 에반젤린은 이상할 정도로 초조해 보인다. 보통 그녀는 남을 지켜보거나 반대로 자신을 지켜보는 시선을 즐기며 이런 일들을 기쁘게 받아들이곤 한다. 한데 지금 에반젤린은 침착하게 앉아 있지 못하고, 손가락을 꼬며 주름진 드레스 아래로 한 발을 가볍게 두드리고 있다. 그녀가 무얼 알고 있는 것인지 혹은 무엇을 의심하고 있는지 궁금하다. 데이비슨의 제안은 아닐 것이다. 우리에게 그녀가 필요하다는 확신이 생기기 전까지는 데이비슨이 그 제안을 펼쳐 보이지 않을 테니까. 그럼에도 홀 안을 이리저리 살펴보는 에반젤린의 회색 눈동자가 바쁘다. 그녀의 시선은 손님맞이용 공간을 향해서 활짝 열려 있는, 이 회의실 맨 끝에 위치한 높은 문으로 계속 되돌아간다. 안을 조금이라도 들여다보고 싶은 마음에 은혈과 적혈 들이 그 문밖에서 어슬렁거리고 있다. 공포가 몸을 휘감는 기분이다. 에반젤린은 그리 쉽게 겁을 먹는 부류가 아니다.

하지만 줄리언이 익숙한 팔에 손을 얹고 왕족 포로를 이끌고 홀로 들어오자 그 모든 것이 재빨리 머릿속에서 지워진다. 선명한 웅성거림이 뒤따른다. 회의실 문이 흔들리면서 쿵 하는 소리를 내며 닫힌 뒤, 이곳과 다른 공간들이 분리되고 나서야 조용해진다. 칼은 관중을 원하는 사람이 아닐 뿐더러 자기 형제의 운명을 결정하는 순간에는 보는 눈을 두지 않는 편이 낫다는 걸 알 정도로는 머리가 있다.

이번에는 메이븐도 발을 헛디디지 않는다. 그는 손목이 묶여 있음에도 머리를 똑바로 높게 들고 있다. 날카로운 눈과 그보다 더 날카로운 발톱을 지닌 채 우리를 살펴보는 매나 독수리가 생각난다. 하지만 그는 어떤 위협도 되지 않는다. 팔찌들 없이는 그렇다. 이곳의 누구도 그의 명령을 듣지 않을 때는 그렇다. 그를 뒤따라오는 경비들은 르롤란으로, 칼과 아나벨에게 충성한다. 메이븐이 아니라.

아무리 메이븐이라고 해도 여기서 벗어날 방법은 없어 보인다.

그들은 칼의 발치에서 몇 미터 떨어진 곳에서 멈춘다. 아나벨이 옆에 서며 긴 그림자를 드리운다. 그녀는 산 채로 메이븐의 껍질을 벗길 듯한 눈빛으로 천천히 그를 살펴본다.

"너의 왕께 무릎을 꿇어라, 메이븐."

죽음 같은 고요가 자리한 회의실에 아나벨의 목소리가 메아리친다.

메이븐은 머리를 기울인다.

"아니, 난 그렇게 생각 안 해요."

갑자기 나는 다른 캘로어 왕을 바라보고 있던 또 다른 궁전으로 되돌아간다. 메이븐은 서 있었지만 나는 그의 옆에 무릎을 꿇고, 양 손은 족쇄를 찬 채 등 뒤에 묶여 있었다. 그가 우리 모두를 배신하고 자신이 진정으로 어디에 속해 있는지를 드러냈을 때였다.

왕자님, 날 일으켜 줘요.

아니, 난 그렇게 생각 안 해.

메이븐 캘로어는 자신의 말을 신중하게 고르는 사람이다. 지금도 그렇다. 그 말에 아무 의미가 없을 때조차, 그에게 어떤 권력이 남지 않았을 때조차 메이븐은 우리에게 고통을 선사한다.

왕좌에 앉은 칼이 어두운 얼굴로 한 손을 주먹 쥔다. 내 안에서 자라나는 괴물이 메이븐을 조각조각 찢어 버리라고 애원하는 걸 느낄 수 있다. 메이븐을 없애 버리라고. 그 욕망을 부인할 수 없지만, 그래도 이겨 내야 할 것이다. 내가 제정신일 수 있게. 인간성을 유지할 수 있게.

"원하면 서 있도록 해. 그게 네가 서 있는 *자리*를 바꾸는 건 아니지. 더불어 내가 지금 앉아 있는 자리도."

마침내 긴장을 풀면서 칼이 말한다. 그는 전혀 메이븐을 신경 쓰지 않는 것처럼 한 손을 흔든다.

"지금 말이지. 그러게. 형이 거기 오래 앉아 있을 것 같진 않아."

메이븐이 자기 말의 의미를 신중하게 강조하며 대답한다. 그의 눈이 번뜩인다. 얼음처럼 차갑고 푸른 불꽃처럼 뜨겁다.

"그건 네가 걱정할 바가 아니야. 너는 반역과 살인죄를 저질렀다. 일일이 열거하기 어려울 정도로 수많은 범죄를 저질렀어. 그럴 생각조차 안 들 정도로."

메이븐은 눈을 굴리며 그저 조소할 따름이다.

"수고롭지는 않겠어."

칼은 간단한 미끼를 물 정도는 아니다. 그는 그 모욕을 가볍게 넘긴다. 대신 몸을 기울이고 자문이나 친구에게 상담을 받는 듯한 태도로 데이비슨을 돌아본다.

"프리미어, 그대의 나라라면 그가 어떤 형벌을 받게 되겠습니까?"

칼이 솔직하고 매력적인 얼굴로 묻는다. 결속력을 보여 주기 위한 아주 훌륭한 쇼다. 이 모든 게 칼이 보여 주고자 하는 이미지다. 파괴하기보다는 하나로 모으는 왕. 피로 인한 분열을 거부하고 적혈에게 충고를 구하는 은혈.

벌써 그 결과가 드러난다.

자기 왕좌에서 볼로가 입을 삐죽이면서 짜증 난 새가 깃털을 부풀리는 것처럼 망토를 부스럭댄다. 메이븐은 재빨리 그걸 알아차린다.

"저걸 받아들이려는 건가, 볼로? 적혈 다음에 제2인자로 서는 것?"

메이븐은 흥얼거리듯 말한다. 유리를 자르듯 날카로운 웃음소리가 메아리친다.

"사모스 집안은 어디까지 떨어지려는 건지."

칼처럼 볼로도 메이븐의 조롱에 넘어갈 마음이라고는 눈곱만큼도 없다. 그는 크롬을 덮은 팔을 차분하게 팔짱 낀다.

"내게는 왕관이 있지, 메이븐. 너도 그런가?"

메이븐은 대답 대신 경멸을 표하며 한쪽 입술을 썰룩거린다.

"사형입니다. 우리는 반역죄는 사형으로 다스립니다."

프리미어 데이비슨이 몸을 앞으로 숙이며 단호하게 말한다. 몰락한 거짓 왕의 모습을 더 잘 보기 위해서 움직이며, 그는 의자의 팔걸이에 팔꿈치를 기댄다.

칼이 티나지 않게 눈을 깜빡인다. 그는 몸을 볼로 쪽으로 기울인다.

"전하, 리프트 왕국에서라면 그를 어떻게 처분하겠습니까?"

볼로는 이를 부딪히며 재빠르게 대답한다. 에반젤린처럼, 그도 윗송곳니를 은으로 씌웠다.

"사형이오."

칼은 고개를 끄덕인다.

"팔리 장군?"

"사형."

그녀가 턱을 치켜들며 대답한다.

메이븐은 그 말들에는 신경도 쓰지 않는 듯한 태도다. 놀라지도 않은 것 같다. 그는 프리미어나 팔리, 볼로에게는 주의를 기울이지 않는다. 심지어 나에게조차. 그의 머릿속을 휘감고 있는 뱀은 한 사람에게만 시선을 꽂고 있다. 메이븐은 눈도 깜빡하지 않고 작게 가슴만 위아래로 오르내리면서, 자기 형을 뚫어져라 올려다보고 있다. 피가 반만 섞이긴 했지만, 그들이 얼마나 닮았는지 잊고 있었다. 피부색이나 머리색 말고, 그들의 불길이 그렇다. 단호하고 투지가 넘친다. 둘의 부모의 작품이다. 칼은 그의 아버지의 꿈대로 자랐고, 메이븐은 그의 어머니의 악몽대로 자랐다.

"그래서 어쩔 건데, 형?"

메이븐이 간신히 들을 수 있을 낮고 조용한 목소리로 묻는다.

칼은 망설이지 않는다.

"네가 나한테 하려고 했던 그대로 정확히 하려고."

메이븐은 다시 웃음을 터뜨리려고 한다. 대신 그의 입에서는 짧은 숨이 튀어나온다.

"그럼 나 경기장에서 죽는 거야?"

왕은 머리를 저으면서 대답한다.

"아니, 난 네가 마지막 순간을 부끄럽게 보내는 걸 지켜볼 생각은 없어. 빨리 끝날 거야. 네게 그 정도는 베풀 수 있다."

그건 농담이 아니다. 메이븐은 전사가 아니다. 경기장에서는 1분도 버티지 못할 것이다. 하지만 메이븐은 칼이 제공하려는 것을 받을 자격이 없다. 정의의 철퇴가 아니라 작은 자비라니.

"정말 귀족적이네, *티베리아스*."

메이븐이 쏘아본다. 다음 순간 더 나은 방법이라도 생각났는지 메이븐의 얼굴이 맑아지며 눈을 크게 뜬다. 남은 음식이라도 달라고 구걸하는 개가 생각난다. 자기가 뭘 하는지 정확하게 알고 있는 개.

"부탁 하나 해도 돼?"

그 말에 칼은 눈을 치켜뜨다시피 한다. 그는 순수하게 조롱이 남긴 표정을 메이븐에게 고정한다.

"한번 해 봐."

"날 어머니 곁에 묻어 줘."

그 부탁이 내게 구멍을 낸다.

회의실 반대편에서 누군가가 숨을 들이켜는 소리를 들은 것 같은 데, 아마도 아나벨 같다. 흘긋 바라보자 아나벨은 한 손을 입 위에 올리고 있다. 눈만큼은 냉정할 정도로 건조하다. 칼은 왕좌의 팔걸이를 양손으로 꽉 움켜쥔 채, 뼈처럼 하얗게 질려 있다. 그의 시선이 흔들리며 아주 짧은 순간 떨어지지만, 다시 억지로 자기 동생을 바라본다.

엘라라의 시체가 어떻게 처리되었는지 나는 모른다. 내가 마지막으로 아는 사실은, 그 시체가 우리가 버리고 온 턱 섬에서 진홍의 군대의 손에 떨어졌다는 것뿐이다.

시체들의 섬. 오빠의 것과, 그녀의 것이.

"그 정도는 해 줄 수 있어."

마침내 칼이 중얼거린다.

하지만 메이븐은 끝나지 않았다. 그는 한 걸음을 딛는데, 앞으로가 아니라 옆으로다. 내게로. 전력으로 바라보는 시선에 의자에서 나가떨어질 것 같다.

"그리고 나는 어머니가 돌아가셨던 방법으로 죽고 싶어."

그는 여분의 담요를 달라는 듯한 어조로 평이하게 말한다.

너무 놀라서 아무 생각도 할 수가 없다. 그저 충격 때문에 입을 벌리지 않도록 턱을 단단하게 악물고 버틸 뿐이다.

"그대의 분노로 갈기갈기 찢겨서……."

계속 말을 잇는 메이븐의 눈은 무시무시하다. 잊을 수 없을 듯하다. 속이 불길처럼 후끈거린다. 쇄골의 낙인이 불타는 것 같다.

"또한 그대의 증오 속에서."

내 안에서 괴물이 울부짖는다. *지금 당장이라도 그렇게 해 줄게. 내가 이 모든 일의 시작을 도왔어. 내가 끝내는 것이 당연하겠지.* 칼과 마찬가지로 나는 손가락을 구부린다. 손톱이 의자를 파고든다. 나 자신을 다잡고, 내면에 집중하려고, 번개를 계속 붙들어 두려고 애를 쓰지만, 심장 박동 한 번이면 폭풍처럼 터질 것만 같다. 그의 마지막 유혹에 넘어가진 않을 테다. 그게 바로 이 모든 짓의 목적이니까. 독 한 방울을 더 뿌리고, 마지막으로 썩은 손길을 휘감고, 자기가 손아귀에 넣기 전까지 나였던 사람을 최후까지 타락시키는 것. 그는 내 안의 어떤 부분이, 아주 큰 부분이 이걸 원한다는 걸 알고 있다. 그리고 그의 감옥과 사랑이라는 고문에서부터 가까스로 회복하는 중인 나를, 이 일이 어떻게든 망가트릴 거라는 사실 역시 안다.

그를 죽여, 메어 배로우. 그를 영원히 끝내 버려.

그는 내 결정을 기다리며 나를 올려다본다. 다른 이들도 마찬가지이다. 왕인 칼조차 한마디도 하지 않는다. 전처럼 그는 내가 선택하고 싶어 하는 길이 무엇이든 그 길을 선택하게 두려는 것이다.

어떤 이유에선지 존이 떠오른다. 내 운명에 대해 말했던 시어가. *일어나라, 홀로 일어나라.* 그 운명이 이미 바뀐 것인지, 아니면 이렇게 내가 그 운명을 바꾸는 것인지 궁금하다.

천천히 나는 고개를 젓는다.

"난 너의 끝이 아니야, 메이븐. 그리고 너도 내 끝이 아니고."

메이븐은 굳은 듯이 보인다. 눈부터 입술까지 내 얼굴을 샅샅이 살피는 눈이 흔들린다. 메이븐은 내가 마음을 바꾸길 기다리는 것처럼 아주 오랫동안 침묵한다. 나는 흔들리지 않으려고 이를 악문 채로 꿋꿋하게 버틴다. *번개에는 자비 따위 없지.* 나는 한때 그렇게 말했다. 하지만 번개는 그저 내 안의 일부일 뿐이다. 나는 번개에 지배되지 않는다.

내가 번개를 지배한다.

"좋아."

메이븐은 거부당한 것에 분노하며 억지로 뱉는다. 내 안의 괴물을 누르는 힘을 느끼며 작은 승리감을 만끽한다. 그는 발끝으로 돌아서 다시 칼과 얼굴을 맞댄다.

"그렇다면 총알로 해 줘. 검도 좋아. 원한다면 머리를 잘라. 형이 무얼 고르든 관심 없으니까."

이 시련을 견디는 동안 칼의 손에서는 꾸준히 힘이 빠진다. 왕의 가면이 미끄러져 내린다. 그가 벌떡 일어나서 이 방을 걸어 나가 버리지는 않을까 하는 생각도 반쯤 든다. 하지만 그건 그가 할 행동이 아니다. 항복하거나 약한 부분을 드러내지 말라. 어린 시절부터 뼛속 깊이 주입된 것이다.

"빨리 끝날 거야."

그게 그가 망설이며 말한 전부다.

"그 말은 이미 했잖아."

메이븐은 심술쟁이 아이처럼 받아친다. 그의 뺨이 은색으로 물든다. 아나벨이 양손을 맞잡으며 형제를 비교해 본다. 둘 사이의 긴장감이 치솟으며 전기가 흐르는 전선처럼 탁탁거린다. 나는 메이븐이 칼의 신경을 긁어 자기를 단숨에 죽이도록 유도하는 게 아닐까 싶어진다.

"경비들, 반역자와의 이야기는 끝났네."

아나벨이 고압적인 자세로 말한다.

결정을 내리는 일을 전적으로 칼의 손에 남기면서.

나도 모르게 메이븐을 바라본다. 그는 이미 나를 바라보고 있다.

칼은 선택하지 못해.

그는 나에게 수도 없이 그렇게 말해 왔다. 나 또한 그 말의 진실성을 무척이나 다양하고 고통스러운 방법을 통해 배웠다. 메이븐이 사라진다고 해도, 칼은 계속해서 마음을 굳히지 못하고 망설일 것이다. 메이븐은 바로 이 점 때문에 칼이 형편없는 왕이 될 거라고 했었다. 그를 돕는 다른 누군가에 의존하는, 끈에 매인 왕이 되거나. 동의할 수밖에 없다. 메이븐은 짐승일지는 모르겠으나 멍청이는 아니다.

르롤란 경비들은 그를 강제로 돌려세우더니 어깨를 붙들어 회의실 밖으로 밀어낸다. 줄리언이 함께 가지 않을까 생각했지만 그는 회의실에 남아서 왕좌 뒤로 움직인다. 그는 손을 깍지 낀 채로 생각에 잠긴 채 침묵한다. 발걸음 소리만이 방에 울린다. 그 소리가 메이븐이 쫓겨나는 동안 메아리친다. 다시 그를 보게 될 일이 있을지 궁금하다. 메이븐의 죽음을 지켜보는 일을 내가 감당할 수 있을까.

거대한 문이 흔들리며 닫히자, 나는 긴 숨을 내쉬며 몸을 조금 무너뜨린다. 위층으로 올라가서 낮잠을 자는 것 외에 더 바랄 게 없다.

칼도 똑같은 기분이리라는 생각이 든다. 그는 일어나려고 왕좌에서 몸을 움직인다.

"이 정도면 우리가 할 일의 결론이 될 것 같군요."

피로로 한계에 이른 목소리로 그가 말한다. 위태로운 동맹이 아니라 충성스런 자문 위원회에게 의견을 구하기라도 하듯, 왕은 우리를 둘러보는 시늉을 한다. 자신이 그런 역할을 연기하면, 모두가 따라주리라 생각하는 듯하다.

행운을 빌어.

아나벨 왕비는 빠르지만 부드럽게, 한 손을 칼의 팔에 올려 움직임을 제지한다. 칼은 그녀의 손길에 가만히 있지만 동요한다.

"전하의 대관식에 대해서도 결정을 내려야 한답니다. 가능한 빨리 거행해야겠지요, 내일 당장이라도요. 호들갑 떨 필요는 없습니다. 공식적이기만 하면 될 겁니다."

아나벨은 차분한 미소를 지으면서 그에게 상기시킨다. 칼은 짜증이 난 것처럼 보인다. 자기 할머니가 그를 유모처럼 돌보는 것 때문일 테다.

뒤질세라 볼로는 수염 난 턱을 괸다. 아주 가벼운 동작이지만 주의를 집중시키는 분명한 신호다.

"그리고 뉴 타운을 안정시키는 문제도 남아 있소이다. 전하의 결혼식은 말할 것도 없고."

그가 칼과 에반젤린을 번갈아 바라본다. 아주 잘 훈련받은 자제심이 아니었다면, 두 사람 다 불편한 티를 내거나 더 심하게는 토하지 않았을까 싶다.

"몇 주는 준비해야겠지만……."

나는 다른 주제에 관심이 간다.

"뉴 타운 문제라는 것을 설명 좀 해 주시겠습니까?"

나는 볼로에게로 몸을 돌리며 묻는다. 나를 쏘아보는 볼로의 회색 눈동자가 혐오감으로 거의 시커먼 색을 띈다. 팔리가 내 옆에서 입술을 꿈틀하지만 재빨리 중립적인 무표정을 짓는다.

볼로가 무슨 말을 뱉거나 내 무례함에 고함을 지르기 전에 아나벨이 나선다.

"그 부분은 지금 논의할 필요는 없소."

그녀는 여전히 칼의 팔에 손을 올린 채 대답한다.

내가 사모스 왕을 자극할 것을 걱정하는 빛으로 칼이 나를 바라본다. 그는 그만두라는 듯 입술을 꾹 다물고 눈썹을 찌푸린다.

그럴 순 없지, 캘로어.

"지금 해야 할 것 같은데요. 다른 어떤 것보다도 우선해서."

그들 모두를 향해 말하는 내 목소리는 은혈들이 내게 주었던 무기인 메리어나 타이타노스의 것처럼 강하고, 선명하고 차갑게 울린다.

칼이 한쪽 눈썹을 치켜올린다.

"예를 들어?"

프리미어가 목청을 가다듬더니 급하게 계획하고 연습도 거의 하지 못한 자기 역할을 맡는다. 하지만 데이비슨은 노련한 정치인이자 외교관이다. 그의 말의 어떤 부분도 사전에 계획된 것처럼 들리지 않는다. 그는 능숙하게 연기하고, 능란하게 말한다.

"피에드몬트 동맹은 언급할 것도 없고 레이크랜즈와 브라켄 왕자가 노르타를 그냥 내버려 둘 가능성이 거의 없는 것은 분명하지요."

그는 은혈 왕족 모두를 향해서 바로 연설을 시작한다. 특히나 반드시 포섭해야 하는 대상인 칼을 향해서 말이다.

"노르타는 다시 하나가 될 테지만, 여러분의 나라는 격렬한 전쟁으로 약해져 있습니다. 나라의 가장 큰 요새 중 두 곳이 무력화되거나 파괴되었지요. 여러분은 이 나라의 귀족 가문들이 동맹을 간청하며 자기들이 가진 자원을 제공하기를 기다리는 중이고요. 센라 여왕이 이런 기회를 놓칠 사람으로는 보이지 않습니다."

칼은 약간 몸을 이완시킨다. 그의 어깨에서 끝도 없는 긴장이 덜어진다. 적혈 차별보다야 레이크랜즈 쪽이 좀 더 쉬운 주제이니까. 칼은 이게 그저 재미있는 게임이라는 것처럼, 추파라도 던지는 태도로 윙크를 날리며 나를 흘깃 본다. 이것은 그렇기는커녕 3명의 사냥꾼이 늑대를 구석으로 모는 쪽에 가깝다.

그가 감사를 담아 끄덕이며 말한다.

"맞습니다. 동의합니다. 그리고 우리의 동맹이 굳건할수록, 우리는 노르타를 남이든 북이든 어떤 침략에서든 방어할 수 있을 겁니다."

데이비슨은 고요한 표정을 유지하며 그저 손가락 하나만 기울인다.

"그 문제 말입니다만."

마음의 준비를 한다. 발이 오그라든다. 열기가 가슴속에서 치솟는다. 아무것도 기대하지 말자고 스스로에게 속삭인다. 나는 칼이 어떻게 말할 것인지 예측할 수 있을 정도로 그를 매우 잘 알고 있다. 그럼에도 불구하고, 그가 바뀔 수도 있다는, 내가 그를 바꾸었을지도 모르겠다는 아주 가느다란 희망이 존재는 한다. 어쩌면 칼은 그저 이 모든 싸움에 지쳤을 수도 있다. 그의 종족이 만들어 낸 악을 먹이로 자라난 이 모든 사태에 질렸을 수도 있다.

칼은 프리미어가 바라는 곳까지 따라오지 않지만, 아나벨은 그를 똑바로 바라본다. 아나벨의 눈이 뱀처럼 가느다래진다. 아나벨의 뒤에서는 볼로가 우리를 못으로 겨냥해 꿰뚫어 버릴 것처럼 보고 있다. 내게서 가장 가까운 곳에서, 다른 사람들에게는 보이지 않는 자세로, 데이비슨이 한 손을 늘어뜨린다. 그 손이 희미하게 푸른색으로 빛나며 어떤 공격으로부터든 우리를 방어할 준비를 한다. 그의 표정에는 아무 변화가 없고, 목소리 역시 침착하고 확고하다.

"이제 전하의 형제가 물러났고 전하께서 이 나라를 다스릴 준비가 되셨으니, 다른 제안을 드릴까 합니다."

"프리미어?"

칼은 여전히 이해하지 못했거나 이해하고 싶지 않은 듯하다.

볼로와 아나벨에게서 뿜어져 나오는 적나라한 격노 탓에 망설여진다. 나는 데이비슨처럼 한 손을 늘어뜨리고 속으로 번개를 부른다.

데이비슨은 은혈 왕과 왕비가 대놓고 그를 쏘아보고 있음에도 불구하고 계속 말한다.

"몇 년 전에, 몬트포트 자유 공화국은 오늘날과는 다른 모습이었습니다. 우린 왕국과 영주들의 집합체였고, 은혈들이 다스리는 곳이었죠. 현재 여러분의 나라가 그렇듯이요. 내전이 산을 휩쓸었지요."

그가 지금 하는 말을 들었던 적이 있음에도 불구하고, 새삼 등골이 오싹하다.

"평화는 상상도 할 수 없었죠. 적혈들이 은혈들의 전쟁 때문에, 은혈들의 자부심 때문에, 은혈들의 권력 때문에 죽어갔습니다."

"익숙한 얘기네요."

나는 칼에게 시선을 고정한 채 중얼거린다. 그의 반응을 가늠해 보려고 하는데, 칼은 아주 미세하게 얼굴만 꿈틀거릴 뿐이다. 입술은 꾹 다물고 어두운 눈썹은 구부러진다. 턱에 단단하게 힘이 들어가고, 숨을 내뱉는다. 그림을 읽어 내리거나 노래에서 냄새를 맡는 것과 비슷한 작업이다. 절망적이고 불가능하다.

프리미어는 탄력을 받는다. 그는 이 일을 즐긴다. 노력을 통해 실력을 키웠다.

"이것이 바뀐 건 오직 봉기를 통해서였습니다, 성장하는 아든트의 지원을 받은 적혈의 동맹이 일으킨. 현재 우리가 이룬 민주주의 국가로 나라가 다시 태어날 수 있을 거라는 말에 동조한 은혈들의 지원도 있었습니다. 희생이 뒤따랐습니다. 너무 많은 목숨이 희생되었죠. 하지만 십몇 년이 지난 후에, 우리는 더 나아졌습니다. 그리고 매일 더 나아지고 있지요."

만족감에 젖은 데이비슨이 아나벨과 볼로의 얼굴에 분명하게 떠오른 죽일 듯한 표정을 무시한 채로 몸을 뒤로 기댄다.

"나는 당신이 같은 일을 이루려고 노력하면 좋겠습니다, 칼."

칼.

그가 왕관을 쓴 채로 왕좌에 앉아 있는데 그 이름을 사용하는 것에는 분명한 의미가 담겨 있다. 칼조차 그 점만큼은 알아차린 것 같다. 그는 한 번, 두 번 눈을 깜빡이며 마음을 가라앉힌다.

칼이 무슨 말을 꺼내기 전에 팔리가 이 연극에서 자기 역할을 연기하고픈 열망에 가득 찬 채 몸을 칼에게 향한다.

팔리의 네모난 장군 배지들이 날카롭게 번뜩이며, 칼의 얼굴에 빛을 반사한다.

"다시 오지 않을 기회야. 노르타는 비틀거리며 다시 세워 달라고 애원하고 있다고."

팔리는 데이비슨처럼 훌륭한 연설자는 아니지만, 그렇다고 아마추어도 아니다. 진홍의 군대는 수개월 전 자기들의 대변인으로 그녀를 골랐다. 그들이 팔리를 선택한 데에는 이유가 있다. 팔리는 세상에서 가장 차가운 심장조차 휘저을 만큼의 불길과 믿음을 지니고 있다.

"함께 노르타를 다시 세우도록 하자, 새롭게."

아나벨이 자기 손자가 말을 꺼내기도 전에 쉿쉿대면서 입을 연다.

"*그대의* 나라 같은 것으로 말인가, 프리미어? 그리고 어디 보자, 영광스러운 새 국가를 만들도록 수고를 보태겠다고 하겠지? 어쩌면 노르타를 다스리는 일도 돕겠다고 할 수도 있겠구먼?"

아나벨은 무시무시할 정도로 정밀하게 가시 돋친 말을 쏘아 보낸다. 필요한 만큼 의심의 씨를 심는 것이다. 그것이 땅에 떨어지며 칼의 눈에 그늘을 드리운다. *과연 저 씨앗이 뿌리를 내릴 것인가?*

데이비슨의 자제심이 조금 흔들린다. 그는 불쾌한 미소를 보인다.

"내게도 봉사할 고국이 있습니다, 전하. 내게 그 봉사가 *허락되는* 한 말이지만요."

볼로가 공허한 웃음을 흘린다. 메이븐의 웃음보다도 기분 나쁘다.

"그대는 우리가 왕좌를, 우리가 몸 바친 모든 것을 포기하길 원하는가. 혈통을 저버리고 우리의 가문과 우리의 아버지들과 할아버지들을 배반하라?"

아나벨이 쏘아본다.

214

"그 할머니들도 마찬가지고."

아나벨이 작게 욕한 것 같기도 하다.

벌떡 일어나고 싶기는 하지만 계속 앉아 있는다. 이 일이 육체적인 쪽으로 악화되는 건 현명치 못하다.

"그럼 *우리*는 무엇을 위해 몸 바친 건가요, 볼로?"

나는 말한다. 볼로는 나를 돌아보는 것조차 격에 떨어진다는 듯이 군다. 내 분노에 더 불을 붙일 뿐이다. 그건 내게 몹시 유용하다.

"우리가 뭘 위해서 피를 흘렸는데요? 다시 지배받을 권리를 위해? 빈민가에 갇히고 징병제에 묶인 채 우리가 탈출한 삶으로 돌아가기 위해서? 이게 옳은 건가요? 그게 공정합니까?"

스스로를 억제하는 힘이 느슨해진다. 말을 하는 내내 점점 역력하게 목구멍을 조여오는 느낌을 무시하며 억지로 나를 다잡는다. 이 세상을 잔혹하게 만들고 유지해 온 사람들에게 이 말을 큰 소리로 뱉는 일에는 기이한 효과가 있다. 울어 버리거나 폭발할 것 같은 기분인데, 둘 중 어느 쪽으로 기울어질지는 나도 모르겠다. 아나벨의 어깨를 붙들거나 볼로의 목을 쥐고, 그들이 저지른 일과 계속 이어 나가기를 원하는 것들을 강제로 보고 듣게 하고 싶다. 하지만 만약 저들이 계속 눈을 닫고 있겠다면? 아무리 봐도 뭐가 잘못인지 알아차리지 못한다면? 더 이상 무얼 해야 할까?

사모스 왕이 혐오에 차서 나를 비웃는다.

"이 세상은 옳지도 공정하지도 않다, *계집*. 누구라도 적혈로 태어난 자라면 그걸 알 거라고 생각되는군."

그가 콧방귀를 뀐다. 그 옆의 에반젤린은 시선을 바닥에 고정하고 입을 다문 채 가만히 있다.

"너희들은 우리와 동등하지 않아, 아무리 애를 쓴다고 해도. 그게 본질이다."

칼이 확 타오르는 눈빛으로 마침내 침묵을 깨고 날카롭게 말한다.

"볼로, 조용히 하세요."

어떤 작위도, 친절함도 없이. 하지만 볼로의 말을 부인한 것도 아니다. 그가 걸어가는 길이 무엇이든 그것은 시시각각 가늘어지는 중이다.

"당신이 정확히 요구하는 바가 뭡니까, 프리미어?"

칼은 우리가 직접 말했으면 하는 것이다.

"내 요구가 아닙니다."

데이비슨이 나를 쳐다보며 대답한다.

칼도 나를 바라본다. 그의 황동빛 시선이 온전히 내게로 향한다. 나도 모르게 그를 훑는다. 양손에서부터 이마 위의 왕관까지. 그라는 존재의 모든 것을.

나는 망설이지 않는다. 너무 많이, 너무 오래 나는 살아남았다. 그 모든 일을 함께 겪었으니 칼은 놀라지 말아야 할 것이다.

"왕위에서 물러나. 그렇지 않으면 우리가 물러날 테니까."

칼의 목소리는 고르다. 감정이 전혀 묻어 있지 않다. 어떤 충격도 느껴지지 않는다.

그는 이 일이 올 것을 알고 있었다.

"그대는 동맹을 끝내려는 거야."

데이비슨은 고개를 한 번 끄덕인다.

"몬트포트 자유 공화국은 우리가 벗어난 것과 같은 왕국을 만드는 일에는 아무 관심이 없습니다."

자부심에 차서, 팔리도 크게 밝힌다.

"마찬가지로 진홍의 군대도 지지할 수 없다."

칼이 있는 쪽에서 열기가 아주 작게 진동하는 것이 느껴진다. 나쁜 신호다. 그가 마침내 분별 있게 행동할지도 모른다는 희망을 한숨과 함께 놓아 보낸다. 내 한숨이 아주 잠깐이지만 칼의 주의를 끈다. 그에게도 나와 같은 상처가 있다는 것이 충분히 잘 보인다. 아주작은 구멍이라, 내가 캘로어 형제들에게서 받은 상처에 비교하자면시시할 지경이지만.

칼이 데이비슨을 돌아보며 치솟는 분노를 다른 이에게로 돌린다.

"그래서 당신은 우리를 레이크랜즈와 피에드몬트에게 남겨 두겠다는 거군요. 내가 왕이 되는 것보다 저 왕국과 왕자들이 당신들에게 좋지 않은데도?"

그는 격노한 나머지 말을 더듬다시피 한다. 칼이 이 일을 어떻게든 모면해 보려고 하는 것이, 우리를 여기 붙들어 두기 위해서 최선을 다하는 것이 너무나 뻔히 보인다.

"당신이 말한 것처럼, 우리는 지금 약한 상태입니다. 손쉬운 먹잇감이라고요. 당신들의 군대가 없다면……."

"적혈 군대들 말씀이시죠. 신혈들과."

프리미어가 냉랭하게 상기시킨다.

"그럴 수 없어요."

칼이 직설적으로 대꾸한다. 그는 아무것도 없는 양 손바닥을 내민다. 그는 제공할 만한 것이 없다.

"그렇게 끝낼 수는 없어요. 지금은 이렇게는 아닙니다. 때가 오면 달라질 수도 있겠지만, 지금의 하이 하우스들은 왕이 아닌 존재에게 무릎 꿇지 않을 겁니다. 우린 조각조각 날 겁니다. 노르타는 존재하지 않게 되겠죠. 피할 수 없는 전쟁을 준비하는 동시에 *정부의 모든 방식을 바꿀 만한 시간은 없⋯⋯.*"

"시간을 만들어야지."

팔리가 말을 끊는다.

칼의 키, 떡 벌어진 체구, 왕관, 제복, 전사와 왕처럼 보이도록 그러모은 모든 것들에도 불구하고, 칼은 결코 어린아이 이상으로는 보이지 않는다. 그는 우리를 둘러본다. 나로부터 자기 할머니와 볼로까지 훑는다. 후자 쪽은 그에게 한숨 돌릴 틈도 주지 않은 채 똑같이 맞춘 듯한 찡그린 표정을 새기고 있다. 칼이 우리 말을 듣는다면 저들은 거부할 것이다. 동맹의 다른 쪽이 부서져 나가겠지.

칼의 뒤에서 눈에 띄지 않게 있던 줄리언이 머리를 숙인다. 그는 누구에게도 아무 말도 하지 않고 그저 입을 다물고 있다.

볼로가 은색 수염 사이를 그의 치명적인 손으로 쓸어내린다. 눈이 번뜩인다.

"노르타의 은혈 군주들은 타고난 권리를 포기하지 않을 것이다."

번개처럼 빠르게 팔리가 자기 의자에서 튀어 오른다. 그녀는 인상적이게도 볼로의 발에 대고 침을 뱉는다.

"그게 내가 생각하는 너의 타고난 권리다."

정말 심히 놀랍게도, 사모스 왕은 충격을 받아 침묵에 빠진다. 그는 입을 떡 벌리고 얼빠진 얼굴로 팔리를 바라본다. 사모스 왕이 저렇게 할 말을 잃은 모습은 결코 본 적이 없다.

"쥐새끼들은 바뀌는 법이 없지."

아나벨이 분노에 차서 말한다. 그녀는 한 손으로 의자 팔걸이를 두드리며 명명백백하게 위협한다. 그렇다고 그게 팔리에게 그다지 영향을 미친 것 같진 않다.

칼은 했던 말을 반복한다. 그의 목소리는 거의 중얼거림에 가깝다. 사냥꾼들이 그를 구석으로 몰아넣은 것이다.

"그럴 수는 없습니다."

천천히, 최종적으로, 데이비슨이 의자에서 일어난다. 나도 그의 행동을 따라 한다.

"그럼 죄송하지만 우리는 떠나야겠습니다. 정말로요. 나는 당신을 친구라고 생각합니다."

우리를 번갈아 쳐다보며 칼의 눈이 방황한다. 칼이 느끼는 슬픔을 알 수 있다. 똑같은 감정이 내 안에도 있다. 우리는 동시에 납득한다. 이것이 우리가 걸어가겠다고 선택했던 길이다.

"나도 압니다."

칼이 대꾸한다. 그의 목소리가 좀 더 낮아진다.

"그리고 내가 최후통첩에 좋은 반응을 못 보인다는 건 당신도 알 겁니다. 그게 우호적이든 아니든 간에요."

경고.

우리에게뿐만이 아니다.

우리의 믿음과 목표 아래에 동맹을 맺은 적혈들은 함께 열을 이루고 물러난다. 붉은색과 녹색의 제복 아래, 우리들의 장밋빛, 진홍색 피부가 부드럽게 닿는다. 돌로 조각된 것처럼 움직이지 않는 차가운 은혈들, 눈은 살았으나 심장은 죽은 동상들을 뒤로한 채 우리는 떠난다.

"행운을 빌어."

살며시 어깨 너머로 마지막 눈길을 던지며 나는 가까스로 말한다. 내가 가는 모습을 지켜보며 칼도 마찬가지로 화답한다.

"행운을 빌어."

코르비움에서 그가 왕관을 선택했을 때, 나를 홀로 심연으로 떨어지도록 남겨 둔 채 누군가 세계를 앗아 가는 것 같다고 생각했다. 이번은 그때와 같지 않다. 내 심장은 이미 부서졌다. 하룻밤에 그걸 다시 기워 붙일 수야 없다. 이 상처는 새롭지 않고, 이 아픔도 낯설지 않다. 칼은 자신의 입으로 그렇다고 말했던 사람 그대로다. 아무것도, 누구도 그를 바꿀 수 없다. 나는 그를 사랑할 수 있다. 아마도 항상 그럴 것이다. 하지만 칼이 가만히 머물러 있겠다 결정했을 때 나는 그를 움직이게 만들 수 없다. 나 역시 똑같다 말할 수 있을 것이다.

걸어가면서 팔리가 날카롭게 상기시키듯 내 손을 살짝 민다. 우리의 마지막 요구는 아직 완성되지 않았다.

나는 다시 몸을 돌려 그를 향해서 얼굴을 기울인다. 그래야 하는 모습으로 보이기 위해서 애를 쓴다. 단호하고 치명적이며, 은혈 왕에게 있어서 불가피한 몰락의 원인이 되는 존재. 하지만 여전히 메어이자 그가 사랑하는 소녀로. 그의 마음을 돌리려 애쓰는 적혈.

"적어도 적혈들이 빈민가를 떠날 수 있게 내버려 둬 술래?"

내 옆에서 팔리가 나머지 내용을 부르짖는다.

"징병도 멈추고?"

우리는 아무것도 기대하지 않는다. 아마도 그는 슬픔의 무언극을 펼치거나, 그런 일들이 얼마나 불가능한지 한 차례 비극적인 설명을 늘어놓을 것이다. 어쩌면 아나벨이 방에서 우리를 쫓아낼 수도 있다.

하지만 칼은 오른편의 은혈들을 돌아보지도 않고 말한다. 그들의 조언 없이 결정을 내린다. 그의 안에 저런 면이 있다는 걸 결코 몰랐다.

"적정한 임금을 주겠다고 약속할게."

나는 큰 소리로 비웃을 뻔하지만, 칼은 계속 말을 잇는다.

"적정한 임금을."

볼로의 얼굴이 핼쑥해진다. 역겹다는 표정이다.

"이동을 제한하지는 않을 거야. 원하는 곳에서 자유롭게 살고 일하면 돼. 군대도 마찬가지일 거야. 적정한 임금과 적정한 복무 기간을 줄게. 강제 징병은 없을 거야."

이번에 허를 찔리는 쪽은 나다. 나는 눈을 깜빡이고는 머리를 숙이는 수밖에 없다. 그도 똑같은 자세를 돌려준다.

"그렇다니 정말 고마워."

나는 억지로 뱉는다.

"우린 또 다른 전쟁을 앞두고 있습니다."

그의 할머니가 분개하며 팔걸이를 철썩 치며 누군가는 레이크랜즈의 위험성을 상기시킬 필요가 있다는 듯이 경멸을 표한다.

나는 미소를 숨기려 몸을 돌린다. 옆에서 팔리도 똑같이 한다. 우리는 칼의 묵인에 기쁘게 놀란 채로 시선을 교환한다. 큰 계획 속에서는 이건 거의 의미가 없다. 공허한 약속일 수도 있고, 계속 이어지지도 않을 것이다. 하지만 적어도 한 가지 목적에는 부합한다.

은혈들 사이를 이간질시키는 것. 이미 불안정한 동맹에 틈을 만드는 것. 칼이 유일하게 남겨 준 것.

뒤에서 아나벨을 설득하는 칼의 목소리가 위험한 기색을 띤다.

"나는 왕입니다. 그것들은 내 명령입니다."

아나벨의 대답은 속삭임에 가까워서, 문이 열렸다가 닫히면서 내는 소리에 묻힌다. 우리 앞의 손님맞이용 연회장은 아까처럼 붐비고 있다. 새 왕과 조각조각 이어 붙인 그의 자문단을 한번 보기라도 해 볼까 하는 열망에 차서 이리저리 고개를 돌리고 있는 귀족과 병사들로 가득하다. 팔리와 데이비슨은 부관들에게 우리 결정을 전달한다. 하버베이와 노르타를 떠날 시간이다. 제복 목깃의 단추를 풀고 뻣뻣한 천에 구애받지 않고 편히 숨을 쉴 수 있도록 재킷을 열어젖힌다.

킬런만이 나를 기다리고 있었다. 그는 빠르게 다가온다. 회담이 어떻게 흘러갔는지 굳이 묻지도 않는다. 우리가 침묵 속에서 밖으로 나왔으니 충분한 대답이다.

"망할."

빠르고 단호하게 걸어가면서 그가 낮고 거친 소리를 뱉는다.

나로서는 딱히 더 챙길 짐은 없다. 모든 옷이 빌린 것이거나 쉽게 다시 살 수 있는 것들이다. 내가 하버베이에 올 때 입고 있던 옷들도 그렇다. 귀걸이를 제외하면 개인적인 소지품은 없다. 그리고 몬트포트에는, 상자에 넣어서 치워 둔 그 귀걸이가 있다. 그 붉은색의, 내가 결코 버릴 수가 없었던 그것. 아직까지도.

그걸 가져왔더라면 좋았을 것이다. 그의 방에, 내가 잠들었던 베개에 두고 갈 수 있게.

알맞은 작별이었을 것이다. 내가 지금 해야만 하는 일보다 더 쉬웠을 테고.

나는 거대한 계단을 내려가 각자의 방으로 향하는 팔리와 데이비슨에게서 떨어져 나온다.

"밖에서 몇 분 뒤에 만나요."

나는 두 사람에게 말한다. 양쪽 다 내 결론이나 의도에 의문을 품지 않고, 그저 손을 흔들고 고개를 끄덕이며 나를 보내 준다.

킬런은 같이 가자는 말을 기다리며 첫 번째 계단을 디딘 채 망설인다. 그는 결코 그 말을 듣지 못할 테지만.

"너도 가. 오래 안 걸릴 거야."

나는 중얼거린다.

에메랄드 조각처럼 단단한 킬런의 녹색 눈이 좁아진다.

"그놈 때문에 망가지지 마."

"걔가 줄 수 있는 상처는 이미 다 받았어, 킬런. 메이븐은 어떤 것도 부술 수 없어."

나의 거짓말에 그는 만족한 채 안심하고 몸을 돌린다.

하지만 항상 더 부서질 것은 남아 있기 마련이다.

＊ ＊ ＊

경비들은 내가 손잡이를 돌릴 수 있게 옆으로 비켜선다. 겁을 먹거나 마음이 바뀌지 않도록 재빨리 그 일을 해치운다. 그가 갇혀 있는 곳은 감옥이 아니라 고층부 구석에 있는 훌륭한 응접실로, 바다를 면하고 있다. 침대는 없고 의자 몇 개와 누울 수 있는 긴 소파뿐이다. 그는 오늘 오후에 죽을 수도 있었으니 잠을 잘 때 필요한 것들이 소용없었겠지. 아니면 그저 침대가 아직까지 준비되지 않은 것일 수도 있다.

그는 커튼을 닫으려는 사람처럼 한 손을 올린 채 창문 앞에 서 있다. 내가 다시 문을 닫자 그가 등을 보인 채 중얼거린다.

"쓸모없어. 빛이 다 들어와."

"그게 네 소망 아니었어? 빛 속에 머무는 것?"

몇 달 전, 내가 그의 포로였을 때, 이런 방에 사슬에 매인 채로 그저 창문만 바라보며 망가져 가던 때 메이븐이 했던 말들을 나는 메아리처럼 읊는다.

"우리는 참 기이하게 대칭적이야, 안 그래?"

메이븐이 느긋한 미소를 지으며 방을 가리켜 보인다. 그 상황에 소리 내어 웃을 뻔한다. 대신 양손을 자유롭게 두고 번개를 부를 준비를 한 채 안락의자에 몸을 묻는다.

여전히 창가에 서 있는 메이븐을 본다. 그는 움직이지 않는다.

"캘로어 왕들의 감옥 취향이 비슷한가 보지."

"그건 아닐 것 같은데. 하지만 이곳처럼 훌륭한 감옥은 우리가 애정을 표현하는 방법이거든. 사랑할 수밖에 없는 포로들을 향한 작은 자비 같은 거지."

그의 선언은 내게 아무 의미도 되지 않는다. 무시할 수 있을 정도로 아주 미약한 통증이 가슴 깊이 느껴진다.

"칼이 너한테 느끼는 감정이랑 네가 나한테 느끼는 감정이랑은 아주 달라."

메이븐은 어둡게 소리 내어 웃는다.

"그러길 바라."

그는 양손으로 커튼을 훑는다. 메이븐은 내 상의를 보고, 그다음 지금은 셔츠에 가려져 있는 쇄골을 바라본다. 낙인은 감춰져 있다.

"언제야?"

덧붙이듯 묻는 그의 목소리가 부드럽다.

처형.

"모르겠어."

또 한 번의 더럽혀진 웃음소리. 그는 양손을 등 뒤로 겹쳐 잡은 채로 방 안을 서성이기 시작한다.

"저 위대한 위원회께서 결정을 내릴 수 없었다는 의미야? 참 쉽게 예측할 수 있는 사람들이야. 하지만 그 덕분에, 너희들이 의견을 모을 때까지 나는 아주 장수하겠다 싶은데? 특히나 바로 옆에 사모스가 있는 경우라면 그렇겠지."

"네 할머니도 있잖아."

메이븐이 날카롭게 대꾸한다.

"나한테는 할머니가 없어. 너도 그 말을 직접 들었잖아. 그녀는 내 혈육이 아니야."

그 기억에 메이븐은 기분이 상한 모양이다. 빠르고 고르게 몇 걸음을 걸어 바닥을 가로지르던 그가 다시 돌아선다. 차분한 외관에도 불구하고, 지금 이 순간 메이븐은 가느다란 실에 매달려 있으며 미친 것처럼 보인다. 활활 타오를 듯한 불길이 번뜩이는 두 눈을 들여다보지 않으려고 애를 쓴다.

"여기서 지금 뭐 하려는 거지? 이거 꼭 말하고 싶은데, 너를 놀리는 게 네가 *내* 포로였을 때의 반만큼도 즐겁지 않은걸."

나는 흔들리는 눈으로 그를 살피며 어깨를 으쓱한다.

"넌 내 포로가 아니야."

"칼의 포로든, 네 포로든. 그게 무슨 차이가 있다고 그래?"

메이븐이 한 손을 흔든다.

엄청난 차이가 있지. 익숙한 슬픔이 차오른다. 나도 모르게 인상을 쓰고 만다. 내 무관심한 가면 아래로 그가 그 사실을 알아차린다.

"아."

메이븐이 방 한가운데에서 멈추며 중얼거린다. 두개골을 뚫고 그 안의 뇌를 들여다볼 수 있는 것처럼, 메이븐이 강렬하게 나를 바라본다. 그의 어머니가 하던 방식대로. 하지만 내가 무슨 생각을 하는지, 그의 형이 무슨 짓을 저질렀는지 깨닫기 위해서 메이븐이 내 마음을 읽을 필요도 없다.

"그러니까 결론을 내렸구나."

"딱 하나지."

나는 속삭인다.

메이븐이 앞으로 한 발 딛는다. 여기서 위험한 사람은 나이지 그가 아니다. 메이븐은 신중하게 내 사정거리 밖에 머무른다.

"맞춰 볼게. 너희 적혈들이 형에게 선택권을 줬지? 몇 달 전에 네가 형에게 줬던 것과 같은 선택지를?"

"비슷해."

그의 입술이 휘면서 이를 드러낸다. 하지만 미소는 아니다. 어떤 일이 있었든 그는 물리적이든 아니든 내 고통을 즐기지는 않는다.

"형이 널 놀라게는 못 했겠네, 그렇지?"

"응."

"좋아. 내가 얼마나 많이 말했어? 칼 형은 명령을 따라. 자기가 죽을 때까지 아버지 소망을 따르려고 할걸."

말하는 내내 그는 거의 사죄하는 듯한 모습을 보인다. 심지어 후회하는 것 같기도 하다. 자기 형이 그렇게 되었다는 사실에 미안해한다. 칼도 같은 *기분이리라*고 확신한다.

"형은 결코 변하지 않을 거야. 너를 위해서도 그렇고, 다른 누구를 위해서도 그렇고."

메이븐처럼, 나 또한 남을 상처 주기 위해서 무기까지 들 필요는 없다. 그저 말이면 된다.

"그건 사실이 아냐."

나는 메이븐의 눈을 똑바로 바라보며 말한다.

메이븐은 머리를 기울이고, 내가 호되게 혼나는 아이라도 되는 것처럼 혀를 찬다.

"지금쯤은 그걸 배웠으리라고 생각했어, 메어. 누구든 누구라도 배신할 수 있어. 그리고 형은 너를 이미 한 번 배신했잖아."

그는 한 걸음 다가온다. 이제 우리 사이에는 몇 걸음만이 남아 있다. 내 폐에서 흘러나오는 공기를 맛보려고 애쓰는 사람처럼 메이븐이 거칠게 숨을 쉬는 소리가 들린다.

"형이 어떤 존재인지 인정이 안 돼?"

메이븐이 웅얼거린다. 거의 애원처럼 들린다. 죽은 사람의 마지막 요청.

나는 턱을 치켜든 채 그와 계속 눈을 맞춘다.

"그냥 다른 사람들이랑 마찬가지로, 그에게도 결점이 있는 거지."

메이븐이 으르렁거리는 목소리가 가슴 깊이에서 울린다.

"형은 은혈 왕이야. 짐승, 겁쟁이. 결코 움직이지도 않고 바뀔 수도 없는 돌 같은 거라고."

그건 사실이 아냐. 나는 머릿속으로 되뇐다. 지금까지 몇 달 동안 그 점을 증명받았긴 했지만, 몇 분 전을 생각하면 또 아니다. 그의 할머니가 어깨에 매달려 있는 상황에서 칼이 선택했던 순간. 적정한 임금. 징병 중단. 아주 작아 보이는 발걸음이지만 매우 거대한 것이기도 하다. *수 킬로미터를 가기 위한 몇 센티미터.*

"하지만 칼은 변화하고 있어."

나는 차분한 목소리로, 이 말을 필요 이상으로 길게 끈다. 나는 그를 조롱하고 있다. 내가 말하는 내내 메이븐은 창백한 얼굴로 움직이지도 못한다.

"우리가 필요한 것보다는 느리지만, 그래도 내 눈에는 보여. 그가 될 수도 있는 존재의 희미한 빛이. 그는 자기 자신을 다른 사람으로 만들어 가고 있어."

마침내 메이븐의 가면에 난 금이 보이기 시작한다. 나는 시선을 낮추고 말한다.

"네가 그걸 이해할 거라고는 생각 안 해."

메이븐이 분노에 차서 이를 악문다. 조금 혼란스러워 보인다.

"왜?"

"왜냐하면 네게 일어난 모든 변화가 너의 것이 아니었으니까."

면도날처럼 날카로운 말들이 굴러떨어지며 지나는 곳을 베어 낸다. 메이븐이 움찔하며 빠르게 눈을 깜빡인다.

"상기시켜 줘서 고맙네. 그게 꼭 필요했거든."

나는 마지막 칼날을 뽑아내어 그의 심장 깊이 박아 넣을 준비를 한다. 아주 짧게 스쳐 지나가는 감각에 불과할지라도, 그가 잃어버린 조각 하나를 느끼게 만들어 줄 것이다.

"칼이 너를 고칠 수 있는 사람을 찾았던 것 알아?"

메이븐의 입이 나를 속일 수 있거나 자신이 영리해 보일 수 있는 말을 찾아 열렸다 닫힌다. 그는 가까스로 더듬을 뿐이다.

"뭐, 뭐라고?"

"몬트포트에서 그는 프리미어에게 위스퍼와 비슷한 신혈을, 네 어머니가 저지른 일들을 되돌릴 수 있을 정도로 강력한 능력을 지닌 아든트를 찾아 달라고 했었어."

메이븐의 안에서, 분노나 갈구 저편에서 짧게 번뜩이는 감정에 아플 지경이다. 그 감정들은 표면으로 올라오려고 발버둥치지만, 엘라라가 했던 일들이 그것들을 꽉 누르고 있다. 귀를 기울이느라 느슨한 그의 얼굴이 차분해진다.

"하지만 그런 사람이 아무도 없었어. 그리고 그런 이들이 존재했다고 한들, 너라는 존재를 바꿀 수는 없었을 거야. 나는 그 사실을 한참 전에, 내가 너한테 포로로 잡혔던 시절에 깨달았지. 하지만 네

형 칼은 오늘까지도, 네가 정말로 사라졌다는 걸 믿지 않았어. 직접
네 눈을 들여다볼 때까지 말이야."

추락한 왕은 내 맞은편의 의자에 느릿하게 앉는다. 다리는 쭉 늘
어트리고, 뻣뻣하던 몸에 힘을 풀면서 메이븐이 무너진다. 망연자실
한 얼굴로 그는 한 손으로 곱슬거리는 검은 머리카락을 그러쥔다.
칼과, 그의 아버지와 꼭 닮은 그 머리카락을. 메이븐은 아무 말도 없
이, 아무 말도 하지 못한 채 천장을 바라본다. 유사(流沙)에 잠긴 채
빠져나오려고 발버둥 치는 메이븐을 상상해 본다. 어머니가 물려 준
난감한 본성과 맞서 싸우는 모습을. 쓸모없는 짓이다. 심장이 느끼
는 감정을 무시하기 위해서 할 수 있는 모든 일을 마친 뒤, 메이븐의
심장은 다시 돌이 되고 가느다랗게 뜬 눈은 얼음이 된다.

"빠진 조각이 있는 퍼즐을 완성하거나 산산조각 난 유리를 붙이
는 일은 불가능하지."

몇 주 전에 줄리언이 내게 했던 말을 혼잣말로 중얼거린다.

메이븐이 허리를 곧추세우며 자세를 바로 하고는 손목을 쓰다듬
는다. 팔찌를 차고 있던 자리를 만지는 것이다. 팔찌가 없으면 그는
아무 힘도 없고, 아무 쓸모도 없다. 아벤 경비들조차 필요 없다.

"센라와 아이리스가 너희를 물에 빠뜨려 죽일 거야. 적어도 그들
이 손을 뻗기 전에 나는 죽게 되겠지."

"그거 참 위안이 되네."

"난 메어 네가 죽는 건 보고 싶지 않았거든."

그 시인은 작지만 사실이다. 어떤 의도도 없다. 그저 추하고, 벌거
벗은 진실만이 남는다.

"넌 날 지켜보는 게 즐거울까?"

그 질문에는 어느 정도의 진실을 담아 대답할 수 있다.

"일부는 그렇겠지."

"그럼 나머지는?"

"아니, 즐겁지 않을 거야."

내 속삭임에 메이븐은 미소를 짓는다.

"그거면 나한텐 충분해. 내가 누릴 자격이 있는 것 이상으로 훌륭한 작별 인사야."

"그럼 내가 누릴 자격이 있는 건 뭔데, 메이븐?"

"우리가 너에게 준 것보다 더 나은 것."

그 말의 의미를 내가 묻기도 전에 문이 열린다. 연합 정부의 일원이 아니니만큼 나를 내쫓을 경비원이 있으리라 생각하며 몸을 일으킨다. 그 대신에 팔리와 데이비슨이 우리를 지켜본다. 팔리는 칼이 일으킬 수 있는 불길보다 더 이글거리는 눈빛으로 메이븐을 쏘아본다. 그녀가 메이븐을 산 채로 껍질을 벗길 수도 있겠다 싶다.

"팔리 장군."

메이븐이 느릿느릿 말한다. 메이븐은 자기 형이 감히 그 일을 벌이기도 전에 팔리가 저지르도록 몰아붙이려는 것일지도 모르겠다. 그녀는 대답 대신 짐승처럼 으르렁거린다.

데이비슨은 좀 더 공손하게, 누군가 다른 이를 방으로 안내한다. 그제야 나는 그의 뒤로 복도가 텅 비어 있고 문을 지키던 경비들도 사라졌다는 것을 깨닫는다.

"방해해서 미안합니다."

프리미어가 몸짓을 하자, 그의 동행인인 몬트포트의 신혈 아레조가 방으로 들어온다. 나는 혼란에 빠져서 그녀를 향해 눈을 깜빡이지만 그건 아주 잠깐이다.

그녀는 텔레포터다. 쉐이드 오빠처럼. 그리고 아레조가 손을 뻗는다.

"우리 모두 갈 시간입니다."

데이비슨이 우리를 번갈아 보면서 한숨 쉬듯 말한다.

아레조가 손목을 쥐는 순간 나는 움직인다. 그녀가 붙든 사람이 나 혼자만은 아니다.

방이 사라지고 아무것도 없을 때까지 쥐어짜이는 느낌이 오기 전, 나는 메이븐을 본다. 초 단위로 창백해지는 그의 하얀 얼굴을. 메이븐의 푸른 눈이 드문 충격으로 커다래진다. 아레조는 메이븐의 손목을 잡고 있다.

제27장

에반젤린

적혈들이 없으니 알현실은 왜인지 텅 비고, 더 춥게 느껴진다.

칼이 내일 즉위식을 치를 수 있을 거라고 생각한다면 아나벨은 멍청한 인간이다. 어리석고, 욕심만 가득한 여인이다. 어떤 노르타의 왕도 수도가 아닌 곳에서 왕관을 쓴 역사가 없다. 아케온으로 떠나기 전, 하버베이를 안정시킬 때까지 며칠은 걸릴 것이다. 메이븐에게 충성했던 하이 하우스들의 문제도 있다. 다시 나라의 힘을 합치기 위해서는 그들이 무릎을 꿇고 칼에게 충성 맹세를 하고 즉위식에 참석해야 할 것이다. 물론 나는 이런 생각 중 아무것도 입 밖에 내지 않는다. 스스로 알아내라지. 불안정한 티베리아스 왕에게는 결혼을 준비할 시간이 거의 없을 테니까.

불행하게도 그에게는 줄리언 제이코스가 있다. 그 싱어 귀족은 지금껏 자기가 말했던 것보다 더 정치에 능숙하다. 그는 아나벨의 말을 멈추게 한 뒤 즉위식 전에 일주일 정도는 기다리자고 제안한다. 칼은 이 문제와 다른 문제에 있어서 줄리언의 의견을 기쁘게 받아들인다.

지금 이 순간에도, 칼은 전쟁과 사후 처리에 지친 얼굴로 왕좌에 앉아 있다. 대부분은 후자와 관련된 일 때문일 것이다. 그는 메어가 돌아오기를 바라며 계속 문을 흘끔거린다. 한 시간은 된 것 같다. 메어와 메어의 동행인들은 아마도 지금쯤 멀리 떠나서 몬트포트의 저 먼 산악 지대로 달아나는 중일 것이다. 메어의 가족이 거기서 기다리고 있다. 메어는 기쁘게 그들에게로 돌아갈 것이다. 나도 그렇게 할 수 있다면, 리프트로 달아날 수 있다면 좋겠다.

아니면 몬트포트로. 내면의 목소리가 속삭인다. 사람들의 인영이 머릿속을 스친다. 프리미어와 그의 남편이 저녁 식사 자리를 주재하던 모습이다. 손을 맞잡고, 느긋하고 자신감 넘치는 모습으로. 자신들이 어떤 존재인지 허락받은 채로. 나는 관자놀이에 한 손가락을 대고, 두개골을 두드리는 낮고 둔한 통증을 떨치기 위해 마사지를 한다. 지금으로서는 모든 것이 불가능해 보인다.

일레인은 알현실에는 없지만, 그래도 가까이 있다. 그녀는 우리 부모님과의 여행에 괴로워하면서 오늘 오후에 도착했다. 이 알현실에서 슬쩍 빠져나가서 그녀와 시간을 보내고 싶은 마음에 몸이 근질댄다. 내게 얼마나 많은 시간이 남아 있는지 모르겠다.

"포고령을 내보내겠습니다."

칼의 옆에 선 채 양손을 맞잡고 줄리언이 말한다. 적혈들이 없으니 알현실의 높은 연단이 아주 재미있게도 한쪽으로 치우친다.

"하이 하우스의 귀족들은 일주일이면 수도로 호출될 것입니다. 전하께서는 기다리면서 기쁘게 그들을 맞이하십시오. 그 뒤에 전하는 왕위에 앉으실 수 있을 겁니다."

줄리언은 전혀 신나지 않는 듯 말한다.

칼이 간신히 알아볼 정도로 고개를 끄덕인다. 그저 이 모든 일을 끝내고 싶은 것이다. 그는 아나벨의 황동색 눈동자가 이제 줄리언에게 고정되어 있다는 것도 알아차리지 못한다. 두 사람 모두 부모의 관심을 겨루는 아이들처럼, 왕의 귀를 차지하고 그의 눈에 들고 싶은 마음을 품었다. 나는 아나벨 쪽에 걸겠다. 그녀는 좀 더 궁중에 걸맞은 속내를 지녔으니까. 자기 손자를 쥐고 있는 손길을 위협하는 자라면 그게 누구든 제거해 버릴 수 있는 뚝심도 있고.

칼에게 묶인 것과 다름없는 인생을 생각하자 지쳐서 홀로 한숨을 쉰다. 한때는 왕비의 권력이라는 미끼 때문에 그 생각이 신날 때도 있었다. 일레인이 나를 변화시켰다고 생각하고 싶지만, 나는 그 이전부터 일레인을 사랑하고 있었다. 내 명령을 따르고 내 계략을 실현시키던 은혈 귀족 소냐 아이럴처럼, 일레인 역시 그런 장기 말에 불과하다고 스스로에게 말하던 때부터. 아주 오랫동안. 전쟁이 나를 바꿨다. 전에는 경험한 바 없던 공포를 내 안에 불어넣었다. 나에 대한 공포가 아니라, 프톨레무스 오빠와 일레인에 대한 공포다. 내가 가장 사랑하는 이들. 그들을 보호하기 위해서라면 살인도 불사할 수 있다. 그들을 안전하게 곁에 둘 수 있다면 무엇이든 희생할 수 있다. 왕관의 맛을 본 지금은, 왕관은 그것과는 비교도 안 된다는 것을 안다.

아버지와는 이 감정을 함께할 수 없다. 아버지께서는 내가 의무를 저버리도록 두지 않으실 것이다.

아나벨과 줄리언이 한 거래의 마지막 부분에 대한 내 의심에 대해서는 아버지께는 언급하지 않았다. 아마 내가 틀렸을 수도 있다. 센라 여왕과 아이리스는 살린 아이럴에 만족하면서 복수의 한 방울에 대한 대가로 기꺼이 왕을 넘겨주었을 수도 있다.

그게 사실이 아닌 걸 너도 알잖아.

두 사람 중 누구도 바보가 아니다. 그런 작은 보상을 받고자 그렇게 큰 대가를 지불했을 리가 없다.

왜냐하면 진짜 보상은 네 아버지거든.

곁눈질로 아버지를 바라본다. 크롬 갑옷을 입고 계신 아버지의 어깨는 자부심 넘치고 꼿꼿하다. 윤이 나는 갑옷에 내 모습이 비칠 정도다. 다크 서클을 숨기기 위해 한 어두운 화장이 눈 주위로 테를 두르고 있다. 크게 뜬 채 휙휙 움직이는 눈동자는 무엇인가를 두려워하는 듯 보인다. 어제 많은 가문의 일원이 죽는 와중에도 오빠와 나모두 살아남을 수 있을 정도로, 나는 충분히 잘 싸웠다. 아버지께서는 그것에 대해 일언반구 없으셨다. 당신의 자녀, 당신의 유산이 살아남았다는 것에 기쁘다는 기색이 일절 없으셨다. 볼로 사모스는 우리가 태어난 강철처럼 단단하고 온통 날카롭다. 아버지의 턱수염조차 수학적으로 완벽하게 손질되어 있다. 나는 아버지의 색조, 아버지의 기질, 그리고 아버지의 갈망을 물려받았다. 하지만 지금 우리는 서로 다른 것들을 갈망한다. 아버지는 가능한 많은 권력을 원하신다. 나는 자유를 원한다. 나 스스로의 운명을 원한다.

불가능한 것을 원한다.

"자, 왕실 결혼식 문제 말인데……."

아나벨이 말을 시작하자 더 참을 수가 없다.

"실례합니다."

나는 누가 돌아보든 신경 쓰지 않고 불쑥 말하고는 걸어간다. 굴복하는 기분이다. 하지만 아무도, 심지어 아버지조차 나를 멈춰 세우지 않는다. 아무도 한마디도 하지 않는다.

큰 계단에 닿기 전에 어머니께서 길을 막아서신다. 어머니께서는 분노에 차서 당신이 부리시는 뱀들처럼 쉭쉭거리신다. 어떻게 이렇게 조그마한 여인이 복도 전체를 막을 수 있는 것인지, 난 아마 결코 이해하지 못하리라.

"안녕하셨어요, 어머니. 걱정 마세요, 전 괜찮아요. 제 몸엔 긁힌 상처 하나 없어요."

나는 웅얼거린다.

어머니께서는 손을 흔들어 안부를 받아친다. 아버지처럼, 어머니께서도 내가 어제 죽음에 직면했었다는 걸 걱정하거나 신경 쓰시는 기색은 없다.

"참으로 이러기니, 에반젤린."

어머니께서는 보석 장식을 한 양손을 허리에 얹으면서 훈계하신다. 오늘 어머니의 선택은 엷은 녹색 옷이다. 어머니의 코가 가볍게 쩡긋거린다. 어머니는 온전히 나에게 관심을 쏟지 않는다. 아직도 저 알현실을 지켜보고 있는 쥐를 신경 쓰시는 거다.

"너는 패트리어트 요새의 벽도 오를 수 있는데 저 간단한 회의도 참기 어렵니?"

나는 전투를 되새기지 않으려고 애를 쓰면서 몸을 떤다. 약간 노력을 들여서, 나는 그 기억을 밀어내어 비웃음을 담아 말한다.

"시간 낭비는 즐기기 어려워서요."

어머니는 특유의 방식으로 눈을 치켜뜨신다.

"네 결혼식을 논의하는 게?"

"거기 어디 논의랄 게 있나요? 제가 할 말 따위는 없는데 제가 거기 있든 없든 그게 무슨 상관이죠? 톨리 오빠가 나중에 무슨 일이 있었는지 전부 말해 줄 텐데요. 아버지의 명령 전부를요."

나는 악취미처럼 마지막 말을 뱉어 내고 만다.

어머니께서 위험스럽게 몸을 긴장시키며 뱀처럼 또아리를 틀듯 하신다.

"너는 꼭 이게 무슨 벌이라도 되는 것처럼 행동하는구나."

나는 턱을 든다. 내 분노에 맞춰 드레스의 강철 실들이 팽팽해진다.

"아닌가요?"

어머니께서는 내가 당신을 때리면서 혈통 전체를 모욕한 것처럼 양손을 내던지듯 쳐드신다.

"이해할 수가 없구나! 이게 네가 원하는 것이자 일생 내내 준비했던 것이잖니."

그 맹목적인 관점에 웃음밖에 안 나온다. 어머니께서 얼마나 많은 눈을 부리며 세상을 들여다보실 수 있을진 모르겠지만, 결코 내 눈을 통해서는 세상을 보지 못할 것이다. 내 웃음소리는 적어도 어머니를 불편하게 만드는 데는 성공한다. 나는 어머니의 이마에서부터 보석을 박아 넣어 꽃이 핀 듯 땋은 머리로 시선을 옮긴다. 라렌티아 바이퍼가 왕비의 역할을 제대로 수행하지 못한다고는 누구도 말할 수 없다. *이 모든 것이 그것을 위한 것이다.*

"왕관 어울려요, 어머니."

나는 한숨처럼 속삭인다.

"주제 바꾸지 마, 이브."

거리를 좁히면서 어머니는 몹시 노한 채 말씀하신다. 불러일으킬 수 있는 온기를 몽땅 동원해서, 어머니께서는 포옹하기라도 할 듯 양손을 내 팔 위로 올리신다. 나는 뿌리라도 박은 듯 움직이지 않는다. 천천히, 어머니의 손가락이 위아래로 움직이며 맨살을 문지른다. 내게 익숙하지는 않지만, 일반적인 어머니들이 할 법한 행동으로 보인다.

"거의 끝났어, 아가."

아니, 아니에요.

의도적으로, 나는 어머니의 손길에서 물러난다. 어머니의 손은 파충류나 다름없이 차갑다. 차라리 공기 쪽이 더 따뜻할 정도다. 어머니는 그 갑작스러운 움직임에 상처 입은 듯 보이시지만 더 다가오지는 않으신다.

"목욕을 좀 하러 가야겠어요. 제가 씻는 동안만큼은 눈과 귀를 떼어 주세요."

어머니께서는 입술을 꾹 다물고 어떤 약속도 하시지 않는다.

"우리가 하는 모든 일이 다 너를 위한 거야."

나는 이만 떠나기 위해서 몸을 돌려 걷는다. 드레스 자락이 나를 따라서 휙 움직인다.

"스스로에게 계속 그렇게 말씀해 보세요."

방으로 돌아오자 꽃병이나 유리, 거울 같은 것을 세게 때려서 부수고 싶은 기분이다. 금속은 아니고 유리로 된 것을. 내가 다시 붙일 수 없는 뭔가를 산산조각 내고 싶다. 대신 그 뒤의 엉망진창을 치우고 싶지는 않은 마음이 더 커서, 나는 그 마음을 억누른다. 오션 힐에는 남은 적혈 하인이 거의 없다. 더 나은 보상을 받고 직업을 유지하고 싶어 하는 몇 명만이 이 궁전에 남거나 은혈에게 고용되어 계속 시중을 들 것이다.

칼이 내린 결정의 여파가 어디까지 갈지 궁금하다. 얼마나 많은 것들이 바뀔까? 적혈의 평등 문제는 그저 내 침실의 청결만이 아니라, 더 큰 것들에 영향을 미칠 것이다.

방으로 들어가면서 창문들을 밀어젖힌다. 베이의 늦은 오후는 금빛 햇살과 향긋한 바다 바람으로 충만한 아름다운 시간이다. 거기서 위안을 찾으려고 해 보지만, 그저 더 화만 돋을 뿐이다. 높은 소리로 울부짖는 갈매기들이 나를 조롱하는 것만 같다. 목표물을 맞추는 연습도 할 겸 그중 한 마리를 꼬챙이로 꿰어 버릴까 생각해 본다. 대신에 나는 침대에 부드러운 담요를 던지고 그리로 기어간다. 목욕보다는 낮잠이 나을 것 같다. 그냥 오늘이 끝났으면 싶다.

부드러운 비단에 놓인 종이가 손에 스치는 바람에 나는 얼어붙는다.

짧고 작은 쪽지는 빽빽하고 휘어진 글씨로 쓰여 있다. 일레인의 우아하고 화려한 필기체와는 전혀 다르다. 누가 그 글씨를 썼는지 알아볼 수는 없지만, 그럴 필요도 없다. 내게 비밀 쪽지를 남길 수 있는 사람은 얼마 없다. 내 침대에 접근할 수 있는 사람은 더 적다. 숨이 막힐 듯이 심장 박동이 빨라진다.

우리에겐 진홍의 군대를 쥐라고 부를 자격이 충만하다. 그들은 정말로 벽 속에서 사는 모양이니까.

이 초대장을 직접 드리지 못하는 걸 사과드립니다. 하지만 상황이 어쩔 수 없습니다. 노르타를 떠나세요. 리프트를 떠나세요. 몬트포트로 오세요. 당신과 레이디 일레인의 자리를 준비하겠습니다. 당신은 산악 지대에서 환영받을 것이고, 바라는 대로 자유로워질 겁니다. 이런 껍데기뿐인 삶은 벗어 버리세요. 스스로를 그런 운명으로 밀어 넣지 말아요. 그 선택은 다른 누구도 아닌, 당신 손에 달렸습니다. 우리는 어떤 것도 대가로 요구하지 않을 겁니다.

이토록 노골적인 사기라니, 나는 데이비슨의 쪽지를 거의 구기다시피 한다. *아무것도 대가로 요구하지 않는다.* 내 존재가 그 자체로 선물 아닌가. 내가 없어지면, 리프트와 칼의 동맹은 위험에 빠질 것이다. 칼에게 유일하게 남은 동맹이 흔들리게 될 것이다. 데이비슨과 진홍의 군대는 그렇게 다시 칼을 손아귀에 넣으려는 것이다.

동의한다면, 방으로 차 한 잔을 요청하세요. 나머지는 우리가 알아서 하겠습니다.

—D

단어들이 불타오르면서 눈에 낙인을 찍는다. 몇 시간이나 그것을 뚫어져라 본 것 같은데, 고작 몇 분만이 흘렀을 뿐이다.

선택은 당신 손에 달렸습니다. 이것보다 더 진실에서 먼 말이 있을까. 아버지께서는 누가 그 앞을 가로막든 간에 나를 땅끝까지 추적하실 것이다. 나는 아버지의 유산이자 아버지의 투자 상품이니까.

"어떻게 할래?"

노래보다 더 달콤한, 익숙한 목소리가 묻는다.

꽃이 피듯 일레인이 방 너머 창문에 기댄 모습을 드러낸다. 여전히 아름답지만 그녀다운 반짝임이 전혀 없다. 그 모습에 마음이 아프다.

나는 손안의 쪽지를 흘깃 보고는 웅얼거린다.

"할 수 있는 건 아무것도 없어. 만약……."

아무리 일레인에게라도 그 말을 크게 뱉는 것조차 불가능하다.

"상황이 더 나빠질 거야. 나에게도, 너에게도."

나는 그녀가 방을 가로질러 오기를 열망하지만, 일레인은 움직이지 않는다. 그녀의 시선은 저 도시와 바다에 고정된 채 먼 곳을 헤맨다.

"이미 더 나쁠 수가 없는 상황이라고는 정말로 생각 안 해?"

일레인의 속삭임은 너무 연약하고 부드럽다. 심장이 아프다.

"아버지께서 널 죽이실 거야, 일레인. 아버지 생각에…… 아버지께서 우리가 이것에 얼마나 유혹을 느끼는지 알게 되시면 아버지께선 널 죽이실 거고."

나는 쪽지를 있는 힘껏 쥐면서 말한다.

그리고 톨리 오빠는 어떡해? 오빠를 혼자 이 작고 불안정한 왕국

의 유일한 왕위 계승권자로 내버려 둘 수는 없다. 쪽지에 쓰인 글자들이 흐릿해지고 빙글빙글 도는 것처럼 보인다.

나는 울고 있다. 토할 것 같은 놀라움과 함께 그 사실을 깨닫는다.

굵은 눈물이 종이 위에 하나씩 하나씩 내려앉는다. 잉크가 번지며 푸른색으로 젖어 든다.

"에반젤린, 내가 얼마나 더 오래 이렇게 살 수 있을지 모르겠어."

그 인정은 작은 진실이다. 일레인의 얼굴이 일그러지는 걸 외면해야만 한다. 나는 천천히 침대에서 일어나서 일레인을 지나쳐 걷는다. 붉은 머리카락이 시야 가장자리에서 번뜩인다. 일레인은 화장실로 나를 따라오지 않고, 내게 생각할 시간을 준다.

손은 떨리고 눈물이 끝도 없이 흐른다. 나는 어머니께 말씀드렸던 대로 한다. 욕조에 몸을 던져 넣고 쪽지 역시 물속에 빠뜨린다. 그말들이, 그 제안이, 우리의 미래가 잠겨 버리도록.

따뜻한 물에 몸을 담근 채로, 나 자신에게, 나의 비겁함에, 내 썩어 버린 삶의 모든 것에 염증을 느낀다. 나는 뒤로 머리를 젖히고 물속에 잠긴 채, 뺨 위에 여전히 생생한 눈물을 목욕물에 흘려보낸다. 수면 아래에서 눈을 뜨고 기이하게 파문이 이는 세상을 바라본다. 느릿하게 숨을 뱉으며 공기 방울이 떠다니다 터지는 모습을 바라본다. 그래도 하나는 할 수 있다. 이 모든 일 중에서 딱 하나만큼은. 그게 내 결론이다.

나는 계속 입을 다물고 있을 수 있다.

그리하여 줄리언과 아나벨이 자기들 게임을 계속할 수 있도록 말이다.

✳ ✳ ✳

저녁 식사 자리에서도 머리카락은 여전히 젖은 채다. 나는 어깨 부근에서 깔끔한 소용돌이를 이루도록 머리를 감아 둔 상태다. 얼굴도 마찬가지로 맨얼굴이다. 화장도, 치장도 없다. 평상시의 과시적 요소들은 가족들과 있을 때는 아무 쓸모도 없지만, 어머니께서 그걸 깨달으신 것 같지는 않다. 아버지의 커다란 응접실에서 저녁을 먹는 건 우리 5명뿐임에도 어머니는 공식 만찬처럼 차려입으셨다. 기름처럼 반짝이는 보라색과 녹색의 무엇인가로 만든, 소매가 길고 목이 높은 드레스를 입고 항상 그렇듯 빛이 나신다. 어머니의 왕관 역시 그 자리에 그대로, 땋은 머리카락 속에 잘 엮여 있다. 아버지께서는 지금으로서는 왕관을 굳이 쓰실 필요가 없다. 뭘 입든 입지 않든 아버지는 다른 이에게 위압감을 준다. 프톨레무스 오빠처럼 아버지는 우리의 은색과 검은색으로 된 아무 장식이 없는 옷만 간단히 입으셨다. 그 옆에 자리한 일레인은 차분해 보인다. 그녀의 눈은 건조하고 텅 비어 있다.

나는 지난 두 개의 코스 요리가 나오는 동안 그랬던 것처럼 침묵을 지킨 채, 음식을 깨작거린다. 부모님께서 충분히 떠들고 계시고, 프톨레무스 오빠가 이따금 여기저기 한두 마디를 끼워 넣는다. 전처럼 토할 것 같은 기분이 들며 불편함에 속이 뒤틀린다. 부모님과 그분들이 내게 원하는 것 때문에, 내가 일레인을 엄청나게 상처 입히고 있기 때문에, 그리고 또 내가 저지른 일 때문에. 나는 침묵의 대가로 아버지를 불행한 결말로 밀어 넣을 수도 있다. 아버지의 왕국까지도. 하지만 그 말을 밖으로 뱉을 수가 없다.

"오션 힐의 주방에서 젊은 왕의 새로운 선언에 반기를 드는 중인 것 같은걸."

어머니가 접시의 음식을 아무렇게나 다루며 논평하신다. 맛있는 코스 요리들은 단조롭고 단순한 식사로 대체되었다. 가볍게 양념을 한 평범한 닭고기에 야채, 삶은 감자, 그리고 묽은 소스 같은 것들로. 누구라도 준비할 수 있는 간단한 식사다. 심지어 나도 할 수 있겠다. 궁의 적혈 요리사들이 작별을 고한 게 아닌가 싶다.

아버지께서는 사납고 흉악하게 닭고기를 두 조각으로 써신다.

"오래 못 갈 거야."

아버지께서는 그렇게만 말씀하신다. 신중하게 고른 단어들이다.

"왜 그렇게 생각하세요?"

귀중한 후계자인 톨리 오빠는 아버지께 어떤 질문을 던져도 위협을 당할 걱정이 없는 드문 권리의 소유자다.

그렇다고 그게 꼭 아버지께서 대답을 주신다는 뜻은 아니다. 아버지께서는 얼굴을 찡그린 채 맛도 없는 고기를 계속 썹으시면서 아무 대답도 하지 않으신다.

내가 하는 일을 오빠가 보게 만들려고 하면서 대신 대답을 한다. 나는 아버지를 가리켜 보인다.

"아버지께서는 이 나라에는 어쨌든 적혈들의 노동력이 필요하다는 사실을 칼이 깨닫게 만들려고 하시는 거야."

친애하는 톨리 오빠는 생각에 잠긴 채 눈썹을 찌푸린다.

"적혈들의 노동력을 사용할 수 있잖아. 적혈들도 먹고 살아야 하니까. 적정한 임금을 주면…….”

“그래서 그 돈을 누가 지불할 건데?”

어머니께서 톨리 오빠가 바보 얼간이라도 된다는 것처럼 바라보시며 끼어드신다. 어머니답지 않은 일이다. 대부분 어머니께서는 나보다 오빠를 훨씬 더 맹목적으로 사랑하시니까.

“확실히 우리는 아니지.”

어머니는 긴장하신 듯 날카롭게 저녁 식사를 찌르시면서 계속 말씀하신다. 홱 움직이는 속도가 토끼처럼 빠르다.

“옳지 못해. *자연스럽지 않다고.*”

나는 머릿속으로 그 빈약한 선언을 되새김질한다. 공표된 즉시 효과를 발휘했다. 적정한 임금, 이동의 자유, 은혈 규범 아래에 동등한 처벌과 보호, 그리고…….

“징병 문제는 어떻게 됐죠?”

나는 크게 묻는다.

어머니께서는 한 손을 식탁에 내려치신다.

“또 다른 어리석은 짓이야. 징병은 좋은 장려책이라고. 일하거나 복무하거나. 후자가 없으면 왜 누가 전자를 택하겠니?”

돌고 도는 대화에 나는 무거운 숨을 뱉는다. 식탁 너머에서 일레인이 경고하는 시선을 쏘아 보낸다. 나는 우리에게 하인이 있든 없든 신경 쓰지 않지만, 칼이 세우고자 하는 새로운 세상은 전통적인 지위에 익숙해져 있는 대부분의 은혈에게 거대한 격변을 불러올 것이다. 오래가지 않을 것이다. 계속될 수가 없다. 은혈이 그걸 허락할 리가 있나. *하지만 몬트포트에서는 그렇게 했어. 데이비슨의 말 그*

대로. 그들의 나라는 우리들의 것과 같은 나라에서 세워졌잖아.

나는 몬트포트에 있을 때 데이비슨이 했던 다른 말, 오직 내게만 했던 그 말을 기억한다. 그는 내 곁에 바싹 붙어서 재빠르게 속삭였다. 그의 말이 준 충격은 급소를 찔렀다. *공주님께서는 본인이 원하시는 것을 본인이 어떤 존재이냐는 문제 때문에 거부하시는 거군요. 절대 하지 않았던 선택, 공주님이 바꿀 수 없는, 그리고 바꾸길 원하지 않는 공주님의 부분 때문에.*

내가 어떤 부분에서든 적혈들과 비슷한 점이 있다고는 생각해 본 적이 없다. 나는 은혈로 태어난 귀족이며, 강력한 권력자 아버지의 업적 속에서 공주로 키워졌다. 나는 왕비가 될 운명이었다. 그리고 가슴속의 열망만 아니었다면, 이제 막 이해하기 시작한 내 본성에 일어난 기이한 변화들만 아니었다면, 그렇게 되었을 것이다. 몬트포트에서 한 데이비슨의 말은 옳았다. 적혈들처럼, 나는 내 세계가 내게 요구하는 것과는 다른 존재다. 그리고 내게는 그편이 더 나을 것이다.

식탁 아래에서 프톨레무스 오빠가 내 손을 쥔다. 오빠의 손길은 부드럽지만 순식간에 지나가 버린다. 오빠를 향한 사랑과 동시에 수치가 치솟는다.

자, 마지막 기회야.

"일레인은 우리와 함께 아케온으로 가게 되겠죠."

나는 부모님을 번갈아 바라보면서 큰 소리로 말한다. 두 분은 내가 익히 알고 있으나 좋아하지 않는 날카로운 시선을 교환하신다. 일레인이 시선을 떨어뜨리고 식탁 아래의 양손을 바라본다.

"일레인도 자기 가문의 나머지 사람들과 함께 헤이븐의 충성을 맹세해야 할 테니까요."

나는 내 추론이 논리적으로 들리도록 냉정하게 설명한다.

하지만 어머니께는 아니다. 어머니께서는 금속 포크를 도자기 접시에 소리가 나도록 내려놓으신다.

"일레인 왕자비는 *네 오라비의 아내야.*"

어머니는 그 단어들을 강조하신다. 유리에 손톱을 대고 긁는 것 같다. 마치 일레인이 여기에 없다는 듯 말씀하신다. 도저히 견딜 수가 없다.

"그리고 네 오빠는, 우리 가문도 마찬가지이지만, 이미 티베리아스 왕에게 충성을 증명해 보였어. 일레인이 거기까지 갈 필요가 없다. 일레인은 릿지 하우스로 돌아갈 거야."

일레인의 양 뺨이 물들지만 그래도 그쪽이 이 전쟁에서 직접 싸우는 것보다는 더 낫다는 걸 알기에 입을 다문다.

나는 분노에 찬 숨을 뱉는다. *기나긴 여행. 또 얼마나…….*

"리프트의 왕자비로서 일레인도 대관식에 참석해야 해요. 우리가 어떤 존재인지 왕국에 보여 주기 위해서요. 사진과 녹화된 영상이 노르타뿐만 아니라 리프트 전역으로 퍼질 테니까요. 우리 왕국도 미래의 왕자비에 대해 알아야 하지 않을까요. 안 그런가요?"

내 항변은 좋게 말해 봤자 떨리는 수준이다. 내가 느끼기에도 너무나 절박하게 들린다. 누구에게든 일레인의 지위를 상기시키키 싫다. 특히 스스로 그것을 떠올리는 일은 더욱 끔찍하다. 그 지위가 오빠와 관련이 있기 때문이다, 내가 아니라.

"네가 결정할 바가 아니다."

아버지가 노려보시면 나는 아이였을 때부터 입을 다물고 멈추고는 했다. 때때로 아버지에게서 달아나기도 했지만 더 심한 벌만 받을 뿐이었다. 그래서 나는 공포를 느끼면서도 마주 쏘아보는 법을 익혔다. 나를 두렵게 하는 것을 정면으로 응시하는 것이다.

"일레인은 오빠에게 속해 있지 않아요. 아버지께도요."

어머니의 덩치 큰 고양이 하나처럼 내 목소리가 으르렁거린다.

내가 얼마나 더 오래 이렇게 살 수 있을지 모르겠어. 일레인은 그렇게 말했다.

그리고 나 또한 그렇다.

일레인이 말은 하지 못하고 이를 갈자 턱이 맹렬하게 움직인다.

톨리 오빠는 마치 부모님으로부터 나를 지킬 수 있다는 것처럼 몸을 앞으로 숙인다. 그러고는 일이 더 심하게 나쁜 쪽으로 변질되기 전에 막고자 하는 마음으로 내 이름을 속삭인다.

"이브……."

어머니께서는 머리를 뒤로 젖히면서 웃음을 터뜨리신다. 그 듣기 싫은 소리는 끔찍하고 날카롭다. 나를 사랑해야 하는 누군가가 내 의견을 묵살하고, 내게 침을 뱉고, 나를 깎아내리는 기분이 든다.

"그럼 일레인이 너한테 속해 있기라도 하니, 에반젤린?"

어머니는 조용하게 노래하듯 빈정거리신다. 정말 한 대 치고 싶다.

내 안의 공포가 분노로 바뀌고, 철은 강철로 변화한다.

"우리는 서로에게 속해 있어요."

나는 억지로 와인 한 모금을 넘기며 대답한다.

일레인의 눈동자가 내 눈과 마주친다. 나를 불태울 것만 같다.

"살다 살다 이렇게 우스꽝스러운 이야기는 처음 들어 본다."

어머니께서는 경멸을 표하면서 접시를 멀리 밀어내신다.

"이거 진짜 못 먹겠네."

다시 아버지께서 나를 쏘아보신다.

"오래 못 갈 거다."

아버지가 우리 둘 모두에게 주시는 대답이라는 생각이 든다.

어머니와 같은 동작으로 나는 손도 대지 않은 접시를 밀어낸다.

"두고 보죠."

나는 스스로에게 중얼거린다. 이만하면 충분히 했다, 이 모든 일을.

내가 폭풍처럼 식탁을 떠나기 전에, 호위들을 뒤에 바싹 달고 아나벨 르롤란이 방으로 들어온다. 그녀는 아무런 보호 장치 없이 사모스 가족을 마주할 정도로 당돌하지는 않다.

"방해에 사과드리오."

아나벨이 머리를 숙이며 재빨리 말한다. 아나벨의 왕관이 희미한 빛을 따뜻하게 반사한다.

아나벨의 앞이 되자 어머니께서는 재빠르게 왕비의 껍데기를 뒤집어쓰신다. 허리는 세우고 어깨는 늘어뜨린, 나무랄 데 없는 자세로 돌아가, 고압적으로 칼의 할머니에게 시선을 돌리신다.

"이유가 있으실 거라고 생각합니다."

아나벨이 고개를 끄덕인다.

"메이븐 캘로어가 떠났소."

내 옆에서 프톨레무스 오빠가 숨을 내쉰다. 거의 미소를 짓기까지 한다. 우리 부모님도 마찬가지다. 두 분 모두 마침내 메이븐을 제거했다는 사실에 기뻐하신다. 나도 그걸 직접 볼 수 있었다면, 우리 모두를 그토록 오랫동안 괴롭혔던 그 괴물 같은 소년이 마침내 사라져 버렸다는 걸 알 수 있었다면 좋았을 거라는 생각이 든다.

아나벨을 직접 보기 위해 몸을 돌리며 오빠가 입을 연다.

"칼이 직접 그 일을 한 겁니까?"

아나벨의 표정이 돌처럼 굳는다.

"내 말은 그가 여기 없다는 뜻이오."

손목에 꽉 맞게 차고 있던 팔찌들이 느릿하게 죄이며 가벼운 압력을 가한다. 식탁의 은식기들이 떨리기 시작한다. 나나 오빠가 아니라 아버지의 분노 때문이다. 볼로 왕이 주먹을 테이블에 올리자, 칼과 포크가 그 힘에 구부러진다.

아버지께서는 눈을 가늘게 뜨신다.

"그가 달아났습니까?"

그럴 것 같진 않지만 불가능하지도 않지. 많은 은혈이 아직도 메이븐에게 충성을 바치고 있으니까. 헤이븐 하우스의 사람들은 쉽게 궁전에 숨어들어 와서, 메이븐을 안전하게 빼낼 수 있겠지. 여러 가지 가능성에 머릿속이 빙글빙글 돈다. 헤이븐이 일에 낀 것이라면 좋지 않다. 일레인에게 후폭풍이 불 수도 있으니까.

아나벨은 고개를 젓는다. 주름이 시시각각 깊어지고 있다. 그녀가 쉰 소리로 말한다.

"그런 것처럼 보이지는 않소이다."

어머니께서 날카로운 숨을 들이켜신다.

"그렇다면……."

어머니가 생각하신 문장을 내가 마무리한다.

"누가 그를 끌고 갔군요."

늙은 왕비는 입술을 삐죽인다.

"그렇소."

"적혈들이."

나는 웅얼거린다.

떨리는 한순간, 나는 아나벨이 폭발할 수도 있겠다고 생각한다. 그녀는 이를 드러낸다.

"그렇소."

* * *

어제 칼이 우리 모두를 접견했던 거대한 방에 우르르 몰려갈 때쯤 태양은 완전히 떠오른 상태다. 그는 적금색 왕관을 쓰고 궁중 예복을 갖춰 입은 채로 방을 맹렬히 서성이고 있다. 뱅글뱅글 자리를 돌고 있는 칼의 주변에 줄리언은 다리를 꼬고 팔짱을 낀 채로 의자에 단정하게 앉은 모습이다. 여자 하나가 창백한 양손을 줄리언의 좁은 어깨에 얹고 기대어 서 있다. 사라 스코노스, 스킨 힐러다. 그녀는 그들이 하는 말의 무게를 재어 보듯 아무 말도 없이 두 사람이 대화를 나누는 것을 지켜본다.

"그 의도는 꽤 분명……."

우리가 들이닥치자 줄리언은 말을 멈춘다.

"하루에 두 번이나 이런 회의를 하다니, 이것 참 특별한 날이군요.

라렌티아 왕비님, 이렇게 뵙게 되다니 신기합니다."

줄리언이 건조하게 말한다.

노려보는 대신 어머니께서는 가장 거짓스러운 미소를 걸치신다. 두 행동은 같은 효과가 있다. 그러고는 신중하게 거리를 유지한 채로 기분 좋은 음성으로 말씀하신다.

"제이코스 경."

일레인이 내 방으로 돌아가 이곳에 없다는 사실이 꽤나 다행스럽다. 이미 스트레스가 넘치는 상황인데, 그녀의 존재는 압박을 가중하기만 했을 것이다.

아버지께서는 시간 낭비 없이 횃대에 앉는 맹금류처럼 의자에 앉으신다. 그러고는 계속 서성이는 칼을 바라보신다.

"전하의 동생이 적의 손에 떨어졌군요."

저편에서 줄리언이 입술을 깨문다.

"적은 너무 강한 표현입니다."

아버지께서는 누구를 상대로든 말투에 신경을 쓰지 않으신다.

"그들은 더 이상 우리와 함께하지 않잖소. 게다가 가장 값어치 있는 인질을 잡았소. 몬트포트와 진홍의 군대는 적이 된 거지."

여전히 자리를 맴돌면서 칼은 한 손을 턱에 올린다. 그는 아버지와 시선을 부딪친다.

"그렇다면 우리가 어떻게 해야 한다고 제안하십니까, 볼로 전하? 전하께서는 내가 여전히 회복 중인 군대를 끌고 함대를 모아서, 쓸모도 없고 망가진 소년 하나를 되찾고자 한참 먼 거리의 나라를 공격하길 원하십니까? 나는 그렇게 생각 안 합니다."

목의 털이 거의 일어서 있는 채로, 아버지께서 턱에 힘을 주신다.

"메이븐이 숨을 쉬는 한 그는 노르타에 위협이 될 겁니다."

칼은 손바닥을 펴고 고개를 빠르게 끄덕인다.

"그 부분만큼은 우리 둘 다 동의할 수 있겠군요."

보통 때라면 막 시작한 칼의 통치를 불안정하게 만드는 일에는 무엇에라도 축포를 터뜨리겠지만, 이번만큼은 도무지 그럴 수가 없다. 나는 자리 하나를 차지하고 앉아 숨을 몰아쉬며 몸을 뒤로 기댄다.

"하이 하우스들은 그래도 대부분 전하께 충성 맹세를 할 겁니다. 그들이야 메이븐이 끝장난 줄 알 테니까요."

나는 큰 소리로 말하지만 스스로 확신하고자 하는 것에 가깝다.

칼이 아주 짜증 나는 방식으로 혀를 찬다. 그의 혀를 잘라내 버리는 상상을 한다.

"그걸론 충분하지 않아요. 레이크랜즈와 피에드몬트에 맞서 싸우려면 나라를 하나로 통일시켜야 합니다."

아나벨이 문을 닫고는 방을 가로질러 손자 옆에 선다. 저 변함없는 가식이 지겹다.

"저 빌어먹을 쥐새끼들은 우리가 서로를 죽이고 그 시체들을 먹이 삼을 때까지 기다릴 수가 없는 것이지."

아나벨이 처음으로 리프트에 왔을 때가 생각나서 비웃음을 짓는다. 그때 그녀는 적혈들과의 동맹은 순식간에 지나갈 것이며 우리가 알고 있던 노르타 그대로, 전통으로 돌아갈 수 있으리라 맹세했더랬다. 나는 최대한 순진한 척 말한다.

"제가 착각한 게 아니라면, 우리도 같은 걸 하려고 계획했지 않았나요?"

아나벨이 나를 혐오에 찬 눈길로 바라보는 동안에도 칼은 계속 걸어다닌다. 그는 우리 사이를 지나면서 잠시 방패막이가 되어 준다. 그와 내 눈이 만나면서 아주 잠깐 시선이 물린다. 말은 하지 못하지만, 할 수 있는 한 그와 소통해 보려고 애를 쓴다. 칼은 나를 믿지도, 신경 쓰지도 않고 나 또한 마찬가지다. 하지만 우리는 지금 당장으로서는 서로를 필요로 한다. 아무리 우리가 그런 생각을 혐오한다고 해도 말이다.

칼이 몸을 돌려서 다시 부모님과 얼굴을 마주한다.

"지금 당면한 진정한 위험을 잊어버릴 수는 없습니다. 레이크랜즈는 전력으로 돌아올 것이고, 피에드몬트가 그들을 지원하겠지요."

"그들이 브라켄의 지원을 받기 위해서 뭘 약속했을지 누가 압니까."

아나벨이 악담을 퍼붓는다.

긴 의자에 앉아 계시던 어머니께서 비웃음을 참지 못하신다. 어머니는 손톱을 들여다보면서 냉정하게 말씀하신다.

"뭐, 그들이야 자기 아이들을 납치했던 사람들하고는 동맹을 맺지는 않았겠죠, 우선."

르롤란 왕비가 어머니께 손을 올리지 않을까 생각하지만, 그녀는 움직이지 않는다.

아버지께서는 부드러운 목소리로 교묘한 언변을 구사하신다.

"그 두 가지를 한 번에 꽤 잘 해결할 수도 있습니다, 티베리아스 전하."

칼은 평상시와 같은 열기로 응수한다.

"나는 두 개의 전쟁을 치르고 있는 게 아닐세, 볼로. 그건 당신도 마찬가지고."

우리 모두를 놀래킨 그 명령조의 말은 꽤 오래 여운을 남긴다. 심지어 어머니조차 물러나시며 눈에 공포를 가득 담고 아버지를 바라보신다. 그런 무례함에 아버지께서 어떻게 행동하실지, 어떻게 반응하실지 때문에.

두 사람은 왕 대 왕으로 서로를 직시한다. 그 둘의 대비가 거슬릴 정도다. 칼은 어리고, 검증받은 전사이지만 정치인으로서는 발버둥치는 수준이다. 사랑, 열정. 그의 안에서 항상 타오르는 어떤 불길에 미쳐 있다. 아버지께서는 무기를 들 때든 혀를 쓰실 때든 치명적인 분이다. 한없이 차가우면서 타산적으로, 아버지의 심장은 텅 빈 구멍일 뿐이다.

이 일이 모든 것을 끝내 버릴 수도 있다. 리프트를 노르타에서 잘라 내고, 나 또한 그렇게 잘려 나갈 수 있다. 하지만 아버지께서는 결코 그러실 분이 아니다. 아버지께서는 나로서는 짐작도 할 수 없는 계획들을 갖고 계신다. 그리고 그것들은 전적으로 칼이 왕좌를 유지하는 일에 달려 있다.

아버지께서는 자신을 억누르듯 천천히 말씀하신다.

"나는 몬트포트나 그들과 공모한 적혈 범죄자들과의 전쟁에 대해 말하고 있는 게 아닙니다. 그들의 약점을 찌르고, 그들이 여기서 거두었다고 생각하는 승리는 무엇이든 되찾아 옵시다. 은혈 왕이 되시오, 전하. 자신의 사람들을 위한 왕 말이오."

아버지는 무릎 위에 양손을 놓으며 수많은 반지와 팔찌를 보이신다. 모두가 아버지의 힘 아래에서 치명적인 것들이다.

제일 먼저 입을 여는 것은 줄리언이다. 나는 항상 두려움을 주는 그의 목소리에 대비한다.

"제안하시는 게 뭡니까?"

아버지께서는 줄리언을 거들떠보지도 않고 칼에게 말씀하신다.

"전하의 성명은 이 나라를 불구로 만들게 될 겁니다. 철회하시오."

놀랍게도 줄리언은 대놓고 웃음을 터뜨린다. 그 소리는 기이할 정도로 상냥하고 부드럽다. 내게는 몹시 낯설다.

"죄송합니다, 전하. 하지만 제 조카님은 오늘 한 일을 그렇게 쉽게 뒤집을 수는 없어요. 그건 권력이라 할 수 없지요. 전혀 왕답지 못하고요."

아버지께서는 몸을 돌려 줄리언에게 온전히 시선을 고정하신다.

"그것이 저 적혈 배신자들에게 딱 맞는 벌이오."

그 말에 뭔가 떠오른 듯 칼이 최대한 분명히 말하려고 하며 입을 연다.

"노르타를 다스리는 건 나입니다, 당신이 아니라. 다른 누구도 아니고요."

그는 삼촌과 할머니 모두에게 의미심장한 표정을 보이며 덧붙인다.

"그 선언은 계속될 겁니다."

아버지의 대응은 재빠르다.

"내 왕국에서는 아니오."

칼이 앞으로 나오며 아버지와의 거리를 좁히자, 어머니처럼 나도 모르게 몸을 물리고 만다. 칼의 행동은 도전처럼 느껴진다.

"좋습니다."

그는 리프트의 왕을 노려보며 이를 간다.

두 사람은 눈을 깜빡이거나 시선을 피하지 않고 서로를 쏘아본다. 저 둘을 떠밀어서 한 판 붙일 수 있다면 좋겠다. 이런 일들을 영원히 부숴 버리게.

저울이 기울기 전에 아나벨이 개입한다. 그녀는 두 사람 사이를 깔끔하게 파고들어서 한 손을 칼의 어깨에 올린다.

"좀 더 머리를 비우고 상황에 대해 더 나은 시각을 가질 수 있게, 이 일은 아침에 이야기하도록 하지요."

뒤에서 줄리언이 일어서며 망토를 정돈한다.

"동의합니다, 전하."

어머니께서도 프톨레무스 오빠에게 따라오라고 몸짓하신다. 나는 심히 지친 상태로 함께 일어난다. 아버지만이 계속 앉아 계신다. 아버지께서 먼저 대치 상황에서 물러나진 않으실 것이다.

칼은 그런 게임에 덜 집착하는 편이다. 그는 몸을 돌리고 흥미를 잃은 듯 한 손을 흔들어 우리에게 해산하라는 몸짓을 한다.

"좋아요. 모두 아침에 만납시다."

다음 순간 그가 말을 멈추고 뒤를 돌아본다. 아버지가 아니다. 나를 향해서다.

"저, 에반젤린. 잠시 이야기 좀 나눌 수 있을까? 둘이서만."

나는 그를 향해 눈을 깜빡이며, 참으로 교활하다는 생각을 한다. 방의 나머지 사람들은 이보다 더 혼란스러워 보일 수가 없다.

사람들이 떠나는 동안, 나는 천천히 다시 앉는다. 아버지조차 나머지 가족을 뒤에 달고 조용하게 사라지신다. 프톨레무스 오빠만이 뒤를 돌아보며 아주 잠깐 내게 시선을 고정한다. 나는 오빠에게 가라고 손을 흔든다. 나는 괜찮을 것이다, 오빠가 걱정할 것은 아무것도 없다.

줄리언은 자기 조카가 바라는 대로 순순히 따르지만, 아나벨은 그렇지 않다.

"혹시 내 도움이 필요한 일이니?"

그녀가 우리 둘을 흘끔 바라보며 묻는다.

"아니에요, 나나벨 할머니."

칼이 솜씨 좋게 아나벨을 문으로 몬다. 아나벨은 그의 의도를 알아차리고 시큰둥하게 입술을 비틀지만, 결국 고개를 숙인다. 칼은 아나벨의 왕이며, 그녀에게는 칼에게 복종할 의무가 있다.

문이 닫히자 나는 조금 긴장을 풀며 자세를 흐트러뜨린다. 내게 등을 보인 채 망설이며 칼이 떨리는 숨을 내쉬는 소리가 들린다.

"왕관이란 게 무겁지, 안 그래?"

"정말 그래."

칼이 마지못해 몸을 돌린다. 의회나 가족 앞에서 연기를 펼쳐야 한다는 압박이 사라지자 칼 또한 나처럼 털썩 주저앉는다. 이러한 나날에 너무나 지친 상태라, 쓰러지기 일보 직전이다.

나는 한쪽 눈썹을 치켜올린다.

"그럴 가치가 있어?"

칼은 대답 없이 조용하게 내 앞의 의자에 앉는다. 한쪽 다리는 구부리고 다른 다리는 쭉 편 채로 뒤로 기댄다. 움직일 때 무릎에서 삐걱거리는 소리가 난 것 같다.

"너는?"

칼이 마침내 내 쪽을 가리키며 말한다. 예상과는 다르게 칼의 말에는 어떤 적대감도 없다. 나와 맞서기엔 그는 너무 지쳐 있다.

그리고 나 역시 지금 칼과 싸우는 건 아무 소용이 없다.

"아니, 그럴 리가 없잖아."

나는 웅얼거린다.

그 인정이 그를 놀라게 한다.

"그래서 뭐라도 하려고 계획 중인가?"

그의 목소리가 희망일 수도 있는 뭔가로 색을 입는다.

내 계획은 아무것도 안 하는 거지. 나는 생각한다.

"*내가 할 수 있는 게 많지 않아. 누가 고삐를 쥐고 계실 때는 말이지.*"

나는 크게 말한다. 칼은 그게 누굴 의미하는지 알고 있다.

칼은 비웃음을 짓는 시늉을 하며 대꾸한다.

"고삐에 매인 에반젤린 사모스라. 불가능해 보이는데."

내게는 그의 말을 정정해 줄 기력이 없다.

"정말 그랬으면 좋겠다."

그게 내가 할 수 있는 말의 전부다.

칼은 한 손으로 얼굴을 쓸고는 잠시 눈을 감는다.

"나도 그래."

비웃음을 터뜨릴 수밖에 없다. 징징대는 남자들은 항상 나를 감탄하게 만든다. 나는 칼을 향해 조롱을 날린다.

"노르타의 왕이 대체 무슨 고삐에 매였다고 그래?"

"적잖게 있어."

"이 구석까지 너를 몰아넣은 건 너 자신이야. 저들은 떠나기 전에 이 상황을 바꿀 수 있는 마지막 기회를, 선택할 수 있는 기회를 너에게 줬어."

내 앞의 이 젊은 남자에게 어떤 동정심도 느껴지지 않는다. 나는 어깨를 으쓱한다.

칼은 팔꿈치를 대고 몸을 숙이며 발끈한다.

"그래서 내가 그들이 바라는 대로 했다면 어떤 일이 벌어졌을까? 이 지옥 같은 일들이 사라졌을까?"

그는 자기 생각을 설명하느라 팔을 뻗더니 왕관을 그러쥐고는 소리가 나게 그걸 집어던진다. *극적이기도 하지.*

"혼란. 반란. 어쩌면 또 다른 내전. 그리고 너의 아버지와의 전쟁도. 어쩌면 할머니와의 전쟁까지도."

"아마도."

"아, 내게 설교하려 들지 마, 에반젤린."

칼이 정말로 화를 내며 쏘아붙인다.

"원한다면 여기 앉아서 네 모든 문제의 원인을 두고 날 탓할 순 있어. 하지만 그 일들에 본인이 한 게 없는 것처럼 굴면 안 되지."

뺨에 열기가 솟으며 색이 물드는 것이 느껴진다.

"뭐라고?"

"네게도 선택권이 있었어. 그리고 너는 여기 남기를 선택한 거고."

"두려워서 그런 거야, 칼."

공격적으로 말하고 싶었는데, 속삭임만 새어 나온다.

그 말에 칼이 아주 조금이지만 가라앉는다. 막 생긴 화상 위로 차가운 붕대를 대는 것처럼.

"나도 그래."

칼의 목소리에서 내 것과 같은 고통이 메아리친다.

무의식적으로, 정말로 의미하는 그대로를 나는 말한다.

"그녀가 그리워."

칼이 동의한다.

"나도 그래."

우리는 서로 다른 사람에 대해서 말하고 있지만, 그 감정은 똑같다. 그는 가질 수 없는 누군가에게 대해서 자신이 느끼는 사랑이 부끄럽기라도 한 듯 양손을 내려다본다. 그 고통이 어떤 형태인지 알고 있다. 그것이 어떻게 정신적 지주가 되어 주는지도. 그것이 어떻게 결국 우리 두 사람을 익사시킬 것인지도.

"너한테 뭔가를 말해 줄게. 그걸 비밀로 지킬 거라고 약속할래? 심지어 줄리언이나 아나벨에게도. 특히 그 사람들에게는 더."

나는 속삭인다. 원하기만 하면 손을 잡을 수 있을 정도로 가까이, 나는 칼처럼 몸을 숙인다.

칼이 이 말이 속임수는 아닌지 의심하며 내 눈을 들여다본다. 내가 사모스의 덫 같은 것을 놓지는 않았는지 찾아내려고 하면서.

"그래."

나는 입술을 핥은 뒤, 머리가 멈추라고 명령하기도 전에 말을 시작한다.

"그 사람들이 아버지를 죽이려는 것 같아."

칼은 혼란에 빠져 눈을 깜빡인다.

"그건 전혀 말이 안 되는데."

"음, 그들이 그 일을 할 건 아니겠지만……."

인생에서 처음으로, 티베리아스 캘로어의 손을 잡고 있는 감각이 혐오스럽지가 않다. 나는 그의 손가락을 세게 붙들며 칼을 이해시키기 위해서 애를 쓴다.

"너는 정말로 센라와 아이리스가 메이븐을 고작 살린 아이럴 같은 사람이랑 바꿨을 거라고 생각하는 거야?"

"아니, 아니겠지."

칼이 숨을 들이켠다. 그가 나보다 세게 내 손을 꽉 잡는다.

"그리고 네 아버지가 죽으면 그와 동시에……."

그가 내 생각의 흐름을 쫓아온다. 나는 고개를 끄덕인다.

"리프트 왕국은 아버지와 함께 사라질 거야. 노르타에게 돌아가겠지. 프톨레무스 오빠에게는 아버지가 죽은 뒤에도 전쟁을 치를 배짱은 없어. 아무리 오빠가 싸움을 잘한다고 해도 그렇게 못할 거야."

"믿기 어려운걸."

칼의 어조가 변하며, 그가 비웃는다. 다음 순간 갑자기 무게가 내려앉은 것처럼 그가 눈썹을 찌푸리며 눈을 치켜뜬다. 깨달음이 그를 휩쓴다.

"이 이야기를 부모님에게 말하지 않은 모양인데, 그렇지?"

나는 고개를 끄덕인다.

칼이 입을 벌린다.

"에반젤린, 만약 네 생각이 옳다면……."

"내가 그분을 죽게 놔두는 거야. 나도 알아."

나는 화난 어조로 속삭이듯 말한다, 나 자신을 향해서 말이다. 나는 칼과 계속 닿는 것은 물론 그를 바라볼 수도 없다. 내 손을 잡아 빼고는 숨을 몰아쉬며 카펫을 깐 바닥을 바라보면서 적혈이 만들어 냈을 그 예술품의 훌륭한 패턴을 눈으로 좇는다.

"너는 항상 내가 끔찍하다고 생각해 왔지. 네가 옳다는 걸 알아서 좋아?"

내 턱 아래에 닿은 그의 손가락이 뜨겁다. 칼이 내 얼굴을 기울여서 자기를 올려다보게 만든다.

"에반젤린."

칼이 웅얼거리지만 동정이라면 원치 않는다. 나는 그를 밀어낸다.

"아이리스 시그닛의 신들이 진짜가 아니기를 바라. 그들이 나를 위해 뭘 준비하고 있을지 상상이 안 되거든."

칼이 주먹을 입술에 대고는, 앞뒤로 손을 문지른다. 시선을 멀리한 채, 그가 동의의 뜻으로 고개를 끄덕인다.

"우리 모두에게 그렇지."

제28장

아이리스

레이크랜즈의 시타델은 내게 더 안전할 수가 없는 장소이건만 마음이 불안하다. 신경이 곤두서서 끊임없이 뒤를 돌아보게 된다. 비내리는 여름 아침의 안개 속에서 익숙한 푸른색 옷을 입은 경비들만이 흐릿하게 보일 뿐이다. 광대한 훈련장 위로 난 아치형의 산책로를 따라서 어머니와 내가 걷는 동안, 나이 든 텔키인 지단사가 뒤에서 따라온다. 지단사에게는 어머니만큼이나 차분한 존재감이 있고, 나는 두 사람과 가까이 있다는 점에서 안정을 찾으려고 애를 쓴다. 아래쪽에서 레이크랜즈의 군대가 전쟁을 준비하고 있다. 이미 전투를 치렀던 이들, 메이븐과 동맹을 맺었을 때 그에게 양도되었던 부대들은 충분히 휴식을 취했다. 이곳에 있는 군인들은 생기가 넘치고, 싸울 준비가 되어 있다. 영광을 위해서 레이크랜즈를 승리로 이끌겠다는 열망에 차 있다. 노르타의 언덕과 강과 해변, 그리고 전기와 경제적인 가치가 가득한 저들의 강력한 기술자 마을을 쟁취하기 위해서. 노르타 왕국은 누군가가 가져가기만을 기다리고 있는 금광이다.

수천수만의 군인들이 빗속에서도 아랑곳하지 않고 훈련 중이다. 왕국 전역에서 비슷한 일이 벌어질 것이다. 스노우스의 시타델에서부터 리버스의 시타델에 이르기까지 그 모든 곳을 소집했다. 우리가 모을 수 있는 모든 은혈과 적혈을 동원하는 중이다. 레이크랜즈의 군대가 집결해 싸울 준비를 마쳤다. 우리는 수적으로도 우세하며, 능력도 충분하다. 우리의 적은 이미 망가진 상태니, 그저 그 불행에서 그들을 건져 올리기만 하면 된다.

그렇다면 왜 나는 이토록 마음 깊은 곳에서 불안을 느끼는 것일까?

군대 사열을 위해 왕실식 성장(盛裝)을 할 필요는 없어서, 어머니와 나는 둘 다 군인들처럼 차려입었다. 은색과 금색으로 끝부분만 반짝이는 푸른색 군복이다. 어머니는 검은색 상복을 벗으셨다. 하지만 우리가 아버지나 복수에 대해 잊은 것은 아니다. 그것은 무거운 돌처럼 우리를 누르고 있다. 나는 매 순간 그걸 느낀다.

우리는 마지막 다리를 건너서 요새의 중앙 구조물을 둘러싸고 있는 수많은 발코니 중 하나로 발을 디딘다. 유리창이 온기를 발산하며 빛난다. 비가 우리를 진정시켜 주기는 하지만 이 날씨에서 벗어나고 싶다. 어머니는 선두에서 빠르게 움직이시며 우리를 안으로 이끄신다. 점심 식사 때에 티오라 언니를 만나기로 되어 있었는데, 우리가 식사가 준비된 방에 도착했는데도 언니는 그 안에 없다.

늦는 것은 결코 언니답지 않다.

설명을 해 주시지 않을까 싶어 어머니를 흘끗 바라보지만, 어머니께서는 그저 테이블 상석에 앉으실 뿐이다. 센라 여왕이 티오라 언니의 부재를 신경 쓰지 않으신다면, 나 또한 그렇게 할 것이다.

나도 자리에 앉아서 티오라 언니를 기다리기로 한다. 호위들은 문가에서 물러나 옆에 자리하지만, 지단사는 자리에 앉는다. 그녀는 레이크랜즈에서는 아주 오래되고 잘 알려진 메린 혈통의 귀족이며, 오랜 시간 동안 우리를 위해 봉사해 왔다. 어머니께서 푹신해 보이는 빵을 드시는 동안, 나는 수많은 은 식기를 살핀다. 포크, 스푼, 그리고 특히 칼. 습관처럼 식탁 위에 무기가 될 가능성이 있는 것들을 헤아린다. 물이 차 있는 잔들도 잊지 않는다. 내 손에 들어온다면 어떤 칼보다도 치명적이다.

나는 가만히 바라보면서, 각각의 잔에 차 있는 물을 느낀다. 그 감각은 내 얼굴에 붙은 눈, 코, 입 만큼이나 익숙해야 한다. 하지만 왜 그런지 지금은 다르게 느껴진다. 어머니가 하시는 일을 돕고 난 후부터 그렇다.

거래를 한 지 며칠이 흘렀지만 그 일을 머릿속에서 지울 수가 없다. 특히 소리가 그렇다. 아이럴이 우리에게 맞서 싸우지도 못하고 어떻게 마지막 숨이 끊어졌는지를 생각하면. 제이코스라는, 캘로어 왕의 외삼촌은 싱어였다. 제이코스는 우리가 그 남자에게 손을 뻗기도 전에 아이럴에게서 싸울 의지를 박탈했다. 아이럴이 반격이라도 할 수 있었다면 이토록 이상한 기분은 아니었을 것 같다. 그는 죽을 만했다. 우리가 내린 것보다 더 큰 벌을 받아 마땅했다. 하지만 그럼에도 이상하고 낯선 수치심이 느껴진다. 내가 어떤 식으로든 신들을 배신하기라도 한 것처럼. 그분들의 의지와 본성에 어긋난 것처럼.

오늘 밤에는 더 많은 기도를 올리고, 그분들의 지혜에서 답을 구해야겠다.

"음식이 차가워지기 전에 들거라. 티오라도 곧 함께할 거란다."

어머니께서 접시들을 가리키시며 말씀하신다.

나는 고개를 끄덕이고 기계적으로 움직이며 내 앞에 음식을 놓는다. 예방 조치를 취해야 한다. 앞으로의 일을 논의하는 동안에는 어떤 적혈 하인도 들이지 않을 것이다. 진홍의 군대는 모든 곳에 눈과 귀가 있다. 우리는 조금도 방심하지 않아야 할 것이다.

식사는 대부분 생선 요리다. 양쪽으로 가른 뒤에 버터와 레몬을 발라 튀긴 나비 모양의 송어. 후추와 소금으로 옷을 입힌 옐로우 퍼치(Yellow Perch, 농어의 한 종류—옮긴이). 그리고 따뜻한 칠성장어 스튜. 장어의 머리가 테이블의 중앙에 자랑스럽게 전시되어 있다. 줄을 선 채 식당의 부드러운 불빛 속에서 나선형으로 난 이를 번뜩이는 모습이다. 나머지 접시들에는 황금빛 옥수수 이삭들과 향신료를 넣은 기름을 끼얹은 샐러드와 복잡한 모양을 내서 만든 빵과 같은 것들이 담겨 있는데, 레이크랜즈 수확물로 만든 평범하면서도 풍성한 식단이다. 널리 퍼져 있는 우리의 농장들은 풍요로우며 나라를 두 번은 넘게 먹여 살릴 수 있을 정도다. 레이크랜즈 사람들은 결코 굶주려 본 적이 없다. 가장 최하층 계급의 적혈들조차 마찬가지다.

나는 음식들을 조금씩 덜어 내면서, 칠성장어만큼은 티오라 언니를 위해 남겨 둔다. 그것은 호불호가 갈리는 맛인데, 언니가 가장 좋아하는 것임은 말할 것도 없다.

다음 1분은 침묵 속에서 지나간다. 벽에 붙은 시계가 친절하게도 똑딱거릴 뿐이다. 밖의 비가 더욱 강해지면서 유리창을 자비심 없이 뒤덮으며 후려친다.

"날씨가 맑아질 때까지 군대를 쉬게 해야겠어요. 감기라도 유행해서 군인들이 아프면 안 되니까요."

내가 웅얼거린다.

"맞는 말이야."

어머니께서 음식을 드시면서 말씀하시고는 한 손을 지단사에게 기울이신다. 지단사는 빠르게 이미 일어나고 있다.

"그렇게 전달하겠습니다, 전하."

지단사는 무뚝뚝하게 절을 하고는 명령을 전달하러 나간다.

"나머지 이들은 밖에서 기다리게."

어머니는 호위들을 순서대로 훑어보시면서 계속 말씀하신다. 그들은 망설이지 않고 명령에 따른다.

방이 비는 것을 지켜보는 동안 신경이 곤두선다. 어머니께서 내게 하시려는 말씀이 무엇이든, 듣는 귀가 있어서는 안 되는 것이다. 문이 닫히고 우리만 남자, 어머니께서는 양손을 뾰족하게 세우고는 앞으로 몸을 숙이신다.

"정말로는 날씨가 신경 쓰이는 게 아니겠지, *모나모라*."

아주 잠깐, 나는 부인할까 곰곰 생각해 본다. 미소를 짓거나 억지로 웃음을 터뜨리거나 저 말씀을 일축할까. 하지만 어머니와 함께 있을 때에 가면을 쓰고 싶지는 않다. 그건 정직하지 못하다. 게다가, 어머니께서는 이미 꿰뚫어 보고 계신다.

나는 한숨을 쉬고 포크를 내려놓는다.

"계속 그 얼굴이 보여요."

어머니의 태도가 여왕에서 어머니로 변하면서 부드러워진다.

"나도 네 아버지가 그립단다."

"아뇨."

그 말이 너무나 빠르게 튀어나와서 어머니는 깜짝 놀라신다. 어머니의 눈이 희미한 불빛 아래에서 평소보다 커지고 어두워진다.

"아버지에 대해서야 계속해서 생각하지요, 항상요. 하지만……."

나는 이걸 표현할 올바른 방법을 찾아 헤매지만, 결국 직설적으로 뱉고 만다.

"전 지금 아버지를 죽인 남자에 대해서 얘기하고 있는 거예요."

"우리가 그때 죽인 그 남자는……."

어머니의 목소리는 침착하다. 어머니의 말씀은 어떤 비난도 아닌 그저 사실을 진술하는 것에 불과하다.

"*너의* 제안이었다."

나는 생생한 수치를 다시금 느낀다. 열기가 뺨을 서서히 물들인다. 그렇다. 아나벨 왕비의 제안을 받아들이자는 것은 내 생각이었다. 아버지를 죽인 자와 메이븐을 교환하자고. 그리고 그자가 우리 아버지의 죽음을 바치고자 했던 남자도. 하지만 협상의 그 부분은 아직 이루어지지 않았다.

"다시 하래도 할 거예요."

나는 정신을 좀 흩트려 보려고 음식을 하릴없이 건드리며 웅얼거린다. 어머니의 시선에 맨몸으로 노출되는 기분이다.

"그 남자는 백 번도 더 죽어 마땅해요. 하지만……."

어머니께서 아프신 것처럼 몸을 굳히신다.

"넌 그전에도 사람을 죽여 봤지. 너 자신을 방어하기 위해서."

나는 설명을 해 보려고 입을 열지만, 어머니가 계속 말씀하신다.

"하지만 그런 식은 아니었지."

어머니께서 손을 내 손에 얹으시며 덧붙이신다. 어머니의 눈이 이해의 빛으로 반짝인다.

"네."

나는 스스로에게 실망한 채 씁쓸하게 인정한다. 그것은 아버지의 죽음에 대한 대가를 묻는, 당연한 죽음이었다. 이런 식이어서는 안 된다.

어머니께서 내 손가락을 쥐신다.

"당연히 다른 기분이 들겠지. 어쨌든 잘못된 기분도 들고."

나는 맞잡은 손을 바라보면서 잠시 숨을 멈춘다. 억지로 시선을 들어서 어머니를 마주 보면서 조용히 묻는다.

"그 기분이 사라질까요?"

하지만 어머니는 나를 보고 계시지 않는다. 앞이 보이지 않을 정도로 비가 내리는 유리창을 바라보고 계신다. 후려치는 물을 따라 어머니의 눈길이 흔들린다. *어머니께서는 얼마나 많은 이들을 죽여 보신 걸까?* 궁금해진다. 나로서는 알 수도, 알아낼 수도 없는 문제다.

어머니께서 마침내 입을 여신다.

"때때로는 그렇기도 해. 때때로는 안 되기도 하고."

어머니가 정확히 무슨 말씀을 하시는 건지 풀기 위해 실타래를 붙들려는 찰나, 티오라 언니가 자신의 호위를 복도에 남기고 방으로 들어선다. 어머니께서 레이크랜즈의 모든 전통을 거스르고 노르타에 오셨던 동안, 티오라 언니는 국경을 안전하게 지키며 뒤에 남아 다음 여정을 위해 군대를 준비시켰다. 그 일이 언니에게 잘 맞았는지, 전쟁을 치르는 중인데도 언니는 더욱 기운이 난 것처럼 보인다.

레이크랜즈 왕좌의 후계자는 상징 색이나 휘장도 없이 주름진 군복만 입고 있다. 그저 평범한 병사처럼 보인다. 높은 광대와 그보다 더 높은 자부심이라는, 시그넷 특유의 외양만 아니라면 평범한 전령처럼 보일 수도 있을 것 같다.

언니는 아버지가 그러셨듯 우아하고 길쭉한 팔다리를 구부리며 맞은편 의자에 앉는다.

"아주 좋네요. 배가 고파 죽을 것 같았거든요."

언니가 진수성찬에 손을 뻗으며 말한다. 나는 진열된 칠성장어 머리를 따라 스튜를 밀어 준다. 어린 시절, 우리는 저 머리를 서로에게 던지며 놀곤 했다. 티오라 언니도 그 기억을 떠올리고는, 대답하듯 내게 조그만 미소를 지어 보인다.

다음 순간 언니는 바로 공무에 착수하며 장군다운 무게감으로 어머니를 마주한다.

"스노우스, 힐스, 트리스, 리버스 그리고 플레인스에서 답을 받았습니다. 모두 준비되었습니다."

언니가 레이크랜즈의 광대한 땅에 점점이 자리한 시타델 요새들을 줄줄이 나열하며 말한다.

센라 여왕께서는 그 소식에 기뻐하며 고개를 끄덕이신다.

"응당 그래야지. 공격할 때가 오고 있어, 곧이야."

공격할 때. 내가 고향에 돌아온 이래로 우리는 다른 이야기를 꺼내지 않았다. 나는 메이븐이 다스리던 왕국이나 그와의 결혼에서 벗어났다는 자유를 즐길 시간조차 갖지 못했다. 어머니는 나를 끝도 없는 회의와 사열식에 참석시키셨다. 우리 중에서는 내가 유일하게 티베리아스와, 알려진 것이 없는 그의 적혈 군대와 얼굴을 맞댄 경험이 있는 사람이니까. 그의 리프트 동맹은 말할 것도 없고 말이다.

우리는 브라켄과 피에드몬트과 동맹을 맺었지만, 과연 그들이 메이븐보다 더 나은 동맹인가? 이제 왕좌에 앉은 티베리아스를 상대할 수 있는 더 좋은 방패일까? 궁금해한들 소용은 있나? 우리는 오래전에 결정을 내렸다. 메이븐은 갖고 놀다가 교환해 버린 카드 패다.

티오라 언니가 계속한다.

"더 중요한 사실은, 티베리아스 캘로어의 새 왕국이 벌써 쪼개지고 있다는 겁니다."

나는 음식도 잊어버린 채 언니를 향해 눈을 깜빡인다.

"어떻게?"

"적혈들이 그를 떠났어."

언니의 대꾸에 놀라서 몸을 떨고 만다.

"첩보에 따르면, 진홍의 군대, 낯선 신혈하고 몬트포트 군대가 전부 사라졌대. 산악 지대로 돌아간 것 같아. 지하로 숨어들거나."

상석에서 어머니께서 큰 소리로 한숨을 쉬시고는 한 손으로 관자놀이를 누르신다.

"언제쯤에야 젊은 왕들이 바보라는 사실을 누가 좀 알려나?"

티오라 언니가 어머니가 여성의 절망을 보이시는 것에 즐거워하며 키득거린다.

나는 적혈들이 탈주했다는 사실이 무엇을 암시하는지에 더 관심이 간다. 몬트포트, 신혈들, 진홍의 군대의 첩자들이 없다면, 메어 배로우가 없다면, 저울은 확실히 티베리아스 캘로어에 불리하게 기울 것이다. 그리고 그 이유를 이해하는 것은 어렵지 않다.

"적혈들은 그가 왕좌에 앉는 것을 지지하지 않았겠군요."

나는 메어를 잘 모르지만, 그녀에 대해 추측할 수 있을 정도로는 보았다. 메어는 포로로 있을 때조차 메이븐에게 맞섰다. 분명히 또다른 왕이라는 존재를 소화할 수 없었을 것이다.

"분명히 나라를 도로 차지하고 새롭게 세우자는 협정이 존재했을 겁니다. 그걸 티베리아스는 협상 끝에 거절했겠죠. 은혈들이 여전히 노르타를 지배할 거라고."

장어를 한 입 먹은 후, 티오라 언니가 고개를 젓는다.

"완전히 거절한 건 아니야. 성명문을 발표했어. 노르타에서 적혈들의 권리를 확보했더군. 더 높은 임금, 강제 노역 종료. 징병도 멈추겠다고 하더군."

나는 눈을 크게 뜬다. 대부분은 충격을 받아서지만, 불편함도 좀 느껴진다. 국경 너머의 적혈들에게 그런 편의가 제공된다면, 레이크랜즈의 적혈들에게는 무슨 일이 벌어질까? 대탈출이 이어질 것이다. 미친 듯이 도망가겠지.

나는 재빨리 말한다.

"국경을 닫아야만 해요. 적혈들이 노르타로 넘어가는 것을 막아야죠."

어머니께서는 한숨을 쉬시고는 중얼거리신다.

"그는 정말 어리석구나. 당연히 노르타와의 국경을 감시하는 인력을 두 배로 늘릴 거야. 캘로어 때문에 우리 골치까지 아프다니, 원."

티오라 언니가 목을 낮게 울린다.

"자기 머리도 좀 아플걸요. 우리가 말하는 지금도 기술자 마을에서 사람들이 떠나고 있어요. 저들의 경제력도 곧 적혈들과 함께 사라지게 될 것 같은데요."

어머니께서는 홀로 웃음을 머금으신다. 가능하다면 어머니와 함께 웃고 싶다. 하지만 나는 티베리아스 캘로어의 대단한 어리석음에 대해서 생각할 뿐이다. 이제 고작 왕좌를 되찾았을 뿐인데, 왜 자신의 나라가 가진 가장 큰 강점들을 벗어 던지려고 하는 것일까. 누구를 위해? 아무것도 아닌 적혈들을 위해? 평등, 정의, 명예와 같은, 그가 추구하고 싶어 하는 어리석은 이상들을 위해? 나는 비웃음을 짓는다. 캘로어 왕이 계속 이렇게 제멋대로 굴다간 결국 자신이 쓴 왕관의 무게에 짓눌려 죽게 될 것이다. 소위 북쪽의 화염에게서 짜낼 수 있는 것은 뭐든 뜯어내려는 리프트 왕에게 집어삼켜지든가.

그 선언 때문에 짜증이 난 은혈이 노르타의 국경 안에 더 있을 것이다. 한쪽 입꼬리가 비틀린다.

"노르타의 은혈들이 그 생각을 좋아할 것 같지가 않네요."

나는 손가락을 물잔에 대고 돌리며 말한다. 잔 안의 액체가 내 움직임을 따라 휘돈다.

어머니께서 내게 시선을 돌리시고는, 내 생각을 쫓으신다.

"그러게."

나는 말을 하면서 떠오른 계획을 설명한다.

"몇 명에게 연락을 해 볼 수 있어요. 위로를 표할게요. 보상도 제
안하고."

"그중 일부라도 흔들어 볼 수 있다면. 주요 지역 몇 개만이라도⋯⋯."
어머니께서 신나서 환해진 표정으로 말씀하신다.

나는 고개를 끄덕인다.

"그럼 전투 한 번으로 이 전쟁을 끝낼 수도 있을 거예요. 아케온이
함락되면, 노르타도 함락되겠죠."

맞은편에서 티오라 언니가 자기가 제일 좋아하는 스튜를 밀어낸다.

"적혈들은 어쩌고?"

나는 한 손을 펼쳐 언니 쪽을 가리켜 보인다.

"언니가 직접 말했잖아, 그들은 지하로 사라졌다고. 노르타를 잡
아먹으라고 활짝 열어 놓고 말이야. 그러니 우리가 차지해야지."

환하게 미소를 지으면서 어머니와 언니를 번갈아 바라본다. 살린
아이럴과 그의 죽음에 관한 모든 생각이 마음속에서 싹 사라진 기분
이다. 더 중요한 걱정거리가 있다.

"신들을 위해."

티오라 언니가 식탁을 주먹으로 부드럽게 두드리며 속삭인다.

나는 언니의 말을 고치고 싶은 욕구를 억누른다. 대신 언니에게
머리를 기울인다.

"우리 자신을 보호하기 위해서도."

언니는 혼란에 빠져서 눈을 깜빡인다.

"우리를 보호하다니?"

"우리는 여기 앉아 점심을 먹으며 진홍의 군대를 경계하지. 적혈들은 사방에 있어, 우리 나라 안팎에 모두. 그들의 반란이 굶주린 암처럼 계속 퍼져 나가면 우리에게 어디가 남겠어?"

나는 손가락으로 접시와 컵을 문지르다가 텅 빈 방과 창문을 가리켜 보인다. 비는 꾸준하게 떨어지는 작은 방울 수준으로 잦아들었다. 서쪽 멀리에서 회색 구름 사이를 뚫고 태양이 작게 산란한다.

"그리고 몬트포트는 어쩌고? 우리에게 대항할 적혈과 이상한 신혈들로 이루어진 그곳은? 우리는 자신을 방어해야만 해. 누구도 도전할 수 없을 정도로 크고 강해져야 해."

어머니도 언니도 거길 가 본 적이 없잖아. 두 사람은 그들의 도시, 산 위로 높게 자리한 그곳을 본 적이 없어. 적혈과 은혈과 신혈이 함께하는 곳. 그리고 함께해서 더 강해진 곳. 아센딘트에 숨어들어서 브라켄의 아이들을 구해 내는 건 간단했지만, 군대 단위로 똑같이 할 수 있을지는 모르겠다. 몬트포트와의 전쟁은 양쪽 모두에 유혈 사태를 일으킬 것이다. 그런 전쟁은 시작되기 전에 막아야 한다. 일어나지 못하게 해야 한다, 아예 불가능하게.

나는 마음을 먹는다.

"그들에게 폭동을 일으킬 기회 자체를 주면 안 돼."

어머니께서 빠르게 반응하신다.

"동의한다."

"동의해."

티오라 언니가 똑같은 속도로 대답한다. 언니는 자신의 유리잔을 들어 올리기까지 한다. 무늬를 낸 컵에 투명한 액체가 휘돌고 있다.

비가 그치는 사이, 나는 조금 더 침착해진다. 다가올 일이 여전히 불안하지만 계획의 가닥을 잡고 있다는 점이 만족스럽다. 메이븐 밑의 가문들이 우리로 넘어온다면 티베리아스는 완전히 팔다리가 묶이는 셈이 될 것이다. 모든 동맹을 잃게 될 테니까. 홀로 왕위에 앉아 있는 건 누구라도 할 만한 일이 못 된다.

아무리 많은 조언자와 귀족이 둘러싸고 있었다고 한들, 메이븐 역시 왕좌 위에선 혼자였다. 아주 필수적인 때, 최소한의 경우만 제외한다면 그가 자신이 보내는 공허한 시간을 함께하도록 내게 결코 종용하지 않았었다는 점이 다행스러웠다. 메이븐은 살아 있을 때, 나를 두렵게 했다. 그는 예측할 수 없었다. 무슨 말을 하거나 무슨 짓을 할지 예상할 수 없었다. 불안 속에서 사는 기분이었다. 안락함을 누리기에는 그의 궁전은 괴물 같은 왕에게 너무 가까웠다. 그곳에서 내가 놓친 잠을 이제야 막 메우는 참이다.

나는 낮은 목소리로 크게 말한다.

"그를 공개적으로 처형하지 않았다는 게 놀라워요. 어떻게 했을지 궁금하네요."

머릿속으로 메이븐이 호위에게 약하게 저항하던 모습을 그려 본다. 그는 그 일을 예상하지 못했다. *나도 예측하기 불가능한 건 마찬가지인가 봐.*

언니가 숟가락을 잡어 스튜에 꽂고는 먹지 않고 앞뒤로 휘젓기만 한다. 철벅거리는 소리가 침묵을 메운다.

"뭔데 그러니, 티오라?"

어머니께서 언니 행동 속의 뭔가를 꿰뚫어 보시고 물으신다.

티오라 언니는 망설이지만, 그리 오래는 아니다.

"그 문제라면 짐작 가는 일이 좀 있어요. 그는 하버베이의 궁으로 이송된 이후로 모습이 보이거나 소식이 들리지 않았어요."

나는 어깨를 으쓱한다.

"죽었기 때문이겠지."

티오라 언니는 나를 보지 않는다. 보지 못한다.

"우리 첩자들은 그렇게 생각 안 해."

방과 음식의 온기에도 불구하고, 갑작스러운 섬뜩함이 가슴 깊이 느껴진다. 나는 이해를 해 보려고…… 되돌아오는 공포를 무시해 보려고 애를 쓰면서 힘겹게 침을 삼킨다. *겁쟁이처럼 굴지 마. 죽지 않았다면 그는 포로가 된 채, 먼 곳에 갇혀 있을 거야. 네게는 문제가 될 사항이 아니야.*

어머니께서는 나와 같은 공포는 전혀 느끼지 않으신다. 어머니는 그저 화를 내신다.

"왜 그놈을 계속 살려 두는 거지? 캘로어 형제들은 서로 얼마나 바보 같은지 경쟁이라도 하는 거니?"

나는 좀 더 신중하게 생각하려고 애를 쓴다. 내 불편함을 가리기 위해서 입을 연다.

"아마도 할 수 없을 거예요. 형 쪽은 유약해 보였거든요."

그 적혈 여자애 장단에 춤을 출 정도니까 뻔하지, 뭐.

티오라 언니는 어머니처럼 그저 관찰자에 불과하지만, 그래도 설명을 부드럽게 하려고 애를 쓴다.

"메이븐이 거기 없다는 소문이 있어요."

레이크랜즈의 여왕께서는 얼굴이 핼쑥해진다.

"음, 그럼 어디에 있는데?"

남은 선택지가 거의 없다. 나는 그것들을 빠르게 검토해 본다. 당연하게도 하나가 유독 분명해 보인다. 저 번개 소녀에게는 슬프게도 끔찍한 일일 것이다. 적어도 나는 메이븐 캘로어에서 벗어났다. 그녀는 그럴 수 없었던 것 같다.

"몬트포트가 아닐까요. 그는 신혈과 진홍의 군대와 있을 거예요. 메어 배로우와 함께 말입니다."

티오라 언니가 생각에 잠겨 머리를 끄덕인다.

"그럼 적혈들이 떠나면서……."

"그는 물론 가치 있는 인질이겠지. 메이븐이 살아 있다면, 티베리아스는 약해질 테니까. 귀족들이 동생 쪽에 계속 충성할 수도 있고."

어머니께서는 딸이 아니라 고문을 보듯 나를 살펴보신다. 그 점에 고무된 나는 허리를 펴고 똑바로 앉는다.

"그게 가능하리라 생각하니?"

나는 잠시 대답을 곱씹으며 노르타와 그 은혈에 대해 아는 바를 재어 본다.

"저곳의 은혈 가문들은 티베리아스에게 돌아가지 않을 이유가 필요하겠죠. 나라를 예전처럼 유지하기 위해서요."

어머니와 언니가, 현재의 여왕과 미래의 여왕이 나를 침묵 속에서 지켜본다. 나는 턱을 들어 올린다.

"우리가 그들에게 그 이유를 제공하는 것은 어떨까요."

제29장

메어

해 질 녘, 거의 어둡게 물든 산 위로 미끄러지듯 날아 아센던트에 도착한다. 저 검은 사면에 떨어진다는 생각은 하지 않으려고 노력한다. 다행히 조종사들은 능숙하고, 높은 산의 활주로에 비행기를 간단하게 착륙시킨다. 군인을 가득 싣고 있는 수송기와 몬트포트 공군의 항공 편대도 평원에 내려앉는다. 군인들은 도시로 가기 위해 호크웨이를 오르거나 몬트폰트 전역에 펼쳐진 기지로 돌아가기 위해 서로 다른 길을 따라 흩어질 것이다. 이 나라는 이제 방어 태세에 들어가 국경을 경계할 것이다. 레이크랜즈가 자기들 힘을 산악 지역에 쓰기로 결심할지도 모르기 때문이다. 레이더나 프레이리를 자극하여 몬트포트를 상대로 일을 벌이게 할 수도 있고.

팔리와 데이비슨, 그들의 부관들, 그리고 나는 반짝이는 별빛이 호를 그리고 있는 아래로 계단을 따라 침묵 속에서 도시를 향해 건는다. 가는 동안 하늘을 올려다보며 별자리의 이름을 짐작해 본다. 캘로어 형제 중 누구도 생각하지 않을 것이다. 우리가 노르타에 남기고 온 사람도, 지금 사슬에 묶인 채 총으로 위협받으며 우리와 함께 걷고 있는 사람도. 그는 이따금 몬트포트에 대한 질문을 던지지만 아무도 대답하지 않는다. 그의 목소리는 메아리만 남긴 채 느릿하게 사라진다. 프리미어의 궁에 도착하기 전, 메이븐은 또 다른 계단을 따라 내려간다. 그곳에는 더 많은 경비들이 배치되어 있다. 몬트포트는 인질을 잃는 위험을 또 지지는 않을 것이다. 메이븐은 도시 깊숙한 곳에 자리한, 아센던트 주 병영 아래의 감옥으로 끌려간다. 그의 형체가 작아지는 동안 그 모습을 보지 않으려고 애쓴다. 메이븐은 결코 돌아보지 않는다.

팔리는 모두를 앞지른다. 심지어 킬런의 기다란 보폭을 넘을 정도다. 그녀의 생각이 자신의 딸, 클라라에게 가 있다는 사실은 독심술사가 아니어도 쉽게 알아차릴 수 있다.

데이비슨이 미리 말을 전해 두어서, 우리가 도착할 때쯤 그의 으리으리한 집에 있는 수많은 창문과 발코니는 모두 촛불과 등불로 환하게 빛나고 있다. 익숙한 사람들이 그림자를 드리운다. 우리가 줄을 서서 그들에게 다가가자 엄마가 클라라를 건네신다. 팔리가 클라라를 받아 안자, 아기는 조는 와중에도 미소를 짓는다. 시야 바깥쪽에서 데이비슨이 남편인 카마돈을 끌어안는 모습이 걸린다. 다음 순간 엄마가 내게 똑같이 하신다. 엄마는 깊은 한숨을 쉬시고는 어깨를 세게 감싸 안으시며 가슴으로 나를 품으신다. 가족들과 함께할 때만 쉴 수 있다. 나는 긴장을 풀고는 가족을 따라 방으로 향한다.

재회는 늘 감상적이다. 이제는 습관이 될 지경임에도 말이다. 나는 떠나고, 죽음과 마주하고, 그리고 모든 역경을 겪고도 온전하게 돌아온다. 부모님께서 이러한 반복을 멈추기 위해 나를 묶어 두고 싶으신 걸 안다. 하지만 부모님은 내가 직접 결정을 내릴 수 있다고 믿으신다. 그리고 나는 신혈이다. 번개 소녀. 나를 묶어 둘 수 있는 끈 같은 것은 사실상 없다. 내가 얼마나 이곳에 남아 있고 싶든, 움직여야 할 필요가, 계속 싸워야 할 필요가 그 마음보다 항상 더 크다.

팔리는 클라라를 안은 채 지친 미소를 지으며 침실로 향한다. 아무도 그녀를 잡지 않는다. 팔리에게는 딸과 둘이서만 보낼 시간이 필요하다. 우리는 모두 기쁘게 그 시간을 준다.

우리 가족은 타일이 깔린 테라스로 향한다. 그곳에는 내 기억보다 꽃들이 더 많이, 활짝 피어 있다. 트래미 오빠가 무척 바쁘게 지낸 모양이다.

"아름답다."

난간 위로 구불구불 피어오른 사랑스러운 하얀색 꽃 무리를 가리키며 오빠에게 말한다. 오빠는 수줍은 미소를 지으면서 의자에 앉고, 그 의자 팔걸이에 지사가 걸터앉는다. 나도 두 사람 옆의 의자에 털썩 주저앉는다. 타일 위에 평평하고 부드러운 방석이 깔려 있다.

"엄마가 도와주셨어."

트래미 오빠가 엄마를 가리켜 보이며 말한다.

테라스 끝에서, 엄마가 한 손을 흔드신다. 오늘 밤, 엄마는 머리를 아래로 풀고 계신다. 엄마는 오랜 세월 머리를 꼬아서 땋아 올려 깔끔한 쪽머리를 지으시고는 항상 얼굴에 머리카락 한 올 떨어지지 않

도록 관리하셨다. 머리카락은 하얗게 새셨지만, 머리를 풀자 엄마는
젊어 보이신다.

"난 그냥 물뿌리개를 들고 네 뒤만 따라다닌 거지."

한 번도 루스 배로우가 아름답다고 생각해 본 적이 없었다. 엄마
는 가난한 적혈 여성이기도 했지만, 은혈 옆에서 어느 누군들 아름
답게 보일 것인가? 하지만 몬트포트가 엄마께 반짝임을 되찾아 주
었다. 엄마의 금색 피부에서 건강함이 빛난다. 부드러운 등불 아래
에서는 주름도 흐려지고 약해진 느낌이다. 아빠는 그 어느 때보다도
좋아 보이신다. 스틸츠에 살던 시절보다 더 원기왕성해 보인다. 필
요한 곳에 살이 붙어서 팔과 다리는 차오른 반면, 허리의 군살은 줄
어들었다. 식사를 잘 드신 덕도 있지만, 당연히도 대부분은 새로 얻
은 다리와 폐 덕분일 것이다. 내게 인사를 하신 다음, 아빠는 브리
오빠 옆의 전용 좌석을 차지하고는 평소다운 무뚝뚝한 침묵 속으로
빠져드신다. 가족 모두 지난 몇 주간 잘 보낸 모양이었다. 특히 지사
가 그렇다. 지사의 어두운 붉은 머리카락은 어슴푸레한 빛을 받아
기름처럼 빛난다. 그 애의 옷은 몬트포트 군복을 고친 것이다. 소매
와 목깃에 색색의 실로 꽃과 보라색 번개가 수놓아져 있다. 나는 지
사에게 팔을 뻗어서 그 애의 섬세한 수작업을 훑는다.

"맘에 들면 언니에게도 하나 만들어 줄게."

내 군복을 바라보며 지사가 말한다. 공격적일 정도로 환한 붉은색
인 진홍의 군대 의상에 지사가 코를 찡그린다.

"이런 건 중요하게 생각 안 하나 봐. 메달 같은 거보다 좀 더 좋은
걸 주지."

손을 조금 흔들면서 지사가 투덜거린다.

킬런이 다리를 꼬고 양손에 기댄 자세로 내 옆에 편하게 자리를 잡는다.

"나도 하나 줄 수 있어?"

"내 기분이 좋으면."

지사가 평소처럼 장난기를 담아 대꾸한다. 그 애는 고객을 평가하듯 킬런을 위아래로 살핀다.

"꽃 대신에 물고기가 좋겠어."

그 말에 킬런이 과장해서 입술을 삐쭉 내미는 바람에 절로 미소가 흘러 나온다. 나는 손으로 입을 가리고 키득거린다.

"그래서 이번에는 얼마나 오래 있을 예정이냐?"

여전히 비난으로 가득한, 낮게 울리는 목소리로 아빠가 말씀하신다. 아빠 쪽을 힐끔 바라보자 어두운 갈색 눈동자와 눈이 마주친다. 브리 오빠와 트래미 오빠와 똑같은 눈, 내 눈보다는 어둡다.

엄마가 아빠를 그 주제에서 떼어 내기라도 하시듯 어깨에 한 손을 올리신다.

"다니엘, 메어는 방금 막 돌아왔잖아."

아빠는 엄마를 바라보지도 않으신다.

"내 말이 그 말이야."

"괜찮아요."

나는 두 분을 번갈아 보며 웅얼거린다. 그것은 매우 정직한 질문이다. 최근 상황을 고려해 볼 때 아주 좋은 질문이기도 하다.

"사실대로 말씀드리자면, 저도 모르겠어요. 며칠일 수도 있고요.

몇 주일 수도 있어요. 몇 달일 수도요."

점점 시간 단위가 커질수록 가족들은 환해진다. 나도 그것이 사실이기를 바라고야 있다. 하지만 그릇된 희망일지도 모르는 것을 준다는 생각에 고통스럽다.

"일이 어떻게 돌아가게 될지 모르겠거든요."

아빠께서 입술을 다무신다.

"노르타 말이구나."

나는 고개를 젓는다.

"레이크랜즈 문제예요."

다른 사람들이 침묵에 잠긴 채 설명을 기다리며 나를 바라본다. 킬런만 빼고. 킬런이 천천히 인상을 쓰자, 이마에 깊고 화난 듯한 주름이 생겨난다.

"레이크랜즈는 지금 전력을 모으고 있어요. 칼은 찢어진 나라를 통합하려고 하고 있어요. 우리는 일이 어떻게 될지 지켜보며 기다리는 중이고요. 레이크랜즈가 공격을 해 온다면……."

과장된 한숨과 함께 그 말을 완성하기도 전에 큰오빠가 분노에 찬 숨을 뱉는다. 오빠가 나를 노려보지만 그냥 달리 노려볼 상대가 없어서 그러는 거다.

"레이크랜즈와 맞서 싸우는 걸 도우려고?"

아빠와 마찬가지로 오빠의 말에서도 비난의 기색이 묻어난다.

그저 어깨만 으쓱할 수 있을 뿐이다. 오빠가 좌절감을 느끼는 것은 나 때문이 아니라, 내가 처한 환경 때문이다. 계속 위험에 떠밀리고, 은혈 왕들 사이에서 고통받고, 무기로 휘둘리고, 선전용으로 쓰이고.

"모르겠어. 우리는 칼과 동맹이 아니야."

나는 웅얼거린다.

킬런은 의자의 타일이 불편한 듯 몸을 움직인다. 이 주제가 불편한 걸 수도 있다.

"그럼 다른 쪽이랑은 어쩔 건데?"

킬런의 질문에 의자 주변에 서 있던 가족들이 각기 다양한 정도로 혼란스러워하며 핼쑥해진다. 엄마가 팔짱을 끼고는 내가 익히 알고 있는, 꿰뚫을 것 같은 시선을 내게 고정하신다.

"누구 말이니?"

엄마는 이미 알고 계심에도 불구하고 그렇게 물으신다. 내가 그 말을 하기를 바라시는 것이다.

이를 악물고 나는 억지로 대답을 뱉는다.

"킬런이 말한 건 메이븐이에요."

아빠의 목소리가 결코 들어 본 적이 없는 무시무시한 것으로 바뀐다.

"그놈은 지금쯤이면 죽었어야 할 텐데."

"안 죽었어요. 그리고 여기 와 있습니다."

킬런이 내가 제지하기도 전에 으르렁거린다.

가족들 사이에 분노가 요동친다. 모두의 얼굴이 벌겋게 변하고 입술을 뾰족하게 내민다. 눈이 격노로 날카로워진다.

"킬런, 문제 만들지 마."

나는 킬런의 손목을 쥐면서 화가 나서 속삭인다. 하지만 이미 악

영향이 미쳤다. 우리가 앉은 원을 따라서 침묵이 진홍의 분노로 무겁게 내려앉는다. 너무 강한 나머지 맛이 느껴질 것만 같다.

지사가 아빠만큼이나 음산한 목소리로 입을 연다.

"그를 죽여야만 해."

내 여동생은 폭력적인 아이가 아니다. 칼보다는 바늘이 걸맞다. 하지만 기회만 주어진다면 지사는 메이븐의 눈알을 파낼 수 있을 것처럼 보인다. 이런 분노를 지사에게 불러일으킨 것에 죄책감을 느낄수도 있겠지만, 갑작스러운 애정, 감사, 그리고 자부심이 솟아오르는 것을 참을 수가 없다.

오빠들도 지사에게 동의하며 느릿하게 고개를 끄덕인다. 지금 당장이라도 무모하게 메이븐의 감옥에 뛰어들 것만 같다.

가족들을 멈추고자 하는 마음에 나는 재빠르게 말한다.

"메이븐은 살아 있는 쪽이 가치가 있어."

"그놈의 망할 *가치* 같은 건 신경 안 써."

브리 오빠가 받아친다.

엄마가 잔소리를 하실 거라고 생각했는데, 오빠의 욕설에는 신경 쓰시지도 않으신다. 사실, 엄마 본인께서 살의를 느끼고 계신 것 같다. 그 순간 엄마의 눈에서 아나벨 르롤란, 라렌티아 바이퍼, 심지어는 엘라라 메란더스 같은 폭력적인 사랑이 엿보인다.

"그놈이 내게서 아들을 앗아갔어. 너 또한 데려갔지."

"전 여기 있어요, 엄마."

쉐이드 오빠의 기억이 주는 갑작스러운 고통에 침을 삼키며 속삭인다.

"내 말이 무슨 뜻인지 알잖니. 내가 직접 그놈 목을 따 버릴 거다."

사실 가장 충격적인 것은 아빠의 침묵이다. 아빠는 본디 조용하시지만 은혈들을 경멸하는 문제에 대해서라면 말이 다르다. 하지만 아빠를 바라보는 순간, 나는 왜 아빠가 아무 말씀도 하지 않으셨는지 그 이유를 이해한다. 할 수가 없기 때문이다. 아빠의 얼굴은 지독하게 붉다. 꾸준하게 폭발하는 증오심으로 인해 끓어오르고 있다. 아빠가 입을 여시면 무슨 말이 튀어나올지 아무도 모를 것이다.

"우리 다른 이야기 하면 안 돼요?"

가족들을 둘러보면서 그렇게 묻지 않을 수가 없다.

"그러자."

아빠는 이를 악물고 가까스로 뱉으신다.

나는 재빨리 말한다.

"다들 좋아 보이네요. 몬트포트가……."

엄마는 짜증이 나신 것 같지만 알겠다는 뜻으로 고개를 끄덕이고는 가족 모두를 대표해서 내 말을 자르고 대답하신다.

"몬트포트는 꿈이야, 메어."

본능적으로 의심이 타오른다. 나는 데이비슨에 대해서는 알지만, 그의 나라나 도시에 대해서는 잘 모른다. 데이비슨과 함께하는 정치인이나 그들이 대표하는 사람들에 대해서도 모른다.

"지나치게 좋다는 건가요? 우리가 어느 날 일어나서 난처한 지경에 빠졌다는 사실을 깨달을 거라고 생각하세요? 뭔가가 끔찍하게 잘못되었다고?"

엄마는 아센던트의 반짝이는 불빛을 바라보시면서 무겁게 한숨을 쉬신다.

"우리가 항상 경계해야 마땅할 거라고 생각하지만……."

"그렇지 않아. 이곳은 달라."

아빠가 엄마의 의견을 깔끔하게 마무리하신다. 아빠의 말은 짧지만 의미심장하다.

지사가 두 분을 따라서 고개를 끄덕인다.

"난 결코 여기처럼 적혈과 은혈이 함께하는 곳을 본 적이 없어. 노르타에서 선생님을 따라서 물건들을 팔러 가면 은혈들은 우릴 쳐다보지도 않았어. 만지지도 않았지. 여기는 달라."

지사는 무척 오래전의 일이라도 되는 것처럼, 은혈 보안 요원이 바느질하던 손을 부수기 전의 삶을 회상한다. 나와 닮은 갈색 눈동자가 조금 빛난다.

트래미 오빠가 분노가 조금 녹아내린 것처럼 의자에서 뒤로 몸을 늘어뜨린다. 겁먹은 뒤 고양이가 털을 손질하는 것 같다.

"우리가 동등하다는 기분이 들어."

나 때문은 아닌지 궁금하다. 몬트포트 프리미어의 가치 있는 자산이라고 할 수 있는 번개 소녀의 가족인 만큼 잘 대접받았을 것이다. 하지만 소란스러웠을 수도 있는 밤에 찾아온 평화를 유지하고 싶은 마음 때문에서라도, 나는 그 말을 뱉지 않는다. 이 이야기가 끝난 뒤 대화 주제는 좀 더 유쾌한 것으로 바뀐다.

미소를 짓고 있는, 친절한 하인들이 저녁으로 진수성찬을 차려 준다. 음식은 간단하지만 풍성하고 맛이 있다. 닭튀김부터 달콤한 짙은 보라색 산딸기를 바른 토스트에 이르기까지 다양하다. 음식은 대부분 나와 킬런을 위한 것이지만, 브리 오빠와 트래미 오빠도 한몫 차지한다. 지사는 과일과 치즈가 놓인 접시를 좋아하고, 아빠는 차가운 고기와 크래커를 엄마와 나눠 드신다. 우리는 먹는 일보다는 이야기에 집중하며 천천히 식사한다. 나는 형제자매들이 아센던트를 탐험한 이야기를 즐겁게 귀 기울여 듣는다. 브리 오빠는 매일 아침 호수에서 수영을 한다고 한다. 때때로 수영을 함께하자고 트래미 오빠를 깨우기도 하는데, 그 방법이란 트래미 오빠의 머리에 얼음물을 병째로 붓는 것이다. 지사는 가게와 시장에 대해서 체계적인 지식을 갖고 있다. 프리미어의 궁 내부에 관해서도 마찬가지다. 지사는 트래미 오빠와 함께 고지대의 목초지를 산책하는 것을 좋아하는 반면, 엄마께서는 비탈을 따라서 계단식으로 꾸며진 도시의 정원 쪽을 선호하신다. 아빠께서는 꾸준히 걷는 연습을 하시는 중으로, 매일 좀 더 깊은 계곡을 오르내리면서 새로 생긴 근육에 힘을 기르고 두 다리를 쓰는 법을 다시 배우시는 중이다.

킬런이 우리가 몬트포트를 떠난 이래 쌓은 공적들을 상세하게 설명한다. 드문드문 빈 자리가 있는 회상이다. 킬런에게는 당황스럽거나 불편한 세부 사항은 생략하는 품위가 있다. 카메론 콜에 대한 언급도 생략된다. 지사를 위한 것이다. 하지만 지사가 한 여자애와 그녀가 일했던 보석 가게에 대한 이야기로 판단하건대, 그 애가 내 가장 친한 친구에게 품었던 열병 같던 사랑은 이제 지나간 모양이다.

눈꺼풀이 아래로 떨어지기 시작한다. 길고 힘든 하루였다. 오늘 아침 어두운 칼의 침실에서 그의 이불을 몸에 두른 채 깨어났던 것을 기억하지 않으려고 애를 쓴다. 오늘 밤 나는 홀로 잠들 것이다. 진짜로 혼자서 잠드는 건 아니다, 지사가 건너편에 있을 테니까. 나는 여전히 다른 누군가가 함께 있지 않으면 잠들지 못한다. 적어도 메이븐의 포로 생활에서 탈출한 이래로 그런 일을 시도해 보지 않았다.

그에 대해서 생각하지 마.

침대를 준비하는 동안 나는 스스로에게 거듭 말한다. 그 말들을 여러 번 되풀이한다.

눈을 감아도 칼의 얼굴은 눈꺼풀에 새겨지듯 보인다. 메이븐은 스치듯 지나가는 먼 꿈에까지도 출몰한다. 멍청한 형제 같으니. 그들은 결코 나를 홀로 두지 않는다.

* * *

아침이 되자 신경이 경련한다. 누군가가 척추 주변에 고리를 건 것처럼, 내장 뒤쪽을 계속 끌어당기는 느낌이 난다. 그것이 나를 어디로 보내고 싶어 하는지 알고 있다. 도시 아래, 아센던트의 중앙 병영. 중앙 병영은 감옥 너머에 자리를 잡고 있는데, 산비탈의 기반암을 파낸 것이다. 홀로 죽어 가는 동물처럼 창살 뒤에 서성이고 있을 그의 모습을 그려 보지 않으려 노력한다. 왜 메이븐이 보고 싶은 것인지, 나조차 스스로를 이해할 수 없다. 어쩌면 내 안의 일부는 그가 여전히 유용하다는 걸 알고 있기 때문일 것이다. 시간이 다 되기 전에 그를 조금이라도 더 이해하고 싶은 건지도 모르겠다. 우리는 어떤 부분에서, 아주 많은 부분에서 서로 닮았다. 나는 어두움을 맛보았고, 그는 그 안에서 살고 있다. 가족이 없었다면, 닻이 없었다면,

심연으로 떠밀렸을 때 나는 메이븐처럼 될 수 있었다.

하지만 *메이븐이 심연이다.* 나는 그를 마주할 수 없다. 아직은 안 된다. 난 그 일을 할 정도로 강하지 못하다. 메이븐은 내 면전에서 웃음을 터뜨리고, 나를 망가뜨리고 고문하고, 이미 박혀 있는 나사 들을 더 깊이 박아 넣을 것이다. 아직도 아물지 않은 상처를 메이븐 이 다시 벌리기 전에 나는 조금이라도 더 회복해야 한다.

그래서 도시를 걸어 내려가는 대신에, 나는 올라간다. 위로. 더 *위로*.

레이더들이 평원을 공격했을 때에 탔던 산길을 따라서 걷는다. 이 제는 그것이 레이크랜즈 사람들이 브라켄 왕자의 아이들을 구출하 는 사이, 우리의 주의를 끌기 위해 계획된 공격이었음을 알고 있다. 레이더들은 대가를 받았다. 꽤 괜찮은 대가를. 나는 길을 가는 동안 돌을 걸어차면서 마음속으로 전투를 다시 그려 본다. 그 사일런스는 내 피부 아래에 살아 있는 부자연스러운 무엇인가처럼 내 몸을 할퀴 었다. 내 번개를 텅 빈 무언가로 바꾸었다. 욕을 뱉어 그 생각을 몰 아내며 길을 벗어나 돌과 나무 사이로 들어선다.

몇 시간이 지나자, 공기가 폐 속에서 타는 것 같고 목구멍이 화끈 거린다. 근육이 불타는 듯하다. 돌 너머로, 그 앞으로, 그 위로 올리 는 걸음마다 근육이 비명을 지른다. 늦여름인데도 불구하고 그늘에 는 하얀 눈이 신선하게 남아 있다. 오르면 오를수록 점점 추워진다. 발은 흙과 소나무 이파리, 자갈과 헐벗은 바위 위로 미끄러진다. 고 통스럽지만, 나는 계속 오른다.

산비탈을 따라 개울이 흐른다. 저 아래에 있는 호수로 모이는 것 들이다. 소나무 틈으로 보이는 계곡을 뒤돌아본다. 산들 때문에 아센던트가 작아 보인다. 이 거리에서 보니 어린아이의 장난감 같다. 건물들이 리본처럼 가느다란 길과 구불구불한 계단 둘레로 흩뿌려져 있다. 산은 세상을 반으로 나누는, 돌과 눈으로 된 삐죽삐죽한 벽 같다. 끝도 없이 이어지는 것처럼 보인다. 깨끗한 푸른 하늘이 계속 오르라며 내게 손짓한다. 나는 물을 마시고 땀이 가득한 붉은 얼굴을 씻느라 개울에서 멈추기도 하며 최선을 다한다.

가끔 가방에서 크래커나 소금에 절인 고기를 꺼낸다. 냄새 때문에 곰이나 늑대가 꼬이지는 않을까 걱정도 된다.

물론 공기만큼이나 가까이에 번개가 느껴지지만 말이다. 어떤 포식자도 결코 근처로 오지 않는다. 짐승들도 내가 자기들만큼이나 위험하다는 걸 아는 것 같다.

단 한 사람만 제외하고.

처음에는 너무나 완벽한 파란색을 배경으로 드러난 회색 옷을 노출된 바위로 착각한다. 이 정도 고도에서는 소나무도 드물다. 정오의 태양 아래로 거의 그늘이랄 게 없다. 내가 무엇을 보고 있는 것인지 깨닫기까지 눈을 비빈다.

내가 누구를 보고 있는 것인지.

나는 번개로 그가 선 화강암을 둘로 쪼갠다. 그는 번개가 내려치기도 전에 바위 사이로 미끄러지며 피한다.

"이 개자식."

아드레날린이 갑작스럽게 치솟는다. 속도를 더 올리며 나는 으르렁거린다. 절망도 솟는다. 내가 아무리 빠르다고 한들, 번개가 아무리 강하다고 한들, 결코 그를 잡을 수 없다는 것을 알기 때문이다.

존은 항상 내가 오는 것을 볼 테니까.

존의 웃음소리가 더 높은 곳에서 메아리친다. 나는 스스로에게 화를 내면서 그 소리를 쫓아 그를 따라간다. 그는 소리 내어 웃고 또 웃고, 나는 오르고 또 오른다. 우리가 숲을 완전히 벗어나, 어떤 것도 자랄 수 없을 정도로 너무 높은 곳에 이르러 공기가 혹독하리만치 차가워질 때까지. 나는 분노로 숨을 제대로 쉬지 못하고 컥컥거리며, 그 차가운 공기가 폐를 때리게 둔다. 더 이상 갈 수 없는 지경이라 주저앉는다. 존이, 아니 어느 누구라도, 내가 갈 곳이나 내가 할 일을 제어하게 두고 싶지 않기 때문이다.

하지만 대부분은 그저 너무 지쳤기 때문이다.

나는 수백 년 동안 용서를 모르는 눈과 바람에 매끄럽게 닦인 커다란 바위에 기댄다.

호흡이 힘들고 무겁다. 저 망할 시어를 결코 잡을 수 없는 것처럼, 호흡도 결코 돌아오지 않을 것만 같다.

"적응하기 전에는 이 고도에서는 모든 일이 어렵죠. 불의 왕자조차 처음 산을 올랐을 때는 힘들었을 겁니다."

나는 눈을 반쯤 감은 채로 존을 흘긋 보는 것 이상은 어떤 일도 하기 힘들 정도로 지친 상태다. 그는 걸터앉아서 다리를 달랑거리며 나를 굽어본다. 존은 날씨에 맞게 두꺼운 코트를 입고 발에는 많이 신어서 낡은 부츠를 걸치고 있다. 얼마나 오래 그가 걸어온 것인지, 얼마나 오래 여기서 나를 기다렸는지 궁금하다.

"그가 더 이상 왕자가 아니란 사실은 당신도 잘 알지 않나요. 그가 얼마나 오랫동안 왕으로 있을지도 알겠죠."

나는 말을 신중하게 고르면서 대답한다. 어쩌면 우리 앞에 놓인 미래에 대해, 아주 조그마한 단서라도 얻어 낼 수 있을지도 모른다.

"그렇죠."

존은 가볍게 웃으며 대꾸한다. 그는 당연히 내가 무엇을 하려는지 알고 있다. 그는 자기가 하고 싶은 말만 할 것이다.

나는 또 한 번 깊게 숨을 쉬면서 굶주린 폐에 공기를 흡입한다.

"여기서 뭐 하고 있는 거죠?"

"경치를 감상 중이죠."

그는 나를 쳐다보지도 않는다. 존의 붉은 눈동자는 지평선을 향해 있다. 우리 앞의 풍경은 감탄이 나올 정도다. 몇백 미터 아래의 전망보다 더 인상적이다. 세상의 가장자리에 앉아 있으니, 나는 정말로 작아진 동시에 커진 기분이며, 모든 것이자 아무것도 아닌 것 같다. 차가운 공기에 숨이 뿌옇게 퍼진다. 오래는 머물 수 없다. 어둠이 내리기 전에 내려가고 싶다면.

내려갈 때 존의 머리를 들고 갈 수 있다면 좋겠다.

"이렇게 될 거라고 말했잖습니까."

존이 중얼거린다.

으르렁거리며 나는 그를 향해 이를 드러낸다.

"당신은 내게 아무것도 말해 준 게 없어요. 당신이 내게 말해 줬다면, 오빠는 살 수 있었을 거야. 수천 명이……."

그가 끼어든다.

"다른 대안을 생각해 본 적은 있습니까? 제가 했던 행동, 제가 했던 말과 하지 않은 말, 한 것과 하지 않은 것, 그런 것들이 더 많은 이들을 구할 거라고?"

주먹을 동그랗게 말고 발로 바닥을 차자, 자갈 한 더미가 경사를 따라서 굴러 내려간다.

"그냥 *당신이 참견하지 않는* 쪽은 생각해 본 적 없어요?"

존이 한 번 소리 내어 웃는다.

"여러 번요. 하지만 제가 연루되든 아니든 간에, 저는 길을 봅니다. 저는 도착지를 봐요. 때로는 그저 그런 일이 일어나게 둘 수가 없습니다."

"당신이 결정할 수 있다니 참 멋지네요."

저 비틀린 신혈의 말을 이해할 때면 항상 그렇듯 나는 쓸쓸한 태도로 비꼰다.

"당신이라면 이 짐을 지는 게 좋겠습니까, 메어 배로우? 전 그렇지 않습니다."

존은 아래로 내려와서 나와 나란히 앉으면서 대답한다. 그는 슬프게 미소를 짓는다.

존의 선홍색 시선을 받자 몸이 떨린다.

"당신은 내가 일어나리라고, 홀로 일어나리라고 했죠."

오래전에 반쯤 비에 덮인 버려진 탄광 마을에서 그가 했던 말들을 웅얼거린다. 그것이 내 운명이었다. 그리고 매 순간을 지나며, 나는 그 말이 진실이 되는 것을 지켜보고 있다. 쉐이드 오빠를 잃었을 때. 칼을 잃었을 때. 이 꾸준한 이별 속에서, 차가운 손 같은 것이 나와 내가 사랑하는 사람들 사이에서 꿈틀대는 것만 같다. 아무리 무시해 보려고 노력하더라도 내가 달라졌고, 망가졌다는 생각이, 화가 난 느낌이 든다. 그로 인해 내가 홀로 남은 것 같다. 정말로 나를 이해해 줄 수 있는 사람은 이제 하나뿐인데, 그 사람은 괴물이다.

나는 메이븐도 잃어버렸다. 메이븐이 그런 척했던 그 사람을 잃어버렸다. 내가 그토록 외롭고 두려웠을 때 사랑했던, 필요로 했던 친구를. *너무나 많은 사람을 잃어 왔다.*

하지만 동시에 많은 이를 얻었다. 팔리, 클라라. 가족은 여전히 나와 함께 있고, 쉐이드 오빠를 제외하고는 안전하다. 킬런도 결코 충실함이나 우정을 잃지 않는다. 내가 혼자가 아니라는 사실을 증명해 주는 나와 같은 신혈들, 일렉트리콘들도 있다. 프리미어 데이비슨과 그가 하기를 희망하는 모든 일. 그들이 내가 잃은 모든 이들을 상회한다.

"당신 말이 옳았다고 생각하지 않아요."

반쯤 그 말을 믿으면서 중얼거린다. 존이 깜짝 놀라, 나를 날카롭게 바라보느라 소리가 날 정도로 목을 돌린다.

"그 길이 또 바뀌기라도 했나요? 내가 바꾸었어요?"

증오스러운 존의 눈을 억지로 마주 본다. 거짓말이나 진실을 찾아내기 위해서.

존이 느릿하게 눈을 깜빡인다.

"당신은 아무것도 바꾸지 않았습니다."

존의 목젖이나 위장, 두개골 같은 어디든 팔꿈치로 후려치고 싶다. 대신에 나는 뒤로 털썩 기대며 머리를 기울여 하늘을 쏘아본다. 존은 아주 조금 키득거리면서 나를 지켜본다.

"뭐죠?"

나는 씩씩거린다.

"일어나라."

존이 몇백 미터 아래의 계곡을 가리키면서 중얼거린다. 다음 순간 그가 내 가슴을 가리킨다.

"홀로 일어나라."

이번에 나는 그를 좀 아프게 할 수 있기를 소망하며, 존의 팔을 약하게 친다.

"당신이 산을 오르는 이야기를 하는 게 아닌 건 알아요. 더 이상은 번개가 아니라 폭풍이라면서요. 전 세계를 삼킬 폭풍."

존은 그저 어깨만 돌리더니 산맥을 다시 바라본다. 그의 숨이 찬 공기에 김을 뿜는다.

"제가 무엇에 관해서 말하고 있었는지 누가 알겠습니까."

"당신은 알잖아요."

"그리고 아주 감사하게도 저는 계속 그 무게를 지고 가야겠지요, 아무도 그걸 원치 않으니까요."

나는 조소한다.

"당신은 우리 운명 위에 군림하는 걸 즐기는 것 같던데요."

입술을 씹으며, 내가 가진 기회들을 재어 본다. 존이 주는 힌트들은 가치가 있을 수도 있고, 아니면 그저 그가 선택한 다른 길로 나를 내던지는 빌어먹을 것일 수도 있다. 말 그대로 운에 맡겨야 한다. 소금 산과 함께 그의 말을 고려해 볼 수밖에 없다.

"잘난 체하면서 알려 줄 선택의 말이나 힌트 같은 거 더 없어요?"

존의 입 한구석이 움직이지만, 눈동자는 흔들린다. 슬퍼 보이기까지 한다.

"당신 친구가 당신보다는 낚시에 재능이 있네요."

내가 날카롭게 숨을 들이마신다. 차가운 공기가 목구멍에서 휙 소리를 낸다.

"킬런에 대해 뭘 알고 있죠?"

나는 한 옥타브는 올라간 목소리로 묻는다. 킬런은 존에게는 아무도 아닌 존재나 다름없다. 왕국의 거대한 움직임과 운명에 있어서 중요하지 않다. 존이 숨기고 있는 위험하고 끔찍한 비밀 수천 개에 비하자면 존의 머릿속에서 킬런은 1센티미터도 차지하고 있을 수 없다. 나는 존의 팔을 붙들려고 몸을 움직이지만, 그는 간단히 내 손길을 피한다.

존의 붉은 눈동자가 뚝뚝 떨어진 두 개의 핏방울처럼 나를 응시한다.

"그가 이 모든 일의 기폭제였죠, 그렇지 않습니까? 적어도 당신이 맡은 역할에는 말입니다. 징병당할 처지의 불쌍한 친구, 구해 줄 사람이라고는 오직 당신뿐이었지요."

존의 말은 꼼꼼하고 느릿하다. 의도적이다. 퍼즐 조각들을 하나로 맞출 시간을 주고 있다. 나를 들여다보고 있는 것이 무엇인지 깨닫지 않으려고, 받아들이지 않으려고 애를 써 본다. 그를 죽이고 싶다. 그의 머리를 바위에 내려치고 싶다. 하지만 움직일 수가 없다.

나는 떨면서 말한다.

"그가 견습생 자리를 잃었기 때문이죠. 그의 스승이 죽어서요."

"킬런의 스승이 추락했기 때문이지요."

그것은 질문이 아니다. 존은 늙은 컬리, 내 가장 친한 친구가 모시던 어부에게 정확히 무슨 일이 일어났는지 알고 있다. 나이에 비해 훨씬 일찍 머리가 새었던 그 소박한 남자에게.

눈물이 차오른다. 나는 너무나 오랜 기간을, 심지어 내가 생각했던 것보다 훨씬 더 긴 기간을 꼭두각시로 지내 왔다.

"당신이 그를 밀었어."

"저는 많은 사람들을 밉니다, 그것도 다양한 방법들로요."

"죄 없는 남자를 죽음으로 본 거예요?"

속이 끓어오른다.

존의 안에서 무언가가, 마치 전등이 꺼지거나 켜지는 것처럼 전환된다. 그가 다른 것에 집중한다. 존이 자기 자신을 다잡으며 숨을 들이마신다. 존의 목소리는 갑자기 분명하고 좀 더 힘 있게 바뀐다. 나 하나를 위한 것이 아니라 군인들에게 연설이라도 하는 듯하다.

"레이크랜즈가 곧 아케온을 공격할 겁니다. 몇 주 안에요. 우리가 이야기를 하는 동안에도, 그들은 완벽 그 이상으로 군대를 준비시키고 있어요. 티베리아스 캘로어는 약하고 그들도 그 사실을 압니다."

내게는 논쟁할 마음도 의지도 남아 있지 않다. 존의 말은 옳다. 나는 여전히 동요하고 있다.

"레이크랜즈가 아케온을 차지하면, 티베리아스는 결코 노르타를 지키지 못할 겁니다. 올해도 안 됩니다. 내년에도 안 됩니다. 심지어 지금부터 100년 안에도 안 됩니다."

나는 이를 악문다.

"당신이 거짓말을 할 수도 있잖아요."

존은 나를 무시하고 계속한다.

"수도가 레이크랜즈 여왕의 손에 떨어진다면, 그 길은 길고 피투성이가 될 겁니다. 당신이 겪었던 어떤 것보다도 더 안 좋을 거예요."

존은 무릎 위에서 손가락을 하나로 엮는다. 그의 관절이 회색 옷과 대조되어 하얗게 보인다.

"제게도 그 길의 끝은 희미하게 보일 뿐입니다. 하지만 그것이 끔찍하다는 것은 알겠어요."

"난 더 이상 당신 체스 말이 되기 싫어요."

"모두가 다른 사람의 체스 말입니다, 메어. 그걸 알든 모르든 말입니다."

"당신은 누구의 체스 말인데요?"

존은 대답 없이 그저 눈을 들어 깨끗한 하늘을 올려다본다. 마지막 한숨과 함께 존이 일어서자 돌들이 움직인다.

"움직이는 게 좋겠습니다."

존이 산 아래를 가리켜 보이면서 말한다.

"그래서 내가 당신 메시지를 전달할 수 있게요?"

나는 억울한 목소리로 받아친다. 아무리 존의 말이 옳다고 해도, 그의 명령을 받는 것은 지금으로서는 최후에나 하고 싶은 일이다. 존에게 만족감을 주느니 여기서 얼어 죽는 게 나을 것 같다.

"그래서 당신이 *저걸* 피할 수 있게 말입니다. 이 위에서는 폭풍들이 빠르게 움직입니다."

존이 턱으로 북쪽을 가리켜 보인다. 산봉우리에 구름이 모여 있다.

"폭풍이라면 다룰 수 있어요."

"원하시는 대로 하십시오."

존이 어깨를 으쓱하며 대답하고는 코트를 단단히 두른다.

"우린 다시는 만나지 않을 겁니다, 메어 배로우."

여전히 땅에 누운 채, 나는 존을 올려다보며 비웃는다.

"좋네요."

존은 대답 없이 몸을 돌려서 계속 산을 오른다.

나는 그의 모습이 사라질 때까지, 회색 돌 위에 회색 남자의 형태가 작아지는 모습을 지켜본다.

일어나라, 홀로 일어나라.

＊ ＊ ＊

숲에 들어서자마자 폭풍이 정상을 때린다. 나는 울부짖는 바람과 얼어붙을 듯한 비를 피한다. 하산은 올라올 때만큼이나 고통스럽다. 걸을 때마다 오는 무거운 충격에 무릎이 삐걱거린다. 흔들리는 돌이나 길을 뒤덮은 소나무 이파리 무더기를 밟아서 발목을 부러트리지 않으려면 발을 어디에 딛을지 주의해야 한다. 저 뒤에 있는 산에서는 살아 있는 천둥이 내 심장처럼 낮은 소리로 크게 울린다.

태양이 계곡을 가로질러 봉우리들 아래로 가라앉기 시작할 때야 아센던트에 도착한다. 산을 타느라 몸은 아프고 존과 나누었던 대화 탓에 고통스럽지만, 프리미어의 궁으로 들어가며 속도를 올린다. 몬트포트의 군인들과 장교들을 지나치고, 정부의 정치인들도 스친다. 정치인들은 잘 차려입은 옷으로 구별할 수 있다. 그들은 건물의 낮은 층에 어슬렁거리며 회의에 참석하러 가거나 회의를 마치고 떠나는 중이다. 그들은 내가 지나가면 세심히 나를 관찰하지만, 공포 때문은 아니다. 이곳에서 나는 괴물이 아니다.

하나는 파랗고 하나는 뼈처럼 하얀, 충격적인 색의 머리 두 개가 어두운 녹색 의상과 군복들을 입은 무리 사이에서 불쑥 눈에 들어온다. 엘라와 타이톤이다. 일렉트리콘 동료들은 창문이 달린 벽감 하나에서 한가롭게, 자기들만의 공간을 차지하고 있다.

"날 기다리던 중이에요? 그럴 필요 없는데."

미소를 지으며 말한다. 산행 때문에 숨은 여전히 고르지 못하고 들쑥날쑥하다.

타이톤이 나를 훑어본다. 하얀색 머리카락 한 타래가 그의 얼굴에 떨어진다. 타이톤은 차분하게 의자 뒤로 기대며 다리를 꼰다.

"혼자 산을 오르지 말았어야죠. 특히 그런 일에 재주가 없다면요."

"당신은 내 오빠들하고 좀 더 시간을 함께 보냈어야죠, 타이톤. 당신보다는 오빠들이 나를 놀리는 일에 더 재주가 있거든요."

조금 톡 쏘듯 대꾸한다.

그는 수월하게 미소 짓지만 어두운 눈에까지 웃음기가 미치진 않는다. 엘라가 그를 향해 씩씩거린다.

"모두 도서관에 있어요. 팔리 장군과 나머지도."

엘라가 저 아래 복도를 가리켜 보인다.

또 다른 회의를 마주해야 한다는 말에 위장이 내려앉는다. 나는 이를 악문다.

"나 어때 보여요?"

엘라는 입술을 핥으며 눈으로 나를 살핀다.

타이튼은 덜 외교적이다.

"엘라가 망설이는 거면 충분한 대답이 되었겠죠. 하지만 얼굴에 전투용 화장을 덧바를 만한 시간이 없어요, 배로우."

"그러게요, 잘됐네요."

나는 두 사람을 뒤로한 채 떠나며 투덜거린다.

나는 빠르게 머리를 뒤로 넘기고, 바람에 엉망으로 엉킨 머리를 급하게 땋아서 감춰 보려고 한다. *나머지도*. 팔리와 프리미어 외에 누가 더 와 있다는 걸까?

도서관은 찾기 어렵지 않다. 한 층 위다. 궁 동쪽의 넓은 면적을 차지하고 있다. 경비들이 이중문에 무리 지어 서 있지만, 그들은 내가 다가가자 별말 없이 지날 수 있게 내버려 둔다. 다른 부속 건물과 마찬가지로, 도서관은 밝고 활기찬 곳이다. 옻칠하여 윤기가 나는 떡갈나무 판을 붙였다. 안에는 두 줄로 된 선반들이 줄지어 늘어서 있고, 청동 난간이 달린 좁은 층계참이 2층을 두르고 있다. 눈부시게 빛나는 붉은 군복을 입고 있는 진홍의 군대의 군인들이 총을 들고 거기 걸터앉아 있다. 그들은 나를 알아차리고 긴장하며, 내가 위협할 수도 있는 자신들의 경호 목표를 보호할 준비를 한다.

사령부의 적혈 군인들.

팔리는 방 중앙에 반원 형태로 배열된 녹색 가죽 소파에 앉아 있다. 사령부에서 몇 주간 일을 마치고 돌아온 에이다가 팔짱을 끼고 옆에 서 있다. 입을 굳게 다물고 모든 것을 관찰 중이다. 내가 가까이 다가가자 아주 희미한 미소를 지어 보인다.

진홍의 군대와 상응하듯 맞은편에는 의자가 배치되어 있다. 중앙의 데이비슨을 필두로 몬트포트의 장교들과 정치인들이 의자를 채우고 있다. 그들은 나에게는 신경도 쓰지 않은 채 낮은 목소리로 얘기를 나누고 있다. 어쩌면 날 기다리고 있었던 걸 수도 있다.

추위와 산행으로 악취가 나는 내가 이곳에 있기에는 너무 더럽다는 기분이 든다. 하지만 정말로 걱정하지는 않아도 된다. 사령부의 장군들은 나만큼이나 단정치 못한 차림새다. 더하면 더했다. 본부가 어디에 있었는지는 모르겠지만 그들은 막 도착한 상태다. 그들은 팔리처럼 보인다. 외모가 아니라 태도가 그렇다. 팔리가 힘겨운 인생과 힘겨운 승리를 한 30년쯤, 혹은 그 이상 경험하게 된다면 말이다. 3명의 남자와 3명의 여자들은 모두 머리카락이 새었고, 팔리처럼 짧게 자른 모습이다. 팔리가 저들을 따라 하고 싶었던 건지 궁금하다. 왜냐하면, 그런 유사성들에도 불구하고 팔리는 저들 모두와는 눈에 거슬릴 정도로 대조적이기 때문이다. 그녀는 여전히 어리고 한창때다. 저들의 선동가다.

팔리의 아버지는 위쪽의 층계참에 줄지어 있는 수많은 장교 사이에 서서, 난간에 몸을 기댄 채 양손을 얽고 있다. 자기 딸의 지위를 질투한다고 한들, 티를 내지는 않는다. 내가 들어오는 모습을 일별한 그는 붉은 눈을 빛내면서 머리를 기울여 인사하기까지 한다.

내가 가까이 다가가는 동안에도 나지막한 대화는 계속된다. 팔리는 조금 움직여서 옆에 자리를 마련해 준다. 하지만 나는 장군이 아니다. 사령부도 아니다. 나는 앉을 권리를 얻지 못했다. 나는 호위처럼 그녀 뒤에 가까이 서서, 팔짱을 낀다.

"만나서 반갑습니다, 배로우 양."

곱슬머리를 지닌 장군이 나를 보려고 몸을 돌리며 말한다. 내가 중요한 수업을 방해하기라도 했다는 듯 교사처럼 엄격한 눈빛이다. 나는 회의에 끼어들고 싶지 않아서 대답으로 고개만 끄덕인다. 주제가 엄청 심각하게 보이지 않기는 해도 말이다. 많은 고문이 자기들끼리만 이야기 중이고, 위쪽의 군인들 사이에서도 웅웅거리는 대화소리가 들린다.

"막 소개를 마친 참이에요."

에이다가 내 옆에 서며 친절하게 설명해 준다.

팔리가 눈을 반짝이면서 지켜본다. 그녀는 내 쪽으로 몸을 기울이고는 속삭인다.

"스완은 신경 꺼. 그냥 널 곤란하게 만들려는 거야."

그녀는 그렇게 덧붙이면서 여자 장군을 쿡 찌른다.

놀랍게도 그 나이 든 여자는 조금 피식 웃는다. 그들은 오랜 친구나 가족처럼 비슷한 태도를 보인다. 하지만 둘의 생김새는 닮지 않았다. 스완은 키가 작고 말랐으며 모래빛 피부에는 어두운 주근깨가 뿌려져 있다. 나이가 들어 주름이 지긴 했지만, 주근깨 때문에 표정은 어린애처럼 보인다.

"스완 장군."

나는 예의를 차리는 차원에서 고개를 다시 꾸벅하면서 웅얼거린다. 그녀는 이번에는 친절한 미소를 돌려준다.

에이다는 남은 소파에 앉아 있는 또 다른 장군들과 재잘거리고 있다. 본부에서 시간을 보낸 뒤로, 그들을 잘 알게 된 듯하다. 나머지 여자들은 호라이즌과 센트리이고, 남자들은 드러머, 크림슨, 그리고 사우던이다. 분명 암호명이다. 유용하다. 이곳에서도 그렇다.

"펠리스 장군은 노르타에 남아서 계속 작전을 진행 중입니다. 노르타와 국경에서 캐낼 수 있는 것들을 무엇이든 캐낼 겁니다."

에이다의 말에 내가 묻는다.

"레이크랜즈는요? 아이리스가 침공할 텐데, 언제일지 알 필요가 있어요."

몇 주 안으로. 존은 그렇게 말했다. 구체적이라고는 할 수 없다.

스완이 목청을 가다듬는다.

"레이크랜즈 사람들은 국경을 봉쇄했습니다. 참모들은커녕, 나조차도 빠져나올 수 있을지 확신할 수가 없었어요. 우리는 최대한 빠르게 움직였습니다. 무슨 말인지 아시겠지만, 정말 힘들었어요."

그녀의 눈이 어두워진다.

나는 엄숙하게 고개를 끄덕이며 스완이 얼마나 많은 동료의 죽음을 뒤로하고 와야 했을지 생각하지 않으려고 애를 쓴다.

모여 있는 군인과 정치인들을 빠르게 훑어본다. 대부분은 적혈들이다. 몬트포트 은혈들 몇 명이 데이비슨과 함께 앉아 있지만, 적혈들이 수적으로 월등하게 우세하다. 그들 사이에서 민중의 회랑에서 보았던 금발 머리 대표인 래디스가 눈에 들어온다. 그가 나를 알아차렸다는 최소한의 표시로 고개를 작게 끄덕인다.

데이비슨도 나와 눈이 마주치자 똑같이 한다.

얼굴을 붉히고, 큰 소리로 목을 가다듬으며 조금 앞으로 나간다. 근처의 장군들만 나를 보기 위해 몸을 돌린다. 군인들을 조용히 만들기가 어렵다. 더 힘을 실어서 다시 한 번 시도한다. 느리지만 분명하게, 조용한 동심원이 퍼져나가며 도서관에 있는 모두의 눈이 내게로 떨어진다. 익숙하지만 여전히 불편하다. 나는 힘겹게 침을 삼킨다. *움찔하지 마. 얼굴 붉히지도 마. 망설이지도 말고.*

"제 이름은 메어 배로우입니다."

모여 있는 군중을 향해 말한다. 층계참에 있던 누군가가 조용하게 비웃는다. 이 시점에서 내 소개를 할 필요는 없었나 보다.

"여기 와 주셔서 감사합니다."

나는 내가 해야만 하는 말을 올바르게 표현해 보려고 계속 말을 잇는다. *'미래를 전부 볼 수 있는 한 남자가 조언을 줬는데.'*는 전혀 제대로 된 말로는 안 들린다.

"늦어서 죄송해요, 저는…… 등산 중이었어요. 그리고 산에서 한 사람을 만났어요."

"저거 무슨 비유인가?"

크림슨 장군이 퉁명스럽게 투덜거리는데, 드러머라는 이름이 딱 적절하게도 환상적으로 동그란 남자가 그를 조용히 시킨다.

나는 에이다를, 다음에는 팔리를 흘끗 바라본다.

"존이었어요."

내 설명에 그녀의 눈이 커다래진다. 방의 사람들에게는 그녀의 얼굴에 서린 충격이 많은 것을 시사한다.

"그는 신혈 시어로, 이전에도 그를 만난 적이 있습니다."

데이비슨이 턱을 들어 올린다.

"메이븐도 그랬죠. 내가 착각하는 게 아니라면, 그 남자는 당신을 붙잡는 데 중요한 역할을 했을 텐데요."

"맞아요."

나는 수치심을 느끼며 중얼거린다.

프리미어는 입술을 오므린다.

"그리고 그는 메이븐을 한 번 구하기도 했고요."

나는 다시 고개를 끄덕인다.

"그랬죠. 자기만의 이유 때문에요."

그의 동료들 여럿이 나를 무시하는 것처럼 보이기는 하지만, 데이비슨은 팔꿈치에 대고 몸을 앞으로 숙이며, 강렬하고 가늠하기 어려운 시선을 내게 고정한다.

"그가 뭐라고 했습니까, 메어?"

"노르타의 수도를 레이크랜즈 손에 떨어지게 둘 수 없대요. 그렇게 하면 그건 '길고 피투성이인' 길이 될 거라고 했어요. 이전의 어떤 것보다도 더 최악일 거예요. 그들이 아케온을 차지하면, 레이크랜즈가 노르타를 앞으로 100년 동안은 통치할 거라더군요."

래디스가 잘 관리한 손톱을 살피다가 발끈한다. 이런 발언에 대고 눈을 치켜뜨고 있는 사람이 그 혼자만은 아니다. 그가 중얼거린다.

"그걸 깨닫는데 제게 굳이 시어가 필요하진 않습니다."

장군 몇 명이 동의의 뜻으로 고개를 끄덕인다. 스완이 그들을 대표해서 말한다.

"침공이 닥칠 거라는 건 알고 있어요. 그저 언제냐가 문제이지요."

"몇 주 안에요. 존이 그렇게 말하더군요."

이미 시계가 우리를 향해 똑딱거리고 있다.

스완이 눈을 가늘게 뜬다. 불친절이나 의심에서가 아니라, 동정 때문이다.

"그래서 당신은 그의 말을 믿나요? 그가 당신에게 그런 일을 저질렀는데도?"

머릿속에 장면들이 스친다. 감금 생활의 기억이다. 존이 발동시키고자 했던 운명의 계획이 뭐였든 간에, 그는 나에게 감옥을 선사했다. 더 이상 그의 체스 말이 되는 건 사양이라고 말했는데, 지금 내가 하는 일이 정확하게 그것이다.

"그런 것 같아요."

나는 단호하게 들릴 수 있게 노력하며 대답한다.

그 말에 또 한 차례 사람들이 웅성거린다. 심지어 고함도 들린다. 장군들, 대표들, 그리고 군인들도 떠든다.

오직 셋만이 침묵을 지키며 시선을 교환한다.

팔리, 데이비슨, 그리고 나.

두 사람을 번갈아 보며 금빛 눈에서 푸른색으로 시선을 준다. 어떤 결심을 볼 수 있다. 내 안에서도 같은 것이 느껴진다.

우리는 다시 싸울 것이다. 방법을 알아내야만 한다.

늘 그렇듯, 팔리가 먼저 벌떡 일어선다.

그녀는 정숙하라는 뜻으로 양손을 쭉 뻗는다. 그 행동은 조금 효과가 있어서, 군인들과 장군들은 입을 다문다. 몬트포트 외교관들 일부는 여전히 자기들끼리 속닥거리고 있다.

팔리가 부르짖는다.

"계획이 필요합니다. 그 시어가 뭐라고 했는지랑은 상관없이, 우리는 레이크랜즈가 아케온으로 향한다는 걸 압니다. 우리가 노르타

311

를 자유롭게 하고 싶다면 몬트포트와 진홍의 군대는 노르타의 수도를 전복할 수 있어야 합니다. 누가 왕좌에 앉아 있건 말입니다."

스완이 고개를 끄덕인다.

"나는 여기로 달아나기 전까지 레이크랜즈에 배치되어 있었습니다. 여기 있는 누구보다도 더 많이 그들의 힘을 보았습니다. 시그넷 여왕이 그 도시를 차지한다면, 다시 돌려받기는 불가능에 가까울 겁니다. 약한 적을 상대하는 것이 낫습니다."

칼. 난 결코 그를 약한 쪽이라고 생각해 본 적이 없지만, 저 말은 분명히 사실이다. 아무리 좋게 말하려고 해도 그의 지위는 불안정하다. 왕궁에 홀로 남아 그의 아빠와 형제가 부숴 버린 세계의 균형을 맞추느라 애를 쓰는 그의 모습을 그리지 않으려고 한다.

"아케온에 진홍의 군대가 남아 있겠지요, 그렇죠?"

데이비슨이 묻는다. 그의 목소리에 몬트포트 사람들이 조용해진다.

팔리가 대답한다.

"팰리스가 배치되어 있습니다. 그녀가 이끄는 팀도 관리할 수 있는 만큼은 노르타에 최대한 자리 잡고 있습니다. 하버베이, 델피, 아케온 변두리 등입니다."

약간 뚱뚱한 장군인 드러머가 끼어든다.

"팰리스 장군은 도시로 들어가라는 명령을 받았습니다. 당연히 조용하게 말입니다. 새 왕은 그의 형제가 아닙니다. 그의 정권은 아직 진홍의 군대에게 대놓고 적대적이지 않아요. 그 정도 위험 부담은 질 수 있습니다."

"그렇다면 적어도 도시 안에 눈이 있는 셈이군요. 우리 쪽에 더해서 당신들 눈까지. 그들이 조직을 이루도록 해야 할 겁니다."

데이비슨이 생각에 잠긴다.

"진홍의 군대는 아케온에 잠입한 적이 있습니다. 다시 할 수 있습니다."

드러머가 인상적인 가슴을 부풀리며 말한다.

프리미어의 입술이 가늘고 냉혹한 선을 그린다.

"하지만 같은 식으로는 안 됩니다. 공중을 이용하는 것은 너무 위험합니다. 이제 칼은 공군 부대를 소유하고 있습니다. 우리는 노르타의 공군력에 상대가 되지 않습니다. 메이븐의 결혼식 때처럼 기습 작전을 펼칠 수는 없습니다."

"그리고 터널들도요. 메이븐 왕이 도시 아래의 모든 것을 잠갔어요."

시작도 해 보기 전에 실패했던 반란에 대해 생각하며 팔리가 중얼거린다.

"모두는 아니에요."

내가 불쑥 말하자 다른 사람들이 냉엄한 눈길에 열망을 담아 나를 바라본다.

"메이븐의 기차를, 그의 탈출 계획을 본 적이 있어요. 트레저리 홀 아래로 곧장 통합니다. 궁전 아래에 더 많은 출입구가 있어요. 그는 남의 눈을 피해서 도시를 빠져나가고 싶을 때 그 길을 이용했지요. 그가 자기만 쓸 용도로 온전한 터널들을 남겨 두었으리란 쪽에 기꺼이 돈을 걸겠어요."

열의를 갖고 드러머가 발을 구른다. 그는 나이와 몸집에 비해서 놀랄 만큼 민첩하다.

"그 부분을 팰리스에게 알아보라고 보죠. 에이다, 도시 계획을 기억하고 있겠죠?"

"네, 장군님."

에이다가 재빨리 대답한다. 그녀의 완벽한 정신이 보존하지 못할 것이 있긴 할지 모르겠다.

드러머가 턱을 기울인다.

"팰리스와 통신하죠. 공작원들을 보낼 수 있도록."

"네, 장군님."

에이다는 망설임 없이 고개를 끄덕이고 벌써 도서관에서 걸어 나가는 중이다.

팔리가 턱에 힘을 바싹 준 채, 완전히 방에서 사라질 때까지 에이다가 떠나는 모습을 바라본다. 다음 순간 팔리는 내 반응을 재어 보듯 나를 따라 시선을 흘긋 준다.

"준비할 시간이 있을까?"

"아마 없을 거야."

나는 웅얼거린다. 망할 존이 조금만 더 정확히 경고했더라면 좋았을 것을. 하지만 그건 너무 쉬운 모양이다. 그건 그의 방식이 아니다.

"그럼 이제 뭘 하지?"

갑작스러운 두통에 관자놀이가 지끈거린다. 콧날을 꼬집는다. 오늘 아침 일찍, 나는 메이븐에게서 멀어지려고 산을 올랐다.

내 노력은 피할 수 없는, 필수 불가결한 상황을 미루기만 했을 뿐이다.

"뭐, 그냥 물어보면 될 것 같아."

＊＊＊

메이븐이 자백하도록 만들 줄리언이나 위스퍼들이 없다. 신혈이
나 다른 방법 또한 없다. 메이븐 캘로어를 심문하는 일은 의지와 기
만 사이의 전투가 될 것이다. 몬트포트에도 은혈들이 있기는 하지
만, 능력 하나만으로는 진실을 끌어낼 수는 없다.

하지만 고통으로는 가능하다.

메이븐을 데리고 오기 전, 장교 중 하나가 타이톤을 대동하고 돌
아온다. 하얀 머리카락의 일렉트리콘은 방으로 들어오며 시무룩한
표정을 짓는다. 그는 데이비슨의 옆에 자리를 잡고는 손가락을 두드
린다. 그가 메이븐에게 사용할 수도 있을 번개처럼 재빠른 움직임이
다. 타이톤의 능력은 내 것보다 훨씬 더 정밀하다. 회복 불가능한 손
상을 주지 않고도 육체를 한계까지 밀어붙일 수 있다.

몬트포트의 대표들과 군인들이 다 사라진 상태라 방은 죽음이 찾
아온 것처럼 고요하다. 데이비슨과 진홍의 군대의 장군은 메이븐에
게 관객을 주지 않을 생각이다. 메이븐은 너무 훌륭한 연기자이며,
거짓말쟁이다.

나는 팔리와 그녀가 앉은 의자의 팔걸이 사이에 끼어 앉는다. 팔
리는 나보다 훨씬 건장하지만, 그녀가 이토록 가까이에 있다는 게
기껍다. 메이븐에 대한 생각에 피가 차게 식는다. 아케온에서는 칼
이 나와 메이븐의 관심과 집착, 분노를 나눠졌다. 이제는 나뿐이다.

메이븐의 경비는 최소한 6명은 된다. 몬트포트의 군인들과 진홍
의 군대들이 무기와 능력으로 무장하고 있다. 메이븐은 관심과 그런

예방 조치를 한껏 즐기며, 사람들이 자신을 서새로 안내하는 내내 가볍게 미소를 짓는다.

메이븐의 얼음 같은 눈동자가 방 안을 빠르게 휙 돈다. 창문과 책, 그리고 자신을 기다리고 있는 사람을 인지한 뒤, 그의 시선이 내게 붙들린다.

"인정해야겠네. 당신을 다시 보게 될 거라고는 결코 예상치 못했어, 프리미어."

그가 시선을 옮겨 데이비슨을 바라보면서 말한다. 그 태연한 남자는 아무 반응도 보이지 않는다. 데이비슨의 얼굴은 고요하고 중립적이다.

"내가 몬트포트의 신비로운 야생에 발을 들이게 될지도 결코 생각해 보지 못했고. 하지만 그렇게까지 야생은 아닌걸, 안 그런가? 당신들이 우리더러 믿게 만들었던 만큼은 아니로군."

충분히 야생이라 할 만한데. 나는 들소 떼와 벌였던 전투를 떠올리며 생각한다.

"나는 그대의 나라가 우리 나라처럼 은혈들의 땅이라고 배우며 자랐지. 수많은 왕과 군주들에 의해 나누어져 있기는 해도 말이야. 내 교사들은 정말이지 잘못 알고 있었군."

메이븐은 가볍게 몸을 돌리면서 말을 잇는다. 우리의 수를 세고 있는 중일 수도 있다. 사령부의 장군들 7명은 데이비슨의 정부와 군대에서 나온 대표들과 수가 맞다. 메이븐은 래디스를 발견하고 말을 멈춘다. 래디스는 차가운 색의 피부를 지녀, 은혈이라는 게 드러난다.

"흥미롭군. 우리가 즐거운 시간을 보냈다고는 안 믿기는데, 안 그래?"

메이븐의 말에 그 나이 든 은혈은 한 손을 내민다. 기울어지는 태양 빛이 래디스의 긴 손톱에 번뜩인다. 부드러운 바람이 메이븐의 머리카락을 바스락거리며 지나간다. 경고다.

"말을 아끼시오, 왕자. 논의할 일들이 있습니다."

메이븐은 그저 미소만 지어 보인다.

"여기서 은혈을 보게 될 거라고는 예상치 못해서 말이지, 그러니까 이런…… 진홍색 손님들 한가운데서."

시간을 끄는 메이븐의 전술이 벌써 지루해 나는 성을 내며 말한다.

"네 입으로도 말했지만, 넌 이곳에 대해서 아무것도 몰라."

나를 향해 몸을 돌리는 메이븐의 눈이 이글댄다. 나는 한 손으로 그를 일축한다.

"그리고 알 필요도 없고."

메이븐이 이를 드러낸다.

"오래 지나지 않아 나를 처형할 거라서? 그게 네가 지금 하려는 협박인가, 메어?"

나는 턱에 힘을 주고 아무 대답도 하지 않는다.

"참 공허한 말이야. 네가 나를 죽이려고 했다면, 벌써 하고도 남았겠지. 내가 살아 있는 편이 더 유리하겠지, 너와 네가 추구하는 대의에 있어서."

방 전체가 그에 대한 대답으로 침묵에 잠긴다.

메이븐이 비웃음을 보인다.

"아, 시치미 떼지 마. 내가 살아 있으면 형에게 위협이 될 테지. 형이 내게 그랬듯이. 형은 노르타의 하이 하우스들을 호출해서 충성 서

약을 받고 있겠군. 내게 충성을 약속했던 이들을 자기 편으로 끌어들이려고 애쓰면서 말이야. 몇몇은 형을 따를 테지만, 전부 그럴까?"

메이븐은 느릿하게 머리를 흔들면서 훈계하는 엄마처럼 혀를 찬다.

"아니, 뒤로 물러나 관망하겠지. 맞서 싸우거나."

"널 위해서? 그건 아니겠지."

내가 받아친다.

그 순간 메이븐은 짐승에게 더 어울릴 법한 신음을 내며 목을 낮게 울린다.

"나한테서 원하는 게 정확히 뭐지?"

메이븐이 눈을 확 비틀어 떠 내며 말한다. 그는 방 안의 나머지 사람들을 마주보기 위해서 우아하게 돌아선다. 추락한 왕에게 감옥은 없지만, 그는 분명히 잡혀 있다. 어떤 이유에선지, 메이븐의 시선이 타이톤에게 머무른다. 메이븐은 하얀 머리카락과 태연하게 사람을 죽일 것 같은 태도를 지닌 그를 살펴본다.

"그래서 저 사람은 누구지?"

놀랍게도 메이븐 캘로어에게서 공포가 느껴진다.

팔리가 물속에 퍼진 피 냄새를 맡은 것처럼 즉시 덤벼든다.

"넌 우리에게 아케온의 터널들을 어떻게 했는지 알려 줄 거야. 어디를 막았고, 어디를 열어 두었는지. 네가 왕좌를 차지한 후에 새로 건설한 것들에 대해서도."

자기 처지에도 불구하고, 메이븐은 눈을 치켜뜨며 웃음을 터뜨린다.

"너희들이랑 너희 터널들."

젊은 장군은 멈추지 않는다.

"그래서?"

메이븐이 팔리를 향해서 음흉하게 웃는다.

"그럼 내가 얻는 게 뭐지? 전망 좋은 감방이라도 주나? 그렇게 어려운 일은 아니잖아. 지금 내 방에는 창이 전혀 없거든."

기묘하게 손을 비틀면서, 메이븐이 손가락으로 수를 센다.

"더 나은 음식? 어쩌면 방문객도?"

그가 한 손을 신경에 거슬리게 조금 흔든다. 떠는 것처럼도 보인다. 메이븐이 유지하고 있는 자제력이 미끄러지기 시작한다.

"고통 없는 죽음은 어때?"

가만히 좀 있으라고 메이븐을 확 잡아채고 싶지만, 그런 마음을 억누른다. 꿈틀거리며 목숨을 구걸하는, 덫에 걸린 쥐가 생각난다.

"만족스럽구나, 메이븐."

나는 불쑥 뱉는다.

메이븐이 나를 훑어보는 감각에 익숙해져야만 하겠지만, 아직 그렇지 못하다. 나는 몸을 떤다. 그의 시선이 피부에 깃털처럼 내려앉는다.

"뭐 때문에?"

메이븐이 중얼거린다.

우리 사이에는 몇 미터 거리가 있음에도, 메이븐이 너무 가까운 것처럼 느껴진다.

말들이 입안에서 신맛을 낸다.

"너도 알잖아."

메이븐의 미소가 커다래진다. 우리를 비웃는 하얀 칼 같다. 그가 평이하게 말한다.

"내가 왕좌를 가질 수 없다면, 형도 그래야 마땅하지. 뭐, 적어도 그건 좀 괜찮네."

메이븐의 목소리가 뚝 끊기고, 미소도 함께 사라진다.

"하지만 충분할 정도는 아니지."

메이븐의 뒤에서 데이비슨이 옆에 있는 타이톤과 심각한 시선을 주고받는다. 한참 후, 하얀 머리카락의 일렉트리콘이 몸을 일으킨다. 타이톤은 양손을 옆에 늘어뜨린 채 의도적으로 느릿하게 일어난다. 메이븐이 그 소리에 날카롭게 몸을 돌린다. 그의 눈이 커다래진다.

"저 사람은 누구야?"

메이븐이 다시 묻는다. 그의 목소리에 담긴 떨림을 무시하려고 해 본다.

나는 턱을 치켜든다.

"나 같은 사람이야."

타이톤이 한 손을 자기 다리에 대고 두드린다. 눈이 멀 것 같은 하얀색 스파크 한 줄기가 그의 손가락을 따라 일어난다.

"하지만 더 강하지."

어두운 속눈썹이 창백한 뺨에 퍼드덕거린다. 메이븐의 목울대가 꿀꺽 움직인다.

메이븐은 마지못해서, 더듬거리며 말을 뱉는다. 낮고, 거의 잘 들리지도 않는다. 그가 쉰 목소리로 속삭인다.

"대가가 필요해."

나는 불만스럽게 이를 꽉 문다.

"메이븐, 이미 말했지만……."

추락한 왕은 내 말을 자르고는, 타이톤에게서 시선을 떼어 내어 불 같은 검은색 눈으로 나를 본다. 그가 이를 드러내면서 경멸을 표한다.

"그대들이 침공할 때에, 그대들이 계획한 대로, 내가 그대들이 가길 원하는 곳으로 안내하지. 어느 터널이든, 어느 길이든. 나는 그대들을 도시로 데려다주고 내 비틀린 형에게 그대들을 풀어놓을 거야."

팔리가 비웃음을 짓는다.

"덫으로 안내하려는 거야, 틀림없어. 시그넷 신부의 아가리 속으로 우리를……."

"아, 그녀도 거기 있겠지. 의심할 여지 없이."

메이븐이 팔리의 말에 대답하며 한 손가락을 흔든다. 팔리의 얼굴이 분노로 벌게진다.

"그 뱀 같은 여자랑 그녀의 엄마는 내 왕국에 발을 들인 순간부터 노르타를 먹으려고 계획 중이었으니까."

"네가 그녀를 안으로 들인 순간부터겠지."

내가 중얼거린다.

메이븐은 움찔하지도 않는다.

"위험은 계산한 거였어. 그래서 이렇게 된 거지."

그를 잘 모르는 사람에게조차 설득력이 없는 말이다. 사령부의 장군들은 처음보다 넌더리를 내고 있으며, 몬트포트의 신혈들은 산 채로 메이븐의 껍질을 벗기고 싶어 하는 듯하다. 대개는 온건한 프리미어조차 입을 삐죽거리며 그를 분명하게 쏘아본다. 데이비슨이 타이톤에게 고개를 끄덕이자, 그는 한 발을 앞으로 오싹하게 딛는다.

그 행동이 메이븐의 안에서 무언가를 일으킨다. 그는 사정거리 밖으로 펄쩍 물러나며, 우리 모두와 거리를 벌린다. 다시 잡아당겨지지만, 메이븐의 눈에 타오르는 건 불길이다. 공포가 아니다.

"그대들은 내가 고통 속에서는 거짓말을 못 할 거라고 생각하나? 그걸 수천 번도 더 해 보았을 거라고는 생각 안 해?"

으르렁거리는 메이븐의 목소리가 방 안에 천둥처럼 울린다.

누구도 그의 말에 대답하지 못한다. 특히 나는 더 그렇다. 반응하지 않으려고, 내가 보이는 감정에 메이븐이 만족하지 못하게 하려고 애쓴다. 끔찍하게 실패한다. 눈을 계속 뜨고 있을 수가 없다. 아주 짧고 공허한 순간 동안 나는 어둠 말고는 아무것도 보지 못한 채로, 메이븐을 생각하지 않으려고 한다. 그의 말들을. 그의 삶이 어땠고, 계속 어떤 상태인지도.

그리고 그것 때문에 우리 모두가 얼마나 고통받았는지도.

다른 사람들은 그를 용서치 못할 거라고 생각한다. 우리가 얻고자 하는 것을 위해서 그를 고문할 거라고. 번개로 고통을 주며 원하는 정보들을 끄집어낼 거라고. 그 장면을 지켜볼 정도로 내가 강할까?

팔리조차 흔들린다.

그녀는 메이븐을 읽으려고 애를 쓰며 그를 가만히 바라본다. 위험과 비용을 재어 본다. 그는 겁먹지 않고 팔리의 시선을 받아친다.

팔리가 속삭이듯 욕을 한다.

처음으로, 메이븐이 진실을 말하고 있다.

메이븐 캘로어가 우리의 유일한 기회이다.

제30장

칼

나에게는 *언제나 대관식이* 예정되어 있었다. 의식에 필요한 왕관
은 예상외의 것이 아니다. 왕관을 돌려 보면서, 철과 금과 은으로 된
그것의 만만찮은 무게를 느껴 본다. 한 시간 안으로 할머니께서 이
흉물스러운 것을 내 머리에 씌울 것이다. 아버지께서도 이것을 쓰셨
다. 아버지께서는 내가 태어났을 때 이미 왕이셨고, 내가 유일하게
생각나는 왕비와는 다른 왕비와 함께하고 계셨다.

그분을 기억할 수 있다면 좋겠다. 내가 가진 어머니에 대한 기억
들이 줄리언 외삼촌에게서 들은 이야기가 아니라 나 자신만의 추억
이라면 좋겠다. 유화의 붓질 대신에 생생한 사람의 살이면 좋겠다.

일기장 복사본은 여전히 침실의 침대 옆 서랍장에 숨겨져 있다.
왕의 방이 준비되고 메이븐의 흔적들이 깨끗하게 지워지고 나면, 곧
방을 옮기게 될 것이다. 그 생각에 몸이 떨린다. 그토록 작고 끔찍한

것에 손을 올리는 게 왜 망설여지는지 도통 모르겠다. 그저 책인데. 휘갈긴 글씨로 쓴 뒤죽박죽의 글들을 모아 놓은 것뿐인데. 난 처형 대나 군대와도 맞서 싸운 적이 있다. 번개와 폭풍에도. 총알을 피해 본 적도 있고. 하늘에서도 한 번 이상 떨어져 봤다.

그리고, 어머니의 일기장은 그 모든 것보다도 더 두렵다. 몇 페이지를 읽는 것조차 간신했다. 그걸 읽기 위해서 플레임메이커를 멀리 치우기까지 해야 했다. 어머니의 글이 나를 불안정하게 만들었다. 그 종이들이 손안에서 재로 바뀌는 위험을 무릅쓸 수는 없었다. 코리앤 제이코스의 마지막 말들, 외삼촌의 손에서 조심스럽게 보관된 그것을. 원본은 오래전에 사라졌지만, 외삼촌은 이것을 어머니를 생각하듯 지켜 왔다.

난 어머니의 음성이 어떻게 들리는지도 모른다. 정말로 알고 싶었다면 방법을 찾아냈을 것이다. 어머니가 찍힌 녹화 영상은 수도 없이 많고, 사진도 마찬가지다. 하지만 아버지가 그러셨던 것처럼, 나 또한 그것들을 멀리했다. 내가 결코 알지 못했던 유령을 멀리했다.

나의 일부는 이 방의 테이블에서 일어나고 싶지 않아 한다. 조용하고 평화로운 내면의 거품이 막 터지려고 한다. 한계점에 서 있는 기분이다. 창문은 시저의 광장을 내다보고 있다. 다가올 혼돈의 전경을 보여 준다. 자기들 가문 색을 입은 은혈들이 광장에 넘쳐 나는데, 대부분은 로열 코트(Royal Court)로 향하는 중이다. 광장을 둘러싸고 있는 수많은 건물 중 하나가 간신히 보인다.

아버지께서는 저곳에서 관을 쓰셨다, 저 반짝이는 돔 지붕 아래에서. 메이븐도 몇 달 전 저곳에서 결혼식을 올렸다.

메어가 그때 그와 함께 있었다.

그녀는 이제 여기에 없다.

메어를 잃은 고통, 그 깊은 상처는 여전하다. 하지만 전과 같은 날카로운 통증은 사라졌다. 우리 둘 다 우리가 무엇을 하고 있는지, 때가 왔을 때 우리의 선택이 어떨지 알고 있었다. 그저 며칠만 더 있었더라면, 몇 시간만 더 있었더라면 바랄 뿐이다.

이제 그녀는 떠났다. 다시 메이븐과 함께.

화가 나야만 할 것이다. 어떻게 부르더라도 이건 배신이다. 메어는 가치 있는 포로를 훔쳤다. 메이븐을 처형하는 것은 가장 간단하며, 가장 적은 피를 흘리고 왕국을 다시 합칠 기회였다. 하지만 짜증 외에는 아무 감정이 들지 않는다. 내가 놀라지 않았기 때문일 것이다. 메이븐이 내 손길에서 멀리 가 버렸다는 이유가 더 크겠지만.

그 애는 이제 메어의 문제다.

적어도 나는 그 애를 죽이는 사람이 되지 않아도 된다.

겁쟁이 같은 생각이다. 내가 한 번도 스스로에게 허용해 본 적 없는 것이다. 어쨌든 그런 생각을 하고 만다.

메이븐이 고통 없이 죽기를 바란다.

예상보다 빠르게 문간에서 들린 노크 소리에 다리를 쭉 펴며 일어난다. 줄리언 외삼촌이나 나나벨 할머니가 들어오기 전에 문을 열면서, 마지막으로 한 가지 일이라도 스스로 할 수 있기를 바란다. 나는 바보가 아니다. 나는 그들이 내게 어떤 존재인지 안다. 그들은 내게 남은 마지막 가족들일 뿐만 아니라 고문이자 스승이다. 서로에게 각자는 경쟁자이기도 하다. 그저 두 사람이 동시에 와서 경쟁하느라 내 평화를 오염시키는 일만 없기를 바란다.

다행스럽게도 기다리고 있는 건 외삼촌뿐이다.

외삼촌은 비딱한 미소를 지으시며 양팔을 넓게 벌리고 대관식을 위해 맞춘 새 의상을 보여 주신다. 외삼촌의 색들이 주를 이룬 것으로, 끝단을 장식한 상의와 하의는 기본적으로 제이코스 하우스의 칙칙한 금빛으로 되어 있다. 하지만 외삼촌의 옷깃은 피처럼 붉은색으로 나의 상징 색이다. 외삼촌의 충심이 캘로어 하우스가 아니라, 내게 있다는 것을 보여 주는 것이다.

외삼촌이 내 이름 아래에 하신 일들이 생각난다. 내 동생과 한 남자의 목숨을 교환했다. 아마도 또 다른 목숨도 교환하시려고 한다. 잊을 수가 없다. 외삼촌의 계획들은 할머니의 것만큼이나 내 생각과는 거리가 멀다. 그 점 때문에 외삼촌에게조차 경계심을 품게 된다.

이것이 왕이 되는 일인가? 아무도 믿지 못하는 것?

나는 불편함을 숨겨 보려고 소리 내어 웃는다.

"멋져 보이시네요."

그렇게 정리된 모습은 외삼촌 같지가 않다. 삼촌은 호리호리한 체형에 거의 잘생겨 보이기까지 한다.

삼촌이 안으로 들어서며 건조한 미소를 보이신다.

"이 낡은 옷이요? 어떠십니까? 준비는 다 됐습니까?"

나는 내 옷을 가리켜 보인다. 이제는 익숙해진, 피처럼 붉은 상하의에 검은색 테두리를 둘렀다. 은색 장식들에 레이크랜즈 배들도 가라앉힐 정도로 많은 메달을 달고 있다. 세트로 맞춘 망토는 아직 두르지 않았다. 그건 너무 무겁고 좀 멍청해 보인다.

"옷에 대해 말하는 게 아닙니다, 칼."

뺨에 열기가 오른다. 약점이나 두려움을 의미하는 신호를 숨기려 애쓰며 몸을 재빨리 돌린다.

"그거 물어보신 게 아닌 거 알고 있습니다."

"그럼요?"

외삼촌이 좀 더 가까이 다가오시며 묻는다.

나는 항상 가르침받은 대로 행동한다. 내 입장을 고수하는 것이다.

"아버지께서 준비가 되었다는 건 없다고 말씀하신 적이 있습니다. 준비가 되었다고 생각한다면, 실제로는 안 된 거라고."

"그렇다면 당장이라도 창문으로 탈출할 것처럼 보이시는 것도 좋은 일이겠군요."

"위로가 되네요."

"아버님께서도 불안해하셨습니다."

외삼촌이 부드럽게 말씀하신다. 머뭇거리면서 한 손을 내 어깨에 가볍게 올리신다.

혀가 입안에 들러붙은 듯 하고 싶은 말을 완성할 수가 없다.

하지만 외삼촌은 내가 무엇을 묻고 싶은지 알아차리시고는 설명하신다.

"어머님께서 말씀해 주셨습니다. 아버님께서는 더 많은 시간이 있었으면 좋겠다고 하셨다더군요."

더 많은 시간.

외삼촌이 가슴을 망치로 친 것 같은 기분이다.

"우리 모두 그렇지 않습니까?"

평소처럼 어딘지 불만스러워하는 태도로 외삼촌이 어깨를 으쓱하신다. 나보다 더 많이 아시는 듯하다. 실제로도 그럴 것 같지만.

"여러 이유가 있겠죠. 이상한 일입니다. 그렇지 않습니까? 우리가 서로 이토록 다른데, 그럼에도 같은 것을 바란다는 게 말입니다."

나를 올려다보는 외삼촌의 두 눈을 피한다. 외삼촌의 눈은 초상화 속 어머니의 눈과 너무나도 닮았다.

"하지만 원하는 것, 바라는 것, 꿈꾸는 것을 위해서 우리는……."

나는 고개만 끄덕이며 외삼촌의 말을 자른다.

"저에게는 더 그런 사치를 할 여유가 없어요."

"꿈꾸는 것도?"

외삼촌이 당혹스럽게 눈을 깜빡이신다. 하지만 동시에 몹시 흥미롭다는 표정이다. 외삼촌은 수수께끼를 아주 좋아하신다. 지금 내가 외삼촌에게는 하나의 수수께끼인 것이다.

"칼, 당신은 이제 왕이 됩니다. 눈을 뜬 채로도 꿈을 꿀 수 있고, 소망하는 걸 만들 수 있죠."

다시 망치로 맞는 듯한 감각이 느껴진다. 외삼촌의 말에 실린 힘이, 그 뒤에 숨은 판단만큼이나 가슴을 아프게 한다. 물론 내가 *너무 많이* 그 망할 감상을 되풀이해 들었기 때문이기도 하다.

"사람들에게 그게 사실이 아니란 말을 하는 것도 지겹네요."

줄리언 외삼촌이 눈을 가늘게 뜬다. 나는 본능적으로 방어하듯 팔짱을 낀다.

"진심이십니까?"

"메어에 대해 말씀하시려는 거라면…… 이미 대륙 절반 정도를 건너갔을 거예요. 그리고 메어는……."

삼촌은 미소를 슬며시 지으면서 한 손을 들어 올린 뒤 길고 가느다란 손가락을 펴 보이신다. 부드러운 손, 책을 넘기는 일에 잘 어울리는 손이다. 결코 전쟁을 겪지 않은 손. 전투를 할 필요가 없던 손. 그런 손이 부럽다.

"칼, 저는 낭만주의자입니다. 하지만 죄송스럽게도 메어나 당신의 상심에 대해서 말씀드리려는 게 아닙니다. 그건…… 제 걱정의 목록 중에서도 놀라울 정도로 아래에 있습니다. 전 당신을 가엽게 여기지만, 지금으로서는 고려해야 할 일들이 너무나, 너무나 많습니다."

열기가 뺨에 치솟는다. 이제는 귀 끝까지 뜨겁다. 줄리언 외삼촌은 침착하게 그 상황을 받아들이고는 고맙게도 다른 곳을 보신다.

"준비가 되실 때까지 문밖에 있겠습니다."

하지만 시간이 됐다. 더는 숨을 수 없다.

"아버지 말씀처럼, 전 결코 준비되지 않을 거예요."

나는 웅얼거린다. 의지를 모아 망토를 두르고 제대로 채운다.

외삼촌을 지나쳐 문을 연다. 개인적인 공간이 주는 안정감에서 벗어나는 것이 마치 수 킬로미터를 달리는 기분이다. 땀이 등에서 솟아 척추를 따라 구른다. 달아나고 싶은, 되돌아가고 싶은, 그 자리에 멈추고 싶은 욕구와 맞서 싸운다,

줄리언 외삼촌이 옆에서 목발처럼 속도를 맞춘다.

"턱을 드세요. 저 코너를 돌면 할머님께서 계십니다."

외삼촌이 경고한다.

나는 할 수 있는 최고의 미소를 그에게 보낸다. 그 미소는 약하고

거짓된 느낌이 든다. 다른 수많은 것들이 요즘 그렇듯이.

* * *

로열 코트의 크리스털 돔은 은혈 장인들의 걸작이다. 어린 시절에
는 완벽하게 반짝이는 것들이 밤하늘에서 훔쳐 온 별들로 만들어졌
다고 생각했다. 오늘도 그것들은 여전히 빛나지만, 이전에 응당 그
랬듯이 밝지는 않다. 남은 적혈 하인들이 거의 없다. 많은 이들이 더
나은 봉급과 처우보다는 근무지를 떠나는 쪽을 선택했다. 즉위식에
걸맞게 수도를 번쩍이고 빛나게 만들 사람이 부족하다. *나는 심지어
그 역할에 어울리지도 않잖아.* 쓸쓸하게 생각한다. 내 치세는 재 속
에서 시작한다.

수도와 새 왕국을 따라 난 길이 그러하다. 적혈들은 세상 속에서
새로운 자리를 찾고 있다. 은혈들은 그것이 무슨 의미인지 이해하려
고 발버둥 친다. 기술자 마을들은 거의 비었고, 수많은 도시에 정전
이 퍼지고 있다. 아케온도 예외는 아니다. 우리 제조업의 역량도 빠
르게 뒤를 이어 사라질 것이다. 상점들과 보급품은 이미 그 영향을
받고 있다. 이 일이 전쟁과 군사력에 미칠 영향을 가늠하기 어렵다.
물론 예상했던 일이다. 이런 일이 일어날 거라는 건 알았다.

적어도 레이크랜즈와의 전쟁은 끝났다. 아니, 제1차 레이크랜즈
전쟁이 끝났다고 해야 할 것이다. 분명히 또 다른 전쟁이 곧 시작될
테니까. 아이리스와 그녀의 어머니가 군대를 대동하고 돌아오는 것
은 시간문제다.

돔 아래에 있는 바다 중앙에 이를 때까지 회장의 긴 계단을 따라 웅성거림이 나를 쫓는다. 거대한 홀은 마치 내 실패, 내 배신, 내 약함을 비웃느라 쉿쉿거리는 유령으로 가득 찬 것처럼 메아리친다.

수십 명 앞에서 목을 그대로 노출한 채로 무릎을 꿇으며 그런 것들을 생각하지 않으려고 애를 쓴다. 그때 우리는 바로 이 장소에서 식이 끝나자마자 메이븐을 공격했다. 다른 사람이 그 보답을 하려 들지 않으리라고 누가 감히 말할 수 있겠는가?

그것도 생각하지 말자.

대신 바닥에, 뼈처럼 하얀 대리석에 휘감겨 있는 짙은 회색 무늬에 집중한다. 하이 하우스들이 두른 다양한 색 사이에서, 이 방 자체에는 색이 없는 것이 눈에 띈다. 의도된 것이다. 무지개를 배경으로 한 흰색과 검은색. 이곳에는 1000여 명에 육박하는 사람들이 편히 앉을 수 있지만, 오늘 이 자리에는 100명이 좀 안 되는 사람들만 참석했다. 캘로어 하우스의 두 아들을 위해, 많은 가문이 양편으로 나뉘어 싸우다가 죽었다. 불꽃 같은 색을 걸친 할머니의 가문이 자랑스럽게 서 있고, 에반젤린의 가족들인 사모스와 바이퍼 중 살아남은 사람들 또한 있다. 라리스 하우스와 아이럴 하우스 같은 동맹들도 쉽게 찾을 수 있다. 다른 이들도 있다. 전에는 메이븐에게 충성했으나 더는 아닌 가문들이다. 램보스, 웰르, 매칸토스가 자기들 색을 입고 앉아 있다. 붉은 갈색, 녹색과 금색, 은빛이 도는 푸른색. 어떤 가문은 그 누구도 참석하지 않았다. 오사노스 님프들은 전혀 보이지 않는다. 이그리에, 프로보스, 그리고 유감스럽게도 수많은 스코노스 스킨 힐러들과 모든 아뻰 사일런스들 역시 자리를 비웠다. 그들뿐만이 아니다. 줄리언 외삼촌이나 나나벨 할머니가 누가 참석을 거절했는지 찬찬히 살펴보시며, 조심스럽게 누가 동맹이며 누가 여전히 적인지 구별하고 계실 테다.

하나로는 충분치가 않아, 다른 쪽에 너무 많은걸.

위쪽에서 할머니는 적나라하게 비어 있는 궁중을 신경 쓰는 티를 내지 않으려고 주의를 기울이신다. 할머니의 얼굴은 고요하고 자부심에 빛난다. 아버지의 왕관을 드실 때 할머니의 구릿빛 눈동자가 불타오른다.

"진정한 왕, 티베리아스 7세 만세!"

할머니의 단호한 외침이 공간에 메아리친다.

눈썹 위로 얹히는 동그란 금속이 차갑지만, 놀라거나 몸을 움찔대지 않는다. 나는 총성이나 불꽃에도 눈 하나 깜빡이지 않도록 훈련받았다. 하지만 나를 둘러싼 은혈 귀족들이 할머니의 말씀을 따라 하자, 몸이 떨리기 시작한다. 그들은 그 말을 하고 또 한다. *진정한 왕.* 심장 박동처럼 반복된다. 현실이다. 이 일이 정말로 일어나고 있다.

나는 왕이다, *바*로 왕이다. 마침내 나는 내가 있기 위해 태어난 곳에 섰다.

한편으로는 오늘 아침과 똑같은 기분을 느낀다. 나는 여전히 칼이다. 여전히 오래된 상처와 새로운 상처로 아파하고, 보이는 멍과 보이지 않는 멍에 신음한다. 여전히 다가올 일이 두렵고, 나의 약한 왕국을 지키기 위해서 내가 해야만 하는 일들도 두렵다. 이 왕관이 나라는 사람을 어떻게 바꿀지도 두렵다.

이미 그 변화가 시작된 것일까?

아마도. 아주 작은 부분부터, 잊고 있던 어떤 곳에서부터 나는 바뀌고 있을 것이다. 이미 나라는 존재가 산산조각 났으며, 홀로라는 기분이 든다. 심지어 혈육인 줄리언 외삼촌이나 할머니가 가까이서 나를 지켜보실 때조차 그렇다. 하지만 너무 많은 이들을 잃었다.

어머니.

아버지.

메어.

그리고 메이븐도. 나는 동생이 있다고 생각했는데, 그 사람은 실제로는 존재하지도 않던 사람이었다.

결코 존재하지 않았던 사람.

내가 왕이 되면 메이븐이 옆에 설 거라고 배우며 자랐다. 내 가장 강력한 동맹이자 가장 열렬한 지지자. 내 최고의 고문, 방패이자 목발. 다른 의견을 제시해 주는 사람. 나의 피난처. 단 한 번도 의문을 가져 본 적이 없었다. 메이븐이 그런 일을 저지를 거라고는 결코 생각해 본 적도 없었다. 내가 얼마나 틀렸던 건지.

전에도 그 애를 잃었다는 사실은 내게 상처였다. 하지만 지금, 머리 위에 왕관을 썼는데도 그 애의 자리를 대신할 이가 아무도 없는 상황이라니.

갑자기 숨을 쉬기가 어렵다.

나는 위안을 찾고자 하는 희망에 나나벨 할머니를 올려다본다.

할머니는 내게 그저 미소를 지으시면서, 어깨를 양손으로 꼭 붙드신다. 할머니에게서 아버지의 모습을 찾아본다. 아버지께서는 결점이 있는 왕이자 결점이 있는 부모셨다. 그래도 지금 이 순간에는 아버지가 너무나도 그립다.

허락해 주신다면 할머니를 끌어안고 싶지만, 할머니는 팔꿈치에 힘을 준 채 나와의 거리를 유지하신다. 나를 전시하듯 똑바로 일으켜 세워 과시하신다. 귀족들에게 보이려고, 메시지를 전하려는 것이다.

티베리아스 캘로어가 왕이다. 그리고 그는 결코 다시는 무릎 꿇지 않을 것이다.

심지어 볼로 사모스에게도 그렇다.

나나벨 할머니와 팔짱을 끼고 볼로에게 제일 먼저 다가간다. 하나의 왕이 다른 왕에게로. 나는 머리를 숙이고, 볼로도 그렇게 한다.

나를 느릿하게 살피는 그의 얼굴은 냉담하지만 모호하다.

"축하합니다, 전하."

볼로 사모스가 내 왕관을 바라보며 말한다.

나도 그의 이마를 가로지르는 장식 없는 철 왕관을 향해 고개를 끄덕이며 똑같이 한다.

"고맙습니다, 전하."

그의 옆에서, 한 손을 남편의 팔에 올리고 있던 바이퍼 왕비가 뻣뻣하게 몸을 굳힌다. 마치 그를 뒤로 물리려는 듯하다. 하지만 볼로는 반응하지 않고, 나 또한 마찬가지다. 할머니와 나는 사고 없이 그를 지나쳐서, 다른 사모스 왕족들에게로 몸을 돌려 인사를 한다.

자기 오빠의 옆에 있는 에반젤린은 작아 보인다. 평소보다 가라앉은 것 같다. 입고 있는 드레스와 보석들은 나머지 가족과 비교하자면 칙칙해 보일 정도다. 은색 비단은 너무 어두워서 거의 검은색으로 보일 지경이라, 대관식보다는 장례식에 어울릴 법하다. 일주일

334

전에 그녀가 내게 했던 말을 생각하면 이해는 간다. 에반젤린의 의심이 맞다면, 볼로 사모스의 죽음은 예정되어 있으며, 에반젤린은 그 일을 멈추기 위해 손가락 하나 까닥일 생각이 없는 것이다.

그 순간, 우리가 공유하고 있는 비밀과, 다음에 닥칠 일을 우리 모두 바라지 않는다는 사실에 나와 에반젤린은 전율한다.

이제 난 공식적으로 노르타의 왕이다. 에반젤린과 내 결혼을 가로막을 것은 아무것도 없다. 이렇게 되기까지 정말 오랜 시간이 걸렸지만 그럼에도 시간이 충분하지는 않았다.

우리는 이 약혼에 어떤 환상도 없다. 에반젤린이 얼굴을 떨어뜨리고, 초연한 무관심이 혐오로 변한다. 그녀는 몸을 돌려서 자기 오빠의 몸을 이용해 얼굴을 가린다.

다음 몇 시간은 각종 색깔과 사교적인 인사말들이 한데 뒤섞인 가운데 흐릿하게 지나간다. 나는 왕실 행사를 처음 겪는 것이 아니다. 대화라는 손쉬운 게임에 참여하며 그 박자에 슬쩍 끼어드는 일은 간단하다. 한참이나 떠들지만 아무 말도 하지 않는 것. 나나벨 할머니와 줄리언 외삼촌이 내내 나와 함께한다. 우리는 어마어마한 팀이다. 두 사람이 대놓고 시합을 벌이지만 않는다면 좋을 텐데. 메이븐을 패퇴시키고 전쟁이 잠깐이나마 끝난 지금, 그들의 동맹은 좋게 말해서 흔들리는 수준이다. 나를 제외하면 두 사람 사이에는 유대감이랄 게 없다. 사냥개 두 마리 사이에 갇힌 뼈다귀 장난감이 된 기분이다. 할머니는 오랫동안 왕비로 사셨다. 궁중과 전장을 어떻게 다루는지 알고 계시고, 사납고 대담하시다.

하지만 줄리언 외삼촌은 내 마음을 더 잘 알고 계신다.

저녁 식사를 즐기기 위해서 최선을 다한다. 음식들은 먹을 만하지만, 이전에 즐기고는 했던 만찬들에는 비할 바가 못 된다. 어쩌다 보니 카마돈과 데이비슨의 저녁 식사를 그리워 하고 있다. 지금의 식사가 내게 덜 어색하기는 해도, 그들이 준비했던 식사는 맛있었다.

음식의 질을 신경 쓰는 건 나뿐만이 아니다. 에반젤린은 단 하나의 요리에도 손대지 않는다. 그녀의 어머니는 심지어 발목 근처에서 몸을 구부리고 있는 표범에게 거들먹거리며 먹이를 주지도 않는다.

전기처럼, 하인들처럼, 노르타 전역에서 서서히 멈추는 공장들처럼, 좋은 음식 역시 점차 부족해질 것이다. 수확도, 배달도, 음식 준비도. 궁전 요리사들도 대부분 떠났을 것임이 분명하다.

아무것도 잘못되지 않았다는 듯 나나벨 할머니가 접시를 깨끗이 비우신다.

"우린 이 전쟁에서 지게 될 거예요."

나는 왼쪽으로 몸을 기울이고 외삼촌만이 들을 수 있게 웅얼거리고 만다.

외삼촌의 뺨이 움찔하지만 그저 와인 잔만 비우신다.

"여기선 말고요, 칼."

입을 와인 잔으로 가리시면서 삼촌이 대꾸하신다.

"왕께서는 자리를 뜨고 싶으신 겁니까?"

"왕은 그래요."

"잘 알았습니다."

삼촌은 유리잔을 내려놓으며 투덜거리신다.

아주 잠깐, 무슨 일을 해야 할지 모르겠다. 순간 누가 나보고 물러

가라고 해 주기를 기다리고 있었다는 사실을 깨닫는다. 하지만 이곳의 어느 누구도 그런 일을 해 줄 수가 없다. 이건 내 왕좌이며 이곳은 내 궁전이다. 나는 그저 일어나기만 하면 된다.

나는 재빨리 그렇게 하고, 목을 가다듬으며 실례를 구한다. 할머니가 재빨리 신호를 알아차리신다. 이 일을 이만 끝내야겠다.

"오늘 여기 와 주신 것에 감사하오. 여러분의 충심에도."

할머니가 말씀하시며 이목을 끌기 위해서 양손을 넓게 펼치신다. 우리 앞의 귀족들은 침묵에 잠기고, 웅성거리던 대화가 우아하게 서서히 멈춘다.

"우리 모두 폭풍 속을 여행해야 했소. 나는 왕실 가족을 대표하여서 이곳에 여러분이 함께한다는 사실에 우리가 얼마나 감사하고 있는지 말하려고 합니다. 노르타가 다시 온전하게 하나가 된 것에도."

적나라한 거짓말이다. 수많은 접시 위에 잊힌 채 남아 있는 음식들만큼이나 뻔한 것이다. 노르타는 온전한 것과는 거리가 멀다. 반쯤 빈 연회장이 그 증거다. 메이븐 같은 왕이 되고 싶지는 않지만, 기만과 거짓 위에 내 왕좌를 쌓아 올리는 것 외에 다른 선택지가 지금으로서는 보이지 않는다. 우리는 강해져야 한다. 환상에 불과하대도 그렇게 보여야 한다.

나는 신중하게 나나벨 할머니의 어깨에 한 손을 올린다. 할머니는 내가 말을 할 수 있도록 물러나신다.

"폭풍 하나가 지나갔습니다, 그래요. 하지만 또 다른 폭풍이 지평선에 모여들고 있다는 것을 모르는 척한다면 멍청한 일입니다."

나는 최대한 분명하게 말한다. 너무 많은 눈들이 나를 돌아본다.

그들의 옷과 색은 다양하지만, 그들의 피는 아니다. 여기 앉아 있는 모두가 은혈이다. 그것이 함축하는 바에 나는 몸을 떤다. 우리의 적혈 동맹들은 영원히 사라졌다. 전쟁이 다시 닥치면, 우리는 홀로 싸워야만 할 것이다.

"레이크랜즈는 국경 뒤에 물러나 있는 것으로 만족하지 않을 겁니다. 자기들 공주를 통해서 메이븐을 조종하려던 시도를 거의 성공할 뻔했던 지금으로서는 말입니다."

귀족들 일부가 웅성거리며 머리를 수그린다. 볼로는 움직이지도 않고, 저쪽 먼 상석에서 나를 뚫어져라 보고 있다. 그의 시선에 정말로 꿰뚫리는 기분이다.

"폭풍이 몰려왔을 때, 나는 준비되어 있을 겁니다. 여러분에게 그것만큼은 약속하지요."

싸울 준비. 질 것이 뻔한 싸움. 아마도 나는 죽게 될 것이다.

"힘과 권력을!"

군중 속 누군가가 나의 아버지와 할아버지들이 자주 외치던 말을 환호한다. 은혈 노르타의 상징. 다른 이들이 그 구호를 따라 한다. 나도 그래야만 할 것이다.

하지만 그럴 수가 없다. 나는 저 말들이 무슨 뜻인지 안다. 우리가 힘과 권력으로 정확히 누구 위에서 군림하고 있는지도. 나는 단단하게 입을 다문 채 버틴다.

연회장에서 달아나 중앙 복도 대신에 서빙용 복도로 돌아가는 내 뒤로 줄리언 외삼촌이 따라온다. 할머니가 우리를 쫓아오시고 그 뒤를 르롤란 군인들이 따라붙는다. 왕이라면 응당 자신의 감시병을 가져야 하는 법이지만 아직 내겐 감시병들이 없다. 내가 왕자였고 모든 일이 올바르게 돌아가던 시절에 그랬던 것과는 다르게. 메이븐을 보호하겠다 맹세했던 감시병들은 경계해 마땅하다. 아무리 그들 중 다수가 자기 가문들과 함께 내게 충성 맹세를 했다고 해도 말이다. 내가 믿을 만한 사람들로 구성된 호위들을 찾아내는 것 또한, 끝도 없이 길어지고만 있는 해야 하는 일들 목록에 올라 있는 항목이다. 생각만으로도 피곤하다.

막 해 질 녘이 지났을 뿐인데도 임시 거처에 도착할 때쯤 하품이 나온다. 적어도 피곤하다는 좋은 핑계가 생긴 셈이다. 왕이 되는 날이 매일 오는 건 아니다. 왕관이 그 사실을 끝없이 상기시킨다.

나나벨 할머니와 줄리언 외삼촌 모두가 나를 따라서 인접한 응접실로 들어오면서 호위들을 복도에 남겨 둔다. 나는 시선을 주어 할머니를 멈춰 세운다.

"괜찮으시다면, 외삼촌하고 이야기를 좀 하고 싶어요."

그 말이 명령처럼 들리도록 노력한다. 가장 가까운 조언자 중 하나랑 단둘이서 이야기를 나누는 일에 허락을 구해서야 안 될 일일 것이다. 그럼에도 불구하고 자신이 없다. 실제로는 그보다 더 안 좋게 들린다.

할머니는 모욕을 당한 듯 인상을 쓰면서 고개를 떨어뜨린다. 상처받으신 것 같다. 마치 내가 할머니를 상처 입힌 것처럼.

"짧게요."

그 상처를 없던 것으로 하려고 애쓰며 덧붙인다. 할머니 옆의 외삼촌은 무표정한 얼굴로 양손을 맞잡는다.

할머니는 몸을 뻣뻣하게 굳히신다.

"물론입니다, 전하."

할머니는 머리를 숙이며 중얼거리신다. 할머니의 회색 머리카락에 램프의 불빛이 반사된다. 강철에 번뜩이는 빛 같다.

"물러나겠습니다."

불꽃과 같은 색상의 옷이 휘감긴다. 할머니께서는 일언반구 없이 그대로 돌아서신다. 팔을 뻗지 않기 위해 나는 주먹을 꼭 쥔다. 가족에 대한 사랑과 왕국이 필요로 하는 것 사이에서 균형을 맞추기란 쉽지 않다.

필요 이상으로 날카롭게 문이 닫힌다. 나는 그 소리에 눈을 찡그린다.

줄리언 외삼촌은 시간 낭비를 하는 사람이 아니다. 불룩한 소파에 앉기도 전에 입을 여신다. 나는 피할 수 없는 강의를 들을 준비를 한다.

"공개적으로 그렇게 말하면 안 됩니다, 칼."

우린 이 전쟁에서 지게 될 거예요.

외삼촌 말은 틀리지 않다. 난 얼굴을 찡그리고 아치형 창문으로 다가가서 아케온의 브리지(Bridge)와 강, 그리고 그 위로 별이 어룽대는 지평선을 바라본다. 이렇게 먼 거리에서는 물 위의 배들이 별처럼 보인다. 대관식을 보러 온 사람들이 있어 평소보다 배가 적다. 교역량도 적고, 여행도 줄었다. 나는 하룻동안 왕으로 있었는데, 내 왕국은 벌써 억지로 생명을 연장하고 있다. 나머지가 무너지면 그 안에 있는 사람들에게 어떤 일이 일어날지 그저 추측만 해 본다.

한 손을 유리창에 올린다. 내 손길에 유리에 김이 서린다.

"침략에 맞설 사람이 부족해요."

"보고서가 정확하다면, 내리신 칙령에 우리의 군대는 40퍼센트로 줄었습니다. 적혈 군인들 대부분이 군대를 떠났거나 떠나려고 합니다. 대체로 신병들입니다. 남기로 결정한 이들은 전투 경험으로 다져진 자들이에요."

"하지만 한꺼번에 너무 많은 일이 터지고 있어요. 레이크랜즈는 다시 적국이 되었고, 남쪽의 피에드몬트는 말할 필요도 없죠. 우리는 적들에게 둘러싸여 있고 수적으로도 약세예요. 그리고 가을이 오고 있습니다. 농부가 없는데 어떻게 수확을 기대할 수 있겠어요? 아무도 총알을 만들지 않는데, 어떻게 총을 쏠 수 있겠어요?"

외삼촌은 나를 관찰하면서 턱을 한 손으로 쓴다.

"칙령을 내린 걸 후회하시는군요."

내가 그 사실을 인정할 수 있는 두 사람 중 하나가 외삼촌일 것이다.

"그래요."

"그건 옳은 결정이었습니다."

"얼마나요?"

받아치지 않을 수가 없다. 열기가 확 치솟아서 나는 창문에서 몸을 돌리고 걸어가며 상의의 단추를 푼다. 차가운 공기가 열이 오른 피부를 식히고 나를 달래 준다.

"레이크랜즈가 돌아오면, 그들은 내가 하려고 하는 모든 것을 쓸어 버릴 텐데."

"이게 일이 돌아가는 방식입니다, 칼."

외삼촌의 차분한 목소리에 마음이 더욱 괴로울 뿐이다.

"역사에서는 위대한 격변의 순간마다, 사회 전체가 움직일 때면, 언제나 다시 균형이 맞기 전까지는 시간이 걸렸습니다. 적혈들은 일하러 돌아올 겁니다. 더 나은 임금과 처우가 약속됐잖습니까. 그들도 자기 가족을 지키고 먹여 살려야 합니다."

나는 분노에 차서 투덜거린다.

"우리에게 그런 시간이 없잖아요, 외삼촌. 누군가가 삼촌의 지도를 아주 금방 다시 그려야 할 거예요. 노르타 왕국은 없어질 테니까."

외삼촌은 의자에서 움직이지 않은 채로 내내 서성거리던 나를 눈으로 좇는다.

"이런 날이 오기 전에 물어봤어야 한다고 생각은 합니다만, 왕국에 이렇게까지 집착하는 이유가 있습니까? 저 왕관에?"

머리가 잘 돌지 않는다. 입속의 혀가 무겁게 느껴진다. 말을 하려고 애를 쓸수록 돌이 아래로 누르는 느낌이다. 내 침묵 속에서 외삼촌이 말을 잇는다.

"당신은 직접 내리신 칙령과 그로 인한 변화 때문에 우리가 질 거라고, *당신께서* 질 거라고 생각한다고 말씀하십니다. 어떤 동맹도 없다고."

소파 위에서 외삼촌은 한 손을 뻗어 손가락으로 창문을 가리키신다. 모든 것을 의미하는 동작이다.

"당신께서는 진홍의 군대와 몬트포트가 요구한 거의 모든 것을 하셨습니다. 원하는 모든 것을 주었죠. *저것만 제외하고.*"

외삼촌이 여전히 내 머리에 얹혀 있는 왕관을 가리키신다.

"왜입니까? 결코 그것을 지킬 수 없다는 것을 알고 계시지 않으셨습니까?"

내 대답은 어린아이의 입에서 나온 것처럼 어리석게 들린다. 어쨌거나 나는 그 말을 뱉는다.

"이건 아버지의 왕관이에요."

"하지만 왕관이 당신의 아버님은 아닙니다."

외삼촌은 일어서며 빠르게 대답하신다. 두 걸음 만에 내 어깨까지 다가온 외삼촌이 부드럽게 말씀하신다.

"어머님도 아니시죠. 왕관은 두 사람 중 누구도 돌려주지 않습니다."

감히 외삼촌을 바라볼 수도 없다. 외삼촌은 너무나 어머니처럼, 내가 머릿속에 가진 어머니의 그림자처럼 느껴진다. 아마도 소망이자 꿈같은 것이지, 진짜 어머니의 반영은 아닐 것이다. 불가능하다. 메이븐은 살아서 숨 쉬는 어머니에게 고통받았지만, 나 또한 마찬가지다. 내가 빼앗긴 여인 때문에 고통받고 있다.

"이 왕관이 바로 나입니다."

고르게 호흡을 유지하며 왕처럼 말하려고 노력한다. 생각할 때는 말이 되는 것 같았는데, 입 밖에 뱉고 나니 그릇된 것만 같다. 말도 더듬고, 확신도 없다.

"내가 알고 있는 모든 것입니다. 내가 원해 왔으며 원하도록 만들어진 모든 길이죠."

외삼촌이 단단하게 어깨를 켠다.

"메이븐도 똑같이 말할 수 있겠죠. 그래서 그 길이 그 애를 어디로 인도했습니까?"

나는 그 말에 발끈하여 외삼촌을 노려본다.

"우린 같지 않습니다."

"그럼요. 물론 아닙니다."

외삼촌이 다급하게 대꾸한다. 다음 순간 외삼촌의 태도가 바뀐다. 낯선 표정이 내려앉는다. 눈을 가늘게 뜨고, 입술은 가늘고 냉담하게 다무신다.

"그 일기를 읽지 않으셨군요. 맞습니까?"

나는 시선을 떨어뜨린다. 그 아무것도 아닌 작은 책에 이토록 두려움을 느낀다니 부끄럽다.

"읽을 수 있을 것 같지가 않아요."

거의 들리지 않는 목소리로 속삭인다.

외삼촌은 아무 자비도, 위안도 베풀지 않으신다. 팔짱을 끼며 뒤로 물러날 뿐이다. 외삼촌이 나를 꼭 말로 훈계할 필요는 없다.

"음, 읽으셔야만 합니다."

외삼촌이 선생님처럼 간단하게 말씀하신다.

"그저 당신을 위해서만이 아닙니다. 나머지 사람들을 위해서이기도 합니다. 우리 모두를 위해서."

"죽은 사람의 일기장이 지금 당장 어떤 도움이 될 수 있는지 모르겠는걸요."

"뭐, 당신께서 그걸 알아낼 용기를 그러모으길 빕니다."

그걸 읽는 것은 진흙 속에서 돌을 미는 것 같다. 느리고, 어렵고, 어리석다. 단어들이 잉크가 묻은 손가락으로 나를 붙들어 두려고 한다. 종이가 점점 더 무거워진다. 더 이상 그러지 않을 때까지. 돌이 언덕 아래로 굴러떨어지는 것 같다. 내가 어머니에게 부여한 목소리가 머릿속에서 울린다. 정신이 허락하는 최대한의 빠른 속도로 그목소리가 말을 한다. 때때로 눈이 흐려진다. 페이지에 묻은 눈물을 닦아 내려고 멈추지도 않고, 몇 시간이나 자국을 방치하며 밤을 흘려보낸다. 때때로 나는 혼자 미소를 짓는다. 어머니는 물건들을 서투르게나마 손보는 걸 좋아하셨다. 수리하고, 만들고. 꼭 나처럼.

때때로 웃음도 터뜨린다. 어머니께서 외삼촌을 어떻게 말씀하시는지, 두 사람의 사이 좋은 경쟁 관계, 어머니가 결코 읽지 않을 책을 외삼촌이 어떻게 어머니에게 줬는지에 관한 이야기. 어머니가 여전히 살아 계시다고 스스로를 속일 수도 있을 것 같다. 책 안에 갇혀 있는 게 아니라, 옆에 앉아 계시다고.

하지만 대부분은 깊은 고통이다. 어머니를 향한 갈망. 슬픔. 후회. 다른 사람들과 마찬가지로, 어머니에게도 자신만의 악령이 존재했다. 어머니의 근본적인 고통은 왕비가 되기 오래전부터 시작되었다. 아버지가 어머니와 결혼하며, 어머니를 엘라라의 위험에 빠뜨리기 전에.

어머니의 글들은 시간이 지나면서 점점 더 드물어진다. 어머니의 삶이 변함에 따라.

나에 관해 쓰인 것은 고작 몇 페이지뿐이다.

그 애는 군인이 되지 않을 것이다. 나는 그 애에게 빚을 지고 있다. 캘로어 하우스의 아들딸들은 너무 오랫동안 싸워 왔다. 이 나라는 너무 오랫동안 전사를 왕으로 모셔 왔다. 우리는 너무 오랫동안 전쟁을 치렀다. 전선에서 그리고…… 그리고 그 안에서도. 이런 생각을 글로 적는 것조차도 죄를 짓는 듯하지만, 나는 왕비다. 내가 바로 왕비다. 나는 내가 생각하는 것을 말로 할 수도, 글로 적을 수도 있다.

캘로어는 불의 아이들이며 그들의 불꽃만큼이나 강하고 파괴적이다. 하지만 칼은 다른 이들과는 같지 않을 것이다. 불은 파괴할 수도 있고 누군가를 죽일 수도 있지만 동시에 창조할 수도 있다. 여름에 불에 탄 숲은 봄이 되면 녹색이 될 것이다. 전보다 더 낫고 더 강한 모습이 된다. 칼의 불꽃은 전쟁의 재 위에서 다시 쌓아 올리고 뿌리를 내리게 할 것이다. 총은 조용해지고, 연기는 깨끗해지고, 군인들, 적혈과 은혈 모두가 집으로 돌아올 것이다. 100년 간의 전쟁에서, 내 아들이 평화를 가져올 것이다. 그 애는 싸우다 죽지 않을 것이다. 그 애는 그러지 않을 것이다. **그 애는 그러지 않을 것이다.**

나는 아주 먼 곳에서 쓴 펜의 압력을 느끼며, 그 글자를 손가락으로 더듬어 본다. 이 글은 어머니의 글씨가 아니라 줄리언 외삼촌의 것이다. 어머니의 진짜 일기장들은 엘라라 메란더스의 손에서 파괴되었지만, 외삼촌은 그것이 사라지기 전에 일부라도 보존할 수 있도록 공들여 각각의 글자를 옮겨 적었다. 이 글도 그렇다. 외삼촌은 힘

주어 이 말들을 쓰다가 종이에 구멍을 낼 뻔했다.

그 말들은 확실히 내게 구멍을 냈다.

코리앤 제이코스는 자기 아들이 다른 삶을 살기를, 내가 자라 온 것과는 완전히 별개인 삶, 아버지가 내게 준 삶과는 완전히 다른 삶을 살기를 원했다.

부모님께서 원하셨던 내 삶 사이에 어떤 운명이 있을지, 진정 나 스스로 선택할 수 있는 길이 있을지 궁금하다.

아니면 그냥 너무 늦은 걸까?

제31장

메이븐

나한테는 창문마저도 주어지지 않는다. 적어도 난 포로였던 메어에게 창문은 줬는데 말이다. 물론 그것 또한 다른 것들처럼 고통을 주려는 의도이긴 했다. 호화스러운 감옥의 창살 뒤에서 세계가 흘러가는 것을, 계절이 바뀌는 것을 지켜보라는 뜻으로. 개인적으로는 이게 모욕이라고는 생각지 않는다. 저들이 나를 두고 모험을 할 수는 없을 테니까. 내 플레임메이커 팔찌는 진작 사라졌다. 아마도 파괴되었을 것이다. 바닥에 깔린 침묵하는 돌이 내게 남은 능력을 둔화시키고 있다. 십여 명은 되는 경비들이 나를 밤낮으로 지켜본다. 모두 언제나 경계하며 감옥 창살의 반대편에서 대기하는 상태다.

내가 여기 잡혀 있는 유일한 사람이다. 아무도 내게 아무 말도 걸지 않는다. 경비들도 그렇다.

오직 어머니만이 내게 속삭이신다. 그 말들도 아주 순식간에 지나가 버리고 점차 희미해진다. 홀로 사색할 시간만을 남겨 둔 채로. 침묵하는 돌의 유일한 혜택이다. 내 나머지 부분을 약화시키지만, 어머니의 목소리 또한 약하게 만든다. 예전의 왕좌에서도 같은 걸 느끼고는 했다. 그것은 사실상 방패이자 닻이다. 나를 아프게 만드는 동시에 안팎으로 오는 영향력으로부터 나를 단절시켜 준다. 거기 앉아서 내가 내린 결정은 어떤 것이든 오롯이 내 것이었다.

여기에서도 마찬가지다.

대체로는 나는 잠을 자기로 한다.

침묵하는 돌조차 내게 꿈을 돌려주지 않는다. 어머니가 저지른 일들을 침묵하는 돌이 되돌리지는 못한다. 어머니는 오래전에 내게서 꿈을 꾸는 능력을 가져가 버렸고, 그 능력은 결코 돌아오지 않았다.

때때로 벽을 가만히 바라본다. 만져 보면 차갑다. 감옥이 지하에 있는 것은 아닐까. 도시나 기이한 회합 자리에 끌려갔을 때는 눈가리개를 해야 했다. 평판을 붙여 놓은 회반죽과 시멘트가 그리는 선들을 추적하고, 거칠거나 매끄러운 표면을 문지르며 시간을 보낸다. 보통 나는 생각하는 바를 혼잣말로 뱉고는 하지만, 경비들이 항상 귀를 기울이고 있다. 아무리 작은 것이라고 해도 내 마음속을 들여다볼 기회를 그들에게 주는 것보다 어리석은 일이 없을 것이다.

칼 형도 혼자야, 가장 강력한 동맹이 떨어져 나갔잖아. 형이 스스로 저지른 일이지, 어리석기는. 아이리스랑 그녀의 어머니는 시간을 낭비하지 않을 거야. 형에게 왕국을 안정시킬 기회를 주지 않겠지. 형은 그토록 열망하던 왕관을 가졌지만, 그리 오래 유지하지는 못할걸.

내 완벽한 형이 혼자 힘으로 완벽하게 일을 망치고 있다는 생각을 하자 미소가 나온다. 형이 했어야 하는 유일한 일은 거절이었다. 왕좌에서 벗어나는 것. 형에게는 군대가 있었고, 기회가 있었으며, 메어가 있었다. 하지만 메어조차 형에게는 충분치 않았다.

나도 그걸 이해할 수는 있을 것 같다.

그녀는 내게도 충분치 않았다. 날 바꾸기 충분하지 않았고, 내가 기꺼이 되고 싶었던 존재로 나를 되돌리기에도 충분치 않았다.

토마스라면 충분했을까 문득 궁금하다.

늘 그렇듯이 그의 이름이나 얼굴을 기억하거나, 내 손에 닿던 그의 손길을 느껴 보려고 할 때마다 쪼개지는 것 같은 두통이 온다. 구석에 있는 침대에 누워, 주먹을 눈에 대고 꾹꾹 누른다. 그 기억과 이 장소가 주는 압박을 줄여 보려고 애를 쓰면서.

나는 아센던트는 고사하고, 몬트포트에 대해서도 잘 알지 못한다. 탈출하려는 계획을 짜 보려는 것만으로도 시간과 제한된 기력을 낭비하는 일이다. 당연히 아케온에서는 기회를 잡을 것이다. 또 다른 군대를 터널에 풀어 줄 것이다. 메이븐 캘로어가 사라지기 전에 하는 마지막 복수. 어디로 갈지는 나도 모른다. 아케온 이후의 계획을 세우는 것 역시 또 다른 낭비일 뿐이다. 그때 가서 생각해야지.

분명히 메어는 의심할 것이다. 그녀는 나를 잘 알게 되었다. 이 일의 끝에서 나는 메어를 죽여야 할 수도 있다.

그녀의 목숨, 아니면 내 목숨을.

어렵겠지만, 나는 스스로를 선택할 것이다.

매번 그렇게 하니까.

***

"터널 입구가 어디인지 알아야 해."

처음에 내가 꿈을 꾸고 있는 것은 아닌가 생각한다. 어머니가 남긴 조각이 마침내 사라져 버린 것은 아닌가 하고.

하지만 그건 불가능하다.

창살 맞은편에, 손이 절대 닿지 않을 만큼 멀리 서 있는 메어를 보기 위해서 눈을 뜬다. 경비들은 사라졌다. 적어도 보이지는 않는다. 아마도 복도의 끝에 모여서, 필요할 경우 호출에 달려올 준비를 하고 있을 것이다.

프리미어의 회의에 불려간 이래로 이틀이 지났다. 메어는 그 이후로 잠을 잔 것처럼 보이지 않는다. 눈과 광대뼈 아래에 드리운 그늘 탓에 몹시 지쳐 보인다. 그럼에도 불구하고, 메어는 내가 준 드레스와 보석들을 걸치고 있던 포로 시절보다는 훨씬 좋아 보인다. 여기서는 메어의 눈에서 불꽃이 인다. 뼛속 깊이 닿는 고통에 텅 비어 있지도 않다. 그 감각이라면 나도 직접 겪어 알고 있다. 지금 내가 느끼고 있는 고통이다. 왕이었을 때도 침묵하는 돌에서 느끼곤 했다.

천천히 팔꿈치를 대고 몸을 일으켜 신발 너머에 있는 그녀를 응시한다.

"내 조건에 동의할 때까지 이틀인가. 논쟁이 꽤 있었겠는걸."

손가락으로 헤아려 보며 말한다.

"조심해, 메이븐. 조금이라도 힘들게 하면 기꺼이 타이톤을 여기로 불러올 거니까."

351

메어가 거친 태도로 경고의 말을 뱉는다.

메어와 같은 능력을 가진 낯선 신혈은, 하얀 머리와 헤아리기 어려운 눈을 가졌다. *하지만 더 강하지.* 메어가 회의 때 그렇게 말했다. 나는 메어에게서 그런 힘을 보아 왔다. 분명히 그의 번개는 내 신경을 갈기갈기 찢을 것이다. 그렇다고 그게 그들에게 도움이 된다는 뜻은 아니다. 고통은 견딜 수 있다. 심지어 그게 죽음을 의미한다고 하더라도 나는 입을 닫고 버틸 줄 안다.

그렇다고 해서 내가 이렇게 이른 아침부터 전구가 되는 일을 좋아하진 않는다.

"아니, 그러지 않았으면 좋겠어. 우리 둘만의 시간을 정말로 즐기고 있는걸."

메어가 눈을 가늘게 뜨고 나를 살핀다. 이 거리에서도 그녀가 날카롭게 숨을 들이켜는 소리가 들린다. 내가 아직도 메어에게서 반응을 끌어낼 수 있다는 사실이 만족스러워서, 조금 웃고 만다. 그 반응이 확고하게 공포에 기반한 것이라고 할지라도 의미가 있다. 적어도 무관심보다는 낫다. 전혀 아무것도 아닌 것보다는.

"이건 그 일의 끝일 것 같은데."

계속 말을 이으며 다리를 뻗어 바닥으로 내려선다. 창살에 기대어 몸을 누르자, 금속이 이마에 차갑게 닿는다.

"메이븐과 메어 사이에는 어떤 위스퍼도 없도록."

메어가 비웃음을 짓는다. 나는 피할 수 없는 침 세례라도 날아오는 건 아닐까 마음의 준비를 한다. 하지만 그런 일은 일어나지 않는다.

"널 이해하려는 시도는 관뒀어."

여전히 닿지 않는 거리에서 메어가 화난 어조로 속삭인다. 하지만 내가 훑어볼 때도 그녀는 움찔하지 않는다. 내가 한 손을 들어 올려서, 그녀의 얼굴을 조금이라도 쓸어 보려고 손가락을 뻗을 때도 떨지 않는다.

왜냐하면 메어가 정말로 두려워하는 것은 내가 아니기 때문이다.

메어가 눈을 깜빡이며 감방 바닥을 내려다본다. 시멘트에 깔끔하게 묻혀 있는 침묵하는 돌 쪽을.

나는 목 깊은 곳을 울리며 웃는다. 그 소리가 벽에 메아리친다.

"내가 정말로 널 망가뜨렸구나, 그렇지?"

메어는 내가 자기를 때리기라도 한 것처럼 움츠러든다. 그녀의 심장에 멍이 생겨난 것을 볼 수 있을 것만 같다. 메어는 이를 악물고 등을 똑바로 편다.

"내가 고칠 수 없는 건 아무것도 없어."

그녀가 이를 갈면서 말한다.

내 미소가 쓰라린, 썩은, 타락한 것으로 바뀌는 것을 느낄 수 있다. 내 나머지 부분처럼.

"나도 그렇게 말할 수 있다면 좋겠네."

내 말은 메아리치다 부드럽게 사라진다.

메어는 팔짱을 끼고 발을 내려다본다. 나는 그녀를 샅샅이 살피며 모든 부분을 기억에 새기려고 노력한다.

"터널들, 메이븐."

"너도 내 조건 들었잖아. 내가 너희랑 같이 가서 군대를 안내⋯⋯."

메어가 머리를 홱 든다. 발밑의 침묵하는 돌이 아니었다면, 분명히 전기가 웅웅대는 걸 느꼈을 것이다.

"그 조건은 충분하지 않아."

그녀를 속일 시간이로군.

"그럼 나를 감전시켜. 나를 고문해서 받아 낸 자백들로 전쟁의 승패를 두고 내기해 봐. 그렇게 들은 말이 진실이라고 믿으라고. 기꺼이 그렇게 하겠지?"

메어가 분노에 차서 양손을 들어 올린다. 내가 왕이 아니라 아이라도 되는 것처럼. 피부에 대고 사포질을 하는 것처럼 마음이 괴롭다.

"적어도 절충안이 필요해. 터널이 어디에서 *시작*할지 알려 줘."

나는 냉정하게 눈썹을 들어 올린다.

"그럼 그게 어디서 끝나는지는?"

"그건 네가 퍼즐의 조각으로 갖고 있도록 해. 필요해질 때까지."

"흠."

턱에 대고 손가락을 두드리며 콧노래를 흥얼거린다. 열광적인 관객을 위한 위대한 쇼를 펼치기 위해서 방을 서성거리기까지 한다. 메어의 눈이 내 움직임을 좇는다. 에반젤린의 어머니가 가까이 두고는 했던 표범이 생각난다.

"너도 함께 갈 것 같은데?"

내 말에 메어는 코웃음도 치지 않는다. 그녀의 입매가 구부러지더니 기분 좋게 쏘아보는 표정으로 바뀐다.

"그렇게 의미 없고 멍청한 질문을 하다니 너답지 않네."

그저 어깨만 으쓱한다.

"뭐든 널 계속 붙들어 둘 수 있잖아."

메어는 아무 응수도 없다. 그녀가 하려던 말이 입술 위에서 죽어 버린다. 그녀의 입술을 만질 수 있다면 좋겠다. 손가락으로 피부를 느끼고 싶다, 뜨겁고 붉은 피가 꽉 찬 채 맥동하는 그 부드러운 살을. 메어는 불구대천의 원수다. 알고 있다. 그럼에도 어째서 그녀가 이토록 나를 얼어붙게 만드는 건지 궁금하다. 나는 그녀를 죽일 것이고, 그녀도 나를 죽일 것임에도. 결코 풀 수 없을 마음의 미스터리다.

메어는 내가 쳐다보도록 내버려 둔 채 굳건히 서 있다. 시선을 받으면서도 결코 흔들리지 않으며 내가 만들도록 도운 그녀의 가면 뒤를 들여다볼 수 있도록 허락한다. 탈진과 희망. 물론 슬픔도 있다. 너무 많은 일로 인한 비애.

내 형도 그중 하나다.

"형이 네 마음을 아프게 했지, 그렇지?"

메어는 숨을 내쉰다. 그녀의 가슴이 가라앉는다.

"바보 같으니라고."

나는 익숙한 생각을 뱉으며 속삭인다.

메어는 내 말을 신경 쓰지 않는다. 그녀가 머리를 쳐들자, 갈색과 회색이 섞인 머리카락이 어깨에서 휙 뒤집힌다. 그 아래의 맨살이 드러난다. 낙인이 여전히 선명하다. *메이븐(Maven)의 M. 나의 것(Mine)의 M. 괴물(Monster)의 M. 메어(Mare)의 M.*

"너도 그랬잖아."

입안에서 신맛이 치솟는다. 그녀가 겁을 먹기를 기대했으나, 눈을 돌리는 쪽은 나다.

"적어도 나에게는 핑계라도 있었지."

나는 중얼거린다.

채찍으로 휘갈기는 것 같은 메어의 웃음소리가 한 차례 터진다. 날카롭고 귀에 거슬린다.

"형은 왕관 때문에 그랬고."

나는 화가 나서 속삭인다.

메어는 악마 같은 눈초리로 나를 보지만 발을 움직이지는 않는다. 만질 수 있을 정도로 가까이 오지 않는다.

"그래서 너는 아니었고, 메이븐?"

"나도 어머니 때문에 그랬지, 당연히. 어머니가 나로 만든 것 때문에."

나는 사실만 논하는 듯 무심하게 들리도록 노력한다. 차갑고, 망가지고, 불행한 운명이 예정된 메이븐.

"넌 계속 어머니를 탓하더라. 그게 더 쉽기 때문이겠지."

메어가 발을 미끄러뜨리는 순간 심장이 뛴다. 그녀는 옆으로 움직인다. 가까이 오지도 않고 멀리 달아나지도 않는다. 이제 서성이는 사람은 그녀다.

"칼의 아버지도 그를 특정한 존재로 만들려고 한 적 없었다고 생각해? 우리 모두가 누군가 다른 사람에 의해서 만들어진다고는?"

걸어 다니고 있을 뿐인데도 불구하고, 메어는 마치 춤을 추고 있는 것 같다. 나는 그녀의 움직임을 거울처럼 따라 하며 함께 걷는다. 메어는 나보다 우아하다. 오랜 세월과 수많은 우여곡절을 겪은 끝에 유연한 도둑이 되었기 때문일 것이다.

"하지만 우리 모두는 선택할 수 있는 능력을 갖고 있어. 그리고 너는 손에 피를 묻히기로 선택했고."

나는 주먹을 꼭 쥔다. 스파크가 일었으면 좋겠다. 불꽃이라든가. 타오를 무언가라도. 그녀는 내가 어떤 존재인지 잘 알기에 미소를 짓는다. 창살 반대편에서 메어의 손가락이 허공을 탁탁 두드린다. 자백색이 번뜩인다. 기껏해야 장난이다. 내 손길 너머, 침묵하는 돌 너머. 메어를 갈망하는 것처럼. 토마스를, 내가 되었어야 하는 그 사람을 갈망하는 것처럼. 나는 내 능력을 갈망한다.

"적어도 나는 내가 틀렸을 때 인정할 수 있어. 실수를 했을 때 말이야. 내가 끔찍한 일들을 저질렀는데 그게 나만의 잘못이라고 인정할 수 있었지."

메어의 눈동자에도 스파크가 비친다. 갈색에서 보라색으로 흔들리며 변하는 그것들 탓에 메어는 섬뜩해 보인다. 메어의 시선은 마치 나를 꿰뚫을 것만 같다. 내 안의 일부는 차라리 그녀가 그럴 수 있다면 좋겠다고 바란다.

"네가 내게 그걸 가르쳐 줬다 생각해."

나는 커다란 미소를 짓는다.

"그럼 내게 제대로 고마워해야지."

메어는 내 발에 침을 뱉는 것으로 답변을 돌려준다. 적어도 이 세상에서 몇 가지 것들은 여전히 예측할 수 있다.

"넌 결코 실망시키는 법이 없다니까."

신발을 시멘트 바닥에 대고 문지르며 내가 화난 어조로 속삭인다.

메어는 흔들리지 않는다.

"터널."

숨을 크게 내쉬며 나는 너무나 절망적으로 이용당하는 척을 한다. 그녀를 기다리게 만든다. 침묵이 길어지며 금방이라도 폭발할 것 같은 순간이 늘어지게 둔다. 시간을 들여서 메어를 바라본다. 지금 그녀가 어떤 사람인지를 보기 위해서. 내가 기억하고 있는 그 사람이 아니라. 그녀가 되었으면 하고 내가 바라는 그 사람이 아니라.

내 것.

하지만 메어는 누구에게도 속해 있지 않다. 심지어 형에게도. 그토록 작은 사실에서 나는 위로를 얻는다. 그녀와 나는, 우리는 함께 홀로이다. 우리의 길은 끔찍할지 모르지만, 우리가 직접 만든 길이다.

메어의 피부는 금색으로 빛나고 따뜻하다. 날카로운 형광등 밑에서도 환하다. 메어는 저토록 완고하게 살아 있다. 빗속에서 싸우는 촛불처럼 여전히 불타오른다.

"좋아."

나는 그녀가 원하는 것을 준다.

그게 나도 원하는 바인 것 같다.

＊ ＊ ＊

저들의 계획은 항상 나를 죽이는 거였다. 내가 소용이 없어진 후에 말이다. 놀랍지도 않다. 그게 내가 저지른 일이다. 그럼에도 불구하고, 머리를 덮은 천이 벗겨지고 우리를 둘러싸고 있는 산들이 드러나자 두렵다. 내가 이 장소를 보길 허락받았다는 건, 몬트포트와

358

그 수도를 볼 수 있다는 건, 다음 순간 내가 완전히 죽는다는 것을 의미한다. 시간문제일 따름이다.

공기는 차갑다. 드러난 얼굴이 뭐에 물어뜯기는 것 같다. 공포로 인한 떨림은 그 이상이다. 눈을 깜빡인다. 동이 트기 전이라 안개가 낀 보라색 하늘에, 산봉우리를 기어오르고 있는 태양이 먼 곳에 긴 자국을 남기는 것이 보인다. 재빨리 나 자신을 추스른다.

아센던트는 고지대의 호수와 경사진 산을 따라 저 밑의 계곡까지 뻗어 있다. 노르타는 물론 레이크랜즈에서도 이런 도시는 결코 본적이 없다. 이 장소는 너무 새로운 동시에 오래된 느낌이다. 이 낯선 땅은 사람이 지은 곳과 바위와 나무가 자란 곳들로 구성되어 있다. 하지만 이 도시는 내 문제가 아니다. 난 결코 여기에 다시 돌아오지 않을 것이다. 내가 탈출해도 그럴 것이고, 저들이 나를 처형해도 그럴 것이다. 내가 몬트포트로 돌아올 가능성은 조금도 없다.

우리는 두 개의 산을 반으로 가른 활주로 근처에 서 있다. 비행기 연료의 냄새가 신선한 공기에 날카롭게 퍼진다. 에어젯 여러 대가 날아오를 준비를 마친 채 쭉 뻗은 포장도로에 줄 서 있다. 나를 둘러싼 경비들의 머리 너머로 눈을 찡그리고 저 멀리에서 수도를 내려다보고 있는 하얀색 궁전을 일별한다. 내가 붙들려 있던 곳, 적혈과 은혈과 신혈이 함께하던 기이한 회의 자리에 끌려갔던 곳이 저기였음이 틀림없다.

나를 둘러싸고 있는 얼굴들은 낯설다. 그들의 군복은 정확히 반반씩 몬트포트의 녹색과 진홍의 군대의 기분 나쁜 붉은색이다. 그들이 나를 물 샐 틈 없이 가두고 있어 고개를 길게 빼고 군중 사이를 살피

359

려고 까치발을 드는 것 이상의 일을 하기가 불가능하다.

이건 정말로 군중이라 할 만하다. 십수 명은 되는 군인들과 장교들이 깔끔한 대열을 맞추고 서서 인내심 있게 비행기를 기다리고 있다. 하지만 예상보다는 적다. *저들은 정말로 이 정도 인원으로 아케온을 공격하기 충분하다 생각하는 걸까? 낯설고 끔찍한 능력을 지닌 신혈들이 있다고 할지라도, 어리석은 일이다. 자살 행위다. 어떻게 내가 이렇게 심각한 명청이들에게 졌던 거지?*

누군가가 근처에서 킬킬 웃는다. 그들이 나를 비웃고 있다는 익숙한 감각이 닥친다. 나는 빠르게 몸을 돌린다. 몬트포트의 프리미어가 경비들의 어깨 사이로 나를 보고 있는 모습을 발견한다.

그가 손짓하자 두 군인이 비키며 공간을 만들어 준다. 놀랍게도 프리미어는 아무 표식이 없는 어두운 녹색 군복을 다른 군인과 똑같이 차려입었다. 메달이나 훈장도 가슴에 없어서, 나라를 대표하는 사람으로서 그를 특징지을 것이 아무것도 없다. *이 사람이랑 칼 형이 그렇게 잘 지낸 것이 하나도 놀랍지가 않네. 두 사람 다 전선에서 싸울 정도로 어리석으니까.*

"뭐가 재미있지?"

나는 그를 올려다보며 비웃음을 짓는다.

프리미어는 그저 고개만 젓는다. 회의 때처럼, 이 남자는 얼굴을 고요하고 무표정하게 유지한다. 관객들이 자기들이 보고 싶은 것을 볼 수 있을 정도로만. 딱 필요한 수준의 감정만을 보이는 사람이다.

내가 그러고 싶기만 했다면, 이 재능을 두고 그에게 찬사를 바쳤을 것이다.

나처럼 데이비슨은 숙련된 배우다. 하지만 그의 연기는 낭비나 다름없다. 나는 그를 간파한다.

"이 일이 끝나고, 전리품을 나눌 때가 오면 무슨 일이 벌어지지? 누가 내 형의 왕관을 주울 건가, 데이비슨?"

미소를 보인다. 이에 닿는 공기가 얼어붙을 것 같다.

그 남자는 영향을 받은 것처럼 보이지 않는다. 몸을 움찔하지도 않는다. 하지만 나는 그가 눈을 가늘게 뜨는 순간 아주 작은 경련이 이는 것을 포착한다.

"둘러봐요, 캘로어. 내 나라에서는 아무도 왕관을 쓰지 않습니다."

"정말 영리한걸. 꼭 사람들이 볼 수 있는 곳에서만 왕관을 쓰는 건 아닐 테니까."

나는 노래처럼 말한다.

데이비슨은 미끼를 물지 않고 비웃음만 보인다. 매우 비범한 성격이거나 정말 권력에 대한 욕망이 없는 모양이다. 당연히 전자일 것이다. 이 세상에 왕좌라는 미끼를 무시할 수 있는 사람은 아무도 없다.

"약속한 바만 지켜요. 그럼 빨리 끝날 테니."

그 나이 든 남자는 말을 끝내고 뒤로 물러난다.

"태워."

그렇게 덧붙이는 데이비슨의 목소리는 좀 더 딱딱한 명령조다.

경비들은 잘 훈련받은 듯 한 몸처럼 움직인다. 눈만 감으면 저들이 감시병이라고 착각할 수도 있을 것 같다. 나만의 은혈 호위들, 나를 안전하게 지키기로 맹세한 이들. 나를 계속 사슬에 매어 두는 쥐들와 혈통 반역자들이 아니라.

적어도 저들은 수갑을 채우는 수고는 하지 않았다. 내 손목은 묶이지 않은 상태다. 비록 맨살이기는 해도.

팔찌가 없으면, 불꽃도 없다.

나는 불씨를 일으키지 못 한다.

운이 좋게도 우리는 번개 소녀와 함께 이동한다.

나는 에어젯이 공회전을 하며 기다리는 활주로로 끌려가는 사이에 메어를 얼핏 볼 수 있다. 그녀는 친구들에게 둘러싸여 있다. 1년 전, 너무도 쉽게 속았던 팔리라는 여자와 그녀의 동료인 하얀 머리카락의 일렉트리콘도 있다. 특이한 머리가 몬트포트에서 유행인 게 틀림없다. 왜냐하면 그 옆에 파란색 머리의 여자도 있고 짧게 자른 녹색 머리를 한 남자도 있기 때문이다.

메어는 그들을 향해서 정말로 환한 미소를 보인다. 메어가 움직이자 나는 그녀의 머리가 달라졌다는 것을 깨닫는다. 회색 끝부분은 사라지고, 아름답고 익숙한 보라색으로 바뀌었다. 정말 마음에 든다.

가슴 깊은 곳에서 갑작스러운 감정이 느껴진다. 메어가 내 비행기에 탄다. 아마도 나를 감시하기 위해서일 것이다. 그녀의 고문관 친구가 비행하는 내내 옆에서 지켜보겠지. 그것도 괜찮다. 참을 것이다.

몇 시간 동안의 공포는 점점 줄어드는, 우리에게 남은 시간만큼 가치가 있다.

우리가 탈 비행기의 날개는 몬트포트 공군대의 상징인 어두운 녹색으로 칠해져 있다. 내가 타는 군용기에는 좌석들이 줄지어져 있고 아래층에도 객실이 기체를 따라 붙어 있다. 더 많은 승객, 혹은 무기를 싣기 위한 것이다. 어쩌면 둘 다일 수도 있다. 이 비행기는 몬트포트산(産)이다. 분명 이것이 유일하지는 않을 것이다. 그 깨달음에 입이 시다. 이 낯선 산악 국가는 우리 생각보다 더 잘 갖춰져 있다. 심지어 코르비움과 하버베이 이후 더 나아지고 있다. 그리고 그들이 지금 집결 중이다.

활주로의 비행기들, 밖에 모인 군인들······. 그건 그저 시작일 뿐이다.

"몇천 명이나 아케온으로 데려갈 거지?"

비행기가 채워지며 북적거린다. 나는 그 너머로 들릴 정도로 분명하고 큰 소리로 묻는다.

내 질문은 무시받지만, 그거면 충분한 대답이다.

비행기 맞은편에 메어가 앉고 팔리가 그 옆에 앉는다. 그들 한 쌍은 나를 슬쩍 바라본다. 단단해 보이는 눈은 꼭 부싯돌 같아 부딪히면 쉽게 불꽃이 일 것 같다. 손가락을 거기 대고 흔들고 싶은 충동을 억누른다.

다음 순간 몸 하나가 내 시야에 들어오며 두 여자를 가린다.

나는 한숨을 크게 내쉬면서 느릿하게 그를 올려다본다.

정말 예상 범위 안이다.

"뭐라도 해 봐."

하얀 머리의 일렉트리콘이 말한다.

대신에 나는 눈을 감고 뒤로 기댄다.

"싫은데."

나는 이 지긋지긋한 벨트 때문에 숨 쉬기가 얼마나 어려운지 감추기 위해 최선을 다하며 대꾸한다.

그는 움직이지 않는다. 심지어 비행기가 굉음을 내며 날아오를 때 조차 그런다.

그래서 나는 눈을 감고, 내가 세운 위태로운 계획을 곱씹는다.

다시, 그리고 다시, 그리고 다시.

제32장

에반젤린

배로우가 떠난 지는 적어도 2주는 되었고, 내 약혼자가 왕관을 쓴 지는 일주일, 그리고 내가 일레인을 마지막으로 본 지는 며칠이 흘렀다. 그럼에도 불구하고 여전히 일레인을, 내 손에 차갑고 매끄럽게 닿던 그녀의 창백한 피부를 느낄 수 있다. 하지만 일레인은 멀리, 멀리, 내 손이 닿지 않는 곳에 있다. 위험에서 벗어나 릿지로 돌아갔다.

아버지께서 허락만 하셨다면 칼은 일레인이 여기에 있도록 해 주었을 것이다. 이 모든 일을 겪고 난 뒤에도, 우리는 서로를 이해하고 있다. 우습게도 나는 이런 것들을 꿈꾸고는 했다. 내 계책과 왕관과 함께 나를 내버려 두는 왕. 이제 그것은 내가 바랄 수 있는 최선인 동시에 나의 감옥이기도 하다. 그것이 우리 둘을 가두고 가장 소중하게 여기는 사람들로부터 우리를 떼어 놓는다. 칼은 메어를 데리고 올 수 없다. 나 또한 일레인을 데리고 올 수 없다. 수평선 저쪽에 레이크랜즈 여왕이 버티고 있고 그들의 침략이 목전에 이른 상황에서는 안 된다. 며칠의 위안을 위해서 일레인의 목숨을 걸지는 않을 것이다.

화이트파이어 팰리스에서 나는 왕비가 쓰는 방을 사용한다. 아이리스 시그넷의 흔적이 여기저기 남아 있다. 커튼부터 플러시 천으로 된 카펫, 터무니없이 많은 크리스털 꽃병에 시들어 있는 꽃들에 이르기까지 모든 것이 파란색, 파란색, *파란색*이다. 하인이 줄어든 탓에, 방이 정리되는 속도는 느리다. 나는 커튼 대부분을 직접 찢어 내기까지 한다. 그 커튼들은 코발트블루 비단 무더기가 되어 침실 바깥쪽 거실에 처박힌 채 먼지나 그러모으고 있다.

강을 내려다보고 있는 긴 발코니만이 우리 모두를 죽이러 돌아올, 저 먼 곳의 공주님에 관한 생각으로부터 한숨 돌릴 수 있는 유일한 장소다. 하지만 해를 마주 보고 서 있자니 여기에서조차 시그넷 님프에 대한 생각을 떨칠 수가 없다. 바다를 향해 구불구불 나아가는 캐피탈 리버 강이 아케온을 둘로 쪼개며 빠르게 흐르고 있다. 차분하고 세찬 그 물줄기를 무시해 보려고 노력한다. 나는 머리를 땋는 일에 집중하며 은색 머리 타래를 뒤로 잡아당긴다. 단순한 동작은 생각을 돌리기 딱 좋다. 더 단단히 묶을수록, 더 엄격하고 단호해지는 기분이 된다.

오늘 아침에 조금 훈련할 계획을 세웠기에 대충 그런 시늉을 한다. 병영의 트랙을 따라 달리기를 하고, 프톨레무스 오빠가 원한다면 함께 스파링을 좀 하고. 문득 배로우가 여기 있었으면 싶다. 그녀는 좋은 운동 상대이자 괜찮은 도전 상대이다. 어머니보다 다루기 훨씬 쉽기도 하고.

어머니께서 오늘은 아직까지 내 방에 불쑥 쳐들어오지 않으셨다는 게 놀랍다. 요즘 들어 종종 그러시기 때문이다. 나더러 어머니처럼 왕비다운 일들을 하라고 재촉하기 위해서. 하지만 오늘은 귀족들을 구슬리거나 그들에게 겁을 줄 기분이 전혀 아니다. 특히 어머니의 이득을 위해서라면. 부모님께서는 내가 더 많은 은혈의 마음을 흔들어서, 칼에게 향했던 그들의 충성심을 얻어 내기를 원하신다. 가라앉는 배에서 달아나는 쥐들을 구하듯, 그에게서 동맹을 떼어 내기를.

어머니와 아버지는 내가, 아이리스가 메이븐에게 그랬던 것 같은 왕비가 되기를 원하신다. 침대 속의 뱀, 바로 곁의 늑대. 힘을 모아서 공격할 기회를 노리고 있는. 나는 칼을 전혀 아끼지 않고 그럴 일도 영원히 없겠지만 그건 잘못된 기분이 든다.

하지만 아나벨과 줄리언이 자기들 계획을 행동으로 옮긴다면…….

그 일이 나를 어디로 이끌지 모르겠다.

＊ ＊ ＊

다리에 매달린 채 가운데에 갇혀 있다. 양쪽 끝은 모두 불길에 휘감겨 있다.

브리지.

나는 머리를 반쯤 하다 만 채로 손을 떨어뜨리고, 눈을 찡그리고 강 위로 걸쳐져 있는 저 거대한 구조물을 바라본다. 아케온의 반대편이 떠오르는 태양 아래 빛을 발한다. 그곳에 있는 건물들 대다수의 지붕에는 강철과 황동으로 만든 맹금류가 장식되어 있다. 잘못된 것은 아무것도 없어 보인다. 여전히 차량과 이동하는 주민들로 붐비고 있다. 늘 그렇듯 브리지는 차량 통행으로 인해 세 개 층 전부가 번잡하다. 평소보다는 통행량이 적지만, 그건 익히 예상 가능한 바다.

내가 걱정하는 쪽은 그 아래의 버팀대다. 물이 기둥 주변에서 부서지고 있다. 같은 속도로 꾸준히 움직이고 있다. 하지만 조류가, 기반부에 있는 하얀 방파제 위로 물줄기가…….

강이 잘못된 방향으로 흐르고 있다.

그리고 그것이 솟구친다.

침실과 그 옆의 방을 지나서 프톨레무스 오빠의 방에 달려가는 내내 아무것도 눈에 들어오지 않는다. 본능적으로 경첩을 비틀어 날려 버리며 잠긴 문을 열어 안으로 달려 들어간다. 오빠의 이름을 외치는 내 목소리를 희미하게 인식한다. 머릿속에서 윙윙대는 소리가 너무 시끄러워 차갑고 시큼한 치솟는 아드레날린을 제외한 모든 것을 집어삼킨다.

오빠는 옷을 반쯤 입은 채 내가 있는 응접실로 오다 비틀거린다. 뒤의 문을 통해서 구겨진 침대 시트와 짙은 남색 팔 하나가 시야에 들어오더니 곧 사라진다. 렌 스코노스가 옷을 입느라 바쁜 모양이다.

"뭔데?"

오빠가 공포로 눈을 커다랗게 뜨고 묻는다.

달리고 싶다. 비명을 지르고 싶다. 싸우고 싶다.

"공격이야."

＊＊＊

"어떻게 이럴 수 있지? 우리가 모르게 군대를 움직이다니?"

궁전 복도를 성큼성큼 걸어가는 나와 간신히 속도를 맞추며 프톨레무스 오빠가 뒤를 바싹 따라온다. 회랑, 연회장, 응접실, 그리고 심지어 무도회장까지 시야 끝에서 흐릿해진다. 몇 시간 안으로 모든 것이 파괴될 수도 있다. 불타거나 물에 잠기거나 그저 간단히 없어지거나. 아주 잠깐, 복잡한 무늬의 대리석 바닥 위로 곳곳이 부러진 팔다리를 아무렇게나 뻗은 오빠의 시체와 잔잔하게 흘러나온 피가 보인다. 눈을 깜빡이며 그 생각과 맞서 싸운다. 담즙이 목구멍에서 치솟는다.

오빠를 흘긋 바라본다. 그러지 않고서야 오빠가 여전히 여기 살아 있다는 것을 확신할 수 없다. 살아서 숨 쉬고, 갑옷을 입고 우뚝 서 있는 오빠. 뚜렷이 티가 나는 힐러 제복을 입은 렌이 뒤를 따라온다. 몇 시간이 지난 후에도 두 사람이 함께할 수 있다면 좋겠다. 할 수만 있다면 그녀를 오빠에게 묶어 두고 싶다.

나는 계속 집중하기 위해서 말을 뱉는다.

"저들의 시타델에 우리들 눈이 있었어. 레이크랜즈가 뭔가를 노리고 병력을 모으고 있다는 건 알고 있었어, 언제인지를 몰랐을 뿐."

"북쪽으로 향했던 게 틀림없습니다. 육로로 움직여서요."

렌의 목소리는 낮고 차분하지만, 위로가 되지 않는다.

우리가 또 다른 모퉁이를 돌아서 알현실로 향하는 사이, 오빠가 욕을 하며 말한다.

"진홍의 군대가 없으니 레이크랜즈에 남아 있는 눈들이 많지 않아."

부모님이 아직 우리를 찾지 않으셨다는 건, 두 분이 왕과 그의 고문들과 함께 계신다는 의미일 수밖에 없다. 분명 이미 알고 계실 것이다.

르롤란 경비들이 문을 열어 준다. 르롤란의 치명적인 손이 옻칠을 한 큰 문짝에 닿는다. 우리는 함께 문을 통과한다. 레이크랜즈가 이미 도시에 침투해 있을지도 모르기 때문에 우리 셋은 바싹 붙은 대형을 유지한다. 내 능력이 웅웅대면서 넓게 퍼져나가, 놀고 있는 총알들까지 잡아 낸다. 경비들의 권총에 든 총알의 수를 세면서, 방을 가로지르는 동안 총알들을 계속 신경 쓴다.

솟아 있는 연단 위에는 칼의 왕좌는 물론, 그의 삼촌과 할머니를 위한 자리도 마련되어 있다. 어머니와 아버지도 여기에 계신다. 아버지는 평소처럼 갑옷을 입으셨다. 작은 움직임에도 태양 빛이 갑옷에 반사되어 눈이 부셔서 쳐다볼 수가 없는 수준이다. 어머니는 좀 더 자제하신 편이다. 갑옷은 입고 계시지 않지만 무기가 없다는 뜻은 아니다. 라렌티아 바이퍼는 뛰어난 사냥꾼이자 당신이 가장 사랑하는 표범을 버렸다. 대신에 두 마리의 덥수룩한 늑대들이 어머니의 발치에 앉아 있다. 그들의 눈, 귀, 주둥이가 전부 씰룩대고 있다. 양쪽 다 쳐다보기도 두렵지만, 잘 싸울 뿐더러 탐지에도 능할 것이다. 녀석들이 어머니 손아귀에 있는 한 어머니를 기습할 수 있는 사람은 아무도 없을 것이다.

줄리언 제이코스와 아나벨 왕비가 칼의 옆에 있다. 싱어 삼촌보다는 아나벨 쪽이 좀 더 전투 준비를 갖추고 있다. 그녀는 작고 단단한 체격으로, 불꽃 같은 주황색 군복 위로 벨트를 두르고 꼭 맞는 방탄복을 걸쳤다. 아무것도 없는 맨손에는 결혼반지마저 사라졌다. 줄리언은 그렇게까지 방어구를 갖추고 있지는 않다. 눈 아래에 어두운 그늘이 드리운 것으로 보아 잠을 한숨도 자지 못한 듯하다. 그는 조카에게서 십몇 센티미터 떨어진 곳에 바싹 붙어 서 있다. 누가 누구를 보호해야 하는 건지 모르겠다.

노르타의 왕 본인은 광을 낸 붉은색과 은색의 갑옷을 입었고, 한쪽 허리춤에는 총을 차고 반대편에는 번뜩이는 칼을 차고 있다. 어깨에는 짧은 것이든 긴 것이든 망토가 안 보인다. 사실 망토야 전투에 방해만 될 뿐이다. 칼의 나이는 이제 간신히 어른이 된 정도이지만, 그는 꼭 하룻밤 사이 나이 든 것처럼 보인다. 곧 닥칠 전투 때문은 아니다. 전투나 유혈 사태라면 칼에겐 익숙한 문제다. 뭔가 다른 것이 마음에 걸려서 레이크랜즈의 침략조차도 그의 관심을 끌지 못하는 것 같다. 내가 다가가자 칼은 그늘진 얼굴을 들어 올려 나를 바라본다.

사교적인 인사 따위는 집어치우고 큰 소리로 묻는다.

"얼마나 시간이 있지?"

칼이 재빨리 대답한다.

"공군을 투입하는 중이야. 먼 바다에서 폭풍이 일고 있는데, 너무 빠르게 움직여. 그 안에 레이크랜즈 함대가 있는 게 틀림없어."

그는 남쪽으로 시선을 돌린다.

그건 하버베이 전투에서 우리가 직접 사용했던 전술이지만, 훨씬 적은 인원에 훨씬 힘이 덜 드는 것이었다. 레이크랜즈의 여왕이 직접 선봉에 선 님프식의 공격이 어떤 양상이 될 것인가 하는 생각에 몸이 떨린다. 전처럼 강철에 감싸인 채 깊고 어두운 물속으로 빠르게 가라앉으며 다시는 떠오르지 못하는 내 모습이 떠오른다.

그 공포가 목소리에서 느껴지지 않도록 노력한다.

"저들 목표물은?"

최선의 방책은 싸우는 것, 맞서 싸우는 것이다. 너의 적이 무슨 일을 하려는지 파악한 후, 그것을 막을 수 있는 최선의 길을 계산하라.

뒤쪽에서 그의 삼촌이 불편한 듯 몸을 움직인다. 줄리언은 시선을 낮추고 칼의 어깨를 건드린다.

"그건 전하입니다, 내 조카님. 저들은 전하께 오고 있습니다. 우리가 시작해 보기도 전에 이 모든 것이 끝나는군요."

아버지는 결과를 재어 보시면서 아무 말씀이 없다. 칼이 잡히거나 죽는다면 아버지께는 어떤 의미가 될까? 우리는 아직 결혼 전이다. 리프트 왕국은 아직 노르타에 돌이킬 수 없을 지경으로 묶여 있지는 않다. 우리가 메이븐에게 그렇게까지 묶여 있지 않았던 것처럼. 가장 최근에 적군이 아케온을 공격했을 때, 사모스 하우스는 준비되어 있었고, 우리는 도망쳤다. 이번에도 똑같이 하실 것인가?

나는 다른 모든 것을 뒤덮는 두통을 느끼면서 이를 악문다.

"메이븐의 탈출 기차를 여전히 사용할 수 있습니다."

줄리언이 계속 말한다. 대답하는 대신 칼은 그의 손을 매끄럽게 벗어난다.

"적어도 전하만큼은 도시에서 대피하셔야 합니다."

젊은 왕의 피부가 오래된 뼈처럼 창백해진다. 그는 그 제안을 역겨워한다.

"그리고 수도는 항복하고요?"

줄리언이 재빨리 대꾸한다.

"당연히 아닙니다. 우리는 방어할 겁니다. 전하께서는 그들 손길에서 먼 곳으로, 위험으로부터 빠져나가실 겁니다."

칼의 응수는 말 그대로 재빠르고 두 배는 단호하다. 예측할 수 있다는 점은 말할 것도 없다.

"난 도망가지 않습니다."

그의 삼촌은 놀란 것처럼 보이지 않는다. 그럼에도 줄리언은 용맹하게 논쟁을 벌이려고 한다.

헛되이도.

"전하……."

"내가 숨어 있는데 다른 이들이 싸우도록 하진 않을 겁니다."

아나벨은 좀 더 강압적으로 칼의 손목을 와락 붙든다. 이 집안의 말다툼이라면 될 대로 되라 싶지만, 자원이 너무 없다. 지금 바로 이 순간에도 시간이 흐르고 있다.

아나벨이 애원한다.

"전하는 더 이상 왕자나 장군이 아니라 왕이오. 그리고 전하의 안위가 가장 중요……."

삼촌에게 그랬듯, 칼은 아나벨의 손길을 부드럽게 벗어나며 그녀의 손가락 하나하나를 떼어 내어 손을 치운다. 그의 눈이 이글거리며 타오른다.

"내가 이 도시를 버리면, 왕이 되고자 했던 바람을 모두 버리는 겁니다. 공포 때문에 그 사실을 외면하지 마세요."

이 말도 안 되는 짓거리에 넌더리가 난다. 나는 혀를 쯧쯧 차고는 귀중한 시간을 아끼고자 하는 마음으로 명백한 사실을 말한다.

"남아 있는 하이 하우스들은 결코 도망가는 왕에게 충성하지 않을 겁니다. 그리고 다시는 그를 존중하지도 않을 거고요."

나는 턱을 들어 올린다. 내가 필요한 권력의 이미지를 투사하기 위해 궁중에서 배운 것을 사용하고 있다.

"고마워."

칼이 느릿하게 말한다.

나는 창을, 절벽을 가리킨다.

"강이 역류하며 솟아오르고 있어요. 저들이 지닌 가장 큰 배들이 상류까지 올 수 있도록이요."

칼은 주제가 바뀐 것에 감사하며 고개를 끄덕인다. 그는 친척들과의 거리를 벌리며 내 쪽으로 다가온다.

침묵하시는 나의 아버지와 자신의 할머니를 번갈아 바라보며 그가 말한다.

"도시를 둘로 나눌 의도일 겁니다. 도시 양편에 반씩 병력을 나누고 증원도 그렇게 하라고 이미 명령을 전달해 두었습니다."

프톨레무스 오빠가 코를 찡긋거린다.

"힘을 하나로 모아서 광장과 궁전부터 방비하는 게 낫지 않겠습니까? 뭉쳐 있는 편이?"

내 오빠는 칼만큼이나 뛰어난 전사이지만 전략가는 아니다. 오빠에게는 그저 인정사정없는 힘만 있을 뿐이다. 칼은 재빠르게 오빠의 오류를 지적한다.

"시그넷 여왕은 어느 쪽이 가장 약할지 신중히 재어 볼 겁니다. 양쪽의 힘이 균형 잡혀 있다면, 그들은 먹이로 삼을 약한 쪽을 찾을 수 없겠죠. 그러면 그들을 강에 묶어 둘 수 있어요."

"공군을 도시 상공에 집중시켜."

제안이 아니라 명령이다. 누구도 나를 멈춰 세우지 않는다. 지금 닥친 운명에도 불구하고 자부심이 치솟는다.

"무기를 배에 발포해. 배 한 척이라도 하류에서 침몰시킬 수 있다면 속도를 늦출 수 있지. 아무리 님프들이라고 해도 온통 구멍이 난 배를 띄울 수야 없을 거야."

어두운 미소가 입술에 감돈다.

다음으로 입을 여는 티베리아스 캘로어에게서는 어떤 기쁨도 보이지 않는다. 그의 눈에서 내면의 고통이 깜빡인다.

"강을 무덤으로 만듭시다."

은혈과 적혈, 양쪽의 피가 흐르는 무덤. 레이크랜즈 사람들과 피에드몬트 군인들. 적들. 그게 그들이다. 얼굴도 없고 이름도 없는. 우리를 죽이라고 보내진 자들. 내가 사랑하는 이들이 한쪽에 놓여 있다면, 저울이 어느 쪽으로 기우는지는 너무나 쉬운 방정식이다. 그럼에도 속이 울렁거린다. 누구에게도 이 사실을 인정하진 않을 것이다. 심지어 일레인에게도. 모든 일이 끝나고 나면 강은 어떤 색이 될까?

"지상에서는 우리가 우세합니다."

칼이 서성이기 시작한다. 그의 말들은 광적인 기색을 띤다. 칼은 우리 앞에서 전투 계획을 짜면서 혼잣말까지 한다.

"그리고 저들 스톰 때문에 우리 공군은 바쁠 거야."

아버지는 여전히 한마디도 하지 않으신다.

"저들도 은혈들 가운데 적혈 병사들이 있다."

줄리언이 말한다. 거의 사죄하는 듯한 어조다. 다시 한번 속이 울렁거린다. 칼도 나와 같은 두려움을 느끼는 것처럼 보인다. 그는 발을 조금 헛디딘다.

아나벨은 그저 코웃음만 친다.

"적어도 그건 하나의 이점이지. 그들 집단은 더 연약해. 그리고 덜 위험하고."

칼의 측근 사이의 균열이 협곡만큼이나 깊어진다. 평상시의 차분한 태도가 조금 사라진 채 줄리언은 그녀를 경멸하듯 바라본다.

"제 말은 그 뜻이 아닙니다."

더 연약하다. 덜 위험하다. 아나벨의 말이 틀리지 않지만, 그녀가 생각한 이유로는 아니다. 나는 말한다.

"레이크랜즈는 적혈들의 처우를 개선하지 않았어요. 노르타는 했죠."

나이 든 왕비의 쇠약한 시선에는 치명적으로 아름다운 어떤 것이 있다.

"그래서?"

나는 어린아이에게 전투 이론을 설명하는 것처럼 천천히 말한다. 내 태도에 아나벨은 신경질이 난 것 같다. 기쁜 일이다.

"레이크랜즈 적혈들로서는 싸움이 기껍지 않을 겁니다. 자기들에게 더 나은 처우를 제공하는 나라에 항복할 수도 있습니다."

아나벨이 눈을 가늘게 뜬다.

"우리가 그걸 신뢰할 수 있다면 말일세."

나는 연습한 비웃음을 걸고 강철로 견갑을 만들며 어깨를 으쓱한다.

"하버베이에서는 그랬어요. 명심해 둘 만하죠."

놀라서 눈이 툭 튀어나온 주변 은혈들의 표정을 해석하는 일이 어렵지는 않다. 프톨레무스 오빠조차 내가 한 말에 당혹스러워한다. 칼과 줄리언만이 그 생각에 마음을 연 것처럼 보인다. 표정은 침착하지만 기이할 정도로 생각에 잠겨 있다. 나는 시선을 칼에게 고정한다. 그는 나와 단단히 눈을 마주 보더니 고개를 보이지 않을 정도로 작게 끄덕인다.

계획의 다음 단계로 뛰어넘으며 그가 입술을 핥는다.

"우리에게는 신혈 텔레포터가 없지만, 어떻게든 두 사람을 (그는 프톨레무스 오빠와 나를 가리켜 보인다.) 전함으로 데려갈 수만 있다면, 저들의 총을 무력화시키고……."

"내 아이들은 그런 일은 하지 않을 것이오."

볼로 왕의 음성은 낮지만 가득 울려퍼지며 공기를 진동시킨다. 의자에 앉아서도 그것이 느껴진다. 갑자기 위엄 있는 아버지 앞에서 겁을 먹은 어린 소녀로 돌아간 기분이다. 아버지를 행복하게 만들 수 있는 일이라면 무엇이든 기꺼이 하던 때로. 아무리 작다고 할지라도 보기 드문 미소나 애정 표현 같은 것을 얻기 위해서.

그래, 에반젤린. 아버지가 저렇게 굴게 두지 마.

주먹을 꾹 쥐자 손톱이 손바닥을 파고든다. 그것이 나를 땅에 발붙인다. 날카로운 고통이 내가 누구인지를 상기시키고, 우리 모두가 절벽에 서 있다는 점을 깨닫게 한다.

칼은 대놓고 아버지를 쏘아본다. 두 사람은 침묵하며 치열하게 기싸움을 벌인다. 어머니는 한 손을 늑대 한 마리의 머리에 올린 채 조용히 지켜보신다. 늑대의 노란 눈이 한 치의 흔들림도 없이 젊은 왕의 얼굴을 올려다본다.

부모님은 맞서 싸울 생각이 전혀 없으시다. 우리 또한 그러지 않기를 바라신다. 하버베이에서, 두 분은 기꺼이 우리를 싸움터로 내몰았다. 우리 둘을 위험에 노출시켰다. 승리를 위해서.

두 분은 이 전투에서 이미 졌다고 생각하신다.

두 분은 달아나실 것이다.

아버지께서 긴장 가득한 침묵을 깨며 말씀하신다.

"내 군인들과 호위들, 사모스 하우스의 살아남은 사촌들은 그대의 것이오, 티베리아스 전하. 하지만 내 후계자들은 그대가 도박에 걸수 있는 것이 아니오."

칼이 이를 사리문다. 그는 손을 허리에 올리고, 엄지를 두드린다.

"그럼 당신은 어떻습니까, 볼로 전하? 또 뒤로 물러나 계실 겁니까?"

나는 바짝 굳어 눈만 껌뻑인다. 칼은 리프트의 왕을 겁쟁이라 부른 것이나 다름없다. 어머니의 분노를 보여 주듯 늑대들이 부르르 몸을 떤다.

아버지께는 자신만의 계획을 따르고 계신다. 그래야만 할 것이다. 아니라면 저 말을 저토록 가볍게 넘길 수 없었을 테니. 한 손을 흔들며 아버지께서는 칼의 비난을 무시해 버리시고는 간단한 말로 받아치신다.

"나 자신의 피로 충성을 증명할 필요는 없소. 우리는 여기서 광장을 방어하겠소. 레이크랜즈가 궁을 공격한다면, 그들은 기대했던 것과는 다른 결과를 얻게 될 것이오."

칼은 이를 갈면서 입을 다문다. 왕좌를 지키고 싶다면 반드시 저 습관은 버려야 할 것이다. 왕이란 쉽게 읽혀서는 안 되는 법이다.

칼의 삼촌이 몸을 숙이며 물기 어린 눈동자를 빛낸다.

아버지를 향해서.

미소를 지으며 줄리언이 입을 연다. 길쭉한 입술은 위협하는 듯한 숨을 쉰다. 아버지께서 시선을 떨어뜨릴 거라고 생각한다. 싱어의 무기를 멀리할 거라고. 하지만 다음 순간 그러면 공포를 인정하는 셈이라는 생각이 든다. 아무리 자신의 정신을 지키기 위해서라고 해도 아버지는 결코 그러지 않으실 것이다.

교착 상태다.

"그게 현명할까요, 제이코스?"

어머니께서 고양이처럼 말하신다. 늑대들이 어머니의 무릎에서 대답처럼 그르렁거린다.

줄리언은 미소만 지을 뿐이다. 날카로운 긴장의 끈이 끊어진다.

"무슨 의미인지 모르겠습니다, 전하."

그렇게 말하는 줄리언의 목소리는 더없이 평범하다. 어떤 유혹하는 멜로디나 힘의 아우라는 없다.

"하지만 전하, 저를 레이크랜즈 여왕에게 데려갈 수 있다면, 제가 도움이 될 수 있지 않겠습니까."

줄리언이 부드럽게 덧붙인다. 그건 화려한 행사나 속뜻이 담겨 있는 연극이 아니다. 그저 정확한 제안이다.

고통이 칼의 얼굴에 퍼진다. 그는 내 부모님도 잊고 몸을 돌린다.

"그건 자살 그 이상 아무것도 아닙니다. 외삼촌은 그녀 가까이에도 가지도 못할 거예요."

칼이 화가 나서 속삭인다.

나이 든 싱어는 한쪽 눈썹만 치켜올린다.

"그래서 만약 가능하다면? 제가 이 일을 끝낼 수 있습니다."

"아무것도 끝나지 않아요."

칼이 거절의 뜻으로 한 손을 휘젓는다. 정말로 공기가 갈라지는 소리가 들린 것 같다. 칼의 눈은 커다랗고 절망에 차 있다. 적절한 가면 같은 건 전부 미끄러졌다.

"외삼촌이 센라와 아이리스가 동시에 이 전쟁을 그만두도록 노래할 수는 없어요. 만약 외삼촌이 어떻게든 그 두 사람이 스스로 물에 빠져 죽게 하거나, 군대의 방향을 튼다고 한들, 그들은 다시 돌아올 뿐입니다. 또 다른 시그넛이 레이크랜즈에서 기다리고 있어요."

"그래도 귀중한 시간을 벌 수는 있겠지요."

삼촌의 말은 틀리지 않지만, 칼은 들을 생각이 없다.

"그리고 우리는 귀중한 사람을 잃게 되겠죠."

줄리언이 시선을 떨어뜨리며 뒤로 물러난다.

"알겠습니다."

"이거 참 매우 감동적이네요."

나는 참지 못하고 투덜거린다.

사랑하는 오빠가 내 감정을 그대로 드러낸다. 오빠의 눈알이 굴러

떨어지지 않는 게 놀랍다.

"그것보다도, 우리가 저기서 뭐와 맞닥뜨리게 될지 아는 게 있습니까?"

어머니께서 비웃음을 지으신다. 아버지와 마찬가지로 어머니께서도 이 전투에는 희망이 없다고 생각하신다. 도시는 이미 함락됐다고.

"레이크랜즈 말고도? 저들이 동원할 수 있는 은혈 모두와, 그들과 함께 온 적혈 부대들이 있지. 강력한 님프들이 강을 휘두를 준비를 하고 있는 건 말할 것도 없고."

"그리고 아마도 노르타의 힘도 일부 있을 테죠."

나는 손가락 하나를 입술에 대고 톡톡 두드린다. 이 점을 생각한 게 나만은 아니다. 그럴 수가 없다. 그건 너무나 명백하다. 나를 둘러싼 이들의 얼굴빛이 바뀐다. 이들은 내가 한 말의 의미를 깨달았다. 같은 의심을 해 왔을 것이다.

"전하의 대관식에 빠졌던 하이 하우스들은 충성 맹세를 하지 않았죠. 아무도 전하의 명령에 응답하지 않았을 겁니다."

칼이 목이 꿀꺽 움직인다. 그의 뺨에 은빛이 진하게 번진다.

"메이븐이 살아 있는 동안에는 아닐 겁니다. 그들은 다른 왕에게 무릎을 꿇었습니다."

"다른 여왕에게도 무릎을 꿇었겠지."

나는 혼잣말을 한다.

칼이 어두운 눈썹을 하나로 모은 채 고개를 떨어뜨린다.

"아이리스가 노르타 사람을 자기 편으로 만들었다고 생각해?"

나는 어깨를 으쓱한다.

"시도해 보지도 않았다면 어리석은 일이겠죠. 그리고 아이리스 시 그녓은 결코 어리석지 않아요."

그 암시가 우리 위에 안개처럼 두껍게, 무시하기 어렵게 매달려 있다. 아버지조차 노르타 왕국 안에서 또 다른 분열이 있을 수 있다는 가능성에 불안해 보이신다. 아버지께서 언젠가 다스리길 원하시는 땅을 쪼갠다는 가능성에 말이다.

아나벨이 불편한 듯 몸을 돌린다. 그녀는 단단히 묶은 회색 머리를 쓸면서 이미 완벽한 스타일을 더 매끄럽게 정리하고는 조용한 목소리로 속삭인다.

"이게 가능하다고 생각한 적 없지만, 저 더러운 적혈들이 그립다는 생각까지 드는군요."

"그러기엔 조금 늦었어요."

칼이 맹렬한 천둥같이 으르렁거린다.

아버지의 입이 움찔거리듯이 비틀린다.

* * *

당연히 기존에 세워 둔 계획이야 있다. 수도 침략에 대비한 전술과 전략들. 레이크랜즈와의 전쟁이 한 세기 동안 이어졌으니 그를 생각해 두지 않았다면야 어리석은 일이다. 하지만 캘로어 왕들이 시 그녓 님프들에 맞서 싸우기 위해서 생각해 냈던 것들은 이제 더 이상 존재하지 않는다. 전력의 노르타 군대. 하나가 된 나라. 전력으로 가동되며 전기와 탄약을 대량으로 찍어 내는 기술자 마을들. 칼은 그 어느 것에도 의존할 수가 없다.

트레저리 홀에 있는 나선형 금고 밖에서는, 광장에 인접한 병영과 군사 시설들이 가장 안전한 장소다. 하지만 의지할 거라고는 곧 무너질 것 같은 열차밖에 없는 지하에 내 몸을 묻는 건 영 별로다. 부모님은 사령부 중추의 보호 시설을 차지하시고, 상공을 돌고 있는 항공기 편대들로부터 물밀듯이 밀려드는 수많은 보고서를 살펴보신다. 아버지께서 그런 권력의 정점에 있는 일을 즐기고 계신 게 아닌가 의심된다. 특히나 칼이 스스로 부대를 이끌고 나설 준비를 하는 중인 지금은 말이다.

먼 곳의 전투를 중계하는 인쇄물과 거친 자료 영상들을 지켜보는 건 별로 내키지 않는다. 나는 나 자신의 눈을 더 믿는 편이다. 지금으로서는 부모님과 가까이 있고 싶지도 않다. 구름 낀 수평선에 숨은 배를 타고 군대가 접근하는 지금, 내 선택은 매우 분명해진다.

프톨레무스 오빠는 나와 함께 사령부의 계단에 걸터앉아 있다. 오빠의 갑옷은 가볍게 진동하면서, 아직도 오빠의 몸에 맞춰서 모양이 변하는 중이다. 완벽한 형태를 찾으려는 것이다. 오빠는 고개를 올려 모여드는 회색 구름을 따라 시선을 두리번거린다. 구름은 시시각각 두꺼워진다. 렌도 손을 들어 그를 치유할 준비를 한 채 오빠 곁을 맴돌고 있다.

"언제라도 비가 내릴 수 있겠는걸."

오빠가 냄새를 맡으며 말한다.

렌이 우리를 지나 광장 문의 저 끝에 있는 아케온의 브리지를 바라본다. 다가온 안개가 도시에 스며들면서 다리의 수많은 아치와 지지대들은 흐릿하게만 보인다.

"지금쯤 강이 얼마나 높아졌는지 궁금하네요."

몇 킬로미터 거리에서 빠르게 가까워지고 있는 함대를 감지해 보려고 능력을 펼친다. 하지만 배들은 여전히 너무 멀다. 아니면 내 정신이 너무 산만하든가.

아버지께서는 다시 달아나려 하신다. 사모스 하우스는 달아날 것이다. 무너져 내리는 노르타를 내버려 둔 채, 오직 리프트만이 시그넛의 바다에 둘러싸인 섬처럼 남도록.

결국에는 우리도 물에 잠기게 될 텐데.

센라 여왕에게는 아들이 없다. 나를 팔 사람이 전혀 없다. 볼로 사모스에게는 협상의 여지가 없다. 아버지께서는 항복해야만 할 것이다.

그리고 아마도 그녀의 손에 돌아가시겠지. 살린처럼.

오늘 살아남으신다고 할지라도.

그렇게 되면 내게 남겨진 곳은 어디일까?

아버지가 내 약혼자와 같은 패배에 직면하게 된다면?

내 생각에…… 그렇게 되면 난 자유로워질 것 같다.

"톨리 오빠, 날 사랑해?"

렌과 오빠가 동시에 얼굴을 내게로 돌리며 주의를 단번에 집중한다. 프톨레무스 오빠는 놀라서 입을 벌린 채 거의 말을 더듬는다.

"당연하지."

오빠가 너무 빠르게 말하며 은색 눈썹을 찌푸린다. 분노 비슷한 것이 오빠를 스친다.

"어떻게 그런 질문을 할 수가 있어?"

그 단순한 질문이 오빠를 공격하고 상처입힌다. 같은 질문을 받았다면 나도 마찬가지일 것이다.

나는 오빠의 손을 세게 쥔다. 몇 달 전에 오빠가 잃어버렸다 새롭게 자라난 부위의 뼈를 느껴 본다.

"일레인을 릿지에서 먼 곳으로 보냈어. 오빠가 집에 가면 걘 거기 없을 거야."

붉은 머리카락, 산의 산들바람. 꿈만 같이 보인다. *현실이 될 수 있을까? 이것이 내 기회가 될까?*

"이브, 무슨 이야기를 하는 거야? 대체 어딜……."

"오빠에게는 말하지 않을 거야. 그럼 오빠는 거짓말할 필요가 없어."

나는 이상하게 떨리는 팔다리를 천천히 억지로 일으킨다. 처음으로 서서 걸음마를 떼는 아기처럼. 발가락부터 끝까지 온몸을 떤다.

프톨레무스 오빠가 함께 벌떡 일어나며 몸을 숙인다. 우리는 서로에게서 고작 몇 센티미터 떨어진 곳에서 눈을 마주친다. 오빠가 양손으로 내 어깨를 꽉 붙들지만, 내가 움직이려고 하면 떨쳐 낼 수 있을 정도의 힘이다.

나는 중얼거린다.

"안으로 들어갈게. 아버지께 드릴 질문이 있어. 뭐, 이미 대답을 알고 있는 거 같지만."

"이브……."

나는 오빠의 눈, 나와 같은 그 눈을 들여다본다. 아버지의 눈이다. 오빠에게 도와 달라고 부탁하고 싶다. 하지만 오빠에게 편을 고르라고 하며 그를 쪼개 둘 수는 없다. 나는 오빠를 사랑하고, 오빠도 나를 사랑한다. 하지만 오빠는 부모님도 사랑한다. 오빠는 언제나 나보다 더 나은 후계자였다.

"따라오지 마."

나는 덜덜 떨면서 오빠를 으스러지게 끌어안는다. 오빠는 반사적으로 마주 나를 안지만, 내가 하는 이야기를 이해하지 못한 채 할 말을 찾지 못해 말을 더듬는다.

이게 오빠의 얼굴을 보는 마지막일지도 모르겠지만 돌아보지 않는다. 너무 힘들다. 오빠는 오늘, 내일, 아니면 한 달 뒤, 시그넷 여왕이 나의 가족을 발가벗기러 고향에 들이닥칠 때 죽을 수도 있다. 혼란스럽게 찌푸린 얼굴이 아닌 미소를 기억하고 싶다.

사령부는 어수선하고 혼란스럽다. 은혈 장교들이 복도와 방에서 부산스럽게 바뀐 싸움의 국면과 군대의 움직임을 소리쳐 보고한다. 레이크랜즈 배, 피에드몬트 비행기. 모든 것이 흐릿하게 지나간다.

부모님을 찾는 건 쉽다. 어머니의 늑대들이 밝고 예리한 눈으로 통신실의 문가를 지키고 서 있다. 그 짐승들은 동시에 나를 향해 몸을 돌리며, 내게 적대적이지도 호의적이지 않은 모습을 보인다.

지글거리는 화면 속에서 타닥대며 움직이는 빛이 사령부실을 채우고 있다. 일부만 가동 중이다. 좋은 신호가 아니다. 항공기 편대가 폭풍 속으로 들어간 것이 틀림없다. 여전히 존재하고 있다면 말이지만.

아버지와 어머니는 굳건히 서 계신다. 서로의 거울상 같다. 지독하게 꼿꼿한 자세로, 이토록 험한 상황을 받아들이면서도 눈도 깜짝 안 하신다. 스크린 하나에서 안개로 흐릿해진 첫 번째 함대의 그림자가 모습을 드러낸다. 다른 것들도 느릿하게 초점에 들어온다. 적어도 십여 척이다. 그리고 더 있다.

전에도 이 방을 본 적은 있지만, 이렇게 텅 비어 있지는 않았다. 최소한의 은혈 장교 몇 명만이 정보의 홍수를 따라가려고 애를 쓰면서 화면과 무선 통신을 맡는다. 잔심부름꾼들이 안팎으로 바삐 움직이며 새로운 소식들을 나른다. 지금 칼이 어디에 있는지는 모르지만, 그에게 전하기 위해서일 테다.

"아버지?"

내 목소리는 아이처럼 들린다.

그리고 아버지께서는 내가 정말로 아이인 것처럼 내 말을 묵살하신다.

"지금은 안 돼, 에반젤린."

"우리가 집에 가면 어떻게 되나요?"

경멸하는 표정으로 아버지가 뒤를 돌아보신다. 평소보다 머리를 더 짧게, 두피에 가깝게 바싹 자르셨다. 그래서 꼭 해골같이 보이신다.

"이 전쟁에서 이기면."

아버지가 거짓말을 읊으시도록 둔다. 아버지께서 말도 안 되는 소리를 내뱉으시는 걸 듣자 가슴이 답답해진다. *너는 왕비가 될 거야. 평화로운 시기가 올 거야. 삶은 원래 그랬어야 하는 모습으로 돌아올 거다.* 거짓말이다, 모든 것이.

"전 어떻게 되나요? 어떤 계획들을 가지고 계세요?"

나는 문간에 선 채로 묻는다. 나는 매우 빨라야 할 것이다.

"다음에는 저를 어떤 사람으로 만드시려는 거죠?"

두 분 모두 내가 무엇을 묻는지 아시지만, 누구도 답변하실 수 없다. 아무리 적다 해도 노르타의 장교들이 이렇게 가까이 있는 한은 안 된다. 부모님은 마지막 순간까지 이 동맹이라는 환상을 유지해야만 한다.

"달아나시려는 거라면, 저도 그러려고요."

나는 웅얼거린다.

리프트의 왕은 주먹을 쥔다. 방의 금속들이 반응한다. 아버지의 분노에 스크린 몇 개에 금이 가며 화면의 케이스들이 휘어진다.

"우린 어디에도 가지 않을 거다, 에반젤린."

아버지께서 거짓말을 하신다.

어머니가 거리를 좁히며 또 다른 전략을 쓰려 하신다. 어머니의 어둡고 치켜 올라간 눈이 커지며 간청하는 듯한 빛을 띤다. 강아지나 어린 곰을 따라 하시는 거다. 어머니는 맹목적으로 자식을 사랑하는 어머니처럼 내 얼굴에 한 손을 올리시고는 속삭이신다.

"우리에겐 네가 필요하단다. 우리 가족에게는 네가 필요해, 네 오빠도……."

나는 어머니의 손길에서 빠져나오며 복도로 향한다. 두 분을 꾀어내는 것이다. 두 번 우회전한 뒤 앞으로 나가서 광장으로…….

"가게 해 주세요."

아버지께서 어깨로 어머니를 길에서 밀쳐내다시피 하시고는 나를 내려다보신다. 크롬 갑옷이 형광등 아래에서 눈에 거슬리게 빛난다.

내가 지금 무슨 말을 하는지, 정말로 요구하는 게 무엇인지 아시는 것이다. 아버지께서 화난 소리로 속삭이신다.

"그럴 수 없다. 넌 네 것이다. 에반젤린. 내 딸이야. 너는 우리에게 속해 있어. 넌 우리에게 의무가 있다."

한 걸음 뒤로 간다. 문을 지키던 늑대들이 일어선다.

"아니에요."

그림자처럼, 거인처럼, 아버지께서는 내 발걸음에 맞춰서 함께 걸으신다. 아버지가 으르렁거리신다.

"네가 사모스가 아니라면 대체 뭐냐? 아무것도 아니지."

이것이 아버지의 대답임을 알고 있었다. 이미 가늘어지고 닳아서 해어진 마지막 실이 딱 끊어진다. 스스로도 어쩌지 못하는 눈물이 비집고 나온다. 눈물이 떨어질지 어떨지는 모르겠다. 타오르는 분노 외에는 아무것도 느낄 수가 없다.

나는 아버지 얼굴에 대고 뱉는다.

"제겐 아버지가 더는 필요 없어요. 권력을 위해서도, 탐욕을 위해서도. 그래도 아버지께서는 절 보내지 않으시겠죠."

아버지께서는 눈을 깜빡이신다. 아주 잠깐 아버지 안의 분노가 소멸된다. 속임수가 거의 먹힌다. 아버지는 나의 아버지다. 나는 저분을 사랑하지 않을 수가 없다. 아버지께서 나를 이런 식으로 다루신다고 해도. 그 사랑을 이용해서 나를 가두고, 혈육의 포로가 되길 원하신다고 해도.

나는 가족을 최우선으로 두도록 키워졌다. *너의 가족에게 충성하라.*

그리고 바로 그 가족은 일레인이다. 나의 가족, 나만의 가족.

"아버지의 허락을 구하는 일은 그만둘래요."

한쪽 주먹을 쥐고 속삭인다.

전구들이 부서진 채 떨어지면서 머리를 강하게 때리자 아버지조차 속수무책이다. 머리에서 은색 피가 솟구친다. 아버지께서 멍한 채로 발을 헛디디신다. 하지만 돌아가실 정도는 아니다. 불구가 될 정도도 아니다. 나는 그 정도 일을 저지를 배포가 못 된다.

이토록 빨리 달려 본 적이 없다. 심지어 전투에서도 말이다. 결코 이토록 겁에 질려 본 적이 없기 때문이다.

늑대들이 나보다 빠르다. 놈들은 발치에서 으르렁거리면서 나를 넘어뜨리려고 한다. 팔에 있던 금속들을 이용해서 칼날을 만들어 놈들을 공격한다. 내가 한 놈의 배에 루비처럼 붉은 상처를 만드는 순간 그놈이 낑낑거리며 울부짖다. 다른 쪽은 더 강하고, 더 크다. 그놈이 펄쩍 뛰어 나를 넘어뜨린다.

재빨리 피하려고 하지만, 등 쪽으로 쓰러지고 만다. 늑대가 내 목을 노리며 거세게 달려든다. 놈이 거의 90킬로그램은 될 법한 근육질 체구로 가슴을 들이받는다. 나는 폐에서 공기가 빠져나가는 걸 느끼며 헉 소리를 낸다.

놈은 목 주변을 꽉 물 뿐, 나를 물어뜯지는 않는다. 이빨의 끝부분이 파고들지만 멍만 들 정도다. 나를 이 자리에 못 박아 둘 정도로만.

머리 위에서 금속에 매달린 전구들이 진동하고 사방의 문에서는 경첩이 흔들린다.

움직일 수가 없다. 간신히 숨만 쉰다.

고작 10미터 남짓을 해냈다.

"손가락 하나도 들지 마."

어머니께서 거의 아무것도 보이지 않는 내 시야로 들어오시며 소리

390

지르신다. 위에서 늑대가 노란 눈으로 내 눈을 꿰뚫어 보며 몸을 떤다.

아버지께서 폭풍처럼 분노하신 채 어머니 옆에 서서 몸을 경련하신다. 한 손을 머리에 올려 흐르는 피를 막고 계신다. 아버지의 눈은 늑대보다 심하다.

아버지가 속삭이신다.

"이 멍청한 계집애가. 우리가 너한테 뭘 해 주었는지 아느냐? 우리가 너를 이렇게 만들어 줬어."

"단점 하나만 빼고요."

어머니는 내 위에서 혀를 쯧쯧 차신다. 마치 내가 어머니가 따로 쓰려고 키운, 당신의 과시용 동물 중 하나라도 되는 것처럼. 딱히 틀린 말 같지는 않다.

"심각하고, 자연스럽지도 않은 결점 하나."

늑대에게 잡혀 나는 간신히 목이 졸리는 듯한 소리를 낸다. 그러지 않고서야 흐느끼고야 말 것 같다. 위장이 꼬이고 뒤틀린다. *가게 해 줘요.* 애원하고 싶다.

하지만 아버지께서는 결코 그러지 않으실 것이다. 방법도 모르실 것이다.

아마도 그것은 아버지의 아버지의 잘못이며, 아버지의 아버지의 잘못일 것이다.

왜인지는 몰라도 메어 배로우가 생각난다. 몬트포트를 떠날 때 메어를 꽉 안아 주며 작별 인사를 하던 메어의 부모님에 대해서도. 그들은 아무것도 아니다. 대단한 아름다움도, 지성도, 권력도 없는 하찮은 사람들이다. 그들이 너무나 부러운 나머지 토할 것 같다.

"제발요."

나는 가까스로 뱉는다.

늑대가 나를 단단히 붙든다.

아버지께서 내게 더 가까이 한 발을 딛으신다. 아버지의 손가락에는 은색 액체가 칠해져 있다. 손을 탁 털어 아버지께서는 내게 당신의 피를 뿌리신다. 내가 저지른 짓을.

"내 직접 너를 리프트로 끌고 갈 것이다."

의심의 여지도 없다.

숨을 쉬려고 발버둥치느라 손가락으로 바닥을 긁으며 아버지를 올려다본다. 심지어 내 갑옷조차 나를 배신하며 아버지의 명령 아래에 녹아내려 사라진다. 나는 무기 없는 맨몸이 된다. 취약한 상태로. 항상 그랬듯 포로로.

다음 순간 아버지께서 날아가며 뒤로 세게 부딪히신다. 아버지의 얼굴이 익숙하지 않은 놀라움으로 물든다. 몸을 감싼 크롬이 아버지를 *잡아당기*고 있다. 가까운 벽에 내동댕이쳐지며 머리를 찧은 아버지께서 눈을 까뒤집으며 앞으로 쓰러지신다. 어머니께서 비명을 지르신다.

내 위의 늑대는 다른 운명을 맞는다.

칼날 하나가 놈의 목을 베어 내고, 그 절단된 머리가 철벅하고 역겨운 소리를 내며 날아가 몇 걸음 떨어진 곳에 안착한다. 신선한 진홍색 피가 뜨겁게 흩뿌려져 내 얼굴을 덮는다.

나는 움찔하지 않는다. 익숙한 차가운 손이 손목을 잡고 나를 끌어올린다.

"우릴 너무 잘 훈련시키셨어요."

프톨레무스 오빠가 내가 일어나는 걸 도우면서 말한다.

우리는 함께 달아난다. 이번에는 나는 뒤를 돌아본다.

어머니께서 아버지에게 몸을 숙이시고는 아버지를 쓰다듬으신다. 아버지께는 일어나려고 애를 쓰지만 충격에 비틀거리신다. 여전히 살아 계시다.

"잘 가요, 에반젤린."

또 다른 남자가 말한다.

줄리언 제이코스가 가까운 복도에서 걸어 나온다. 아나벨이 손가락을 서로 두드리며 함께한다. 그녀는 양손을 든 채 다가오면서도 내게는 눈길 하나 주지 않는다. 이토록 작은 여인에게 그토록 치명적인 힘이라니.

"달아나요, 라렌티아."

줄리언의 음악 같은 목소리가 나를 향해 있지 않음에도 불구하고 귀를 막고 싶다. 싱어의 힘이 공기를 울리며 내는 지나치게 달콤한 맛이 만져질 것만 같다.

"당신 아이들은 잊어버려요."

당신께서 스파이로 부리는 쥐들처럼 어머니는 빠르게 종종걸음친다.

"라렌티아!"

아버지께서 구르륵 소리를 내며 외치신다. 어지러워 제대로 말을 하실 수가 없는 상태다.

하지만 비명은 지르실 수 있을 테다.

나는 아버지를 아나벨과 줄리언에게 남기고 떠난다. 그들이 리프트의 왕에게 준비한 운명이 무엇이든 간에.

* * *

바깥은 안개투성이다. 자연적으로 생겨났다기에는 지나치게 두꺼운 회색 연무가 광장을 온통 뒤덮은 채다. 구부정하니 대형을 이루고 있는 다른 그림자들과, 우리를 기다리며 똑바로 서 있는 렌의 인영이 대조적이다. 저들은 칼의 부대다. 수많은 모양으로 판단하건대 아마도 모든 부대를 결집시킨 모양이다.

우리를 보자 렌이 한 손을 흔들며 외친다.

"이쪽이에요."

그녀가 안개와 군인들 쪽으로 몸을 돌린다.

인지할 수 있는 거리의 끄트머리에서 무게감이 느껴진다. 꽤 먼 거리인데도 느껴질 정도다. *레이크랜즈 배들*. 그들일 수밖에 없다. 머리 위로 보이지 않는 비행기가 비명을 지르며 지나간다. 미사일들이 우는 소리를 내며 날아가서 터지며 함대가 있을 곳에 폭발을 퍼뜨린다. 안개 때문에 눈이 먼 채로 갇힌 기분이다. 내가 할 수 있는 거라고는 프톨레무스 오빠와 렌에게 집중한 채, 행군하는 부대들 사이를 쏜살같이 달리는 동안 두 사람에게 가능한 가까이 붙어 있는 것뿐이다. 군인들 몇 명이 우리가 지나가는 모습을 바라보지만, 딱히 멈추어 세우려고는 하지 않는다. 곧 사령부의 모습이 안개에 삼켜지며 먼 거리에서 희미해진다.

우리는 광장을 가로질러 트레저리 홀로 향한다. 메이븐의 결혼식이 떠오른다. 낯설고 익숙한 감각이 나를 뒤덮는다. 그때에도 광장은 전장이었고, 그는 자신의 소중한 탈출 수단인 기차로 달아났다. 결코 그 기계가 좋았던 적이 없지만 불편함은 잠시 밀어 둔다. 가장 빠르게 달아나는 길이다. 가장 안전하기도 하다. 우리는 전투가 끝나기도 전에 도시 저 너머 먼 곳으로 가 있을 것이다.

그리고 나면······.

그 생각을 이어갈 시간도 기운도 없다.

비가 갑작스러운 소리를 내며 우리를 후드려치기 시작한다. 몇 초만에 나는 흠뻑 젖는다. 폭우에 길이 미끄러워지는 바람에 발목을 부러뜨리지 않으려면 속도를 줄이는 수밖에 없다. 강 하류에서 북처럼 쿵쿵대는 소리가 오싹한 박자로 들려 온다. 땅이 흔들린다.

배들이 도시를 향해 발포하기 시작한다. 무거운 탄환이 아케온 동쪽과 서쪽 모두에 흩뿌려진다.

프톨레무스 오빠에게 팔을 뻗는다. 오빠를 어떻게든 잡아보려고 하지만 갑옷이 젖어 손가락이 미끄러진다. 레이크랜즈의 공격이 이곳까지 미칠 경우, 그에 휘말릴 수밖에 없을 테다. 마음을 단단히 준비한다.

본능은 틀리지 않다.

안개 사이로 첫 번째 미사일이 길게 울부짖으며 광장 문을 넘어서 호를 그리며 지나가는 모습이 간신히 보인다. 그것이 어디에 떨어졌는지까지는 모르겠지만, 뇌진탕을 일으킬 정도의 충격이 뒤쪽에서 날아온 것으로 봐서는 화이트파이어 팰리스에 직격한 모양이다. 그 힘에 군인들 몇 명이 허둥지둥하다가 우리를 밀친다. 프톨레무스 오빠와 나는 갑옷을 장착한 채 엎드린다. 톨리 오빠는 렌이 넘어지기 전에 재빨리 그녀를 단단히 붙든다.

"계속 가!"

나는 또 다른 탄환의 날카로운 비명을 뚫고 고함을 친다. 이번 것은 사령부 근처 어디에서 폭발한다.

누군가 소음 너머로 알아듣기 어려운 명령을 부르짖는다. 불줄기가 그 목소리와 함께 이곳에 모인 부대들 위에 떠 있는 안개를 뚫고 휘감는다. 얼마나 감동적인 연설을 칼이 뱉었는지는 몰라도 지금으로서는 아무 소용이 없다. 여긴 너무 시끄럽고 축축한 데다, 군인들은 강을 가득 채운 함대에 정신이 팔려 있다. 그럼에도 불구하고, 무엇인지도 모를 칼의 명령을 따라 군인들은 진군하기 시작한다. 절벽을 따라 줄을 서려는 것 같다. 아래의 강에 공격을 집중하려는 것이다.

우리는 갑자기 군인들 사이에 끼고 만다.

부대가 파도처럼 밀려오며 우리를 끌고 간다. 군복을 입은 사람들을 떠밀며 프톨레무스 오빠와 렌을 찾아 은혈들의 얼굴을 살핀다. 아직 가깝기는 하지만, 우리의 거리는 꾸준하게 벌어진다. 오빠의 벨트에 있는 구리를 찾아 그 감각을 놓치지 않으려고 애쓴다.

"움직여."

나는 사람들을 뚫고 길을 내면서 으르렁거린다. 갑옷으로 밀고 나가면서 오빠를 등대로 삼는다.

"움직여!"

다음 충격은 더 가깝고 아주 정확하게 겨냥한 것으로, 망치처럼 하늘에서 떨어져 내린다. 미사일이 아니라 포탄이다. 더 작고 유도 기능도 없지만 치명적이다. 서로 떨어져 있지만, 프톨레무스 오빠와 나는 함께 손을 들어 올려 힘을 폭발시킨다.

빠르게 움직이는 발사체가 주는 압박감에 이를 악문 채 강철 껍데기를 붙든다. 우리는 앓는 소리를 내며 가까스로 그 포탄을 안개 속으로 날려 보낸다. 그것이 레이크랜즈 함대 어디에서 터졌으면 한다. 칼의 부대에 속한 텔키 몇 명도 포탄과 미사일들을 되돌려 보낸다. 하지만 미처 알아차리지 못한 사이 너무 많은 탄환들이 우리 머리 위에 있다.

항공기 편대가 구름을 뚫고 이리저리 움직이면서 최선을 다해서 함대를 공격한다. 그러나 하늘의 비행기가 그들만 있는 게 아니다. 레이크랜즈도 공군 부대가 있고, 수가 더 적지만 피에드몬트도 있다. 배에서 나는 우르릉 소리와 제트기의 비명 사이에서, 나 자신의 생각조차 들리지 않을 지경이다. 노르타의 총들은 혼란스러운 소음을 더할 뿐이다. 회전 포탑이 총성과 불꽃을 뿜어내면서 뜨거운 쇠를 날린다. 그것들은 평소에는 광장을 둘러싼 벽이나 다리의 지지대로 위장하고 있지만 지금은 아니다. 텔키 몇 명이 회전 포탑에 서서 능력을 이용해서 폭발물을 정확하게 날린다.

이 도시는 살아남기 위해 지어진 곳이다. 지금 하고 있는 일이 바로 그것이다.

바람이 더 강해진다. 아마도 우리 쪽의 윈드위버들이 불러일으킨 것일 터이다. 라리스 하우스는 여전히 칼과 동맹 관계이다. 그들은 자기들의 능력을 최고치로 발휘한다. 울부짖는 돌풍이 뒤에서부터 불어와 광장으로 불며 일부 포탄과 미사일들의 경로를 흐트러뜨린다. 그중 몇 개는 안개 속으로 휘말려 사라지고, 다른 몇 개는 아무 해도 끼치지 못하고 강으로 떨어진다. 몹시 세찬 바람에 눈을 찡그리고 계속 프톨레무스 오빠와 렌을 쫓지만, 돌풍 때문에 군인들이 더욱 대열을 좁히는 바람에 우리는 그 사이에 쥐어짜인다.

이를 악물고 허리를 숙여 군인들의 총과 몸통을 밀어내면서 고생하며 길을 뚫는다. 모든 걸음이 시련이다. 세찬 바람, 비, 부대의 압박 속에서 점점 더 힘들어질 뿐이다. 파도가 솟아올라 하얀 거품이 이는 저 아래 강처럼 군중이 이리저리 흔들린다.

내 손을 톨리 오빠의 손목에 댄다. 오빠의 갑옷이 너무 차갑다. 오빠는 내가 안전하게 옆에 붙을 수 있도록 나를 힘껏 잡아당기고는 렌도 같은 식으로 붙든다. 오빠의 팔은 우리 둘의 어깨를 꽉 잡는다.

이제 어쩌지?

이 무리로부터 벗어나야 하건만, 광장의 벽과 건물들이 사방을 에워싸고 우리를 브리지 쪽으로 보낸다. 이 거리에서도, 울부짖는 폭풍을 배경으로 피처럼 붉은 갑옷을 입고 사람들 위에 우뚝 솟은 칼이 보인다. 그는 열린 문 옆, 돌로 만든 회전 포탑에 걸터앉아 있다.

멍청한 목표물처럼.

훌륭한 저격수가 마음만 먹는다면 1킬로미터 바깥에서도 그를 쏘아서 떨어뜨릴 수 있겠다.

하지만 칼은 사기를 위해서 위험을 무릅쓰고, 브리지로 돌격하는 부대를 독려하고 있다. 더 많은 포탄이 달려들지만, 칼은 한 손을 잽싸게 움직여서 포탄이 어떤 해를 끼치기 전에 허공에서 터뜨려 버린다.

브리지에서는 은혈 군인들이 안개 속으로 사라지고 있다. 그들의 목적지를 추측할 수 있다. 지금도 규칙적이고 두려운 함대의 발포 소리가 패턴을 깨뜨린다. 노르타의 군인들이 갑판에서 싸우면서 센라 여왕과 브라켄 왕자에게 맞서는 모습을 그리지 않으려 애를 쓴다.

우리가 어떻게든 두 사람을 전함으로 데려갈 수만 있다면……. 칼의 목소리가 머릿속에서 메아리친다. 수치의 회오리가 나를 휘감는 바람에 이를 악문다. 이 전투에는 참여하지 않을 거야, 또 다른 강에서는 아니야. *저들과* 함께 저 아래에서는 싫어.

이건 우리의 기회다. 우리는 이걸 잡아야 한다.

"계속 밀고 가!"

톨리 오빠가 내 말을 들었길 바라며 소리친다. 트레저리 홀은 이제 우리 뒤에서 멀어지고 있다. 내 의지에 반해서 이리저리 떠밀리고 있자니 숨이 막힌다.

내게는 남은 갑옷이 거의 없지만(아버지께서 대부분을 떼어 버리셨다.) 그나마 있는 것을 모아서 팔을 따라서 둥그런 방패를 만든다. 프톨레무스 오빠도 나를 따라 팔에 매끄러운 원반을 만든다. 우리는 그것을 공성 망치처럼 이용해서 인간의 파도를 우리의 능력과 순수한 근력으로 밀어낸다. 느리지만 꾸준하게 움직일 공간을 만들 수 있다.

한 손에 불꽃 공을 띄운 붉은 갑옷이 길을 막기 전까지는.

칼이 우리를 번갈아 본다. 나는 비난의 말을 각오한다. 그의 불꽃이 빗속에서도 꺼지지 않고 펄럭이며 탄다. 그의 군인들이 주변에 서서 보호막을 만든다.

빗방울이 얼굴에 떨어지자, 칼의 노출된 피부에 김이 오른다.

"얼마나 데리고 갈 거야?"

칼이 거의 들리지 않는 목소리로 묻는다.

나는 눈에 들어오는 물에 깜빡이며, 멍하니 렌과 프톨레무스 오빠를 가리킨다.

"네 아버지 말이야, 에반젤린. 그가 얼마나 많은 사람을 데리고 달아나려고 하냐고. 내게 남아 있는 사람을 알아야겠어."

칼은 앞으로 크게 한 발을 딛으며, 내게 시선을 떼지 않고 말한다.

무언가 가슴속에서 풀려난다. 나는 머리를 처음에는 느릿하게, 그러다 점점 더 빨리 더 빨리 흔든다.

"나도 모르겠어."

나는 웅얼거린다.

칼의 표정은 바뀌지 않지만, 한순간 손의 불꽃이 조금 더 밝게 불타오른 것 같다. 다시 한번 그의 시선이 나와 오빠 사이를 왔다 갔다 하며 우리를 재어 본다. 비와 안개와 솟구치는 연기처럼 그의 눈길이 나를 깨끗이 씻어 내리게 둔다. 티베리아스 캘로어는 더 이상 나의 미래가 아니다.

다른 말 없이 칼이 비켜선다. 그의 군인들도 칼과 함께 움직인다. 광장의 미끄러운 타일 위로 길을 내어 준다.

옆을 지나갈 때, 칼의 손이 내 팔 근처를 배회하면서 언뜻 온기를 전하는 느낌을 받는다. 내 생각에는 거의 나를 안으려고 했던 것 같다. 칼은 항상 보통의 은혈들하고는 다른, 괴상한 부류였다. 우리 은혈들은 날카롭고 냉철하게 키웠지만, 칼은 낯설고 부드러웠다.

그를 안는 대신에 나는 칼의 팔을 아주 잠깐 잡는다. 에반젤린 사모스가 사라지기 전에 마지막으로 귓속말 하나, 마지막으로 가시 돋친 말 하나 정도는 남길 수 있을 정도로 가까이. 왕관도, 가문도, 색도 없는 에반젤린 사모스. 완전히 새로운 사람이 되려는 그녀.

"내가 너무 늦지 않은 거라면, 너도 너무 늦지 않았어."

* * *

우리는 기차에 앉는다. 불빛이 깜빡이고 엔진이 느릿느릿 생명을 얻고 나서야 길이 어디서 끝나는지 조금은 궁금해진다.

몬트포트까지는 긴 여정이 될 것이다.

제33장

메어

보라색 머리에는 아직까지도 적응이 안 된다.

이 색은 엘라처럼 화려하진 않다. 나는 지사에게 뿌리는 건드리지 말고 회색 끝부분만 염색해 달라고 주문했다. 머리 타래를 땋으며 걸어가면서 그 특이한 색깔을 바라본다. 볼수록 낯선데, 작은 자부심도 솟아오른다. 나는 일렉트리콘이다. 나는 혼자가 아니다.

첫 번째 아케온 공격 이후에, 메이븐과 그의 왕실 고문들은 도시 아래의 거대한 터널을 무너뜨리거나 물에 가라앉혔다. 주로 터널들이 많은 남쪽 경계부가 그 대상이었는데 그곳의 모든 터널은 캐피탈 리버 강의 어귀에 있는 내얼 시의 폐허로 이어졌다. 데이비슨은 원래 그 버려진 도시에서부터 공격을 하자고 제안했지만, 팔리와 나는 더 아는 바가 있었다. 메이븐은 그 터널도 파괴했다. 진홍의 군대의 근거지의 뿌리를 뽑아냈고 남아 있는 것은 다 없앴다. 한편 그는 진홍의 군대에 영감을 받아서, 탈출 기차를 만들고 터널들을 건설했다. 이 정도 깊은 곳에서는 아닐지는 몰라도 종국에 우리는 철도 노선과 연결될 것이다.

북쪽을 찾아 나침반이 헛되이 돈다. 진홍의 군대의 첩보 부대와 그들이 터널에 대해 알고 있는 정보에 의존해야만 한다. 그리고 메이븐에게도 의존해야 한다. 몬트포트와 진홍의 군대의 연합군은 공중에서든, 강에서든, 육로로든, 한곳에서만 공격해 들어가기에는 너무 크다. 그래서 우리는 그 세 곳 전부에서 공격하기로 한다.

수 톤은 될 돌과 흙 아래를 수 시간이나 걸은 결과, 나는 당연히도 허우적거리며 어둠 속에 끼어 있다.

랜턴에 역광을 받아 메이븐의 윤곽이 날카롭게 드러난다. 몬트포트 사람들이 그를 가둘 때에 지급한 간단한 군복 차림이다. 색이 바랜 회색 바지와 셔츠. 천은 너무 얇고 그의 체격에는 너무 크다. 덕분에 메이븐은 어려 보이고, 더 여위고 핼쑥해 보인다.

나는 뒤로 물러나 팔리를 우리 사이에 인간 방패처럼 사용한다. 신혈과 적혈이 고르게 섞여 있는 메이븐의 전담 경비들이 그에게 바싹 붙어 있다. 누구도 흔들림 없이 손을 권총집에 대고 있다. 타이톤이 메이븐에 대한 집중력을 절대 잃지 않은 채 이쪽으로 걸어온다. 그들은 문제가 발생할 조짐이 보이면 바로 대처할 것이다.

나 또한 그렇다. 내가 지닌 전기의 힘이 아니라 순전히 불안으로 인해서 몸이 전류가 흐르는 전선처럼 부르르 떨린다. 메이븐이 우리를 이곳으로 데리고 내려와서, 서비스 출입구를 이용해서 도시 경계 북쪽으로 몇 킬로미터를 이끄는 내내 계속 그런 기분을 느끼고 있다.

군대가 우리를 느릿느릿 따라온다. 수천 명이 구불구불한 어둠을 통과하면서 침착하고 꾸준하게 행군하는 소리가 벽에 울린다. 그 소리는 심장 박동처럼 리듬감 있게 맥동한다.

오른쪽에서 킬런이 발을 끌며 걷고 있다. 나와 속도를 맞추느라 그의 발걸음이 조금 부자연스럽다. 킬런은 내 시선을 알아차리고 딱딱한 미소를 보인다.

나도 웃음을 돌려주려고 한다. 뉴 타운에서 킬런은 거의 죽을 뻔했다. 킬런의 피가 입술에 뿌려지던 느낌이 생생하다. 그 기억에 나는 멍하니 공포를 느낀다.

오랜 친구는 이토록 희미한 불빛 아래에서도 내 표정을 읽는다. 킬런이 내 팔을 찌른다.

"너도 인정할 건 해야지, 나한테 살아남는 재능이 있다는걸."

"그 재주가 계속되길 바라자."

나는 투덜거리며 받아친다.

팔리도 걱정된다. 그녀가 지닌 그 모든 기술과 책략에도 불구하고 말이다. 뭐, 그런 부분을 내가 크게 말한 적이야 없지만.

팔리는 육상 병력 절반의 지휘권을 갖고 있다. 진홍의 군대 군인들뿐만 아니라 몇 달 간 이어진 반역 동안 노르타에서 모여든 적혈 탈주자들도 포함이다. 데이비슨이 나머지 절반을 이끌고 있지만, 그는 팔리에게 우선권을 넘긴 채 우리 모두와 함께 줄을 맞춰 걷는 것에 만족하고 있다.

메이븐은 갈림길 앞에서 속도를 늦추며 허리춤에 양손을 올린다. 그는 자기를 둘러싼 경비들을 재미있어하는 것처럼 보인다. 그들

6명 전부가 발 맞추어 움직인다.

"어느 쪽?"

팔리가 묻는다.

메이븐은 익숙한 비웃음을 걸친 채 팔리를 흘긋 올려다본다. 광대뼈를 따라서 그림자가 깊게 드리워, 푸른 눈이 도드라지며 그 얼음 같은 차가움이 더욱 생생하게 보인다.

팔리는 망설임 없이 메이븐의 턱을 갈긴다. 깜빡이는 랜턴 불빛 아래에서 은색 피가 터널 바닥에 흩뿌려진다.

주먹을 쥔다. 다른 상황에서라면 팔리가 메이븐을 갈아 버려도 내버려 뒀겠지만, 지금 당장은 우리에게 그가 필요하다.

"팔리."

화난 목소리로 속삭이자마자 그 말을 도로 주워 담고 싶다.

팔리는 인상을 쓰고 나를 돌아본다. 메이븐은 은색으로 물든 이를 드러내며 미소를 보이기까지 한다.

"위로."

메이븐은 더 가파른 길을 가리키면서 간단히 대답한다.

욕을 삼키는 사람이 나만 있는 건 아니다.

길이 더 좁아지자 가기 어렵지는 않지만, 속도를 늦추긴 한다. 메이븐은 이 점이 기뻐 보인다. 그는 몇 분마다 잊히지 않는 비웃음을 띤 채 뒤를 돌아본다. 그전까지는 12명이 한 줄이었지만, 비좁은 오르막을 가기 위해서는 3명이 한 줄이 되어 걸어야 한다. 사람이 너무 많은 탓에 터널은 빠르게 더워진다. 사람들은 모두 신경이 곤두선 채로 불안해한다. 땀방울이 목을 따라 굴러떨어진다. 수도에 폭

405

풍을 일으키는 편이 더 낫겠다 싶지만, 이런 일도 해야만 하는 것일 터다.

계단 몇 개는 고르지도 않고 지나치게 가파르기까지 해서 기어올라야 한다. 킬런이 내가 가는 꼴을 보더니 소리 내어 웃는다. 나는 번개를 불러낼 수는 있지만, 높은 계단은 완전히 내 영역 밖이다.

오르막을 걸은 시간은 30분 정도였지만, 희미한 불빛 아래 침묵 속에 실랑이를 벌이며 보내느라 며칠은 지난 기분이다. 킬런도 입을 다물고 있다. 이러한 환경이 군인들이 이룬 길쭉한 줄 위로 구름처럼 드리우며 정신을 일깨운다. 마침내 지상에 닿았을 때, 무엇을 보게 될 것인가?

메이븐을 보지 않으려고 애를 쓰지만, 자꾸만 그의 윤곽에 집중하게 된다. 본능적인 것이다. 나는 그를 어떤 상황에서도 믿지 않는다. 나는 메이븐이 돌 사이로 뛰어들어 달아날 거라고 예상한다. 하지만 메이븐은 발 한 번 헛디디는 법 없이 꾸준히 걷는다.

길이 다시 평평해지며 둥근 벽과 돌 지지대가 있는 더 넓은 터널이 이어진다. 공기가 더 차가워서 열기가 오른 피부에 오한이 든다.

"우리가 어디 있는지 너도 알 것 같은데."

메이븐의 목소리가 메아리친다. 그가 터널 바닥 중앙을 가리킨다.

랜턴의 불빛을 받아 새로운 선로 한 쌍이 빛난다.

탈출 기차에 도착했다.

공포가 목구멍에서 치솟는다. 나는 힘겹게 침을 삼킨다. 얼마 안 남았다. 웅성거리는 사람들이 늘어난 것으로 보건대 다들 그 사실을 깨달은 것 같다. 여기서부터라면 팔리가 이끄는 우리 군대의 절반은 화이트파이어, 시저의 광장, 그리고 아케온 서쪽을 이루고 있는 절벽에까지 쉽게 닿을 수 있을 것이다. 그리고 나머지 절반은 프리미어 데이비슨과 스완 장군을 따라서 강을 건너, 도시에서 작전을 수행 중인 사령부의 마지막 구성원, 펠리스 장군과 접촉할 것이다. 모든 일이 계획대로 된다면, 우리가 이곳에 와 있다는 것을 누군가 알기 전에 아케온의 양쪽을 차지할 수 있을 것이다.

하지만 칼이 우리와 함께 싸울 것인가?

그래야겠지. 그에게는 다른 선택권이 없어.

공식적인 목표는 도시를 레이크랜즈의 손아귀에서 지키는 것이다. 최소한 그것만큼은 할 수 있다. 할 수 있다.

옆에서 내 불안을 느낀 킬런이 팔을 쓸어 준다. 온기가 퍼지는 감각에 몸이 떨린다.

내가 인지할 수 있는 사정거리의 끄트머리에서 무언가가 느껴진다. 먼 곳에서 전기가 웅웅거린다. 위는 아니고 이상하게도 앞쪽이다. 그리고 꾸준하게 다가온다.

"뭔가가 오고 있어요."

나는 큰 소리로 외친다.

타이톤도 몸을 긴장시키며 똑같이 반응한다.

"뒤로 물러나!"

그가 소리치며 메이븐을 벽으로 밀친다. 다른 사람들도 그 소리가 다가오는 동안 재빠르게 움직인다.

엔진이 저 앞에서 새된 소리를 내며 점차 빨라지더니 선로를 따라서 다가온다. 눈이 멀 것 같은 불빛이 부드러운 곡선을 돈다. 눈을 보호하기 위해 고개를 돌려야만 한다.

나는 결국 메이븐을 보고야 만다. 그는 움찔하지도 않는다. 심지어 눈도 깜빡하지 않는다.

익숙한 기차가 속도를 내며 흐릿한 회색으로 번진다. 너무 빨라 안에 누가 있었는지 보지 못할 정도다. 그럼에도 메이븐은 그것이 날 듯이 지나가는 동안 푸른 눈을 저녁 식사 접시만큼 크게 뜨고 창문을 살핀다. 그의 낯빛이 타이톤의 머리색만큼이나 하얗게 질린다. 메이븐은 맹렬히 목을 움직이며 실망스러운 듯이 입술을 꾹 다문다. 그 모든 것들은 순간에 불과하다. 메이븐은 빠르게 감정을 통제한다. 하지만 그 순간이면 내게는 충분하다.

메이븐 캘로어에게 공포가 어떻게 나타나는지 나는 알고 있다. 그는 지금 공포에 질려 있다. 아주 합당한 이유로.

계획이 뭐였든, 달아날 희망이 얼마나 있었든, 저 기차와 함께 사라진 거야.

메이븐과 시선이 마주친 순간, 그의 얼굴에서 희미해지는 표정을 읽는다. 턱에 조금 힘을 준 메이븐은 애무라도 하는 것처럼 느릿하게 눈으로 나를 훑는다.

네가 저지른 일들로부터 달아날 수는 없어. 큰소리로 외치고 싶다.

그는 내 생각을 알아듣는다.

기차가 흐릿해지며 내가 느낄 수 있는 거리 너머로 사라지자, 메이븐은 눈을 깜빡이다 이내 감는다.

내 생각에 그가 작별 인사를 하는 것 같다.

트레저리의 금고에 빙글빙글 박혀 있는 백열등은 기차의 불빛만 큼이나 눈이 멀 것 같이 밝다.

타이튼은 메이븐의 목을 잡고 있다. 금고를 오르는 동안 메이븐을 더 빨리 행군하도록 밀어붙여서 속도를 올린다. 무기와 방탄복을 확인하는 소리로 주변이 가득 찬다. 총을 장전하고, 칼을 뽑아 보고, 단추는 잠그고, 버클을 제자리에 채운다. 내가 맨 권총은 익숙지 않은 무게감을 줘, 그를 상쇄시키듯 나는 약간 몸을 기울인다. 저 위에서 권총을 쏘게 될 것 같지는 않다. 팔리처럼은 아니다. 팔리는 상의를 벗어서 뒤를 따라오는 수백 명에게 짓밟히게 옆으로 던져 버린다. 빨간 외투가 사라지자 무전기와 함께 팔리의 등과 허리에 매달려 있는 수많은 벨트와 권총집들이 드러난다. 여섯 개는 될 각기 다른 총들과 그에 상응하는 탄약들도 있다. 칼도 챙겨 왔다. 다이애나 팔리는 전쟁을 치를 준비가 됐다.

우리 뒤 어딘가에서, 진홍의 군대 중 하나가 소리를 지른다. 그녀의 목소리가 기이하게 메아리친다. 나는 그녀의 말을 알아들을 수가 없지만, 다른 사람들이 그 말을 따라 한다. 그들이 연호하는 말이 무엇인지 내가 깨달을 때까지 그 소리는 천둥처럼 커지며 환호성이 벽이 떠나갈 듯 울린다.

"새벽은 적혈처럼 붉게 타오르니, 일어나라."

두려운 와중에도 사악한 장난기가 치솟아 커다란 미소가 짓고 만다.

"새벽은 적혈처럼 붉게 타오르니, 일어나라."

나선형의 복도가 함성으로 울려 퍼진다.

우리는 거의 달리다시피 걷는다. 메이븐은 타이톤의 속도를 힘겹게 맞춘다. 팔리는 어렵지 않게 따라붙는다. 그녀의 큰 걸음이 발 아래의 대리석을 먹어 치우는 것만 같이 움직인다.

"새벽은 적혈처럼 붉게 타오르니, 일어나라."

킬런의 목소리가 합류한다.

"새벽은 적혈처럼 붉게 타오르니, 일어나라."

전등이 내 심장 박동에 맞춰 깜빡거린다.

나는 돌아보며 붉은색과 초록색 옷을 입은 진홍의 군대와 몬트포트 사람들을 살핀다. 다양한 얼굴에, 다양한 색의 피부에, 양쪽 피를 가진 사람들이 떨리는 목소리로 하나가 되어 말하고 있다. 누군가는 주먹이나 무기를, 혹은 둘 다를 들어 올리고 있다. 아무도 침묵하지는 않는다. 우리의 목소리가 너무 큰 나머지 내 목소리조차 들리지 않을 정도다.

"새벽은 적혈처럼 붉게 타오르니, 일어나라."

나는 번개와 천둥을 부르고, 내 안에 남은 모든 힘을 부른다. 나는 장군이나 사령관이 아니다. 내가 가장 걱정해야 하는 것들은 나 자신, 킬런, 그리고 만약 그녀가 허락해 준다면 팔리 정도다. 그게 내가 할 수 있는 전부다.

그리고 칼이 있다. 군대를 끌고, 더 거대한 힘에 헛되이 맞서 싸우고 있는 그가. 예정된 몰락에서 도시를 지키고 있는 그가.

타이톤이 메이븐을 달고 제일 먼저 트레저리의 거대한 문을 박차고 세차게 내리는 빗속으로 나간다. 어린 왕자님은 시저의 광장의 젖은 타일에 미끄러지지만, 타이톤이 그를 단단히 잡고 있다. 타이톤이 메이븐을 바로 죽일 수도 있다고 생각하면서 나는 그 뒤를 따른다. 빗속에서 벌써 몸이 떨린다. 우리는 이번 전투에서 메이븐을 살려 둘 생각이 없다. 더 이상은, 정말로 그가 필요 없기도 하다.

지금 당장 끝낼 수도 있다.

그 결정의 양단에 끼어 있는 기분이다. 그 일이 정말 내게 달려 있기라도 한 것 같다.

타이톤은 결코 손아귀 힘을 풀지 않고 계속 메이븐을 제압하고 있다. 타이톤은 우리 중에 가장 변덕스럽지 않은 인물이다. 그는 좀처럼 화를 잘 내지 않는다. 지금처럼 메이븐을 손에 쥐고도 그렇다. 그는 다른 모두가 경멸하는 누군가를 맡기 딱 적합한 간수다.

"해."

머리를 숙인 채 메이븐이 이를 악물고 말한다. 그는 하얀 손을 뻗고 있다. 그 손이 빗속에서 떨리는 게 보인다. 그도 이 길이 어디로 향할지 아는 것이다.

뒤에서 더 많은 군사들이 진홍의 군대의 구호를 외치며 광장으로 쏟아져 나온다. 그들은 공간을 색깔로 채운다. 젖은 안개 속에서도 빨갛고 초록색인 군복들은 잘 눈에 띈다. 나는 머물던 궁전에서 100미터가량 떨어진 곳에서 몸을 떨고 있는, 추락한 왕에게 집중한다. 총성과 폭발이 박자를 지키며 내는 쿵쿵 소리도 거의 인식하지 못한다.

"말했잖아. 하라고."

메이븐이 다시 으르렁거린다.

타이톤을 자극하려는 것이다.

아니면 나를.

위쪽에서 폭풍이 휘돈다. 번개가 하늘에서 내리치기도 전에 그것을 느낄 수 있다. 자백색으로 번쩍이는 번개를, 우리의 출현을 상징하는 번개를. 칼이 우리가 여기 있다는 사실을 알 수 있도록.

"난 이제 쓸모가 없잖아. 끝장내라고."

빗방울이 메이븐의 얼굴을 따라 흘러내리며 익숙한 길을 좇는다.

메이븐이 천천히 눈을 들어 나를 마주 본다. 나는 슬픔이나 패배감을 보게 될 거라 생각한다.

얼음처럼 차가운 분노가 아니라.

"타이……."

그 말이 입 밖으로 막 나오는 순간 폭탄이 제대로 직격하여 트레저리의 기둥에서 폭발한다.

그 폭발의 여파 탓에 모두 미끄러운 바닥에 쓰러진다. 머리를 타일에 찧는 바람에 잠시 눈앞에 별이 보인다. 일어서려고 하지만 다시 쓰러지고, 마찬가지로 방향 감각을 잃은 타이톤과 부딪힌다. 그가 나를 붙들어 바싹 당기는 순간 동시에 불꽃이 혀를 날름대며 머리 바로 위를 스쳐 지나간다.

"메이븐!"

고함을 지르지만. 내 목소리는 전투에 휘말리며 사라진다. 총, 미사일, 박격포, 바람과 비 사이에서는 차라리 속삭이는 편이 낫겠다.

타이톤이 몸을 굳히며 팔꿈치로 일어난다. 그가 머리를 흔들며 검은 머리에 회색 옷을 입은 사람을 찾는다.

나는 무릎을 굽히고 욕을 한다. 땋아 둔 머리카락은 이미 풀어졌다. 보라색 머리 끝이 흔들리는 모습이 낯설다. 킬런이 옆에 선다. 달려오느라 땀에 젖은 얼굴이 벌겋다.

"사라졌어?"

내가 일어나는 걸 도우며 킬런이 헐떡이며 묻는다.

정신이 들자 가까스로 내 발로 일어선다. 또 다른 불꽃을 피할 준비를 하며 근육이 긴장한다. *그럴 필요 없어. 이건 그의 방식이 아니야. 메이븐은 전사가 아니야.*

"사라졌어."

화가 나서 쉰 소리로 내가 대답한다.

메이븐을 쫓을 수도 있다. 우리가 시작한 일을 확실히 끝낼 수도 있다. 나는 내 친구들을 지킬 수도 있다.

결심을 굳히면서 억지로 몸을 돌려 광장의 문과 그 너머의 브리지를 바라본다.

"우리한테는 할 일이 있잖아."

안개가 드리워져 있음에도 불구하고, 브리지를 둘러싼 군인 수백 명과 그 아래에 희미하게 모습을 드러낸 레이크랜즈 배를 딱 알아볼 수 있다. 하늘에서는 노란색, 보라색, 빨간색, 파란색 그리고 녹색의 날개를 가진 비행기들이 서로 뒤를 쫓으며, 위험한 맹금류처럼 급강하한다. 강 너머는 전혀 보이지 않는다. 도시의 나머지 반쪽은 완전히 불분명하다. 팔리와 그의 장교들은 무선 통신 장비를 가지고 있다. 반대쪽의 데이비슨과 통신을 하기 위해서다.

나는 타이톤의 손목을 잡아 그를 일으켜 세운다. 자기 자신에게 대한 짜증과 분노로 찡그린 타이톤의 얼굴이 어둡다.

"미안해요. 기회가 있을 때 그를 죽였어야 했는데."

그렇게 속삭이는 타이톤의 목소리를 들은 것 같다.

몸을 돌려 팔리에게 갈 준비를 한다.

"나도 마찬가지 생각을 해요."

나는 하늘에 또 한 번 화난 번개를 쏘아 보내며 웅얼거린다.

안개 속에서 대답처럼 푸른색과 녹색 번개가 맥동한다.

"강을 건넜나 본데. 레이프랑 엘라야. 데이비슨의 군대도."

먼 불빛을 가리키며 킬런이 혼잣말을 한다.

메이븐이 도망쳤음에도 미소가 짓고 싶어져서 입술이 꿈틀거린다. 불쑥 작은 승리감이 가슴속에 피어난다.

"음, 굉장하네."

그 이상이지.

궁과 의회, 트레저리 홀과 사령부가 있는 시저의 광장은 노르타 정부의 중심부이지만 수도의 대부분은 강 반대편에 있다. 우리가 와 있는 쪽이 좀 더 가치가 있을지 몰라도, 동(東) 아케온이 더 크고 인구도 많다. 적혈과 은혈이. 칼의 군대가 적의 함대에 집중하는 동안 그들이 스스로 레이크랜즈의 공격에 맞서 싸우도록 두진 않을 것이다.

팔리는 브리지의 기둥을 바라보며 냉정한 태도로 서 있다. 주변을 바쁘게 움직이는 군인들과는 대조적이라 동상처럼 보인다. 그녀의 부관들이 명령을 부르짖으며, 부대를 정해진 대형으로 조직한다. 절반은 칼을 따르는 은혈들 일부가 남아 있을 수도 있는 화이트파이어와 사령부를 바라보며 몸으로 방패막을 형성한다. 나머지는 대담하게 강과 절벽을 바라보거나 브리지의 이쪽 끝을 막는다.

칼을 물의 이쪽 끝과 저쪽 끝 사이에 가두고, 아래로는 함대를 매달아 놓은 셈이다.

진홍의 군대와 몬트포트의 군인들이 지나갈 수 있게 비켜 주어서 우리는 지체 없이 팔리에게 도달한다. 타이톤은 재빨리 작업에 착수한다. 눈이 멀 것 같은 하얀색 번개가 아래쪽 배들에 내리꽂힌다. 그 거대한 강철 덩어리들은 마그네트론들이 온대도 뚫지 못할 것처럼 보인다. 푸른색이 구름 속에서 우르릉 소리를 내고, 엘라의 폭풍에서 나온 번개 중 하나가 금속을 찢는 듯한 울부짖음과 함께 전함의 뱃머리를 친다. 눈을 찡그린 채 절벽 너머의 강을 살핀다. 몇백 미터 아래에 있어야 하는 강이, 기억보다 훨씬 가까이에서 보인다. 거대한 배들로 여기까지 항해해 들어오기 위해 레이크랜즈인들이 강의 수위를 올린 것이라는 깨달음에 입안이 바싹 마른다.

"물이 계속 올라오고 있어. 왔던 길로는 도망칠 수 없겠어."

팔리가 옆에 앉을 자리를 마련해 주면서 외친다.

나는 아래의 터널들을 생각하며 입술을 깨문다.

"물에 잠길까?"

팔리가 고개를 끄덕인다.

"그럴 가능성이 높아. 딱 제시간에 통과한 셈이야."

강과 다리 위의 실루엣들을 번갈아 보느라 팔리의 눈이 흔들린다. 연기가 안개와 함께 피어오르며, 하얀색과 회색에 검은색을 드리운다.

킬런이 옆에 자리를 잡는다. 그는 물이 아니라 브리지에 집중한다. 이 자리에서는 칼의 군대가 브리지를 지키는 것이 아니라 거기서부터 공격을 가하고 있다는 점을 볼 수 있다. 스위프트가 갑판을 따라 움직이는 모습이 안개를 뚫고 흐릿하게 보인다. 그 옆에 스트롱암, 아나벨의 오블리비언을 비롯한 은혈들이 가장 잘 맞는 조합으로 근접 접투를 벌이는 중이다. 글리아콘 하우스의 쉬버들이 가장 앞장서서 길을 여는 듯하다. 쉬버들은 얼리는 자신들의 능력을 사용하고 있다. 작은 전함 중 하나가 완전히 얼음으로 뒤덮인 채, 브리지의 지지대에 기대어 얼어붙어 있다.

배들 사이에서 춤을 추는 불꽃이 보이지 않는다는 것에 안도의 한숨이 나온다. 폭발물들이 터지면서 이는 불꽃뿐이다. 칼이 함대와 직접 싸우려고 내려가 있지는 않다. *아직까지는.*

"우리가 여기 있는 걸 칼이 알 거라고 생각해?"

킬런이 브리지를 바라보면서 궁금해한다.

팔리가 이를 악문다. 그녀는 손을 옆구리에 있는 총이 아니라 허리춤에 높이 묶어 둔 무전기에 대고 있다.

"좀 정신이 팔린 것처럼 같은데."

"알 거야."

나는 웅얼거린다. 또 다른 보라색 번개가 하늘을 가로지르며 내려친다. 구름이 내려와서 우리 앞에서 벌어지는 치열한 전투를 가리려는 것처럼 공기가 탁하다. 또 다른 포탄이 광장을 때리고 미사일들이 궁전의 부속 건물 한쪽을 부수는 바람에 몸을 움찔한다.

"메이븐이 안 보이는데. 끝냈어?"

팔리가 내 쪽으로 움직이며 말한다. 연무 속에서도 선명하고 밝은, 그녀의 청색 눈동자가 나를 응시하는 무게를 마주한다.

거의 피가 날 정도로 입술을 꽉 깨물고 만다. 날카로운 고통이 수치심보다는 낫다. 내 망설임을 읽은 그녀의 얼굴이 내가 가능하다 생각했던 것보다 더 빠르게 보라색이 된다.

"메어 배로우……."

무전기에서 잡음이 나는 덕에 팔리가 말을 멈춘다. 나는 그녀의 분노에서 목숨을 건진다. 팔리는 분노를 그대로 수신기에 푼다.

"팔리 장군이다."

다른 쪽에서 나는 목소리는 사령부의 장군이나 몬트포트의 장교의 것이 아니다. 데이비슨도 아니다.

나는 저 목소리를 어디에서라도 알아들을 수 있을 것이다. 심지어 총성에 가려진다고 해도 말이다.

"돌아오지 않을 거라고 생각했는데."

칼의 말은 먼 곳에서 오듯 작게 들리고, 잡음 때문에 왜곡된다. 공기 중에서 전력이 라디오파를 방해하기 때문일 테다.

숨도 쉬지 못하고 나는 팔리에게서 브리지로 눈을 돌린다. 아니나 다를까, 그림자 중 하나가 안개 속에서 모습을 갖춘다. 넓은 어깨와 익숙하고 단호한 발걸음이 가까이, 더 가까이 다가온다. 나는 싸움에서 벗어난 채 횃대에 발이 뿌리박힌 듯 가만히 서 있다.

팔리가 무전기에 대고 비웃음을 짓는다.

"우리에게 시간을 내주다니 착하기도 하지."

"예의상 하는 거야."

칼이 대꾸한다.

팔리가 한숨을 쉬며 50미터도 떨어져 있지 않은 다리 위의 인영을 향해서 몸을 돌린다. 칼이 멈춰 서자 그를 둘러싸고 있던 호위들이 따라서 멈춘다. 긴장한 것 같은 은혈들은 총을 발사할 준비를 한 채 명령을 기다린다. 칼이 우리를 알아차리고 머리를 숙인다. 팔리가 머뭇거리며 눈썹을 찌푸린다.

"상황이 어떤지 알고 있지, 칼."

칼의 대답은 지나치게 빠르다.

"알아."

팔리가 입술을 깨문다.

"그래서?"

칼이 다시 말하기 전까지 잡음이 웅웅거리며 길게 흐른다.

"메어?"

넘겨 달라고 부탁해야겠다는 생각을 하기도 전에 무전기가 내 손에 있다.

"나 여기 있어."

협곡 너머 그에게 시선을 맞추고 대답한다.

"너무 늦었어?"

칼의 질문은 셀 수도 없을 만큼 많은 의미를 함축하고 있다.

보라색, 하얀색, 녹색, 그리고 푸른색의 섬광이 구름과 안개를 뚫고 번뜩이며 한순간 우리 모두 시력을 잃는다. 눈을 꽉 감고, 에너지가 나를 관통해 폭발하는 것을 느끼며 미소를 짓는다.

번개가 지난 다음에 대답한다. 그가 의미했던 모든 것을 담아서.

"아니. 안 늦었어."

나는 팔리에게 무전기를 돌려준다.

팔리는 내가 계단을 내려가는 것을 막지 않는다. 폐허가 된 광장의 무너진 문을 지나서 내가 다가가자 칼의 호위들은 옆으로 물러선다.

칼은 브리지의 끝에서 움직이지 않고 기다리고 있다. 전처럼 칼은 내가 다가가도록 기다린다. 내가 속도를 맞추고, 방향을 정하고, 결정을 내리도록 기다린다. 그는 그 모든 것을 내 손에 맡긴다.

저 멀리 아래에서 우르릉거리는 소리가 울리지만, 나는 침착하게 걷는다. 무언가 부딪히면서 울부짖고 포효한다. 아마도 배가 서로 충돌한 것 같다. 나는 거의 알아차리지 못한다.

포옹은 짧다. 너무나 짧다. 하지만 충분하다. 감히 그럴 수 있을 만큼 길게 그를 껴안아 따뜻하고 단단한 몸에서 안정감을 찾는다. 칼에게서 연기와 피와 땀 냄새가 난다. 칼이 내 등과 어깨를 감싸고 나를 품 안으로 끌어당긴다.

"왕관하고는 헤어지려고."

그가 웅얼거린다.

"마침내."

내가 속삭인다.

우리는 동시에 서로를 밀어내고 당면한 상황에 집중한다. 다른 일을 할 시간이 없다. 나로서는 분명히 그 이상을 생각할 여력도 없다.

칼은 한 손을 여전히 내 어깨에 올린 채 무전기를 다시 든다.

"장군, 볼로 사모스와 그의 군인들 일부가 사령부에 있다고 생각된다. 뒤쪽에도 계속 신경을 쓰는 게 좋을 거다."

나는 안개 사이로 비치는, 광장 끝에 있는 거대한 건물을 흘깃 바라본다.

"알겠다. 그렇게 하겠다. 다른 건?"

팔리가 대답한다.

그녀는 칼의 충고를 전달하며 부관들에게 명령을 부르짖는다. 킬런과 타이톤이 호위처럼 그녀를 따른다.

"우리는 강을 차단하는 중이야. 배들을 돌릴 수 없다면……."

"달아날 수 없게 되겠지."

나는 도시의 양편에서 파괴된 곳들을 살피며 그의 말을 맺는다. 미사일들이 머리 위로 회전하며 날아가 폭발하며, 종이에 검은 잉크가 뿌려지는 것처럼 연기의 궤적을 남긴다.

칼의 군인들과 제트기들에도 불구하고, 레이크랜즈의 함대는 많은 타격을 입은 것 같지는 않는다. 엘라의 번개가 또다시 내리치지만, 물결이 맹렬한 속도로 치솟아서 그 타격을 정면으로 맞아 전함을 지킨다. 번개는 으스스한 불빛을 번쩍인 다음 흐릿해지며 아무런 해도 미치지 못하고 강 속으로 스러진다. 센라 여왕이 분명하다. 어쩌면 딸의 도움을 받았을 수도 있다. 힘을 이렇게 과시하는 건 결코 본 적이 없다. 이런 일을 즐기는 사람들에게서조차 그렇다.

차분하고 엄숙한 얼굴로 칼은 그 모습을 함께 지켜본다.

"배를 가라앉혀야만 하는데, 강이 있는 한 저들은 영원히 방패를 가진 셈이야. 지금 당장으로서는 도시의 피해를 최소화하는 것이 할 수 있는 전부야."

파도가 또 다른 일제 사격을 물리치자 칼이 욕설을 뱉는다.

"결국에는 저들도 탄약이 바닥나겠지, 안 그래?"

칼이 건조하게 말한다.

나는 문제의 배들을 노려본다.

"텔레포터들을 불러. 오블리비언들과 에반젤린을 배로 데려가자. 배에 구멍을 좀 내라고 하지."

"에반젤린은 없어."

"하지만 아까 에반젤린의 아버지가⋯⋯."

이상하게도 칼은 *자랑스러워* 보인다.

"에반젤린은 기회를 잡았어."

이 모든 걸 뒤로하고 달아날 기회. 에반젤린이 어디로 달려가고 있을지 추측하기 위해 그렇게 많은 상상력이 필요하진 않다. 누구와 달아나고 있을지 또한. 칼처럼 나도 자부심과 놀라움이 뒤섞인 이상한 감정을 느낀다.

"그 기차."

나는 히죽 웃다시피 한다. 잘했어. 그렇게 생각하지 않을 수가 없다. 칼이 한쪽 눈썹을 이상하게 치킨다.

"뭐?"

"터널에서 메이븐의 탈출용 기차가 움직이는 걸 봤거든. 틀림없이 에반젤린이었을 거야."

메이븐의 이름을 말하는 것만으로도 따끔거리는 느낌이라 나는 얼굴을 찡그린다. 입에 신맛이 가득 찬다.

"뭐, 그건 그렇고, 걔 여기 있어."

주변의 온도가 불쑥 몇 도 치솟는다. 칼의 입술이 충격으로 벌어진다.

"*메이븐이?*"

고개를 끄덕인다. 볼이 달아오른다.

"메이븐은 도시까지 우리를 안내했어. 널 괴롭히려고."

충격으로 말을 더듬거리면서 칼은 한 손으로 얼굴을 쓸어내린다.

"뭐, 고마워할 수가 없네."

그가 마침내 비꼬려는 듯 웅얼거린다. 나는 웃지 못한다. 입술을 깨무는 것 이상으로는 할 수 있는 게 없다.

"표정이 왜 그래?"

거짓말은 아무 쓸모가 없다.

"메이븐이 빠져나갔어."

칼은 눈을 껌뻑인다. 또 다른 미사일이 우는 소리를 내며 지나간다.

"그런 이상한 농담을 하기엔 지금은 이상한 타이밍인걸, 메어."

나는 망설이다가 시선을 떨어뜨린다. *농담을 하는 게 아니야.*

칼이 차고 있는 플레임메이커가 불똥을 일으킨다. 칼은 그 불똥을 공으로 키워 낸다. 화를 내고, 놀라워하며, 분노에 차서. 그는 그 활활 타는 공을 브리지 끝부분 너머로 던진다. 그 공은 안개를 태운 후 희미해진다.

"그래서 개가 이 도시 어딘가 있다는 거지. 환상적이네."

"킬런이랑 팔리 좀 잘 보고 있어 줘. 내가 메이븐을 찾을게."

나는 한 손을 칼의 팔에 올리고 빠르게 말한다. 내 손에 닿은 강철 판들은 오븐에 들어가 앉아 있던 것 같다.

칼은 나를 부드럽게 밀어낸다. 그가 이를 악문 채로 광장을 본다.

"아니, 내가 갈게."

난 항상 칼보다 더 빠르곤 했다. 나는 칼의 손을 쉽게 피하고는, 그와 광장 사이를 단단히 가로막는다. 손바닥을 그의 가슴에 올려 칼을 붙든 뒤, 나는 아래의 함대를 향해 턱짓한다.

"넌 좀 바쁘잖아."

"아주 조금."

칼이 이를 갈면서 뱉는다.

"내가 이걸 끝낼 수 있어."

"네가 할 수 있는 거 알아."

손바닥 아래 갑옷이 따뜻해진다. 칼이 내 손을 자기 손으로 덮는다.

다음 순간, 무언가가 브리지를 때리는 바람에 아래가 휘어진다. 10여 번쯤, 사방에서. 위에서, 아래에서. 미사일이, 포탄이. 무시무시한 물결이 지지대와 우리가 서 있는 층으로 솟구친다. 무거운 갑옷을 입은 칼은 균형을 잃고 쓰러진다. 나는 똑바로 서 있으려고 고군분투한다.

똑바로 선다는 것 자체가 불가능하다는 점을 제외하면 말이다.

세 개의 층으로 된 아케온의 브리지, 그 거대한 돌과 강철이 가운데로 구겨지면서 주저앉는다. 이유를 추측하기는 어렵지 않다. 또다른 폭발이 다리를 마구 흔들자 잔해가 쏟아져 내리며 브리지의 중앙 지지대가 떨어지기 시작한다.

칼이 일어서려고 애를 쓴다. 나는 그를 움켜쥔다. 할 수만 있다면 칼을 끌고 갔을 텐데 갑옷이 너무 무겁다.

"도와줘!"

나는 호위들을 보며 고함을 지른다.

르롤란 군인들, 그의 할머니의 친족들은 시간을 낭비하지 않고 칼을 세운다. 하지만 브리지가 우리에게 맞선다. 다리는 점점 더 빨리 무너지면서 자신의 죽음에 포효한다.

디딛고 서 있던 도로가 9미터쯤 아래의 다음 층으로 무너지는 바람에 나는 비명을 지른다. 간신히 옆으로 몸을 날린다. 뭔가가 갈비뼈를 찧는 바람에 몸 전체에 고통이 거미줄처럼 퍼진다. 나는 몸을 굴려 균형을 되찾으려고 노력한다. *브리지를 벗어나, 브리지를 벗어나.* 머릿속이 울린다.

칼은 무릎을 꿇고 한 손을 뻗고 있다. 나를 붙들려는 게 아니다.

나를 멈추려는 거다.

"움직이지 마!"

칼이 고함을 치면서 손가락을 편다.

나는 몸통을 끌어안은 채 걸음을 멈춘다.

칼의 눈이 휘둥그레 커져 있다. 그는 너무 겁에 질려 있다. 확장된 동공이 시커멓다.

함대 대신에 그들의 총은 우리 위로 뇌진탕이 일어날 것 같은 지옥을 퍼붓는다. 오직 한 가지 소리만 들린다. 속삭임 같지만, 더 끔찍한 것.

금이 가는 소리. 허물어지는 소리.

"칼……."

우리 아래의 모든 것이 붕괴한다.

제34장
칼

나는 돌처럼 떨어진다.

속도만 늦출 뿐 결코 어떤 도움도 안 되는 보여 주기용 갑옷은 거친 파도 속으로 30미터쯤 추락하는 지금 나를 지켜 주지 못한다. 그건 나를 구할 수 없다. 그리고 나는 그녀를 구할 수 없다. 뭐라도 잡을 것을 찾아서 손이 허공을 할퀴지만 안개만이 그저 손가락 사이로 지나갈 뿐이다. 비명조차 지를 수 없다.

파편과 함께 추락하며, 단단한 콘크리트와 부딪히는 충격에 대비한다. 물에 빠져 익사하기 전에, 거기에 먼저 부딪히게 될 수도 있다. 그렇다면 얼마나 작은 자비가 될 것인가.

강이 점점 다가오는 순간, 그녀를 보려고 애를 쓴다.

누군가가 내 허리를 붙든다. 그가 팔로 너무 세게 끌어안는 바람에 숨이 막힐 지경이다. 시야가 흐릿해진다. 어쩌면 의식을 잃으려는 참인지도 모르겠다.

아닌가.

강과 안개와 무너져 내리는 다리가 어둠에 삼켜지면서 사라지는 순간, 나는 울부짖는다. 전신이 긴장으로 바짝 굳는다. 뭔가 단단한 것과 부딪히며 모든 뼈가 산산이 부서져 가루가 되리라는 예감이 든다.

하지만 어디도 부러지지 않는다.

"왕들도 그렇게 비명을 지를 수 있는 줄 미처 몰랐다."

눈을 뜨자 나를 옆에서 지켜보고 있는 킬런 워렌이 보인다. 친근한 미소를 띤 그의 얼굴은 창백하다. 킬런이 내민 손을 기쁘게 마주 잡는다. 그가 나를 일으켜 세워 준다.

녹색 군복을 입은 몬트포트 텔레포터가 가볍게 숨을 헐떡이면서 나를 올려다본다. 그녀는 작다. 거의 메어만큼이나 조그맣다. 그녀는 내게 퉁명스럽게 고개를 한 번 끄덕여 보인다.

"고마워."

어떻게 살아남은 건지 이해해 보려고 머리를 굴리며 숨을 몰아 쉰다.

그녀가 어깨를 으쓱한다.

"명령에 따른 겁니다."

"이거 익숙해지는 날이 오기는 할까?"

메어가 몇 발자국 떨어진 곳에서 무릎을 꿇은 채 말한다. 조금 아파 보이는 그녀가 침을 뱉는다.

텔레포터인 몬트포트 장교, 아레조가 메어를 능글맞게 웃으면서 내려다본다.

"다른 게 더 좋나요?"

메어는 그저 눈만 치켜뜬다. 메어가 나를 향해 손을 내밀고 도움을 청한다. 킬런과 나는 그녀의 한 손씩을 잡아 메어를 일으켜 세운다. 메어는 잠시라도 다른 일을 할 게 필요한 듯, 피처럼 붉은 진홍의 군대 군복의 먼지를 턴다. 메어가 드러내고 싶어 하지는 않지만, 그녀도 나만큼이나 불안정한 상태다. 아무리 여러 번 이런 일을 겪었다고 한들, 죽음의 아가리에 들어가기 직전에 간신히 빠져나오는 상황에는 결코 익숙해질 수가 없는 법이다.

"얼마나 많이 추락했죠?"

메어가 올려다보지 않고 묻는다.

입술을 깨물며 주변을 둘러본다. 우리와 함께 르롤란 호위들 몇 명이 회복 중이다. 하지만 텔레포터들이 할 수 있는 일에도 한계가 있다. 브리지 위에는 군인이 수백 명은 있었고 아래에는 심지어 더 많았다. 그 결과에 속이 울렁거린다. 이를 악물고 방향 감각을 회복한다. 우리는 광장의 끝에 돌아와 있다. 현재 빠르게 절벽에 진지를 구축 중인 팔리의 부대 사이다. 그 너머로 보이는 아케온 브리지는 뼈대만이 남아 있다. 중앙은 무너졌고, 아래의 강이 끓어오르고 있다. 레이크랜즈 배들 가운데 하나가 꼼짝 못 하고, 태풍에 날아온 나무처럼 강철 선체에 떨어져 꽂힌 브리지 지지대 아래에서 가라앉고 있다. 레이크랜즈 여왕에게도 너무 무거운 것이다.

안개에 가려 브리지의 저 먼 끝 쪽까진 보이지 않지만, 군대의 대다수가 아직 남아 있는 저쪽 끝까지 가는 데 성공했기만을 바랄 뿐이다. 시작할 때부터 병력이 많지는 않았지만, 잃어버린 생명이 내 어깨 위에 또 하나의 짐을 얹는다. 그 무거운 짐이 이미 나를 짓누르고 있는 것 같은데, 이 싸움은 끝나려면 아직 멀었다.

메어가 옆으로 와서 서더니 나처럼 먼 곳을 본다. 그녀가 아주 잠깐 내 손에 깍지를 끼더니, 마지못해 풀고는 속삭인다.

"난 그를 찾으러 가야 해."

메어의 힘든 싸움을 너무나 돕고 싶지만 그럴 수가 없다. 나나벨 할머니이나 줄리언 *외삼촌*에게 통솔권을 넘기고 싶지 않다면 말이다. 두 사람 모두 아케온을 적절하게 수비할 능력이 없다. 특히나 다이애나 팔리와 함께해야 하는 상황이라면 더욱 그렇다.

"가."

내 손을 메어의 허리에 올리며 무거운 한숨과 함께 그녀를 가볍게 민다. *내 동생에게로. 그를 죽이라고.*

"그 애에게서 해방돼."

그 일을 하는 건 나여야 마땅하리라. 그 일을 할 용기를 내는 사람이 내가 되어야 마땅하리라.

하지만 나는 그 일을 견딜 수 없다. 그 애를 죽이는 일의 무게를 견딜 수 없다. 메이비는 안 된다.

메어가 떠난다. 킬런이 그를 따른다. 나는 눈을 감고 덜덜 떨리는 숨을 길게 내쉰다.

얼마나 많이 메이븐에게 작별 인사를 해야만 할까?

얼마나 많이 그 애를 잃어야 할까?

"강이!"

누군가가 고함을 친다.

나는 본능적으로 주의를 돌린다. 나는 바로 앞에서, 혹은 아주 먼 곳에서 일어나는 전투를 보며, 수년간을 전사이자 장군으로서 훈련받았다. 레이크랜즈의 함대가 꽉 막고 있는 캐피탈 리버 강에 의해 반으로 갈라져 있는 도시를 머릿속으로 그려 본다. 우리는 아케온의 다른 편과는 분리된 채로 여기 고립되어 있다. 텔레포터들만이 운송 수단이다. 얼마나 많은지까지는 모르겠다. 레이크랜즈 측이 절벽과 그 위의 사람들에게 관심을 돌린다면 분명 충분치 않을 것이다.

팔리는 높은 자리에 앉은 채 어깨에 장총을 걸치고 있다. 그녀는 쌍안경에 눈을 붙인 채로 미동도 없이 아래를 보고 있다. 안개와 연기로 윤곽을 그린 동상같다.

"수위가 계속 오르는 중인가?"

나는 좀 더 잘 보기 위해서 팔리의 옆으로 걸어가면서 묻는다. 그녀는 시선을 떼지 않은 채 내게 쌍안경을 건네준다.

"점점 더 빨라져. 하류 쪽을 봐."

팔리가 엄지로 남쪽을 가리키며 덧붙인다.

그녀가 의미한 장소를 찾는 것은 어렵지 않다. 레이크랜즈가 더 많은 물을 바다에서부터 끌어오고 있어 하얀 포말이 일며 물살이 파도처럼 부서진다. 강은 꾸준한 속도로 솟구치며 물로 된 벽으로 굳어진다. 6미터는 되어 보이는데, 하나로 되어 부서지지 않는 잔물결 같다. 수위는 적어도 9미터쯤은 높아져 있다. 훨씬 더 많이 오를 거라는 데 내기를 걸어도 좋다.

진홍의 군대가 방어하고 있음에도 절벽은 공격을 받는다. 또 다른 미사일 일제 사격에 돌이 부서지며 떨어진다. 나는 고개를 숙이고 머리 위로 흩뿌려지는 잔해를 막기 위해 팔을 들어 올린다. 팔리는 간단히 머리만 돌린다.

"외삼촌이 사라 스코노스와 함께 병영에서 의무실을 운영 중이셔. 심부름꾼을 준비시켜 놓는 게 좋겠다."

나는 얼굴이 피범벅이 된 채로 절벽에서 멀어지는 군인들 몇 명을 바라보면서 말한다.

"그럼 아나벨은?"

팔리가 대꾸한다. 그녀의 어조는 매우 중립적이다.

"사령부에."

"사모스와?"

나는 즉위식 전에 에반젤린이 했던 말을 생각하며 망설인다. 줄리언 외삼촌과 아나벨 할머니가 볼로를 죽일 계획을 짜고 있다고 했다. 그분들은 리프트를 방정식에서 제거하려고 한다. 나는 그의 시체로 약간의 평화를 얻을 수 있으리라는 것도 안다. 볼로 사모스의 죽음을 대가로 지불해야 한다면, 나는 할머니를 막지 않을 것이다.

"아마도."

나는 간신히 그렇게 내뱉고는 주제를 바꾼다.

"네 계획은?"

나는 결코 다이애나 팔리가 어떤 생각 없이 공격을 감행하는 것을 본 적이 없다. 비장의 한 수를 가지고 있을 것이다. 특히 진홍의 군대의 전력은 물론 데이비슨 같은 사람이 뒤를 맡고 있을 때라면 더욱 그럴 것이다.

"뭔가 있지. 그렇지?"

430

"그럴 수도 있지. 너는?"

"우리는 함대를 막으려고 했어. 그들을 꼼짝 못 하게 해서 강제로 휴전을 할 수도 있지 않을까 하고. 하지만 물 위에서는 님프 여왕을 굴복시킬 수가 없네."

팔리가 눈을 가늘게 뜨고 나를 본다.

"과연 그럴까? 하버베이에서 아이리스한테 제대로 겁먹은 모양이네."

그것에 대해서는 생각하지 않으려고 한다. 나를 짓누르던 물의 무게, 가능하리라 생각했던 이상으로 빠르게 나를 아래로 누르던 그 힘을.

"아마도."

"뭐 그렇다면, 우리도 은혜를 갚아 줘야겠지."

"좋아. 내가 오블리비언이랑 텔레포터 몇 명을 데려갈게, 우리가 어떻게 할 수 있을지……."

놀랍게도 그녀는 손을 흔든다. 그녀의 거절에 어리둥절해진 내 얼굴에 피가 몰린다.

"그럴 필요 없어."

팔리가 나를 향해 몸을 돌린다. 그러고는 무전기를 들고는 신호를 잡기 위해 손잡이를 돌린다.

"프리미어, 당신 쪽은 어때요?"

대답하는 데이비슨의 목소리는 한 번 걸러진 듯하다. 총성이 메아리치는 것이 들린다.

"지금까지는 잘 잡고 있어요. 피에드몬트 병력 일부가 절벽을 노렸는데, 우리 쪽까지는 들어오지도 못하고 있죠. 돌려보냈어요."

보라색과 금색 옷을 입은 피에드몬트 군인들이 둑에서 떨어지는 모습을 상상해 본다. 신혈 부대에 의해 쪼개진 채로.

"당신 쪽은 어떻죠, 장군?"

데이비슨이 힘주어 묻자 팔리가 미소를 짓는다.

"난 여기에 좀 더 제정신인 캘로어를 데리고 있어요. 배로우가 나머지 하나를 쫓는 중입니다."

나는 무전기에 대고 말한다.

"프리미어, 내 은혈 부대원 수백 명이 망가진 다리에 퍼진 채 아래의 배들과 교전 중입니다. 그들을 엄호해 줄 수 있습니까?"

"더 나은 일도 해 드릴 수 있죠. 그들도 물에서 벗어나야 할 테니 즉시 텔레포터들을 보내겠습니다."

"내 쪽 텔레포터도 보내지."

그렇게 말한 팔리가 다시 무전기에 말한다.

"일이 진짜로 달아오르기 전에 최대한 많이 붙들어 보도록 하죠."

나는 눈썹을 찌푸린 채 팔리에게 흘긋 시선을 준다.

"함대라도 와?"

팔리의 미소가 커진다.

"그 비슷한 거지."

"지금은 깜짝 파티 같은 걸 할 때가 아니거든."

"솔직히 말하자면, 넌 우리 역량이 얼마나 되는지 잊고 사는 것처럼 보인다."

팔리가 키득거린다. 전쟁과 폐허를 배경으로 두고 그녀가 소리 내어 웃는 모습은 참 기이한 풍경이다.

다시 물을 바라본다. 물결이 배에 부딪히면서 선체를 낮은 절벽 높이까지 들어 올린다. 물이 몇 번만 더 밀려 들어오면 우리는 곧장 그들의 아가리 속으로 들어갈 것이다. 적의 모든 미사일과 포탄들이 우리를 조준할 것이다. *어쨌든 그게 바람직한 상황이라고는 생각되지 않는다.*

내가 혼란스러워하니 팔리는 신난 것처럼 보인다.

"네가 우리식으로 상황을 보기로 결정했다니 기쁘네, 칼."

"옳은 식으로. 그래야 했던 방식으로지."

팔리의 미소가 희미해지지만 불쾌함 때문은 아니다. 놀라서인 것 같다. 처음으로, 팔리의 손길이 연민에 차서 부드러워진다. 팔리의 손가락이 내 어깨를 스친다.

"더 이상 왕은 없어, 캘로어."

"더 이상 왕은 없어."

내가 메아리처럼 따라 한다.

팔리, 미사일, 배, 물, 부상당한 군인들의 울부짖음 대신에 어머니의 목소리가 들린다. 어머니가 그랬으리라 내가 생각하는 목소리.

칼은 다른 이들과는 같지 않을 것이다.

어머니도 아버지와 마찬가지로 내가 어떤 길을 가기를 원하셨다. 어머니는 내가 달라지기를 원하셨지만, 동시에 왕이 되기를 바라셨다.

내 선택이 어머니를 자랑스럽게 해 드렸기를 바란다.

"왕에 대해서 말하자면……."

조용하게 말하던 팔리의 태도가 즉시 바뀐다. 팔리는 몸을 펴고 광장 너머를 가리킨다.

"저거……."

안개 속에서 볼로의 검은색 망토가 펄럭이다 뒤로 젖혀지면서 거울 같은 갑옷을 입은 팔다리를 드러낸다. 군중을 뚫고 걸어오는 볼로의 발걸음은 단호하고 빠르다. 군인들은 그가 지날 수 있도록 펄쩍 뛰어 길을 비켜 준다. 속도를 줄이지 않고 볼로는 무너져 가는 브리지 위로 발을 올린다.

"볼로 사모스."

나는 이를 악물고 나직하게 말한다. 그가 지금 하려는 일이 무엇이든 우리에게 좋게 끝나지 않을 것이다.

하지만 볼로는 브리지가 점점 위태로워지는 중임에도 불구하고, 발걸음을 전혀 늦추지 않는다. 강제적으로 솟구치는 물결을 탄 배들은 그의 거의 바로 아래까지 다다른다. 여전히 볼로는 멈추지 않는다.

끝에 닿았는데도.

볼로 사모스가 추락하는 순간 팔리가 숨을 들이켠다. 그는 아주 느릿하게 떨어진다. 안개 사이로도 그 망토와 갑옷이 뚜렷이 보인다.

그 아래의 강철에 부딪힌 볼로 사모스의 몸이 부서지는 모습을 차마 볼 수 없어, 나는 몸을 돌린다.

광장 건너편에서 붉은색과 주황색으로 환히 빛나는 전투복을 입으신 할머니가 의연하게 서 계신다. 할머니는 군인들 사이로 나를 응시하신다.

할머니의 곁에서 줄리언 외삼촌이 고개를 떨구신다.

외삼촌이 전에 누군가를 죽여 본 적이 있을 것 같지는 않다.

제35장

아이리스

"한 번 더 물을 끌어오면 배에서 바로 내릴 수 있겠군."

어머니께서 야외에서 지휘하시기 위해 함교(艦橋)로 한 발 딛으시면서 중얼거리신다. 비가 퍼붓고 있다. 어머니의 얼굴 위로 빗방울이 구슬처럼 흐른다. 나는 어머니를 호위하며 따른다. 어머니는 목까지 갑옷을 입고 계신다. 코발트블루의 갑옷 위에 검은색 띠를 두른 차림새다. 만전을 기해야 한다. 언제라도 길을 잃은 총알이 어머니를 맞추고 우리의 침공을 말 그대로 무너뜨릴 수도 있다.

"조금만 참으세요, 어머니. 저들은 길게 버틸 수 없을 거예요."

나는 어머니 옆에 딱 붙다시피 한 채로 중얼거린다.

희망할 수밖에 없다. 티베리아스 캘로어는 적혈들뿐만 아니라 자신의 사람들을 배신함으로써, 완벽하게 노르타를 불구로 만들었다. 비뚤어진 형제로부터 얻어 낸 왕좌를 유지할 수 있었던 모든 기회를 내다 버리고 있다.

아케온은 함락될 것이다, 그것도 곧.

강의 다른 편에 있는 절벽을 바라본다. 양편 모두가 안개와 연기에 싸여 있다. 기이한 색의 번개가 하늘을 가로질러 내리친다. 결혼식이 떠오른다. 우리가 지금 하는 공격보다 덜 성공적이긴 했지만, 적혈 괴물들과 산악 지대의 혈통 반역자들도 그날 도시를 공격했다. 주변의 강물이 함대의 선체를 애무하듯 어루만지며 솟구친다. 능력의 사정거리 내에 있는 모든 물결의 곡선을 예민하게 느낀다.

부러진 아케온 브리지가 툭 튀어나와 있다. 여전히 무너지는 중이다. 파편들이 우리에게 아무런 해를 끼치지 못하며 강 속으로 첨벙첨벙 떨어진다. 나는 한 손을 들어 올려 물을 불룩하게 솟아오르게 만들어서 커다란 콘크리트 덩어리를 쳐 낸다. 그 뒤에 또 다른 것이 하나 굴러떨어진다. 떨어지는 모양이 이상하다. 금속성이고, 빛이 번뜩이는 그것이 휙 돌더니 갑판으로 곧장 돌진한다.

물결을 일으키려고 손가락으로 허공을 쓰는 순간, 어머니께서 손목을 붙드신다.

"떨어지게 둬."

어머니께서 그 형체에 시선을 고정한 채 말씀하신다.

우리 앞 몇 미터 거리에 있는 갑판 위에 떨어지는 순간까지 그것이 사람의 몸이란 사실도 인식하지 못한다. 팔다리는 뒤틀리고 두개골이 수박처럼 쪼개지면서, 은색과 흰색이 갑판 위로 뿜어진다. 거울 같은 갑옷이 뼈처럼 산산조각 나고, 그것들 일부는 충격과 함께 먼지가 되어 부서진다. 만신창이가 된 시신은 키가 큰 남자다. 다 망가진 얼굴 아래 턱수염이 남아 있는 걸 보건대 나이가 있다. 접힌 검은색 망토가 시신의 나머지 부분을 덮는다. 그 천의 끝부분이 은색으로 장식되어 있다.

익숙한 색이다.

갑자기 전투가 꿈처럼 멀어진다. 세상이 흐릿해진다. 우리 앞에 죽어 있는 남자에게로 초점이 좁혀진다. 그의 눈썹 위에는 아무 왕관도 없다. 얼굴도 남아 있지 않다.

"이렇게 볼로 사모스가, 그리고 리프트 왕국이 끝나는군."

어머니께서 그의 부러진 뼈를 살펴보러 다가가시며 말씀하신다. 어머니께서는 발로 그의 망토를 치워 망가진 두개골을 드러내신다.

차마 쳐다볼 수가 없어서 시선을 돌린다. 속이 뒤집힌다.

"아나벨 왕비와의 거래가 완료되었네요."

어머니께서 시신을 살피며 커다랗게 혀를 차신다. 어머니의 어두운 눈동자가 죽은 왕을 샅샅이 훑으며 그 모습을 들이켜신다.

"이게 도시와 손자를 구해 줄 거라고 생각하는군."

마음을 다잡으며 억지로 시선을 사모스에게로 돌린다. 피는 낯설지 않다. 또 다른 시체에 놀랠 수야 없다. *이 남자는 아버지가 돌아가신 이유이며 우리 나라가 왕을 잃고, 어머니께서 남편을 잃은 이유이다.* 그는 어느 모로 보나 이런 결말을 맞아 마땅하다. 이 얼마나 잔인한 결말인가.

"어리석은 여자 같으니."

아나벨 르롤란과 침공을 막아 보려는 그녀의 나약한 시도에 속이 끓는다. *당신은 성공할 수 없을 거야. 대가는 이미 치뤄졌어.*

만족감에 젖은 어머니께서 시체에서 물러나신다. 어머니께서 손짓하시자 호위 2명이 갑판에서 사모스를 치우는 소름 끼치는 일을 시작한다. 그들이 그를 끌고 가자 은색 핏줄기가 물감처럼 남는다.

"모두가 사랑하는 사람들을 위해서는 바보가 되는 법이란다, 아가."

어머니께서 양손을 부딪치시며 가볍게 말씀하신다. 걸음을 멈추지 않고, 어머니께서 부관 중 하나에게 시선을 주신다.

"군대가 더 집결하지 못하게 도시의 양쪽을 똑같이 공격하도록."

고개를 끄덕인 장교가 지휘교로 돌아가자 이내 어머니의 명령이 함대 전체로 전달된다. 레이크랜즈와 피에드몬트의 배들이 함께 대응한다. 화기가 일제히 발포된다. 폭발과 연기가 강둑을 따라 타닥거리는 소리를 내고, 도시 구조물들과 절벽의 돌이 갈라진다. 잠시 후에 양쪽에서 적들이 응사하지만 미약하다. 탄환들은 대부분 강철에 튕겨 나가거나 물속으로 빠진다.

어머니께서는 엄숙한 미소를 지으며 그 광경을 지켜보신다.

"저들의 대열을 흐트러뜨리면 쉽게 갈 수 있을 거다. 강이 충분히 높아지기만 하면."

선창에는 군인 수천 명이 있다. 배 밖으로 뛰어나가, 저 위에서 기다리는 누구든 휩쓸어 버릴 준비를 하고 있는 이들이다.

머리 한참 위를 날고 있는 제트기들의 비명 소리를 신고 날카로운 바람이 불어온다. 이를 악문다. 공군은 노르타가 유일하게 우위를 차지한 부분이다. 피에트몬트의 공군력은 약화되었고, 우리의 공군은 그에 비교할 수도 없을 정도로 부족하다. 할 수 있는 유일한 일은 태풍으로 그들을 만에 묶어 두고, 우리의 빈약한 비행기들을 이용해서 함대에서 떨어뜨리는 것뿐이다. 적어도 지금까지는 그럭저럭 먹히는 것처럼 보인다.

티베리아스가 어리석게도 우리에게 내려보낸 노르타의 군인들이 있지만, 갑판의 부대로도 그들을 막아 내기가 그다지 어렵지는 않다. 스트롱암과 스위프트가 선두를 맡기는 하지만, 오사노스 하우스의 많은 님프들에게는 강이라는 이점이 있다. *우리들의 이점이다.*

바로 그 순간, 나는 노르타인들의 수가 줄어드는 것을 알아차린다.

"텔레포터들이군요."

나는 몬트포트의 괴짜들이 눈 깜짝할 사이에 나타났다가 사라지는 것을 보면서 으르렁거린다. 그들은 남아 있던 노르타 군인들을 잡아채서는 상대적으로 안전한 도시의 절벽에 내려놓는다.

"저들이 배에서 후퇴하고 있어요. 그게 마지막으로 할 일인거죠."

나는 자부심과 실망 사이에서 갈피를 잡지 못하고 어머니에게로 몸을 돌린다. 노르타인들은 달아날 정도로 우리를 두려워한다.

레이크랜즈의 여왕은 고압적이고 제왕답게 턱을 들어 올린다.

"최후의 저항을 위해서 군인들을 불러 모으는 거겠지."

어머니께서 대담하게 시저의 광장을 가로지르신 뒤, 한때 나의 잘 꾸며진 감옥이었던 궁전의 계단을 올라, 마침내 캘로어들이 잃은 왕좌에 앉으시는 상상이 나를 빠르게 압도한다. 이 모든 일이 끝나고 나면 어머니께서는 황제가 되실 것인가? 호수와 바다 사이의 그 모든 것과 얼어붙은 툰드라 지방부터 방사능에 오염된 워시의 경계에 이르는 그 모든 땅의 주인이? *너무 앞서 나가지 말자, 아이리스. 아직 이긴 게 아니잖아.*

나는 지금 이 순간에 집중하려고 애를 쓴다. 연기와 사모스의 피에서 나는 톡 쏘는 듯 날카로운 냄새가 도움이 된다. 나는 재빨리 숨을 들이마시며 그 냄새가 감각을 휩싸도록 한다. 우습게도 나는 내안의 분노가 사모스 왕의 죽음과 함께 약해지고 사라질 것이라고 생각했다. 하지만 여전히 마음속 깊은 곳에서 심장을 갉아 대는 분노를 느낄 수 있다. 아버지가 돌아가셨다. 어떤 왕좌도, 어떤 왕관도 그분을 돌려줄 수 없다. 어떤 엄청난 복수를 하더라도 이 고통을 없앨 수 없을 것이다.

나는 숨을 내쉬면서 아래의 물에 집중한다. 신들의 사절인 물이 모든 축복과 저주를 담고 흐른다. 보통 때라면 그 감각은 나를 진정시켰을 것이다. 이런 힘에 이토록 가까이 있는 것은 나조차 겸허하게 만든다. 지금, 나는 내가 아는 신들을 느끼지 못한다.

하지만 무언가를 분명히 느끼기는 한다.

"저거 느껴지세요?"

나는 어머니를 향해 몸을 돌린다. 전신을 덮고 있는 갑옷이 조여드는 것 같고, 내 모든 신경의 끝부분이 공포로 불을 밝히는 동시에 숨이 막힌다. *저건 대체…… 물속에 있는 저 물건은 대체 무엇이지?*

내 불편함을 읽은 어머니께서 눈을 깜빡이신다. 어머니께서 능력을 펼쳐 내 신경을 곤두서게 만든 것을 물결 사이로 추적하신다. 어머니의 시선이 한순간 타오른다. 나는 숨도 쉬지 못하고 어머니께서 아무것도 아니라 말하시길 기다리며 지켜본다. 내 상상이라고. 혼동한 거라고. 실수라고.

어머니의 눈이 틈처럼 가늘어지며 날카로워진다. 갑자기 비가 내 척추를 따라서 흐르는 고드름처럼 느껴진다.

"또 다른 해류인가?"

어머니께서 근처의 장교 중 하나를 향해 손가락을 부딪혀 딱 소리를 내시며 화난 목소리로 말씀하신다. 노르타의 배신자는 창백하고 찡그린 얼굴로, 빠르게 자신의 의무를 행한다. 그는 레이크랜즈의 푸른색 군복을 여전히 불편해하는 것처럼 보인다.

어머니께서 소리치신다.

"오사노스, 그대의 님프들이 또 다른 조류를 끌어당기는 중인……."

그가 낮게 절을 하며 머리를 흔든다. 오사노스와 그의 대가족은 우리만큼 강하지는 않지만, 그들이 지닌 힘 또한 어마어마하다. 우리의 일에 필수적인 것은 말할 것도 없다.

"제 명령이 아닙니다, 전하."

나는 입술을 깨문다. 여전히 물을 뚫고 움직이는 그 엄청난 것을 느낄 수 있다. 밀어내 보려고 하지만, 그 물체는 지나치게 무겁다.

"고래일까요?"

나는 스스로도 믿지 못하면서 중얼거린다.

어머니께서 초조하게 머리를 흔드신다.

"더 크고 무거워. 그리고 하나 이상이다."

뒤에서 갑작스럽게 전구와 경보 십수 개가 깜빡거린다. 지휘교의 장교들이 우왕좌왕한다. 그 소리가 나를 칼날처럼 때린다.

"충격에 대비하십시오!"

그들 중 하나가 우리에게 피하라는 몸짓을 하며 고함을 친다.

어머니께서 나를 움켜잡아 가까이 당기신다. 어머니의 팔이 내 손목 근처에서 미끄러진다. 수많은 무언가가 함대 사이로 움직인다. 우리 아래의 흐름에 공포를 느끼며 바라본다. 기계로 작동되는 뭔가임에 틀림없다. 내가 전혀 알지 못하는 전쟁 무기.

첫 번째 공격은 함대의 정 가운데로 온다. 갑자기 금속이 찢어지는 소리가 나더니 전함이 기울어진다. 흘수선을 따라서 폭발이 터지고, 거품과 파편이 뿜어져 나온다. 피에드몬트의 배에 불이 붙어 화약고가 터지면서 선체의 앞부분 절반이 사라진다. 열기를 담은 강한 바람에 데일 것 같은 기분이지만, 나는 외경에 사로잡혀 몸을 돌리지도 못한 채 1분도 되지 않는 시간에 배가 침몰하는 모습을 지켜본다. 그 배에 얼마나 많은 이들이 탔는지도 신만이 아실 것이다.

수면 아래에서 무언가가 선체에 몸을 받는 소리와 함께 기함이 진동한다.

"밀어라, 아이리스. 밀어."

갑판 가장자리로 달려가도록 나를 놓아주시면서 어머니께서 명령하신다. 어머니께서 앞으로 몸을 숙이고 팔을 뻗으시자, 그 아래의 물이 어머니의 의지에 복종하며 물결치며 뒤로 밀려난다.

나는 어머니에게 합류해서 능력을 사용한다. 배를 들이받고 있는 그게 무엇이든 밀어내려고 애를 쓴다. 하지만 그것은 너무 무겁고, 너무 크고, 자체적인 엔진을 갖고 있다.

우리는 기함을 지키는 일에 지나치게 집중한 나머지, 주변을 둘러싼 나머지 전함들이 허우적거리는 것도 알아차리지 못한다. 하얀 포말이 이는 강에서 자맥질을 하듯 까닥거리며 침몰하는 강철 선박이 늘어 가는 중에, 별도의 명령이 없었음에도 배 중 일부가 방향을 돌리려고 들며 길을 찾는다. 땀이 눈썹을 가로질러 흐르며 빠르게 떨어지는 비와 합쳐진다. 입술에서는 짠맛이 난다. 땀이 눈을 찌르는 바람에 집중력을 잃는다.

"어머니."

나는 힘주어 뱉는다.

어머니는 저 새로운 무기를 물 밖으로 들어 올리기라도 하실 것처럼 양손으로 허공을 움켜쥔 채 대답이 없으시다. 어머니는 조금 신음하시고, 그 소리는 울부짖는 바람 속으로 사라진다.

빛이 번뜩이더니 또 다른 푸른색 번개가 내려친다. 나는 그것의 방향을 바꿀 만큼 빠르지는 못하다. 번개는 우리의 바로 옆 갑판을 내리친다. 물과 살이 지글거리는 소리가 들린다. 군인들은 비명을 지르며 감전사의 지옥으로부터 달아나기 위해 배에서 뛰어내린다. 휘도는 물이 그들을 빠르게 삼킨다.

"어머니!"

나는 이번에는 고함을 치면서 어머니를 다시 부른다.

어머니는 이를 악물고 욕을 뱉으신다.

"저 적혈 놈들이 물 아래로 배를 끌고 왔다. 배랑 무기들을."

"저들을 막을 수 없는 거죠, 그렇죠?"

폭풍과 갑작스럽게 변한 우리 운명에도 불구하고 어머니의 눈이 밝게 빛난다. 경고도 없이 어머니께서 손을 떨어뜨리신다.

"큰 손해를 보게 되겠지. 그리고 어떤 보장도 못하겠구나."

어머니께서 그 생각을 떨쳐 내시도록 애를 쓴다.

"절벽으로 올라가야만 해요. 상륙해야죠. 우린 저들의 병력을 압도할 수…….”

뒤쪽에서 호위들이 움직일 준비를 하고 긴장한 채 가까이 다가온다. 어머니의 명령을 기다리고 있다.

어머니는 나만을 바라보시며 그들을 무시하신다.

“할 수 있을까?”

어머니의 목소리가 이상할 정도로 나약하고 동떨어진 듯 들린다. 마치 계속 잠들어 계시다가, 이제 막 깨어나신 것처럼.

내 뺨을 톡톡 두드리시는 어머니의 손길은 차갑게 젖어 있다. 어머니는 나를 지나쳐 갑판을 응시하신다. 어머니를 따라서 시선을 돌리자, 사모스의 피가 강철에 어둡게 남아 있을 뿐이다. 우리 복수의 마지막 조각. 비조차 그것을 씻어 버리지 못했다. 신들조차 이 고통을 치료할 수 없을 것이다.

또 다른 배가 공격을 받고 전복되어 강에 가라앉는 바람에 나는 움찔한다.

“이렇게 끝나는 건가요?”

나는 소리 내어 탄식한다.

어머니의 손가락이 내 손가락에 깍지를 낀다.

“끝?”

어머니가 내 손을 꽉 쥐면서 속삭이신다.

“절대 아니란다. 하지만 지금으로선, 나는 여기서 딸을 살려서 빼내야겠지.”

오늘 처음으로 나는 뒤를 돌아 강 아래를 본다. 패배를 본다. 갑작스럽게 바뀐 전투 상황에 멍한 상태로 힘겹게 침을 삼킨다. 칼로 베이는 것 같다.

하지만 죽음과 패배 사이에서라면 한 가지 선택밖에 없다.

"집으로 가요."

메이븐

　침묵하는 돌에 짓눌리고 팔찌들과 떨어진 채 그토록 긴 감금의
날들을 보냈다. 불꽃을 터뜨리자, 목마른 자가 물을 마시는 것보다
더 갈증이 해소되는 느낌이다. 그 기분이 내 안을 몽땅 태워 버리게
둔다. 그것은 사랑하는 이의 입맞춤처럼 흔적을 남기며, 저 가련한
일렉트리콘을 날려 버릴 정도로 강력하고 맹렬하게 내 피부를 따라
서 폭발한다. 그도 넘어지고 메어도 넘어진다. 두 사람은 시저의 광
장의 단단한 타일에 뒤로 세게 부딪힌다.

　방어벽으로 삼기 위해 불꽃을 남기며 달려간다. 메어를 향해 눈
길을 던질 여유조차 없다. 손에 또 다른 불꽃을 감고 그것이 계속 타
오르게 하는 데 모든 힘을 집중한다. 내 발은 광장 너머로 나를 이끈
다. 이토록 열심히 뛰어 본 적이 없다. 나는 칼 형이 아니다. 특별히
빠르지도 강하지도 않다. 하지만 공포가 나를 기민하고 대담하게 만

든다. 아케온의 혼란은 이점으로 작용한다. 내가 가진 궁전에 대한 상세한 지식은 말할 필요도 없다. 화이트파이어 팰리스는 내 집이었다. 난 그 사실을 잊어 본 적이 없다.

진홍의 군인들이 수백 명 도착한 것도 도움이 된다. 레이크랜즈의 공격에 대항하기 위해 계속 정비하고 있는 칼의 군대는 나 대신 그들에게 주의를 집중한다. 그럼에도 불구하고 머리를 계속 숙인 채, 모두가 알아볼 수 있는 얼굴을 가리기 위해서 검은 머리카락을 앞으로 떨어뜨린다.

이 군인들은 내 것이었어. 지금도 내 것이어야 하는데.

머릿속의 목소리가 나 자신의 것에서 어머니의 것으로 바뀐다.

바보들, 저들 모두가 바보야. 어머니가 냉소한다. 달리는 내내 나를 꼿꼿하게 세우며 어깨 위를 유령처럼 배회하는 그분의 손을 느낄 수 있을 지경이다. *저 불쌍하고 용기도 없는 애가 아니라 네가 그 자리에 있어야지. 그 애는 왕조의 끝이 될 거란다. 한 시대의 끝이.*

어머니 말씀은 틀리지 않다. 어머니는 결코 진정으로 틀린 적이 없다.

아버지가 형을 지금 볼 수 있다면. 형이 어떤 존재가 되었는지, 아버지의 왕국에 형이 어떤 짓을 저질렀는지 본다면.

내가 지닌 수많은 소망과 후회 중에서도, 그것이 가장 뼈에 사무친다. 아버지는 죽었지만, 그는 형을 사랑하고, 형을 신뢰하고, 형의 위대함과 완벽함을 믿으면서 죽었다. 일이 그대로 흘러가도록 두었어야만 했을지 궁금하다. 완벽한 아들이 얼마나 결점투성이인지 어떻게든 아버지에게 보게 만들 수 있었다면.

하지만 어머니에게도 나름의 이유가 있었다. 어머니는 가장 잘 아셨다.

그리고 그것은 그저 또 다른 가지 않은 길일 뿐이다. 존이 말했던 것처럼, 죽은 미래다.

또 다른 미사일이 근처에서 폭발한다. 그 폭발을 아까처럼 이용한다. 폭발이 어떤 해도 끼치지 못하고 내 주변에서 멈추고는 연기와 불꽃이 꽃피는 가운데 내가 달아날 수 있도록 돕는다. 트레저리의 터널로는 돌아갈 수 없다. 저 적혈 쥐새끼들이 기어다니는 한은 안 된다. 하지만 선로로 내려갈 수 있는 다른 길들이 남아 있다. 들키지 않고 아케온을 빠져나갈 다른 길들이. 내가 아는 가장 최선의 길들은 화이트파이어 팰리스 바로 안에 있다. 나는 최대한 빠르게 궁전으로 향하는 길을 연다.

저 망할 기차. 어떤 징징대는 족제비가 그걸 타고 안전하게 달아나는지는 모르지만, 어쨌든 그놈을 향해 욕을 퍼붓는다. 그래도 선로를 따라 걸어갈 수는 있다. 나는 이미 어둠에 익숙해져 있다. 몇 킬로 정도야 뭐라고?

전혀 아무것도 아니다. 나는 항상 얼룩처럼 지워지지 않는, 나를 온통 뒤덮는 어둠을 느껴 왔다. 그 어둠은 내가 어디를 가든 따라온다.

그래서 *나는* 어디로 갈 것인가? 어디로 갈 수 있을까?

나는 추락한 왕이자, 살인자, 배신자다. 눈과 조금이라도 상식이 있는 누구에게든 괴물이다. 레이크랜즈에서도, 몬트포트에서도, 나의 모국에서도 나를 죽일 것이다. *그럴 만하지.* 달리며 생각한다. *난 1000번은 죽었어야 해. 100가지 다른 방법으로 처형당해서 말이야.*

지난번보다 점점 더 고통스러운 방법으로 말이야.

뒤에 남기고 온 메어를 생각한다. 광장의 타일 위에 너부러지던 모습을. 다시 일어서서 쫓아올 준비를 하던 모습도. 도시와 부정하게 얻은 왕좌를 수호하기 위해 멍청하며 용맹한 노력을 기울이고 있는 형도 생각한다. 익숙한 돌을 날 듯이 넘어가며 화이트파이어의 계단을 뛰어넘는 동안 그 생각에 코웃음을 친다. 내 손안의 불꽃이 펄럭대며 타다가, 내가 그것을 감싸서 되살리기도 전에 깜빡거리며 잦아든다.

광장이 꽉 찬 만큼 궁전의 내부는 텅 비어 있다. 바깥에서 싸우지 않고 있는 귀족과 조신들이 어떤 놈들이든, 궁 깊숙이 자기들 방에 바리케이드를 치고 들어앉아 있거나 달아난 모양이다. 어느 쪽이든, 입구로 들어서 홀을 가로지르는 동안 내 발자국 소리만이 유일하게 들린다. 길은 심장 박동만큼이나 익숙하다.

정오임에도 창이 안개와 연기로 그늘진 탓에 복도는 어둡고 춥다. 밖의 전투에 전력망이 반응하여 전기가 깜빡댄다. 일정하지 않은 간격으로 전구들에 불이 들어왔다 나간다. 좋네. 회색 옷을 입은 나는 화이트파이어의 그늘 속에 쉽게 뒤섞인다. 어린 시절, 나는 벽감이나 커튼 뒤에 숨고는 했다. 숨어서 보고 이야기를 들었다. 어머니를 위해서는 아니고 그저 순전히 호기심 때문이었다.

시간이 있을 때면 형도 나와 같이 첩자 놀이를 하고는 했다. 수업 시간에 선생들에게 내가 아프다고 말해 주거나 그들을 붙들고 시간을 끌어 주기도 했다. 이상하게도 그걸 모두 기억할 수 있지만 그 장면 뒤의 감정들은, 우리가 분명히 가졌던 동질감은 거의 완전히 사

449

라졌다. 어머니가 외과 의사처럼 제거해 버렸다. 누구도 결코 그걸 다시 되돌려 줄 수 없다.

형이 시도했다고 할지라도. 형이 찾아봤대. 형은 너를 구하고 싶어 했어. 그 생각에 거의 토할 것 같지만 어떻게든 밀어낸다.

알현실의 문들은 예상보다 무겁다. 이 문을 스스로 열어 본 적이 한 번도 없었다는 생각에 문득 재미를 느낀다. 여기에는 대개는 텔키인 경비나 감시병이 있었다. 어깨로 그것을 지나갈 수 있을 정도로 밀면서, 약한 기분을 느낀다.

왕좌는 사라졌다. 침묵하는 돌도 오직 형만이 알 곳에 감춰졌다. 아버지의 의자가 돌아와 있다. 다이아몬드유리에 불꽃을 새긴 그것이. 아버지와, 아버지의 왕관과 아버지에게 결핍된 모든 것을 상징하는 그 번쩍이는 흉물이 나는 경멸스럽다. 다른 의자들이 왕좌 옆에 놓여 있다. 하나는 줄리언 제이코스를 위한 것이고 하나는 할머니를 위한 것이다. 그 생각에 입술을 삐죽거린다. 저들이 없다면 형은 이렇게 멀리 오지 못했을 것이다. 저 뱀 같은 아이리스가 나를 넘기지도 않았을 것이고.

아이리스가 강에서 익사했으면, 자기 능력에 질식해 죽었으면 싶다.

아니, 더 나은 게 있다. 나는 아이리스가 불탔으면 한다. 반대되는 힘 아래에서 영원히 고통받는 것. 그거라면 그녀의 신들이 내리는 벌이 되지 않을까? 어쩌면 아이리스와 칼이 서로를 죽이게 될지도 모른다. 지난번에 그들은 거의 그럴 뻔했다.

소년은 확실히 희망을 품을 수 있는 법이다.

왕좌의 왼쪽으로 향하는 문은 더 작다. 그 문은 서재, 대회의실과 서재, 회의실을 포함한 왕의 사적인 방들로 이어진다. 선반이 줄지어 있는 그 긴 방으로 들어서는 순간, 전구들이 다시 깜빡거리면서 나를 어둠 속으로 밀어 넣는다. 이곳의 창문들은 길고, 텅 빈 회색 정원을 내다보고 있다. 나는 그들을 빠르게 지나치면서 수를 센다. *하나, 둘, 셋……*.

네 번째 창문을 지나자 나는 멈춰서 선반들을 헤아린다. *세 개 위……*.

고맙게도 형에게는 이곳의 책들을 재배치할 시간이 없었다. 아니면 형은 지난 10년 동안의 경기 파동에 관한, 가죽 장정으로 덮인 두꺼운 책들에서 기계 장치를 발견했을 수도 있다.

아주 가볍게 당기자 그것은 미끄러진다. 옻칠을 한 나무 뒤에서 회전 기어가 움직인다. 책꽂이 전체가 앞으로 기울어지며, 외벽을 파서 만든 좁은 계단을 드러낸다.

여전히 타오르는 손의 불꽃을 횃불로 삼고 아래로 뛰어내린다. 내 뒤로 책꽂이가 회전하며 제자리로 돌아간다.

어둠은 짙고 축축한 공기에서는 퀴퀴한 냄새가 난다. 그 공기를 들이마시며 계단에 주의를 기울인다. 이 길은 하인들의 계단으로, 오래도록 사용하지 않았지만 왕궁 아래의 다른 통로들과 연결되어 있다. 거기서부터는 트레저리 홀, 사령부, 의회를 비롯해 시저의 광장 주변에 있는 중요한 장소 어디든 닿을 수 있다. 조상들이 전쟁이나 포위 상황에 쓰기 위해 이 통로들을 지었다. 그들의 선견지명이 내 것만큼이나 기쁘다.

계단은 거친 돌로 벽을 만든 더 넓은 홀로 이어진다. 바닥이 완만하게 기울어져 있다. 나는 과감하게 좀 더 깊고 느릿한 숨을 들이마시며 길을 따라 터벅터벅 걷는다. 위에서는 격렬한 전투가 벌어지고 있지만, 나는 이미 오래전에 사라진 사람이다. 이 터널들에 대해서 알고 있는 이들은 다른 일에 정신이 팔려 있다.

나는 정말로 살아남을 수 있을지도 모른다.

다음 순간 앞에서 무언가가 깜빡인다. 불빛이 반사된 것이다. 하지만 왜인지 왜곡된 그것에서는 파문이 일고 있다. 나는 속도를 늦추고 발을 느릿하게 끌면서 발소리를 죽인다. 또다시 심호흡한다. 물 냄새가 난다.

저 엿 먹을 레이크랜즈 놈들.

앞의 길은 검은 물속으로 이어져 있고, 그 수면에 불타오르는 내 손이 비친다. 벽을 때리고 싶은 기분이다. 대신에 이를 악물고 욕을 뱉는다. 젖는 것을 감수하고, 나는 물이 목 근처에서 찰랑대며 뼛속까지 한기를 전할 때까지 몇 걸음을 앞으로 딛는다. 물은 점점 더 깊어질 뿐이다. 나는 분노에 차서 걸어 나와 더러운 바닥을 찬다. 조각 몇 개가 빠르게 튕기며 헤아릴 수 없는 물속으로 빠진다. 나는 또 다른 욕을 씹어 삼키며 돌아서서 왔던 길로 서둘러 돌아간다.

내 몸이 분노로 활활 타오르고 열기가 뺨까지 번진다. *또 다른 계단, 또 다른 터널.* 그 길이 정확히 어디로 이어질지 알기는 하지만, 나는 생각한다.

또 다른 물에 잠긴 통로. 또 다른 막힌 길.

갑자기 벽들이 너무 좁아져 사방에서 나를 내리누르는 것 같다. 나는 속도를 높인다. 내가 비틀거리기 시작하자 손안의 불길이 시들

시들해진다. 손에 닿는 돌들을 스치듯 만지며, 다시 계단에 닿을 때까지 그 울퉁불퉁한 표면을 쓸어 본다. 꼭대기에 도착해 근처에 있는 방의 신선한 공기 속으로 뛰쳐나올 즈음, 나는 달리다시피 한다.

터널에 들어갈 수 없다면 벽을 넘어야만 할 것이다. 어떻게든 오르락내리락하며 서쪽으로 향하고, 상류의 빈민가와 수도 주변의 땅을 둘러싸고 있는 어마어마한 사유지들을 피해 가면서. *얼굴을 어떻게든 숨길 필요가 있겠어. 집중을 해야.* 하는데, 마음이 계속 빙글빙글 돌면서 공포가 엄습한다. *당면한 과제에 집중해야 해……. 도시를 빠져나가서……* 하지만 모든 것이 흐릿하다. 음식, 지도, 물자가 필요하다. 땅을 딛는 모든 발걸음이 위험을 향한 것이다. 그들이 나를 추적해서 죽일 것이다. 메어와 형이. 그들이 살아남는다면 말이다.

쓸모가 있을 만한 무엇이라도 찾아서 서재를 제일 먼저 뒤진다. 팔찌들이 필요하다. 플레임메이커. 어쩌면 형이 어딘가에 여유분을 가지고 있을 수도 있지만, 한때 내 것이었던 훌륭한 책상의 수많은 서랍과 수납칸 속에는 아무것도 없다. 약한 한 줄기 빛 속에서 단검처럼 아주 날카로운 편지 개봉용 칼을 쥔 채로 나는 잠시 생각에 빠진다. 손을 한 번 휘둘러, 그걸 아버지의 초상에 대고 긋는다. 훼손되고 찢어진 캔버스 안에서도 아버지는 불타는 눈으로 나를 조롱한다. 나는 편지 칼을 쥔 손에 힘을 꽉 쥔 채, 아버지의 시선을 오래 마주할 수가 없어서 몸을 돌린다.

침실이 그다음이다. 눈을 깜빡이고는 문이 경첩에서 거의 떨어질 정도로 차면서 거기 선다. 하지만 당혹스러운 기분이 들어 갑자기 멈춘다. 노르타의 왕만을 위해서 준비된 고급스러운 스위트룸 대신에 가구들은 물론 페인트조차 다 사라진 텅 빈 방만이 거기 있다. 커튼도, 카페트도 없다. 청소용품만이 닥치는 대로 놓여 있다.

형은 이 방에서 자지 않는다. 내 조각이 여전히 남아 있는 한은 그렇다. *겁쟁이.*

이번에는 정말로 벽을 친다. 주먹만 까지고 쓰라릴 따름이다.

어느 방이 형의 것일지 알 길이 없다. 거주 구역에는 침실이 수십 개는 있다. 그것들 모두를 살펴볼 만한 시간이 없다. 도시 밖에서 훔칠 수 있는 것으로 만족해야 할 것이다. 부싯돌과 강철이면 어떤 팔찌만큼이나 쉽게 불꽃을 일으킬 수 있다. 그것 정도는 얻을 수 있을 것이다. *어떻게든.*

시야의 끝부분이 흐릿하다. 기이한 연무가 빠르게 상승하는 심장 박동에 맞춰서 함께 솟아오른다. 나는 머리를 흔들고는 그 감각을 없애려 애를 쓰지만, 그것은 그대로 남는다. 두개골 안쪽에서 두통이 솟아오르며 뼛속으로 파고든다. 또 다른 숨을 깊게 들이마시며 진정하기 위해 억지로 심호흡한다. 터널 안에서처럼, 매초 벽들이 가까워지는 것 같은 기분이 든다. 창문들이 위에서 산산조각 나고 내 피부를 길게 찢어 내는 건 아닌지 모르겠다.

알현실로 돌아가는 계단에서 발이 걸려 넘어진다. *선택권이 없어, 메이븐.* 내가 미끄러지는데 어머니가 노래한다. 그것이 내가 얻은 전부다. 어머니는 결코 후퇴나 항복을 권고하는 사람이 아니었다. 엘라라 메란더스는 삶에서 결코 물러나지 않았으며, 같은 본능을 내 안에 불어넣었다. 날카로운 두통이 거미줄처럼 두개골에 퍼져 나간다.

위쪽에서 전등들에 다시 불이 들어온다. 전구 안이 흐느끼듯 정도 이상으로 밝아진다. 전력이 지나치게 강해진다.

전구가 하나씩 하나씩 터진다. 뒤쪽의 잘 닦인 바닥에 깨진 유리가 비처럼 내린다. 머리 바로 위의 전구가 날카로운 소리를 내며 떨어지는 것을 가까스로 피한다.

필라멘트가 하얗게 번뜩이며 불타오르기 시작한다.

그리고 보라색으로도.

냉정하고 차분하고 치명적인 메어 배로우가 좁은 입구에 모습을 드러낸 채 굳건히 서 있다. 눈도 깜빡하지 않고 그녀는 미끄러져 들어오면서 문을 닫는다. 우리 두 사람 모두를 가둔다. 함께.

"끝났어, 메이븐."

메어가 속삭인다.

나는 왕좌의 반대편으로 뛰어 들어가 보통 왕비를 위해 쓰이곤 하는 일련의 방들로 향한다. 내가 직접 이곳을 바꾸었다. 대부분은 동의하지 않았을 변경이었다.

메어는 나보다 더 빠르지만, 그녀는 느른하게 따라온다. 나를 겁주면서. 나를 놀리면서. 메어는 언제라도 나를 따라잡을 수 있다. 제대로 조준한 번개 한 방이면 나를 감전사시킬 수 있다.

좋아. 계속 따라와, 배로우.

숨길 수 없는 통증이 찌릿하게 올라오는 것을 느낀다. 모든 은혈과 신혈을 괴롭히는 공허의 고통. 문 하나를 더 연다. 다른 사람들이라면 죽었을 곳에서 살아남기 위한 마지막 기회.

나는 실패하지 않을 거예요, 어머니.

크게 미소를 지으며, 나는 몸을 돌려 내가 어두운 방 깊이 물러나는 모습을 메어가 지켜보도록 한다. 하나 있는 창문은 작다. 약한 빛이 공간을 채우며 회색과 검은색으로 된 체스판 같은 무늬의 어두운 벽들을 밝힌다. 회색 조각들이 칙칙하게 어렴풋이 빛나자, 은색 액체의 띠가 보인다. *아벤의 피, 사일런스의 피.*

그녀는 침묵하는 돌의 압력을 느끼며 문지방에서 망설인다. 나는 그것이 메어를 망가뜨리는 모습을 지켜본다.

얼굴이 창백해지자 차가운 회색 빛 속에서 그녀는 은혈처럼 보인다. 나는 계속 걷는다. 뒤로, 그리고 뒤로. 다음 문으로. 다음 통로로. 내 기회.

메어는 나를 멈춰 세우지 않는다.

자신을 할퀴는 공포에 메어가 침을 삼키자 목울대가 움직인다. 내가 메어에게 이 상처를 냈다. 그녀를 사슬에 묶어 가두고, 능력을 빼앗고, 나날이 닳아 가는 유령처럼 살게 했다. 메어가 앞으로 발을 딛는다면, 그녀에게는 아무 무기가 없는 셈이다. 방패도 없다. 어떤 보증도 없다.

손에 든 편지 개봉용 칼이 갑자기 무겁게 느껴진다.

그걸 떨어뜨릴 수도 있다. 칼을 남긴 채 달아나는 것이다.

그녀를 살릴 수도 있다.

아니면 죽일 수도 있다.

선택은 쉽다. 동시에 매우 어렵다.

나는 물러나지 않는다.

날붙이를 쥔 손에 힘을 준다.

456

제37장
메어

그 방은 관이다. 나를 통째로 삼킬 구렁텅이. 문지방에 서 있는 것만으로도 죽음이 느껴진다. 이 방과 이걸 만든 사람에게 완전히 무릎을 꿇고 싶은 마음이 든다.

심장이 너무 크게 쿵쾅거려서 메이븐에게도 들릴 수도 있다는 것을 안다.

우리 사이에 있는 몇 미터 거리에도 불구하고 메이븐의 눈이 너무도 익숙하고 가까운 방식으로 나를 훑는다. 메이븐은 내 목에, 공포에 떨리는 혈관에 초점을 맞춘다. 그가 입술을 핥지 않을까 싶다. 내 손은 헛되이 번개를 부르는 시도를 하며 구부러진다. 내가 얻을 수 있는 건 어두운 보라색의 약한 스파크가 전부로, 그것은 너무 많은 침묵하는 돌에 재빠르게 사라진다.

메이븐의 손에서 희미한 불을 받아서 무언가가 반짝, 번뜩인다.

칼, 가늘고 작지만 충분히 날카로운 것.

타이톤이 차고 가라고 열변을 토했던 권총을 찾아 손이 허리 근처를 헤맨다. 하지만 권총집은 완전히 비어 있다. 브리지가 붕괴될 때 잃어버린 모양이다. 나는 침을 삼킨다. 나에게는 아무 무기도 없다.

그리고 메이븐도 그걸 안다.

그가 하얀 이를 드러내며 짓궂게 미소를 짓는다. 호기심 많은 강아지처럼 메이븐이 머리를 기울이며 말한다.

"날 멈추지 않을 거야?"

말을 하려는데 입이 마르는 기분이다.

"내가 이런 짓을 저지르게 하지 마, 메이븐."

그 말은 쉿소리로 나온다.

메이븐은 어깨만 으쓱한다. 어떻게 했는지 몰라도 그가 입고 있는 간단한 회색 옷이 비단과 모피와 강철로 된 것처럼 보인다. 메이븐은 더 이상 왕이 아니지만, 아무도 그에게 그 말을 해 주지 않은 것 같다.

메이븐이 거만하게 말한다.

"난 너한테 어떤 일도 시키지 않아. 이 일로 굳이 고통받을 필요 없어. 넌 그냥 거기 서 있을 수도, 돌아설 수도 있지. 내게는 아무 차이가 없어."

나는 억지로 숨을 더 강하게 뱉는다. 침묵하는 돌이 주는, 너무나 익숙한 기억이 척추를 할퀸다.

"내가 너를 이렇게 죽이게 만들지 마."

내가 위험하고 치명적으로 으르렁댄다.

그는 건조하게 받아친다.

"뭘 할 건데, 그냥 쳐다볼 건가? 진짜 무섭네."

저건 가장된 태연함을 보이는 자신만만한 쇼에 불과하다. 메이븐의 말 속에 든 진실, 그의 훈련된 오만함 속에 흔들리고 있는 진짜 공포를 볼 수 있을 만큼 나는 그를 잘 안다. 메이븐의 눈이 전보다 빠르게 움직이며 내 얼굴이 아닌 발을 쏘아본다. 내가 움직이면 자기도 움직일 수 있도록. 내가 달려들면 뛰기 위해서.

단검을 들고 있긴 하지만, 메이븐에게도 자기의 무기가 없는 셈이다.

천천히 걸음을 디뎌 침묵하는 돌의 감옥으로 들어간다. 나는 떨지 않는다.

"그래야 할 거야."

메이븐은 놀라서 뒤로 발을 헛디디며 혼자 발에 걸리기까지 한다. 하지만 그는 빠르게 회복해 내가 전진하는 동안 단검을 단단히 쥔다. 메이븐은 내 움직임을 거울처럼 따라 하며 뒤로 물러난다. 그 치명적인 춤은 고통스러울 정도로 느리다. 우리는 결코 서로에게서 시선을 떼지 않는다. 심지어 눈도 깜빡이지 않는다. 간신히 균형을 잡으며 늑대들이 있는 구덩이 위에서 줄타기를 하는 것 같은 기분이다. 단 한 번 잘못 움직이면 나는 그들의 송곳니로 떨어질 것이다.

아니, 어쩌면 내가 늑대일 수도 있다.

메이븐의 눈에 비친 나 자신을 본다. 그리고 그의 어머니도. 칼도. 여기 메이븐의 세계가 끝을 맞이할 때까지 우리가 했던 모든 것을. 나는 거짓말을 했고, 거짓말에 속았다. 배신했고, 배신당했다. 나는 사람들에게 상처를 주었고, 또 많은 사람들이 내게 상처를 주었다.

459

메이븐이 내 눈에서 무얼 보고 있는지 궁금하다.

"여기서 끝나지 않아. 너는 내 시체를 온 세상에 끌고 다닐 수 있지만, 이 일의 어떤 부분도 끝나지 않을 거야."

메이븐이 낮고 부드러운 목소리로 중얼거린다. 줄리언과 그의 능력이 생각난다.

"마찬가지야. 적혈의 새벽은 나와 함께 끝나지 않을 테니까."

나는 이를 드러내며 대꾸한다. 메이븐의 노력에도 불구하고 우리 사이가 몇 센티미터씩 가까워진다. 내가 그보다 민첩하다.

메이븐은 비딱한 조소를 띤다.

"그렇다면 우리는 둘 다 없어도 되는 사람인 것 같네. 우리는 이제 중요하지 않잖아."

나는 크게 소리 내어 웃는다. 메이븐이 그랬던 방식처럼 내가 중요했던 적은 한 번도 없다.

"난 그게 익숙하거든."

"그 머리 마음에 들어."

메이븐이 빈자리를 메우며 중얼거린다. 한쪽 어깨 위로 흘러내린 갈색과 보라색의 땋은 머리를 따라 메이븐의 시선이 움직인다. 나는 대답하지 않는다.

메이븐이 사용할 마지막 카드란 뻔한 것임에도, 여전히 아프긴 하다. 그가 제안할 것을 원해서가 아니라, 그 제안을 받아들였을 여자애를 기억하기 때문이다. 그 여자애는 이제 그렇게 어리석지는 않다.

"우린 달아날 수 있어. 함께."

그 제안을 내거는 메이븐의 목소리가 깊어진다.

메이븐을 비웃어야 할 것이다. 칼날을 비틀어야 한다. 우리의 마지막 순간에, 할 수 있는 한 그에게 고통을 주어야 할 것이다. 대신 나는 영영 잃어버린 누군가 때문에 비통한 마음을 느낀다. 또한 이 모든 일을 시도하고 실패했던 다른 형제를 향한 진정한 슬픔을 느낀다. 그는 지금 일어나는 일의 어떤 것도 겪어도 될 만한 사람이 아니다.

나는 메이븐의 맹목에 고개를 저으며 한숨을 쉰다.

"메이븐, 너를 사랑했던 마지막 사람은 지금 이 방에 없어. 저 밖에 있지. 그리고 네가 그 관계를 돌이킬 수 없을 정도로 망가뜨렸잖아."

메이븐은 죽은 사람처럼 고요하게 서 있다. 얼굴은 뼈처럼 하얗다. 얼음 같은 눈동자조차 움직이지 않는다. 내가 또 다른 걸음을 내디뎌, 팔 하나 정도 떨어진 거리까지 들어선 것을 알아차린 것 같지도 않다. 나는 주먹을 꽉 쥐어 몸에 붙이며 마음을 단단히 먹는다.

그가 눈을 천천히 깜빡인다. 그에게서는 아무것도 보이지 않는다. 메이븐 캘로어는 텅 비었다.

"좋아."

단검이 맹렬하고 사나운 속도로 움직여 내 목을 벤다. 본능적으로 몸을 뒤로 기울이며 그 공격을 재빨리 피한다. 그는 아무 말도 하지 않은 채 계속 다가오며 벤다. 내 몸은 머리보다 빠르게 반응한다. 그의 공격을 피하는 내내 머리가 아니라 본능이 몸을 움직인다. 나는 메이븐보다 빠르며 내 팔은 그의 움직임에 맞추어 제때에 반응한다. 나는 그 작고, 사악하게 번떡이는 날카로운 칼날이 내게 상처를 입히기 전에 메이븐의 손목을 잡아챈다.

내게는 주먹과 발을 빼면 아무것도 없다. 나는 단검을 멀리 떨어뜨리는 데에만 집중한 채 공격은 거의 하지 않는다. 몸을 비틀며 발목을 걸어 그를 넘어뜨리려고 하지만 메이븐은 깔끔하게 그 시도를 뛰어넘는다. 내 첫 번째 실수는 등을 노출한 것이다. 메이븐은 폐를 노리고 칼을 찌르지만, 나도 그 순간 몸을 움직여 피해 옆구리에 길지만 얕은 자상만 남는다. 코를 찌르는 구리 냄새가 공기를 메우고 뜨겁고 붉은 피가 솟구친다.

나는 순간 그가 사과할 거라는 기대를 한다. 메이븐은 내 고통을 결코 진정으로 기뻐했던 적이 없었다. 하지만 그는 어떤 자비도 없다. 그리고 나 또한 그렇다.

퍼지는 고통을 무시한 채, 주먹을 꽉 쥐어 그의 목을 세게 친다. 메이븐이 숨이 막혀 쌕쌕거리며 발을 헛디디고 무릎을 꿇는다. 나는 다시 한번 그를 때리고 턱을 걷어찬다. 그 바람에 메이븐이 옆으로 밀리고, 눈을 크게 뜨고 멍한 상태로 사방에 은색 피를 뱉는다. 단검만 없었다면, 그 기회를 이용해서 그의 몸이 차가워질 때까지 메이븐의 목을 졸랐을 것이다.

대신에 나는 뛰어올라 메이븐을 짓누른 채로 여전히 단검 자루를 움켜쥐고 있는 손가락을 잡아 뜯는다. 내 아래에서 신음하며 메이븐은 안 좋은 턱 상태에도 불구하고 나를 떼어 내려고 애를 쓴다.

이를 쏠 수밖에 없다.

뼈까지 닿을 정도로 그의 손가락을 깊이 물어뜯자, 내 입은 은색 피의 맛으로 오염된다. 메이븐의 신음이 울부짖는 비명으로 바뀐다. 그 소리가 나를 맹렬하게 공격한다. 침묵하는 돌의 영향력 때문인지 더 끔찍하게 들린다. 모든 것이 필요 이상으로 더 아프다.

나는 그 단검이 내 것이 될 때까지 메이븐의 손가락을 비틀고 필요한 곳을 물어뜯으며 계속 밀어붙인다. 단검은 그의 피와 내 피로 인해 은색과 붉은색으로 번들거리며 시시각각 어두워진다.

갑자기 메이븐의 다른 손이 내 목을 감싸더니, 조금도 머뭇거리지 않고 세게 누르며 내 숨구멍에서 공기를 쥐어짠다. 메이븐은 나보다 무겁다. 그는 몸무게를 이용해서 나를 뒤로 밀쳐 낸다. 메이븐의 무릎 한쪽이 어깨를 파고들어 단검을 쥔 팔의 움직임을 봉쇄하고 다른 쪽은 내 쇄골을 누른다. 그가 남긴 낙인 바로 위를. 짓눌리자 낙인은 비명을 지르는 듯 따끔거린다. 뼈에 금이 가는 것이 고통스럽고 느리게 느껴진다.

비명을 지르는 것은 이제 내 차례다.

"나는 노력했어, 메어."

메이븐이 화난 소리로 속삭이자 그의 차가운 숨이 얼굴을 쓴다. 나는 공기를 들이마시기 위해 숨을 할딱거리는 것 외에는 다른 일을 할 수가 없다. 시야가 번쩍이고 점이 보인다. 내 위에 있는 그의 눈동자만이 남는다. 너무 파랗고, 차갑게 얼어 있는, 텅 비어서 인간 같지 않은 그 눈. 불의 왕자의 눈동자가 아니다. 메이븐 캘로어의 것이 아니다. 그 소년은 죽었다. 사라졌다. 태어났을 때 그가 어떤 사람이었든 그 사람은 지금의 메이븐과 함께 묻히지 못할 것이다.

메이븐의 손아귀 힘 때문에 혈관이 터지면서 목에 멍이 든다. 아프다. 머릿속이 가물가물하다. 그러다 여전히 내 주먹에 있는 단검에 생각이 미친다. 다시 팔을 들어 보려고 하지만, 메이븐의 무게 때문에 불가능하다.

일이 이렇게 끝난다는 것을 깨닫는 순간 눈물이 흘러 눈이 따가 워진다. 번개도 없고, 천둥도 없다. 나는 은혈의 왕관 아래에 짓눌린 수천 명 가운데 하나가 되어, 적혈 여자애로 죽게 될 것이다.

내 목을 조이는 메이븐의 손길은 결코 느슨해지지 않는다. 그 힘 은 점점 세지면서 척추가 깨끗하게 부러질 수도 있겠다는 느낌이 들 때까지 목의 근육을 으스러뜨린다. 세상이 기울어지고, 내 시야를 가로지르며 검은 점들이 번져 나간다.

하지만 메이븐이 기울어진다. 아주 살짝, 아주 조금이지만. 부러 진 쇄골 쪽에 압력이 실리며 내 어깨를 누른 힘이 약해진다.

내 팔을 자유롭게 하기는 충분하다.

나는 생각하지 않는다. 그저 이미 준비된 칼날을 크게 휘두른다. 그의 눈이 빛을 잃는다.

그 눈은 슬퍼 보이고…….

만족스러워 보인다.

✳ ✳ ✳

눈을 뜨기도 전에, 입안의 혀가 얼마나 큰지부터 강하게 느껴진 다. 다른 모든 것보다도 혀가 먼저 느껴지다니, 별일이다. 침을 삼키 려고 하지만 목구멍의 고통만 심해질 따름이다. 목의 모든 근육이 저항하듯 비명을 지르며 고통스럽게 불타오른다. 그 고통에 몸을 바 싹 굳힌 채, 나는 내가 있는 곳이 어디든…… 침대 이불 아래의 팔다 리를 움직인다.

"사라한테 1초만 줘. 돕고 싶다면, 움직이지 마."

킬런이 말하는 소리가 들린다. 그에게서 땀과 연기로 인한 악취가 풍긴다.

"알았어."

쇳소리로 대답한다. 이전의 다른 어떤 것보다 더 심하게 아프다.

킬런이 조금 소리 내어 웃는다.

"말도 하지 마. 너한텐 좀 힘들 수도 있겠지만."

평상시라면, 킬런을 때리거나 자기한테서 얼마나 끔찍한 냄새가 나는지 아냐고 말해 줬을 것이다. 하지만 평소보다 차분한 기분이 들어 나는 눈을 감고 고통에 대비해 턱에 힘을 준다. 사라는 침대 주변에서 이리저리 움직이더니, 내 몸에 손을 붙인 채 왼쪽을 어루만진다.

그녀가 더없이 행복한 양손을 내 목에 대자 갈비뼈의 자상이 사라지는 것이 느껴진다. 더 이상 상처가 느껴지지 않는다.

사라는 내 머리를 그대로 기울여서, 고통에도 불구하고 턱을 억지로 들어 올리게 만든다. 내가 얼굴을 찡그리며 조금 쇳 소리를 내자, 킬런이 내 손목을 한결같은 힘으로 잡아 준다. 사라의 치료 능력은 빠르게 내 불편함을 완화시키고 멍과 부기를 없앤다.

"성대가 예상했던 것만큼 상하지는 않았네요."

사라가 혼잣말을 한다. 사라 스코노스는 종처럼 가볍고 사랑스러운 목소리를 지녔다. 혀를 잃고 지낸 세월이 그토록 길었으니 누군가는 그녀가 잃어버린 시간을 벌충할 거라 생각할 수도 있겠지만 사라는 여전히 말을 삼가는 편이다. 사라는 말을 신중하게 고른다.

"어렵지 않겠어요."

"천천히 해요, 사라. 서두르지 마세요."

킬런이 중얼거린다.

내가 잽싸게 눈을 뜨고는 그를 노려보자 킬런이 미소를 짓는다.

전등은 밝지만 눈에 거슬릴 정도는 아니다. 병원에서 쓰는 날카로운 형광등 불빛이 아니다. 내가 있는 곳이 어디인가 알아내려고 눈을 깜빡이다가, 내가 병영의 병실이 아니라, 왕궁 침실 중 한 곳에 누워 있다는 것을 깜짝 놀라며 깨닫는다. 침대가 이토록 폭신하고 방이 조용한 것이 전혀 놀랍지 않다.

킬런은 내가 둘러볼 시간을 준다. 꼭 필요했던 시간이다. 나는 몸을 움직여서 그의 손을 잡는다.

"그래서 넌 여전히 하릴없이 쏘다니는 중이구나."

벌써 고통이 줄어 내 목에는 찌르르한 통증만 남아 있는 수준이다. 이 정도로 나를 조용히 시키기는 불충분하다.

킬런이 안심시키듯 내 손을 꽉 쥐면서 대꾸한다.

"최선을 다했는데도 말이지."

킬런의 깨끗한 피부 가장자리에는 먼지와 피로 얼룩진 흔적이 길게 남아 있어서, 킬런이 얼굴을 닦으려 시도한 부분을 알 수 있다. 나머지 부분은 말 그대로 지독히 더러워서, 으리으리한 침실의 우아한 사치품들과 나란히 있자니 킬런은 심히 도드라져 보인다.

"대부분은 그냥 위험하지 않은 데에 있었어."

"마침내. 좀 분별 있는 행동을 하도록 누가 널 가르친 모양이지."

나는 웅얼거린다. 사라의 손가락이 내 목을 따라 계속 춤을 추며 진정시키는 효과를 주는 온기를 퍼뜨린다.

킬런이 키득거린다.

"확실히 오랜 시간이 걸리긴 했지."

그 미소, 느긋한 태도, 어떤 무게감이나 긴장 없이 어깨를 늘어뜨린 자세까지……. 그 모든 것은 단 한 가지를 의미한다.

"그러니까 우리가 이겼나 보네."

그 말의 의미를 이해하면서도 너무 놀라울 따름이라, 나는 한숨을 쉰다. 진정한 승리라는 것이 어떤 모양인지조차 전혀 모르겠다.

킬런이 한 손으로 더러운 뺨을 문지르면서, 유일하게 깨끗한 부분에 때를 묻힌다. 멍청이. 나는 친절하게 생각한다.

"완전 그렇다고는 할 수 없어. '머시브'가 함대에게 겁을 좀 줘서, 레이크랜즈 사람들은 느릿느릿 바다로 물러났어. 지금 거물들끼리 휴전 협상을 하는 중인 것 같아."

나는 조금 일어나 앉으려고 애를 쓴다. 사라가 나를 부드럽게 눌러 도로 눕힌다.

"그럼 항복한 게 아니야?"

곁눈질로라도 킬런을 보려고 애를 쓰면서 묻는다.

킬런이 어깨를 으쓱하더니, 사람 좋아 보이는 윙크를 하며 덧붙인다.

"그렇게 될 수도 있겠지. 하지만 아무도 나한테 그런 일에 대해 많이 말해 주지는 않아서."

나는 이를 악물고, 지금으로부터 1년 뒤에 레이크랜즈가 돌아올 수도 있겠다고 생각한다.

"휴전은 영원할 수 없어. 그들은 이게 계속되게 두지는 않을……."

킬런이 키득거리면서 나를 향해 고개를 젓는다.

"우라질 1초만이라도 살아 있다는 사실을 즐길 수는 없겠냐? 적어도 도시를 청소하려는 공동의 노력이 진행 중이라는 걸 알게 되면 기쁠 것 같은데. 은혈과 적혈이 함께 말이야. 카메론과 개 아버지도 이리로 오는 중이야. 노동자의 보상 문제를 놓고 칼과 조정을 하고 있거든."

킬런이 자기가 이야기한 내용에 자부심을 느끼며 가슴을 내민다.

노동자 보상. 공정한 임금. 최소한, 상징적이기는 하다. 심지어 칼이 더 이상 왕이 아니더라도 말이다. 그가 나라 전체에 가졌던 지배권은 사라졌다. 트레저리에 일어나고 있을 일에 대해서 칼이 얼마나 많은 발언권을 갖고 있는지, 아니, 가지고 있긴 한지도 의심스럽다. 그리고 솔직히 말하면, 지금으로서는 그 부분은 내 관심사가 아니다.

킬런도 그걸 안다. 하지만 킬런은 내 주의를 돌리려고 애를 쓰며, 내가 원하는 정보 주변을 맴돌기만 한다.

나는 작업을 하는 사라에게 천천히 시선을 돌린다. 사라에게서는 그녀의 손길만큼이나 마음을 달래는 향이 난다. 깨끗한 리넨에서 나는 산뜻한 향기. 사라의 강철 같은 회색 눈동자가 내 목에 집중한 채, 남은 멍들을 지우고 있다.

"사라, 사상자 총계는 나왔나요?"

나는 조용하게 묻는다.

침대 옆의 의자에서 킬런이 조금 기침을 하며, 불편하게 몸을 움직인다. 그는 그 질문에 놀라서는 안 될 것이다.

사라는 확실히 놀라지 않는다. 그녀는 자신의 흐름을 깨지 않으며 대답한다.

"그 문제는 걱정하지 말아요."

킬런이 재빠르게 답을 내놓는다.

"모두가 살아 있어. 팔리, 데이비슨. 칼도."

그 정도는 이미 알고 있었다. 그들 중 하나라도 죽었더라면, 킬런은 미소 짓지 않았을 테고, 나는 훨씬 엄청난 혼란 속에서 깨어났을 것이다. 아니, 킬런은 내가 정확히 무엇을 묻는지 알고 있다. 내가 누구에 대해 묻는 것인지도.

"다 끝났어요."

사라가 내 질문을 완전히 무시하면서 말한다. 그녀는 입을 꼭 다물고 침대 옆에서 한발 물러난다.

"지금은 쉬어야 해요. 당신은 쉴 필요가 있어요, 메어 배로우."

고개를 끄덕이며 나는 은빛 옷을 쓸며 침실에서 빠져나가는 사라의 모습을 본다. 내가 기억하는 다른 힐러들과는 달리, 사라는 자신에 대해 말해 주는 군복을 입고 있지 않다. 아마도 그녀가 수많은 죽은 자나 죽어 가는 자들을 돌보는 사이, 전투 중 망가졌을 것이다. 킬런과 나만 무거운 침묵을 견디게 둔 채 문이 부드럽게 닫힌다.

"킬런."

나는 머뭇거리다가 킬런을 쿡 찌르며 중얼거린다.

베개에 몸을 누이는 내게 킬런이 고통스러운 표정으로 시선을 보낸다. 수치에 찬 그의 눈이 치료받은 내 몸을 스친다. 상처가 사라졌다고는 해도, 킬런의 표정이 어두워진다.

그의 목소리 또한 그렇다.

마치 그 기억을 평소와 같은 목소리로 말하기에는 너무 끔찍하다는 듯, 킬런이 속삭인다.

"우리가 너를 발견했을 때 너는 피를 흘리면서 죽어 가고 있었어. 알 수가 없었어, 만약 네가…… 만약 사라가…….''

나 또한 너무 잘 아는 고통에, 킬런의 목소리가 차츰 잦아든다.

뉴 타운에서 킬런이 목숨을 잃을 뻔했을 때, 나 또한 그가 피를 흘리며 죽어 가던 것을 본 적이 있다. 내가 그 빚을 갚는 게 아닌가 싶다. 힘겹게 침을 삼키고, 새 셔츠의 주름 아래로 갈비뼈를 만져 본다. 손상 없는 피부 외에는 아무것도 느껴지지 않는다. 내 생각보다 상처가 심각했던 모양이다. 그게 어떤 의미가 있다는 건 아니지만.

"그리고…… 메이븐은?''

간신히 그 이름을 말한다.

나와 눈을 맞추는 킬런의 표정은 변하지 않는다. 고통스러운 한순간, 그는 어떤 대답도 주지 않는다. 나는 그동안 내가 어떤 대답을 듣길 원하는 것인지 궁금해한다. 나는 어떤 미래를 살고 싶은 것인가.

킬런이 눈을 들어 올리더니 내 손에, 이불에, 내 얼굴만 뺀 모든 곳에 시선을 둔다. 나는 킬런이 말하려는 것을 깨닫는다. 킬런이 턱에 힘을 주자 그의 뺨이 경련한다.

내 안의 무언가가 풀어지며 휘감긴 고리가 마침내 느슨해진다. 한숨을 쉬고 뒤로 기대며, 감정의 폭풍이 나를 휩쓰는 동안 눈을 감는다. 세계가 빙글빙글 도는 동안 내가 할 수 있는 것은 그걸 감내하는 것뿐이다.

메이븐은 죽었다.

수치와 자부심이 같은 힘으로 싸움을 벌인다. 슬픔과 안도도 마찬가지다. 아주 잠깐, 정말로 뭘 게워 낼 수도 있겠다는 생각이 든다. 하지만 메스꺼움은 지나가고 모든 것이 제자리를 찾는다. 나는 다시 눈을 뜬다.

킬런은 침묵 속에서 기다린다. 킬런이 이토록 참을성 있는 모습을 보이는 건 특이한 일이다. 아니, 1년 전부터 그래 왔던 건지도 모른다. 그가 그저 어부 소년이었던 때, 내일 무슨 일이 벌어지든 미래라고는 없던 스틸츠 출신의 또 다른 아이였던 때. 나 또한 같았다.

"시신은 어디에 있어?"

"나는 몰라."

거짓말하는 기색은 보이지 않는다. 그에게는 거짓말할 이유가 없다.

엘라라 때처럼, 시체를 볼 필요가 있다. 일이 잘됐고 정말로 끝났다는 걸 알기 위해서. 하지만 명백한 이유로 그의 시체는 엘라라의 것보다 나를 더 두렵게 한다. 죽음은 거울과 마찬가지다. 그렇게 메이븐을 보았을 때…… 나 자신을 보게 될까 봐 두렵다. 더 나쁘게는, 내가 그였다고 생각했던 그 *사람*을 보게 될까 봐.

"내가 한 짓을 칼도 알아?"

갑자기 감정에 북받쳐 목소리가 갈라진다. 나는 한 손을 입에 올리고, 차분해지려고 노력한다. 그를 위해서 우는 일은 거절할 테다. 거절한다.

킬런은 바라만 본다. 나를 안아 주거나 손을 잡아 주거나, 입에다 넣을 달콤한 뭔가라도 가져다주었으면 싶다. 대신 그는 일어난다.

킬런이 나를 동정 어린 시선으로 보는 바람에, 얼굴을 찡그린다. 킬런이 나를 이해하는 건 기대하지도 않고, 바라지도 않는다.

사라처럼 킬런은 문으로 향한다. 나는 갑작스럽게 버림받은 기분이 된다.

"킬런……."

나는 그가 손잡이를 돌리기 전에 항의한다.

그리고 다른 사람이 방으로 들어온다.

불씨를 밝힌 것처럼 칼은 방을 온기로 채운다. 환한 붉은색 갑옷을 간단한 옷으로 갈아입었다. 검은색이나 선홍색은 한 땀도 들어가 있지 않은, 색이 마구 뒤섞인 옷이다. 그것이 더 이상 그의 색이 아니기 때문일 테다. 킬런이 뒤로 빠져나가 버려서 우리 둘만 남는다.

칼이 내 질문을 들었는지 궁금해하기도 전에, 칼이 대답한다.

"너는 그저 네가 해야 할 일을 했을 뿐이야."

칼이 천천히 킬런이 앉았던 의자에 앉으면서 말한다. 하지만 그는 우리 사이에 십몇 센티의 틈을 벌린 채로, 거리를 유지한다.

왜인지를 추측하는 건 어렵지 않다.

"미안해."

나보다 칼의 눈이 먼저 축축해진다. 내 눈에도 눈물이 샘솟는다. *내가 그의 동생을 죽였어. 내가 그를 데려가 버렸어.* 나는 살인자, 고문자를 죽였다. 사악한 사람, 비틀리고 부서진 사람을. 내가 그를 멈추지 않았다면, 나를 죽였을 수도 있는 사람을. 내가 사랑했던 모든 사람을 죽였던 사람을. 괴물로 만들어진 소년을. 어떤 기회도 어떤 희망도 없었던 소년을.

"칼, 미안해."

칼은 앞으로 몸을 숙이고 한 손을 이불 위에 올린다. 닿지 않도록 주의를 기울인다. 손가락 아래의 비단은 매끄럽고 차가우며 회청색의 자수가 길게 놓였다. 칼은 이불의 무늬를 응시하며, 아무 말 없이 실을 좇는다. 나는 일어나 앉아 칼의 뺨을 만지며 칼이 내 눈을 들여다보며 속에 있는 말을 내뱉도록 하고 싶은 마음과 맞서 싸운다.

우리는 둘 다 이 일이 일어날 수 있다는 걸 알고 있었다. 우리가 메이븐을 도울 수 없다는 걸 알고 있었다. 그렇다고 해서 그 점이 고통을 멈추지는 않는다. 그리고 칼의 고통은 내 것보다 훨씬 깊다.

"이제 어떻게 하지?"

혼잣말처럼 칼이 속삭인다.

우리가 틀렸던 것인지도 몰라. 어쩌면 어떻게든 그를 구할 수 있었을지도 몰라. 그 생각이 나를 토막 내고, 첫 번째 눈물이 떨어진다. 어쩌면 나도 그저 살인자인지도 몰라.

오직 한 가지만이 분명하다. 우리는 결코 알 수 없을 것이다.

"이제 어떻게 하지."

내가 그를 외면하며 대답한다.

나는 창문을 바라본다. 하늘이 연무와 약한 별빛으로 얼룩덜룩하다.

몇 분이 흐른다. 우리는 말을 하지 않는다. 누구도 나를 보러 오지도, 칼을 데려가지도 않는다. 누구라도 그러기를 바란다.

그가 내 손을 부드럽게 쓸어내린다. 거의 만지지 않은 채로.

하지만 그것이면 충분하다.

메어

"돌아가서 보고 싶지 않은 거 *확실해?*"

나는 킬런에게서 머리 두 개가 자라고 있는 것처럼 그를 바라본다. 그 말이 너무 우스꽝스러워 대답도 하지 않는다. 하지만 그는 아이처럼 순진한 얼굴로 기대에 차서 나를 바라본다. 아니, 킬런이 순진할 수 있는 한도 내에서 그렇다는 말이다. 어린아이였던 때에도 킬런은 순진했던 적이 없었다.

킬런은 입고 있는 몬트포트 군복 주머니에 손을 쑤셔 넣고는 내 대답을 기다린다.

"보긴 뭘 봐?"

아케온의 비행장을 함께 가로지르면서, 나는 어깨를 으쓱하고는 웃음 짓는다. 지평선 위로 구름이 낮게 걸린 채 지는 해와 도시 일부에서 피어오르는 연기를 가리고 있다. 일주일이 지났건만 아직도 화재를 진압하는 중이다.

"곧 무너질 거 같은 나무 막대기 위의 집? 다른 사람이 살고 있지 않다면, 아마도 이미 다 털렸을 텐데."

나는 스틸츠의 옛집을 떠올리며 툴툴거린다. 그곳으로 돌아간 적도 없고, 결코 돌아가고 싶은 마음도 없다. 스틸츠의 그 집이 더 이상 남아 있지 않다고 해도 놀랄 것 같지 않다. 메이븐이 화풀이로 그걸 파괴해 버리는 모습을 쉽게 상상할 수 있다. 그가 살아 있었을 때 말이다. 어느 쪽인지 알아내는 일에는 관심이 없다.

"왜. 넌 스틸츠로 돌아가고 싶은 거야?"

킬런은 머리를 저으며, 걷는 중에 펄쩍 튀어 오르기까지 한다.

"아니. 거기엔 내가 중요하게 여기는 게 아무것도 없어."

"아첨해 봐야 아무 소용 없어."

나는 대꾸한다. 킬런은 몬트포트로 돌아가고 싶은 열망에 가득 찬 것처럼 보인다.

"카메론은?"

나는 목소리를 낮춘 채 묻는다. 현재, 카메론과 그녀의 부모님은 기술자 마을들을 정비하는 사람들을 돕고 있다. 그들은 그곳을 가장 잘 알고, 어떻게 다른 목적에 맞게 고칠 수 있을지도 잘 알고 있다.

"걔?"

킬런이 어깨를 한 번 으쓱하면서 나를 내려다보고 능글맞게 웃는다. 나를 떼어 내려는 수작이다. 홍조의 흔적이 그의 뺨에 색을 뿌린다.

"카메론은 한 달 안으로 몬트포트로 올 거야. 노르타 적혈 대표단이랑 신혈들 몇 명이랑 함께. 일이 좀 더 자리를 잡고 나면."

"교육?"

그의 홍조가 더 퍼진다.

"그렇겠지."

미소를 짓지 않을 수가 없다. *나중에 꼭 킬런을 놀려야지.* 팔리가 뒤에 사령부의 장군들 몇을 달고 다가온다. 스완이 인사로 고개를 끄덕이며, 머리를 숙인다.

나도 고개를 끄덕이며 그녀에게 한 손을 내민다.

"고마워요, 스완 장군."

"애디슨이라고 불러요. 한동안 암호명은 치워 버릴 수 있을 것 같거든요."

그 나이 든 여인은 내게 마주 미소를 짓는다.

팔리가 우리 둘을 번갈아 보더니 짜증이 난 시늉을 한다.

"이 비행기가 허풍으로 충전할 수 있는 거라면 좋겠다. 너희 둘 사이에 있으면 결코 연료를 채울 필요도 없을 텐데."

팔리가 날카롭게 말하지만, 그녀의 눈은 드물게도 좋은 그녀의 기분을 보여 준다.

미소를 지으며 나는 그녀의 팔짱을 낀다. 팔리는 내 쪽으로 몸을 기울인다. 전혀 그녀 같지 않은 태도다.

"너 꼭 내가 비행기를 충전할 수 없다는 것처럼 말한다, 팔리."

팔리는 그저 눈을 치켜뜬다. 킬런과 나처럼, 그녀도 몬트포트로 돌아갈 준비를 마쳤다. 노르타를 뒤로하고 딸에게로 돌아갈 수 있게 되어 그녀가 얼마나 신이 나 있을지 가늠하기도 힘들다. 클라라는 무럭무럭 자라고 있다, 행복하고 안전하게. 그전에 무슨 일이 있었는지 아무 기억이 없는 채로.

아버지에 대한 기억도 없이.

쉐이드 오빠를 생각하면 아무리 맑은 날일지라도 어두워지는 것 같다. 지금도 다르지 않다. 하지만 고통은 어쨌든 전보다는 덜하다. 여전히 아프지만, 뼛속 깊이 아프지만, 그렇게까지 날카롭지는 않다. 숨조차 제대로 못 쉴 정도는 아니다.

"가자. 더 빨리 탑승할수록, 더 빨리 하늘에 뜨는 거야."

팔리가 자기의 빠른 속도에 맞추도록 나를 재촉한다.

"어떻게 그렇게 되는 거야?"

쏘아붙이지 않을 수가 없다.

한 무리의 사람들이 활주로에서 공회전을 하고 있는 비행기 옆에 서서, 우리와 오늘 몬트포트로 떠나는 나머지 무리를 기다리고 있다. 데이비슨은 이미 며칠 전에 자기 나라로 돌아갔다. 그의 장교 중 몇 명만 조정을 위해서 남아 있다. 그들 중에 타히르도 있다. 아마 지금도 자기 형제들에게 이 모든 것을 중계하면서, 몬트포트의 프리미어가 재건 과정을 실시간으로 따라갈 수 있도록 돕고 있을 것이다.

그중에서도 줄리언이 두드러진다. 아마도 그의 인생에서 처음으로 새 옷을 입고 있다. 한때 그의 가문의 색이었던 금색인 그 옷은 늦은 오후의 태양 속에서 깨끗하고 밝게 반짝인다. 사라가 그의 옆에서 기다리고 있고, 아나벨도 있다. 왕관이 없으니 아나벨은 어딘지 불완전해 보인다. 그녀는 내게 노골적인 무관심을 보인다.

"빨리 해, 배로우."

킬런에게 자기를 따라 비행기에 오르자는 몸짓을 하며 팔리가 말한다. 그들은 지나가며 은혈들에게 고개를 까딱이고, 내게 작별을 할 시간을 준다.

칼은 보이지 않지만, 그가 나란히 서 있는 모습을 기대하진 않았다. 칼은 다른 사람들하고 떨어져서 더 멀리 있는 이동식 탑승교 아래에서 기다리고 있다.

줄리언이 내게 팔을 내민다. 나는 줄리언은 세게 끌어안고, 그 모든 일을 거치는 동안에도 여전히 그에게서 나는, 오래된 종이의 따뜻한 향기를 들이마신다.

한참 후에 줄리언은 나를 부드럽게 밀어낸다.

"아, 자자. 우린 한 달 정도 뒤면 볼 수 있다고요."

카메론처럼 줄리언은 몇 주 안으로 몬트포트를 방문할 예정이다. 공식적으로 그는 노르타의 은혈을 대표하는 사절이다. 하지만 줄리언이 데이비슨이 마음껏 사용하게 해 준 기록 보관소를 이 잡듯 뒤지면서 신혈들의 출현을 연구하는 데 좀 더 많은 시간을 쓸 거라는 게 내 예상이다.

나는 내 옛 스승에게 미소를 짓고, 그의 어깨를 두드린다.

"당신이 인사를 나눌 정도로 오래 몬트포트 금고 밖으로 나와 줄지 의심스러운걸요."

그의 옆에서 사라가 고개를 든다.

"내가 반드시 그렇게 하도록 할게요."

사라가 조용하게 말하며 줄리언의 팔을 잡는다.

아나벨은 그렇게 이해심이 깊지 않다. 그녀는 나를 한 번 마지막으로 쏘아보고는 넌더리가 난다는 듯 크게 비웃음을 짓는다. 그러고는 빠르게 걸어가 버린다. 그녀를 탓할 수는 없다. 결국에 아나벨의 눈에, 나는 손자가 왕조를 거부하고, 적혈 소녀의 사랑 같은 멍청한 뭔가를 위해 왕관을 버리게 만든 이유일 테니까 말이다.

아나벨은 그래서 나를 증오한다. 그게 사실이 아닐지라도 말이다.

"아나벨 르롤란은 도리를 모를 수는 있지만, 논리는 압니다. 당신은 닫힐 수 없는 문을 열었어요. 그녀는 이제 칼을 왕좌에 도로 앉힐 수 없어요. 그 애가 원한다고 해도요."

그 늙은 왕비가 기다리고 있는 차에 들어가는 모습을 바라보면서 줄리언이 조용하게 말한다.

"리프트는 어떻게 되나요? 레이크랜즈는? 피에드몬트는?"

줄리언이 머리를 부드럽게 저으며 내 말을 막는다.

"내 생각에 당신은 한동안 그런 건 걱정하지 않아도 좋을 권리를 얻은 것 같습니다. 반란이 일어났어요. 움직임이 있답니다. 우리 국경으로 넘어온 적혈들이 수천이에요. 돌이 정말로 구르고 있다는 건 알지요, 아가씨."

아주 잠깐 압도되는 기분이다. 행복과 걱정이 동시에 든다. *이 일은 계속될 수 없을 거야.* 새삼스러운 사실이다. 나는 한숨을 쉬고 그 생각을 흘려보낸다. 이 일은 아직 끝나지 않았지만 그래도 내게는 끝이다. 지금으로서는 그렇다.

줄리언을 한 번 더 끌어안고 속삭인다.

"고마워요."

나를 밀어내는 그의 눈이 반짝인다. 줄리언이 말을 더듬거린다.

"네, 뭐, 그거라면 충분해요. 내 자부심이 벌써 그래야 하는 이상으로 커졌답니다. 당신은 나와 시간을 충분히 낭비했네요. 어서 가요."

줄리언이 나를 민다. 조카 쪽으로.

긴장감이 나를 온통 엉망으로 만들고 있긴 하지만, 그 이상 재촉할 필요는 없다. 침을 조금 삼키고, 나는 다시 맺은 동맹의 고위 관리들을 지나친다. 내가 지나가자 그들은 미소를 보인다. 누구도 나를 멈춰 세우지 않고, 내가 방해받지 않고 이전의 왕에게로 다가갈 수 있게 해 준다.

칼은 내가 다가가는 것을 느낀다.

"걸을까."

이미 움직이면서 칼이 말한다. 나는 비행기 날개 아래의 그늘로 칼을 따른다. 엔진이 생명을 얻으며 고함을 지르는 활주로를 따라 더 멀리, 우리를 엿들을 수 있는 누군가를 피할 정도로 가까이.

"할 수 있다면 너랑 같이 갔을 거야."

몸을 돌려 불타는 황동색 눈동자로 나를 보며, 칼이 불쑥 말한다.

"너한테 그렇게 하라고 요구할 수야 없지."

그 말은 익숙하다. 우리는 지금까지 십여 번은 더 같은 이야기를 했었다.

"너는 여기 있어야 해, 조각들을 하나로 모아야지. 서쪽에도 해야 할 일들이 있잖아. 시론, 타이랙스······. 우리가 뭔가 할 수 있다면······."

광대하고 낯선, 저 먼 나라들을 상상하며 내 말이 차츰 잦아든다.

"이게 더 나아, 내 생각에는."

"*더 나아?*"

칼이 받아친다. 그의 주변 공기가 따뜻해진다. 나는 부드럽게 한 손을 그의 손목에 올린다.

"넌 그냥 떠나 버리는 게 더 낫다고 생각하는 거야? 왜? 난 더 이상 왕이 아니야. 심지어 난 왕족도 아니야. 난……."

"'아무것도 아니'라고는 하지 마, 칼. 넌 아무것도 아니지 않아."

그의 눈에서 비난의 기색이 읽힌다. 내 손가락 아래 칼의 피부는 뜨겁다. 그를 보는 것, 내가 원인을 제공한 고통을 보는 것은 아프다.

"나는 네가 되기를 원했던 존재가 되었어."

칼이 힘줘서 뱉는다. 그의 음성이 터져 나오다가 조금 끊긴다.

내가 언제 다시 칼을 보게 될 수 있을지 모른다는 깨달음이 와락 찾아온다. 하지만 다시 올려다볼 수가 없다. 그건 이 일을 더 어렵게 만들 뿐이다.

"내가 부탁했기 때문에 네가 이 모든 일을 했던 것처럼 굴지 마. 우리 둘 다 일이 그렇게 된 게 아닌 건 알잖아."

네 어머니를 위해, 옳은 것을 위해, 너 자신을 위해.

"그리고 난 그 점이 기뻐."

내 손에 잡힌 칼의 손을 보면서 나는 중얼거린다.

칼이 나를 끌어당기려고 하지만, 나는 굳건히 자리를 지킨다.

"내게 시간이 필요해, 칼. 너도 그렇고."

칼의 목소리가 으르렁거리듯이 낮아진다. 몸이 떨린다.

"내가 원하는 것과 필요한 건 내가 결정해."

"그렇다면 내게도 같은 정중함을 베풀어 줘."

본능적으로 내가 그를 날카롭게 올려다본다. 칼이 깜짝 놀란다.

기운이 나지만 나는 이 역할을 잘 연기해 낸다.

"내가 지금 누구인지 알아낼 수 있도록."

메리어나도 아니고, 번개 소녀도 아니다. 심지어 메어 배로우도 아니다. 그저 이 모든 일을 겪은 누군가일 뿐. 칼이 인정하든 하지 않든, 그에게도 여유가 필요하다. 우리에게는 치유의 시간이 필요하다. 재건할 시간. 이 나라처럼, 그리고 그 뒤에 따라올 나머지 것들처럼.

무엇보다도 나쁘고, 또 무엇보다도 좋은 것은…… 우리가 그 일을 서로 없이 해야만 한다는 것이다.

우리 사이에는 여전히 틈이 있다. 균열이 있다. 죽었음에도 불구하고, 메이븐은 우리를 능숙하게 떼어 놓았다. 칼은 결코 그것을 인정하지 않겠지만, 그날 나는 칼의 눈에서 억울함을 보았다. 슬픔과 비난도. 나는 칼의 동생을 죽였고, 그 일의 무게가 여전히 칼을 누르고 있다. 그 무게가 나 또한 누르고 있다.

칼이 내 눈을 살핀다. 위에서 붉게 바뀌고 있는 태양 빛에 칼의 눈이 번뜩인다. 어쩌면 그의 눈은 불꽃으로 만들어진 것이 아닐까.

칼이 찾는 것이 무엇인지 모르겠다. 약한 부분이든, 내 굳은 결심 속 틈이든…… 그는 찾아내지 못한다.

활활 타오르는 손이 내 목을 더듬다가 턱의 옆쪽에 머무른다. 손가락이 귀 뒤를 만진다. 칼의 피부는 데일 정도로는 뜨겁지 않다. 내게 영원히 낙인을 찍었던 메이븐의 것과는 다르다. 칼은 내가 요구한다고 하더라도 그런 일을 하지 않을 것이다.

"얼마나 길게?"

칼이 속삭인다.

"모르겠어."

인정하기 쉬운 진실이다. 다시 내가 나 자신을, 지금 나인 사람을 느끼기 전까지 얼마나 오랜 시간이 걸릴지 모르겠다. 나는 그저 18살이다. 내게는 시간이 있다.

다음 부분은 훨씬 더 어렵다. 숨이 엉킨다.

"날 기다려 달라고는 하지 않을게."

그의 입술이 내 입술을 스친다. 그 접촉은 순식간에 사라진다. 작별 인사다.

얼마나 오랜 시간이 걸릴지라도.

* * *

파라다이스 계곡이라니. 이름을 참 잘 지었다. 그것은 몇 킬로미터는 뻗어 있고, 산으로 만들어진 그릇 안에 기복이 있는 평야가 자리한 형태다. 강과 호수는 내가 이전에 본 장소들과도 달리, 자연 그대로의 낯선 모습을 하고 있다. 데이비슨이 평화와 고요를 누리라고 우리를 이곳으로 보낸 것도 놀랍지 않다. 이곳은 사람의 손길이 닿지 않은 듯 보인다. 나머지 세계로부터 따로 동떨어진 곳 같다.

우리는 내내 이어지는 붉고 뜨거운 간헐천을 피하는 데 주의하면서 새벽에 들판을 걸어간다. 대부분 물웅덩이는 고요하고 잔잔하지만, 그들은 무지개 색으로 치솟는다. 아름답지만 치명적으로, 몇 초면 사람 하나를 익힐 수도 있다고도 들었다. 멀리서, 간헐천 중 하나가 끓는 물을 뿜어내자 증기구름이 실안개 낀 보라색 하늘을 향해

483

높이 치솟는다. 별들이 하나씩 하나씩 빛을 잃는다. 날씨가 추워서 어깨에 두르고 있는 무거운 양털 숄을 더 바싹 여민다. 우리의 발소리가 아래쪽 나무로 된 산책로에 메아리친다. 산책로는 녹슨 색상의 분지 바닥에서 끝난다.

나는 곁눈질로 지사가 걷는 모습을 계속 살핀다. 지사는 근래 더욱 호리호리해졌다. 그 애는 어두운 붉은 머리를 길게 땋아 늘어뜨렸다. 아침 식사 바구니가 지사의 손에서 달랑거리며 한가하게 흔들린다. 지사는 커다란 온천 위로 해가 떠오르는 걸 보고 싶어했다. 내가 여동생이 무얼 원하든 거절할 사람인가?

"저 색 좀 봐."

우리가 목적지에 닿았을 때 지사가 중얼거린다. 그 커다란 온천은 꿈에나 나올 법한 무언가처럼 보인다. 붉은색, 다음에는 노란색, 다음에는 밝은 초록색, 그리고 마지막으로 가장 깊은 곳은 순수한 푸른색으로 고리가 졌다. 현실에 존재하는 것처럼 보이지가 않는다.

우리는 경고를 잘 새겨들었다. 그러고 싶긴 해도, 우리 둘 중 누구도 물에 손가락 하나 넣지 않는다. 살이 펄펄 끓어 벗겨지는 건 취향이 아니다. 대신 지사는 산책로에 앉아서 다리를 접더니 작은 공책을 꺼내 스케치를 하기 시작한다. 가끔은 글귀를 갈겨쓰기도 한다.

이 장소가 지사에게 어떤 영감을 줄지 궁금하다.

나는 먹을 것에 관심이 있는 쪽이라, 바구니를 뒤져서 여전히 따뜻한 아침 식사용 빵 한 쌍을 꺼낸다. 일출을 보러 출발하기 전에 어머니께서는 음식을 잘 챙겨 주셨다.

"그리워?"

나를 보지도 않고, 지사가 갑자기 묻는다.

그 질문이 의표를 찌른다. 모호함 때문에 더 그렇다. 그녀는 누구에 대해서라도 이야기하는 중일 수 있다.

"킬런은 잘 있어. 아셴던트로 돌아올 거야. 카메론도 며칠 뒤면 올거고."

지사는 킬런이 다른 누구와 함께한다는 생각에 별로 신경 쓰는 것 같지 않다. 지사는 요즘 도시의 그 예쁜 가게 점원 소녀에 더 관심을 쏟고 있다.

"킬런을 말한 게 아니야."

내가 말을 돌리니 지사가 짜증을 내며 날카롭게 말한다.

"아?"

나는 극적으로 눈썹을 치켜올리며 묻는다.

지사는 즐거워 보이지 않는다.

"당연히 그립지."

나는 칼을 생각한다. 쉐이드 오빠를 생각한다. 심지어 가장 작은 조각이기는 해도, 메이븐을 생각한다.

지사는 나를 더 밀어붙이지 않는다.

아침 식사만큼이나 침묵이 기껍다. 이곳에 있으니 잊는 일이 쉽다. 다른 시간 속에서 길을 잃은 기분이다. 일상적인 걱정들이 여전히 마음 한구석에 남아 있기는 해도, 나는 이렇게 떨어진 듯한 감각을 즐긴다. *이제 어떻게 될까?* 나는 여전히 알아내지 못했다.

그리고 적어도 당분간은 그러지 않아도 된다.

"들소야."

지사가 간헐천 지대 너머를 한 손으로 가리키며 부드럽게 말한다.

나는 벌떡 일어날 준비를 하고 몸을 굳힌다. 저 짐승들 중 하나가 가까이 온다면, 지사를 여기서 안전하게 빼내는 건 나의 책임이다. 번개가 피부 아래에서 곤두선 채 공격 준비를 한다. 요즘은 익숙하지 않은 일이다. 몬트포트로 돌아온 이래, 나는 쭉 스파링이나 훈련을 하지 않았다. 내게는 휴식이 필요하다고 계속 되뇌는 중이다. 브리 오빠랑 트래미 오빠가 내가 게으르다고 얘기할 정도다.

들소는 50미터 이상 떨어진 먼 곳에서 반대 방향으로 느릿하게 걸어간다. 무리는 작지만 인상적이다. 열댓 마리는 되어 보이는데, 모두 털이 텁수룩하고 어두운 갈색에, 저토록 커다랗고 무거운 놈들치고는 놀라울 정도로 우아하게 움직인다. 들소와 마지막으로 마주쳤던 기억을 떠올려 본다. 평화롭다고는 할 수 없었다.

지사가 생각에 잠겨 스케치로 주의를 돌린다.

"가이드 언니가 흥미로운 이야기를 하더라."

프리미어는 우리에게 계곡을 안내할 사람을 보내 주었다.

"아, 뭔데?"

들소 무리에서 눈을 떼지 않은 채 묻는다. 그들이 갑자기 달려들 때를 준비하기 위해서다.

저 너머 분지에 위험할 수도 있는 상황이 생겼다는 것은 의식도 못한 채 동생은 계속 재잘댄다. 나는 지사가 두려운 상황을 알지 못한다는 점에 조용하게 기쁨을 느낀다.

"그 언니 말이, 한때 저 들소들이 거의 사라졌었대. 전 대륙에 아주 적은 수만이 남을 때까지 1000만 마리 정도가, 어쩌면 수백만 마리가 사냥당해서 죽었대."

나는 피식 웃는다.

"그건 불가능해. 저놈들은 파라다이스 전체에 있는걸, 평원에도 있고."

지사가 내 일축에 짜증이 난 음성으로 대답한다.

"뭐, 가이드 언니 말로는 그래. 그래서 여기에서 무슨 일이 일어났는지 알아내는 게 자기 일이라나."

나는 한숨을 쉰다.

"알았어. 그래서 무슨 일이 일어난 거래?"

"저들이 돌아왔대. 느리지만, 돌아왔대."

나는 그 대답의 소박한 면에 혼란스러워 눈썹을 찌푸린다.

"어떻게?"

"사람들."

지사가 불쑥 뱉는다.

"사람들이 저들을 죽였다는 얘기라고 생각했는……."

"그랬지, 하지만 뭔가가 바뀌었대."

지사가 날카롭게 들리는 목소리로 대답한다. 이제 내 이해력에 지사가 절망하는 게 아닌가 싶다.

"무언가…… 방향을 바꿀 정도로 충분히 커다란 것이 말이야."

이유는 모르겠지만, 줄리언이 오래전 내게 가르쳤던 어떤 것이 생각난다.

우리는 파괴합니다. 그것이 우리 인간의 정수입니다.

그것은 내가 직접 보아 온 바다. 아케온에서, 하버베이에서, 전장에서. 적혈이 예전에 이 땅에서 취급받던, 그리고 여전히 대륙 저편에서 취급받는 방식으로.

하지만 세계는 변하고 있다.

우리는 파괴합니다, 하지만 우리는 다시 지을 수 있어요.

들소가 멀어지며 천천히 지평선의 나무들 사이로 사라진다. 새 풀밭을 찾아서, 물가에 앉아 있는 작은 소녀 2명은 알아차리지도 못한 채로.

저들은 학살에서 돌아왔다. 우리도 그럴 것이다.

떠오르는 태양의 열기 아래에서 땀을 흘리며 오두막집으로 돌아오는 길에서, 지사는 지난주에 자신이 배운 것에 대해서 조잘거린다. 지사는 가이드를 좋아한다. 내 생각에는 브리 오빠도 그런 것 같다. 뭐, 여러 가지 의미에서.

이런 사소한 순간들이면 대개 그렇듯 내 마음이 이리저리 배회한다. 기억을 되짚으며 표류하기도 하고, 앞으로 향하기도 한다. 우리는 몇 주 안으로 몬트포트의 수도로 돌아갈 것이다. 그때엔 또 얼마나 세상이 달라져 있을지 궁금하다. 떠나올 때 이미 세상은 몰라볼 정도였으니까. 무엇보다도 *에반젤린 사모스*가 아센던트에 살고 있었다. 프리미어의 귀빈이라고 한다. 여전히 내 안의 일부는 그녀가 밉고, 그녀의 가족도 밉다. 그들이 우리에게 앗아간 게 있기 때문이다. 하지만 나는 분노와 함께 살아가는 법을 배우는 중이다. 분노가 나를 산 채로 먹게 두지는 않고, 그저 잘 간직하기만 하면서.

나는 귀에 박혀 있는 돌들을 천천히 만져 본다. 순서대로 하나씩 이름을 불러 본다. 이들이 나의 대지다. 분홍색, 빨간색, 보라색, 녹색. 브리 오빠, 트래미 오빠, 쉐이드 오빠, 킬런.

머무를 수는 없었어. 수천 번도 더 그랬던 것처럼 다시 생각한다. 그가 나를 기다리고 있을지 아직도 모르겠다.

하지만 어쩌면, 내가 돌아간다면…….

손가락이 가장 새것인 마지막 귀걸이를 스친다. 그것은 또 다른 붉은 보석이다. 불꽃처럼 붉고 내 피처럼 붉다.

나는 돌아갈 것이다.

〈끝〉

감사의 말

이 시리즈를 마치는 게 어떤 기분인지 사람들이 계속 묻습니다. 그럼 저는 어떤 기분이 들기를 기다리는 중이라는 대답을 하고 또 하지요. 아직 멍합니다. 그리고 *어떤* 감각이 스멀스멀 올라오는 중인 것 같습니다. 당연히 저는 안도와 불안, 그리고 공포를 느낍니다. 하지만 그중에서도, 감사가 가장 큽니다. 이해하기 힘들 정도로 큰 한 감사의 감정을 느낍니다.

이 모든 일의 시작, 중간, 그리고 끝이 가능하도록 해 준 가족에게 가장 진실되고 깊은 감사의 말을 드립니다. 제 삶이 변한 순간들을 떠올리기는 그다지 않습니다. 그리고 여러분은 그 각각의 순간에 꼭 필요했습니다. 엄마, 아빠, 그리고 앤디. 애비야드 가족들과 코일 가족들, 여러분이 내게 해 주었고 또 계속해서 해 줄 모든 것에 감사를 전합니다.

490

친구들에게 감사의 말을 전하는 동안에는, 지나치게 감상적으로 굴거나 감정적으로 가는 것은 사양하겠어요. 왜냐하면 다들 그걸 견디지 못할 거거든요. 모건, 젠, 그리고 토리, 내가 너무 깊이 파고들지 않게 해 주어서 고마워. 바얀과 안젤라도, 나탈리도, 로렌도, 알렉스도, 고마워. 이름을 일일이 부르기는 너무 많은 나머지 모든 친구들에게도 고마워요. 우린 이 똑같은 파티를 7년째 하는 중이고, 결코 우울할 수야 없죠.

인디는 강아지라서, 이 말이 쓸모없을 수도 있겠지만, 그래도 고마워. 넌 최고야. 사회적으로 용납되고 심리학적으로 건강한 수준 이상으로 나는 너를 훨씬 사랑한단다.

이 시리즈는 제 삶의 6년 가까이를 차지했고, 제가 꿈꾸어 왔던 경력을 선물했습니다. 그리고 책 그 자체는 우리 둘 양쪽을 밀어 준 엄청난 몇몇 사람들이 없었더라면 존재할 수가 없었을 거예요. 크리스토퍼 코스모스, 푸야 샤흐바지안 그리고 수지 타운센드, 모든 것에 불을 붙이고(어떤 말장난의 의도도 없어요.), 그리고 이 기차가 할 수 있는 한 매끄럽게 굴러갈 수 있도록 해 준 것에 대해서 감사를 드립니다. 고마워요, 조 볼프, 케이틀린 오티즈, 베로니카 그리잘바, 사라 스트리커, 미아 로만, 다니엘 바텔, 잭키 린더트, 카산드라 바임, 힐러리 페쉐오니 그리고 뉴 리프 리터러리의 다이너마트 팀 모두들. 사라 스콧, 맥스 핸델맨, 엘리자베스 뱅크스, 앨리슨 스몰, 그리고 유니버설 픽처스와 브라운스톤 프로덕션의 모든 영웅들에게도 감사를 표합니다. 이 책들을 우리만큼이나 사랑해 줘서 고마워요. 『레드 퀸』과 함께 그 오랜 세월 동안 전투를 치러 준 하퍼 콜린스와 하퍼 틴의 군대에도 제 모든 사랑을 보냅니다. 두려움을 모르고, 흉포할 정도로 재능이 넘치는 제 편집자들, 크리스틴 프티트 그리고 앨리스 저면, 젠 클로슨키, 케이트 모건 잭슨, 에리카 서스먼, 그리고 애비야드의 원고 위에 지문을 하나라도 남겼던 모든 분께도 감사드립니다. 여러분께서 이 책들을 지금의 이것으로 만드셨어요. 이제까지 4년 동안 축제, 투어, 인터뷰, 그리고 셀 수도 없는 수많은 공항으로 저를 성공적으로 이끌고 다닌 지나 리조, 고마워요. 엘리자베스 워드, 마곳 우드, 엘레나 입, 에픽 리즈 직원 여러분들 그리고 수년 동안 『레드 퀸』 캠페인 뒤에 계셨던 모든 천재분들께도 감사합니다. 결코 제가 제 책을 걸고 장난감 칼자루라도 쥐었다 생각해 본 적은 없는데, 제가 여기 있네요. 그리고 당연하지만, 제가 머릿속으로 보았던 것을 어떤 작가라도 바랄 수밖에 없을, 가장 아름답고 상징적인 표지로 구현해 주신 사라 카우프만에게도 감사의 말씀을 드립니다.

제 훌륭한 동료 중에서 친구를 얻을 수 있었다니 저는 정말 운 좋은 사람입니다. 여러분 모두가 정말로 이상한 경력에 경이로운 지원을 해 주셨어요. 패티스, 수산 데나드, 알렉스 브라켄 그리고 레이 바두고, 우정과 재능과 충고를 나누어 준 것에 사랑과 감사를 전합니다. 르니 아디에 그리고 사바아 타히르는 별 중의 별이에요. 베로니카 로스는 등대였습니다. 브렌던 레이치스와 소만 차이나니는 절 견뎌 주었죠. 제니 한은 두려움 없이 길을 인도해 주었어요. 엠마 테리알트는 이 시리즈가 태어나게 도와주셨어요. 아담 실베라, 미모사에 4시간 동안 고통 받으면서도 제게서 도망가지 않았죠. 니콜라 윤, 변함없는 친절함에 감사해요. 사라 엔니와 마우린 구 405의 동쪽의 내

밝은 불빛들. 모건 맛슨, 벅스. 고마워요. 마가렛 스톨과 멜리사 드라 크루즈, 우리 모두의 소중한 YALL 엄마들. 그리고 혹시나 우연히 제가 빠뜨린 모든 분께도, 하지만 저는 여러분을 똑같이 사랑하며 감사를 느낍니다.

제 스승님들이 없으셨다면 저도 여기 없었겠지요. 문자 그대로, 제 부모님이 제 스승님이기 때문입니다. 작은 마을에서 출발해서 큰 도시로 저를 내보내 준 공교육 시스템에도 감사합니다. 사우던 캘리포니아 대학교와 영화 예술 학교의 영화와 TV를 위한 글쓰기 부문 교수님들, 특히 아무 곳도 아닌 곳에서 온 아무것도 아니었던 열일곱 살짜리에게서 무언가를 보았던 분께도 감사를 전합니다. 제가 가장 좋아하는 교수님 중 한 분이 말씀하시길, 좋은 운이란 네가 준비되어 있는 기회이며 나쁜 운이란 준비되지 않은 기회라고 하셨습니다. 제게 그토록 많은 좋은 운을 주셔서 감사합니다.

위대한 사람들로 이루어진 제 작은 반구 밖에도 마찬가지로 감사를 전하고 싶은 분들이 있습니다. 제 상원의원들인 카멀라 해리스와 다이앤 파인스타인, 제 의회 대변인인 테드 리우에게도 감사드립니다. 여러분은 제 책 속의 어떤 전사들보다도 더 잘 싸웠고, 우리 모두를 위해서 싸우셨어요. 버락 오바마 대통령과 미셸 오바마 영부인께도 그분들의 우아함과 힘에 감사드립니다. 절정에 오른, 힐러리 로댐 클린턴께도 감사드려요. 아름답고, 성스럽고, 자연 그대로인 미국의 땅들을 지키기 위해서 일어나신 시에라 클럽(미국의 비영리 환경 운동 단체—옮긴이)과 토착 부족민들께도 감사드립니다. 기업을 넘어 주민들에게 봉사하기 위해서 일하고 계신 정부의 구성원들께도 감사드립니다. 군복을 입고 계신 분들과 군가족 여러분, 나라를 위한 이루 다 말할 수 없는 희생과 헌신에 감사드립니다. 권력자에게 사실을 고하는 모두에게 감사드립니다.

마조리 스톤맨 더글라스 고등학교(2018년 총기 사고로 학생 등 17명이 사망한 사건이 발생한 플로리다의 고등학교. 이 사건 이후 전미에 총기 규제의 목소리가 커졌다 — 옮긴이)의 학생 생존자분들께도 감사드립니다. 여러분의 목소리와 여러분의 신념이 그 누가 상상할 수 있는 이상의 많은 일을 했습니다.

한 번 더, 모건, 젠, 그리고 토리에게 감사를 전합니다. 수지 타운센드에게도. 엄마와 아빠에게도. 여러분 모두를 너무 사랑해요. 여러분이 없었다면 저는 여기 있을 수 없었을 거예요.

제 독자 여러분들께는, 제 경외심과 고마움의 깊이를 설명할 수 있는 그리 많은 말이 있지가 않답니다. 저보다 훨씬 위대한 작가께서 하신 말씀을 인용하자면, 누군가가 듣고 싶어 하지 않는 한 어떤 이야기도 존재하지 않겠지요.(J.K. Rolling의 말 — 옮긴이) 들어 주셔서 감사합니다. 이 여행이 아직 끝나지 않았는지 확인해 주셔서 감사합니다.

옮긴이 | 김은숙

번역하다가 자기도 모르게 작품에 빠져 작업을 잊고 다음 페이지를 읽다가 정신 차리기를 몇 번씩 반복한다. 소설 취향은 잡식성. 번역한 책으로『미술관을 터는 단 한 가지 방법』(공역),「웨이크 시리즈」(전3권),『레드 퀸: 적혈의 여왕』(전2권),『레드 퀸: 유리의 검』(전2권),『레드 퀸: 왕의 감옥』(전2권), 등이 있다.

레드 퀸 : 전쟁 폭풍 II

1판 1쇄 찍음 2022년 6월 7일
1판 1쇄 펴냄 2022년 6월 14일

지은이 | 빅토리아 애비야드
옮긴이 | 김은숙
발행인 | 박근섭
편집인 | 김준혁
책임편집 | 정미리
펴낸곳 | 황금가지

출판등록 | 2009. 10. 8 (제2009-000273호)
주소 | 06027 서울 강남구 도산대로 1길 62 강남출판문화센터 5층
전화 | 영업부 515-2000 **편집부** 3446-8774 **팩시밀리** 515-2007
홈페이지 | www.goldenbough.co.kr

도서 파본 등의 이유로 반송이 필요할 경우에는 구매처에서 교환하시고
출판사 교환이 필요할 경우에는 아래 주소로 반송 사유를 적어 도서와 함께 보내주세요.
06027 서울 강남구 도산대로 1길 62 강남출판문화센터 6층 민음인 마케팅부

한국어판 © ㈜민음인, 2022. Printed in Seoul, Korea

ISBN 979-11-7052-142-6 04840(2권)
    979-11-7052-143-3 04840(세트)

㈜민음인은 민음사 출판 그룹의 자회사입니다.
황금가지는 ㈜민음인의 픽션 전문 출간 브랜드입니다.

Black
Romance
Club

블랙 로맨스 클럽을 열며

로맨스 소설에도 흐름이 있다. 한참 인기를 지속하던 칙릿 이후 10대에서 출발해서 무서운 속도로 영역을 넓혔던 인터넷 소설 시장에 이어, 과히 광풍이라고 부를 수 있을 정도로 전 세계를 평정한 뱀파이어 소설이 최근의 주류를 이루고 있다. 하지만 한 작품이 인기를 끌고 나면 그 뒤로는 아류작이 쏟아져 나오는 시장의 특성상, 너무나 천편일률적인 작품들이 유행에 따라서 서점을 채우고 있다.

블랙 로맨스 클럽은 바로 이 획일화 되어 있는 로맨스 소설 시장에 대한 고민에서 출발했다. 사실 로맨스 소설은 다 비슷한 게 당연한 것 아니냐고? 천만의 말씀. 그냥저냥 잘생긴 남자랑 예쁜 여자가 만나서 악역 조연들에게 시달리며 오해를 겹겹이 쌓아가다가 어느 순간 너를 너무 사랑하니까 하고는 결혼에 골인하면 되는 거 아니냐고? 부디 블랙 로맨스 클럽을 통해 그 편견을 버려 주시길 바란다.

블랙 로맨스 클럽 편집부는 로맨스라면 흔히 떠올리는 소재나 플롯 등에서 벗어나 다양한 소재를 다룬 신선한 소설, 탄탄한 이야기 구조를 기반으로 재미와 감동을 전해 주는 소설만을 엄선하고자 한다. 시리즈의 작품들은 하나 같이 기존의 로맨스 소설의 공식을 깨는 개성 넘치는 작품들로, 시대를 초월한 재미를 추구하는 작품만을 선정했다. 추리, 호러, 스릴러, SF, 판타지, 역사, 좀비 등 소설에서 기대할 수 있는 모든 이야기에 로맨스라는 양념이 덧붙여진 종합 선물 세트와 같은 다양한 소설들로 독자들에게 색다른 재미를 드리고자 한다. 블랙 로맨스 클럽의 '블랙'은 하얀색, 분홍색, 빨강색 등의 색조로 흔히 표현되는 로맨스 소설을 뒤집어 개성 넘치는 로맨스 소설을 담고자 하는 출판사의 마음을 담고 있다.